Ullstein

ÜBER DAS BUCH:

Wie die Diskretion in der Behandlung eines prekären Falles zu einem irrsinnigen *Tohuwabohu* führt, schildert Tom Sharpe mit der Detailkenntnis eines aufmerksamen Augenzeugen: Die Polizei des südafrikanischen Städtchens Piemburg ist schnell an Ort und Stelle, als das alte Fräulein Hazelstone, ein Banner weißer Sitte und Moral, die Ermordung ihres Zulu-Kochs mitteilt. Der Haken ist bloß, daß sie partout darauf besteht, ihn eigenhändig mit der alten Elefantenflinte der Familie umgelegt zu haben. Und damit stehen die örtlichen Polizeigewaltigen vor der leidigen Aufgabe, sich zwischen Aufklärung und Vertuschung des Skandals hindurchzumogeln.

In *Feine Familie* richtet sich Tom Sharpes beißender Humor gegen die aristokratische Gesellschaft in England. Lord Petrefact, der an den Rollstuhl gefesselte, dekadente Sprößling einer »feinen Familie«, hat sich in den Kopf gesetzt, die Geschichte der Petrefacts von einem Professor für Proletarische Geschichte durchleuchten zu lassen, um eben diese gründlich zu verärgern. Sharpes zwerchfellerschütternde Einfälle und seine erzählerischen Haken, die er schlägt, machen den Roman zum mörderischen Spaß für den anspruchsvollen Leser.

DER AUTOR:

Tom Sharpe wurde 1928 in England geboren, studierte in Cambridge, lernte als Buchhalter, Sozialarbeiter und Fotograf Südafrika kennen, bis er ausgewiesen wurde, und unterrichtete als Hilfslehrer an einer Berufsschule in Cambridge, bis ihm der Erfolg seiner Bücher die Freiheit schenkte, mit Frau und drei Töchtern als Schriftsteller zu leben.

Tom Sharpe

Tohuwabohu

Roman

Ullstein

ein Ullstein Buch
Nr. 22959
im Verlag Ullstein GmbH,
Frankfurt/M – Berlin

Englische Originaltitel:
›Riotous Assembly‹
Übersetzt von Benjamin Schwarz
›Ancestral Vices‹
Übersetzt von Irene Rumler

Ungekürzte Sonderausgabe von
UB 20561 und UB 20709

Umschlaggestaltung:
Brian Bagnall

Printed in Germany 1992
Druck und Verarbeitung:
Ebner Ulm
ISBN 3 548 22959 X

Oktober 1992
Gedruckt auf Papier
mit clorfrei
gebleichtem Zellstoff

Die Deutsche Bibliothek –
CIP-Einheitsaufnahme

Sharpe, Tom:
Tohuwabohu: Roman/Tom Sharpe.
[Übers. von Benjamin Schwarz]. –
Ungekürzte Sonderausg. von UB 20561
und UB 20709. – Frankfurt/M; Berlin:
Ullstein, 1992
(Ullstein-Buch; Nr. 22959)
ISBN 3-548-22959-X
NE: GT

Vom selben Autor
in der Reihe
der Ullstein Bücher:

Puppenmord (20202)
Trabbel für Henry (20360)
Tohuwabohu (20561)
Mohrenwäsche (20593)
Feine Familie (20709)
Der Renner (20801)
Klex in der Landschaft (20963)
Henry dreht auf (22058)
Alles Quatsch (22154)
Schwanenschmaus in
Porterhouse (22195)

Allen Beamten der Polizei Südafrikas gewidmet,
die ihr Leben der Erhaltung
der westlichen Kultur in Südafrika weihen

1

Piemburg ist eine einzige Täuschung. Nichts an dem Ort ist genau das, was es zu sein scheint. Zwischen die Ausläufer der Drakensberge gedrängt und an den Fuß eines stattlichen Hügels mit flacher Kuppe geduckt, besitzt es nur wenige Merkmale einer Hauptstadt. Reisende, deren Züge nach Johannesburg manchmal notgedrungen unter dem rostenden Blechornament seines Bahnhofsdaches halten oder die auf der Autobahn daran vorbeiflitzen, können ein winziges Städtchen erblicken, das wie tot und einbalsamiert wirkt. Und Piemburg ist, wie man allgemein hört, tatsächlich tot. Ein verschlafener Winkel wird es genannt, und ein amerikanischer Besucher soll beim Anblick von Piemburg gesagt haben: »Halb so groß wie der New Yorker Friedhof und zweimal so tot.« Und ganz unbestreitbar scheint auf den ersten Blick absolut kein Leben in der Stadt zu herrschen. Sie liegt unter der afrikanischen Sonne in ihr Tal geschmiegt und schläft. Ihre roten Eisendächer und schmiedeeisernen Balkone zeugen von einer fernen Zeit längst vergessenen Unternehmungsgeistes. Ihre Straßen säumen Jacarandabäume, und in ihren Gärten prangen blühende, dunkle Veranden. Alles wächst augenblicklich und hört fast genauso augenblicklich wieder auf zu wachsen. Die Zeit und das Klima vereinigen sich zu üppigem Wachstum und zu seinem Gegenteil.

Und Piemburg wuchs mit seiner Garnison, und beim Abzug der Garnison legte es sich zum Sterben hin. Oder vielmehr zum Schlafen. Als Hauptstadt von Zululand war es nach der Unterwerfung des Volks der Zulus durch das britische Empire aufgeblüht. Im ersten Rausch dieses gefeierten Sieges wurde Piemburg, damals eine winzige Siedlung, die von ihren afrikaansen Gründern längst verlassen worden war, zur Hauptstadt gemacht. Bürgerhäuser breiteten sich geradezu epidemisch in Gestalt von Säulenhallen und rotem viktorianischem Backstein aus. In der Villa des Gouverneurs funkelten italienische Marmorböden, venezianisches Glas und all die Ingredienzien imperialen Glanzes. Der Bahnhof, ein Ausbund an Metallverzierungen und Fayencen, stellte den angemessenen Zwischenhalt für die Züge des Vizekönigs dar, die auf ihrem Weg zu ferneren und weniger attraktiven Besitzungen des Empires im Hinterland von Afrika durch Piemburg kamen. Und als die großen Dampfmaschinen die kurvenreiche Steigung zum Kaiserblick hinaufpusteten, dem Berg über Piemburg, und ihre edle Last zu einem frühen Tod durch Tsetsefliege oder Malariamoskito trugen, da blickten monokel- und schnurrbartgeschmückte Herren heiter hinab auf die Hauptstadt von Zululand und murmelten: »Ein Kleinod, ein Juwel in einem grünen und gelben Ring.« Und dann wandten sie sich wieder um und studierten die durch und durch fehlerhaften Generalstabskarten ihrer neuen Territorien.

Piemburg grüßte ihre Vorbeifahrt mit einer Ansprache des Gouverneurs auf dem Bahnsteig und einem Austausch diplomatischer Floskeln, die von der Militärkapelle, die unter dem Eisendach spielte, übertönt wurden. Und ein paar Monate später erwies ihnen Piemburg von neuem alle Hochachtung, als der vizekönigliche Sarg in einem schwarz ausgeschlagenen Waggon, von einer mit Girlanden dekorierten Lokomotive gezogen, für einen Augenblick anhielt und die Kapelle einen Trauermarsch mit einem Eifer intonierte, daß die Beileidsworte, die der Gouverneur an den Adjutanten richtete, wieder nicht zu hören waren. Und in den Zeiten zwischen imperialem Vormarsch und imperialem Rückzug schmückte sich die Hauptstadt von Zululand mit neuen Musikpavillons und botanischen Gärten und den Amusements einer winzigen Metropole. In Fort Rapier hallte der große Paradeplatz von den gebellten Befehlen der Feldwebel wider. Tausende von Beinen in Wickelgamaschen stampften auf den Boden oder machten kehrt, und die funkelnden Bajonette wirbelten von links nach rechts und von rechts nach links über den sonnenbeschienenen Platz.

In der Stadt waren die Straßen gespickt voll mit gewichsten Schnurrbärten. Lederweiß und Messingputzmittel standen ganz oben auf der Liste der Bedarfsartikel des täglichen Lebens. Im Hotel Imperial verrannen die Morgen und die Nachmittage sanft zwischen Topfpflanzen und Korbsesseln zur Musik eines Palmenhausorchesters. Koppel mit Schulterriemen und Fischbein-Taillen schnürten die Offiziere und ihre Gattinnen ein, die dem Wimmern der Geigen lauschten und sich mit dankbarer Wehmut Englands Grafschaften und Kirchsprengel in Erinnerung riefen. Viele kehrten nicht dorthin zurück, und die, die blieben und nicht auf dem Soldatenfriedhof in Fort Rapier begraben wurden, bauten sich ihre Häuser so nahe am Amtssitz des Gouverneurs, wie es ihnen Dienstalter und Schulden gestatteten.

Solange die Garnison blieb, gedieh Piemburg. Für kurze Zeit war Piemburg sogar lebhaft und bunt. Das Garnisonstheater wurde durch Aufführungen von Dramen und Revuen, die ein großer englischer Schauspieler und Dramatiker auf die Beine stellte, zu einer glänzenden Einrichtung und bezauberte den Gouverneur und seine Gattin. Auf Wohltätigkeitsbasaren und Gartenfesten schimmerten die Sonnenschirmchen und Turnüren der Ehefrauen, die das überraschende Glück gehabt hatten, Männer zu heiraten, deren Mittelmäßigkeit mit der Versetzung in diese entlegene Ecke des Empires belohnt wurde und die so aus den kleinkarierten Vororten und den Zweifamilienhäusern Südlondons zur Pracht der Rasenflächen und Boskette Piemburgs entführt worden waren. Der Geschmack der viktorianischen unteren Mittelschicht prägte sich Piemburg unauslöschlich auf und blieb bis heute derselbe. Und zu dem Geschmack gesellte sich das unwandelbare Gefühl für Rangordnungen. Von den Vizekönigen und Gouverneuren abwärts über die Generäle, Vizegouverneure und Colonels erstreckten sich die Dienstgrade, nach unten zu immer breiter werdend, durch feine Unterschiede hindurch, die zu subtil sind, als daß man sie alle aufzählen könnte, wo Schulen und die Berufe von Schwiegervätern und ein aufgegebenes »ch« oder ein einziges beibehaltenes »g« einen Major in die Lage versetzen konnten, im Nu einen Oberstleutnant im Dienstrang zu überholen. Die unterste Stufe nahmen die einfachen Soldaten in der Söldnertruppe ein. Unter diesen Parias kam nichts mehr. Zulus wetteiferten mit Pondos, Mischlinge mit Indern. Was da unten vor sich ging, interessierte schlicht und einfach niemanden. Das einzige, was man wissen mußte, war, daß es irgendwo noch weiter unterhalb von den loyalen Zulus und den unzuverlässigen Pondos die Buren gab. Und so ging das bis zum Krieg. Die Buren wuschen sich nicht. Die Buren waren feige. Die Buren waren dämlich. Die Buren waren ein krankhafter Auswuchs, der den Weg nach Kairo versperrte. Piemburg ignorierte die Buren.

Und dann kam der Burenkrieg, und als die Buren den Offizieren von Fort Rapier die Monokel aus den Augen schossen, wobei sie kühl und berechnend darauf warteten, daß ihnen ein von der Sonne zugespiegeltes Zeichen ein lohnendes Monokelziel signalisierte, da kam ein neuer Respekt in Piemburg auf. Die Buren konnten richtig schießen. Die Buren waren schlau. Die Buren waren jetzt der Feind.

Und nur einen Augenblick später waren die Buren schon keine Feinde mehr. Kaum war das Hindernis auf dem Weg nach Kairo und zu den Goldminen beseitigt, trat Piemburg seinen raschen Niedergang an. Als die Garnison abzog und die Kapellen zum letzten Male »Goodbye Dolly Gray« spielten, versank Piemburg in tiefen Schlaf. Wie eine vollgefressene Puffotter lag es aufgebläht und zusammengerollt in der afrikanischen Sonne und träumte von den kurzen Tagen seines Ruhms. Nur der Sinn für Rangordnungen blieb, um sich im fruchtbaren Klima seiner eigenen Mittelmäßigkeit weiter auszubreiten. Die Häuser standen da und starrten auf den Kranz der Hügel, und auf ihren Veranden saßen die Söhne und Enkelsöhne der Feldwebel, Furiere und Offiziersanwärter und heuchelten eine Würde, die ihre Vorfahren nie gekannt hatten. In Piemburg stand die Zeit still, abzulesen nur am Staub, der sich auf den Häuptern der ausgestopften Löwen sammelte, die im Alexandra Club vermoderten, und am leise vor sich hin tröpfelnden Snobismus. Piemburgs Mittelmäßigkeit war boshaft und wartete geduldig darauf, daß etwas passierte.

2

Kommandant van Heerden hatte nur wenige Illusionen, was ihn selber betraf, aber sehr viele, was alles übrige anging. Und seinen Illusionen hatte er es zu verdanken, daß er mit der Leitung des Polizeireviers in Piemburg beauftragt worden war. Das war kein sehr beschwerlicher Posten. Piemburgs Mittelmäßigkeit brachte nicht mehr als kleine Vergehen zustande, und im Polizeipräsidium in Pretoria hatte man den Eindruck, wenn Kommandant van Heerdens Ernennung möglicherweise auch die Anzahl der Verbrechen in der Stadt nach oben treiben könnte, so trüge sie doch letztlich dazu bei, die Wogen der Diebstähle und Gewalttaten zu glätten, die sich erhoben hatten, als er in andere, aufmüpfigere Städte abkommandiert worden war.

Außerdem verdiente Piemburg den Kommandanten. Als einzige Stadt der Republik, die immer noch den Union Jack vom Rathaus wehen ließ, war ihr die Lehre zu erteilen, daß die Regierung sich nicht herausfordern ließ, ohne sich entsprechend zu revanchieren.

Kommandant van Heerden wußte, daß seine Ernennung nicht auf seine Erfolge auf dem Gebiet der Verbrechensbekämpfung zurückzuführen war. In seiner Unwissenheit bildete er sich jedoch ein, sie sei ihm zuteil geworden, weil er die Engländer verstand. In Wirklichkeit aber hatte er sie dem hohen Ansehen seines Großvaters, Klaasie van Heerden, zu verdanken, der unter General Cronje an der Schlacht von Paardeberg teilgenommen hatte und von den Briten erschossen worden war, weil er sich geweigert hatte, dem Befehl seines Regimentskommandeurs, sich zu ergeben, Folge zu leisten. Er war statt dessen in seinem Schützenloch am Ufer des Modder Rivers hocken geblieben und hatte zwölf Soldaten des Regiments Essex niedergeschossen, die, gut achtundvierzig Stunden, nachdem der letzte Schuß gefallen war, dort ihre Notdurft verrichteten. Die Tatsache, daß Klaasie die ganze Schlacht durch fest geschlafen und den Befehl, das Feuer einzustellen, nicht gehört hatte, wurde von den Engländern während seines Prozesses und von späteren Generationen afrikaanser Historiker einfach unter den Teppich gekehrt. Statt dessen wurde er als Held angesehen, der wegen seiner Treue zur Burenrepublik hatte den Tod erleiden müssen, und als Held wurde er von den afrikaansen Nationalisten in ganz Südafrika verehrt.

Dieses fromme Märchen war es, das Kommandant van Heerden zu seiner gegenwärtigen Stellung verholfen hatte. Es hatte lange gedauert, bis seine erwiesene Unfähigkeit das hohe Ansehen, das er von seinem Großvater geerbt hatte, als cleveren Trick erkennen ließ, und mittlerweile war es für das Polizeipräsidium zu spät, wegen seiner Unfähigkeit noch irgendwas anderes zu unternehmen, als ihn auf den Posten in Piemburg zu setzen.

Kommandant van Heerden lebte in dem Wahn, er habe die Stelle bekommen, weil Piemburg eine englische Stadt war, und ganz gewiß war das genau die Stelle, die er sich wünschte. Der Kommandant glaubte, er sei einer der wenigen Afrikaander, die das englische Gemüt wirklich verstünden. Trotz der Behandlung, die die Briten seinem Großvater hatten angedeihen lassen, trotz der Brutalität, mit der die Briten die Burenfrauen und -kinder in den Konzentrationslagern behandelt hatten, trotz der Gefühlsduselei, die die Briten auf ihre schwarzen Diener verschwendeten, trotz alledem bewunderte Kommandant van Heerden sie.

Es war etwas an ihrer plumpen Einfalt, was ihn faszinierte. Es rief etwas tief in seinem innersten Wesen wach. Was das genau war, konnte er nicht sagen, aber tief drängte es, zu tief, und wenn der Kommandant sich den Ort seiner Geburt, ihren Zeitpunkt und die Nationalität hätte aussuchen können, dann hätte er sich für Piemburg im Jahre 1890 und die Seele eines englischen Gentlemans entschieden.

Wenn er etwas bedauerte, dann war es der Umstand, daß seine eigene Mittelmäßigkeit nie Gelegenheit gehabt hatte, sich ähnlich erfolgreich Ausdruck zu verschaffen, wie es die Mittelmäßigkeit und Verworrenheit der Herrscher des britischen Empire vermocht hatten. Als englischer Gentleman im viktorianischen England geboren, hätte er es gut und gerne zum Rang eines Feldmarschalls bringen können. Seine militärische Ungeschicklichkeit wäre ihm gewiß mit ständiger rascher Beförderung vergolten worden. Er war sicher, er hätte die Sache genauso gut machen können wie Lord Chelmsford, dessen Truppen bei Isandhlwana von den Zulus aufgerieben worden waren. Stormberg, Spion Kop und Magersfontein hätten noch entsetzlichere Katastrophen werden können, hätte er nur das Kommando geführt. Kommandant van Heerden war im falschen Volk, zur falschen Zeit und am falschen Ort auf die Welt gekommen.

Das konnte man weder vom Stellvertreter des Kommandanten, Luitenant Verkramp, noch von Wachtmeister Els sagen. Daß sie überhaupt nie hätten auf die Welt kommen dürfen oder daß, wenn ihre Geburt schon nicht zu verhüten war, ihr Volk, ihre Zeit und ihr Geburtsort so weit weg von seinem hätten liegen sollen wie nur möglich, das war Kommandant van Heerdens innigster und häufigster Wunsch.

Luitenant Verkramp haßte die Engländer. Sein Großvater hatte nicht wie der des Kommandanten für die Burenrepublik gelitten. Vielmehr hatte er von der Kanzel seiner Kapkirche herab Frieden und Freundschaft mit dem britischen Empire gepredigt und sich unter der Hand ein kleines Vermögen damit verschafft, daß er die britische Armee mit den Basuto-Ponies belieferte, die sie für ihre berittene Infanterie brauchte. Seine

Kindheit hatte Verkramp im Schatten dieser Kanzel verbracht, wobei er den ausgeprägten Hang zum Eschatologischen von seinem Großvater und den Haß auf alles Englische von seinem Vater geerbt hatte, der sein Leben mit dem Versuch zubrachte, den Namen »Verräter« wieder loszuwerden, der der Familie Verkramp noch lange nach dem Burenkrieg anhing. Luitenant Verkramp brachte beide Erbteile in seinen Job ein. Er verband seine inquisitorischen Neigungen mit seiner Aversion gegen die Engländer, indem er Leiter der Sicherheitsabteilung in Piemburg wurde, was ihm die Möglichkeit gab, Berichte über die politische Zuverlässigkeit der Bürger Piemburgs an seine Vorgesetzten beim BOSS zu schicken, dem Bureau of State Security in Pretoria. Sogar Kommandant van Heerden war vor Luitenant Verkramps Verdächtigungen nicht sicher, und so hatte der Kommandant wohlweislich dafür gesorgt, daß er die Berichte, die Verkramp über ihn weiterleitete, zu Gesicht bekam. In einem von ihnen war er auf die Unterstellung gestoßen, sein Eifer bei der Jagd auf kommunistische Zellen lasse zu wünschen übrig.

Die Woche darauf hatte der Kommandant versucht, die Anschuldigungen mit einer Reihe von Blitzangriffen auf geeignete kommunistische Gruppen zu widerlegen. Eine Lesung von Shaws *Helden* im Piemburger Liebhabertheater war durch das Eintreffen des Kommandanten und seiner Männer unterbrochen worden, die alle Exemplare des Stücks beschlagnahmten und die Namen der Anwesenden feststellten. *Black Beauty* hatte man auf Anweisung des Kommandanten aus den Regalen der Stadtbücherei entfernt. Die Aufführung des Films *The African Queen* im Kino der Stadt war verboten worden, ebenso ein Artikel über Wettervoraussagen in den *Piemburg News* mit dem Titel »Roter Himmel am Abend«.

Alles in allem hatte der Kommandant keinen Zweifel, daß er wirksam gegen die Ausbreitung des Marxismus in Piemburg vorgegangen war, und der öffentliche Entrüstungsschrei, der folgte, würde seiner Meinung nach bei weitem ausreichen,

BOSS zu überzeugen, daß er keineswegs so sanft mit Kommunisten verfuhr, wie Luitenant Verkramps Bericht es hatte weismachen wollen. Außerdem hatte er noch Verkramps Bericht über Wachtmeister Els in petto, auf den er zurückgreifen konnte.

Die Kluft zwischen Dichtung und Wahrheit, die sich in allen Berichten des Luitenants über das politische Leben in Piemburg weit auftat, dehnte sich in seinem Bericht über Wachtmeister Els zum kosmischen Abgrund. Darin schilderte er Els als regelmäßigen Besucher der Gottesdienste der Holländischen Reformierten Kirche, als eifriges Mitglied der Nationalistischen Partei und als entschiedenen Gegner »aller liberalen und kommunistischen Tendenzen, die Rassenreinheit durch soziale, ökonomische und politische Integrationsmethoden in den Schmutz zu ziehen«. Da Els weder in die Kirche ging noch der Nationalistischen Partei angehörte und obendrein ein lebendes Beispiel schwarzweißer Geschlechtermischung war, hatte Kommandant van Heerden das Gefühl, er habe Luitenant Verkramps Ruf, es mit den Dingen sehr genau zu nehmen, in der Hand.

Mit Wachtmeister Els standen die Dinge ganz anders. Vor allem stellte Els für den Kommandanten nicht die geringste Bedrohung dar, dafür eine riesige für beinahe jeden sonst in Piemburg. Sein ihm angeborener Hang zu Gewalttätigkeiten und insbesondere zum Erschießen von Schwarzen konnte es auf der anderen Seite nur noch mit seinem Riesenappetit auf Brandy und seiner Neigung aufnehmen, die weniger attraktiven Teile seiner Person in diejenigen Teile afrikanischer Frauen hineinzuzwängen, die nach dem Gesetz den männlichen Gliedern ihrer eigenen Rasse vorbehalten sind. Kommandant van Heerden hatte ihm bei mehreren Gelegenheiten wegen der Ungesetzlichkeit vor allem dieser Vorliebe ernsthaft ins Gewissen reden müssen, er hatte aber Elsens Hang zu schwarzen Frauen der unbezweifelbaren Tatsache zugeschrieben, daß der Wachtmeister selbst ein Mischling war.

Nein, Wachtmeister Els hatte seine Vorzüge. Er war gewissenhaft, er war ein ausgezeichneter Schütze, und er wußte, wie man den elektrischen Behandlungsapparat bediente, der sich als so segensreich erwiesen hatte, wenn man Verdächtigen Geständnisse entlocken wollte. Luitenant Verkramp hatte das Maschinchen von einem seiner Besuche in Pretoria mitgebracht, und Els hatte sich damit sogleich außerordentlich befreundet. Ursprünglich war der Apparat nur für politisch Verdächtige vorgesehen gewesen, aber Luitenant Verkramps Bemühungen, in Piemburg irgendeinen Saboteur oder Kommunisten aufzutreiben, an dem er das Gerät ausprobieren könnte, waren so kläglich gescheitert, daß Els schließlich einen Eingeborenenjungen hatte verhaften müssen, den er eines frühen Morgens mit einer Flasche Milch in der Hand ertappt hatte. Die Tatsache, daß Els wußte, daß der Junge der Milchmann war, hatte den Wachtmeister nicht daran gehindert, die Wirkung einer Elektroschockbehandlung auszuprobieren, und nach einer Kur von fünf Minuten gestand der Junge bereitwillig ein, die Milch gestohlen zu haben, während er nach zehn Minuten zugab, am gleichen Morgen fünfzig weiße Haushalte mit vergifteter Milch versorgt zu haben. Als Els Anstalten machte, den Elektropol statt an die große Zehe dem Jungen an den Pimmel zu klemmen, bekannte der Beschuldigte, Mitglied der Kommunistischen Partei zu sein, und gab zu, in Peking in Milchsabotage ausgebildet worden zu sein. An dieser Stelle erklärte Luitenant Verkramp sich mit dem Experiment zufrieden, und der Milchjunge wurde beschuldigt, ohne Paß angetroffen worden zu sein, die Polizei in der Ausführung ihrer Pflichten behindert und sich der Verhaftung widersetzt zu haben, was ihm sechs Monate Zwangsarbeit einbrachte und den Richter davon überzeugte, daß dem Angeklagten seine Verletzungen zu Recht zugefügt worden seien, wenn er sie sich nicht sogar selber beigebracht habe. Ja, Els hatte seine Vorzüge, von denen nicht der geringste seine tiefe, wenn auch ziemlich unverständliche Verehrung für seinen Vorgesetzten war. Nicht daß Kommandant van Heerden an Wachtmeister Elsens Hochachtung auch nur im geringsten interessiert gewesen wäre, aber sie war halt ganz was anderes als die penetrante Abneigung, die Luitenant Verkramp ausströmte.

Alles in allem war Kommandant van Heerden mit dem Leben in Piemburg recht zufrieden. Alles würde so weiterlaufen wie immer, und er würde Zeit haben, sich weiter mit seinem privaten Hobby zu beschäftigen, mit dem intellektuellen Puzzle nämlich, zu versuchen, die Engländer zu verstehen. Das war ein Puzzle, von dem er wußte, daß es unmöglich zu lösen sei, das er aber genau aus diesem Grunde unendlich faszinierend fand.

Wenn Piemburg der Garten von Kommandant van Heerdens Seele war, in dem sie voller glücklicher Träume von großen Männern und großen Taten herumwandern konnte, so war Miss Hazelstone auf ihrem Landsitz Jacaranda Park die Schlüsselpflanze, der Eckbaum in der Landschaft seines Innenlebens. Nicht daß sie jung oder schön oder bezaubernd oder auch nur in irgendeiner Weise liebenswert gewesen wäre. Sie war nichts von alledem. Sie war alt, häßlich, geschwätzig und in einer an Unverschämtheit grenzenden Art und Weise schroff. Kaum verlockende Eigenschaften, aber für den Kommandanten waren sie voller außerordentlicher Reize. Für ihn stellten sie die charakteristischen Eigenheiten der Engländer dar. Miss Hazelstones schrille, laute und äußerst ungenierte Stimme war für ihn die wahre Stimme des britischen Empire. Von Miss Hazelstone getadelt, ja heruntergeputzt zu werden, daß er seine Machtbefugnisse überschreite, wenn er ihren Chauffeur verwarnte, weil er in dem 1936er Hudson Terraplane mit kaputten Bremsen und 120 Sachen durch eine geschlossene Ortschaft gerast war, war eine Freude, die kaum noch zu ertragen war. Er genoß ihre Abfuhr als Eingeständnis seiner Rechte. »Van Heerden«, pflegte sie aus dem Fond ihrer Limousine heraus zu fauchen, »Sie überschreiten Ihre Kompetenzen. Chauffeur, fahren Sie weiter.« Und der Wagen fuhr weiter, und der Kommandant stand da und staunte über ihre feine Lebensart.

Ein andermal wieder, bei einer der seltenen Gelegenheiten, die er ausfindig machen konnte, Jacaranda House einen Besuch abzustatten, empfing ihn Miss Hazelstone, wenn sie sich überhaupt soweit herabließ, am Dienstboteneingang und fertigte ihn mit so wenigen Grobheiten und so viel stillschweigender Verachtung ab, daß es dem Kommandanten wiederum vor Bewunderung fast den Atem nahm.

Mit Luitenant Verkramp sprang sie noch rauher um, und als der Kommandant die Unverschämtheiten des Geheimdienstmannes nicht mehr ertragen konnte, dachte er sich für ihn Gründe aus, in Jacaranda House vorbeizuschauen. Bei seinem ersten Besuch hatte Luitenant Verkramp den Fehler begangen, Miss Hazelstone auf Afrikaans anzureden, und von dem Augenblick an sprach sie mit ihm nur noch Küchenkaffir, ein Pidgin-Zulu, das lediglich für die alleruntersten und geistig beschränktesten schwarzen Dienstboten bestimmt war. Luitenant Verkramp kehrte von diesen Bußgängen stets sprachlos vor Wut zurück und machte seiner schlechten Laune damit Luft, daß er Sicherheitsdossiers über die Familie Hazelstone vom Stapel ließ, in denen er die alte Dame der Subversion und Erregung öffentlichen Aufruhrs bezichtigte. Diese Protokolle schickte er nach Pretoria mit der Empfehlung, den Staatsanwalt auf Miss Hazelstones Umtriebe aufmerksam zu machen.

Der Kommandant hatte seine Zweifel, daß diese Berichte Verkramps Ruf, die Dinge genau zu nehmen oder politisch zuverlässig zu sein, guttun könnten. Er hatte nämlich seinem Stellvertreter zu erzählen vergessen, daß Miss Hazelstone die einzige Tochter des verstorbenen Richters Hazelstone vom Obersten Gerichtshof war, den man im Reiche des Gesetzes als Genickbrecher-Bill kannte und der im Verkehrsstau-Ausschuß in einem Minderheitenvotum dafür plädiert hatte, für Parkverstöße die Prügelstrafe obligatorisch zu machen. Bei solchen Vorfahren schien es dem Kommandanten unwahrscheinlich, daß Miss Hazelstones Patriotismus von BOSS angezweifelt werden könnte. Britisch mochte sie ja sein, aber subversiv und kriminell niemals.

Es traf ihn daher geradezu wie ein Schock, als er hörte, wie

Wachtmeister Els im Vorzimmer ans Telefon ging und Miss Hazelstones kreischende Stimme aus dem Hörer schallte. Interessiert zu sehen, wie Els sich in ihren Fängen winden würde, hörte der Kommandant der Unterhaltung zu.

Miss Hazelstone rief an, um zu melden, daß sie soeben ihren Zulu-Koch erschossen habe. Wachtmeister Els war der Sache vollkommen gewachsen. Er hatte, solange er Polizeibediensteter war, schon jede Menge Zulu-Köche erschossen. Außerdem gab es für derlei Meldungen ein Routineverfahren. Wachtmeister Els fiel in den gewohnten Trott.

»Sie möchten den Tod eines Kaffers melden«, begann er.

»Ich habe soeben meinen Zulu-Koch ermordet«, schnappte Miss Hazelstone zurück.

Els war die Beschwichtigung in Person. »Das habe ich ja gesagt. Sie möchten den Tod eines Niggers melden.«

»Nein, das möchte ich nicht. Ich habe Ihnen doch gesagt, ich habe eben Fünfpenny umgebracht.«

Els versuchte es noch mal. »Der Verlust von ein paar schäbigen Münzen zählt noch nicht als Mord.«

»Fünfpenny war mein Koch.«

»Einen Koch umzubringen, zählt auch noch nicht als Mord.«

»Als was zählt es denn dann?« Miss Hazelstones Vertrauen in ihre eigene Schuld begann unter Wachtmeister Els' günstiger Beurteilung der Lage dahinzuwelken.

»Einen weißen Koch umzubringen, kann Mord sein. Es ist unwahrscheinlich, aber möglich. Einen schwarzen Koch umzubringen, kann niemals Mord sein. Unter gar keinen Umständen. Einen schwarzen Koch umzubringen, fällt unter Selbstverteidigung, erlaubte Tötung oder Müllbeseitigung.« Els gestattete sich ein Kichern. »Haben Sie's schon mal beim Gesundheitsamt probiert?« erkundigte er sich.

Dem Kommandanten war klar, daß Els nun auch das letzte bißchen gesellschaftlichen Anstand, das mal sein eigen war, verloren hatte. Er schob ihn zur Seite und ging selbst an den Apparat.

»Hier spricht Kommandant van Heerden«, sagte er. »Ich höre, Ihrem Koch ist ein kleines Malheur passiert.«

Miss Hazelstone war nicht aus der Ruhe zu bringen. »Ich habe eben meinen Zulu-Koch umgebracht.«

Kommandant van Heerden überhörte die Selbstbezichtigung. »Die Leiche liegt im Haus?« fragte er.

»Die Leiche liegt auf dem Rasen«, sagte Miss Hazelstone. Der Kommandant seufzte. Es war immer dasselbe. Warum erschossen die Leute die Schwarzen denn nicht im Haus, wie man das von ihnen erwartete?

»Ich werde in vierzig Minuten in Jacaranda House sein«, sagte er, »und wenn ich ankomme, will ich die Leiche im Hause finden.«

»Das werden Sie nicht«, beharrte Miss Hazelstone, »Sie werden sie auf dem Rasen hinter dem Haus finden.«

Kommandant van Heerden versuchte es noch mal.

»Wenn ich komme, liegt die Leiche im Haus.« Diesmal sagte er es sehr langsam.

Miss Hazelstone ließ sich nicht beeindrucken. »Wollen Sie damit sagen, daß ich die Leiche ins Haus schleppen soll?« fragte sie aufgebracht.

Den Kommandanten entsetzte diese Vorstellung. »Natürlich nicht«, sagte er. »Ich möchte alles andere als Ihnen Unannehmlichkeiten bereiten, und außerdem könnten Sie Fingerabdrücke hinterlassen. Sie können sie sich doch von Ihrem Hauspersonal reintragen lassen.«

Es entstand eine Pause, in der Miss Hazelstone über den Hintersinn seiner Bemerkung nachdachte. »Es hört sich für mich so an, als wollten Sie mir vorschlagen, ich sollte an den Spuren eines Verbrechens herummanipulieren«, sagte sie langsam und drohend. »Es hört sich für mich so an, als versuchten Sie, mich dazu zu verleiten, mich in den Gang der Gerechtigkeit einzumischen.«

»Madam«, unterbrach sie der Kommandant, »ich versuche lediglich, Ihnen zu helfen, dem Gesetz zu gehorchen.« Er machte eine Pause und suchte nach Worten. »Das Gesetz sagt, daß es ein Verbrechen ist, Nigger außerhalb des Hauses zu erschießen. Aber das Gesetz sagt auch, daß es absolut statthaft und rechtens ist, sie im Haus zu erschießen, wenn sie es unrechtmäßig betreten haben.«

»Fünfpenny war mein Koch und hatte jedes Recht, das Haus zu betreten.«

»Tut mir leid, da haben Sie unrecht«, ging der Kommandant dazwischen. »Ihr Haus ist ein weißer Bereich, und kein Kaffer hat das Recht, ohne Erlaubnis einen weißen Bereich zu betreten. Indem Sie Ihren Koch erschießen, verweigern Sie ihm die Erlaubnis, Ihr Haus zu betreten. Ich denke, das kann man getrost so gelten lassen.«

Am anderen Ende der Leitung war es still. Miss Hazelstone war anscheinend überzeugt.

»Ich bin in vierzig Minuten da«, fuhr van Heerden fort und setzte hoffnungsvoll hinzu: »Und ich verlasse mich darauf, daß die Leiche . . .«

»Sie sind in fünf Minuten hier, und Fünfpenny wird dort auf dem Rasen liegen, wo ich ihn erschossen habe«, schnauzte Miss Hazelstone und knallte den Hörer auf die Gabel.

Der Kommandant sah auf sein Telefon und seufzte. Er legte den Hörer erschöpft auf, drehte sich zu Wachtmeister Els um und befahl seinen Wagen.

Als sie den Berg hinauf nach Jacaranda Park fuhren, wußte Kommandant van Heerden, daß er es mit einem schwierigen Fall zu tun haben würde. Er musterte Wachtmeister Elsens Hinterkopf und fand in dessen Form und Farbe einigen Trost.

Wenn alle Stricke rissen, konnte er immer noch von Els' großartigem Talent Gebrauch machen, total unfähig zu sein, und wenn trotz aller Mühe Miss Hazelstone weiter darauf bestand, wegen Mordes vor Gericht gestellt zu werden, dann würde sie als Hauptzeugen der Anklage Wachtmeister Els, betütert und bedudelt, gegen sich haben. Wenn gar nichts mehr sie retten konnte, wenn sie sich in offener Verhandlung schuldig bekannte, wenn sie ein Geständnis nach dem anderen unterschrieb, dann würde Wachtmeister Els im Kreuzverhör, ganz gleich, wie blöd sich der Verteidiger auch anstellte, die voreingenommensten Geschworenen oder den allerstursten Richter davon überzeugen, daß Miss Hazelstone ein unschuldiges Opfer polizeilicher Unfähigkeit und hemmungslosen Falschschwörens geworden sei. Es war bekannt, daß der Staatsanwalt einmal Wachtmeister Els im Zeugenstand »das Alibi aus der Wundertüte« genannt hatte.

3

Diese Gedanken beschäftigten Kommandant van Heerden, als er die Auffahrt von Jacaranda House entlangfuhr. Sie unterbrachen nur kurz das ästhetische Vergnügen, das er stets vor Fossilien des britischen Empire empfand. Denn Jacaranda House war reines Cecil Rhodes und Bischof Colenso.

Völlig konfus und mit Stuck über und über verziert, war das massive Bauwerk für die Ewigkeit zusammengeschustert worden. Stilistisch gelang es ihm, Östliches wie Westliches miteinander zu verbinden. In Jacaranda House prallten beide aufeinander. Auf den ersten Blick sah es so aus, als sei Schloß Windsor zur künstlichen Befruchtung des Pavillons in Brighton herangezogen worden, und von seinen mit Zinnen bespickten Giebeln bis zu seiner gekachelten und mit Säulen bestückten Veranda gelang es ihm mit einem wahrhaft englischen Eklektizismus, mehr als nur einen Hauch Durbar einem Gebäude zu verleihen, das seiner Funktion nach so eindrucksvoll wie ein Männerklo war. Wer immer auch Jacaranda House erbaut hatte, er wußte vielleicht nicht und ziemlich sicher absolut nicht, was er tat, aber er mußte schon ein Genie gewesen sein, um nur zu wissen, wie er's tat.

Als das Polizeiauto vorfuhr, wurde das große gotische Eingangsportal von einem indischen Butler mit weißen Handschuhen und einer roten Schärpe um den Bauch geöffnet, der den Kommandanten und seinen Assistenten durch eine riesige Halle führte, deren Wänden die modernden Köpfe von sechzehn Büffeln, einem Warzenschwein, zehn Löwen und zahllosen unbedeutenden Tierarten ein ehrwürdiges Aussehen verliehen; sie alle hatte der mittlerweile verstorbene Richter Hazelstone einst auf einer Versteigerung erworben, um sich seinen total ungerechtfertigten Ruf zu erhalten, ein Großwildjäger zu sein. Um den Eindruck zu erhöhen, man befände sich im Dschungel, streckten unzählige Topfpflanzen und Farnkräuter ihre staubigen Blattwedel zum stuckierten Fächergewölbe der Decke empor. Die Galerie und das große Wohnzimmer, durch das sie kamen, waren auf ähnliche Weise mit den Porträts lange verstorbener Hazelstones geschmückt, und als sie schließlich zur Veranda an der Rückseite des Hauses vorstießen, war Kommandant van Heerdens Hochachtung vor dem imperialen Großbritannien ins Unermeßliche gestiegen.

Miss Hazelstone hatte den Schauplatz ihres Verbrechens mit einem Sinn für Zurückhaltung und Festlichkeit gewählt, der noch ganz einem fernen, beschaulicheren Zeitalter entsprach. Fünfpennys Leiche lag auf einer makellosen Rasenfläche in der Haltung einer sinnigerweise ehrerbietigen Erstarrung zu Füßen eines Piedestals zusammengesunken, auf dem die Büste von Sir Theophilus Hazelstone, G.C.B, G.C.S.I., G.C.I.E., D.D.O. und einstmals Gouverneur von Zululand und Vizekönig von Matabeleland gestanden hatte; diese Büste war nach der Niederschlagung des Zulu-Aufstands aufgestellt worden, um an Sir Theophilus' Sieg bei Bulundi zu erinnern, wo 17000 unbewaffnete Zulus niedergemetzelt worden waren, die irrtümlicherweise angenommen hatten, Sir Theophilus habe sie als der Stellvertreter der Großen Weißen Queen zu einem Palaver eingeladen. Das nachfolgende Massaker ging in die Militärgeschichte als der erste Anlaß ein, die zehnzölligen Schiffskanonen auf eine Kernschußweite von zwölf Metern abzufeuern, was zur Folge hatte, daß die Hälfte der Geschützmannschaften den eigenen Artilleriegeschossen zum Opfer fiel. Im späteren Verlauf der Schlacht war dieser Fehler korrigiert worden, und man hatte die Schiffskanonen als Fernkampfwaffe eingesetzt, um die fliehenden Zulus zu dezimieren, und zwar mit dem hervorragenden Erfolg, daß vier Farmhäuser und ein britisches Blockhaus am Tugela River, etwa sieben Meilen jenseits vom eigentlichen Schlachtgeschehen, zerstört wurden. Diese Fortschritte in der Kunst militärischer Strategie hatten Sir Theophilus die Ritterwürde und eine weitere Spange zu seinem D.S.O. eingebracht, ganz zu schweigen von der Bewunderung seiner überlebenden Offiziere und Soldaten; darüber hinaus hatten sie seinen Ruf, es mit der Redlichkeit und dem Fair play pingelig genau zu nehmen, unter den Eingeborenen gesteigert, denen es, verkrüppelt und verstümmelt, gelungen war, dem Massensterben zu entrinnen. Während seiner Regierung als Gouverneur erlebte Zululand ein Jahrzehnt ungestörten Friedens, und bei seinem Tode zog eine ganze Generation von Zulu-Witwen die Trauerkleider aus.

Das Ansehen solcher Helden wie Sir Theophilus war es, woran sich Kommandant van Heerdens Bewunderung für die Briten und ihr Weltreich hochrankte. Das hohe Ansehen, so schien es dem Kommandanten, war alles, was Sir Theophilus nun geblieben war. Denn zweifellos war seine Büste von ihrem Piedestal verschwunden und lag über einen halben Morgen ansonsten makelloser Rasenflächen verstreut. Die Stämme der Gummibäume jenseits des Rasens waren zerfetzt und zersplittert, und die Azaleenbüsche sahen aus, als hätte ihnen ein sehr großes und wahnsinnig hungriges Tier seine geballte Aufmerksamkeit geschenkt. Abgerissene Zweige und Blätter lagen in einer ungefähr zwanzig Meter breiten Bresche verstreut umher.

Einen Augenblick lang schöpfte der Kommandant neue Hoffnung, daß Fünfpennys plötzlicher Tod nicht das Ergebnis einer wie auch immer gearteten menschlichen Tat, sondern vielmehr von sowas wie einer Naturkatastrophe in der Größenordnung eines unerwarteten Tornados gewesen sei, der zweifellos wohlbemerkt durch Jacaranda Park gebraust, im übrigen Piemburg aber unbemerkt geblieben war. Dieser kleine Hoffnungsfunke erlosch fast so schnell, wie er aufgeglimmt war. Es war nur zu offenbar, daß, ganz gleich, welche anderen Gaben Miss

Hazelstone von ihren illustren imperialen Ahnen hinterlassen worden waren, Sir Theophilus seiner Enkelin die erklärte Vorliebe für enorme Feuerwaffen und ihre Anwendung auf ganz unnötig nahe Distanzen vererbt hatte.

Sie saß, eine schmale, eckige, fast zerbrechliche ältere Dame, in dunklen Chiffon mit einem Spitzenkragen gekleidet, in einem zerbrechlichen, ältlichen Korbsessel mit völlig überflüssigen Schondeckchen und wiegte ein Gewehr in ihrem Schoß, das Kommandant van Heerden und sogar Wachtmeister Els total aus der Fassung brachte und das nur zu gut die Szene der Verwüstung erklärte, die sich jenseits von Fünfpennys verrenkter Gestalt und dem büstenlosen Sockel zeigte. Es war eine vierläufige Büchse von fast zwei Metern Länge, deren Kaliber einen so großen Durchmesser hatte, daß einem unwillkürlich eine der Lieblingswaffen Sir Theophilus' in den Sinn kam, nämlich die zehnzöllige Schiffskanone. Kommandant von Heerdens erfahrenes Auge sagte ihm sofort, daß es sich hier um keine Standardfeuerwaffe handelte, die zur Selbstverteidigung zugelassen war.

»Das ist die Mordwaffe«, sagte Miss Hazelstone, die offenbar seine Gedanken las. Sie tätschelte die vier Gewehrläufe, und van Heerden sagte sich, daß sie offensichtlich wild entschlossen sei, keine Stelle der Waffe ohne ihre Fingerabdrücke zu lassen.

Der Kommandant blickte vorsichtig auf das Gewehr. »Was ist das denn für eins?« fragte er schließlich.

»Das ist eine automatische, mehrläufige Elefantenbüchse«, erwiderte Miss Hazelstone. »Sie wurde von meinem Vater, dem seligen Richter Hazelstone, entworfen und nach seinen Angaben gebaut. Ihre Feuergeschwindigkeit beträgt vierzig Schuß pro Minute, und einen angreifenden Elefanten kann sie auf tausend Meter außer Gefecht setzen.«

Van Heerden äußerte die Ansicht, daß es wohl unnötig sei, Elefanten auf tausend Meter Entfernung zu töten. Er brachte es nicht übers Herz, die Formulierung »außer Gefecht setzen« zu verwenden. Sie wirkte unangemessen schlicht. »Wegpusten« erschien ihm viel passender.

»Mein Vater war ein miserabler Schütze«, fuhr Miss Hazelstone fort. »Außerdem war er ein grauenhafter Feigling.«

»Einen Menschen, der dieses Gewehr abfeuert, kann man unmöglich einen Feigling nennen«, sagte der Kommandant so galant wie wahrheitsgemäß. Er fing allmählich an, das Gespräch recht erholsam zu finden. Der Mord hatte Miss Hazelstone offenbar einen ganz ungewohnt menschlichen Zug verliehen. Sie behandelte ihn mit nie gekannter Höflichkeit. Der Kommandant beschloß, daß die Zeit gekommen sei, die Verteidigung von Miss Hazelstones Unschuld wiederaufzunehmen.

»Dieses Gewehr ist viel zu schwer für eine Frau . . . pardon, für eine Dame wie Sie«, sagte er und bereute seine Bemerkung fast so schnell, wie er sie gemacht hatte. Es war klar, daß Miss Hazelstone auf jede Herausforderung antworten würde. Sie stand von ihrem Sessel auf und zielte mit der riesigen Büchse in den Garten.

Der Kommandant hatte nicht mit der Möglichkeit gerechnet, daß sie das Ding vielleicht auch abfeuern könnte. Wachtmeister Els dagegen handelte ausnahmsweise mal mit größerer Behendigkeit und warf sich auf den Boden. Daß der Boden, den er sich dafür aussuchte, bereits von einem großen Dobermannpinscher belegt war und daß der Hund es vorzog, Wachtmeister Els das Recht streitig zu machen, mit seinem Bauch auf ihm zu liegen, und daß sowieso alle südafrikanischen Hunde darauf dressiert sind, Leute schwarzer Abstammung zu beißen, und daß Wachtmeister Els genügend schwarzes Blut besaß, um das Beißen auf Verdacht zu rechtfertigen, all das entging Kommandant van Heerden, als Miss Hazelstone, bald auf die Erde, bald in den Himmel zielend, auf den Abzug drückte.

Der Kommandant, der keinen halben Meter rechts von den vier Gewehrläufen und fast auf der gleichen Höhe mit ihren Mündungen stand und der nur einen Augenblick vorher ein vernünftig denkender Mensch im Vollbesitz seiner Sinne gewesen war, hatte plötzlich den Eindruck, in einer riesigen und sich rasend schnell ausdehnenden Feuerblase zu stehen. Die ganze Welt um ihn herum, der Garten, der Himmel, die zwitschernden Vögel, selbst das Geschrei von Wachtmeister Els, den der Dobermann in der Mache hatte, alles versank. Kommandant van Heerden erlebte lediglich die absolute Stille im lautlosen Inneren einer gewaltigen Explosion. Es gab keinen Schmerz, keine Angst, keine Gedanken mehr, nur noch die Gewißheit, nicht daß das Ende der Welt unmittelbar bevorstünde, sondern daß es bereits unwiderruflich da sei. Für einen kurzen Augenblick der Erleuchtung erlebte Kommandant van Heerden die höchste Form mystischer Einsicht, die totale Trennung von seinem Körper. Es dauerte ein bißchen, ehe er wieder zur Welt körperlicher Empfindungen zurückkehrte, zu lange jedenfalls, um noch etwas von dem Donnerschlag zu hören, der von Jacaranda Park in Richtung auf die Drakensberge zurollte. Mit dem starren Blick eines wachgerüttelten Traumwandlers und dem versengten Schnurrbart von jemandem, der zu nahe an einem ungeheuer dicken Gewehrlauf gestanden hat, blickte er auf die Szene um sich herum. Die sah nicht so aus, als könne sie einen Menschen, der an seinem Verstand zweifelt, einigermaßen beruhigen.

Wachtmeister Elsens Auseinandersetzung mit dem Dobermann hatte sich durch den Riesenradau, um es milde auszudrücken, etwas zugespitzt. Es war schwer zu sagen, welche der beiden Bestien das Krachen der Elefantenbüchse verrückter gemacht hatte. Der Hund, der sich zunächst in Wachtmeister Els' Fußknöchel bis durch zum Knochen verbissen hatte, hatte seine Aufmerksamkeit inzwischen auf dessen Lendengegend konzentriert und, erst einmal dort angelangt, alle Anzeichen einer Kieferklemme an den Tag gelegt. Els bot nichts, in das er beißen konnte, außer dem Hinterteil des Dobermanns, und da er auch jetzt wie stets am Althergebrachten hing, wandte er seine Taktik an, die er sich in mehreren tausend Verhören von Afrikanern angeeignet hatte: Er nannte das Verfahren fröhlich »Eiersalat«, aber in den Obduktionsberichten über einige seiner Patienten wurde es als schwere Hodenquetschung bezeichnet.

Kommandant van Heerden wandte die Reste seiner ihm noch gebliebenen Aufmerksamkeit von diesem unerfreulichen Schauspiel ab und versuchte, einen Blick auf Miss Hazelstone zu werfen, die verblüfft, aber zufrieden in ihrem Korbsessel lag, wohin der Rückstoß der Flinte sie geworfen hatte. Durch seine angesengten Wimpern hindurch nahm der Kommandant vage wahr, daß sie mit ihm sprach, denn sie bewegte ihre Lippen, aber es dauerte ein paar Minuten, ehe er sein Gehör so weit wiedererlangt hatte, daß er aus dem, was sie sagte, klug wurde. Nicht daß er ihre Bemerkungen als besonders hilfreich empfunden hätte. Es schien ihm ausgesprochen natürlich, was sie immer wieder sagte: »Da haben Sie's. Ich habe Ihnen doch gesagt, ich könnte mit dem Gewehr schießen.« Und der Kommandant begann sich zu fragen, ob er zu Luitenant Verkramp nicht ein bißchen ungerecht gewesen sei. Miss Hazelstone war wirklich eine Frau, die vor nichts zurückschreckte.

Ihre zweite Schießübung hatte zerstört, was von dem Sockel, auf dem Sir Theophilus' Büste gestanden hatte, noch übrig gewesen war, und da sie auch auf die Erde gezielt hatte, waren alle Spuren von Fünfpennys eben noch devotem Leichnam fast getilgt. Fast, aber nicht völlig, denn zu den bruchstückhaften und weit verstreuten Überresten von Sir Theophilus' Büste auf ihren weit voneinander entfernten Rasenfleckchen hatten sich die nicht weniger bruchstückhaften und weit verstreuten Überreste des verblichenen Zulu-Kochs gesellt, während schwarze Hautfetzchen wie Schnecken an den zerschossenen Stämmen der Gummibäume klebten, die den einst unberührten Rasen säumten. Kommandant van Heerden brachte nicht den Mut auf, das Auge auf einen runden, schwarzen Gegenstand zu richten, der den Versuch nicht aufgab, immer wieder die Aufmerksamkeit auf sich zu ziehen, indem er wehmütig von einem Ast im oberen Teil eines im übrigen prachtvollen blauen Gummibaums herunterbaumelte. Durch die Mitte des Rasens hatte die Elefantenbüchse eine etwa zwanzig Zentimeter tiefe und fünfzehn Meter lange schnurgerade Rinne gekerbt, von deren ausgezackten Rändern etwas aufstieg, wovon der Kommandant verzweifelt hoffte, es sei Dampf.

Da er das Gefühl hatte, daß ihn die Anstrengungen des Nachmittags und seine eben gemachten übersinnlichen Erfahrungen von den Normen der Höflichkeit befreiten, die er zuvor in Miss Hazelstones Gegenwart eingehalten hatte, setzte sich der Kommandant unaufgefordert in einen Sessel, schön außerhalb jedes möglichen Schußwinkels dieser fürchterlichen Elefantenbüchse, und sah mit der Miene eines Kenners Wachtmeister Els' Gladiatorenkampf mit dem Dobermann zu.

Alles in allem schienen ihm beide, was ihren Körperbau und das geistige Erfassen der Lage betraf, recht gut zueinander zu passen. Natürlich hatte Els den Nachteil, einen kleineren Kiefer und weniger Zähne zu besitzen, aber was ihm an Beißkraft abging, das machte er an Konzentration und Kastrationserfahrung wieder wett. Einen Moment lang meinte der Kommandant dazwischengehen zu müssen, aber Miss Hazelstone hatte bereits mit jener Entschlossenheit gehandelt, die er an Personen ihres Standes immer bewundert hatte. Sie schickte ihren indischen Butler ins Haus, und wenig später kam er mit einer Flasche Salmiakgeist und einem großen Wattebausch zurück.

»Die beste Art, Hunde voneinander zu trennen«, schrie sie ihm durch das Geknurre und Gestöhne hindurch zu, »ist, ihnen einen Wattebausch, der mit Salmiakgeist getränkt ist, auf die Schnauze zu drücken. Sie schnappen nach Luft, und man reißt sie auseinander«, und mit diesen Worten preßte sie den Wattebausch Wachtmeister Els auf sein bereits dunkelrotes Gesicht. Der Kommandant fragte sich, warum sie sich Els als ersten aussuchte, um ihn zum Loslassen zu zwingen, aber dann erklärte er es sich mit der großen Tierliebe der Briten, und er wußte – um Miss Hazelstone gegenüber fair zu sein –, daß sie ihren Dobermann ganz besonders gern hatte.

Sofort wurde klar, daß diese Methode von bemerkenswerter Wirksamkeit war. Mit einem dumpfen Schrei und allen Anzeichen seines unmittelbar bevorstehenden Erstickungstodes ließ Els die Fortpflanzungsorgane des Hundes los, und der indische Butler unterstützte den Wachtmeister darin, den Kampf nicht fortzusetzen, indem er sich ihm an die Knöchel hängte und ihn wegzuschleifen versuchte.

Zu Els' Pech ließ sich der Dobermann durch den drohenden Erstickungstod weit weniger einschüchtern oder war gegen Salmiakgeist mittlerweile immun, jedenfalls dauerte es einige Zeit, bis sich das Vieh dazu überreden ließ, den Vorteil nicht auszunutzen, den ihm, wie es natürlich annahm, das Eingreifen seines Frauchens beschert hatte. Es könnte auch gedacht haben, daß Miss Hazelstone sich deswegen eingemischt hatte, weil Wachtmeister Els seine ziemlich furchterregenden Beißgelüste inzwischen auf sie konzentrierte, was zumindest natürlicher, wenn auch angesichts ihres Alters und der nicht vorhandenen körperlichen Reize nicht so recht verständlich gewesen wäre. Ganz egal, welche Gründe der Dobermann hatte, der Lendengegend des Wachtmeisters weiterhin seine Anhänglichkeit zu beweisen, der Kommandant hatte so Gelegenheit, seine Aufmerksamkeit, die lediglich durch die Schmerzensschreie seines Assistenten gestört wurde, auf den Fall zu lenken, den er zu untersuchen hatte.

Als endlich wieder Ruhe und Frieden in Jacaranda House eingekehrt waren und Miss Hazelstone ihren indischen Butler Oogly angewiesen hatte, im Salon den Tee zu servieren, da war auch Kommandant van Heerden wieder genügend bei Kräften, um mit der Untersuchung des Falles zu beginnen. Aber zunächst gab er Wachtmeister Els den Auftrag, die Überreste Fünfpennys von dem Rasen und einem ganz ohne Zweifel nicht zu ersteigenden blauen Gummibaum einzusammeln, ein Auftrag, gegen den der Wachtmeister nur zu gern mit der Begründung protestiert hätte, er habe wegen mehrfachen und ernsthaften Hundebisses, ganz zu schweigen von der Kampfstrapaze und der Schützengrabenneurose, eine augenblickliche und nachhaltige Krankenhausbehandlung nötig.

Schließlich war der Kommandant in der Lage, Miss Hazelstones Verhör bei einem richtig schön altmodischen Tee mit Lachsschnittchen und Teegebäck wiederaufzunehmen, wobei es ihm fast das gleiche Vergnügen bereitete, Wachtmeister Els dabei zuzusehen, wie er auf dem blauen Gummibaum in ungefähr zehn Meter Höhe mit heftigen Schwindelgefühlen kämpfte.

»Nun zu diesem Koch«, begann der Kommandant. »Darf ich annehmen, daß Sie mit seinen Kochkünsten nicht zufrieden waren?«

»Fünfpenny war ein exzellenter Koch«, erklärte Miss Hazelstone mit Nachdruck.

»Ich verstehe«, sagte der Kommandant, obwohl er das nicht tat, weder buchstäblich noch im übertragenen Sinne. Mit dem Verstand hatte er so seine Schwierigkeiten, seitdem er in diesem Feuerball gestanden hatte. Irgendwie kam er und ging dann wieder, und sein Gehör benahm sich auch unberechenbar.

»Fünfpenny war eine kulinarische Koryphäe«, fuhr Miss Hazelstone fort.

»Ach, tatsächlich?« Der Kommandant faßte neue Hoffnung. »Und wann machte er das immer?«

»Jeden Tag natürlich.«

»Und wann kamen Sie dahinter, was er so vorhatte?«

»Sobald ich ›Los!‹ sagte.«

Der Kommandant war verblüfft. »Und Sie erlaubten ihm weiterzumachen?«

»Aber natürlich. Sie nehmen doch wohl nicht an, daß ich ihn hätte aufhalten sollen, oder?« schnauzte Miss Hazelstone.

»Aber Ihre Pflicht als Bürgerin ...«

»Ach Quatsch, meine Pflicht als Bürgerin. Warum um alles im Himmel sollte meine Pflicht als Bürgerin mich zwingen, einen exzellenten Koch an die Luft zu setzen?«

Der Kommandant suchte in den Tiefen seines explosionserschütterten Hirns nach einer passenden Antwort.

»Na ja, Sie scheinen ihn doch deswegen erschossen zu haben«, sagte er schließlich.

»Das ist doch alles Kohl«, schnaubte Miss Hazelstone. »Fünfpennys Tod war ein *crime passionel.*«

Kommandant van Heerden versuchte sich vorzustellen, wie ein Cream Passion Nell wohl aussähe. Fünfpennys Tod hatte ihm mehr wie eine explodierte Blutwurst ausgesehen, und was die Portionen betraf, die Wachtmeister Els noch immer aus dem blauen Gummibaum zu entfernen versuchte: Selbst ein Hundeschlächter hätte seine Schwierigkeiten gehabt, sich eine passende Beschreibung für sie auszudenken.

»Ein Cream Passion Nell«, wiederholte er langsam und hoffte, Miss Hazelstone käme ihm mit einer geläufigeren Bezeichnung zu Hilfe. Das tat sie auch.

»Ein Verbrechen aus Leidenschaft, Sie Dummkopf«, knurrte sie.

Kommandant van Heerden nickte. Er hatte es ja gewußt, es konnte nichts anderes sein. Niemand mit gesunden fünf Sinnen hätte Fünfpenny diese gräßlichen Verletzungen kaltblütig und ohne wenigstens ein bißchen Gefühlsbeteiligung zufügen können.

»Oh, das verstehe ich«, sagte er.

Aber Miss Hazelstone hatte nicht die Absicht, es bei diesem tröstlichen Mißverständnis zu belassen. »Ich möchte Ihnen damit zu verstehen geben, daß meine Gefühle für Fünfpenny nicht so waren, wie sie zwischen Herrin und Diener normalerweise üblich sind«, sagte sie.

Zu diesem Schluß war Kommandant van Heerden schon auf eigene Faust gekommen. Er nickte Miss Hazelstone aufmunternd zu. Ihre altmodische und förmliche Art, ihre Gedanken in Worte zu fassen, entzückte ihn. Ihre nächste Bemerkung hatte die völlig entgegengesetzte Wirkung.

»Was ich Ihnen die ganze Zeit zu sagen versuche«, fuhr sie fort, »ist, daß ich verliebt in ihn war.«

Es dauerte etwas, bis der ganze Gehalt dieser Äußerung in

das überforderte Gehirn des Kommandanten eindrang. Seine Erfahrung, sich neben der Mündung der Elefantenbüchse langsam von seinem Körper zu lösen, war im Vergleich dazu nur das leise Säuseln einer Brise im fernen Rispengras. Das hier war eine Bombe. Sprachlos vor Entsetzen starrte er blicklos in Miss Hazelstones Richtung. Jetzt wußte er, wie die Fratze des Wahnsinns aussah. Sie sah wie eine zerbrechliche alte Dame von berühmter und untadeliger britischer Abkunft aus, die in einem Ohrensessel saß und in ihren zierlichen Händen ein chinesisches Teetäßchen hielt, auf dem unter dem goldenen Abziehbild des Wappentiers der Hazelstones, einem drohend aufgerichteten Wildschwein, das Familienmotto *»Baisez moi«* stand, und die einem afrikaansen Polizisten offen eingestand, daß sie in ihren schwarzen Koch verliebt gewesen sei.

Miss Hazelstone ignorierte das verdutzte Schweigen des Kommandanten. Sie nahm es offensichtlich als ein Zeichen des Respekts vor der Zartheit ihrer Gefühle.

»Fünfpenny und ich, wir liebten uns«, fuhr sie fort. »Wir hingen in tiefer, unsterblicher Liebe aneinander.«

Dem Kommandanten drehte es sich im Kopf. Es war schon schwer genug, versuchen zu müssen (und sei es noch so aussichtslos), Verständnis dafür aufzubringen, was um Gottes willen Miss Hazelstone denn bloß anziehend an einem schwarzen Koch gefunden haben könnte, ganz zu schweigen vom Versuch, sich vorzustellen, wie ein schwarzer Koch in Miss Hazelstone verliebt sein könnte, aber als sie, um dem ganzen die Krone aufzusetzen, den Ausdruck »unsterbliche Liebe« benutzte, während als unmittelbares Ergebnis der Leidenschaft, die seine Geliebte für ihn hegte, Fünfpennys Überreste in Wiese und Gebüsch verstreut lagen oder zwanzig Meter hoch in einem blauen Gummibaum hingen, da wußte Kommandant van Heerden, daß sein Verstand in Gefahr war, total durcheinanderzugeraten.

»Sprechen Sie weiter«, keuchte er unwillkürlich. Er wollte eigentlich »Halten Sie um Gottes willen den Mund« sagen, aber sein berufliches Training setzte sich gegen ihn durch.

Miss Hazelstone schien beglückt, weiterreden zu können.

»Wir verliebten uns vor acht Jahren, und gleich von Anfang an waren wir wahnsinnig glücklich. Fünfpenny verstand meine Herzensbedürfnisse. Natürlich konnten wir wegen dieser absurden Moralgesetze nicht heiraten.« Sie machte eine Pause und hob die Hand, als wolle sie den entsetzten Protest des Kommandanten zum Schweigen bringen. »Also mußten wir in Sünde leben.« Kommandant van Heerden war über das bloße Entsetzen längst hinaus. Er glotzte sie fassungslos an. »Aber wenn wir auch nicht verheiratet waren«, fuhr Miss Hazelstone fort, »glücklich waren wir. Ich muß zugeben, wir führten kein sehr geselliges Leben, aber wenn man mal erst in meinem Alter ist, dann ist ein ruhiges Leben daheim eigentlich alles, was man sich wünscht. Denken Sie nicht auch?«

Kommandant van Heerden dachte überhaupt nicht. Er mühte sich nach Kräften, nicht zuzuhören. Schwankend erhob er sich von seinem Sessel und schloß die Glastüren, die auf die Veranda führten. Was dieses grauenhafte alte Weib ihm hier erzählte, durfte Wachtmeister Els auf keinen Fall zu Ohren kommen. Er war erleichtert, als er bemerkte, daß der fürchterliche Kerl sich bis zur Spitze des Baums hochgearbeitet hatte, wo er anscheinend steckengeblieben war.

Während Miss Hazelstone weiter ihren Katalog von Fünfpennys Vorzügen runterbrabbelte, stampfte der Kommandant im Zimmer hin und her und kramte in seinem Hirn wie verrückt nach einer Möglichkeit, wie er den Fall vertuschen könnte. Miss Hazelstone und Jacaranda House waren praktisch nationale Institutionen. Ihre Feuilletons über gesellschaftliche Umgangsformen und feine Lebensart erschienen in jeder Zeitung des Landes, ganz abgesehen von ihren vielen Artikeln in den besseren Frauenzeitschriften. Wenn rauskäme, daß die Wortführerin der englischen Gesellschaft in Zululand ihren schwarzen Koch ermordet hatte, oder wenn sich in schwarze Köche zu verlieben plötzlich der Kategorie feiner Lebensart zugerechnet würde und diese Mode sich ausbreitete, wie es sehr wohl passieren könnte, dann würde Südafrika innerhalb eines Jahres farbig werden. Und wie stand es mit der Wirkung auf die Zulus selbst, wenn sie hörten, daß einer von ihnen was mit der Enkelin des Großen Gouverneurs Sir Theophilus Hazelstone in Sir Theophilus' eigenem Kral, Jacaranda Park, gehabt hatte, und das überreichlich, praktisch legal und auf ihr Drängen? Kommandant van Heerdens Phantasie schweifte von Massenvergewaltigungen durch Tausende von Zulu-Köchen weiter zu Eingeborenenaufständen und langte schließlich beim Rassenkrieg an. Luitenant Verkramp hatte in seinen Berichten nach Pretoria also doch recht gehabt. Er hatte erstaunlichen Scharfblick bewiesen. Miss Hazelstone und ihr verfluchter Zulu-Koch waren allen Ernstes imstande, dreihundert Jahren weißer Herrschaft in Südafrika ein Ende zu bereiten. Was noch schlimmer war: Er, Kommandant van Heerden, würde dafür verantwortlich gemacht werden.

Nachdem er lange und andächtig einer mottenzerfressenen Hyäne ins Gesicht gestarrt hatte, die er in seiner Verwirrung für ein Jugendbildnis von Sir Theophilus hielt, raffte der Kommandant schließlich die letzten ihm noch verbliebenen Kräfte zusammen und drehte sich wieder zu seiner Peinigerin um. Er würde einen letzten Versuch unternehmen, die alte Schachtel dazu zu bewegen, ihre Pflicht als Dame und als Weiße einzusehen und zu leugnen, jemals etwas Tödlicheres oder Leidenschaftlicheres ihrem Zulu-Koch gegenüber gehegt zu haben als mäßig kritische Gedanken.

Miss Hazelstone hatte die Aufzählung von Fünfpennys Tugenden als eines gefühlvollen Seelenfreundes beendet. Sie hatte angefangen, die Eigenschaften des Kochs als eines animalischen und sinnlichen Liebhabers zu schildern, der das Bett mit ihr teilte und ihre sexuellen Gelüste befriedigte, die, wie der Kommandant mit Abscheu entdeckte, kolossal und seiner Ansicht nach pervers bis zur Ungeheuerlichkeit waren.

»Natürlich hatten wir anfangs unsere kleinen Schwierigkeiten«, sagte sie gerade. »Es bestanden kleine Differenzen in unserer Einstellung, ganz zu schweigen von unseren körperlichen Eigenschaften. Ein Mann von Ihrer Erfahrung, Kommandant, wird selbstverständlich wissen, was ich meine.«

Der Kommandant, dessen Sexerfahrungen sich auf einen Bordellbesuch jährlich während seiner Sommerferien in Lourenco Marques beschränkten, dessen Erfahrungen mit Zulus aber ziemlich weitläufig waren, dachte, daß er wisse, was sie meine, und hoffte beim Himmel, er wisse es nicht.

»Zunächst litt Fünfpenny an *ejaculatio praecox*«, fuhr Miss Hazelstone mit klinischer Strenge fort. Einen kleinen, allzu kurzen Augenblick lang bewahrten den Kommandanten seine mangelnden Lateinkenntnisse und sein beschränktes medizinisches Wissen davor, die volle Bedeutung dieser Worte zu erfassen. Aber Miss Hazelstone beeilte sich, ihn aufzuklären.

»Seine Emissionen kamen immer zu früh«, sagte sie, und als der Kommandant verständnislos einzuwenden wagte, seiner unmaßgeblichen Meinung nach hätte Fünfpenny angesichts seiner schmutzigen Angewohnheiten in seinem späteren Leben gar nicht früh genug zur Mission kommen können, da ließ sich Miss Hazelstone zum Stallniveau herab und erklärte die Sache in einer Sprache, die dem Kommandanten, wenn auch gegen seinen Willen, nur allzu verständlich erscheinen mußte.

»Er spritzte los, kaum daß ich ihn berührte«, fuhr sie, ohne mit der Wimper zu zucken, fort, und da sie den Entsetzensblick des Kommandanten irrtümlich für ein Zeichen hielt, daß er immer noch nicht kapiert hatte, was sie meinte, holte sie zum Gnadenstoß auf sein erschrecktes Zartgefühl aus.

»Es kam ihm normalerweise schon, ehe er mir seinen Schwanz reingesteckt hatte«, sagte sie, und während sie das sagte, meinte der Kommandant zu bemerken – und es war wie in einem gräßlichen Alptraum –, daß sich Miss Hazelstones Mundwinkel zu einem milden Lächeln glücklicher Erinnerung nach oben zogen.

Jetzt war ihm klar, daß Miss Hazelstone total verrückt war. Er wollte gerade sagen, sie habe wohl eine geballte Ladung ins

Oberstübchen abgekriegt, aber diesen Ausdruck, der allzusehr an Fünfpennys widerliche Schwäche erinnerte, von seinem Schicksal ganz zu schweigen, hielt er auf der Schwelle seines Bewußtseins zurück.

»Aber schließlich lösten wir das Problem«, erzählte Miss Hazelstone weiter. »Zunächst mal brachte ich ihn dazu, drei Präservative zu tragen, und zwar eins über dem anderen, um seine *glans penis* weniger empfindlich zu machen, und meiner Ansicht nach gelang das recht zufriedenstellend, obgleich es ihm eventuell den Blutkreislauf ein winziges bißchen abschnürte und er sich darüber beklagte, daß er nicht sehr viel spüre. Nach einer Stunde dann ließ ich ihn eins abnehmen, und das half ihm ein wenig, schließlich zog er das zweite runter, und wir kamen gleichzeitig zum Orgasmus.« Sie hielt inne und wedelte schelmisch mit dem Finger zu dem wie betäubt dasitzenden Kommandanten hinüber, der verzweifelt versuchte, genügend Kräfte zu mobilisieren, um diesen schrecklichen Enthüllungen Einhalt zu gebieten. »Aber das war noch nicht alles«, fuhr sie fort, »ich kam nämlich schließlich auf eine noch bessere Lösung für Fünfpennys kleines Problemchen. Ich war zu meiner halbjährlichen Routineuntersuchung beim Zahnarzt, und Dr. Levy gab mir zur örtlichen Betäubung eine Spritze gegen die Schmerzen.« Sie zögerte, als schäme sie sich, eine Schwäche zuzugeben. »Früher haben wir uns natürlich nie mit solchem Blödsinn abgegeben. Ein kleiner Schmerz tut niemandem weh. Aber Dr. Levy bestand darauf, und hinterher war ich ja so froh, daß ich's hatte machen lassen. Verstehen Sie, mir wurde nämlich plötzlich klar, wie ich verhindern könnte, daß Fünfpenny von der Macht seiner Gefühle, die er für mich hegte, überwältigt würde.« Sie machte eine Pause. Es war weiß Gott auch nicht nötig, daß sie weiterredete.

Kommandant van Heerdens blitzschneller Verstand war bereits vorausgeeilt und hatte den entscheidenden Punkt recht genau erfaßt. Außerdem begriff er allmählich, wenn auch nur vage, den Gedankengang, dem Miss Hazelstone folgte.

In diesem Moment sah er die Szene im Gericht vor sich, die sich aus Miss Hazelstones Eröffnung ergeben mußte, daß sie sich es zur Gewohnheit gemacht habe, ihrem schwarzen Koch erst eine Spritze Novocain in den Penis zu verabreichen, ehe sie ihm erlaubte, mit ihr zu schlafen. Er sah die Szene vor sich und schwor sich, daß sie nie eintreten werde, auch wenn das hieße, daß er Miss Hazelstone umbringen müsse, um das zu verhindern.

Verzweifelt wanderte sein Blick über die Versammlung längst verblichener Hazelstones, die die Wände des Salons zierten, und er hoffte, sie würden das Opfer zu schätzen wissen, das er zu bringen bereit war, um den guten Namen der Familie vor der Schande zu retten, mit der ihn Miss Hazelstone offenbar partout in den Dreck ziehen wollte. Die Sache mit den Novocaininjektionen stellte eine dermaßen bizarre Neuerung in den Sexualpraktiken dar, daß sie nicht bloß in die südafrikanischen Schlagzeilen käme. Die Zeitungen der ganzen Welt würden diesen Leckerbissen in riesigen Lettern auf ihren Titelseiten breittreten. Er konnte sich nicht recht denken, wie sie es wohl letztlich formulieren würden, aber er hatte in die Fähigkeiten der Redakteure, daß sie es hübsch eindrucksvoll herausstellen würden, das allergrößte Zutrauen. Er versuchte sich vorzustellen, welchen Eindruck das Ganze wohl auf Fünfpenny gemacht haben würde, und kam zu dem Schluß, der Tod vor der Mündung dieser grauenhaften Elefantenbüchse müsse dem Koch vergleichsweise als willkommene Erlösung von der Pein erschienen sein, von Miss Hazelstone fortwährend die Nadel ihrer Novocainspritze in die Pimmelspitze gerammt zu bekommen. Der Kommandant stellte sich vergeblich die Frage, ob Fünfpenny wohl eine Vorhaut gehabt habe. Das würde sich nun nie mehr feststellen lassen.

Dieser Gedanke brachte ihn darauf, doch mal aus dem Fenster zu schauen und nachzusehen, wie Wachtmeister Els weiterkam. Er bemerkte mit dem allerletzten Rest von Erstaunen, den Miss Hazelstones Beichte ihm noch gelassen hatte, daß Els angesichts der Höhe des Baumes den Kopf nicht hatte hängen lassen, vor allem den von Fünfpenny nicht, und es irgendwie fertiggebracht hatte, wieder auf die Erde zurückzukommen, wo er sich eifrig um Beförderung bemühte, indem er den indischen Butler mit Fußtritten dazu antrieb, die verstreuten Überreste des Zulu-Kochs aufzusammeln und in einen Kopfkissenbezug zu stecken. Els war, dachte der Kommandant, wie üblich ein bißchen sehr optimistisch. So was Großes wie ein Kopfkissenbezug war gar nicht nötig. Ein Schwammtäschchen hätte es auch getan.

4

Miss Hazelstone setzte sich, von ihrer Beichte offenbar erschöpft, still in ihrem Sessel zurück und blickte glücklich in ihre unmittelbare Vergangenheit. Kommandant van Heerden ließ sich ihr gegenüber in einen Sessel plumpsen und blickte weit weniger zufrieden in seine unmittelbare Zukunft. Was Miss Hazelstone ihm offenbart hatte, das würde sie, da hatte er keinen Zweifel, der ganzen Welt auf die Nase binden, wenn er ihr auch nur halbwegs die Gelegenheit dazu bot, aber diese Enthüllungen mußten unter allen Umständen auf der Stelle verhindert werden. Seine eigene Karriere, der gute Ruf der führenden Familie Zululands, die ganze Zukunft Südafrikas hing ohne jede Frage von Miss Hazelstones Schweigen ab. Seine erste Aufgabe war also, dafür zu sorgen, daß kein einziges Wort über die Ereignisse dieses Nachmittags aus Jacaranda Park heraussickerte. Kommandant van Heerden hatte wenig Vertrauen in seine eigenen Fähigkeiten, das zu verhindern. Und in die von Wachtmeister Els hatte er schon überhaupt keins.

Der Kommandant wußte aus bitterer Erfahrung, daß Wachtmeister Els außerstande war, irgend etwas, sei es Geld, Frau, Penis oder Gefangene, von Klatsch ganz zu schweigen, für sich zu behalten. Und was Miss Hazelstone zu berichten hatte, war ja nun nicht mehr bloß Klatsch. Es war politisch, rassisch, gesellschaftlich – Sie sagen es! – Dynamit.

Genau an diesem Punkt seiner Betrachtungen sah er den Wachtmeister sich dem Haus nähern. Er machte den Eindruck eines braven Hundes, der seine Pflicht getan hat und jetzt eine

Belohnung erwartet. Hätte er einen Schweif gehabt, er hätte ohne jeden Zweifel damit gewedelt. Statt dessen zog er ein grauenerregendes Anhängsel hinter sich her, von dem der Kommandant nur dankbar bemerkte, daß der Wachtmeister den Anstand besaß, nicht damit zu wedeln. Fünfpennys sterbliche Überreste waren etwas, womit niemand, nicht einmal Els, hätte wedeln wollen.

Kommandant van Heerden handelte rasch. Er ging hinaus auf die Veranda und machte die Tür hinter sich zu.

»Wachtmeister Els«, kommandierte er, »hier sind Ihre Befehle.« Der Wachtmeister ließ den Kopfkissenbezug fallen und nahm eifrig Habtachtstellung an. Ohne Bäumeklettern und Leicheneinsammeln konnte er es aushalten, aber er liebte es, wenn man ihm Befehle gab. Gewöhnlich bedeuteten sie, daß er die Erlaubnis erhielt, jemandem Schaden zuzufügen.

»Schaffen Sie diesen ... dieses Ding da weg«, befahl der Kommandant.

»Jawoll, Sir«, sagte Els dankbar. Fünfpenny ödete ihn langsam an.

»Begeben Sie sich zum Haupttor und bleiben Sie dort, bis Sie abgelöst werden. Sorgen Sie dafür, daß niemand das Grundstück betritt oder verläßt. Absolut niemand. Das heißt, auch keine Weißen. Haben Sie verstanden?«

»Jawoll, Sir.«

»Falls jemand reinkommt, sorgen Sie dafür, daß er nicht wieder rauskommt.«

»Darf ich Waffen einsetzen, um denjenigen aufzuhalten, Sir?« fragte Els.

Kommandant van Heerden zögerte. Er wollte kein Blutbad oben am Haupttor von Jacaranda Park. Auf der anderen Seite war die Lage einfach so verzweifelt, und ein einziges Wörtchen an die Presse würde Zeitungsleute rudelweise herlocken, daß er bereit war, drastische Maßnahmen zu ergreifen.

»Ja«, sagte er schließlich. »Sie dürfen schießen.« Und da er sich plötzlich erinnerte, was es für ein Geschrei gegeben hatte, als ein verwundeter Reporter ins Krankenhaus von Piemburg hatte geschafft werden müssen, setzte er hinzu: »Und treffen Sie gleich richtig, Els, treffen Sie richtig.« Klagen aus dem Leichenschauhaus waren leichter zu widerlegen.

Kommandant van Heerden ging wieder ins Haus, und Wachtmeister Els machte sich auf den Weg, um das Haupttor zu bewachen. Er war noch nicht weit gegangen, als ihm der Gedanke kam, die Elefantenbüchse garantiere ihm mit Sicherheit, daß nichts Größeres als eine Küchenschabe lebend aus Jacaranda Park herauskäme. Er kehrte um und holte sich die Waffe von der Veranda, dann stapfte er, nachdem er sich noch mit ein paar Schachteln Revolvermunition aus dem Polizeiwagen versorgt hatte, frohen Herzens die Auffahrt hinauf.

Als Kommandant van Heerden ins Zimmer trat, sah er mit Erleichterung, daß Miss Hazelstone noch immer wie erstarrt in ihrem Sessel saß. Zumindest ein Problem war jetzt gelöst. Nicht ein Wort von den Injektionen würde Wachtmeister Els zu Ohren kommen. Der Gedanke, was das nach sich ziehen könne, sollte Els von diesem neuen Zeitvertreib Wind bekommen, war dem Kommandanten sorgenvoll im Kopf herumgegangen. Es hatte in letzter Zeit sowieso schon genug Klagen von Nachbarn über die Schreie gegeben, die aus den Zellen des Piemburger Polizeireviers drangen, ohne daß Wachtmeister Els den Häftlingen peinvolle Penisinjektionen verabreichte. Und Els hätte sich nicht damit zufriedengegeben, Novocain zu spritzen. Er wäre zu Salpetersäure übergegangen, ehe man hätte Apartheid sagen können.

Nachdem Els erst einmal weg war, konnte der Kommandant an den nächsten Schritt denken. Er ließ Miss Hazelstone in ihrem Sessel sitzen und ging zum Telefon, das im Topfpflanzendschungel in der Halle versteckt war. Er machte zwei Anrufe. Der erste ging an Luitenant Verkramp im Polizeirevier.

Später sollte sich Luitenant Verkramp an dieses Telefongespräch mit dem Schauder erinnern, der einen immer befällt, wenn man sich noch einmal der ersten Vorzeichen einer Katastrophe erinnert. Damals hatte er sich bloß gefragt, was zum Teufel dem Kommandanten eigentlich fehle. Van Heerden hörte sich an, als sei er nahe an einem Nervenzusammenbruch.

»Verkramp, sind Sie's?« kam seine Stimme in einem erstickten Flüsterton durchs Telefon.

»Natürlich bin ich's. Was zum Kuckuck haben Sie denn sonst gedacht?« Verkramp verstand die Antwort nicht, aber sie klang so, als versuche der Kommandant etwas sehr Unappetitliches runterzuschlucken. »Was ist denn los? Stimmt mit Ihnen irgend etwas nicht?« erkundigte sich Verkramp hoffnungsvoll.

»Hören Sie auf, blöde Fragen zu stellen, und hören Sie zu«, flüsterte der Kommandant barsch. »Ich möchte, daß Sie jeden einzelnen Polizeibeamten in Piemburg in die Kaserne zurückrufen.«

Luitenant Verkramp war entsetzt. »Das geht doch nicht«, sagte er. »Das Rugbyspiel läuft im Augenblick. Das gibt einen Heidenaufstand, wenn . . .«

»Es gibt einen Heidenaufstand, wenn Sie's nicht tun«, schnauzte der Kommandant. »Das war Nummer eins. Zweitens, jeder Urlaub, inklusive Krankenurlaub, ist gestrichen. Verstanden?«

Luitenant Verkramp war nicht sicher, was er verstanden hatte. Es hörte sich an, als wäre der Kommandant übergeschnappt.

»Rufen Sie alle Mann in die Kaserne zurück«, fuhr der Kommandant fort. »Ich will jeden einzelnen in voller Bewaffnung und so schnell wie möglich hier haben. Bringen Sie auch die Schützenpanzer und die Schäferhunde mit, ach, und vergessen Sie die Suchscheinwerfer nicht. Bringen Sie allen Stacheldraht, den wir besitzen, und die Tollwutschilder mit, die wir bei der Seuche letztes Jahr benutzt haben.«

»Die Tollwutschilder?« brüllte Luitenant Verkramp. »Sie wollen die Schäferhunde und die Tollwutschilder?«

»Und vergessen Sie die Beulenpestschilder nicht. Bringen Sie sie auch mit.«

Luitenant Verkramp versuchte, sich den ungeheuerlichen Seuchenausbruch in Jacaranda Park vorzustellen, bei dem die Bevölkerung sowohl vor der Tollwut als auch vor der Beulenpest gewarnt werden mußte.

»Ist mit Ihnen auch bestimmt alles in Ordnung?« fragte er. Es klang, als rede der Kommandant im Fieber.

»Natürlich ist mit mir alles in Ordnung«, schnappte der Kommandant zurück. »Warum zum Teufel sollte denn etwas nicht in Ordnung mit mir sein?«

»Na ja, ich dachte nur . . .«

»Es interessiert mich einen Dreck, was Sie dachten. Sie werden hier nicht zum Denken bezahlt. Sie werden dafür bezahlt, daß Sie meinen Befehlen gehorchen. Und ich befehle Ihnen, jedes verdammte Schild, das wir haben, herzuschaffen und jeden verdammten Polizisten und jeden verdammten Schäferhund . . .« Kommandant van Heerdens Aufzählung ging weiter, während Verkramp in seinem Hirn verzweifelt nach den Gründen für diesen Einsatz suchte. Van Heerdens letzte Anordnung überbot alles Dagewesene. »Kommen Sie über eine Schleichroute hierher. Ich will kein öffentliches Aufsehen.« Und ehe der Luitenant fragen konnte, wie er wohl mit einem Konvoi aus sechs Schützenpanzern, fünfundzwanzig Lastwagen und zehn Suchscheinwerfern, ganz zu schweigen von den siebzig Schäferhunden und den mehreren Dutzend riesigen Warnschildern, die den Ausbruch von Beulenpest und Tollwut bekanntgaben, jedes öffentliche Aufsehen vermeiden solle, hatte der Kommandant den Hörer bereits aufgelegt.

Kommandant van Heerdens zweiter Anruf ging an den Polizeikommissar von Zululand. Während der Kommandant zwischen all der Fauna und Flora in der Halle stand, zögerte er einen Augenblick, ehe er diesen zweiten Anruf losließ. Wenn er seine Forderung nach Ausnahmebefugnissen vorbrächte, sah er im Geiste eine Reihe von Schwierigkeiten sich über seinem Haupt zusammenbrauen, von denen nicht die geringste der schiere Unglaube war, auf den seine erklärte Ansicht als Polizeioffizier sicher stoßen würde, daß die Tochter des seligen Richters Hazelstone nicht nur ihren Zulu-Koch ermordet, sondern vor dieser Tat bereits acht Jahre lang regelmäßig mit ihm rumgehurt habe, nachdem sie seine Zeugungsorgane mit intramuskulären Injektionen massiver Dosen Novocain total taub und gefühllos gemacht hatte. Kommandant van Heerden wußte, was er mit einem untergebenen Beamten täte, der ihn mitten an einem heißen Sommernachmittag anriefe, um ihm so eine Lügengeschichte aufzutischen. Er beschloß, die Einzelheiten des Falles wegzulassen. Er würde die möglichen politischen Folgen einer Mordtat hervorheben, in die die Tochter eines außerordentlich bedeutenden Richters verwickelt sei, der zu seinen Lebzeiten Südafrikas Hauptverfechter der Todesstrafe gewesen war, und den Bericht über Miss Hazelstones subversive Aktivitäten, den Luitenant Verkramp nach Pretoria geschickt hatte, dazu benutzen, die Notwendigkeit von Ausnahmebefugnissen zu rechtfertigen. Kommandant van Heerden faßte sich ein Herz, griff zum Telefon und machte seinen Anruf. Überrascht stellte er fest, daß der Kommissar gegen seine Forderungen gar keine Einwände erhob.

»Ausnahmebefugnisse, van Heerden? Aber natürlich, bedienen Sie sich. Sie wissen am besten, was zu tun ist. Ich überlasse die Angelegenheit vollkommen Ihnen. Tun Sie, was Sie für das beste halten.«

Kommandant van Heerden legte den Hörer mit verdutztem Stirnrunzeln auf die Gabel. Er hatte den Kommissar nie gemocht und vermutete, daß seine Gefühle erwidert wurden.

Und wirklich hegte der Kommissar die glühende Hoffnung, daß Kommandant van Heerden eines Tages einen so unverzeihlichen Fehler beginge, daß man ihn kurzerhand degradieren könne, und so hysterisch, wie sich der Kommandant am Telefon benommen hatte, schien ihm, daß der Tag seiner Rache nahe sei. Sofort strich er alle Termine für den nächsten Monat, nahm seinen Jahresurlaub an der Südküste und hinterließ die Anweisung, daß er nicht gestört werden dürfe. Die nächste Woche brachte er in der Sonne liegend im sicheren Wissen zu, daß er van Heerden genügend Leine gelassen hatte, damit der sich daran aufhängte.

Mit Ausnahmeermächtigungen ausgestattet, die ihn zum Herrn über Tod und Leben von 70 000 Piemburgern machten und ihm das Recht gaben, Zeitungsartikel zu verbieten und nach Gutdünken alle, deren Nase ihm nicht gefiel, zu verhaften, einzusperren und zu foltern, war der Kommandant immer noch kein glücklicher Mensch. Die Ereignisse des Tages hatten ihren Tribut von ihm gefordert.

Um von seinen Problemen Abstand zu gewinnen, wandte er sich einem lebensgroßen Porträt von Sir Theophilus Hazelstone zu, das am Fuß der großen Treppe hing und ihn im vollen Schmuck seiner Insignien als Ritter des Königlichen Victoriaordens und Vizekönig von Matabeleland zeigte. Sir Theophilus stand da, in Hermelin gehüllt, die scharlachrote Uniform mit edelsteinverzierten Sternen und Orden verheerender Schlachten übersät, von denen jeder den Tod von mindestens zehntausend Soldaten repräsentierte, den sie der Unfähigkeit ihres Generals zu verdanken hatten. Des Vizekönigs Linke ruhte arthritisch auf dem Heft eines Schwertes, das aus seiner Scheide zu ziehen er immer viel zu feige gewesen war, während seine Rechte an einer geflochtenen Leine ein Wildschwein hielt, das extra aus Böhmen importiert worden war, um der Ehre teilhaftig zu werden, die Familie Hazelstone in diesem bedeutenden Kunstwerk darzustellen. Kommandant van Heerden war besonders von dem Wildschwein beeindruckt. Es erinnerte ihn an Wachtmeister Els. Er konnte nicht wissen, daß das arme Tier erst an ein Eisengerüst gekettet werden mußte, ehe der Vizekönig den Raum mit diesem lebenden Familienemblem betrat, und das auch nur, nachdem ihn der Künstler dazu überredet und ihm eine halbe Flasche Brandy eingetrichtert hatte. All das entging dem Kommandanten und ließ ihn im festen Glauben an die bedeutenden Qualitäten dieses Staatsmannes, dessen Enkelin er vor den Folgen ihrer Torheiten bewahren wollte.

Geistig gestärkt durch den Anblick dieses Porträts sowie eines ähnlichen vom seligen Richter Hazelstone, auf dem er genauso unbarmherzig aussah, wie ihn der Kommandant von jenem Tag im Gericht in Erinnerung hatte, als er elf Männer vom Stamm der Pondos wegen des Diebstahls einer Ziege zum Tode verurteilte, stieg Kommandant van Heerden langsam die Treppe nach oben, um nach einem Plätzchen zu suchen, wo er sich ausruhen könne, bis Luitenant Verkramp mit der Verstärkung kam.

Wenn Jacaranda Park erst einmal von der Außenwelt abgeschnitten wäre, würde er sich an die Aufgabe machen, Miss Hazelstone davon zu überzeugen, daß sie ihren Koch niemals ermordet und sich den ganzen Quatsch mit der Spritze und der Liebesaffäre ausgedacht hatte. Er war sicher, daß er die alte Dame zur Vernunft bringen könne, und wenn nicht, dann gäben ihm die Ausnahmebefugnisse das Recht, sie unbefristet und ohne Beistand eines Rechtsanwalts festzuhalten. Notfalls würde er auf den Terroristenerlaß pochen und sie in Einzelhaft bis ans Ende ihrer Tage einsperren, die durch geeignete Maßnahmen und eine zwangsläufig strenge Behandlung noch verkürzt werden konnten. Das war zwar kaum die Art und Weise, wie er mit einer Dame ihrer Herkunft hätte umgehen wollen, aber im Augenblick fiel ihm nichts Besseres ein.

Als er oben angelangt war, blieb er einen Augenblick stehen, um wieder zu Atem zu kommen, dann ging er die Galerie entlang, die die ganze Länge von Jacaranda House einnahm. Wenn die Halle unten mit Porträts und ausgestopften Köpfen vollgepfropft war, so waren die Wände der Galerie entsprechend mit Trophäen vergangener Schlachten vollgehängt. Zu beiden Seiten erblickte der Kommandant zu seiner Verblüffung Waffen aller Formen und Größen, Waffen jedes Alters und Typs, die, soweit der Kommandant feststellen konnte, nur eines gemeinsam hatten, daß sie nämlich alle perfekt in Ordnung und dermaßen tödlich waren, daß er das absolut haarsträubend fand. Er blieb stehen und untersuchte eine Maschinenpistole. Tadellos geölt und intakt hing sie neben einer uralten Donnerbüchse. Kommandant van Heerden staunte. Die Galerie war ein regelrechtes Waffenarsenal. Hätte Miss Hazelstone nicht angerufen, um ihr Malheur mit Fünfpenny anzuzeigen, und sich statt dessen entschlossen, Jacaranda House zu verteidigen, dann hätte sie mit diesen Waffen die gesamten Polizeistreitkräfte Piemburgs wochenlang in Schach halten können. Der Kommandant gratulierte sich zu seinem Glück, daß Miss Hazelstone so kooperativ war, öffnete eine der Türen, die von der Galerie abgingen, und sah hinein.

Wie er erwartet hatte, war es ein Schlafzimmer und mit so viel Geschmack und Eleganz ausgestattet, wie es dem Heim der führenden südafrikanischen Expertin zurückhaltender Raumgestaltung angemessen war. Chintzvorhänge und eine dazu passende Tagesdecke auf dem Bett verliehen dem Raum eine heitere, duftige Note. Was auf dem Bett lag, hatte den entgegengesetzten Effekt. Es hatte überhaupt nichts Geschmackvolles oder Elegantes an sich, und niemand hätte es als duftig bezeichnen können. Denn dort lag – und seine Unangemessenheit wurde durch das Reizvolle der anderen Einrichtungsgegenstände noch hervorgehoben – der Körper eines großen, behaarten und vollkommen nackten Mannes. Was für den aufgescheuchten Zustand des Kommandanten noch schlimmer war: Der Körper trug alle Anzeichen, erst vor kurzem verblutet zu sein. Er war praktisch über und über mit Blut bedeckt.

Durch die schreckliche Entdeckung einer weiteren Leiche völlig aus dem Gleichgewicht gebracht, wankte der Kommandant auf die Galerie zurück und lehnte sich gegen die Wand. Mit einer Leiche pro Nachmittag kam er noch so ungefähr zu Rande, besonders, wenn sie schwarz war, aber zwei, von denen eine auch noch weiß war, erfüllten ihn mit Verzweiflung. Jacaranda House nahm langsam den Charme eines Schlachthofs an. Und was das schlimmste war: Diese zweite Leiche machte jede Möglichkeit, den Fall zu vertuschen, zuschanden. Miss Hazelstone davon zu überzeugen, daß sie ihren schwarzen Koch nicht umgebracht habe, war *eine* Sache. Das Verschwinden von Zulu-Köchen war eine simple Routineangelegenheit. Der Mord an einem Weißen aber würde schlicht bekanntgegeben werden müssen. Es würde eine Untersuchung stattfinden. Fragen würden gestellt werden, und eins käme zum anderen, bis die ganze Geschichte von Miss Hazelstone und ihrem Zulu-Koch ans Tageslicht gekommen wäre.

Nach kurzer, verzweifelter Überlegung hatte der Kommandant seinen Mut wieder soweit zurückgewonnen, um noch mal um die Tür herum ins Mordzimmer zu gucken. Die Leiche war noch da, wie er zu seinem Leidwesen bemerkte. Andererseits besaß sie bestimmte Eigenschaften, die Kommandant van Heerden nach seiner Erfahrung mit Leichen ungewöhnlich fand. Eine ganz besonders fesselte seine Aufmerksamkeit. Die Leiche hatte eine Erektion. Der Kommandant lugte noch mal um die Ecke, um seinen Verdacht bestätigt zu finden, und in dem Augenblick bewegte sich die Leiche und begann zu schnarchen.

Einen Moment lang war Kommandant van Heerden durch den Beweis, daß der Mann noch lebte, so erleichtert, daß er fast losgelacht hätte. Im nächsten Augenblick wurde ihm die volle Bedeutung seiner Entdeckung klar, und das Lächeln erstarb ihm auf dem Gesicht. Er hatte nicht den geringsten Zweifel, daß der Mann, der vor ihm auf dem Bett lag, der wahre Mörder Fünfpennys sei. Der Kommandant starrte auf die Gestalt auf dem Bett, und da bemerkte er den Brandygeruch in der Luft. Im nächsten Moment knallte er mit dem Fuß gegen eine Flasche, die auf dem Boden lag. Er bückte sich und hob sie auf. Alter Nashornhaut-Brandy, stellte er voll Ekel fest. Das war die Brandymarke, für die auch Wachtmeister Els besonders schwärmte, und wenn noch etwas nötig war, um seinen Verdacht zu bestätigen, daß der Kerl auf dem Bett ein gefährlicher Verbrecher sei, dann war es die Erkenntnis, daß, wenn er auch nur eine von Wachtmeister Elsens lasterhaften Neigungen mit ihm gemein habe, er mit allergrößter Sicherheit auch andere, noch unmoralischere mit ihm teile.

Mit der Flasche in der Hand ging Kommandant van Heerden auf Zehenspitzen aus dem Zimmer. Draußen auf der Galerie versuchte er, sich darüber klarzuwerden, welchen Einfluß diese Entdeckung auf seine Pläne hätte. Daß der Mann ein Mörder sei, daran hatte er keinen Zweifel. Daß er im Augenblick sternhagelvoll sei, war auch klar. Was ein Rätsel blieb, war, daß Miss Hazelstone sich zu einem Verbrechen bekannte, das sie gar nicht begangen hatte. Und noch rätselvoller war ihm, daß sie ihr Geständnis mit diesem ganzen aus der Luft gegriffenen Mist rausputzte, daß sie mit ihrem Zulu-Koch geschlafen und ihm Novocain-Spritzen verabreicht habe. Kommandant van Heerden drehte sich der Kopf vor lauter Möglichkeiten, und da er nicht in der Nähe eines so gefährlichen Mörders bleiben wollte, ging er die Galerie entlang bis zum Absatz am Ende der Treppe. Jetzt wünschte er sich, er hätte Wachtmeister Els nicht zur Bewachung des Haupttors losgeschickt, und gleichzeitig fragte er sich allmählich, wann Luitenant Verkramp wohl mit den Hauptverbänden einträfe. Er lehnte sich über das Geländer und starrte auf das Tropenmausoleum in der Halle hinunter. Dicht neben ihm blinzelte der Kopf eines ausgestopften Nashorns kurzsichtig in die Ewigkeit. Kommandant van Heerden blinzelte zurück und fragte sich, an wen von seinen Bekannten es ihn erinnere, aber da wurde ihm mit einem Schlage der wahre Sinn von Miss Hazelstones Geständnis klar, und das sollte sein Leben radikal verändern.

Er hatte plötzlich bemerkt, daß das Gesicht des Mörders auf dem Bett ihn an jemanden erinnerte. Diese Erkenntnis ließ ihn eilig die Treppe hinunterstolpern, von wo er auf das riesige Porträt Sir Theophilus' emporstarrte. Einen Augenblick später war er wieder in dem Schlafzimmer. Er pirschte sich behutsam ans Bett vor und äugte vorsichtig auf das Gesicht auf dem Kopfkissen hinunter. Er sah, was er erwartet hatte. Trotz dem aufgesperrten Mund und den Augen mit den schweren Tränensäkken darunter, trotz all der Jahre voller Ausschweifungen und sexueller Hemmungslosigkeit und Strömen Alten Nashornhaut-Brandys hatten die Züge des Mannes auf dem Bett eine unverwechselbare Ähnlichkeit mit denen Sir Theophilus' und des verstorbenen Richters Hazelstone. Nun wußte er, wer der Mann war. Es war Jonathan Hazelstone, Miss Hazelstones jüngerer Bruder.

Und während dem Kommandanten eine ganz neue Erkenntnis dämmerte, machte er auf dem Absatz kehrt, um das Zimmer zu verlassen. In diesem Augenblick bewegte sich der Mörder wieder. Der Kommandant blieb wie angewurzelt stehen und beobachtete mit einer Mischung aus Furcht und Abscheu, wie sich eine blutverschmierte Hand auf dem behaarten Oberschenkel des Mannes ihren Weg nach oben tastete und das stattliche erigierte Glied ergriff. Kommandant van Heerden wartete keine Sekunde länger. Keuchend hastete er aus dem Zimmer und eilte die Galerie hinunter. Ein Mann, der eine Flasche Alten Nashornhaut-Brandy verdrücken konnte und dennoch überlebte, egal, wie komatös sein Zustand auch war, war zweifellos ein Wahnsinniger, und wenn er zu allem Überfluß auch noch mit einer Erektion daliegen konnte, während sein Leib sich gegen die gräßlichen Schädigungen durch den Brandy zu wehren versuchte, dann war er ganz ohne Frage ein Sexbesessener, dessen Sexualgelüste so stark sein mußten, daß nichts vor ihm sicher war. Kommandant van Heerden fiel wieder ein, in welcher Haltung Fünfpenny am Fuße des Piedestals gelegen hatte, und er meinte langsam zu wissen, wie der Zulu-Koch gestorben war, und in seinen Überlegungen hatte die Elefantenbüchse keinen Platz.

Ohne einen Moment zu zögern, eilte er die Treppe hinunter und verließ das Haus. Er mußte Wachtmeister Els zu Hilfe holen, ehe er versuchte, den Mann zu verhaften. Als er die Auffahrt mit langen Schritten hinaufging, begriff er, warum Miss Hazelstone ihr abscheuliches Geständnis abgelegt hatte, und während er das erkannte, sproß in der Brust des Kommandanten ein neuer und tieferer Respekt vor den alten Familienbanden der Briten.

»Ritterlichkeit. Es ist pure Ritterlichkeit«, sagte er sich. »Sie opfert sich, um den guten Namen der Familie zu schützen.« Im Augenblick war ihm nicht ganz klar, wieso das Geständnis, den schwarzen Koch umgebracht zu haben, den guten Namen der Familie schützte, aber er vermutete, das sei besser, als wenn der Bruder gestehen müsse, den besagten Koch in ein frühes Grab gevögelt zu haben. Er fragte sich, wie hoch wohl die Strafe für so ein Verbrechen wäre.

»Verdient, gehängt zu werden«, sagte er voller Hoffnung, aber dann erinnerte er sich, daß noch nie ein Weißer für einen Mord an einem Schwarzen gehängt worden war. »Unzucht ist was anderes«, dachte er. Egal, sie konnten ihn immer wegen »Handlungen, die geeignet sind, Rassenkonflikte hervorzurufen«, rankriegen, ein Vergehen, das mit zehn schweren Stockschlägen bestraft wurde, und wenn einen Zulu-Koch zu bumsen nicht geeignet war, Rassenkonflikte hervorzurufen, dann wußte zumindest er nicht, was sonst. Er würde Wachtmeister Els darüber befragen müssen. Der Wachtmeister hatte in derlei Dingen mehr Erfahrung als er.

5

Am Haupttor von Jacaranda Park fand Wachtmeister Els den Nachmittag absolut nicht so vergnüglich, wie er das erwartet hatte. Keiner hatte versucht, den Park zu betreten oder zu verlassen, und Els hatte sehr wenige Ziele gehabt, auf die er schießen konnte. Er hatte einen ungezielten Schuß auf einen eingeborenen Botenjungen auf einem Fahrrad losgelassen, aber der Junge hatte Els rechtzeitig erkannt und sich in den Straßengraben geworfen, bevor der Wachtmeister Zeit hatte, genau zu zielen. Daß er den Burschen nicht getroffen hatte, hatte Elsens Laune nicht gerade gebessert.

»Verfehle einen, und du verfehlst die ganze Scheiß Sippschaft«, sagte er sich, und so war es ja auch: Wenn erst mal die Nachricht die Runde machte, daß Kaffern-Killer Els in der Gegend sei, dann konnten weiße Hausfrauen sich die Lunge aus dem Hals schreien und ihren Dienstboten mit jeder nur denkbaren Strafe drohen, und trotzdem würde kein Schwarzer, der nicht völlig plemplem war, sich aus dem Hause wagen, um den Rasen zu sprengen oder einkaufen zu gehen.

Weil er also nichts Besseres zu tun hatte, kundschaftete Els das Gebiet um die Toreinfahrt aus, schloß die großen schmiedeeisernen Tore und verrammelte sie. Im Verlauf seiner Erkundungen hatte er die erfreuliche Entdeckung gemacht, daß, was er auf den ersten Blick für eine sorgfältig geschnittene undurchdringliche Ligusterhecke gehalten hatte, in Wirklichkeit einen kleinen Betonbunker verdeckte. Der war, wie man deutlich sehen konnte, sehr alt und, wie man ebenso deutlich sehen konnte, völlig uneinnehmbar. Er stammte noch aus der Zeit von Sir Theophilus, der den Bau nach der Schlacht von Bulundi angeordnet hatte. Der Sieg, der dem Gouverneur bei der Gelegenheit in den Schoß gefallen war, hatte ihm seine angeborene Feigheit nicht nehmen können, und die Beschuldigungen, Verrat begangen zu haben, die von den Zulus und den nächsten Angehörigen der von ihren eigenen Artilleriegeschossen getöteten Offiziere gegen ihn vorgebracht wurden, hatten seine angeborene Ängstlichkeit zu dem Verfolgungswahn gesteigert, Tausende rachedurstiger Zulus, die von den überlebenden Mitgliedern seines alten Regiments, der Royal Marines Heavy Artillery Brigade, im Gebrauch der zehnzölligen Schiffskanonen unterrichtet worden seien, könnten während einer schrecklichen Nacht Jacaranda House stürmen. Unter dieser eingebildeten Bedrohung hatte Sir Theophilus begonnen, die Waffen zu sammeln, die Kommandant van Heerden auf der Galerie von Jacaranda House so entsetzt hatten. Desgleichen hatte er mit dem Bau einer Reihe von trutzigen Bunkern um den Park herum angefangen, die alle so beschaffen waren, daß sie einen Volltreffer aus einer zehnzölligen, auf Kernschußweite abgefeuerten Schiffskanone aushalten konnten.

Es war ein Kompliment für die Fähigkeiten des Gouverneurs als Militärbaumeister, daß die Bunker noch standen. Richter Hazelstone, ein genauso großer Feigling wie sein Vater, aber von der abschreckenden Wirkung der Todesstrafe überzeugter als er, hatte einmal eine Abrißfirma mit der Beseitigung der Bunker beauftragt. Nachdem sie Dutzende von Bohrern daran stumpf gemacht hatten, war der Abrißmannschaft die Idee gekommen, es mit einer Sprengung zu versuchen, und weil sie wußten, daß der Bunker kein gewöhnlicher Bunker war, hatten sie ihn praktisch bis zum Dach mit Dynamit gefüllt, ehe sie die Lunte zündeten. Bei der späteren Untersuchung des Falles berichteten die Überlebenden der Abrißfirma von der Explosion, es habe ausgesehen, als wären vier gigantische Feuerzungen aus den Schießscharten des Bunkers hervorgeschossen, und der

Knall sei noch in Durban, fünfunddreißig Meilen entfernt, zu hören gewesen. Mit Rücksicht auf Richter Hazelstones Ansehen als Mann des Gesetzes hatte die Firma das Parktor, das durch ihren Übereifer auf der Strecke geblieben war, ersetzt, und zwar gratis, aber sie hatte sich geweigert, mit dem Abriß der Bunker weiterzumachen. Als weniger teure Methode, sich das Ding vom Hals zu schaffen, schlug die Firma vor, das unschöne Bauwerk zu verstecken, indem man um es herum eine Ligusterhecke anpflanzte, und sie beteiligte sich an den Kosten der Aktion, um den Männern, die sie bei der Dynamitexplosion verloren hatte, eine letzte Ehre zu erweisen.

Wachtmeister Els wußte von alldem nichts, aber nachdem er die Tür zu dieser uneinnehmbaren Festung gefunden hatte, machte er sich einen Spaß daraus, die Elefantenbüchse in einer Schießscharte in Stellung zu bringen und auf die Straße zu richten. Er war nicht Optimist genug anzunehmen, daß vielleicht irgend etwas dieser furchtbaren Waffe Würdiges versuchen könnte, in den Park zu gelangen, aber die Langeweile seines Dienstes brachte ihn zu der Überzeugung, daß es nichts schade, auf die unwahrscheinlichsten Möglichkeiten vorbereitet zu sein.

Kaum war er damit fertig, erspähte er auch schon einen Schäferhund, der stehengeblieben war, um an einem der Torpfosten das Bein zu heben. Wachtmeister Els war keiner, der sich Gelegenheiten entgehen ließ, außerdem spürte er noch die Folgen seines Zusammentreffens mit dem Dobermannpinscher. Ein wohlgezielter Pistolenschuß, und der Hund verlor jedes Interesse an den Geschehnissen des Nachmittags. Andere Leute in der Nähe von Jacaranda Park hatten nicht dies Glück. Fünf Polizisten in Zivil, die Luitenant Verkramp auf direktem Weg nach Jacaranda Park geschickt hatte und die äußerst vorsichtig und im Abstand von jeweils fünfundzwanzig Metern hintereinander herankamen, hörten den Schuß, beratschlagten sich miteinander und begannen dann, mit gezogenen Revolvern und einer derartigen Heimlichtuerei zum Haupttor vorzurücken, daß sie den Argwohn von Wachtmeister Els in seinem Bunker geradezu erregen mußten.

Auch Kommandant van Heerden, der fröhlich die Auffahrt heraufmarschierte, hörte den Schuß, aber er war so damit beschäftigt, die genaue Zahl der Stockschläge auszurechnen, die Jonathan Hazelstone erhalten würde, bevor man ihn hängte, daß der Knall eines Schusses aus Elsens Richtung ihm kaum zu Bewußtsein kam. Noch nie hatte er im übrigen einen Fall so schnell gelöst, und eben hatte er noch neue Gründe entdeckt, die seine Annahme bestätigten, daß Jonathan Hazelstone der Mörder sei. Ihm war eingefallen, daß Luitenant Verkramps Bericht über die Familie Hazelstone die Information enthalten hatte, daß Miss Hazelstones Bruder ein Strafregister mit Betrugs- und Unterschlagungssünden besitze und daß die Familie ihn ausbezahlt habe, damit er in irgendeiner gottverlassenen Gegend von Rhodesien leben könne.

Erst als der Kommandant eine ganze Salve von Schüssen, gefolgt von den Schreien Verwundeter, aus der Richtung des Haupttors hörte, kam ihm der Verdacht, daß Els seine Anweisungen wieder mal zu großzügig auslegte. Er eilte los, um das Tor zu erreichen, bevor die Situation völlig außer Kontrolle geriet, aber die Schüsse folgten mittlerweile so gefährlich dicht aufeinander und waren derart ins Blaue gezielt, daß er gezwungen war, in einer Mulde neben der Auffahrt in Deckung zu gehen. Da lag er und bedauerte allmählich, daß er Els die Erlaubnis gegeben hatte, gezielt zu schießen. Die verzweifelten Schreie ließen vermuten, daß Els zumindest in bescheidenem Maße Erfolg hatte. Als vereinzelte Kugeln über seinen Kopf wegsausten, fragte sich der Kommandant verzweifelt, wer wohl um alles in der Welt versuche, sich mit seinem Assistenten ein Duell zu liefern.

Wachtmeister Els in seinem Bunker sah sich demselben Problem gegenüber. Die fünf unheimlichen Gestalten, die mit Revolvern in der Hand um die Straßenecke gekrochen waren, hatten so deutlich die Absicht gehabt, unbefugt den Park zu betreten, daß er auf die ersten zwei ohne Zögern geschossen hatte. Die Antwort, die in Gestalt von Kugeln durch die Ligusterhecke gepfiffen kam, schien sein Vorgehen gutzuheißen, und so riß Els die Munitionsschachteln auf und bereitete sich auf eine lange Schlacht vor.

Zehn Minuten später wurden die Kriminalbeamten durch ein weiteres Dutzend verstärkt, und Els wandte sich der Aufgabe, die Toreinfahrt zu verteidigen, mit einem Vergnügen zu, das seine Erwartung, der Nachmittag werde sich noch als interessant erweisen, voll bestätigte.

Luitenant Verkramp hatte mit seinen eigenen Schwierigkeiten zu kämpfen. Beim Versuch, die Anweisungen Kommandant van Heerdens auszuführen, war er auf eine Unmenge Probleme gestoßen. Es war schon schwierig genug gewesen, alle Mitglieder der Piemburger Polizei, inklusive die im Bett liegenden oder herumlaufenden Kranken, an ihrem Rugbynachmittag in die Kaserne zu beordern. Aber als das geschafft war, sah er sich mit dem Problem konfrontiert, ihnen erklären zu müssen, wo's nun hinginge und warum, und da Kommandant van Heerden versäumt hatte, ihm den Zweck der Expedition mitzuteilen, hatte er seine eigenen Schlüsse ziehen müssen. Die einzigen beiden Tatsachen, die er den löcherigen Instruktionen des Kommandanten entnommen hatte, waren die, daß in Jacaranda Park die Tollwut gleichzeitig mit der Beulenpest ausgebrochen war, eine dermaßen tödliche Verbindung von zwei Krankheiten, daß es ihm absolut schwachsinnig erschien, sechshundert gesunde Männer auch nur in die Nähe dieses Ortes zu schicken. Seiner Meinung nach wäre es viel besser gewesen, sie genau in die entgegengesetzte Richtung zu schicken. Auch begriff er nicht, warum sechs Schützenpanzerwagen gebraucht wurden, um den Seuchenausbruch zu bekämpfen, es sei denn, der Kommandant meinte, sie wären nützlich, um den Aufruhr niederzuschlagen, der sicherlich ausbräche, wenn die Nachricht öffentlich bekannt würde. Der Befehl, die Suchscheinwerfer mitzubringen, tat ein übriges zur Verwirrung des Luitenants, und er konnte nur vermuten, daß sie gebraucht würden, um nachts alle infizierten Tiere ausfindig zu machen, damit man sie mit den Panzerwagen querfeldein verfolgen könne.

Die Ansprache, die Verkramp schließlich an die versammelten Polizisten richtete, war auch nicht angetan, ihnen viel Vertrauen in die nächste Zukunft zu schenken, und erst, nachdem er ein paar leichte Anzeichen von Meuterei niedergeschlagen hatte, waren die Lastkraftwagenkolonne und der ganze übrige Geleitzug endlich aufgebrochen. Und so wälzte sich die gesamte Piemburger Polizeistreitmacht, angeführt von sechs Schützenpanzerwagen, die mit Tollwut- und Beulenpestschildern geschmückt waren, langsam über Nebenstraßen und durch das Landstädtchen Vlockfontein, wo sie unerhörtes Aufsehen erregten, was die Polizisten, die sich auf den Lastkraftwagen drängten, mächtig freute, aber kaum den Zweck erfüllte, den Kommandant van Heerden sich erhofft hatte.

Die Beulenpestschilder lösten in Vlockfontein einen Schrekken aus, der nur noch von den Tollwutschildern übertroffen wurde, die unmittelbar vor den Lastwagen kamen, auf denen die undressierten deutschen Schäferhunde transportiert wurden, von denen sich in der allgemeinen Erregung einer losriß und von dem Wagen sprang, um einen kleinen Jungen zu beißen, der ihm Fratzen geschnitten hatte. In der nachfolgenden Panik drehte der Hund völlig durch, biß noch ein paar Leute und mehrere andere Hunde und verschwand schließlich in einer Seitengasse, wo er hinter einer Katze herjagte. Der Konvoi wurde auf Bitten des Bürgermeisters augenblicklich angehalten, der darauf bestand, den Hund zu erschießen, bevor er jemand anderen infizieren könne. Verkramps Versicherung, daß der Hund vollkommen gesund sei, überzeugte niemanden, und fünfundzwanzig Minuten lang ging's einfach nicht weiter, bis das Tier endlich am anderen Ende der Stadt von einem aufgebrachten Familienvater abgeknallt wurde.

Bis dahin war der Hund auf der verzweifelten Suche nach

einem sicheren Plätzchen durch rückwärtige Gärten und über Rasenflächen gehetzt, wobei es ihm fast die ganze Zeit gelungen war, sich den Blicken zu entziehen, so daß die Verfolger seine möglichen Verstecke nur nach dem Bellen und Knurren der Hunde abschätzen konnten, die in die Häuser in Vlockfontein gehörten. Es war daher nicht allzu überraschend, daß der Verdacht um sich griff, der Schäferhund habe die gesamte Hundebevölkerung der Stadt infiziert, eine Meinung, die ohne den Schatten eines Zweifels durch das sonderbare Verhalten der Vlockfonteiner Hunde bestätigt wurde, die sich an der allgemeinen Aufregung beteiligten und kläfften und bellten und an ihren Hundeleinen zerrten und sich alles in allem auf genau die unnormale Art und Weise benahmen, auf die zu achten die Leute in den Tollwutwarnungen hingewiesen worden waren.

Als sich der Polizeikonvoi aus Vlockfontein wieder herauswälzte, begann man, die gesamte Hundebevölkerung der Stadt zu massakrieren, und so wurde die Nachmittagsstille immer wieder durch das Knallen von Schüssen unterbrochen, während der Junge, der den ganzen Zirkus ausgelöst hatte, aller Welt die gräßliche Pein der Anti-Tollwut-Spritzen bewies, indem er mit seinem Geheul in das der sterbenden Hunde einstimmte. Der Umstand, daß später am selben Abend mehrere tote Ratten entdeckt wurden, die von Hunden totgebissen worden waren, die verzweifelt versucht hatten, ihre Nützlichkeit zu beweisen, trug nur noch mehr zur allgemeinen Ansicht unter den Vlockfonteinern bei, daß eine Katastrophe unmittelbar bevorstehe. Tote Ratten, hatten sie aus den Beulenpest-Warnungen gelernt, waren das erste Zeichen dafür, daß der Schwarze Tod gekommen sei. Bei Einbruch der Nacht war Vlockfontein eine Geisterstadt, in der die Leichen nicht beerdigter Hunde herumlagen, während die Straßen nach Piemburg mit Autos verstopft waren, deren Fahrer alle Anzeichen einer Massenhysterie an den Tag legten.

Es war klar, daß das Ziel, das Kommandant van Heerden mit der Schleichroute zu erreichen gehofft hatte, sich nicht mehr verwirklichen ließ.

Das gleiche konnte man von Wachtmeister Els kaum behaupten. Sein Ziel, stets genau, war mittlerweile absolut nicht mehr zu verfehlen. Die Opfer unter den Kriminalbeamten nahmen so rapide zu, daß sie sich von ihren weiter vorgeschobenen Stellungen wieder zurückzogen, sich hinter die Baumhecke kauerten und darüber nachzudenken versuchten, wie sich der tödliche Ligusterstrauch überlisten ließe, der sie an der Ausübung ihrer Pflicht so erfolgreich hinderte. Während schließlich einige von ihnen in das dichte Gestrüpp vorkrochen, das den Abhang direkt gegenüber der Toreinfahrt bedeckte, aber so weit entfernt war, daß der tödliche Revolver nicht heranreichte, wollten andere versuchen, den mörderischen Strauch zu umgehen.

Wachtmeister Els wurde allmählich ziemlich klar, daß das hier keine gewöhnliche Schießerei war, sondern nach seiner Erfahrung als Bewahrer von Gesetz und Ordnung etwas ganz Neues. Mit ruhiger Zuversicht lauschte er dem Hagel der Geschosse, die sich an den Wänden des Bunkers plattklatschten. Hin und wieder spähte er aus der Schießscharte, die den Park überblickte, um sicherzugehen, daß sich keiner um ihn herumgeschlichen hatte, aber der Park war menschenleer. Er hätte sich keine Sorgen zu machen brauchen. Sir Theophilus hatte genau für diesen Fall mit dem Bau eines ungeheuer tiefen Grabens vorgesorgt, der zwischen den Bunkern verlief, die um den Park verteilt standen. Wie so viele listige Einfälle des Gouverneurs war auch dieser Verteidigungsgraben unerwartet tückisch und so gut getarnt, daß jemand, der sich ihm von der Straße her näherte, von seiner Existenz erst etwas ahnen konnte, wenn er auf den fürchterlichen Eisenspitzen steckte, die dicht an dicht in den Betonboden eingelassen waren. Die Kriminalbeamten verloren zwei Leute in dem Graben, bevor sie den Versuch aufgaben, den unsichtbaren Bunker zu umgehen.

Die Schreie, die diesem Versuch gefolgt waren, feuerten Wachtmeister Els mächtig an, der der Meinung war, wieder mal zwei Volltreffer dort gelandet zu haben, wo sich, wie er keinen Zweifel hatte, besonders schmerzhafte Partien der menschlichen Anatomie befanden. Ein bißchen überrascht über diesen Erfolg war er schon, weil er mehrere Minuten lang keinen Schuß abgefeuert hatte und schon gar nicht in die Richtung, aus der die Schreie kamen. Er beschloß, die Rückseite wieder einer Kontrolle zu unterziehen, und als er aus der Schießscharte in den Park blickte, sah er eben, wie Kommandant van Heerden seine Mulde verließ und mit einer für einen Mann seines Alters und seiner Behäbigkeit erstaunlichen Behendigkeit auf das Haus zueilte. Auch Kommandant van Heerden hatte die Schreie gehört, die aus dem Graben kamen, und war zu dem übereilten Schluß gelangt, die Zeit sei reif, den Schutz der Mulde zu verlassen, koste es auch ein blaues Auge, und sich wieder ins Jacaranda House zu begeben, um vielleicht herauszubekommen, was dem idiotischen Luitenant Verkramp zugestoßen war.

Was auch immer die Gründe des Kommandanten sein mochten, und sie waren Wachtmeister Els unbekannt, der Anblick seines einzigen Verbündeten, der Fersengeld gab und ihn im Stich ließ, überzeugte ihn, daß die Zeit gekommen sei, die Elefantenbüchse einzusetzen, wollte er nicht allein und verlassen in den Händen der Desperados unten auf der Straße sterben. Er sah im Gestrüpp am Abhang ihm gegenüber sich etwas bewegen und beschloß, es mal mit einer Salve dorthin zu probieren. Er brachte das riesige mehrläufige Gewehr in der Schießscharte in Stellung, zielte auf die Sträucher, hinter denen sich die Kriminalbeamten versteckten, und drückte gefühlvoll auf den Abzug.

Die nachfolgende Detonation hatte eine Stärke und etwas derart Erdbebenartiges an sich, daß Wachtmeister Els, als er sich vom Boden des Bunkers wieder hochrappelte, wohin der Rückstoß ihn geschleudert hatte, total perplex war. Nicht daß er das noch nicht gehört hatte, aber damals hatten ihn die Höflichkeitsbezeigungen des Dobermanns leicht abgelenkt. Diesmal konnte er die wahren Qualitäten der Büchse voll auskosten.

Mit weißem Gesicht und einem Echo in den Trommelfellen,

das recht erstaunlich war, peilte er durch die Schießscharte und besah sich sein Werk mit einer Befriedigung, wie er sie noch nie empfunden hatte, nicht einmal an dem Tag, als er zwei Nigger mit ein und derselben Kugel umgelegt hatte. Das war ein Triumph gewesen. Das hier war ein Meisterstück.

Die zur gleichen Zeit losballernden vier Läufe der Elefantenbüchse hatten ihm einen Ausblick eröffnet, den er nie für möglich gehalten hätte. Die mächtigen schmiedeeisernen Tore von Jacaranda Park waren zu einem rauchenden Haufen teilweise geschmolzenen und völlig unidentifizierbaren Metalls zusammengedreht. Die steinernen Torpfosten lagen in Trümmern. Die aus Granit gehauenen aufgerichteten Wildschweine, die die Pfosten gekrönt hatten, würden sich nie wieder aufrichten, und die Fahrbahn legte ein beredtes Zeugnis von der Hitze der Gase ab, die die Kugeln aus den Läufen trieben: Auf ihr sah man deutlich vier Streifen geschmolzenen, hellglänzenden Asphalts dorthin weisen, wo einmal das dichte Gestrüpp gewesen war, das ihm den Blick auf seine Gegner versperrt hatte. Wachtmeister Els brauchte sich nun nicht mehr zu beklagen, daß er nicht sehen konnte, worauf er schoß.

Die Deckung, die seine Feinde benutzt hatten, war so ziemlich weg. Der Abhang war nackt, kahl und abgesengt, und es war zweifelhaft, ob er jemals wieder so aussehen werde wie früher. Dieser Zweifel bestand nicht bei den fünf Gebilden, die am Boden liegengeblieben waren. Nackt, kahl und grauenhaft verstümmelt, brauchten die fünf Kriminalbeamten, die vor Elsens Kugeln in den Büschen Deckung gesucht hatten, nun eine ganz andere Deckung, als sie ihnen ein paar Büsche bieten konnten. Und da sie auf der Stelle tot waren, waren sie in gewisser Weise glücklicher dran als ihre überlebenden Kameraden, von denen einige, wie Els mit Befriedigung feststellte, nackt und geschwärzt und deutlich in einem Zustand geistiger Verwirrung herumwanderten. Els nutzte ihren wehrlosen Schockzustand, um ein paar von ihnen mit seinem Revolver außer Gefecht zu setzen, und es überraschte ihn nicht besonders, daß, sie von ihren neuerlichen Verwundungen, die nach den Verheerungen der Elefantenbüchse natürlich einen ziemlichen Rückschritt darstellten, nur wenig Notiz zu nehmen schienen. Die übrigen Zivilbeamten, die von der Wirkung der Salve verschont geblieben waren, zogen sich, nachdem sie ihre nackten und verstörten Kollegen aus der Schußbahn von Elsens wahllosen Zielübungen gezerrt hatten, den Hügel hinunter zurück und warteten auf die Ankunft des Hauptkonvois, ehe sie ihren Angriff auf die Ligusterhecke wiederaufnehmen wollten.

Luitenant Verkramp, der im Turm des voranfahrenden Schützenpanzers stand und die enorme Explosion gehört hatte, war augenblicklich zu dem voreiligen Schluß gelangt, das Waffenlager der Polizeikaserne sei von Saboteuren in die Luft gejagt worden. Nach dem Chaos und der Panik, die der Konvoi auf seiner Fahrt durch das Land hervorgerufen hatte, kam das nicht sehr überraschend. Aber als er auf die Stadt hinuntersah, konnte er nichts erblicken, was diese Vermutung bestätigt hätte. Piemburg lag da in seiner stillen, friedlichen Senke unter dem wolkenlosen, blauen Himmel. Das einzig Ungewöhnliche, das er durch sein Fernglas ausmachen konnte, war eine ununterbrochene Autoschlange, die sich aus Vlockfontein langsam über die Hauptstraße bewegte.

»Da unten ist 'ne Beerdigung«, murmelte er leise vor sich hin und fragte sich, erstaunt über die kolossale Länge des Leichenzugs, was für ein bedeutender Mensch da wohl gestorben sei. Erst als er um die nächste Ecke bog und das Grüppchen nackter und völlig hysterischer Polizeibeamter sah, wurde ihm zum ersten Mal klar, daß Kommandant van Heerdens kopflose Instruktionen doch wohl nicht ganz ungerechtfertigt waren. Was immer auch in Jacaranda Park vor sich ging, es verdiente die außerordentliche Machtdemonstration, die der Polizeikonvoi darstellte.

Er hob die Hand, und der Kampfverband kam quietschend zum Stehen. »Was zum Teufel ist denn hier passiert?« fragte er. Die Frage, was geschehen sei, war eigentlich nicht nötig. Nackt und pulvergeschwärzt, bot die kleine Gruppe der Beamten einen mitleiderregenden Anblick.

»Irgend etwas hat auf uns geschossen«, kriegte schließlich einer von ihnen heraus.

»Was meinen Sie mit ›etwas‹?« schnauzte Verkramp.

»Ein Busch. Ein Busch oben an der Toreinfahrt. Immer, wenn jemand irgendwie in seine Nähe kommt, schießt er.«

»Ein Busch? Irgend jemand hinter dem Busch, wollen Sie wohl sagen. Warum haben Sie nicht zurückgeschossen?«

»Verdammt noch mal, was glauben Sie eigentlich, was wir gemacht haben? Aber hinter dem Busch ist niemand. Darauf schwöre ich jeden Eid. Wir haben Hunderte von Salven in den verfluchten Busch reingepumpt, und trotzdem schießt er immer noch zurück. Ich sage Ihnen, er ist einfach total verhext, dieser Busch.«

Luitenant Verkramp blickte unsicher die Straße entlang. Bestimmt würde er nicht auf jeden Blödsinn mit verhexten Büschen reinfallen, aber andererseits sah er deutlich, daß irgendwas ziemlich Außergewöhnliches die Männer in ihre erbärmliche Lage gebracht hatte. Es schwebte ihm schon auf der Zunge, zu sagen: »Sie haben wohl nicht alle Tassen im Schrank«, aber da ihnen auch ungefähr alles andere fehlte, hielt er es für besser, das für sich zu behalten. Die Frage der Truppenmoral war wichtig, und sie hatte ihn im Unterbewußtsein die ganze Zeit beschäftigt, seit sie aus der Polizeikaserne ausgerückt waren. Jetzt ein falscher Schritt, und es gäbe eine Panik im Konvoi. Er beschloß, den Männern ein Beispiel zu geben.

»Ich brauche zwei Freiwillige«, sagte er zu Sergeant de Haen, und während der Sergeant abzog, um zwei geistig zurückgebliebene Wachtmeister zu zwingen, sich freiwillig zu melden, wandte sich Luitenant Verkramp wieder den Kriminalbeamten zu.

»Wo ist denn dieser Busch?« fragte er.

»Genau in der Toreinfahrt. Sie können ihn gar nicht verfehlen«, sagten sie und setzten hinzu: »Und Sie wird er auch nicht verfehlen.«

»Das werden wir mal sehen«, murmelte der Luitenant, kletterte aus dem Panzerwagen und machte sich zum Erkundungsgang bereit. Luitenant Verkramp hatte in Pretoria einen Kursus in Guerilla-Abwehr besucht und war in der Kunst der Tarnung sehr bewandert. Als er fertig war, glichen die drei Männer, die aus dem Graben langsam auf Wachtmeister Els' Ligusterstrauch zukrochen, ebenfalls drei Sträuchern. Sie waren nicht so sauber geschnitten, das stimmt, und sicherlich nicht so kugelsicher, aber egal, was ihre Tarnung sonst noch alles verbarg, es war ziemlich unmöglich, selbst aus der Nähe, festzustellen, daß es sich hier um drei uniformierte Beamte der südafrikanischen Polizei handelte.

6

Kommandant van Heerden war gerade mitten in Jacaranda Park unter einer Eiche stehengeblieben, um wieder zu Puste zu kommen, und versuchte, Mut genug zu fassen, um ins Haus zurückzukehren, als Wachtmeister Els die Elefantenbüchse abfeuerte. Das Echo der Detonation brachte den Kommandanten zur Besinnung. Zum einen wurde ein Geier, der in den Zweigen über ihm mit offenbarer Vorahnung gelauert hatte, vom Krachen der Flinte aufgeschreckt und flappte bedrohlich in den Himmel hinauf. Zum anderen kam der Kommandant augenblicklich zu der Überzeugung, daß die Gesellschaft Jonathan Hazelstones unendlich weniger tödlich sei als das Blutbad, das Wachtmeister Els am Haupttor anrichtete. Er verließ die Dekkung, die der Baum ihm bot, und hastete unbeholfen auf das Haus zu, wobei er auf alle Welt wie ein verrückt gewordener Dickhäuter wirkte, den außer Gefecht zu setzen der Sinn der Elefantenbüchse war.

Hinter ihm hing die Stille des eben eingetretenen Todes düster über Jacaranda Park. Vor sich konnte er die schlanke, anmutige Gestalt Miss Hazelstones erkennen, die auf der Veranda stand. Sie blickte unschlüssig in den wolkenlosen Abendhimmel. Als der Kommandant an ihr vorbei in den Salon stürzte, hörte er sie sagen: »Ich meine, ich hätte es eben donnern hören. Ich glaube, wir bekommen Regen.« Es war gut, wieder dort zu sein, wo die Welt im Lot war, dachte der Kommandant, als er schlaff und erschöpft in den Lehnstuhl sank.

Gleich darauf kehrte Miss Hazelstone von der Betrachtung

des Sonnenuntergangs ins Zimmer zurück. Sie brachte eine Atmosphäre der Ruhe und Lebensbejahung mit herein, wie sie ihr allein, oder zumindest erschien es Kommandant van Heerden so, unter all den Leuten eigen war, die an diesem Nachmittag die Ereignisse in Jacaranda Park erlebten. Dasselbe war von Wachtmeister Els schwerlich zu sagen. Was ihm an Leben in die Quere kam, das bejahte er kein bißchen, schon gar nicht mit etwas, das auch nur leise der Ruhe geähnelt hätte. Der einzige Trost, den Kommandant van Heerden finden konnte, war der Gedanke, daß dem Geräusch nach Els sich und den halben angrenzenden Vorort in die Luft gesprengt hatte.

Miss Hazelstone tappte gedankenverloren und mit dem Ausdruck sanfter Melancholie zu ihrem Ohrensessel, setzte sich und wandte ihr Gesicht mit einem Blick tiefster Verehrung einem Gemälde zu, das über dem Kamin hing.

»Er war ein guter Mensch«, sagte sie schließlich mit leiser Stimme.

Kommandant van Heerden folgte ihrem Blick und besah sich das Bild. Es stellte einen Mann in langer Robe mit einer Laterne in der Hand dar, der an der Tür eines Hauses stand, und der Kommandant vermutete, es handele sich um ein weiteres Porträt von Sir Theophilus, dieses Mal, der Robe nach zu urteilen, gemalt, als der große Mann in Indien amtierte. Es trug den Titel »Das Licht der Welt«, was selbst dem Kommandanten bei aller Bewunderung für den Vizekönig ein bißchen weit zu gehen schien. Trotzdem fühlte er sich gezwungen, etwas zu sagen.

»Das war er sicherlich«, sagte er wohlwollend, »und auch ein sehr bedeutender Mensch.«

Miss Hazelstone sah den Kommandanten dankbar und mit ungewohnter Hochachtung an.

»Das wußte ich gar nicht«, murmelte sie.

»Oh, ich vergöttere den Mann geradezu«, fuhr der Kommandant fort und fügte als nachträglichen Gedanken hinzu: »Er wußte, wie man mit den Zulus richtig umgeht«, worauf er mit Erstaunen bemerkte, daß Miss Hazelstone plötzlich in ihr Taschentuch zu schluchzen begann. Van Heerden, der ihre Tränen als weiteren Beweis der tiefen Zuneigung zu ihrem Großvater wertete, mühte sich weiter.

»Ich wünschte nur, von seiner Sorte gäbe es heute noch mehr«, sagte er und stellte zufrieden fest, daß Miss Hazelstone ihn noch einmal dankbar über ihr Taschentuch hinweg ansah. »Es gäbe heute nur halb soviel Kummer in der Welt, wenn er wieder da wäre.« Er wollte gerade sagen: »Er würde sie dutzendweise hängen«, aber er sagte sich, daß das Hängen angesichts des voraussichtlichen Schicksals von Miss Hazelstones eigenem Bruder kein taktvolles Thema sei, und begnügte sich mit der Feststellung: »Er würde ihnen schnell das eine oder andere beibiegen.«

Dem stimmte Miss Hazelstone zu. »Das würde er, o ja, das würde er. Ich bin so glücklich, daß gerade Sie, Kommandant, die Dinge so betrachten.«

Kommandant van Heerden sah nicht ganz die Notwendigkeit für diesen Nachdruck ein. Es erschien ihm nur natürlich, daß ein Polizeioffizier sich an Sir Theophilus' Methoden hielt, mit Verbrechern umzuspringen. Schließlich hatte Richter Hazelstone sich seine Vorliebe für das Hängen und Prügeln ja auch nicht aus den Fingern gesogen. Jeder wußte, daß der alte Sir Theophilus es sich zur Aufgabe gemacht hatte, dafür zu sorgen, daß sein Sohn William früh den Sinn für körperliche Züchtigungen entwickele, indem er sie dem Knaben praktisch vom Tag seiner Geburt an zukommen ließ. Dieses Pflichtgefühl erinnerte den Kommandanten an seine eigene unangenehme Aufgabe, und er sagte sich, dieser Augenblick sei so gut wie jeder andere, ihr endlich beizubringen, daß er genau wisse, daß Fünfpenny nicht von ihr, sondern von ihrem Bruder Jonathan ermordet worden sei. Er stand von seinem Sessel auf und fiel in den förmlichen Jargon seines Amtes.

»Ich habe Grund zu glauben ...«, begann er, aber Miss Hazelstone ließ ihn nicht ausreden. Sie erhob sich von ihrem Ohrensessel und blickte hingerissen zu ihm auf, eine Reaktion, die van Heerden kaum erwartet hatte und gewiß nicht bewundern konnte. Schließlich war der Kerl ihr eigener Bruder, und erst vor einer Stunde war sie bereit gewesen, den Mord selber auf sich zu nehmen, bloß um ihn zu decken.

Er begann wieder: »Ich habe Grund zu glauben . . .«

»Oh, ich auch. Das hab' ich auch. Haben wir das nicht alle?« Und diesmal nahm Miss Hazelstone die riesigen Pranken des Kommandanten in ihre zierlichen Hände und blickte ihm in die Augen. »Ich wußte es, Kommandant. Ich wußte es die ganze Zeit.«

Kommandant van Heerden brauchte man das nicht zu sagen. Natürlich hatte sie es die ganze Zeit gewußt, sonst hätte sie den Unmenschen ja nicht in Schutz genommen. Zum Teufel, dachte er, mit der ganzen Förmlichkeit. »Ich nehme an, er ist oben im Schlafzimmer«, sagte er.

Der Ausdruck auf Miss Hazelstones Gesicht ließ auf eine gewisse Verwunderung schließen, was wohl, nahm der Kommandant an, darauf zurückzuführen war, daß sie plötzlich sein großes Talent als Detektiv erkannte.

»Oben?« krächzte sie.

»Ja. Im Schlafzimmer mit der rosageblümten Bettdecke.«

Miss Hazelstones Erstaunen war nicht zu übersehen. »Im rosa Schlafzimmer?« stammelte sie und wich von ihm zurück.

»Er bietet leider keinen sehr erfreulichen Anblick«, fuhr der Kommandant fort. »Er ist dun wie der Teufel.«

Miss Hazelstone war nahe am Überschnappen. »Der Teufel?« brachte sie schließlich keuchend hervor.

»Besoffen«, sagte der Kommandant. »Sternhagelvoll und über und über mit Blut beschmiert. Die Schuld steht ihm nicht bloß ins Gesicht geschrieben.«

Miss Hazelstone hielt es nicht mehr. Sie eilte zur Tür, aber Kommandant van Heerden war vor ihr da.

»O nein, das tun Sie nicht. Sie gehen nicht rauf und warnen ihn«, sagte er. »Er muß auslöffeln, was er sich eingebrockt hat.«

Kommandant van Heerden hatte im stillen seine Zweifel, ob der Kerl noch oben sei. Selbst einen total Besoffenen mußte die Explosion aus dem Bett gehauen haben. Andererseits war der Mann wahnsinnig, und bei Irren konnte man nie wissen. Was sie taten, war einfach unvorhersehbar. Es gab, bemerkte er jetzt, auch in Miss Hazelstones Verhalten Symptome von Wahnwitz und Unberechenbarkeit und Zeichen dafür, daß sie sich auf eine Art benehmen könne, die weder nett noch vornehm wäre.

»Nun, nun, liebe Miss Hazelstone. In gewisse Dinge müssen wir uns zu schicken lernen«, sagte er beruhigend, und während er das sagte, war Miss Hazelstone nur eines völlig klar, daß nämlich nichts auf Gottes Erdboden sie dazu bringen werde, in der Reichweite dieses schwitzenden Polizisten zu bleiben, der dachte, der Teufel persönlich liege sternhagelblau und über und über mit Blut beschmiert oben im rosageblümten Schlafzimmer. Es gebe ja vielleicht, räumte sie großzügig ein, gewisse irrationale Züge in ihrem eigenen Seelenleben, aber sie waren nichts gegen die unübersehbaren Zeichen von Irrsinn, die der Kommandant an den Tag legte. Bleich und unverständliches Zeug lallend, sprang sie in einem Satz von ihm zurück, riß einen dekorativen Krummsäbel von der Wand und hielt ihn mit beiden Händen über ihren alten grauhaarigen Schädel.

Kommandant van Heerden war völlig platt. Eben noch hatte er vor einer reizenden alten Dame gestanden, die seine Hände in ihre nahm und ihm sanft ins Auge blickte, und im nächsten Moment war sie ein tanzender Derwisch und offenkundig darauf versessen, ihn mit einem fürchterlichen Messer mitten durchzusäbeln.

»Nun, nun«, sagte er, außerstande, seine Ausdrucksweise seiner neuen, schrecklichen Lage anzupassen. Eine Sekunde später war klar, daß Miss Hazelstone sein »Nun, nun« als Hinweis darauf verstanden hatte, daß er den Tod sofort wünsche. Wie ein Krebs kam sie auf ihn zu.

In Wirklichkeit versuchte Miss Hazelstone zur Tür zu gelangen, die in die Halle führte. »Aus dem Weg«, befahl sie, und der

Kommandant, ängstlich bemüht, ihr nicht den leisesten Vorwand zu liefern, ihn mit dem Krummschwert in der Mitte durchzuspalten, sprang zur Seite, wo er mit einer großen chinesischen Vase zusammenprallte, die von ihrem Podest kippte und auf den Boden krachte. Eine Sekunde lang zeigte Miss Hazelstones Gesichtsausdruck jene Fähigkeit, sich rasch zu verändern, die der Kommandant eben schon mal wahrgenommen hatte. Jetzt war sie zweifellos völlig außer sich vor Wut.

»Die Ming! Die Ming!« kreischte sie und ließ den Krummsäbel von oben heruntersausen. Aber Kommandant van Heerden war nicht mehr an dieser Stelle. Die zerschmetterten Kunstschätze aus der jahrtausendealten chinesischen Geschichte hinter sich lassend, stürzte er quer durchs Zimmer.

Während er über die Veranda fegte, hörte er Miss Hazelstone immer noch »Die Ming! Die Ming!« zu ihrem Bruder hochschreien, und da er meinte, die Ming sei eine unbeschreiblich fürchterliche Waffe, die griffbereit oben in der Galerie an der Wand hing, rannte der Kommandant wieder mal durch Jacaranda Park, diesmal aber in die Richtung des Tores, aus der das Getöse wiedererwachten Gewehrfeuers zu hören war, ein Getöse, das er als Zeichen ganz normaler und gesunder Gewalt willkommen hieß. Und wie er so rannte, dankte er seinem Glücksstern, daß die Dämmerung schon in Nacht überging, die den Weg seiner Flucht verdunkelte.

Für Wachtmeister Els, der immer noch über die Auswirkungen seiner Schießkünste schmunzeln mußte, hatte es, als die Dämmerung sich über die zusammengeknäulten Tore des Parks zu senken begann, die ersten Anzeichen dafür gegeben, daß mehrere neue Faktoren in den kleinen Flecken westlicher Kultur eingriffen, den er so mannhaft verteidigte. Er hatte gerade einen kräftigen Schluck Alten Nashornhaut-Brandy gekippt, um sich gegen die Nachtkühle zu schützen, als er draußen ein merkwürdiges Kratzen hörte. Zuerst dachte er, ein Stachelschwein schabe sich an der Panzertür des Bunkers, aber als er sie aufmachte, war nichts zu sehen, während die Geräusche immer näher kamen. Sie schienen aus einer Hecke unten an der Straße zu dringen, und er war gerade zu der Überzeugung gelangt, sie ließen sich nur dadurch erklären, daß ein Nashorn, das an Eiterflechte leide, sich zur Linderung von der Juckerei in einem Weißdorn siele, als er drei bemerkenswert flinke Pflanzengebilde über die Straße hoppeln sah. Offenbar sollte der nächste Angriff beginnen.

Wachtmeister Els lehnte sich zurück und überdachte die Lage. Einen Angriff hatte er mit seinem Revolver zurückgeschlagen, einen zweiten mit der Elefantenbüchse zunichte gemacht. Es sei Zeit, meinte er, zum Gegenangriff überzugehen. In der immer dunkler werdenden Dämmerung verließ Wachtmeister Els den Schutz des Bunkers und kroch, seinen Revolver in der Hand, leise auf seine Angreifer zu, deren polyphones Vorrücken alle leisen Geräusche übertönte, die er möglicherweise machte.

Als Luitenant Verkramp und seine zwei Freiwilligen eine dreiviertel Meile bis zur Spitze des Hügels hinaufgekrochen waren, wünschte Verkramp sich im stillen, er wäre doch einfach mit dem Panzerwagen raufgefahren, vor allem aber begann er, den Sinn der ganzen Unternehmung anzuzweifeln. Es war bereits so dunkel, daß er zwar vielleicht den Busch nicht verfehlte, der ihnen so viel Kummer bereitete, daß er ihn aber eventuell einfach nicht mehr sah. Seine Hände waren zerkratzt und aufgerissen, und er war bis auf Spuckdistanz an zwei Puffottern und eine Kobra herangekommen, was zweifellos ein Kompliment für seine Tarnungskünste war, aber eins, ohne das er sehr gut leben konnte. Es war ihm nie so klar gewesen, welcher Wildreichtum in den Hecken Piemburgs hauste.

Die Spinne, die ihn in die Nase gebissen hatte, als er sich aus ihrem Netz herauszuwinden versuchte, war so groß und bösartig, wie er es nie für möglich gehalten hatte, hätte er es nicht mit einem eigenen Auge gesehen, wobei ihm die Spinne das andere mit drei Füßen zudrückte, mit denen sie sich abstemmte, um sich festen Halt zu verschaffen, während sie ihm 50 ccm Gift ins linke Nasenloch spritzte. An diesem Punkt wäre er beinahe umgekehrt, denn das Gift verteilte sich so schnell und war dermaßen wirkungsvoll, daß er auch, nachdem die Riesenspinne so freundlich gewesen war, sich von seiner Netzhaut zu verabschieden, noch immer nichts sehen konnte. Auf dieser Seite seines Gesichts pochte es alarmierend, und seine Nebenhöhlen schienen mit irgendeiner ätzenden Flüssigkeit gefüllt zu sein. Und da ihm klar war, daß die Expedition mit einiger Eile weiterkommen mußte, ehe seine Atmungsorgane für immer die Arbeit einstellten, rückten Luitenant Verkramp und seine beiden Männer weiter krachend durch das feindselige Unterholz auf ihren Gegner zu.

Wachtmeister Els, der nicht so hastig und weit unbemerkter vorwärtsrobbte, hatte inzwischen Sir Theophilus' furchtbaren Verteidigungsgraben entdeckt und mit erheblicher Befriedigung dessen Wirkung auf die letzten Opfer wahrgenommen. Els streckte sich im Gras aus und überlegte sich, wie er den offenbar unersättlichen Appetit dieses Ergebnisses der Angst Sir Theophilus' noch weiter befriedigen könne. Die Geräusche, die aus dem Unterholz zu ihm drangen, schienen zu besagen, daß seine Feinde bereits an irgendwelchem Gliederzucken litten. Zu dem Knacken der Zweige, das ihr Vorrücken begleitet hatte, trat jetzt ein gelegentliches Wimmern und etwas, das sich anhörte wie chronischer Katarrh. Wachtmeister Els wartete nicht länger. Er kroch, den mörderischen Graben meidend, lautlos weiter und bezog im Gras neben der Straße Stellung.

Luitenant Verkramp, der in dem Gestrüpp verbissen vorwärtskrabbelte, erschien nichts seltsam oder ungewöhnlich. Seine Nase machte ihm Schwierigkeiten, das war zwar richtig, und das Spinnengift hatte sich beängstigend ausgebreitet, so daß mal seine Augen, mal seine Ohren Sperenzchen machten, aber wenn auch sein Inneres von Blitzen und einem seltsamen Trommelgetöse erfüllt war, außen wirkte alles ruhig und friedlich. Die Nacht war dunkel, aber droben schienen die Sterne, und die Lichter von Piemburg im Tal unter ihm tauchten den Himmel in orangerote Glut. Die Lichter von Jacaranda House blinzelten einladend durch den Park herüber. Grillen sangen, und fernes Verkehrsgemurmel kam von der Straße aus Vlockfontein sanft zu ihm herübergeweht. Nichts in der Welt bereitete Luitenant Verkramp auf den Schrecken vor, der plötzlich über ihn hereinbrechen sollte.

Nicht daß ihn körperlich etwas erschreckt hätte. Es war viel schlimmer. Es war fast etwas Unwirkliches an dem Schrei, der in seinem lädierten Ohr explodierte, und auch an der schrecklich verkrümmten, unheimlichen Gestalt, die plötzlich über ihm auftauchte. Er konnte nicht sehen, was es war. Er spürte bloß ihren ekelhaften Atem und hörte den Geisterschrei, der unsagbar grauenhaft war und, daran zweifelte er kein bißchen, aus den tiefsten Tiefen der Hölle kam. Alle Bedenken, die Luitenant Verkramp gegen die Geschichte mit dem verhexten Busch gehabt hatte, lösten sich im Augenblick in nichts auf, und im nächsten Augenblick fiel Verkramp, als er sich zur Seite warf, genau in den Höllenrachen, aus dem seiner Meinung nach der Schrei ertönt war. Und während er am Boden des Grabens auf den Eisenspießen steckte und sein Geschrei durch den Park schallte, starrte er, halb tot vor Angst und Schmerzen, nach oben und wußte, daß er in alle Ewigkeit verdammt sei. In seinem Fieberwahn sah er ein Gesicht in sein Grab herunterstarren, ein Gesicht, das satanisch zufrieden aussah: Und das Gesicht war das von Wachtmeister Els. Luitenant Verkramp wurde ohnmächtig.

Seine beiden Gefährten waren unterdessen wieder am Fuß des Hügels angelangt, wobei sie auf ihrer Flucht nicht nur den Luitenant zurückgelassen hatten, sondern auch einen Kometenschweif aus Blättern, Zweigen, Helmen und dem ganzen Drum und Dran ihres Berufes. Sie hätten sich gar nicht so abzuhetzen brauchen. Die Nachricht von der entsetzlichen Begegnung war ihnen vorausgeeilt. Wachtmeister Elsens Schrei, auch *diminuendo* noch grauenhaft, war wie eine fürchterliche Bestä-

wollte, hörte er ein Geräusch, das ihn auf der Stelle zu der Schießscharte flitzen ließ. Irgend etwas kam die Straße herauf. Irgendein Fahrzeug, und ein Gefühl von Vertrautheit streifte sein Ohr. Es hörte sich genau wie ein Schützenpanzerwagen an. »Wurde auch verdammt noch mal Zeit«, dachte Els, als die Scheinwerfer um die Ecke schwenkten und einen Moment lang die Leichen beleuchteten, die gegenüber auf dem Abhang lagen. Einen Augenblick später fiel ein ganz anderes Licht auf die Szenerie. Ein Suchscheinwerfer drang durch die Nacht und verwandelte die Ligusterhecke in einen leuchtenden Fleck inmitten einer ansonsten finsteren Umgebung.

»Na schön, ihr Sauhunde, allzu viel ist Scheiß ungesund«, schrie Els in die Nacht, aber ehe er noch mehr sagen konnte, löste sich die Ligusterhecke um seinen Bunker herum langsam auf. Als die Kugeln in die Bunkerwände einschlugen und die Schießscharte von Leuchtspurkugeln hell aufflammte, wußte Els, daß es ihm nun an den Kragen ging. Das hier war nicht die Ablösung, auf die er gewartet hatte. In einem letzten verzweifelten Versuch, die Tragödie abzuwenden, richtete Wachtmeister Els die Elefantenbüchse auf den Panzerwagen. Er hielt das Feuer so lange zurück, bis der Panzer nur noch zehn Schritte von der Toreinfahrt entfernt war, dann drückte er ab. Wieder und wieder schoß er, und mit einer Mischung aus Ehrfurcht und Befriedigung sah er als Schattenriß vor dem Suchscheinwerfer, wie das mächtige Panzerfahrzeug rasselnd zum Stehen kam und langsam in seine Bestandteile zerfiel. Seine Geschütze waren verstummt, die Bereifung nur noch Gummifetzen, und seine Besatzung rieselte sanft, doch unaufhörlich durch hundert Löcher, die in seine Seiten gebohrt waren. Nur ein Mann war eben noch zu dem Versuch imstande, aus dem Ding herauszukommen, und als er sich zuckend aus der Turmöffnung wand, erblickte Els mit erschreckender Deutlichkeit die vertraute Uniform und die Mütze der südafrikanischen Polizei. Der Mann plumpste wieder ins Innere des Turms zurück, und Els, dem zum ersten Mal vage die Größe seines Vergehens dämmerte, wußte, daß er nur einen Steinwurf vom Galgen entfernt war. Er feuerte einen letzten Schuß ab. Der Suchscheinwerfer explodierte, und es war finstere Nacht. Mit verzweifelter Kraftanstrengung sammelte Els alle Beweise seiner jüngsten Aktivitäten zusammen, stolperte aus dem Bunker und schlich sich, seinen grauenhaften Komplizen hinter sich herschleifend, durch den Park davon.

7

In Jacaranda House sang Jonathan Hazelstone in seiner Badewanne. Er trug eine Badekappe aus Gummi, um seine empfindlichen Ohren gegen das Wasser zu schützen, und teils wegen der Kappe, teils, weil er ziemlich taub war, sang er erheblich lauter, als er sich das vorstellte. Und so hörte er nichts von dem Schlachtenlärm, der seinen Vortrag von »Vorwärts, ihr christlichen Soldaten« begleitete. Das rosafarbene Wasser um ihn herum wirbelte und strudelte und nahm seltsame und verzwickte Muster an, als es der Knall aus der Elefantenbüchse traf. Aber Jonathan Hazelstone hatte keine Zeit, sich um solche Lappalien zu kümmern. Er war viel zu sehr mit seinen eigenen Schwächen beschäftigt. Die Scham über seine Tat und ein unbewußter Stolz darauf gingen in seinen Gedanken durcheinander, und über beidem hing die schreckliche Erinnerung an vergangene Dinge.

Er versuchte, die entsetzliche Geschichte zu verdrängen, aber sie stellte sich beharrlich immer wieder ein. Trotz seiner Gewissensbisse mußte er immer noch ein bißchen darüber lächeln. Denn schließlich, dachte er, könne es nicht viele noch lebende Menschen geben, die von sich sagen könnten, daß sie getan hätten, was er getan hatte, und ungestraft davongekommen wären. Nicht daß er zum Prahlen geneigt hätte, und sicherlich würde er nicht herumziehen und seine Tat ausposaunen. Andererseits war er so ungeheuer provoziert worden, und letztlich war er der Meinung, sein Handeln sei in gewisser Weise entschuldbar gewesen. »Alte Nashornhaut«, dachte er und erschauerte und wollte sich eben ins Gedächtnis rufen, daß er dem Koch sagen müsse, er solle zum Kochen niemals dieses grauenhafte Zeug verwenden, da erinnerte er sich, daß es gar keinen Koch mehr gab, dem er das sagen konnte.

Traurig betrachtete er die rosa Kringel zu beiden Seiten in der Badewanne, stieg dann eilig aus dem Wasser und ließ es ab. Er spülte die Wanne aus, füllte sie von neuem und streute Badesalz hinein, dann legte er sich wieder in das heiße Wasser, um darüber nachzudenken, was als nächstes zu tun sei, um den Folgen der Ereignisse des Nachmittags aus dem Weg zu gehen. Er sah sich, das wußte er, einem schrecklichen Problem gegenüber. Sicher, seine Schwester hatte versprochen, der Polizei ein volles Geständnis abzulegen, und das war ganz in Ordnung, soweit es jene Angelegenheit betraf, aber es würde *ihm* niemals helfen, ungestraft davonzukommen. Zwangsläufig würde das Auswirkungen nach sich ziehen, und die ganze Geschichte war kaum dazu angetan, ihm bei seiner Karriere behilflich zu sein. Alles in allem war es eine gräßliche Geschichte. Nicht daß er für den verdammten Koch viel Sympathie übriggehabt hätte. Wenn es nicht um ihn gegangen wäre, dann wäre überhaupt nichts von all dem passiert. Außerdem gab es ein paar Sachen, die Jonathan Hazelstone niemals verzieh. Widernatürlichkeit war eine davon.

Kommandant van Heerden hätte alle diese Empfindungen geteilt, wenn er sie gekannt hätte, aber mittlerweile waren seine Kräfte ausschließlich auf einen einzigen simplen Gedanken konzentriert, daß nämlich seine Laufbahn als Polizeioffizier und möglicherweise auch als freier Mensch mit an Sicherheit grenzender Wahrscheinlichkeit dadurch beendet war, wie er den Fall Hazelstone behandelt hatte. Durch die Explosion, die das Ende des Schützenpanzers verkündete, war ihm das sonnenklar geworden. Entehrt, entlassen und bestraft, weil er ein Mitschuldiger war, und zwar vor, während und nach dem Mord an den Polizeibeamten, die zweifellos in Wachtmeister Elsens

Kugeltornado am Haupttor gefallen waren, würde er den Rest seines Lebens im Gefängnis mit Leuten zubringen müssen, die ihm zu einer solchen Riesenmenge Undank verpflichtet waren, wie sie keine Qual vergelten konnte. Der Tag, an dem er ins Piemburger Gefängnis käme, wäre vielleicht nicht sein letzter, ganz sicher aber sein schlimmster. Von denen, die Geständnisse unterschrieben hatten, nachdem sie von Wachtmeister Els in den Zellen des Piemburger Polizeireviers gefoltert worden waren, gab es zu viele, als daß ihm die Aussicht auf ihre Gesellschaft im Gefängnis hätte lieb sein können.

Nach einem kurzen Schluchzer versuchte Kommandant van Heerden, darüber nachzudenken, wie er sich aus der Bredouille befreien könnte, in die Els ihn geritten hatte. Nur eines konnte ihn im Augenblick retten, und das war die erfolgreiche Verhaftung des Mörders von Miss Hazelstones Zulu-Koch. Nicht daß er auf diese Leistung große Hoffnungen gesetzt hätte, außerdem würde sie nicht das Blutbad erklären helfen, das Els angerichtet hatte. Els würde wegen Massenmords angeklagt werden, und es gab nur die Chance, daß man ihn überreden könnte, Schwachsinn zu simulieren. Wenn man's recht bedachte, hatte es der Scheißkerl gar nicht nötig zu simulieren. Er war offensichtlich verrückt. Die Tatsachen sprachen für sich selbst.

Von dieser schwachen Hoffnung beflügelt (und ganz sicher nicht von der explodierenden Munition in dem vormals rollenden Verbrennungsofen), erreichte Kommandant van Heerden das Parktor. Er kletterte über den Haufen verknäulten Metalls und sah sich um. Eine schwarze Rauchwolke verdunkelte den Nachthimmel. Sie quoll aus dem offenen Turm des Schützenpanzers und drang aus den Löchern an den Seiten. Sogar der Kommandant in seiner Aufregung nahm den Geruch wahr. Es roch wie sonst nichts auf Erden.

Kommandant van Heerden nahm einen tiefen Atemzug von dem ekelhaften Zeug, dann brüllte er in die Nacht hinaus: »Wachtmeister Els«, schrie er, »Wachtmeister Els, wo in drei Teufels Namen sind Sie?«, und bemerkte die Blödheit seiner

Frage, sobald er sie von sich gegeben hatte. Els würde sich in dem Moment wohl kaum zeigen. Eher würde er seinen Kommandeur mit demselben Vergnügen in die Ewigkeit schicken, wie er es mit seinen Kameraden getan hatte. Nach einem kurzen Schweigen, das nur vom Knallen und Pfeifen der Kugeln unterbrochen wurde, die im Innern des Schützenpanzers durch die Gegend flogen, schrie der Kommandant noch mal.

»Hier spricht Ihr Kommandeur, ich befehle Ihnen, das Feuer einzustellen.«

Kommandant van Heerdens merkwürdiger Befehl verblüffte die Männer im Konvoi unten auf der Straße und ließ ihre Herzen vor Bewunderung heiß erglühen. Der Kommandant war dort oben am Tor und hatte den Irren offenbar gefaßt, der sie niedergemetzelt hatte. Aber ein Rätsel war ihnen diese Entwicklung doch, denn der Kommandant war nicht bekannt dafür, mutig zu sein. Langsam, aber sicher liefen sie zögernd die Straße entlang auf ihn zu.

Wachtmeister Els machte sich in einer ganz anderen Richtung aus dem Staub, während er sich den Kopf darüber zerbrach, wie er aus der Tinte käme, in der er saß. Vor allem mußte er erst mal die Elefantenbüchse verstecken, und dann würde er sich ein Alibi zusammenbasteln. Wenn er an das Format der Flinte dachte, war er nicht sicher, welche Aufgabe schwieriger wäre, und er überlegte gerade, ob er sie nicht einfach auf die Veranda, wo er sie gefunden hatte, zurückbringen solle oder nicht, als er schon wieder auf eine Ligusterhecke stieß. Aus seiner jüngsten Erfahrung mit Ligusterhecken hatte er gelernt, daß sie sich ideal dazu eigneten, etwas zu verstecken. Els linste durch die Hecke, und nachdem er sich vergewissert hatte, daß das Schwimmbekken genau das war, was es zu sein vorgab, und nicht schon wieder eine von Sir Theophilus' kleinen Fallen, schlüpfte er durch die Einfriedung und schlich hinüber zu einem kleinen, geschmackvollen Pavillon, der an einem Ende der Anlage stand. Einen Moment lang tappte er im Finstern herum, dann zündete

tigung des drohenden Untergangs hinunter zu den Wagen gedrungen, die immer noch die Straße aus Vlockfontein blockierten.

Die Polizisten, die in der Nähe der Lastwagen und Schützenpanzer herumlagen, erstarrten. Einige, die damit beschäftigt waren, Tollwut- und Beulenpestschilder aufzustellen, hörten auf zu arbeiten, starrten in die Finsternis und versuchten zu ergründen, welcher neue Horror dem tödlichen Busch entsprungen war. Sogar die Schäferhunde zuckten bei dem Laut zusammen. Und mitten in Jacaranda Park blieb Kommandant van Heerden, in Todesängsten wegen der Ming, unwillkürlich stehen, als er den Schrei hörte. Niemand, der ihn vernommen hatte, würde ihn wohl je vergessen.

Wenn Wachtmeister Els über die Wirkung der Elefantenbüchse schon verblüfft gewesen war, so war er es über die Ergebnisse seines Versuchs, psychologische Kriegführung anzuwenden, noch viel mehr. Sein Auftritt als auferstandener Toter hatte bei seinen Pflanzenfeinden Früchte getragen, wie er sie nicht für möglich gehalten hätte, aber als er den leiser werdenden Schreien aus dem Graben lauschte, kam ihm vorübergehend der Schatten eines Zweifels. Es war etwas an diesen Schreien, an ihrem Klang, was ihm irgendwie bekannt vorkam. Er ging hinüber zu dem Graben und sah hinunter, und durch die Blätter, die es bedeckten, machte er mühsam ein Gesicht aus, und auch an diesem Gesicht kam ihm irgend etwas bekannt vor. Wenn es nicht so eine knollige Nase und so geschwollene Backen gehabt hätte, hätte er fast gemeint, Luitenant Verkramp sei da unten. Bei dem Gedanken, daß der Luitenant da unten aufgespießt liege, griente er still in sich hinein. Geschähe dem Blödmann recht, wenn er dafür, daß er ihn die ganze Nacht in der Gegend rumrennen ließ, da unten läge, wo er ihn doch schon vor Stunden hätte ablösen müssen, dachte er, als er wieder in seinem Bunker verschwand.

Er nahm noch mal einen kräftigen Schluck Brandy, und als er die Flasche gerade wieder in seine Hosentasche stecken

er ein Streichholz an. In dessen Lichtschein sah er, daß der Pavillon ein Umkleideraum mit lauter Kleiderhaken an den Wänden war. Zu seinem Schrecken sah er, daß einer der Haken benutzt war. Ein dunkler Anzug hing daran.

Els pustete das Streichholz aus und spähte hinaus zum Schwimmbecken. Der Besitzer des schwarzen Anzugs mußte dort draußen sein und ihn beobachten. Aber in der Wasserfläche des Pools spiegelte sich nichts Unheildrohenderes als die Sterne und der zunehmende Mond, der eben aufging. Die Winkel des Beckens bargen keine seltsamen Schatten, und da wußte Els, daß er hier allein war mit einem dunklen Anzug, einer Elefantenbüchse und der Notwendigkeit, sich ein Alibi auszudenken.

»Ligusterhecken bringen mir anscheinend Glück«, dachte er und nahm sich vor, in seinem Vorgarten eine anzupflanzen, wenn er jemals wieder lebend aus dieser Patsche herauskäme.

Er zündete ein zweites Streichholz an und besah sich die Sachen genauer. Zuerst dachte er, er könnte sie vielleicht als Verkleidung benutzen, aber die Hosen waren viel zu weit für ihn, und das Jackett, das er anprobierte, hätte ihm als Wintermantel dienen können. Die schwarze Weste ohne Knöpfe verwirrte ihn ein bißchen, bis er das Beffchen daran entdeckte. Wachtmeister Els gab jeden Gedanken auf, die Sachen zum Verkleiden zu benutzen. Er hatte zu große Ehrfurcht vor der Religion, um diese Gewänder mit seiner Person zu entweihen. Statt dessen benutzte er sie dazu, seine Fingerabdrücke von der Elefantenflinte zu wischen. Da er ein Fachmann im Beseitigen von wichtigen Beweisen war, gab es, als er fertig war, nichts mehr, was ihn und die Flinte hätte miteinander in Verbindung bringen können.

Zwanzig Minuten später verließ Wachtmeister Els in munterer Stimmung den Pavillon und schlenderte fröhlich durch den Park auf Piemburg zu. Hinter sich ließ er alles zurück, was ihn mit dem Massaker am Haupttor in Beziehung brachte. Die Elefantenbüchse war unter den Kleidern des Pfarrers versteckt. In einer Gesäßtasche der Hose steckte sein Revolver, und die Jakkentaschen bauschten sich von den leeren Patronenschachteln, die er sorgfältig vom Bunkerfußboden aufgesammelt hatte. Jedes einzelne Stück war gewissenhaft geputzt. Kein Spurenexperte konnte beweisen, daß Wachtmeister Els sie je benutzt hatte. Schließlich (und schon mit einem Stich ins Schrullige) hatte er die Alter-Nashornhaut-Brandy-Flasche in die Innentasche des Jacketts gesteckt. Sie war leer gewesen, und für leere Flaschen hatte er nun mal keine Verwendung.

Aber als er die Flasche in die Tasche schob, machte er eine andere nützliche Entdeckung. Die Tasche enthielt eine Brieftasche und einen Kamm. Wachtmeister Els kramte die anderen Taschen durch und fand darin ein Taschentuch und mehrere andere Dinge.

»Es geht nichts über 'ne sauber gemachte Arbeit«, dachte er, steckte die Sachen ein und machte sich auf den Weg, um dem Bunker einen letzten Besuch abzustatten. Als er dort ankam, hatte er sein Selbstvertrauen wiedergewonnen. Polizeibeamte liefen herum und besahen sich den brennenden Schützenpanzer, aber niemand nahm irgendwelche Notiz von dem Wachtmeister, der für eine Sekunde hinter der Ligusterhecke verschwand, ehe er die Straße in Richtung Piemburg hinunterspazierte. Unterwegs hielt er an, um ein Schild zu lesen, das gerade von einer Gruppe Polizisten angenagelt wurde.

Eine Stunde später stand Wachtmeister Els mit Schaum vor dem Mund und allen Symptomen von Tollwut vor der Unfallstation des Piemburger Krankenhauses. Ehe sie ihn ins Bett kriegen konnten, hatte er zwei Schwestern und einen Arzt gebissen.

Am Eingang von Jacaranda Park zeigte Kommandant van Heerden den Männern, die sich unter der Qualmwolke um ihn scharten, ganz ähnliche Symptome. Besonders das Verschwinden von Luitenant Verkramp brachte ihn in Harnisch. »Vermißt? Was soll das heißen: vermißt?« schrie er Sergeant de Haen an.

»Er kam zur Erkundung hier rauf, Sir«, antwortete der Sergeant.

»Ist er etwa in dem Ding hier gekommen?« fragte der Kommandant etwas hoffnungsvoller und sah auf den ausgebrannten Schützenpanzer.

»Nein, Sir. In Maske.«

»In was?« bellte der Kommandant.

»Er war als Busch verkleidet, Sir.«

Kommandant van Heerden traute seinen Ohren nicht. »Als Busch verkleidet? Was denn für ein Busch?«

»Schwer zu sagen, Sir. Kein sehr großer.«

Kommandant van Heerden wandte sich den Männern zu. »Jemand von Ihnen einen kleinen Busch hier in der Gegend gesehen?«

Schweigen senkte sich über die Polizisten. Alle hatten sie einen kleinen Busch hier in der Gegend gesehen.

»Genau hinter Ihnen steht einer, Sir«, sagte ein Wachtmeister.

Der Kommandant drehte sich um und sah auf das, was von der Ligusterhecke übrig war. Das war offenbar nichts, was der verkleidete Verkramp sein konnte oder auch nicht. »Das doch nicht, Sie Dummkopf«, schnauzte er. »Ein herumlaufender Scheiß Busch.«

»Ich weiß nichts davon, daß der Busch geschissen hat, Sir«, sagte der Wachtmeister. »Und ich möchte behaupten, er kann auch nicht rumlaufen, aber eins weiß ich, das verfluchte Ding kann verdammt gut schießen.«

»Was zum Teufel quatscht ihr da?« keifte der Kommandant, als ein nervöses Gekicher durch die Menge ging.

Sergeant de Haen klärte ihn auf. »Der Kerl, der den Schützenpanzer außer Gefecht gesetzt hat, saß hinter diesem Busch in Deckung.«

Einen Augenblick später guckte Kommandant van Heerden vorsichtig durch die Tür in den Bunker. Das Innere war immer noch mit dem Qualm verbrannten Pulvers gefüllt, aber trotzdem nahmen die Geruchsnerven des Kommandanten ein ihnen vertrautes, durchdringendes Aroma wahr. Der Bunker stank nach Altem Nashornhaut-Brandy. Am Boden gab es weitere Beweise. Eine Brieftasche, ein Kamm und ein Taschentuch lagen mitten im Bunker. Der Kommandant hob sie auf und hielt sie sich vorsichtig unter die Nase. Sie waren praktisch mit Brandy getränkt. Er öffnete die Brieftasche und erblickte in goldenen Lettern einen Namen, der ihm ebenfalls geläufig war: »Jonathan Hazelstone«.

Kommandant van Heerden vertrödelte keine Sekunde länger. Noch während er den Bunker verließ, gab er seine Befehle. Der Park sei zu umstellen. Straßensperren seien auf allen Straßen in der Nähe zu errichten. Suchscheinwerfer hätten das gesamte Parkgelände zu beleuchten. »Wir gehen rein und holen ihn uns«, sagte er zum Schluß. »Bringen Sie die anderen Schützenpanzer und die Schäferhunde her.«

Zehn Minuten später standen die restlichen fünf Schützenpanzerwagen, hundert mit Maschinenpistolen bewaffnete Männer und die neunundsechzig Spürhunde vor dem Parktor, bereit zum Angriff auf Jacaranda House. Kommandant van Heerden kletterte auf einen Panzer und hielt den Leuten von dessen Turm aus eine Ansprache.

»Ehe wir anfangen«, sagte er, »möchte ich Sie lieber warnen, daß der Mann, hinter dem wir her sind, ein gefährlicher Verbrecher ist.« Er machte eine Pause. Den Polizisten, die den ausgebrannten Panzerwagen und die Leichen auf dem Abhang gesehen hatten, brauchte man das nicht zu sagen. »Das Haus ist praktisch eine Festung«, fuhr der Kommandant fort, »und er verfügt über eine Sammlung tödlicher Waffen. Beim ersten Zeichen von Widerstand haben Sie meine Erlaubnis, das Feuer zu eröffnen. Noch irgendwelche Fragen?«

»Was ist mit dem Schwarzen Tod?« fragte Sergeant de Haen ängstlich.

»Der Schwarze Tod? O ja, das waren Schußwunden«, erwiderte der Kommandant geheimnisvoll, verschwand im Innern des Panzers und knallte den Deckel zu. Der Konvoi setzte sich vorsichtig die Auffahrt nach Jacaranda House hinunter in Bewegung.

8

Jonathan Hazelstone war in Nachdenken über seine nächste Predigt versunken, was ihn vom tragischen Tod Fünfpennys abgelenkt hatte. Er hatte sich für eine Kanzelrede über die böse Macht des Alkohols gerade den Titel »Die Nashörner des Zorns sind weißer als die Rosse des Untergangs« ausgedacht und trocknete sich nach seinem Bade ab, als ihm einfiel, daß er seine Kleider im Umkleidepavillon gelassen hatte. Noch ganz wacklig auf den Beinen von dem vielen Brandy, stiefelte er mit der Badekappe auf dem Kopf und nur in ein großes Badetuch gehüllt gedankenversunken die Treppe hinunter. Auf den Stufen zur Haustür blieb er stehen und sog die kühle Nachtluft tief ein. Autoscheinwerfer bewegten sich langsam die Auffahrt herab.

»Besucher«, dachte er bei sich. »Müssen mich in dem Aufzug ja nicht sehen.« Er wickelte das Handtuch fester um sich, trottete über die Auffahrt weg und verschwand eben hinter der Ligusterhecke, als Kommandant van Heerdens Konvoi vor dem Haus hielt. Er ging in den Badepavillon, kam einen Augenblick später wieder heraus und fühlte sich miserabler als vorher. Der Geruch nach Altem Nashornhaut-Brandy in dem Badehäuschen ließ in Wellen den Brechreiz in ihm hochsteigen. Er stand an der Kante des Schwimmbeckens und brachte ein stilles Stoßgebet zum Allmächtigen hervor, er möge ihm helfen, egal, wie drastisch die Mittel auch seien, daß er nie mehr so sündhaft handle, und einen Moment später plumpste der Bischof von Barotseland durch das reflektierte Bild des Mondes in das kalte Wasser des Schwimmbeckens. Er schwamm die ganze Länge des Beckens unter Wasser, tauchte eine Sekunde lang auf und schwamm dann wieder am Boden des Swimmingpools hin und her, und während er so schwamm, schien es dem Bischof, als rufe ihn Gott der Herr. Leise, sehr leise, das stimmte, aber so deutlich, wie er es noch nie erlebt hatte, hörte er durch die Badekappe die Stimme des Herrn: »Jonathan Hazelstone, ich weiß, daß du da bist. Ich wünsche keinen Widerstand. Ergib dich freiwillig.« Und sechs Fuß unter der Wasseroberfläche war Hochwürden Jonathan Hazelstone zum ersten Mal klar, daß er wahrlich zu großen Dingen bestimmt sei. Der Ruf, auf den er solange gewartet hatte, war endlich zu ihm gedrungen. Er drehte sich auf den Rücken und ergab sich freiwillig und ohne jeden Widerstand seiner Andacht unter dem nächtlichen Himmel. Er wußte jetzt, daß ihm sein Fehltritt vom Nachmittag vergeben war.

»O Herr, du weißt, ich wurde provoziert«, murmelte er, während er auf der reglosen Oberfläche des Schwimmbeckens trieb, und ein Gefühl des Friedens, süßen, verzeihenden Friedens senkte sich auf ihn herab, während er betete.

Frieden hatte sich nicht auf den Rest von Jacaranda House gesenkt. Umringt von einhundert bewaffneten Männern, die mit dem Finger am Abzug ihrer Maschinenpistolen in den Schatten des Gartens hockten, von neunundsechzig deutschen Schäferhunden, die nach Beute knurrten und hechelten, und von fünf Panzerschützenwagen, die rücksichtslos über Blumenbeete und Rasenflächen gefahren waren, um ihre Positionen einzunehmen, lag Jacaranda House still und schweigsam da.

Kommandant van Heerden beschloß, noch einen Versuch zu unternehmen, den Kerl ohne weitere Unannehmlichkeiten aus dem Haus zu bekommen. Eine neue Schießerei war das allerletzte, was er wollte. Er spähte aus dem Turm und hob wieder das Megaphon.

»Jonathan Hazelstone, ich gebe dir eine letzte Chance«,

dröhnte seine hundertfach verstärkte Stimme durch die Nacht. »Wenn du friedlich rauskommst, geschieht dir nichts. Wenn nicht, komm ich rein und hol dich.«

Der Bischof von Barotseland, der auf dem Rücken schwimmend friedlich Andacht hielt und in den Nachthimmel hinaufstarrte, an dem ein großer Vogel langsam über ihn hinwegschwebte, hörte die Worte deutlicher als vorher. Gott offenbarte sich ihm auf vielen rätselhaften Wegen, das wußte er, aber an Geier hatte er dabei noch nie gedacht. Nun hatte der Allmächtige wieder und noch klarer gesprochen, viel, viel klarer.

Der erste Teil seiner Botschaft war ganz eindeutig gewesen: »Komm friedlich heraus, und es wird dir nichts geschehen«, aber der zweite Teil war viel schwieriger zu deuten: »Wenn nicht, komme ich rein und hole dich.« Jonathan Hazelstone schwamm an den Beckenrand und kletterte, wie befohlen, friedlich heraus. Er hielt inne und schaute auf das Wasser zurück, um zu sehen, ob der Herr etwa schon hineingestiegen sei, um ihn rauszuholen, da bemerkte er, wie der Geier drehte und schauerlich mit den Flügeln schlagend über die blauen Gummibäume davonflog.

»Er hetzt' mich alle Nächte, alle Tage«, murmelte er inkorrekt, wobei er an den »Jagdhund des Himmels« dachte, und er wußte, daß er diese Nacht nicht nur Zeuge der Stimme Gottes gewesen war, sondern auch seiner Erscheinung. Wenn Gott als »Tauben und Hunde« kommen konnte, warum nicht auch als Geier? Und während er ein anderes Gedicht vor sich hin murmelte, das ihm sein Großvater beigebracht hatte, als er noch ein Kind war, eins, das er bis vor wenigen Minuten nie begriffen hatte, trocknete er sich langsam ab.

Die Boten sind gekommen. Sieh, sieh ihr Zeichen;
Schwarz ist ihre Farbe, und schau hier! mein Haupt.
Doch müssen sie mein Hirn auch haben? Müssen sie die reichen,
die glänzenden Ideen eröffnen, die ich dort erbaut?

Muß Trübsinn mich zu einem Narrn umschmieden?
Du bleibst mein Gott, sie sind von mir geschieden.

Es hieß »Die Vorboten« und war von George Herbert, und während der alte Sir Theophilus es etwas verändert hatte, indem er in der zweiten Zeile weiß durch schwarz ersetzte und so tat, als bezöge sich »glänzende Ideen« auf seinen mörderischen Verteidigungsgraben, erkannte der Bischof jetzt, daß es vollkommen auf den Geier paßte, und stellte voll Dankbarkeit fest, daß der Bote tatsächlich von ihm geschieden war. Mit der stillen Bitte an den Herrn, sich ihm in Zukunft doch in weniger unheilverkündender Gestalt zu zeigen, betrat der Bischof von Barotseland den Pavillon, um sich seine Kleider zu holen.

Fünfzig Meter weiter entschloß sich Kommandant van Heerden soeben, den Befehl zu geben, das Haus zu stürmen, als Miss Hazelstone im Haupteingang erschien.

»Sie brauchen nicht zu schreien«, sagte sie trocken, »wir haben nämlich eine Klingel.«

Der Kommandant war nicht zu Lektionen in korrekten Umgangsformen aufgelegt. »Ich bin wegen Ihres Bruders hier«, schrie er.

»Tut mir leid, er ist im Augenblick beschäftigt. Sie müssen warten. Sie können reinkommen, wenn Sie sich die Stiefel abputzen und versprechen, nichts umzuwerfen.«

Der Kommandant konnte sich genau vorstellen, wie beschäftigt Jonathan Hazelstone gerade sein müsse, und selbstverständlich hatte er die Absicht, einiges umzuwerfen, falls er ins Haus kommen sollte. Er blickte unruhig zu den Fenstern im oberen Stockwerk hinauf.

»Womit ist er denn so beschäftigt?« Als wenn diese Frage nötig gewesen wäre.

Miss Hazelstone gefiel der Ton des Kommandanten ganz und gar nicht. »Mit seinen Waschungen«, schnappte sie zurück und wollte sich gerade umdrehen, als ihr die Scherben wieder einfielen. »Und mit der Ming . . .«, begann sie. Der Turmdeckel knallte zu, und Kommandant van Heerden war verschwunden. Aus dem Innern des Panzerwagens war dumpf seine Stimme zu vernehmen.

»Erzählen Sie mir nichts von dieser Ming«, zeterte er. »Gehen Sie rein und sagen Sie Ihrem Bruder, er soll das Scheiß Ding hängen lassen und mit erhobenen Händen rauskommen.«

Miss Hazelstone reichte es mit dem, was sie sich gefallen lassen mußte. »Was erlauben Sie sich, so mit mir zu reden«, schnauzte sie. »Gar nichts mache ich«, und drehte sich um und wollte wieder ins Haus zurück.

»Dann mach ich's eben«, schrie der Kommandant und beorderte seine Leute ins Haus. »Holt den Scheißkerl raus«, brüllte er und wartete auf das Krachen der tödlichen Ming. Er wartete vergeblich. Die Männer und die Hunde, die sich über die hingestreckte Miss Hazelstone ergossen, trafen auf keinen weiteren Widerstand. Der Dobermann, dem jetzt klar war, welchen Mangel an Voraussicht er bewiesen hatte, als er sich mit Wachtmeister Els wegen seines Rasenfleckchens in die Haare geraten war, lag auf dem Fußboden im Salon und tat so, als wäre er ein Bettvorleger. Polizisten und Hunde rasten um ihn herum und suchten das Haus nach ihrer Beute ab. Aber den Polizisten, die auf der Suche nach dem Mörder die Treppe rauf und die Korridore entlang und in die Schlafzimmer fegten, stellte sich kein menschliches Hindernis in den Weg. Untröstlich meldeten sie das Ergebnis ihrem Kommandanten, der noch immer in dem Schützenpanzer hockte.

»Er ist nicht da«, schrien sie.

»Sind Sie absolut sicher?« fragte er, bevor er den Deckel hochklappte. Das waren sie, und der Kommandant kletterte heraus. Er wußte, es gab nur noch eines zu tun, eine magere Chance, Jonathan Hazelstone in dieser Nacht zu fangen.

»Die Hunde«, befahl er außer sich. »Bringt die Suchhunde«, und damit sauste er völlig verzweifelt ins Haus und die Treppe hoch, gefolgt von einem Rudel nach Luft schnappender, tatendurstiger Schäferhunde. Das rosageblümte Schlafzimmer sah noch genauso aus, wie es der Kommandant zuletzt gesehen hatte – mit der bemerkenswerten Ausnahme, daß der nackte Mann weg war. Er riß die Decke von dem Bett und hielt sie den Hunden zum Schnuppern hin. Sie rochen an dem Stoff und hetzten los, den Gang entlang: Sie hatten die Botschaft laut und deutlich vernommen. Das Ding stank nach Altem Nashornhaut-Brandy. Sie ignorierten den Duft des Badesalzes auf der Treppe und sprangen in die Halle hinunter und zur Auffahrt hinaus. Einen Augenblick später hatten sie die Spur in der Nase, die Wachtmeister Els hinterlassen hatte, und tobten quer durch den Park davon auf den Bunker zu.

In der Verschwiegenheit des kleinen Pavillons hinter ihnen hatte der Bischof von Barotseland einige Schwierigkeiten, in seine Kleider zu kommen. Vor allem schienen sich die Sachen um irgendwas schweres Metallisches gewickelt zu haben, und als der Bischof das Ding endlich losbekommen und ins Mondlicht hinausgetragen hatte, um zu sehen, was es sei, traf ihn die Erinnerung an Fünfpennys Ermordung, die es bei ihm auslöste, so schwer, daß er es in seiner Erregung fallen ließ, und das gewaltige Gewehr klatschte ins Schwimmbecken und versank. Sich mit dem Gedanken tröstend, daß es da unten keinen Schaden mehr anrichten könne, ging er wieder in das Badehäuschen, um den Rest seiner Sachen anzuziehen.

Mit seinen Hosen hatte er noch größere Schwierigkeiten. Irgend etwas Großes, Schweres war in der hinteren Tasche, und er brauchte etwas Zeit, um es rauszuholen.

»Na ja«, sagte er, während er sich damit abmühte, den Revolver aus der Tasche zu zerren, »solche Dinge werden uns zur Prüfung vom Himmel gesandt.« Er versuchte gerade, sich einen Vers darauf zu machen, wie um alles auf der Welt die Waffe ihren Weg in seine Hosentasche gefunden haben könnte, als er bemerkte, daß er nicht mehr allein war.

Als die Hunde, Wachtmeister Els auf den Fersen, verschwunden waren, sagte sich Kommandant van Heerden, daß er nun etwas Zeit zur Verfügung habe. Mit dem Verschwinden des Mörders war seine gedrückte Stimmung wiedergekehrt, und da er, was eine einsame Nachtwache zu werden versprach, nicht mit der wütenden und unberechenbaren Miss Hazelstone verbringen wollte, verließ er seine Gastgeberin, die sich immer noch von ihrem allerneuesten Erlebnis erholen mußte, nämlich von 200 Nagelschuhen und 276 Hundepfoten als Fußabtreter benutzt worden zu sein, und spazierte bekümmert in den Garten hinaus. Während der Kommandant gemächlich über den Rasen schlenderte und boshaft gegen die Trümmer von Sir Theophilus' zerschmetterter Büste trat, hätte er seinen großen Helden all der vergangenen Jahre fast dafür verflucht, daß er diese Nachkommenschaft in die Welt gesetzt hatte, die seine Karriere ebenso wirksam zu Scherben gehauen hatte wie die Büste von Sir Theophilus selbst.

Er überlegte gerade, was wohl der Vizekönig getan haben würde, wenn er sich in einer ähnlichen Lage befunden hätte, als einer der blauen Gummibäume seine Aufmerksamkeit auf sich zog. Ein merkwürdiges Klopfen und Reißen war von dort zu hören. Kommandant van Heerden spähte in die Dunkelheit. Etwas Seltsames bewegte sich da. Der Kommandant bückte sich, so daß er das sonderbare Wesen gegen das orangerote Glühen, das den Nachthimmel färbte, als Silhouette sehen und seine Form erkennen konnte. Wie die Parodie eines Buntspechts hing der riesige Geier am Stamm des Baumes und labte sich an den Fetzen des seligen Zulu-Kochs.

Ein zweites Mal in dieser Nacht überbrachte der Geier einem Beobachter im Garten von Jacaranda House eine Botschaft, doch wenn der Bischof von Barotseland den Vogel fälschlicherweise für eine Erscheinung Gottes gehalten hatte, so machte Kommandant van Heerden keinen solchen Fehler. Was er von dem hakennasigen Profil des Aasvertilgers gesehen hatte, erinnerte ihn nur zu genau, um sich behaglich zu fühlen, an mehrere

Gefangene im Piemburger Gefängnis, die seine Ankunft mit eben demselben Genuß willkommen heißen würden. Den Kommandanten schauderte es, und er wandte sich hastig von dieser Vision seiner nahen Zukunft ab. Und während er sich umdrehte, hörte er es hinter dem Haus laut platschen. Lautes Platschen kam in den Maßnahmen, die er Jacaranda Park auferlegt hatte, nicht vor. Lautes Geplatsche zu dieser Nachtzeit hatte, das fühlte er, etwas ausgesprochen Sonderbares an sich, eine Ansicht, die offenbar der Geier mit ihm teilte, denn der schwang sich von seinem Horsd'œuvre hoffnungsvoll davon, um nachzusehen, ob der nächste Gang nicht vielleicht was Ertrunkenes wäre.

Kommandant van Heerden folgte ihm etwas weniger optimistisch und befand sich plötzlich an einer Ligusterhecke, auf deren anderer Seite er irgend etwas sich mit einer schwierigen Aufgabe auseinandersetzen hörte. Was es auch war, was hinter der Hecke rumorte, es rezitierte sich bei der Arbeit selbst was vor, bei der große, schwere Dinge, wahrscheinlich mit Blei behängt, in tiefes Wasser geworfen werden mußten. Der Kommandant bekam nicht viel von dem Gedicht mit, weil er hinter sich das Geräusch rennender Füße und ein Hecheln und Schnüffeln durch den Park herankommen hörte, das jeden Augenblick lauter wurde. Er blickte sich über die Schulter um und sah das Rudel Suchhunde und Dutzende von Polizisten auf sich zustürmen. Wenige Sekunden später hatten sie ihn erreicht, und er sah, gegen die Hecke gequetscht, wie die Sturzflut aus Tieren und Menschen an ihm vorbei und um die Ecke schwappte. Er seufzte erleichtert auf und lief ihr nach.

Der Bischof von Barotseland hatte weniger Glück. Sein schlechtes Gehör und der Umstand, daß er immer noch die Badekappe aufhatte, waren schuld daran, daß er die Hunde nicht kommen hörte. Er stand am Swimmingpool, sah auf den Revolver in seiner Hand, rezitierte Stellen aus seines Großvaters Lieblingsgedicht. Im nächsten Augenblick befand er sich mitten in einem Knäuel von Hunden. Schnauzen stiegen hoch, Fangzähne entblößten sich, mit geifernden Kiefern kamen sie heran, und der Bischof, von ihrem Ansturm überwältigt, stürzte rückwärts in den Swimmingpool, den Revolver noch immer fest in der Hand. Beim Fallen drückte er aus Versehen auf den Abzug, und ein einzelner Schuß entlud sich harmlos in den Nachthimmel. In der Mitte des Schwimmbeckens tauchte der Bischof wieder auf und sah sich um. Der Anblick war nicht sehr ermutigend. Das ganze Becken war voller strampelnder Schäferhunde, und er sah, wie noch mehr Hunde vom Rand ins Wasser sprangen und sich dem Gewühl anschlossen. Ein besonders bissiges Vieh genau vor ihm riß die Schnauze auf, und der Bischof hatte eben noch Zeit, tief Luft zu holen und wegzutauchen, ehe der Hund ihn beißen konnte. Er schwamm unter Wasser bis ans Ende des Pools und tauchte wieder auf. Ein Hund schnappte nach ihm, und er schwamm zurück. Über ihm schlugen Hundepfoten das Wasser zu Schaum, während der Bischof über diese neuerliche Erscheinung des Allmächtigen nachdachte. Offenbar war er das erste Mal nicht friedlich genug aus dem Schwimmbecken gestiegen, und Gott war in der Gestalt von Dutzenden von Hunden ins Wasser gekommen, um ihn rauszuholen. Er fragte sich gerade, wie sich diese Kollektiverscheinung wohl mit dem Gedanken verbinden ließe, daß Gott eins und unteilbar sei, da wurde er auch schon von mehreren Polizeibeamten am Arm gepackt und aus dem Schwimmbassin gezogen. Dankbar für seine Errettung und viel zu durcheinander, um darüber nachzudenken, wie auch noch Polizeibeamte in diese göttliche Kundgabe passen könnten, starrte er auf das Wasser zurück. Kaum eine Handbreit der Wasseroberfläche im Pool war ohne Hunde.

Im nächsten Moment wurden ihm die Hände mit Handschellen auf den Rücken gefesselt, und kräftige Fäuste drehten ihn herum.

»Das ist das Schwein, sehr gut. Bringt ihn ins Haus«, sagte der Kommandant, und der Bischof wurde von mehreren

Wachtmeistern über die Auffahrt ins traute Heim geschleppt. Nackt und klatschnaß stand Jonathan Hazelstone zwischen den Topfpflanzen in der großen Halle, immer noch die Badekappe auf dem Kopf. Aus weiter Ferne und von jenseits der Grenzen geistiger Zurechnungsfähigkeit hörte er den Kommandanten flüstern: »Jonathan Hazelstone, ich beschuldige Sie der vorsätzlichen Ermordung eines Zulu-Kochs und Gott weiß wie vieler Polizisten, der absichtlichen Zerstörung von Staatseigentum und des unrechtmäßigen Besitzes von Waffen, die geeignet sind, Leib und Leben Schaden zuzufügen.«

Er war zu verdattert und zu taub, um zu hören, wie der Kommandant zu Sergeant de Haen sagte, er solle ihn in den Keller schaffen und bis zum nächsten Morgen in sicherem Gewahrsam halten.

»Wäre er unten im Polizeirevier nicht besser aufgehoben?« schlug der Sergeant vor.

Aber Kommandant van Heerden war zu erschöpft, um Jacaranda House zu verlassen, und außerdem freute er sich schon darauf, die Nacht in einem Haus zu verbringen, das in ganz Südafrika für seinen feinen Lebensstil berühmt war.

»Das Anwesen ist von Polizei umstellt«, sagte er, »und außerdem hat's sowieso schon Klagen von den Nachbarn wegen des Geschreis aus den Zellen gegeben. Hier oben hört ihn niemand, wenn er schreit. Ich nehme ihn morgen früh ins Gebet.«

Und während der Bischof von Barotseland in den Keller von Jacaranda House geschafft wurde, stieg Kommandant van Heerden müde die Treppe nach oben, um sich ein nettes gemütliches Zimmer zum Schlafen zu suchen. Seine Wahl fiel auf eines mit einer blauen Tagesdecke auf einem riesigen Doppelbett, und als er nackt zwischen die Laken schlüpfte, betrachtete er sich als glücklichen Menschen.

»Wenn ich mir überlege, daß ich mir das Haus gekapert habe, das mal dem Vizekönig von Matabeleland gehört hat«, dachte er, drehte sich zwischen den auffallend glatten Laken auf die Seite und schlief augenblicklich ein.

9

Wenige Menschen in Piemburg schliefen an diesem Abend so leicht ein. Zu vieles Störende geschah um sie herum, als daß ihr Schlaf hätte anders als löcherig sein können. Im oberen Teil von Piemburg schwenkten die Suchscheinwerfer um die Einfriedung von Jacaranda Park gemächlich hin und her und strahlten mit ganz erstaunlicher Helligkeit die großen Anschlagtafeln an, die den nahenden Tod in zwei seiner schrecklichsten Möglichkeiten verkündeten. Doch taten die Suchscheinwerfer, die ursprünglich für die Armee bestimmt gewesen waren, bevor sie der Polizei überlassen wurden, noch eine ganze Menge mehr als das. Wenn sie durch den Park, die umliegenden Vororte und die Stadt selbst schwenkten, machten sie die Nacht zum strahlendhellen Tag, und das mit einigen bemerkenswerten Resultaten, besonders im Fall einer Anzahl von Hühnerfarmen, deren Legehennen an den Rand des Wahnsinns gerieten, weil ihre sowieso schon kurze Nacht plötzlich auf ungefähr vier Minuten schrumpfte.

Über die Familien, die zur Vorsicht ihre Hunde im Hinterhof eingeschlossen und ihre Bettlaken mit DDT eingesprüht hatten und deren Schlafzimmer auf der Leuchtbahn der Suchscheinwerfer lagen, brach das Morgengrauen mit einer Geschwindigkeit und Helligkeit herein, wie sie es noch nie erlebt hatten, um sofort darauf von einer dämmerungslosen Nacht abgelöst zu werden, und das wiederholte sich ohne Ende, während sie sich in ihren juckenden Betten herumwälzten und -drehten. Draußen rumpelten die Schützenpanzer und Polizeilastwagen über die Straßen, und Schüsse unterbrachen die Stille der Nacht, denn die Mannschaften befolgten die Anweisungen des Kommandanten, auf jeden kleinen Busch zu schießen, der Luitenant Verkramp ähnlich sah.

Die Telefonzentrale im Krankenhaus von Piemburg erstickte in Anrufen aufgeregter Leute, die wissen wollten, wie die Symptome von Tollwut und Beulenpest aussähen und wie man diese Krankheiten behandelte. Schließlich weigerte sich die halb durchgedrehte Telefonistin, überhaupt noch Anrufe entgegenzunehmen, eine Pflichtverletzung, die bei zwei Fällen von Herzattacken tödliche Folgen hatte.

Nur Wachtmeister Els schlief tief und gesund in der Isolierstation des Krankenhauses. Gelegentlich zuckte er im Schlaf, aber nur, weil er von Kampf und plötzlichem Tod träumte. Auf der Straße aus Vlockfontein schleppten sich Familien, deren Autos in der langen Wagenschlange zusammengebrochen waren, mühsam auf Piemburg zu. Es war eine heiße Nacht, und die Leute schwitzten beim Laufen.

Kommandant van Heerden schwitzte auch, aber aus einem ganz anderen Grund. Als er zu Bett ging, war er viel zu müde gewesen, um von seiner Umgebung groß Notiz zu nehmen. Ihm war aufgefallen, daß sich die Laken merkwürdig anfühlten, aber er hatte sich ihre Glätte damit erklärt, daß Miss Hazelstones Bettwäsche selbstverständlich von allerfeinster Qualität sei und ganz was anderes als seine ordinären Laken. Eine Stunde schlief Kommandant van Heerden wie ein Säugling. Als er aufwachte, stellte er fest, daß das Bett vor Nässe tropfte. Peinlichst berührt und schrecklich verlegen kletterte er heraus.

»Ich hab doch gar nicht so viel gesoffen«, murmelte er, als er sich ein Handtuch vom Waschbecken holte, das Bett trockenzutupfen begann und sich vergeblich fragte, wie er das Mißgeschick am Morgen Miss Hazelstone erklären solle. Er hatte die sarkastischen Bemerkungen, die sie vom Stapel lassen würde, schon im Ohr.

»Gott sei Dank sind die Laken ja wohl wasserdicht«, sagte er und stieg wieder ins Bett, um sie trockenzuliegen. »Das ist aber auch eine entsetzlich heiße Nacht«, dachte er, während er sich drehte und wendete. Er fand einfach nicht die richtige Lage. Beim Wegdösen und Wiederaufwachen und Wiederwegdösen setzte sich bei ihm der Eindruck fest, daß das Bett kein bißchen trockener wurde. Im Gegenteil, es wurde immer nasser. Er fühlte den Schweiß an seinem Rücken herunterrinnen, während er in den höllisch glitschigen Laken von einer Seite zur anderen rutschte.

So allmählich fragte er sich, ob er nicht vielleicht auf die Anstrengungen des Tages hin Fieber bekommen hätte. Ganz ohne Frage fühlte er sich fiebrig, und seine Gedanken trugen alle Kennzeichen von Fieberphantasien. Im Zweifel darüber, ob er träume oder sich an wirklich Vorgefallenes erinnere, verfolgt von Elefantenbüchsen, Miss Hazelstone mit einem Krummsäbel, von Mings und einem übergeschnappten Wachtmeister Els, wälzte sich Kommandant van Heerden im eigenen Saft weiter durch die Nacht.

Früh um zwei warf er die Decken aus dem Bett. Um drei wischte er es schon wieder trocken. Um vier wankte er, überzeugt, daß er an einer wütenden Seuche sterbe und mindestens 45 Fieber habe, ins Badezimmer, um nach einem Thermometer zu suchen. So allmählich kam er zu der Überzeugung, daß er eine bemerkenswerte Weitsicht gezeigt habe, als er befahl, die Seuchenschilder rund um den Park aufzustellen. Ganz gleich, welche Krankheit er sich eingefangen hatte, er hatte keinen Zweifel, daß sie so ansteckend wie tödlich sein müsse. Aber als er seine Temperatur gemessen hatte, stellte er fest, daß sie unter normal war.

»Merkwürdig«, dachte er, »sehr merkwürdig.« Und nachdem er gierig mehrere Zahnputzbecher Wasser in sich hineingegossen hatte, ging er in sein Zimmer zurück und stieg wieder in das Bett. Um fünf gab er jeden Gedanken an Schlaf auf, ging hinüber ins Badezimmer und nahm ein kaltes Bad. Immer noch im unklaren darüber, was wohl mit ihm nicht stimme, zog er sich langsam an. Er bemerkte, daß es im Zimmer irgendwie komisch roch, und einen Augenblick beäugte er argwöhnisch seine Socken. »So riecht es aber nicht«, sagte er sich, ging zum Fenster und zog die Vorhänge auf.

Die Sonne war schon aufgegangen, und die Jacarandabäume leuchteten in ihrer Blütenpracht im Morgenlicht. Aber Kommandant van Heerden schenkte dem Blick aus seinem Fenster keine Beachtung. Die Vorhänge interessierten ihn viel mehr. Sie fühlten sich genauso wie die Laken an. Er befühlte sie noch einmal. »Das verdammte Zeug dehnt sich ja«, dachte er, und dann stellte er fest, daß auch die Laken elastisch waren. Er beroch sie genau, und nun erkannte er den Geruch. Die Laken und Vorhänge waren aus Gummi. Alles in dem Zimmer war aus dünnem, blauem Gummi.

Er machte den Kleiderschrank auf und befühlte die Anzüge und Kleider, die da hingen. Auch sie waren aus Gummi. Kommandant van Heerden setzte sich erstaunt aufs Bett. Noch nie in seinem Leben war ihm etwas Ähnliches begegnet. Seine alljährliche Bekanntschaft mit Gummi hatte ihn natürlich auf diese Begegnung kaum vorbereitet, und während er da saß, dämmerte ihm die Erkenntnis, daß das ganze Zimmer was ausgesprochen Sinistres an sich habe. Schließlich untersuchte er den Inhalt der Kommode und fand darin die gleichen Dinge. Hemden, Hosen, Strümpfe – alles war aus Gummi. In einer kleinen Schublade fand er mehrere Gummikappen und zwei Paar Handschellen. Ganz ohne Zweifel diente das Zimmer einem finsteren Zweck, dachte er, dann ging er hinunter, um etwas zu frühstücken.

»Wie geht's dem Gefangenen?« fragte der Kommandant Sergeant de Haen, als er mit Toast und Kaffee fertig war.

»Wirkt auf mich ziemlich durchgedreht. Redet die ganze Zeit von Tieren. Scheint zu denken, Gott ist ein Schäferhund oder ein Geier oder was weiß ich«, sagte der Sergeant.

»Wird ihm auch nicht viel nützen. Wie viele Leute haben wir gestern verloren?«

»Einundzwanzig.«

»Einundzwanzig und einen Zulu-Koch. Also einundzwanzig ein Viertel. Wer einundzwanzig Polizisten abknallt, kann nicht so tun, als wäre er wahnsinnig.«

Sergeant de Haen war nicht überzeugt. »Wer einundzwanzig Polizisten abknallt und seine Brieftasche auf dem Schauplatz des Verbrechens liegenläßt, der muß nicht ganz dicht sein.«

»Wir machen alle Fehler«, sagte der Kommandant und ging nach oben, um mit seinem Kreuzverhör zu beginnen.

Unten im Keller hatte der Bischof von Barotseland die Nacht an ein Rohr gekettet zugebracht. Er hatte noch weniger als der Kommandant geschlafen und war obendrein von vier Polizisten und zwei Hunden bewacht worden. In all den schlaflosen Stunden hatte er mit dem geistigen und moralischen Problem seiner schrecklichen Lage gerungen und war schließlich zu dem Schluß gelangt, daß er dafür bestraft werde, daß er nicht schnell genug aus dem Schwimmbecken gestiegen war. Eine Zeitlang hatte er auch die Möglichkeit erwogen, daß all das, was ihm anscheinend widerfuhr, nur ein Vorzeichen des Deliriums tremens sei, das er sich auf den Hals geladen hatte, als er eine Flasche schlechten Brandy auf einen Zug austrank. Als er schließlich auf die Füße gezerrt und die Treppe nach oben und den Korridor entlang ins Arbeitszimmer seines Vaters geschafft wurde, hatte er keinen Zweifel mehr, daß er unter Halluzinationen litt.

Kommandant van Heerden hatte sich für das Verhör des Gefangenen nicht zufällig Richter Hazelstones Arbeitszimmer ausgesucht. Sein untrügliches Gefühl für Psychologie hatte ihm gesagt, daß das Arbeitszimmer, das richterliche Strenge und die Erinnerungen an Jonathans Kindheit atmete, den Bischof so recht auf die scharfe Befragung vorbereiten werde, die der

Kommandant mit ihm zu veranstalten gedachte. Er setzte sich hinter dem Schreibtisch in einen mächtigen Ledersessel und nahm eine Haltung und Miene an, die den Gefangenen, da war er ganz sicher, an seinen Vater erinnern werde. Zu diesem Zweck spielte er auch mit einem messingenen Miniaturgalgen herum, komplett mit Falltür und baumelndem Opfer, den er auf dem Schreibtisch entdeckt hatte, wo er als Briefbeschwerer diente. Er war ein Geschenk, stellte er fest, vom »Henker als Dank für die vielen Gunstbeweise Richter Hazelstones«. Überzeugt, daß er genauso aussehe, wie es der große Gesetzgeber getan haben müsse, wenn er seinen Sohn wegen irgendwelcher Kindersünden in die Mangel nahm, befahl der Kommandant, den Gefangenen hereinzubringen.

Egal, welche Ähnlichkeit zwischen dem Kommandanten und Richter Hazelstone vom Obersten Gerichtshof bestanden haben mochte (und praktisch war keine vorhanden) – absolut keine bestand zwischen der gefesselten, nackten Kreatur, die, immer noch die Badekappe auf dem Kopf, in das Arbeitszimmer gehumpelt kam, und einem hohen kirchlichen Würdenträger. Mit wilden Augen auf den Kommandanten starrend, bot der Bischof ein Bild äußerster Demoralisierung.

»Name?« fragte der Kommandant, stellte den Briefbeschwerer hin und griff nach einem Federhalter.

»Ich höre schwer«, sagte der Bischof.

»Ich auch«, sagte der Kommandant. »Kommt von der verdammten Elefantenbüchse.«

»Ich sagte, ich verstehe nicht, was Sie sagen.«

Kommandant van Heerden sah vom Schreibtisch auf. »Warum zum Henker tragen Sie denn diese Kappe?« fragte er und gab einem Wachtmeister ein Zeichen, sie dem Bischof vom Kopf zu nehmen. Der Wachtmeister legte die Badekappe auf den Schreibtisch, und Kommandant van Heerden besah sie sich mißtrauisch. »Haben Sie die Angewohnheit, Gummisachen zu tragen?« erkundigte er sich.

Der Bischof zog es vor, die Frage zu überhören. Sie erinnerte ihn zu sehr an die Alpträume, von denen er wegkommen und wieder zur Welt des Alltäglichen zurückfinden wollte.

»Ich muß energisch gegen die Angriffe auf meine Person protestieren«, begann er und war sehr überrascht über die Reaktion, die dieser simplen Feststellung folgte.

»Was wollen Sie tun?« brüllte der Kommandant.

»Ich bin von mehreren Ihrer Männer angegriffen worden«, fuhr der Bischof fort. »Sie haben mich absolut schauderhaft behandelt.«

Kommandant van Heerden traute seinen Ohren nicht. »Und was verdammt noch mal haben Sie gestern nachmittag mit ihnen gemacht? Vielleicht ›Verwechsel, verwechsel das Scheiß Bäumelein‹ gespielt? Sie schlachten die Hälfte meiner verfluchten Leute ab, ruinieren einen fabelhaften Schützenpanzer und bringen den verdammten Zulu-Koch Ihrer Schwester um, und dann besitzen Sie die Unverschämtheit, hier reinzukommen und dagegen zu protestieren, daß man Sie ...« Kommandant van Heerden fehlten die Worte. Als er sich wieder eingekriegt hatte, stellte er die nächste Frage etwas ruhiger: »Verlangen Sie vielleicht noch was von mir?«

»Ja«, sagte der Bischof. »Ich verlange, meinen Rechtsanwalt zu sprechen.«

Der Kommandant schüttelte den Kopf. »Erst das Geständnis«, sagte er.

»Ich habe das Recht, meinen Anwalt zu sprechen.«

Kommandant van Heerden mußte lächeln. »Das haben Sie nicht.«

»Ich habe dem Gesetz nach das Recht, meinen Anwalt zu konsultieren.«

»Als nächstes wollen Sie mir wohl was von der Habeas-Corpus-Akte vornörgeln.«

»Natürlich, es sei denn, Sie bringen mich innerhalb von achtundvierzig Stunden vor einen Richter.«

Kommandant van Heerden lehnte sich in seinem Sessel zurück und grinste fröhlich. »Sie glauben wohl, Sie kennen Ihre

Rechte, was? Bloß weil Sie der Sohn eines Richters sind, wissen Sie wohl alles darüber, was?«

Der Bischof ließ sich nicht aufs Glatteis locken. »Ich kenne meine Grundrechte«, sagte er.

»Na schön, da werde ich Ihnen mal was sagen. Ich halte Sie hier aufgrund des Terroristenerlasses fest, und das bedeutet, Sie können keinen Anwalt sprechen, und es gibt auch keine Habeas-Corpus-Akte, gar nichts.« Er machte eine Pause und ließ sich das setzen. »Ich kann Sie in Haft behalten bis ans Ende Ihrer Tage, und Sie kriegen einen Anwalt nicht mal von weitem zu riechen, und daß ich Sie einem Richter vorführe, das kann achtundvierzig Jahre warten oder vierhundertachtzig, mir ganz egal.«

Der Bischof versuchte, etwas zu sagen, aber der Kommandant fuhr fort: »Ich werde Ihnen noch was sagen. Nach dem Terroristenerlaß haben Sie zu beweisen, daß Sie unschuldig sind. Ich brauche mich nicht mit dem Beweis rumzuärgern, daß Sie schuldig sind. Wirklich ziemlich bequem, finde ich«, und der Kommandant nahm den Briefbeschwerer mit einer, wie er hoffte, inhaltsschweren Geste in die Hand.

Der Bischof suchte nach Worten. »Aber der Terroristenerlaß trifft auf mich nicht zu. Ich bin kein Terrorist.«

»Und wie würden Sie jemanden nennen, der in der Gegend rumläuft und einundzwanzig Polizisten umlegt, wenn nicht einen Scheiß Terroristen?«

»Ich habe keine Ahnung, wovon Sie reden.«

»Ich werd's Ihnen sagen, wovon ich rede«, schrie der Kommandant. »Ich werd's Ihnen Wort für Wort erklären. Gestern am frühen Nachmittag haben Sie versucht, die Spuren eines bestialischen Verbrechens zu verwischen, das auf die Person des Zulu-Kochs Ihrer Schwester verübt wurde, indem Sie mit einer monströsen Elefantenbüchse auf ihn schossen. Dann zwangen Sie Ihre Schwester, das Verbrechen zu gestehen, damit Sie Ihre Haut retten könnten, und in der Zeit gingen Sie zum Haupttor rauf und schossen einundzwanzig meiner Männer nieder, als sie versuchten, in den Park zu gelangen.«

Der Bischof sah sich wie von Sinnen im Zimmer um und versuchte, nicht die Nerven zu verlieren.

»Das haben Sie alles falsch verstanden«, sagte er endlich. »Fünfpenny habe ich nicht getötet . . .«

Kommandant van Heerden unterbrach ihn rasch. »Vielen Dank«, sagte er und begann zu schreiben. »Gesteht, einundzwanzig Polizeibeamte getötet zu haben.«

»Das habe ich nicht gesagt«, rief der Bischof. »Ich sagte, ich habe Fünfpenny nicht getötet.«

»Leugnet, Zulu-Koch umgebracht zu haben«, fuhr der Kommandant fort und schrieb es sorgfältig nieder.

»Ich leugne auch, einundzwanzig Polizisten umgebracht zu haben«, schrie der Bischof.

»Zieht früheres Geständnis zurück«, sagte der Kommandant.

»Es gibt kein früheres Geständnis. Ich habe nie was davon gesagt, daß ich Polizisten getötet habe.«

Kommandant van Heerden sah die beiden Wachtmeister an. »Leute, ihr habt doch gehört, daß er gestanden hat, einundzwanzig Polizeibeamte umgebracht zu haben, oder?« sagte er. Die beiden Wachtmeister waren sich nicht sicher, was sie gehört hatten, aber sie waren nicht so dämlich, anderer Meinung als ihr Kommandant zu sein. Sie nickten.

»Da haben Sie's«, fuhr der Kommandant fort. »Meine Männer haben's gehört.«

»Ich hab's aber nicht gesagt«, kreischte der Bischof. »Warum sollte ich denn einundzwanzig Polizisten umbringen?«

Der Kommandant dachte über diese Frage nach. »Um das Verbrechen zu vertuschen, das Sie gegen den Zulu-Koch begangen haben«, sagte er schließlich.

»Wieso sollte einundzwanzig Polizisten umzubringen helfen, den Mord an Fünfpenny zu vertuschen?« jammerte der Bischof.

»Darüber hätten Sie vor der Tat nachdenken sollen«, sagte der Kommandant selbstgefällig.

»Aber ich habe sie nicht begangen, das sagte ich Ihnen doch. Ich bin gestern nachmittag überhaupt nicht in die Nähe des

Haupttors gekommen. Ich war viel zu betrunken, um überhaupt irgendwohin zu gehen.«

Der Kommandant fing wieder zu schreiben an. »Behauptet, unter Einfluß von Alkohol gehandelt zu haben«, sagte er.

»Nein, das tue ich nicht. Ich sagte, ich wär zu betrunken gewesen, um irgendwohin zu gehen. Ich wäre gar nicht bis zum Haupttor gekommen, selbst wenn ich gewollt hätte.«

Kommandant van Heerden legte seinen Federhalter hin und sah den Gefangenen an. »Dann sind Sie vielleicht so reizend und erzählen mir«, sagte er, »wie es möglich war, daß neunundsechzig Suchhunde, als sie auf Ihre Fährte angesetzt wurden, Ihrer Spur bis zum Haupttor folgten und dann wieder zurück bis zum Swimmingpool, wo Sie sich gerade der Mordwaffen entledigten?«

»Das weiß ich nicht.«

»Fabelhafte Zeugen, Spürhunde«, sagte der Kommandant. »Und vielleicht erklären Sie mir, wie Ihre Brieftasche und ein Taschentuch von Ihnen ins Innere eines Bunkers gelangt sind, aus dem meine Leute erschossen wurden?«

»Keine Ahnung.«

»Fein, wenn Sie dann bloß noch hier unterschreiben würden«, sagte der Kommandant und hielt dem Bischof das Geständnis hin.

Der beugte sich vor und las es. Darin stand, er habe Fünfpenny und einundzwanzig Polizeibeamte getötet.

»Das unterschreibe ich natürlich nicht«, sagte er, als er sich endlich wieder aufrichtete. »Keins der Verbrechen, die Sie hier erwähnen, hat irgendwas mit mir zu tun.«

»Nein? Na, dann erzählen Sie mir doch, wer sie begangen hat.«

»Meine Schwester hat Fünfpenny erschossen . . .«, fing der Bischof an und bemerkte, daß er dabei war, einen Fehler zu machen. Das Gesicht des Kommandanten war dunkelrot geworden.

»Du gemeiner Schweinehund«, brüllte er. »Nennst dich

einen englischen Gentleman, was, und versuchst, die Verantwortung für einen Mord auf deine arme Schwester abzuwälzen. Was für ein Mensch bist du eigentlich? Ist dir der gute Name deiner Familie denn keinen Scheiß Pfifferling wert?«

Auf ein Zeichen des Kommandanten packten die beiden Wachtmeister den Bischof und stießen ihn zu Boden. In einem Wirbel aus Stiefeln und Polizeiknüppeln rollte der Bischof über den Fußboden des Arbeitszimmers. Als er eben dachte, nun müsse er sterben, wurde er vor dem Schreibtisch wieder unsanft auf die Füße gestellt.

»Wir setzen diese Unterhaltung fort, wenn Sie sich ihr gewachsen fühlen«, sagte der Kommandant etwas ruhiger, und der Bischof dankte dem lieben Gott, daß er ihm einen zweiten Zusammenstoß mit Kommandant van Heerden ersparte. Er wußte, dem würde er sich nie gewachsen fühlen. »Inzwischen schicke ich nach Luitenant Verkramp. Das hier ist klar und deutlich ein politischer Fall, und in Zukunft wird er Sie verhören.« Und mit dieser schrecklichen Drohung gab der Kommandant den beiden Wachtmeistern den Befehl, den Gefangenen wieder in den Keller zu schaffen.

Während Kommandant van Heerden darauf wartete, daß Miss Hazelstone zu ihm hereingeführt würde, betastete er gedankenvoll die Badekappe und fragte sich, was wohl Luitenant Verkramp passiert sei. Er hatte keine große Hoffnung, daß der Luitenant tot sei. »Der durchtriebene Saukerl ist wahrscheinlich irgendwo versackt«, dachte er und bohrte geistesabwesend seinen Finger in die Badekappe. So allmählich wünschte er sich, der Luitenant wäre da, und er könne ihn wegen des Falles zu Rate ziehen. Kommandant van Heerden war kein großes Licht in theoretischen Fragen, und das Kreuzverhör hatte sich auch nicht so einfach in ein Geständnis verwandelt, wie er das erwartet hatte. Er mußte zugeben, wenn auch nur sich selber, daß es bestimmte Dinge in Jonathans Geschichte gab, die sich wahr anhörten. Er hatte sternhagelbesoffen auf dem Bett in Jacaranda House gelegen. Der Kommandant hatte ihn dort mit eigenen Augen gesehen, und dennoch hatte die Schießerei am Haupttor nur wenige Minuten später begonnen. Dem Kommandanten wollte es nicht in den Kopf, wie ein Mann, der total betrunken eine halbe Meile von dem Bunker entfernt in einem Bett lag, in der nächsten Minute mit bemerkenswerter Zielgenauigkeit auf die Kriminalbeamten schießen konnte. Und wohin zum Kuckuck war eigentlich Els verschwunden? Die ganze Geschichte war ein verdammtes Rätsel.

»Na ja, einem geschenkten Gaul sieht man nicht ins Maul«, dachte er. »Schließlich steht meine ganze Karriere auf dem Spiel, und da ist man halt nicht wählerisch.«

Der Kommandant hatte Luitenant Verkramps Lage gar nicht so falsch eingeschätzt. Er war wirklich »versackt«. Von allen Leuten, die diese Nacht in Piemburg schliefen, war Luitenant Verkramp vielleicht der am wenigsten unruhige, aber ganz sicher der am wenigsten erfrischte Schläfer, als die Morgendämmerung hereinbrach. Sein Schlaf war gestört gewesen, sehr gestört, aber trotz seiner unbequemen Lage hatte er nicht gewagt, sich zu bewegen. Die schrecklichen Spitzen unter ihm, und in einigen Fällen sogar in ihm, ließen die leiseste Bewegung zu einem absolut entmutigenden Erlebnis werden.

Über ihm schwenkte der Lichtfinger eines riesigen Scheinwerfers durch eine mächtige Wolke aus öligem Rauch drohend hin und her. Der ekelerregende Gestank brennenden Fleisches erfüllte die Luft, und Luitenant Verkramp glaubte in seinen Fieberträumen allmählich an die Hölle, die sein Großvater in seinen Predigten den Sündern verheißen hatte. Immer wieder wachte er während der langen Nacht auf und überlegte, was er getan hatte, um dieses grauenhafte Schicksal zu verdienen, und sein Kopf war angefüllt mit dem Anblick von Gefangenen, die er gefoltert hatte, indem er ihnen Plastiktüten über die Köpfe gebunden oder sie mit Elektroschocks an den Genitalien behandelt hatte. Wenn ihm im Leben doch nur noch einmal eine Chance gegeben würde, versprach er, niemals wieder würde er einen Verdächtigen foltern, aber noch während er das Versprechen gab, wurde ihm klar, daß er es niemals werde halten können.

Es gab nur einen einzigen Körperteil, den er ohne allzu große Schmerzen bewegen konnte. Sein linker Arm war frei, und während er dalag und in den Rauch und die Höllenflammen hinaufstarrte, tastete er mit der Hand um sich herum. Er fühlte die Eisenspitzen und entdeckte unter sich steif und kalt den Leichnam einer anderen verdammten Seele. Luitenant Verkramp beneidete den Mann. Der war offenbar schon zu einem anderen, erfreulicheren Ort unterwegs: dem Vergessen, und er beneidete ihn noch mehr, als wenig später weiter hinten im Graben ein entsetzlich unerfreuliches Geräusch seine Aufmerksamkeit auf neue und noch gräßlichere Möglichkeiten lenkte.

Er dachte zuerst, es werde jemand in großer Eile ausgezogen, und zwar von jemandem, der auf die Kleidung wenig Rücksicht nahm. Ganz gleich, wer da hinten herumrumorte, er machte sich absolut nicht die Mühe, Knöpfe sorgfältig aufzuknöpfen. Es hörte sich an, als würden einem armen Teufel die Sachen einfach ungeniert vom Leib gerissen. Luitenant Verkramp war sich sicher, daß kein Mensch sie jemals wieder tragen könne. »Vielleicht wird da ein armer Kerl zum Rösten vorbereitet«, dachte er und hoffte, daß seine Tarnung ihn einige Zeit davor bewahren werde, daß sie ihn fänden.

Er hob den Kopf Zentimeter für Zentimeter und sah den Graben hinunter. Zunächst war es zu dunkel, um etwas zu erkennen. Das Ausziehgeräusch war verstummt, und ihm folgten Laute, die grauenhafter waren als alles, was er je gehört hatte. Was auch immer da hinten vor sich ging, er wollte nicht darüber nachdenken, aber es faszinierte ihn trotzdem so entsetzlich, daß er weiter in die Dunkelheit stierte. Über ihm schwenkte das helle Suchlicht wieder langsam zu dem Graben zurück, und als es über ihm vorbeizog, wußte Luitenant Verkramp, daß sein Techtelmechtel mit der freien Wildbahn in Gestalt der Riesenspinne im Dornengebüsch nichts gewesen war im Vergleich zu den entsetzlichen Qualen, die der Tod für ihn bereithielt. Hinten im Graben steckte ein Geier bis zum Hals in einem Kriminalbeamten. Luitenant Verkramp wurde wieder ohnmächtig.

Als es über den verschiedenen Überbleibseln von Wachtmeister Els' mannhafter Verteidigung von Jacaranda Park hell wurde, entdeckten die Polizisten, die das Tor bewachten, den Verteidigungsgraben mit seinen lebenden und toten Bewohnern und stiegen vorsichtig hinunter, um aufzusammeln, was nicht bereits vollgefressen davongeflattert war. Zuerst hatten sie einige Schwierigkeiten, Luitenant Verkramp unter seiner Pflanzentarnung zu erkennen, und als sie zu dem Schluß gelangt waren, daß er zumindest teilweise menschlich sei, hatten sie noch größere Schwierigkeiten festzustellen, ob er am Leben oder tot war. Zweifellos wirkte das Wesen, das sie nach oben ins Gras hievten, mehr tot als lebendig, und es litt deutlich an ausgesprochenem Verfolgungswahn.

»Bratet mich nicht, bitte, bratet mich nicht. Ich verspreche, ich tu's nie wieder«, kreischte Luitenant Verkramp, und er schrie noch immer, als er in den Krankenwagen geschoben und hinunter ins Krankenhaus gefahren wurde.

10

Als Luitenant Verkramp ins Piemburger Krankenhaus eingeliefert wurde, wurde Wachtmeister Els gerade entlassen.

»Ich sage Ihnen doch, ich hab die Tollwut«, brüllte Els den Arzt an, der ihm eben gesagt hatte, körperlich sei alles mit ihm in Ordnung. »Ich bin von einem tollwütigen Hund gebissen worden und muß sterben.«

»Das Glück haben wir leider nicht«, sagte der Arzt. »Sie bleiben leben und beißen irgendwann später ins Gras«, und damit ließ er Els auf der Treppe stehen, der die Schlampigkeiten des Arztberufs verfluchte. Er versuchte gerade, zu einem Entschluß zu kommen, was er als nächstes machen solle, als ein Polizeiauto, das den Krankenwagen mit Luitenant Verkramp begleitet hatte, neben ihm anhielt.

»Hallo, Els, wo zum Teufel hast du denn gesteckt?« fragte der Sergeant neben dem Fahrer. »Der Alte hat schon Zeter und Mordio nach dir geschrien.«

»Ich war im Krankenhaus«, sagte Els. »Tollwutverdacht.«

»Steig lieber ein. Wir fahren am Revier vorbei und laden dein kleines Spielzeug ein.«

»Welches kleine Spielzeug denn?« fragte Els, der hoffte, es sei nicht die Elefantenbüchse.

»Den Elektroschock-Apparat. Wir haben oben in Jacaranda House einen Patienten für dich.«

Während sie den Hügel hinauffuhren, saß Els da und schwieg. Er freute sich überhaupt nicht darauf, dem Kommandanten zu begegnen und ihm erklären zu müssen, warum er seinen Posten verlassen hatte. Als sie an dem ausgebrannten Schützenpanzer vorbeikamen, konnte Els sich ein leises Kichern nicht verkneifen.

»Ich weiß gar nicht, was es da zu lachen gibt«, sagte der Sergeant ärgerlich. »Du hättest ja auch da drin sein können.«

»Ich nicht«, sagte Els. »Du wirst mich nie in einem von diesen Dingern finden. Die ziehn das Unglück ja an.«

»Sind normalerweise sicher genug.«

»Nicht, wenn man's mit einem guten Mann mit der richtigen Waffe zu tun kriegt«, sagte Els.

»Du redest, als hättest du was damit zu tun, du weißt soviel darüber.«

»Wer? Ich? Hab nichts damit zu tun. Warum sollte ich denn einen Panzer knacken?«

»Weiß der Himmel«, sagte der Sergeant, »aber das ist genau die Sorte Scheiß, die du dir ausdenken könntest.«

Wachtmeister Els verfluchte sich, daß er sein Maul aufgemacht hatte. Mit dem Kommandanten würde er vorsichtiger sein müssen. Er begann sich zu überlegen, wie wohl die Symptome der Beulenpest aussähen. Als letzte Ausflucht würde er sie vielleicht produzieren müssen.

Kommandant van Heerdens Verhör von Miss Hazelstone war gleich von Anfang an nicht richtig gelaufen. Nichts, was er sagte, konnte sie davon überzeugen, daß sie Fünfpenny nicht umgebracht hatte.

»Na schön, nehmen wir mal einen Moment lang an, Sie haben ihn erschossen«, sagte er zum zigsten Mal, »was war denn dann Ihr Motiv?«

»Er war mein Geliebter.«

»Die meisten Leute lieben ihre Geliebten, Miss Hazelstone, und trotzdem sagen Sie, Sie hätten ihn erschossen.«

»Genau. Das hab ich getan.«

»Kaum eine normale Reaktion.«

»Ich bin kein normaler Mensch«, sagte Miss Hazelstone.

»Das sind auch Sie nicht. Oder der Wachtmeister vor der Tür. Keiner von uns ist normal.«

»Ich hätte gedacht, ich wäre einigermaßen normal«, sagte der Kommandant selbstgefällig.

»Das ist genau die eselhafte Bemerkung, die ich von Ihnen erwartet hatte, und sie beweist nur zu gut, wie unnormal Sie sind. Die meisten Menschen lieben den Gedanken, einzigartig zu sein. Das tun Sie ganz offensichtlich nicht, und da Sie anzunehmen scheinen, die Normalität liege darin, zu sein wie andere Menschen auch, so sind Sie, da Sie Eigenschaften besitzen, die Sie von anderen Leuten unterscheiden, unnormal. Habe ich mich klar ausgedrückt?«

»Nein«, sagte der Kommandant, »das haben Sie nicht.«

»Dann will ich es anders formulieren«, sagte Miss Hazelstone. »Normalität ist eine Idee. Können Sie mir folgen?«

»Das versuche ich«, sagte der Kommandant verzweifelt.

»Gut. Wie ich also sagte, ist Normalität eine Idee. Sie ist kein Daseinszustand. Sie verwechseln sie mit dem Wunsch, sich anzupassen. Sie haben ein starkes Verlangen, sich anzupassen. Ich nicht.«

Kommandant van Heerden versuchte mühsam, ihr zu folgen. Er begriff kein Wort von dem, was sie sagte, aber es hörte sich nicht sehr schmeichelhaft an.

»Wie steht's mit dem Motiv?« fragte er, um wieder auf vertrauteres Gelände zurückzugelangen.

»Ja, wie steht's denn damit?« konterte Miss Hazelstone.

»Wenn Sie Fünfpenny töteten, müssen Sie ein Motiv gehabt haben.«

Miss Hazelstone dachte einen Augenblick nach. »Das ist nicht logisch«, sagte sie schließlich, »obgleich man wahrscheinlich argumentieren könnte, daß eine motivlose Tat unmöglich ist, weil sie zwangsläufig die Absicht voraussetzt, ohne Motiv zu handeln, was in sich schon wieder ein Motiv ist.«

Kommandant van Heerden blickte sich verzweifelt im Zimmer um. Die Frau redete ihn um den Verstand.

»Sie hatten also keins?« fragte er, nachdem er langsam bis zwanzig gezählt hatte.

»Wenn Sie unbedingt darauf bestehen, daß ich eines hatte, dann werde ich ja wohl eins liefern müssen. Man könnte sagen, es war Eifersucht.«

Der Kommandant atmete auf. Das hörte sich schon viel besser an. Er bekam wieder wohlbekannten Boden unter die Füße.

»Und auf wen waren Sie eifersüchtig?«

»Auf niemand.«

»Niemand?«

»Ich sagte es.«

Kommandant van Heerden blickte über den Rand eines Abgrunds. »Niemand«, schrie er beinahe. »Wie in drei Teufels Namen kann man denn auf niemand eifersüchtig sein?« Er hielt inne und sah sie argwöhnisch an. »Niemand ist doch nicht etwa der Name von einem andern Nigger, oder?«

»Natürlich nicht. Es bedeutet genau, was es besagt. Ich war auf niemand eifersüchtig.«

»Man kann nicht auf niemand eifersüchtig sein. Das geht nicht. Man muß auf jemanden eifersüchtig sein.«

»Ich nicht, verstehen Sie?« Miss Hazelstone sah ihn mitleidig an.

Unter sich fühlte der Kommandant den Abgrund gähnen. Es war der Abgrund aller Abgründe.

»Niemand. Niemand«, wiederholte er beinahe pathetisch und schüttelte den Kopf. »Das soll mir mal jemand klarmachen, wie man auf niemanden eifersüchtig sein kann.«

»Ach, das ist wirklich ganz einfach«, fuhr Miss Hazelstone fort, »ich war einfach eifersüchtig.«

»Einfach eifersüchtig«, wiederholte der Kommandant langsam.

»Stimmt. Ich wollte den lieben Fünfpenny nicht verlieren.«

Über die unermeßliche Leere des Abstrakten hinwegschwankend, klammerte sich der Kommandant an Fünfpenny. Der Zulu-Koch hatte einstmals was Greifbares an sich gehabt, und der Kommandant brauchte etwas Greifbares, woran er sich festhalten konnte.

»Sie hatten Angst, ihn zu verlieren?« dachte er laut nach, und dann bemerkte er den schrecklichen Widerspruch, in den er hineintappte. »Aber Sie behaupten doch, Sie hätten ihn erschossen. Ist das nicht der beste Weg, den Kerl zu verlieren?« Er war fast außer sich.

»Es war der einzige Weg, den ich hatte, um sicherzugehen, daß ich ihn behielt«, erwiderte Miss Hazelstone.

Kommandant van Heerden zog sich vor der gähnenden Leere zurück. Das Verhör entglitt seiner Kontrolle. Er fing wieder von vorne an.

»Wollen wir mal für den Augenblick vergessen, daß Sie Fünfpenny erschossen haben, damit Sie ihn nicht verlieren«, sagte er langsam und sehr geduldig. »Fangen wir mal auf der anderen Seite an. Was war denn der Grund für Sie, sich in ihn zu verlieben?« Das war zwar kein Thema, dem er besonders auf den Grund zu gehen wünschte, und er glaubte auch keine Sekunde lang, daß sie überhaupt in den Schweinehund verliebt gewesen war, aber das war besser, als immer nur auf Niemand rumzureiten. Außerdem hatte er das ziemlich sichere Gefühl, daß sie sich jetzt irgendwie verraten werde. Die Hazelstones konnten sich einfach nicht in Zulu-Köche verlieben.

»Fünfpenny und ich teilten miteinander gewisse Interessen«, sagte Miss Hazelstone langsam. »Zum Beispiel hatten wir denselben Fetisch.«

»Ach, wirklich? Denselben Fetisch?« In seiner Phantasie beschwor sich der Kommandant die kleinen Negergötzen herauf, die er in Piemburg im Museum gesehen hatte.

»Das knüpfte starke Bande«, sagte Miss Hazelstone.

»Ja, das muß es getan haben, und ich nehme an, Sie opferten dem Fetisch Ziegen«, sagte der Kommandant sarkastisch.

»Was Sie für sonderbare Sachen sagen.« Miss Hazelstone blickte verdutzt drein. »Natürlich taten wir das nicht. Es war nicht so ein Fetisch.«

»Ach nein? Was war's denn für einer? Holz oder Stein?«

»Gummi«, sagte Miss Hazelstone kurz und bündig.

Kommandant van Heerden lehnte sich ärgerlich in seinem Sessel zurück. Von Miss Hazelstones Foppereien hatte er jetzt so ziemlich die Nase voll. Falls die alte Schachtel allen Ernstes annahm, er werde irgendein Ammenmärchen von einem Gummigötzen glauben, da mußte sie sich schon was Besseres einfallen lassen.

»Nun hören Sie mir mal gut zu, Miss Hazelstone«, sagte er sehr ernst, »ich weiß zu würdigen, was Sie zu tun versuchen, und ich muß bekennen, ich bewundere Sie dafür. Familientreue ist was Schönes, und zu versuchen, den Bruder zu retten, ist auch was Schönes, aber ich habe meine Pflicht zu tun, und nichts, was Sie sagen, wird mich daran hindern, sie zu erfüllen. Wenn Sie jetzt so nett sind und zur Sache kommen und zugeben, daß Sie nicht das geringste mit dem Mord an Ihrem Koch zu tun hatten und niemals auch nur andeutungsweise in ihn verliebt waren, dann lasse ich Sie laufen. Wenn nicht, bin ich gezwungen, ein paar drastische Maßnahmen gegen Sie zu ergreifen. Sie stellen sich dem Lauf der Gerechtigkeit in den Weg und lassen mir keine andere Wahl. Also bitte, seien Sie vernünftig und geben Sie zu, daß das ganze Gequatsche über Fetische Blödsinn ist.«

Miss Hazelstone blickte ihn eisig an.

»Sind Sie leicht erregbar?« fragte sie. »Sexuell, meine ich.«

»Das hat doch mit Ihnen absolut nichts zu tun.«

»Es hat eine Menge mit diesem Fall zu tun«, sagte Miss Hazelstone und zögerte. Kommandant van Heerden rutschte in seinem Sessel unbehaglich hin und her. Ihm war klar, daß Miss Hazelstones Zögern wahrscheinlich wieder irgendeine neue, empörende Enthüllung ankündigte.

»Ich muß zugeben, daß ich nicht leicht erregbar bin«, sagte sie schließlich. Der Kommandant hörte es mit Freuden. »Ich brauche Gummi zur Reizung meiner sexuellen Lust.«

Der Kommandant hätte beinahe gesagt, in seinem Falle habe

Gummi genau die entgegengesetzte Wirkung, aber er besann sich eines Besseren.

»Ich bin eine Gummifetischistin, verstehen Sie?« fuhr Miss Hazelstone fort.

Kommandant van Heerden versuchte, hinter die Bedeutung dieser Bemerkung zu kommen.

»Ach ja?« sagte er.

»Ich bin verrückt nach Gummi.«

»Ach so.«

»Ich kann nur mit jemandem schlafen, wenn ich Gummisachen anhabe.«

»Ach nein.«

»Es war Gummi, was Fünfpenny und mich zueinander zog.«

»Ach tatsächlich?«

»Fünfpenny hatte die gleiche Neigung.«

»Ach was.«

»Als ich ihn zum ersten Mal sah, vulkanisierte er in einer Garage Reifen.«

»Ach je.«

»Ich hatte meine Reifen zum Vulkanisieren gebracht, und Fünfpenny arbeitete dort. Sofort erkannte ich in ihm den Mann, nach dem ich mein ganzes Leben gesucht hatte.«

»Ach wirklich?«

»Ich möchte fast sagen, unser Liebesverhältnis wurde über einem Michelin X beschlossen.«

»Ach Gott.«

Miss Hazelstone verstummte. Die Unfähigkeit des Kommandanten, mehr als zwei Worte auf einmal zu sagen, wovon eins obendrein immer das gleiche war, ärgerte sie langsam.

»Haben Sie eigentlich irgendeine Vorstellung, wovon ich rede?« fragte sie.

»Nein«, sagte der Kommandant.

»Ich weiß nicht, was ich noch tun soll, um mich verständlich zu machen«, sagte Miss Hazelstone. »Ich habe versucht, Ihnen so einfach wie möglich zu erklären, was ich an Fünfpenny anziehend fand.«

Kommandant van Heerden machte den Mund zu, der ihm die ganze Zeit offengestanden hatte, und versuchte, seinen Grips auf was Faßbares einzustellen. Was Miss Hazelstone ihm gerade so einfach wie möglich erklärt hatte, das war, mußte er zugeben, nicht im geringsten unverständlich gewesen, aber wenn er kurz zuvor noch über die Leere unbegreiflicher Abstraktionen hinweggeschwankt war, so waren die simplen Tatsachen, die sie ihm nun mitgeteilt hatte, so weit entfernt von allem, worauf er seiner Erfahrung nach vorbereitet sein mußte, daß er allmählich zu dem Schluß kam, er zöge alles in allem den abstrakten Abgrund vor. Bemüht, seinen Sinn für das Wirkliche wiederzugewinnen, nahm er Zuflucht zu gesunder Gewöhnlichkeit.

»Wollen Sie mir damit sagen«, begann er, griff zur Badekappe und ließ sie ein paar Zentimeter vor Miss Hazelstones Gesicht an seinem Finger hin und her baumeln, »daß diese Gummikappe in Ihnen das unbezähmbare Verlangen weckt, mit mir zu bumsen?«

Miss Hazelstone nickte.

»Und wenn ich sie tragen sollte, wären Sie nicht in der Lage, Ihre sexuellen Regungen zu bremsen?« fuhr er fort.

»Nein«, sagte Miss Hazelstone völlig außer sich. »Nein, dazu wäre ich nicht imstande. Ich meine, doch, das wäre ich.« Zwischen einem tobenden Ausbruch der Lust und einer kolossalen Abneigung gegen den Kommandanten hin und her gerissen, wußte sie kaum, was ihr geschah.

»Und ich nehme an, Sie wollen mir erzählen, Ihr Zulu-Koch hätte dieselbe Vorliebe für Gummi gehabt?«

Miss Hazelstone nickte wieder.

»Und all die Gummiklamotten, die ich oben in dem Schlafzimmer gefunden habe, gehören wohl auch Ihnen?« Miss Hazelstone gab das zu. »Und Fünfpenny zog dann wohl immer einen Gummianzug an und Sie ein Gumminachthemd? Stimmt's?«

Kommandant van Heerden sah an Miss Hazelstones Gesicht, daß er zu guter Letzt doch wieder die Initiative an sich gerissen hatte. Sie saß schweigend da und starrte ihn wie hypnotisiert an.

»War's so normalerweise?« bohrte er unbarmherzig nach.

Miss Hazelstone schüttelte den Kopf. »Nein«, sagte sie, »es war umgedreht.«

»Ach wirklich? Was war umgedreht?«

»Na, die Sachen.«

»Die Sachen waren umgedreht?« »Ja.«

»Von innen nach außen? Oder von vorn nach hinten?«

»So könnte man sie auch anziehen.«

Nach Kommandant van Heerdens Erfahrungen mit Gummikleidern während der letzten Nacht fand er sie weder so noch so in irgendeiner Weise anziehend.

»Also wie?« fragte er.

»Ich trug die Herrenanzüge, und Fünfpenny trug die Kleider«, sagte Miss Hazelstone. »Wie Sie vielleicht bemerkt haben werden, habe ich einige ausgesprochen maskuline Eigenschaften, und Fünfpenny, der Ärmste, war Transvestit.«

Der Kommandant, der sie mit wachsendem Abscheu anstarrte, verstand, was sie meinte. Maskuline Eigenschaften, das stimmte! Die Vorliebe für übertriebene, widerliche Geschichten zum Beispiel. Und wenn er für einen Augenblick wirklich glaubte, daß ein fetter Zulu-Koch sich in die Fummel seiner Herrin geschmissen hatte, dann war er ein sehr glücklicher Zulu, wenn er den Weg gegangen war, den er nun mal gegangen war. Der Kommandant wußte, was er mit jedem seiner Hausburschen machen würde, den er beim Herumhopsen in Damenkleidern ertappte, seien sie aus Gummi oder nicht, und er würde es nicht bloß dabei bewenden lassen, ihm die Höschen strammzuziehen.

Er schob diese fürchterlichen Aussichten beiseite und versuchte, über den Fall nachzudenken. Er hatte es ja gewußt, daß an dem Schlafzimmer mit den Gummilaken etwas nicht koscher war, und nun hatte ihm Miss Hazelstone ihren Zweck erläutert.

»Es hat keinen Sinn, daß Sie weiter versuchen, Ihren Bruder zu decken«, sagte er. »Wir haben schon genug Beweise, um ihn an den Galgen zu bringen. Was Sie mir über die Gummisachen gesagt haben, bestätigt nur, was wir bereits wissen. Als Ihr Bruder letzte Nacht verhaftet wurde, trug er diese Kappe hier.« Er hielt sie ihr wieder vor die Nase.

»Natürlich hatte er sie auf«, sagte Miss Hazelstone. »Das muß er, wenn er schwimmen geht. Er hat Kummer mit seinen Ohren.«

Kommandant van Heerden lächelte. »Manchmal, wenn ich Ihnen zuhöre, Miss Hazelstone, bilde ich mir ein, mit meinen Ohren ist auch was nicht in Ordnung, aber ich renne nicht die ganze Zeit mit einer Badekappe auf dem Kopf herum.«

»Das tut Jonathan auch nicht.«

»Nein? Na, dann erklären Sie mir vielleicht mal, wie es kam, daß er sie immer noch aufhatte, als er heute morgen zu mir reingeführt wurde. Ihr Bruder liebt es offensichtlich, Gummisachen zu tragen.«

»Vielleicht hat er vergessen, sie abzunehmen«, sagte Miss Hazelstone. »Er ist sehr zerstreut, verstehen Sie? Er vergißt immer, wo er Sachen liegenläßt.«

»Das habe ich schon bemerkt«, sagte der Kommandant. Er schwieg und lehnte sich weit in seinem Sessel zurück. »Der Fall scheint mir ungefähr so zu liegen. Ihr Bruder kommt aus Rhodesien nach Hause, wahrscheinlich weil ihm der Boden dort zu heiß wurde.«

»Quatsch«, unterbrach ihn Miss Hazelstone. »In Barotseland wird es sehr heiß, das weiß ich, aber Jonathan ist Wärme gewöhnt.«

»Das kann man wohl behaupten«, sagte der Kommandant. »Na, aus welchem Grund auch immer, er kommt heim. Er bringt alle Gummisachen mit, die er so gern hat, und macht sich daran, Ihren Zulu-Koch zu verführen.«

»Was für ein unglaublicher Blödsinn«, sagte Miss Hazelstone. »Jonathan fiele so was nicht mal im Traume ein. Sie vergessen, daß er Bischof ist.«

Der Kommandant vergaß nichts von alledem, zumal er es nie gewußt hatte.

»Das hat er Ihnen vielleicht erzählt«, sagte er. »Nach unseren Informationen ist er ein notorischer Verbrecher. Wir haben sein Strafregister unten im Polizeirevier. Luitenant Verkramp weiß alle Einzelheiten.«

»Das ist doch Schwachsinn. Jonathan ist der Bischof von Barotseland.«

»Das ist vielleicht sein Deckname«, sagte der Kommandant. »Schön. Wir sind jetzt an dem Punkt, wo er Fünfpenny zu vögeln versucht. Der Koch weigert sich, rennt hinaus auf den Rasen, und Ihr Bruder schießt ihn nieder.«

»Sie sind ja verrückt«, schrie Miss Hazelstone und erhob sich. »Sie sind ja völlig verrückt. Mein Bruder war im Schwimmbad, als ich Fünfpenny erschoß. Er kam angelaufen, als er den Schuß hörte, und versuchte, ihm die Letzte Ölung zu geben.«

»Letzte Ölung, tja, so kann man's auch ausdrücken«, sagte der Kommandant. »Und dabei beschmierte er sich wohl auch mit Blut?«

»Genau.«

»Und Sie erwarten allen Ernstes, daß ich glaube, daß eine nette, alte Dame wie Sie ihren Koch erschossen hat und daß Ihr Bruder, den ich total betrunken, nackt und von oben bis unten mit Blut beschmiert auf einem Bett finde, Bischof ist und nichts mit dem Mord zu tun hat? Wirklich, Miss Hazelstone, Sie müssen mich für einen Idioten halten.«

»Stimmt«, sagte Miss Hazelstone schlicht.

»Und noch etwas«, fuhr der Kommandant eilig fort, »irgendein Wahnsinniger hat gestern nachmittag am Parktor einundzwanzig von meinen Männern niedergeschossen. Sie wollen mir doch jetzt wohl nicht weismachen, daß Sie sie auch umgebracht haben, oder?«

»Wenn der Wunsch der Vater des Gedankens wäre, ja«, sagte Miss Hazelstone.

Kommandant van Heerden lächelte. »Das ist er nicht, tut mir leid. Ich wünschte, ich könnte diesen ganzen Fall irgendwie vertuschen, und wenn's bloß um den Tod Ihres Kochs ginge, möchte ich sagen, wär das auch möglich, aber nun kann ich leider nichts mehr machen. Die Gerechtigkeit muß ihren Gang gehen.«

Er drehte den Sessel herum und wandte das Gesicht den Bücherregalen zu. Er fühlte sich recht zufrieden mit sich. Alles hatte sich jetzt in seinem Kopf geordnet, und er hatte nicht den geringsten Zweifel, daß er den Staatsanwalt werde überzeugen können. Kommandant van Heerdens Karriere war gerettet. Miss Hazelstone hinter ihm handelte rasch. Sie ergriff sowohl die Gelegenheit, die ihr der Hinterkopf des Kommandanten bot, als auch den messingenen Briefbeschwerer und brachte beide mit aller Kraft, die sie aufbieten konnte, zusammen. Der Kommandant plumpste zu Boden.

Miss Hazelstone lief schnell zur Tür hinüber. »Der Kommandant hat einen Schlag erlitten«, sagte sie zu den beiden dort auf Posten stehenden Wachtmeistern. »Helfen Sie mir, ihn in sein Schlafzimmer raufzutragen«, und sie ging voran, die Treppe hinauf. Als die beiden Wachtmeister Kommandant van Heerden auf das Bett im blauen Schlafzimmer gelegt hatten, schickte sie sie runter, damit sie im Krankenhaus nach einem Krankenwagen riefen, und die beiden Männer, gewohnt, ohne zu fragen Befehlen zu gehorchen, fegten die Galerie hinunter und erstatteten Sergeant de Haen Bericht. Kaum waren sie weg, trat Miss Hazelstone vor die Schlafzimmertür und pfiff. Ein Dobermannpinscher, der im Salon auf dem Teppich gelegen und geschlafen hatte, hörte den Pfiff und verließ sein Allerheiligstes. Leise stieg er die Treppe nach oben und schlich den Gang hinunter zu seinem Frauchen.

Als Sergeant de Haen im Piemburger Krankenhaus angerufen und alles in die Wege geleitet hatte, daß ein Krankenwagen zum Haus raufgeschickt würde, ein Anruf, bei dem übrigens die Telefonistin die Auskunft verlangte, ob Kommandant van Heerden ein Weißer sei und keinen nicht-weißen Krankenwagen brauche, war nicht zu übersehen, daß van Heerdens Lage eine Wendung zum Schlechteren genommen hatte.

Der Sergeant fand Miss Hazelstone am Ende der Galerie auf ihn wartend. Reserviert und von jenem Hauch Melancholie umgeben stand sie da, wie es der Kommandant tags zuvor so bewundert hatte, und in der Hand hielt sie etwas, das ganz entschieden melancholisch und nicht im geringsten reserviert aussah. Es war nicht von der Größe der Elefantenbüchse, und ganz zweifellos konnte es nicht auf tausend Meter einen angreifenden Elefanten außer Gefecht setzen, doch auf seine eigene kleine Weise war es für den Zweck geeignet, den Miss Hazelstone ganz deutlich im Sinn hatte.

»So ist's recht«, sagte sie, als der Sergeant auf dem Treppenabsatz stehenblieb. »Bleiben Sie ganz ruhig stehen, und Ihnen wird kein Haar gekrümmt. Das hier ist eine Schrotflinte, und wenn Sie herausfinden möchten, wie viele Patronen in ihrem Magazin sind, dann schlage ich vor, Sie versuchen, mich im Sturm zu überrumpeln. Sie werden 'ne Menge Leute brauchen.« Der große Dobermann neben ihr knurrte zustimmend. Er hatte offenbar für den Rest seines Lebens von Polizisten genug. Sergeant de Haen stand auf dem Treppenabsatz sehr still. Es war dem Ton von Miss Hazelstones Stimme deutlich zu entnehmen, daß, ganz gleich, welche Fähigkeiten ihre Schrotflinte auch hätte, die alte Dame nicht gewohnt war, irgendwas zweimal zu sagen.

»So ist's recht«, fuhr sie fort, während der Sergeant sie anstarrte. »Gucken Sie sich alles gut an, und wenn Sie schon mal dabei sind, gucken Sie sich auch die Waffen an den Wänden hier gut an. Sie funktionieren alle prächtig, und ich habe genug Munition in meinem Schlafzimmer, um damit 'ne ganze Weile zu reichen.« Sie machte eine Pause, und der Sergeant besah sich gehorsam die Gewehre. »Also, traben Sie jetzt die Treppe runter und versuchen Sie ja nicht, wieder raufzukommen. Toby sagt mir sonst sofort Bescheid.« Wieder knurrte der Hund verständig. »Und wenn Sie nach unten gehen«, fuhr sie fort, »lassen Sie gefälligst meinen Bruder frei. Ich gebe Ihnen zehn Minuten, dann erwarte ich, ihn frei und unbehindert die Auffahrt hinaufspazieren zu sehen. Wenn nicht, erschieße ich Kommandant van Heerden. Falls Sie irgendwelche Zweifel an meinen Fähigkeiten zu töten haben, empfehle ich Ihnen, mal einen Blick auf die blauen Gummibäume im Garten zu werfen. Ich denke, dort finden Sie alle Beweise, die sie brauchen.« Sergeant de Haen brauchte keine solchen Beweise. Er war überzeugt, daß sie töten konnte. »Gut, anscheinend verstehen Sie mich. Ich bleibe jetzt mit Kommandant van Heerden so lange in Tuchfühlung, bis ich von meinem Bruder aus Barotseland angerufen werde. Sobald ich den Anruf erhalte, lasse ich den Kommandanten frei. Sollte ich innerhalb von achtundvierzig Stunden von Jonathan nichts hören, überlasse ich Ihnen den Kommandanten tot. Haben Sie verstanden?«

Der Sergeant nickte.

»Also, raus mit Ihnen.«

Sergeant de Haen flitzte die Treppe hinunter, und während er rannte, feuerte Miss Hazelstone als Warnung einen Schuß die Galerie hinunter. Das Ergebnis bestätigte alle Erwartungen, die der Sergeant hinsichtlich der tödlichen Eigenschaften der Flinte gehabt hatte. Vierundsechzig große Löcher erschienen plötzlich in der Badezimmertür.

Miss Hazelstone musterte die Löcher voll Zufriedenheit und ging wieder ins Schlafzimmer. Als sie dann dem Kommandanten mit den Handschellen, die er in der Kommode bemerkt hatte, die Hände ans Kopfende des Bettes gefesselt hatte, spazierte sie in aller Seelenruhe noch mal über die Galerie. Fünf Minuten später hatte sie ein kleines Waffenarsenal von den Wänden zusammengesammelt und zwei ungeheure Barrikaden errichtet, die lange genug jedem Versuch, ihre Festung zu erstürmen, standhalten würden, bevor sie mit dem Einsatz der

Schrotflinte und anderer ausgewählter Waffen, die sie vor ihrer Schlafzimmertür aufgestapelt hatte, beginnen müsse. Endlich und um das Maß voll zu machen, schleifte sie mehrere Matratzen und eine Chaiselongue die Galerie hinunter und baute sich daraus eine kugelsichere Deckung.

Als sie fertig war, besah sie sich ihr Werk und lächelte. »Ich glaube, wir werden wohl nicht ausgerechnet jetzt gestört werden, Toby«, sagte sie zu dem Dobermann, der auf die Chaiselongue gesprungen war. Sie gab dem Hund einen kleinen Klaps auf den Kopf, ging ins Schlafzimmer und begann, Kommandant van Heerden zu entkleiden.

11

Eine Treppe tiefer hatte Wachtmeister Els eine hitzige Auseinandersetzung mit Sergeant de Haen.

»Ich sage Ihnen«, schrie er immer wieder, »ich sehe genausowenig wie ein fanatischer Bischof aus wie . . .«

»Wie der da?« schlug der Sergeant vor und zeigte auf den gefesselten Jonathan. »Der sieht auch nicht wie ein Bischof aus.«

Das mußte Wachtmeister Els zugeben. »Ist mir schnuppe. Ich spaziere trotzdem nicht in seinen Klamotten die Auffahrt rauf. Die Alte würde mich auf eine Meile erkennen.«

»Na und? Sie ist doch bloß 'ne alte Frau, die würde nicht treffen, selbst wenn sie's versuchte«, sagte der Sergeant.

»Sind Sie verrückt?« schrie Els. »Ich habe gesehen, was die alte Krähe mit 'ner Flinte anstellen kann. Mann, die hat ohne mit der Wimper zu zucken ihren Zulu-Koch in Fetzen geschossen. Ich weiß, wovon ich rede. Ich hatte den Mistkerl aufzusammeln.«

»Hören Sie mal zu, Els«, sagte der Sergeant, »sie wird gar nicht die Zeit haben, auch nur 'n Zufallsschuß auf Sie abzugeben. Sie geht ans Fenster, um einen Blick rauszuwerfen, und . . .«

. . . und im nächsten Moment liege ich in Form von kleinen Stückchen über den halben Scheiß Park verstreut. Nein, besten Dank. Wenn irgend jemand irgendwelche Stückchen hinterher aufsammeln muß, dann ich Ihre. Ich hab da mehr Erfahrung drin.«

»Lassen Sie mich doch mal ausreden«, sagte der Sergeant. »Sobald sie ans Fenster tritt, überrumpeln wir sie über die Galerie. Sie wird keine Zeit haben, auf Sie zu schießen.«

»Warum lassen wir in dem Fall nicht ihn die Auffahrt raufgehen?« fragte Els. »Ich halte ihn in Schach, und sobald Sie seine Schwester haben, sperren wir ihn wieder ein.«

Sergeant de Haen wollte sich nicht überzeugen lassen. »Der Kerl hat schon einundzwanzig Männer umgelegt. Ich würde ihm nicht mal die Handschellen abnehmen, wenn Sie mir's bezahlten«, sagte er.

Wachtmeister Els hatte hierauf zwar eine Antwort, aber er zog es vor, sie nicht auszusprechen.

»Was wird bloß mit dem Kommandanten in der Zeit passieren?« fragte er. »Sie bringt ihn doch sicher um.«

»Du lieber Gott«, sagte der Sergeant. »Er hat sich in ihre Klauen begeben, nun muß er sehen, wie er wieder rauskommt.«

»Warum bleiben wir dann nicht einfach still sitzen und hungern die alte Schachtel aus?«

Sergeant de Haen lächelte. »Den Kommandanten wird's freuen, wenn er hört, daß Sie wollten, daß die Alte ihn abmurkst. Also hören Sie auf, Menkenke zu machen, und steigen Sie in seine Kleider.«

Wachtmeister Els bemerkte seinen Fehler. Ohne Kommandant van Heerdens totale Unfähigkeit müßte er sich wahrscheinlich gegen die Anklage verteidigen, einundzwanzig Kameraden getötet zu haben. Els beschloß, lieber dafür zu sorgen, daß der Alte doch nicht über die Klinge springen müsse. Er wollte nicht, daß ein fähiger Polizeibeamter die Stelle van Heerdens einnähme. Er begann, sich die Sachen des Bischofs anzuziehen.

Oben hatte Miss Hazelstone fast die gleichen Schwierigkeiten, Kommandant van Heerden aus seinen Kleidern zu bekommen, wie der Sergeant sie hatte, Wachtmeister Els in die Kleider des Bischofs zu kriegen. Es war nicht so, daß der Kommandant sich sträubte, aber sein Umfang und die unbewußt fehlende Kooperation waren wenig hilfreich. Als er endlich nackt war, ging sie an den Kleiderschrank, nahm ein rosa Gumminachthemd mit passender Haube heraus und zwängte ihn hinein. Sie gab gerade ihrem eigenen Ensemble den letzten Schliff, da hörte sie, wie sich's auf dem Bett bewegte. Kommandant van Heerden kam wieder zu sich.

Später pflegte der Kommandant stets zu sagen, es sei dieses neuerliche gräßliche Erlebnis gewesen, das seinen Herzfehler verursachte. Als er das Bewußtsein wiedererlangte, war der erste Gedanke, der durch das verworrene Labyrinth seines Gehirns schoß, der, daß er nie wieder einen Tropfen anrühren werde. Nur mit mindestens einer ganzen Flasche Altem Nashornhaut-Brandy konnte er sich die Schmerzen in seinem Kopf und das schauderhafte Gefühl von etwas Heißem, Zähem und eng an seinem Gesicht Anliegendem erklären. Es war sogar noch schlimmer, wenn er die Augen aufmachte. Offenbar hatte er sich endgültig das Delirium tremens geholt, oder das Fieber, das er in der Nacht schon geargwöhnt hatte, hatte ihn mit seinen Wahnsinnsträumen gepackt. Er schloß die Augen und versuchte herauszufinden, was ihm fehle. Seine Arme waren anscheinend an etwas über seinem Kopf festgebunden, und sein Körper steckte in etwas Engem und Elastischem. Er versuchte, den Mund aufzumachen und zu sprechen, aber irgendein fürchterliches Zeug verhinderte jeden Laut. Unfähig, sich zu bewegen oder zu sprechen, hob er den Kopf und starrte auf die Erscheinung, die auf dem Bett neben ihm saß.

Es handelte sich offenbar um einen älteren Herrn mit unsagbar femininem Äußerem, der einen lachsrosa Gummizweireiher mit gelben Nadelstreifen trug. Als ob das noch nicht schlimm genug gewesen wäre, hatte das Wesen ein Hemd aus grauweißem Lastex an, zu dem es einen hellvioletten Gummischlips mit Punkten umgebunden hatte. Einen Moment lang glotzte der Kommandant dieses Wesen an und stellte mit Entsetzen fest, daß es ihn neckisch von der Seite anschielte. Der

Kommandant schloß die Augen und versuchte, die gräßliche Erscheinung zu bannen, indem er über seine Kopfschmerzen nachdachte, aber als er sie wieder öffnete, war der Kerl noch immer da und äugelte nach Kräften. Kommandant van Heerden konnte sich nicht entsinnen, wann er das letzte Mal derart verführerisch von einem alten Knaben angestarrt worden war, aber er wußte, daß es schon lange her sein mußte, und als und falls es zuletzt geschehen war, hatte es bestimmt nicht solchen Abscheu wie jetzt in ihm erregt. Er wollte die Augen gerade zum zweiten Mal zumachen, da riß er sie schnell und voller Entsetzen wieder auf. Eine Hand hatte sich sanft auf sein Knie gelegt und begann, ihn am Schenkel zu kitzeln. Voller Ekel vor dieser Berührung warf der Kommandant die Beine in die Luft und konnte bei der Gelegenheit zum ersten Mal einen raschen Blick auf das werfen, was er anhatte und was er nicht mehr anhatte. Er trug ein rosafarbenes Gumminachthemd mit Fransen um den Saum. Der Kommandant erschauderte, und als ihm klarwurde, daß er mit seinem Ohnmachtsanfall dem widerlichen alten Mann die Gelegenheit zu jeder Schweinerei geboten hatte, die ihm in den Sinn kommen mochte, streckte er die Beine aus, so schnell er konnte, und schwor, keine Verführung der Welt werde ihn dazu bringen, sie wieder zu spreizen. Die Erscheinung äugelte und kitzelte immer weiter, und der Kommandant drehte den Kopf hastig von diesen Blicken weg zur Wand.

Direkt vor seinem Gesicht stand ein kleiner Tisch, und darauf lag etwas, das ihm die Schmachtblicke vergleichsweise angenehm, wenn nicht gar verlockend erscheinen ließ und das den Kommandanten zu dem Versuch zu schreien zwang. Er machte den Mund auf, aber nichts, was einem Schrei ähnlich war, kam heraus. Statt dessen saugte er eine Handvoll dünnes Gummi ein, das gleich darauf wie eine Blase wieder herausgequollen kam, und er lag keuchend da und erholte sich gerade ein bißchen von diesem Versuch, als ein Knurren auf der Galerie die Aufmerksamkeit des Alten neben ihm auf sich zog. Er stand von dem Bett auf, nahm ein Gewehr zur Hand und ging zur Tür.

Kommandant van Heerden ergriff die Gelegenheit zu dem Versuch, sich vom Bett loszureißen. Er schlug und hieb ohne Rücksicht auf seine Kopfschmerzen um sich, und wie er so riß und zerrte, sah er, daß der Lauf des Gewehrs um die Tür herum auf ihn gerichtet war. Angesichts dieser Bedrohung blieb er mucksmäuschenstill liegen und versuchte zu vergessen, was er auf dem Tischchen am Bett gebrauchsfertig hatte liegen sehen. Das waren eine Injektionsspritze und eine Ampulle mit der Aufschrift »Novocain«.

Die Schwierigkeiten, die von Anfang an bestanden hatten, Wachtmeister Els in die Kleider des Bischofs zu bekommen, waren durch die Entdeckung, daß sie nicht ganz seiner Größe entsprachen, nicht geringer geworden. Das Jackett war immer noch derselbe Wintermantel wie in der Nacht zuvor, und in den Hosen sah er wie ein Seehund aus. Sie machten seinen Plan, die Auffahrt hinaufzurennen, absolut undurchführbar. Das war kein Plan, von dem er dem Sergeant etwas gesagt hatte, der ihn, das fühlte er, mißbilligt hätte, aber jetzt, wo er dort Flossen hatte, wo er eigentlich hätte Stiefel haben sollen, war an Rennen endgültig nicht mehr zu denken. Unter diesen Umständen wäre er schon froh gewesen, wenn er hätte watscheln, geschweige denn rennen können, und Els, der einmal die Ehre gehabt hatte, einen Kaffer mit einem Holzbein abzuknallen, wußte, daß watschelnde Ziele so gut wie tote Ziele waren. Genau an diesem Punkte geschah es, daß Wachtmeister Els seinen zweiten Tollwutanfall bekam.

Der verlief genauso wirkungslos wie der erste, und nachdem er sich Fußtritte für einen Biß in Sergeant de Haens Wade eingehandelt hatte und ihm ein paar Zähne lose um den Mund rumhingen, weil er sie in ein schmiedeeisernes Tischbein zu schlagen versucht hatte, das er irrtümlich für ein hölzernes hielt, gab er den Täuschungsversuch auf und ließ sich hinausführen, um seinen Auftritt als Bischof zu beginnen.

»Spielen Sie ihn nur halb so gut wie einen tollwütigen Hund,

und man macht Sie zum Erzbischof, Els«, sagte der Sergeant und gab ihm einen Schubs mit auf den Weg. Und während der Sergeant und seine Männer still und heimlich die Treppe hinaufstiegen, wackelte Els jämmerlich davon, zu seinem letzten Gang, das wußte er. Auch der Hut war ihm zu groß und machte es ihm schwer zu sehen, wo er hintrat, und als er trotzdem loszurennen versuchte, hatte das nur den Erfolg, daß er platt auf sein Gesicht fiel. Er gab alle Versuche auf, die wahrscheinlich noch zu schrecklicheren Folgen führten als das Watscheln. Hinter sich hörte er einen Polizisten kichern. Els fühlte sich gekränkt. Er wußte, daß er wie eine große schwarze Ente aussah. Es war ihm klar, daß er bald eine kalte Ente wäre.

Vom Knurren des Dobermanns gewarnt, spähte Miss Hazelstone die Galerie hinunter und lauschte auf das Stiefelknarren auf der Treppe. Hinter ihr warf sich der Kommandant, offenbar vor Begeisterung über all die Freuden, die auf ihn warteten, auf seinem Bett wild hin und her. Sie richtete hinter der Tür hervor die Flinte auf ihn, und das erwartungsfrohe Gerangele hörte abrupt auf. Von der Treppe rief eine Stimme: »Er ist unterwegs. Der Bischof geht jetzt die Auffahrt rauf.«

»Ich geh mal eben und seh mir's an«, rief Miss Hazelstone zurück und blieb stehen, wo sie war.

Es war schwer zu sagen, wen das Folgende am meisten erstaunte. Zweifellos war Sergeant de Haen äußerst verblüfft darüber, daß er sich noch im Land der Lebenden befand, nachdem Miss Hazelstone ihre erste Salve abgefeuert hatte, als der Sturmtrupp versuchte, ihre erste Barrikade zu nehmen. Es blieb ihm verborgen, daß sie über die Köpfe hinweggeschossen hatte, weniger, um Opfer zu vermeiden, als um ihre Verteidigungsanlagen zu schonen. Diesmal erschienen vierundsechzig große Löcher in der Decke, und die Galerie füllte sich mit feinem Nebel aus pulverisiertem Gips. Unter dem Schutz dieser Nebelwand zogen sich der Sergeant und seine Männer dankbar zurück und sammelten sich zwischen den Topfpflanzen in der Halle.

Auf der anderen Seite besah sich Miss Hazelstone einen Augenblick lang zufrieden ihr Werk, dann ging sie ans Schlafzimmerfenster, um zu sehen, um was es sich wohl handele, was da die Auffahrt hinaufzulaufen versuchte.

Daß es alles andere als ihr Bruder war, war auf den ersten Blick klar. Mit dem riesigen Hut, der ihm über die Ohren gerutscht war und ihn daran hinderte zu sehen, wo er hinlief, und den langen Hosenbeinen, die er bei jedem Schritt hinter sich herschleifte, hoppelte Els durch den Park. Miss Hazelstone brach in Gelächter aus, und Wachtmeister Els, der das Lachen hörte, verdoppelte seine Anstrengungen, das Sackhüpfen zu gewinnen. Als Miss Hazelstone schoß, fiel er um. Er hätte sich keine Sorgen zu machen brauchen. Miss Hazelstone lachte viel zu sehr, um richtig zu zielen. Ihre Kugeln sausten in einiger Entfernung durch das Laub eines Baumes und verwundeten lediglich einen riesigen, vollgefressenen Geier, der dort gerade sein Frühstück hatte verdauen wollen. Als der Geier neben ihn auf die Erde geflattert kam und rülpste, lag Wachtmeister Els hilflos auf dem Rasen und sah ihn nachdenklich an. Er vermochte in der Welt nichts zu entdecken, worüber man lachen konnte.

Kommandant van Heerden hatte diesem Gelächter gegenüber die gleiche Empfindung. Es trug zu viele Merkmale der Expertin für die feine Lebensart an sich, um ihn im Zweifel darüber zu lassen, wer das Wesen in dem lachsrosa Anzug war. Niemand anderer von seinen Bekannten lachte so, schoß so oder hatte eine so ausgesprochene Neigung dazu, intramuskuläre Novocain-Injektionen zu verabreichen.

Miss Hazelstone kehrte zum Bett zurück und griff zur Spritze. »Sie werden nichts spüren«, sagte sie und zog die Spritze auf. »Ganz und gar nichts.«

»Das weiß ich«, schrie der Kommandant in seiner Gummihaube. »Das ist es ja, was mich so beunruhigt.« Aber Miss Hazelstone hörte ihn nicht. Die Grunzer und gedämpften Schreie, die unter der Haube hervordrangen, waren als Worte nicht zu verstehen.

»Erst mal nur ein kleines Piekerchen«, sagte Miss Hazelstone besänftigend. Sie hob den Saum des Nachthemds hoch, und der Kommandant versuchte, seins noch kleiner zu machen. Die Nadel zu fixieren, war der beste Weg, fand er, es schön schlapp zu behalten, und er starrte die Spritze mit grimmiger Entschlossenheit an.

»Sie sind doch zu viel Größerem imstande«, sagte Miss Hazelstone, nachdem sie einen Moment lang nachgegrübelt hatte und offensichtlich überlegte, ob der Kommandant sie unabsichtlich falsch verstand.

In seiner Haube gab der Kommandant den Versuch nicht auf, ihr zu erklären, daß er nicht an derselben Schwäche leide wie der Zulu-Koch.

»Es ist genau das Gegenteil bei mir«, kreischte er. »Bei mir dauert's Stunden und Stunden.«

»Sie sind ein sehr zurückhaltender Mensch«, sagte Miss Hazelstone und überlegte einen Augenblick. »Vielleicht fänden Sie ein bißchen Peitschen ganz hilfreich. Manche Männer tun das, nicht?« Und damit stand sie vom Bett auf, kramte in dem Kleiderschrank herum und tauchte schließlich mit einer besonders furchterregenden Reitpeitsche auf.

»Nein, das fände ich nicht«, schrie der Kommandant, »das fände ich überhaupt nicht hilfreich.«

»Ja oder nein?« fragte Miss Hazelstone, als die gedämpften Schreie verstummten. »Nicken Sie für ja, und schütteln Sie den Kopf für nein.«

Kommandant van Heerden schüttelte heftig den Kopf.

»Ist wohl nicht Ihr Bier, was?« sagte Miss Hazelstone. »Na schön, wie steht's denn dann mit ein paar schweinischen Bildern?« Diesmal holte sie ein Album aus dem Schrank, und der Kommandant entdeckte, daß er fasziniert auf irgendwelche Fotos starrte, die offenbar ein Irrer mit einer Vorliebe für Kautschukmenschen und Zwerge aufgenommen hatte.

»Nehmen Sie das widerliche Zeug weg«, schrie er, als sie ihm mit einem besonders perversen Bild zusetzte.

»Aber das hier gefällt Ihnen doch, oder?« fragte Miss Hazelstone. »Das ist eine Stellung, die Fünfpenny ganz besonders liebte. Ich sehe mal, ob ich Sie nicht in die richtige Position bekomme.«

»Nein, ich will nicht«, zeterte der Kommandant, »ich hasse das. Es ist ekelerregend.« Aber ehe er den Kopf schütteln konnte, um seinen Wunsch anzuzeigen, daß er nicht das Rückgrat gebrochen haben wollte, hatte Miss Hazelstone bereits mit einer Hand die Haube gepackt und mit der anderen eins seiner Beine und versuchte, sie zusammenzubiegen. In einer verzweifelten Kraftanstrengung riß er sich los und wirbelte Miss Hazelstone quer durchs Zimmer.

Draußen im Park hatte Wachtmeister Els seine Fassung wieder. Als er erst mal festgestellt hatte, daß er nicht drauf und dran war, Teil der täglichen Proteinaufnahme des Geiers zu werden, beschloß er, daß sein Auftritt als Bischof lange genug gedauert hatte. Er stand auf, hatschte zu einem Baum hinüber und befreite sich aus der lächerlichen Hose. Nur mit Unterhemd und Unterhose bekleidet ging er wieder in das Haus zurück, wo er Sergeant de Haen mit weißem Staub bedeckt und mit allen Anzeichen eines erlittenen Schocks vorfand.

»Ich weiß nicht, was ich machen soll«, sagte der Sergeant. »Sie hat Barrikaden gebaut, und nichts und niemand kann die überwinden.«

»Ich weiß etwas, das es kann«, sagte Els. »Wo ist denn diese Elefantenbüchse?«

»Das verdammte Mistding werden Sie nicht benutzen«, sagte Sergeant de Haen. »Damit bringen Sie ja das ganze Gebäude über uns zum Zusammenkrachen, und außerdem ist die Flinte ein Beweisstück.«

»Was macht das schon, wenn wir damit die alte Schachtel kriegen?«

»Es geht mir ja nicht um sie, aber wenn Sie mit dem Gewehr hier in dem Haus rumballern, fetzen Sie damit die Seitenwand raus und bringen möglicherweise auch noch den Kommandanten um.«

Els setzte sich und überlegte. »Okay«, sagte er schließlich, »geben Sie mir die Maschinengewehre aus den Schützenpanzertürmen, damit kriege ich sie mit Sicherheit.«

Sergeant de Haen war noch immer nicht überzeugt. »Seien Sie vorsichtig, Els«, sagte er, »und versuchen Sie, den Kommandanten nicht zu erschießen.«

»Ich werd's versuchen, aber ich kann nichts versprechen«, sagte Els, und nachdem die vier Browning-Maschinengewehre aus den Panzerwagen geholt worden waren, stahl er sich damit leise die Treppe hoch. Er legte sie, mit der Mündung auf das Ende der Galerie gerichtet, auf einen kleinen Teetisch und band sie fest. Wachtmeister Els hatte den Wert überwältigender Feuerstärke oben im Bunker kennengelernt, und nun setzte er seine Erfahrungen nutzbringend ein. Sicher, die Brownings hatten lange nicht dieselbe Stärke wie die Elefantenflinte, aber was ihnen an Kaliber abging, das machten sie an Schnelligkeit wieder wett.

»Fünftausend Schuß pro Minute in die Galerie gepumpt, macht Kleinholz aus allen Möbeln und Hackfleisch aus dem alten Mädchen«, dachte er glücklich und ging hinunter, um noch mehr Patronengurte zu holen. Dann befestigte er an den Abzügen der Gewehre eine Schnur und bereitete sich auf den nächsten Schritt vor.

Der Dobermann, der auf der Chaiselongue lag und schlief und von seinem Kampf mit Els träumte, roch, daß sich der Wachtmeister näherte. Lange hatte er die Hoffnung gehabt, daß er den Fehdehandschuh, den Els ihm auf dem Rasen zugeworfen hatte, aufnehmen könne, und jetzt fühlte er, daß die Gelegenheit gekommen war. Er streckte sich träge und sprang von der Couch. Ohne warnendes Geknurre und so heimlich, still und leise, daß er darin sogar den Wachtmeister übertraf, kroch er die Galerie hinunter und schlängelte sich durch die Möbelbarrikaden.

Miss Hazelstone war nicht im geringsten durch den Widerstand des Kommandanten verärgert, der sich gegen ihre Versuche zur Wehr setzte, ihn in eine interessante Stellung zu biegen. Im Gegenteil, die Kraft und Stärke seiner Anstrengungen steigerten ihre Bewunderung für ihn noch.

»Was sind Sie doch für ein starker Junge«, sagte sie und rappelte sich wieder vom Fußboden hoch. »Ganz der kleine Judo-Crack.« Und die nächsten paar Minuten hatte sich der Kommandant gegen die Ermunterungen zu wehren, die Miss Hazelstone seiner Männlichkeit offenbar eigenhändig zu spenden gedachte. Indem er sich auf Wachtmeister Els als Lustobjekt konzentrierte, gelang es dem Kommandanten dennoch, sich sein mangelndes Interesse zu bewahren, und endlich mußte sich Miss Hazelstone geschlagen geben.

»Da sieht man doch gleich, daß Sie als Frauenheld keine große Nummer sind«, sagte sie zum Kommandanten, und ehe er mit wenig mehr als einem bedeutungslosen Grunzen entgegnen konnte, daß sie auch nicht mehr erwarten dürfe, wenn sie sich unbedingt als Mann anziehen müsse, da hatte sie schon wieder zu der Spritze gegriffen. »Vielleicht kriegen wir mit einer Novocain-Injektion etwas Blei in Ihren Stift«, sagte sie. »Sie werden sich wahrscheinlich hinterher wie ein neuer Mensch fühlen.«

»Ich fühle mich schon jetzt wie ein neuer Mensch«, brüllte der Kommandant durch seine Haube und wand sich wie wahnsinnig, aber Miss Hazelstone war zu versessen auf das, was sie vorhatte, um von seinen Protesten irgendwelche Notiz zu nehmen. Als die Nadel näher kam, schloß der Kommandant die Augen und wartete, schon jetzt starr vor Angst vor dem Stich, und in dem Moment ging auf dem Treppenabsatz die Hölle los. Miss Hazelstone ließ die Spritze fallen, packte ihre Flinte und sprang zur Tür. Die Laute, die aus der Galerie zu vernehmen waren, deuteten darauf hin, daß soeben irgendein schrecklicher Tierkampf begonnen hatte, und der Kommandant, zur Tat gereizt von der Spritze, die Miss Hazelstone in ihrer Eile hatte fallen lassen und die wie ein Pfeil in seiner Leistengegend gelandet war, wo sie Novocain in die eine oder andere Arterie verströmte, unternahm einen letzten, verzweifelten Versuch zu entkommen. In einer herkulischen Kraftanstrengung gelang es ihm, die Beine auf den Boden zu bekommen, dann sprang er, das Bett hinter sich herschleifend, aus dem Fenster.

Wenn Kommandant van Heerden und Miss Hazelstone über die außergewöhnliche Wende, die die Dinge genommen hatten, erstaunt waren, dann war Wachtmeister Els noch viel überraschter. Er war gerade damit fertig, letzte Hand an das zu legen, wovon er hoffte, daß es Miss Hazelstones Exekution sein werde, als er vage den Eindruck hatte, daß etwas Unvorhergesehenes in der Luft sei. Wie eine dunkle Vorahnung sah er einen schwarzen Klecks auf sich zufliegen, als der Dobermann durch den Gipsnebel, der die Galerie füllte, auf ihn zusprang. Der Hund hatte sein Maul schon weit aufgesperrt, und sein Auge war voller Vorfreude auf Elsens Halsschlagader gerichtet. Els drückte sein Kinn fest auf die Brust, und der Hund donnerte mit der Schnauze gegen seine Stirn. Die Zähne des Hundes, die ihr Ziel verfehlt hatten, gruben sich in Elsens Schulter, und einen Augenblick später hatten sich die beiden Bestien von neuem in ihren unterbrochenen Kampf um die Vorherrschaft verbissen.

Als sie über den Treppenabsatz rollten und links und rechts und in der Mitte Stühle und Tische umschmissen, als Miss Hazelstone das Feuer mit der Schrotflinte eröffnete und sich die Barrikaden über ihnen allmählich auflösten, da begannen die Browning-Maschinengewehre, die umgekippt waren und nun zur Decke hochzeigten, Leuchtkugeln in einer Geschwindigkeit von 5000 Schuß pro Minute durch das Dach von Jacaranda House zu jagen. Ein lahmer Geier, dem es erst wenige Minuten zuvor gelungen war, sich endlich aufzuschwingen, nachdem er einen langen und schmerzhaften Anlauf hatte nehmen müssen, und der gerade schwerfällig über das Haus wegflog, das ihm bereits Abendbrot und Frühstück verschafft hatte und sehr bald ihm wohl auch zu einem Mittagessen verhelfen würde, verpuffte in dem Kugelhagel in einer Explosion aus Federn und Stückchen und Teilchen. Er war das einzige Opfer der Schießerei, die in Jacaranda House tobte.

Der einzige Mensch, der um ein Haar eine Salve in seine lebenswichtigen Teile abbekommen hätte, war Kommandant van Heerden. Während des plötzlichen Gewaltausbruchs auf dem Treppenabsatz, der ihm die Gelegenheit bot, sich mit dem Doppelbett auf dem Rücken aus dem Schlafzimmerfenster zu stürzen, hatte Sergeant de Haen, voller Hoffnung, die Chance zu bekommen, von unten Miss Hazelstone den Fangschuß zu geben, im Garten gestanden und gewartet. Der Sergeant hatte gerade seine Entscheidung bedauert, Wachtmeister Els zu gestatten, die Maschinengewehre zu benutzen, und erwartete nichts anderes, als daß der Plan mit einer Katastrophe ende. Als das Krachen des Gewehrfeuers im Haus losging, warf sich der Sergeant zu Boden, und da lag er auch, als er genau über sich das Klirren von Glas, gefolgt von einem fürchterlichen dumpfen Aufprall, hörte. Er sprang auf und starrte zu dem Ding hoch, das über ihm baumelnd aus dem Fenster hing.

Der Sergeant war absolut kein zimperlicher Mensch und hatte keineswegs etwas dagegen, auf Frauen zu schießen. Viele Zulu-Witwer konnten das bezeugen. Und wenn er sich einen Augenblick lang hätte vorstellen können, daß das fette Wesen in dem rosa Nachthemd, das in einer Höhe von etwa sechs Metern an der Hauswand herumzappelte, Miss Hazelstone sei, er hätte sie, ohne einen Moment zu überlegen, abgeknallt. Aber es war nur allzu offensichtlich, daß das, was da baumelte, nicht die alte Dame war. Sie war nicht so fett, sie war nicht so behaart, und vor allem, da war er sicher, hatte sie keine solchen Fortpflanzungsorgane. Es fiel dem Sergeant sowieso schon schwer zu glauben, daß überhaupt irgend etwas so aussehen könne. Sergeant de Haen stand da und rang mit dem Problem, was das Ding wohl sei. Er lugte hinauf nach dem Gesicht und sah, daß es eine Maske trug.

Von allen Perversitäten, die Sergeant de Haen seit seiner Ankunft in Jacaranda House hatte kommen und gehen sehen, war die hier fraglos die perverseste. Und pervers war das Wort, das ihm wie selbstverständlich dazu einfiel. Was immer da oben hing, nur teilweise bekleidet und maskiert, es stellte sich in einer Art und Weise vor ihm aus, die so schamlos und unanständig war, wie man's einfach nicht für möglich hielt. Der Sergeant mochte, selbst wenn er gut gelaunt war, keine Tunten, und ganz zweifellos verabscheute er es, von einer auf diese ekelhafte Tour angemacht zu werden. Er war eben entschlossen, dieser unzüchtigen Zurschaustellung mit einem Feuerstoß aus seiner Maschinenpistole ein Ende zu bereiten, als ihm etwas, was aus heiterem Himmel auf ihn herunterfiel, die ganze Sache verleidete. In einer Federwolke eingehüllt und mit etwas drapiert, das offenbar der halbverdaute Inhalt eines Magens war, der vor kurzem eine riesige Mahlzeit aus rohem Fleisch aufgenommen hatte, wankte Sergeant de Haen wie vom Schlag getroffen im Garten herum.

Während er verzweifelt versuchte, sich aus dem Kuddelmuddel aus Federn und Innereien zu befreien, verlor er zeitweise jeden Gedanken daran, die Welt von dem rasenden Transvestiten zu erlösen, der zuckend unter dem Schlafzimmerfenster hing. Als er in dem Unflat, der ihn bedeckte, ein paar Messingknöpfe und ein Mützenabzeichen der südafrikanischen Polizei entdeckte, fragte er sich ratlos, was in drei Teufels Namen ihn eigentlich getroffen habe. Er dachte noch immer darüber nach, als neuerliches Artilleriefeuer über ihm zu erkennen gab, daß die Schießerei absolut noch nicht vorüber war. Er blickte nach oben und sah, wie die Matratzen über die Gestalt mit dem Häubchen sich in eine kolossale Federwolke auflösten, und als die Federn herabgeschwebt kamen und auf der Masse aus Blut und Gedärmen, die ihn bedeckte, klebenblieben, drehte sich Sergeant de Haen um und rannte los. Hinter ihm schrie eine dumpfe Stimme: »Haenchen!«

12

Als es ihr mit ihrem Schnellfeuer ans andere Ende der Galerie so gar nicht gelungen war, wenigstens für einen Augenblick das Getöse der Maschinengewehre und das Schreien und Knurren zum Schweigen zu bringen, das ein wesentlicher Bestandteil von Wachtmeister Elsens Keilerei mit dem Dobermann war, mußte Miss Hazelstone sich notgedrungen eingestehen, daß ihre Pläne nicht ganz wie gedacht verliefen. Während wiederholt Salven durch ihre Louis-XV.-Barrikaden fetzten und mit ungewohntem Nachdruck mehrere pseudojakobäische Möbelstücke und ein unersetzliches, einstmals mit Elfenbeinintarsien geschmücktes Schreibpult aus dem achtzehnten Jahrhundert durchlöcherten, nahm der Kampflärm auf dem Treppenabsatz zu. Über ihr schoß unter dem Anprall der Maschinengewehrkugeln eine Fontäne aus Dachziegeln in die Luft und prasselte wie riesige Hagelkörner wieder auf das Dach zurück. Miss Hazelstone gab den Versuch auf, durch den Gipsnebel irgend etwas zu erkennen, und ging ins Schlafzimmer zurück.

Es war sofort zu sehen, daß auch hier irgendwas schiefgelaufen war. Im Zimmer war es stockfinster, und irgendein großer Gegenstand vor dem Fenster versperrte vollständig die Aussicht auf den Park, die sie vorher so genossen hatte. Sie knipste das Licht an und starrte auf die Unterseite des Bettes, auf dem sie nur wenige Minuten zuvor gesessen und Kommandant van Heerden ermutigt hatte, ein Mann zu sein. Und während sie noch so das enorme Bett betrachtete, wurde ihr zum ersten Male klar, was für ein wahnsinnig starker Mann der Kommandant war. Zehn Leute waren nötig gewesen, das Bett die Treppe hinauf und durch die Galerie zu bugsieren, und nun hatte ein Mann ganz allein es hochgehoben und zum Fenster getragen, wo er offenbar auf dem Fensterbrett stand und es vor sich hielt, eine Kraftleistung, die sie nie für möglich gehalten hätte. Während sie guckte und staunte, hörte man gedämpftes Geschrei durch die Matratze.

»Laßt mich runter«, brüllte der Kommandant, »laßt mich runter, laßt mich runter. Das verdammte Weib ist noch mein Grab.« Miss Hazelstone lächelte still in sich hinein. »Ganz wie Sie sagen«, murmelte sie und zielte mit der Schrotflinte auf die Sprungfedern. Beim Abdrücken sagte sie sich, wie passend es doch sei, daß der Kommandant in einem Gumminachthemd und auf eine Matratze der Marke »Ruhe sanft« gebunden vor seinen Schöpfer trete, und als die Sprungfedern jaulten und die Bettfedern flogen, wandte Miss Hazelstone sich ab und trat mit einem Schluchzer auf die Galerie.

Es war aller Wahrscheinlichkeit nach dieser Schluchzer, der zum Tode ihres geliebten Toby führte. Der Dobermann, der sich bis dahin ganz sicher in dem Griff gefühlt hatte, mit dem er Wachtmeister Els' Gesicht gepackt hielt, ließ für eine fatale Sekunde nach. Er hob den Kopf und spitzte ein letztes pflichtbewußtes Mal die Ohren, und in der Sekunde nutzte Els, der halb erstickt war, weil ihm der Hund andauernd die Nase zugebissen hatte, die Gelegenheit und schloß seine Kiefer um die Kehle des Hundes. Mit einer Hand drückte er den Hund an sich und mit der anderen packte er ihn bei den Hoden und quetschte zu. »Quetschte« war kaum das richtige Wort für die enorme Kraft, die er gebrauchte.

Der Hund war dank Elsens Druck auf seine Luftröhre außerstande, gegen diese Verletzung der Queensberry-Regeln zu protestieren, warf sich zur Seite und strampelte wie wild mit allen vieren, um sich zu befreien. Den klettenartigen Els mit sich schleifend, unternahm der Hund einen fliegenden Start, stürzte auf die oberste Treppenstufe los, und einen Moment später segelten die beiden tollwütigen Viecher mehrere Fuß hoch über der großen Treppe. Als sie in die Halle runterdonnerten, blickten die Porträts von Sir Theophilus und Richter Hazelstone grimmig auf das unedle Schauspiel. Nur das Wildschwein, selber an ein unnachgiebiges Eisengerüst gefesselt, kann ermessen haben, was sein modernes Gegenstück zu leiden hatte.

Drei Minuten später wußte Wachtmeister Els, auf dem Marmorboden der Diele liegend, daß er gesiegt hatte. Der Dobermann lag totenstill da, und Els lockerte seinen Griff um die Kehle des Hundes und kam schwankend auf die Füße. Die Köpfe der ausgestopften Warzenschweine und Büffel um ihn herum waren sein einziges Publikum in diesem triumphalen Augenblick. Den Hund am Schwanz hinter sich herziehend, ging Wachtmeister Els in den Park hinaus, um nach dem Geier zu suchen. Der hatte ihn derart freßgierig angesehen, und er dachte, dem Vogel könne vielleicht eine Kostveränderung zusagen. Er hatte einige Schwierigkeiten, ihn zu finden, aber als er ihn gefunden hatte, sah selbst Wachtmeister Els, daß der Geier nicht Hungers gestorben war.

Die Schüsse, die indirekt zum Tode Tobys geführt hatten, waren sehr nahe darangewesen, auch den Tod von Kommandant van Heerden zu verursachen. Nahe daran, aber um etliches zu hoch, denn der Kommandant hatte das Glück, an seinen Handgelenken von dem Teil des Bettes herunterzuhängen, das jetzt das Fußende war. Er hatte sich durch die Haube durchgebissen und äugte auf Sergeant de Haen herunter, der aussah, als habe er gerade einen grauenhaften Unfall in einer Hühnerschlachterei hinter sich. Das schien ihm keine glaubwürdige Erklärung für den Zustand des Sergeanten zu sein, aber nach seinen jüngsten Erfahrungen mit Perversitäten hätte es den Kommandanten nicht im geringsten überrascht, wenn er gehört hätte, daß der Sergeant soeben irgendeine mit seinem Namen zusammenhängende schweinische Zwangsvorstellung spazierengeführt habe.

Er dachte gerade über diese Sache nach, als seine Überlegungen im Geballere eines Gewehrs genau über seinem Kopf untergingen und ihm plötzlich eine Federwolke die Aussicht auf den Garten versperrte. »Haenchen«, rief er, als der Sergeant um die Hausecke verschwand, und er schrie noch immer Zeter und Mordio, als der Sergeant ein paar Minuten später mit einigen Polizisten wieder auf der Bildfläche erschien. Es hatte den Anschein, daß seine Stimme, die durch das Loch tönte, das er hatte in die Gummihaube beißen können, weniger Autorität als normal verbreitete. Die kleine Gruppe von Polizisten, die sich unter ihm versammelt hatten, schien von seinen Befehlen jedenfalls mehr amüsiert zu sein als geneigt, ihnen zu gehorchen.

»Laßt mich runter«, kreischte der Kommandant. »Laßt mich runter.« Vor dem Hintergrund dieser ignorierten Anweisung erläuterte Sergeant de Haen den jungen Polizeibeamten die schlüpfrigen Tatsachen des Lebens.

»Was Sie hier vor sich sehen«, sagte er mit unheilschwangerer Stimme, »ist ein Transvestit.«

»Was bedeutet das denn, Sergeant?« fragte ein Wachtmeister.

»Das ist ein Mann, der gerne Frauenkleider anzieht. Dieser Transvestit hier ist dazu noch ein Perverser.«

»Laß mich runter, du Dreckskerl«, schrie der Kommandant.

»Er ist ein Perverser«, fuhr der Sergeant fort, »weil er homosexuell ist, und er ist doppelt pervers, weil er auch noch ein Gummifetischist ist.«

»Ich degradiere Sie, wenn Sie mich nicht runterlassen.«

»Was ist denn ein Gummifetischist, Sergeant?«

»Das ist jemand, der sich Gummiklamotten anzieht, aus anderer Leute Schlafzimmerfenster raushängt und darunter stehende Leute anmacht«, sagte der Sergeant und zupfte sich Federn und Kaldaunen von seiner Uniform. »Das ist auch so ein Produkt freizügiger Gesellschaften, und wie Sie alle wissen, ist Südafrika keine freizügige Gesellschaft. Was diese Sau da tut, ist gegen unser Gesetz, und deshalb schlage ich vor, wir schießen ihm ein, zwei Kugeln in den Arsch und verschaffen ihm den Schauer, der alle Schauer beendet.«

Der Vorschlag wurde mit zustimmendem Kopfnicken von den Polizisten und noch lauterem Geschrei von der baumelnden Gestalt mit der Gummihaube begrüßt. Nur ein ganz naiver Beamter widersprach.

»Aber wäre das nicht Mord, Sergeant?« fragte er.

Sergeant de Haen sah ihn streng an. »Wollen Sie mir etwa erzählen«, sagte er, »daß Sie der Meinung sind, es sollte solchen Kerlen erlaubt sein, in Weibernachthemden in der Gegend rumzurennen?«

»Nein, Sergeant. Das ist gegen das Gesetz.«

»Genau das sagte ich ja eben. Also täten wir bloß unsere Pflicht, wenn wir ihm eins auf den Pelz brennen.«

»Könnten wir ihn nicht einfach verhaften?« fragte der Wachtmeister.

»Ich bin Ihr Kommandeur, und ich befehle Ihnen, mich runterzulassen.«

»Jetzt macht er sich noch eines Verbrechens schuldig, Sergeant«, sagte ein anderer Polizist. »Er gibt sich als Polizeibeamter aus.«

»Verehrte junge Kollegen, Sie kennen das Vorgehen, oder Sie sollten's verdammt noch mal kennen«, fuhr der Sergeant fort. »Falls Sie einen Verbrecher in flagranti erwischen, was tun Sie da?«

»Ihn verhaften«, erwiderten die Polizisten im Chor.

»Und wenn Sie ihn nicht verhaften können? Wenn er zu entkommen versucht?«

»Da gibt man einen Schreckschuß auf ihn ab.«

»Und was ist, wenn er weiter zu entkommen versucht?«

»Da erschießt man ihn, Sergeant.«

»Richtig«, sagte der Sergeant. »Wollen Sie mir jetzt etwa weismachen, daß der Scheißkerl da kein in flagranti erwischter Verbrecher ist und daß er nicht zu entkommen versucht?«

Die Polizisten mußten zugeben, daß der Sergeant recht hatte, und genau an diesem Punkt waren sie in ihren Überlegungen angelangt, als Wachtmeister Els mit dem toten Dobermann im Schlepptau triumphierend um die Ecke gehumpelt kam.

»Kuckt mal, was ich habe«, sagte er stolz.

Das Grüppchen um Sergeant de Haen war nicht beeindruckt. »Kuck mal, was wir haben«, sagten sie, und Wachtmeister Els mußte zugeben, daß neben dem, was da zappelnd aus dem Fenster hing, seine Trophäe ziemlich nichtssagend aussah.

»Machen grad 'ne Tunte fertig«, sagte Sergeant de Haen. »Machen Sie mit, Els, das ist doch was nach Ihrem Geschmack?«

»Nicht mein Geschmack«, sagte Els, der zu der Gestalt hochsah. »Aber das da oben schmeckt ganz nach Kommandant van Heerden, das will ich Ihnen mal sagen. Ich würde das überall rausschmecken.«

Während das Exekutionskommando auf die Nachricht, daß das der Kommandant sei, was da oben hing, verwirrt auseinanderstob, überlegte diejenige, die weitgehend für seine mißliche Lage verantwortlich war, was als nächstes zu tun sei. Sie dachte, letztlich müsse sie es wohl in den Dickschädel des Kommandanten hineinbekommen haben, daß sie imstande war, Fünfpenny zu töten, aber da sie sich bewußt war, daß Kommandant van Heerdens Meinung nicht länger zählte, hoffte sie nur, daß sein Nachfolger genug Verstand besäße, sie auf der Stelle zu verhaften.

Sie ging nach unten, um nach einem Polizisten zu suchen, der sie in ihre Zelle im Piemburger Polizeirevier begleitete, aber das Haus schien völlig ausgestorben.

»Ich hab sie wohl weggegrault«, dachte sie und machte sich auf den Weg, um ihren Wagen zu holen. Auf halbem Weg zur Garage fiel ihr ein, daß Fünfpenny die Schlüssel bei sich hatte, und so kletterte sie statt dessen in einen der Polizei-Landrover und ließ den Motor an.

Als die Polizisten auf der anderen Seite von Jacaranda House dem Kommandanten die Leiter runterhalfen, achtete keiner auf den Landrover, der unsicher die Auffahrt hinaufstockerte. Am Tor winkte der Posten den Wagen vorbei, und er verschwand um die Ecke und die Straße hinunter nach Piemburg.

Die meisten Ereignisse des Tages waren über den Kopf des Bischofs von Barotseland vollkommen hinweggegangen. Nackt und gefesselt lag er im Keller und versuchte, sich auf geistige Fragen zu konzentrieren, weil sie ihm weniger schmerzhaft als die Dinge des Fleisches vorkamen. Er war in seinen Bemühungen aber nicht besonders erfolgreich: Hunger und Schmerzen wetteiferten mit der Furcht um einen Platz in seinem Bewußtsein, und über allen dreien hing die fürchterliche Angst, wahnsinnig zu werden. Und es war weniger die Angst, er könne wahnsinnig werden, als vielmehr die, er sei es bereits. In vierundzwanzig Stunden hatte er die unumstößlichen Grundsätze seines Lebens in einer Weise geschändet gesehen, die, das mußte er sich eingestehen, alle Zeichen des Irrsinns an sich trug.

»Ich bin Bischof, und meine Schwester ist eine Mörderin«, sagte er sich zur Beruhigung. »Wenn meine Schwester keine Mörderin ist, besteht die Möglichkeit, daß ich kein Bischof bin.« Diese logische Folgerung erschien ihm nicht sehr hilfreich, und er gab sie auf, weil sie ihm sonst auch noch das bißchen geistige Gleichgewicht durcheinandergebracht hätte, das ihm geblieben war. »Irgend jemand ist verrückt«, schloß er und überlegte dann, ob die Stimmen, die er am Grunde des Swimmingpools vernommen hatte, nicht schließlich doch Anzeichen von Wahnsinn seien, an dem er vielleicht leide.

Auf der anderen Seite führte ihn sein fester Glaube an das Eingreifen Gottes ins Weltgetriebe dazu, sich zu fragen, inwiefern er so entsetzlich gesündigt habe, um die Strafe zu verdienen, die ihn getroffen hatte. Er kam zu dem Schluß, er habe sich der Selbstüberhebung schuldig gemacht. »Hochmut kommt vor dem Fall«, sagte er, aber er konnte sich nicht vorstellen, welche Höhe an Hochmut die Tiefe, in die er gestürzt war, rechtfertigen könne. Sicherlich schrie das kleine bißchen Eigenlob, das er sich anläßlich seiner Berufung nach Barotseland gestattet hatte, kaum nach der schrecklichen Strafe, die er nun durchmachte. Da neigte er eher zu der Annahme, daß seine gegenwärtigen Leiden eine Vorbereitung auf Besseres in der Zukunft und eine Prüfung seiner Standfestigkeit im Glauben seien. Er tröstete sich bei dem Gedanken, daß es in der Welt sicherlich einige Leute gäbe, die in einer noch größeren Misere steckten, aber er konnte sich nicht vorstellen, wer sie wären oder was sie erduldeten.

»Ich werde meine Trübsal mit Freuden tragen, und meine Seele wird sich daran aufrichten«, sagte er selbstgefällig und überließ sich frommer Andacht.

Kommandant van Heerden war zu ganz anderen Schlußfolgerungen gelangt. Er hatte in den vergangenen vierundzwanzig Stunden genug Trübsal erduldet, daß es ihm für sein Leben reichte. Er wußte jetzt, daß es drei Dinge gab, die er nie wiedersehen wollte: Gumminachthemden, Sergeant de Haen und Jacaranda House. Alle drei hatten jeglichen Reiz, den sie einst in seinen Augen besessen hatten, eingebüßt, und im Falle der ersten beiden war der vorher schon Null gewesen.

Was Jacaranda House betraf, so mußte er zugeben, daß er das Anwesen einst sehr gemocht hatte, aber ihm wurde jetzt klar, daß seine Gefühle nicht erwidert wurden. Das Haus behielt sich seine Gunst offenbar für Leute von untadeligem gesellschaftlichem Rang und britischer Abkunft vor. Für geringere Sterbliche hielt es nur Schrecken bereit. Hierbei setzte er in der Reihenfolge von oben nach unten erst sich ein, gefolgt von Els, dem Dobermann, Fünfpenny und dem Geier. Er selbst war aufgeknüpft, geängstigt und mit dem Tode bedroht worden. Els war bei zwei getrennten Gelegenheiten äußerst brutal überfallen worden. Der Dobermann war totgebissen worden. Fünfpenny lag über den ganzen Garten verstreut, und der Geier über den ganzen Sergeant de Haen. Kurz, diese Demütigungen standen in zu enger Beziehung zur Rangstufe der

Empfänger, als daß es irgendeinen Zweifel geben konnte, daß der snobistische Ruf, dessen sich die Hazelstones erfreuten, nicht seinen Grund in den Tatsachen hätte. Im großen und ganzen, dachte er, war Els ziemlich leicht davongekommen, wenn man sich seine Herkunft und seine gesellschaftliche Stellung vor Augen führte.

Auf der anderen Seite hatte er Grund zu der Annahme, daß Els seinen Teil am Pech noch vor sich habe. Sicher, er hatte zweimal dazu beigetragen, das Leben des Kommandanten zu retten. Kommandant van Heerden mußte zugeben, daß Wachtmeister Elsens Dazwischenfunken auf dem Treppenabsatz ihm Zeit gegeben hatte, aus dem Fenster zu springen, und als er da erst mal hing, war es Els gewesen, der Sergeant de Haen davon abgehalten hatte, seine Dienstpflichten überzuerfüllen. Aber dann gab es da auch wieder diese kleine Sache mit dem Gemetzel am Haupttor. Sie enthielt zu viele Els'sche Merkmale, als daß sie ganz und gar ignoriert werden durften. Els würde ihm ein paar Erklärungen zu geben haben.

Als Kommandant van Heerden sich im Arbeitszimmer anzog, beobachtete er Els vorsichtig von der Seite. Der Wachtmeister tupfte sich ein Wundmittel auf die Nase und spielte mit dem Briefbeschwerer. Als der Kommandant die Hose anhatte, war er zu einigen endgültigen Schlüssen gekommen. Miss Hazelstone hatte ihren Kopf durchgesetzt, und der Kommandant war überzeugt, daß sie höchstwahrscheinlich Fünfpenny getötet hatte. Unglücklicherweise konnte sie, das war ihm klar, nicht auch noch die Polizisten am Haupttor niedergemetzelt haben. Jemand anderer war dafür verantwortlich, und obwohl alle Beweise auf Jonathan Hazelstone deuteten, hatte der Kommandant ihn, kurz bevor die Schießerei begann, auf dem Bett liegen und schlafen sehen. Daraus folgte, wenn Jonathan unschuldig wäre, dann wäre Els der Schuldige. Von dieser Schlußfolgerung zur Frage, wer die Verantwortung zu tragen habe, war es nur ein Schritt. Wer, so würde man fragen, hatte einem gewalttätigen Irren wie Els erlaubt, sich in den Besitz einer mehrläufigen Elefantenbüchse zu bringen, und wer hatte ihm die Erlaubnis gegeben, sie zu benutzen?

Der Kommandant wog, was er Wachtmeister Els im einzelnen schuldig war, und die fürchterlichen Aussichten seiner Karriere gegeneinander ab und kam zu einer schnellen Entscheidung.

»Els«, sagte er ruhig und nahm hinter dem Schreibtisch Platz, »bitte denken Sie gründlich nach, ehe Sie meine nächste Frage beantworten. Und zwar sehr gründlich.«

Wachtmeister Els blickte nervös auf. Den Ton in der Stimme des Kommandanten mochte er nicht.

»Wie spät war es, als Sie gestern nachmittag Ihren Posten am Haupttor verließen?« fuhr der Kommandant fort.

»Ich habe meinen Posten nicht verlassen, Sir«, sagte Els.

Den Kommandanten schauderte. Das war schlimmer als erwartet. Der Idiot war drauf und dran zu behaupten, er sei den ganzen Nachmittag dort geblieben.

»Ich glaube, Sie haben Ihren Posten verlassen, Els«, sagte er. »Tatsächlich weiß ich, daß Sie das getan haben. Und zwar um halb vier, um genau zu sein.«

»Nein, Sir«, sagte Els, »ich wurde abgelöst.«

»Abgelöst?«

»Ja, Sir, von einem langen, schwarzhaarigen Wachtmeister, der seinen Revolver auf dem Revier vergessen hatte.«

»Von einem langen, schwarzhaarigen Wachtmeister, der seinen Revolver auf dem Revier vergessen hatte?« wiederholte der Kommandant langsam und fragte sich, wo die Falle steckte.

»Das stimmt. Das hat er mir jedenfalls erzählt, Sir. Daß er seinen Revolver auf dem Revier vergessen hätte. Er bat mich, ihm meinen zu leihen.«

»Er bat Sie, ihm Ihren zu leihen?«

»Ja, Sir.«

Kommandant van Heerden grübelte über diese Behauptung nach, ehe er weiterfragte. Er mußte zugeben, daß sie sich sehr brauchbar anhörte.

»Würden Sie diesen langen, schwarzhaarigen Wachtmeister wiedererkennen, wenn Sie ihn sähen?« fragte er.

»O ja, Sir«, sagte Els. »Er sitzt unten im Keller.«

»Sitzt unten im Keller. Soso.« Kommandant van Heerden blickte aus dem Fenster und überlegte. Draußen patrouillierte Sergeant de Haen auf einem Parkweg hin und her. Und wie er so auf den Sergeant blickte, dachte der Kommandant, schließlich und endlich könne er vielleicht doch noch eine Verwendung für ihn haben. Er ging ans Fenster und rief.

»Sergeant de Haen«, befahl er, »reinkommen. Marsch, Marsch.«

Einen Augenblick später stand der Sergeant vor dem Schreibtisch des Richters und bereute, daß er den Kommandanten jemals für einen Transvestiten gehalten hatte.

»Wie viele Male habe ich Ihnen gesagt, Sergeant«, sagte der Kommandant streng, »daß ich es nicht dulde, daß meine Männer in schlampigen Uniformen rumlaufen. Gerade auch von Ihnen wird ein Beispiel erwartet. Nun sehen Sie sich Ihre Uniform an, Mann. Das ist ja widerlich. Sie sind eine Schande für die südafrikanische Polizei.«

»Habe mich in Ausübung der Pflicht beschmutzt«, sagte der Sergeant. »Flatternder Geier starb auf mir.«

»Gleich und gleich, Sergeant de Haen, gesellt sich gern«, sagte der Kommandant.

»Sehr komisch, ganz bestimmt, Sir«, sagte der Sergeant unfreundlich.

»Hm«, sagte der Kommandant. »Schön, was mich betrifft, ich finde es unentschuldbar.«

»Ich hatte mir nicht ausgesucht, dort zu stehen.«

»Keine Ausflüchte. Ich hatte mir auch nicht ausgesucht, dort zu sein, wo ich gerade war, aber ich habe Ihrerseits keine Rücksicht auf meine Lage bemerkt, also brauchen Sie auch meinerseits keine zu erwarten. Ziehen Sie sofort diese dreckige Uniform aus. Wachtmeister Els, holen Sie den Gefangenen.«

Während sich der Sergeant auszog, las ihm der Kommandant weiter die Leviten, und als er sich schließlich aus der Uniform gepellt hatte, hatte er eine Menge Dinge über sich erfahren, über die er lieber unaufgeklärt geblieben wäre.

»Und was soll ich Ihrer Meinung nach auf der Fahrt in die Kaserne tragen?« fragte er.

Kommandant van Heerden schob ihm das Gumminachthemd rüber. »Versuchen Sie, ob Ihnen das paßt«, fauchte er.

»Sie erwarten doch nicht etwa, daß ich in diesem Ding hier in die Stadt runterfahre?« fragte de Haen ungläubig. Der Kommandant nickte.

»Was gut ist für das Huhn ...«, sagte er süffisant.

»Ich laß mich nicht zur Spottfigur der Kaserne machen«, beharrte der Sergeant.

»Niemand wird wissen, wer Sie sind. Denn Sie werden auch das tragen«, und der Kommandant reichte ihm die Haube.

Sergeant de Haen zögerte entmutigt. »Ich weiß nicht ...«, sagte er.

»Aber ich weiß es, verdammt noch mal«, schrie der Kommandant. »Steigen Sie in diese Sachen. Das ist ein Befehl«, und während der Sergeant seine Wut runterschluckte, sich in die widerlichen Gewänder zwängte und sich fragte, wie er den Auftritt seiner Frau erklären solle, fuhr der Kommandant fort: »Sie sind jetzt inkognito, Sergeant, und vorausgesetzt, Sie halten Ihre Klappe, dann bleiben Sie es auch.«

»Das werde ich weiß Gott bestimmt nicht«, sagte der Sergeant. »Ich bin aus diesen Scheiß Sachen so schnell wieder draußen wie möglich. Ich weiß nicht, wie Sie verdammt noch mal erwarten, daß ich Disziplin bewahre, wenn Sie mich so verflucht lächerlich machen.«

»Unsinn«, sagte der Kommandant. »Diese Haube ist eine perfekte Maske. Sie sollten das doch wissen. Und noch etwas: Sie halten den Mund über das, was Sie gesehen haben, und ich halte meinen über Sie. In Ordnung?«

»So wird's wohl sein müssen.«

In den nächsten fünf Minuten erfuhr Sergeant de Haen, daß

er nie so was wie einen Geier gesehen und Jacaranda Park nicht besucht habe. Er war, so schien es, zu einem Sonderurlaub verreist, um seine kranke Mutter zu besuchen. Daß seine Mutter schon vor zehn Jahren gestorben war, schien keiner Erwähnung wert. Wohl wissend, daß er für den Rest seines Lebens als Gummi-Haenchen bekannt sein würde, wenn er nicht machte, was man ihm sagte, hatte der Sergeant obendrein das Gefühl, daß er sich nicht in der Situation befand, in der er mit dem Kommandanten streiten dürfe.

Der Bischof von Barotseland war zu einem ganz ähnlichen Schluß gelangt. Die ganze Sache sei ein Versehen, und die Polizei werde bald ihren Irrtum entdecken, sagte er sich, als Wachtmeister Els ihn nach oben in das Arbeitszimmer brachte. Erfreut stellte er fest, daß sich der Kommandant in viel freundlicherer Verfassung befand als früher an diesem Tag.

»Sie können ihm die Handschellen abnehmen, Els«, sagte der Kommandant. »Tja, also«, fuhr er fort, als das geschehen war, »wir wollen nur ein kleines Experiment machen. Es geht um diese Uniform.« Er hielt Sergeant de Haens blutbekleckerte Sachen in die Höhe. »Wir haben Grund zu der Annahme, daß der Mann, der für die gestrigen Morde verantwortlich ist, diese Uniform trug. Ich möchte nur, daß Sie sie eben mal anprobieren. Wenn sie Ihnen nicht paßt, und ich glaube nicht eine Sekunde lang, daß sie das tut, steht es Ihnen frei, das Zimmer zu verlassen.«

Zweifelnd besah sich der Bischof die Uniform. Sie war ohne Frage mehrere Nummern zu klein für ihn.

»Da komm ich wohl nicht rein«, sagte er.

»Na, ziehen Sie sie einfach mal an, und dann sehen wir weiter«, sagte der Kommandant aufmunternd, und der Bischof kletterte in die Uniform. In der Ecke stand eine grimmige Gestalt in Nachthemd und Haube und lächelte still in sich hinein. Sergeant de Haen dämmerte es langsam.

Endlich war der Bischof soweit, seine Unschuld zu beweisen.

Die Hose war an die dreißig Zentimeter zu kurz, der Hosenschlitz ließ sich nicht schließen, und die Ärmel der Uniformjacke bedeckten eben seine Ellbogen. Es war deutlich zu sehen, daß er die Uniform niemals getragen hatte. Er konnte sich in dem Ding kaum bewegen.

Frohgestimmt drehte er sich zu dem Kommandanten um. »Da haben Sie's«, sagte er, »ich habe Ihnen ja gesagt, sie würde nicht passen.«

Kommandant van Heerden setzte ihm die Mütze des Sergeanten auf den Kopf, von wo sie jeden Augenblick wieder runterrutschen konnte. Dann trat er zurück und betrachtete ihn anerkennend.

»Nur noch eins«, sagte er. »Wir müssen eine kleine Gegenüberstellung machen.«

Fünf Minuten später stand der Bischof mit zwanzig Polizeibeamten in einer Reihe nebeneinander, und Wachtmeister Els spazierte langsam daran entlang. Um der Wahrscheinlichkeit willen richtete Els es so ein, daß er vor mehreren anderen Männern zögerte, ehe er endgültig vor dem Bischof stehenblieb.

»Das ist der Mann, der mich abgelöst hat, Sir«, sagte er mit Nachdruck. »Den würde ich überall wiedererkennen. Ich vergesse nie ein Gesicht.«

»Sind Sie sich da auch ganz sicher?« fragte der Kommandant.

»Absolut, Sir«, sagte Els.

»Genau, wie ich's mir gedacht habe«, sagte der Kommandant. »Legen Sie dem Dreckskerl Handschellen an.«

Bevor er wußte, was ihm geschah, wurde der Bischof wieder gefesselt und in den Fond eines Polizeiwagens verfrachtet. Neben ihm saß, maskiert und erhitzt, die grimmige Gestalt aus dem Arbeitszimmer.

»Das ist eine Lüge. Das ist ein Versehen«, schrie der Bischof, als sich der Wagen langsam in Bewegung setzte. »Man hat mich reingelegt.«

»Das kann man wohl sagen«, murmelte die Gestalt mit der Haube. Der Bischof sah ihn an. »Wer sind Sie?« fragte er.

»Der Henker«, sagte der maskierte Mann und kicherte. Im Fond des Polizeiwagens schwanden dem Bischof die Sinne.

Auf der Vordertreppe von Jacaranda House erteilte Kommandant van Heerden seine Befehle. Sie waren völlig eindeutig. Suchen Sie Miss Hazelstone, verhaften und bringen Sie sie ins Irrenhaus Fort Rapier. Machen Sie jede tödliche Waffe in Jacaranda House ausfindig und schaffen Sie sie zum Polizeiarsenal. Spüren Sie jedes Stückchen Gummi auf, auch Badematten und Regenmäntel, und bringen Sie sie ins Polizeirevier in Piemburg. Kurz, tragen Sie alle Beweisstücke zusammen, und dann nix wie weg! Nein, die Beulenpest- und Tollwutschilder könnten stehenbleiben. Sie seien sehr brauchbar und deuteten die Gefahren, die Jacaranda Park für Besucher bereithalte, gewissermaßen zurückhaltend an. Von nun an werde Kommandant van Heerden den Fall von einer sicheren Einsatzbasis aus leiten. Sein Hauptquartier befände sich direkt im Piemburger Gefängnis, aus dem Jonathan Hazelstone nicht rauskäme und, wichtiger noch, in das seine Schwester nicht reinkäme. Und schafft mir diese verdammte Injektionsspritze aus den Augen. Er hatte genug Spritzen gesehen, daß es ihm für sein ganzes Leben reichte.

Als die Leute verschwanden, um seine Befehle auszuführen, rief der Kommandant Wachtmeister Els zurück.

»Sehr gut, Els«, sagte er mild, »nur ein einziger kleiner Fehler ist Ihnen unterlaufen.«

»Ein Fehler? Was denn für einer?«

Der Kommandant lächelte. »Es war kein Wachtmeister, der Sie am Haupttor abgelöst hat, es war ein Sergeant.«

»Ja, natürlich, so war's. Jetzt besinne ich mich. Ein Sergeant.«

13

Das Piemburger Gefängnis liegt am Rand der Stadt. Es ist alt und sieht von außen durchaus nicht reizlos aus. Ein Hauch verblichener Macht weht um seine stuckverzierten Mauern. Über dem gewaltigen Eisentor stehen die Worte »Kerker und Gefängnis Piemburg«, und das Tor selbst ist in heiterem Schwarz gestrichen. Auf jeder Seite unterbrechen die Gitterfenster des Verwaltungstrakts die Eintönigkeit der Mauern, deren Zinnen gefällig von schmiedeeisernen Kakteen bekrönt sind, die dem ganzen Gebäude einen leichten Zug ins Gartenbauliche verleihen. Der Besucher in Piemburg, der an dem großen rechteckigen Steinbau vorbeigeht, könnte sich sehr wohl vorstellen, in der Nähe eines riesigen Gemüsegartens zu sein, wären da nicht die Schreie, die oft und anhaltend über die ornamentale Eisenkonstruktion herüberdringen und die Vermutung nahelegen, daß etwas Gefräßigeres als eine *Dionae muscipula* sich über einem Opfer geschlossen hat.

Drinnen ist der Eindruck weniger irreführend. Als das Gefängnis 1897 von Sir Theophilus eröffnet wurde, gratulierte der Vizekönig in seiner Rede zur Enthüllung des Auspeitschplatzes dem Architekten dazu, »in diesem Gebäude ein Gefühl der Sicherheit zum Ausdruck gebracht zu haben, wie es in der heutigen Welt schwer zu finden ist«, eine Feststellung, die, da sie von einem Manne kam, in dem ein Gefühl der Unsicherheit so offenkundig zutage trat, für sich selbst sprach. Sir Theophilus' Begeisterung wurde von den meisten Leuten, die das Piemburger Gefängnis betraten, nicht geteilt. In ganz Südafrika wegen der

Strenge seines Vorstehers, Direktor Schnapps, berüchtigt, besaß es den Ruf, ausbruchssicher zu sein und die wenigsten Rückfälle zu haben.

Wenn das Gefängnis schon ausbruchssicher war, dann war es der Hochsicherheitstrakt erst recht. Dieser Trakt war gleich neben der Hinrichtungsbaracke errichtet worden, die den passenden Spitznamen »Kopf« trug, duckte sich halb unter die Erde und war unter dem Namen »Hintern« bekannt.

Der Bischof fand an dem Namen nichts auszusetzen. »Das merke ich, daß man mir an den Hintern will«, sagte er zu dem Wärter, der ihn in seine winzige Zelle stieß. »Das muß man mir nicht erst sagen.«

»Ich könnte Ihnen noch ein paar andere Dinge erzählen«, sagte der Gefängniswärter durch das Türgitter.

»Das bezweifle ich nicht«, sagte der Bischof rasch. Sein Erlebnis mit dem Maskierten in dem Polizeiwagen hatte ihn gelehrt, keine unnötigen Fragen zu stellen.

»Ich habe diese Zelle immer für Mörder reserviert«, fuhr der Wärter fort. »Sie liegt hübsch nahe zu der Tür, nicht wahr?«

»Ich hätte gedacht, das wäre ein Nachteil bei Gefangenen, die so triftige Gründe haben zu fliehen«, sagte der Bischof, der sich mit dem Gedanken abfand, ein obligater Zuhörer sein zu müssen.

»O nein. Sie sind nicht entkommen. Von hier aus war's halt leicht, sie rüber zum ›Kopf‹ zu schaffen. Wir scheuchten sie den Gang entlang und die Treppe rauf, und weg waren sie, ehe sie's wußten.«

Der Bischof war erleichtert, als er das hörte. »Es freut mich, daß Sie eine so starke Betonung auf die Vergangenheit legen«, sagte er. »Ich schließe daraus, daß schon einige Zeit niemand mehr gehenkt worden ist.«

»Schon zwanzig Jahre nicht mehr. Das heißt, hier in Piemburg. Heute hängen sie sie alle in Pretoria. Den einzigen Spaß im Leben haben sie einem genommen.«

Der Bischof sann gerade über die Trostlosigkeit eines Lebens nach, in dem das Hängen ein Spaß war, als der Wärter fortfuhr: »Wohlgemerkt, in Ihrem Fall ist das ja anders. Sie sind ein Hazelstone und haben gewisse Vorrechte«, sagte der Wärter neidisch.

Einmal in seinem Leben war der Bischof dankbar dafür, ein Hazelstone zu sein. »Inwiefern denn?« fragte er hoffnungsvoll.

»Sie haben das Recht, in Piemburg gehenkt zu werden. Das hat irgendwas mit Ihrem Großvater zu tun. Weiß nicht, was, aber ich kuck mal, ob ich das für Sie rauskriege«, und damit ging er den Korridor hinunter, und der Bischof saß da und verfluchte sich, weil er schon wieder eine törichte Frage gestellt hatte. Als er in seiner Zelle hin und her stiefelte, hörte er draußen Fahrzeuge ankommen, und als er durch das winzige Gitterfenster nach draußen spähte, sah er, daß der Kommandant eingetroffen war.

Der Kommandant war zur Vorsicht in einem Schützenpanzer von Jacaranda House heruntergekommen und war eifrig dabei, Direktor Schnapps zu erklären, daß er sein Büro übernähme.

»Das können Sie nicht«, protestierte der Direktor.

»Das kann und werde ich«, sagte der Kommandant. »Habe Ausnahmebefugnisse. Also dann, wenn Sie so reizend wären, mir zu zeigen, wo Ihr Büro ist, lasse ich mein Feldbett reinschaffen, und wir können uns an die Arbeit machen.«

Und während der Direktor einen Beschwerdebrief nach Pretoria schrieb, richtete sich der Kommandant in Schnappsens Büro ein und ließ Wachtmeister Els kommen.

»Wo ist Luitenant Verkramp?« fragte er. »Das möchte ich wirklich mal wissen.«

Ausnahmsweise war Wachtmeister Els einmal besser informiert. »Er liegt im Krankenhaus«, sagte er. »Wurde oben am Haupttor verwundet.«

»Der Kerl hat ihn wohl getroffen, oder? Er verdient einen Orden.«

Els staunte. Was er von Luitenant Verkramps Mut mitgekriegt hatte, schien ihm keinen Orden zu verdienen.

»Wer? Verkramp?« fragte er.

»Nein, natürlich nicht. Der Kerl, der auf ihn geschossen hat.«

»Er hat keine Kugel abgekriegt«, sagte Els. »Stürzte sich in einen Graben.«

»Typisch«, sagte der Kommandant. »Na egal, ich möchte, daß Sie hinfahren und ihn aus dem Krankenhaus holen. Sagen Sie ihm, er muß den Gefangenen verhören. Ich will ein volles Geständnis, und zwar schnell.«

Wachtmeister Els zögerte. Es lag ihm nicht viel daran, seine Bekanntschaft mit dem Luitenant zu erneuern.

»Er wird von mir keine Befehle annehmen«, sagte er. »Außerdem hat er sich vielleicht ernsthaft verletzt, als er in den Graben fiel.«

»Ich wollte, ich hätte Ihren Optimismus, Els«, sagte der Kommandant, »aber das bezweifle ich. Der Schweinehund simuliert doch bloß.«

»Warum ihn nicht dort lassen, wo er ist? Es macht mir nichts aus, aus dem Gefangenen ein Geständnis rauszuholen.«

Der Kommandant schüttelte den Kopf. Der Fall war zu wichtig, als daß man ihn sich von Els mit seinen gräßlichen Methoden verhunzen lassen durfte.

»Sehr freundlich von Ihnen, sich anzubieten«, sagte er, »aber ich denke, wir überlassen den Fall Luitenant Verkramp.«

»Das wirst du noch bedauern«, dachte Els, als er losfuhr, um Verkramp aus dem Krankenhaus zu holen.

Er traf den Luitenant an, als der gerade auf dem Bauch liegend Nahrung durch einen Strohhalm aufnahm. Verkramps Rücken, so schien es, machte es ihm unmöglich, in irgendeiner anderen Lage zu essen.

»Na?« fragte er mürrisch, als Wachtmeister Els sich bei ihm melden ließ. »Was wollen Sie?«

»Wollte bloß mal sehen, wie's Ihnen geht«, sagte Els taktvoll.

»Das sehen Sie ja, wie's mir geht«, antwortete Verkramp und betrachtete mißbilligend Elsens dreckige Stiefel. »Ich bin schwer verwundet.«

»Das merke ich«, sagte Els, dankbar, daß der Luitenant sein Gesicht nicht sehen konnte. Jetzt bereute er, in den Graben hinuntergesehen zu haben. »Hat Sie am Rücken erwischt, was?«

»Ging von hinten auf mich los«, sagte der Luitenant, der die Unterstellung nicht mochte, daß er wohl gerade versucht habe, Reißaus zu nehmen.

»Übel. Sehr übel. Na, da werden Sie ja mit Freuden hören, daß wir den Scheißkerl haben. Der Kommandant will, daß Sie mit seinem Verhör sofort beginnen.«

Verkramp erstickte fast an seinem Strohhalm. »Was will er?« schrie er die Stiefel des Wachtmeisters an.

»Er sagt, Sie sollen sofort kommen.«

»Also, sagen kann er, was er will, aber ich rühr mich nicht vom Fleck. Außerdem«, setzte er hinzu, »würden mich die Ärzte gar nicht lassen.«

»Hätten Sie was dagegen, es ihm selber zu sagen?« fragte Els. »Er wird es mir nicht glauben.«

Schließlich wurde dem Luitenant ein Telefon ans Bett gebracht, und der Kommandant hatte ein Wörtchen mit ihm zu reden. Es war vielleicht etwas mehr als bloß ein Wörtchen, und Luitenant Verkramp war schließlich überzeugt, daß er sich zum Dienst zurückzumelden habe. Angesicht der Drohung, wegen Feigheit, wegen Fahnenflucht im Angesicht des Feindes und wegen Unfähigkeit, weil er es zugelassen habe, daß einundzwanzig Polizeibeamte unter seinem Kommando über die Klinge springen mußten, vor ein Kriegsgericht gestellt zu werden, konnte er wohl kaum viel unternehmen, um im Krankenhaus zu bleiben. Verkramp war sehr schlecht gelaunt und alles in allem nicht ganz klar im Kopf, als er im Gefängnis eintraf, um Jonathan Hazelstone zu vernehmen.

Er war wohl kaum schlechter gelaunt als Kommandant van Heerden. Nach einem kurzen Anfall von Optimismus darüber, daß der Fall nun so gut wie abgeschlossen sei, da der Gefangene im »Hintern« saß, war der Kommandant einem Zustand äußersten Pessimismus erlegen, als er erfuhr, daß Miss Hazelstone noch immer auf freiem Fuße sei. Seit sie Jacaranda Park verlassen hatte, war sie nicht mehr gesehen worden. Den Polizei-Landrover hatte man verlassen aufgefunden, aber von Miss Hazelstone gab es keine Spur, und wenn der Kommandant auch ziemlich sicher war, daß sie nicht ins Gefängnis einbrechen werde, um ihre Bekanntschaft zu erneuern, so hatte er doch keinen Zweifel, daß das, was sie draußen vielleicht anstellte, ebenso geeignet wäre, seine Zukunft zu gefährden.

Vor allen Dingen konnte er es sich nicht leisten, sie in der Gegend rumlaufen und Hinz und Kunz erzählen zu lassen, daß sie ihn in einem rosa Gumminachthemd auf ein Bett gebunden habe und er nicht Manns genug gewesen sei, sich eine Spritze geben zu lassen. Er tröstete sich gerade mit dem Gedanken, daß Miss Hazelstones Freundeskreis ja doch ziemlich exklusiv sei, als er sich erinnerte, daß die Familie Hazelstone neben anderen Aktiva wie Goldminen auch die Piemburger Zeitung besaß, deren Chefredakteur der Polizei nie viel Achtung bewiesen hatte. Kommandant van Heerden hatte nicht die geringste Lust, als Stoff für den *Natal Chronicle* zu dienen, und der Gedanke an Schlagzeilen wie: »Das winzige Piekerchen. Kommandant in Gumminachthemd sagt nein zur Nadel« ließ sein Blut erstarren.

Er gab Anweisungen, auf allen Straßen, die aus Piemburg hinausführten, Straßensperren zu errichten und die Häuser aller Freunde Miss Hazelstones zu durchsuchen. Jedes Hotel und jede Pension in der Stadt seien zu überprüfen, und Zivilbeamte hätten sich in den Geschäften unter die Leute zu mischen. Schließlich gab der Kommandant den Befehl, Plakate anzuschlagen, auf denen für Hinweise, die zur Verhaftung von Miss Hazelstone führten, eine hohe Belohnung ausgesetzt wurde, um jedoch Vorkehrungen dagegen zu treffen, daß Miss Hazelstones Geständnisse etwa die Öffentlichkeit erreichten, nahm er all seinen Mut zusammen und verließ den Schutz des Gefängnisses, um dem Chefredakteur des *Natal Chronicle* persönlich einen Besuch zu machen.

»Ich handle unter Ausnahmerecht«, sagte er dem Mann, »und ich ordne hiermit an, nichts zu veröffentlichen, was Miss Hazelstone für Sie schreiben sollte. Im Gegenteil, sollten Sie von ihr einen Artikel bekommen, dann haben Sie ihn ungelesen an mich weiterzuleiten«, und der Chefredakteur war davongeeilt, um Miss Hazelstones Beitrag für die Frauenseite der nächsten Nummer mit dem Titel: »Wie verwandelt man einen Zulu-Kral in ein Landhäuschen« zu streichen. Er las ihn durch, um zu sehen, ob er irgend etwas Subversives enthalte, aber außer der Empfehlung, für lose Kissenbezüge Lastex zu verwenden, konnte er nichts Ungewöhnliches darin entdecken. Und sowieso hatte er alle Hände voll zu tun, um herauszufinden, wie viele Opfer Beulenpest und Tollwut schon gefordert hatten, von denen die Gemeinde offenbar befallen war. Nach allem, was er hatte feststellen können, waren die einzigen, die Symptome von Tollwut zeigten, die Leute von der Piemburger Polizei.

Die ganze Nacht und den folgenden Tag ging die Suche nach Miss Hazelstone weiter. Hunderte von Kriminalbeamten durchstreiften die Stadt oder hingen unentschlossen in Geschäften rum und machten den Ladendetektiven, die nach Ladendieben Ausschau hielten, das Leben schwer. Eine Reihe älterer Damen fand sich plötzlich in Handschellen wieder, woraufhin sie schleunigst in Polizeiwagen in die Nervenklinik Fort Rapier geschafft wurden, wo mehrere von ihnen mit Nervenzusammenbrüchen als Folge ihres Erlebnisses gleich dabehalten wurden.

Auf den Straßen, die aus Piemburg herausführten, warteten stundenlang Auto- und Lastwagenschlangen, während Polizisten sorgfältig jedes Fahrzeug durchsuchten. Besonders lästige Verzögerungen gab es auf der Straße nach Durban, wo die LKWs durchstöbert werden mußten, die die Fleischabfälle vom Schlachthof zur Fleischkonservenfabrik Jojo für Hunde- und Dienstbotennahrung transportierten. Da Kommandant van Heerden seinen Männern eingeschärft hatte, jeden Quadratzentimeter jedes einzelnen Fahrzeugs zu untersuchen, ganz egal, wie unwahrscheinlich es ihnen als Versteck erscheine, und da die Jojo-LKWs 25 Tonnen Schweinehirn, Ochsenkutteln und die ungenießbaren, doch zweifellos nahrhaften Innereien jedes nur denkbaren kranken Tieres geladen hatten, das sein Teil zu dem Motto »Mit Leber und Liebe« beitrug, mit dem die Firma Jojo Hunde und schwarze Dienstboten umwarb, hatten sich die Männer am Kontrollpunkt an der Straße nach Durban erheblich herumzumühen, um absolut sicherzustellen, daß Miss Hazelstone nicht in dem ekelhaften Kuddelmuddel versteckt war, das ihnen jedesmal entgegenlachte, wenn sie einen der Lastwagen anhielten. Die Insassen der Autos, die sich dahinter stauten, wunderten sich, wenn sie sahen, daß Polizisten, die lediglich mit Badehose, Maske und Schnorchel ausgerüstet waren, auf die Jojo-LKWs stiegen und in den halbflüssigen Fleischmassen verschwanden, die so gewaltig waren, daß es selbst dem toten und von niemandem betrauerten Geier den Appetit verschlagen hätte. Wenn die Polizisten dann schließlich von ihrer langen, ergebnislosen Suche wiederauftauchten, boten sie einen Anblick, der den Bürgern von Piemburg schwerlich das beruhigende Gefühl gab, die Polizei kümmere sich um ihre Interessen, und so mancher Autofahrer, der sich mit der Aussicht konfrontiert sah, so eingehend durchsucht zu werden, beschloß, die Reise lieber aufzugeben und friedlich nach Hause zu fahren. Denen aber, die blieben, wurden von halbnackten, blutverschmierten Polypen, die in ihre Autos geklettert kamen und unter den Sitzen und in den Handschuhfächern nach der unauffindbaren Miss Hazelstone herumstöberten, die Polster derart verdreckt, daß sie nie wieder zu reinigen waren.

In der Zwischenzeit wurden die Häuser von Miss Hazelstones Freunden mit gleicher Sorgfalt durchsucht, und eine ganze Reihe von Leuten, die sich einer Bekanntschaft rühmten, der sie sich nie erfreut hatten, kam zu dem Schluß, daß Miss Hazelstones Freundschaft einige unangenehme Folgen mit sich bringe, von denen die, im Verdacht zu stehen, einen gesuchten Verbrecher zu verstecken, nicht die geringste war.

Trotz all dieser drastischen Maßnahmen blieb Miss Hazelstone auf freiem Fuß und in fröhlicher Unkenntnis davon, daß sie der Gegenstand einer bis ins kleinste geplanten Menschenjagd war.

Nachdem sie den Polizei-Landrover durch die Tore von Jacaranda Park gesteuert hatte, war sie die Chaussee zur Stadt entlanggefahren, hatte den Wagen in der Hauptstraße abgestellt und war ins Polizeirevier gegangen, um sich freiwillig zu stellen.

»Ich bin Miss Hazelstone aus Jacaranda Park und möchte, daß Sie mich festnehmen«, sagte sie zu dem alten Wachtmeister, der am Schreibtisch Dienst tat und unter uns gesagt einer der postoperativen Fälle war, die auf Kommandant van Heerdens Geheiß zum Dienst zurückgekehrt waren. Obwohl ihm die Gallenblase und der untere Teil seines Darmes fehlten, hatte er dennoch seinen Witz nicht eingebüßt, und er war schon lange genug bei der Polizei, um an die spinnerten Kunden gewöhnt zu sein, die regelmäßig reinkamen, um falsche Geständnisse abzulegen. Er besah sich den alten Herrn in dem lachsrosa Anzug eine Minute lang von Kopf bis Fuß, ehe er antwortete.

»Na klar«, sagte er mit Mitgefühl, »Sie sind also Miss Hazelstone, stimmt's, Sir? Und weswegen möchten Sie verhaftet werden?«

»Ich habe meinen Koch ermordet.«

»Glücklich, wer einen zum Ermorden hat«, sagte der alte Wachtmeister. »Für mich kocht meine Alte, und wenn man nach dem Zustand meiner Innereien gehen kann oder nach dem, was davon übrig ist, dann hat sie jahrelang versucht, mich umzubringen, und es ist bloß den Wundern der modernen Chirurgie zu verdanken, daß sie verdammt noch mal keinen Erfolg gehabt hat. Wissen Sie was«, fuhr er vertraulich fort, »die Chirurgen haben vier Stunden gebraucht, um das ganze verfaulte Zeug wegzuschneiden, was da in mir drin war. Erst schnitten sie mir die Gallenblase raus und dann meinen . . .«

»Ich bin nicht hier, um mit Ihnen über Ihre Gesundheit zu reden«, bellte Miss Hazelstone. »Das ist für mich absolut nicht von Interesse.«

Wachtmeister Oosthuizen fand das gar nicht lustig. »Wenn Sie's so ansehen«, sagte er, »dann wird's wohl so sein. Und jetzt verschwinden Sie.«

Miss Hazelstone hatte nicht die Absicht, sich so leicht abfertigen zu lassen. »Ich bin hier, um wegen Mordes verhaftet zu werden«, beharrte sie.

Wachtmeister Oosthuizen sah von dem Medizinischen Ratgeber hoch, in dem er gerade gelesen hatte. »Sehen Sie mal«, sagte er, »Sie haben mir gerade erzählt, Sie sind an meinem Gesundheitszustand nicht interessiert. Na schön, da bin ich auch nicht an Ihrem Scheiß Geisteszustand interessiert. Also, hauen Sie ab.«

»Soll das heißen, Sie weigern sich, mich zu verhaften?«

Wachtmeister Oosthuizen seufzte. »Ich werde Sie wegen Rumtreiberei verhaften, wenn Sie nicht schnellstens machen, daß Sie wegkommen«, sagte er.

»Gut, deswegen bin ich hier«, sagte Miss Hazelstone und setzte sich auf eine Bank an der Wand.

»Sie gehen mir ganz verflucht auf den Wecker, das kann ich Ihnen sagen. Okay, kommen Sie mit runter zu den Zellen«, sagte er, ging ihr in den Keller voran und sperrte sie ein. »Rufen Sie mich, wenn Sie wieder rauswollen«, sagte er und ging nach oben, um sich weiter über Erkrankungen des Darmtrakts zu bilden. Als er mit seinem Dienst fertig war, war er dermaßen in seine Krankheiten vertieft, daß er dem Wachtmeister, der ihn ablöste, mitzuteilen vergaß, daß sie in der Zelle sitze, und dort saß sie immer noch still und friedlich in ihrem Gummianzug, als er am nächsten Morgen wieder zum Dienst erschien.

Erst gegen Mittag besann er sich, daß der alte Knabe ja noch immer da unten in der Zelle sei, und ging hinunter, um ihn rauszulassen.

»Na, ham Se genug?« fragte er, als er die Tür aufschloß.

»Sind Sie gekommen, um mich zu verhören?« erkundigte sich Miss Hazelstone hoffnungsvoll. Sie hatte sich die ganze Zeit auf den dritten Grad gefreut.

»Ich bin nicht gekommen, um Ihnen Frühstück zu bringen, falls Sie das angenommen haben sollten.«

»Schön«, sagte Miss Hazelstone. »Dann wollen wir gleich weitermachen.«

Wachtmeister Oosthuizen sah sie verblüfft an. »Sie sind ein komischer alter Vogel«, sagte er. »Senil, wenn Sie mich fragen.«

»Und was werden Sie jetzt tun?«

»Sie rausschmeißen«, sagte der Wachtmeister. »Ich laß mir doch nicht das ganze Revier von Ihnen durcheinanderbringen.«

»Ich bin Miss Hazelstone aus Jacaranda Park und werde wegen Mordes gesucht. Es ist Ihre Pflicht, mich zu verhaften.«

»Und ich bin die Königin von England«, sagte Wachtmeister Oosthuizen. »Los, raus hier, ehe Sie mich zur Weißglut bringen.«

»Ich sage Ihnen doch, ich werde wegen Mordes gesucht«, insistierte Miss Hazelstone.

»Sie werden bestimmt nicht gesucht, auch aus anderen Gründen nicht«, sagte der Wachtmeister, griff wieder zu seinem Medizinischen Ratgeber und vertiefte sich in das Kapitel »Gynäkomastie«.

Miss Hazelstone versuchte, ihn endlich zur Vernunft zu bringen. »Was muß ich tun, damit ich verhaftet werde, wenn Sie mich nicht wegen Mordes verhaften wollen?« fragte sie.

»Versuchen Sie vielleicht zunächst mal, mit'm Nigger zu vögeln«, schlug der Wachtmeister vor. »Normalerweise wirkt das Wunder.«

»Aber genau das habe ich ja die letzten acht Jahre getan«, sagte Miss Hazelstone.

»Sehn Se zu, daß Se Land gewinnen. Ich glaube nicht, daß Sie die Knete dazu haben«, war alles an Antwort, was sie bekam, und mit der abschließenden Bemerkung, sie sehe aus, als habe sie Gynäkomastie, was, wie Wachtmeister Oosthuizen gerade gelernt hatte, eine ungewöhnliche Entwicklung der Brüste beim Mann war, wandte er sich wieder seinem Buch zu.

»Wenn Sie mich nicht verhaften wollen, verlange ich, daß Sie mich nach Hause fahren«, sagte Miss Hazelstone.

Wachtmeister Oosthuizen wußte, wann er einzulenken hatte. »Wo wohnen Sie?« fragte er.

»Jacaranda Park, natürlich«, sagte Miss Hazelstone.

»Klar, das hätte ich wissen müssen«, sagte der Wachtmeister und brachte sie, froh, sie endlich loszuwerden, hinaus auf den Hof des Polizeireviers. »Fahren Sie den alten Herrn rauf nach Jacaranda Park«, sagte er zu dem Fahrer des Polizeiwagens, der gerade hinausfahren wollte, und so wurde Miss Hazelstone mit der Schnelligkeit und Ehrerbietung, die sie gewohnt war, zum Tor von Jacaranda Park gebracht und dort abgesetzt. Aus naheliegenden Gründen wurde der Wagen an den Polizeikontrollen nicht angehalten.

14

Als Luitenant Verkramp aus dem Krankenhaus eintraf, um mit dem Verhör des Gefangenen zu beginnen, wartete Kommandant van Heerden bereits auf ihn. Verkramp humpelte in das Direktionsbüro, um sich zum Dienst zu melden.

»Ich bin ein kranker Mann«, sagte er verdrießlich. »Die Ärzte wollten nicht, daß ich das Krankenhaus verlasse.«

»Ganz recht, Luitenant«, sagte der Kommandant aufgeräumt, »ganz recht. Aber jetzt, wo Sie schon mal hier sind, wollen wir keine Zeit verlieren. Ich brauche Ihre Hilfe.«

»Worum geht's denn diesmal?« fragte Verkramp. Immer brauchte Kommandant van Heerden seine Hilfe, aber es war das erste Mal, solange er ihn kannte, daß er das offen zugab.

»Ich habe hier die Akte der Familie Hazelstone«, sagte der Kommandant. »Sie enthält auch die Sicherheitsberichte, die Sie an BOSS geschickt haben. Ich habe sie durchgelesen, und ich muß sagen, Luitenant, Sie haben mehr Weitsicht bewiesen, als ich Ihnen zugetraut hätte.«

Luitenant Verkramp lächelte. Noch nie hatte der Kommandant so mit Schmeicheleien um sich geworfen.

»Sie schreiben hier«, fuhr der Kommandant fort und tippte auf den Bericht, »daß die Hazelstones für ihre linksradikalen und kommunistischen Neigungen bekannt sind. Ich wüßte gerne, wie Sie darauf gekommen sind.«

»Jedermann weiß, daß das Marxisten sind«, sagte Verkramp.

»Ich nicht«, sagte der Kommandant, »und ich würde gerne wissen, wieso Sie das wissen.«

»Also, zum Beispiel ist Miss Hazelstones Neffe an der Universität.«

»Macht aus ihm noch keinen Kommy.«

»Er glaubt an die Evolution.«

»Hm«, sagte der Kommandant unschlüssig. Er wußte, das war eine subversive Lehre, aber da er Els kannte, erschien sie ihm unwiderlegbar.

»Was noch?« fragte er.

»Ich hab mir mal ihre Bibliothek angesehen. Sie ist voll mit kommunistischer Literatur. Da stehen *Das rote Siegel, Black Beauty*, die gesammelten Werke von Dostojewski, sogar Bertrand Russells verbotenes Buch *Warum ich kein Christ bin*. Ich sage Ihnen, alles gefährliche Bücher.«

Kommandant van Heerden war beeindruckt. Offenbar hatte Verkramp sich genauer mit der Angelegenheit befaßt, als er sich das vorgestellt hatte. »Das scheint mir recht überzeugend«, sagte er. »Wie steht's mit dem Bruder, Jonathan Hazelstone? Sie schreiben hier, er hätte ein Strafregister.«

»Das stimmt. Er lebt in Rhodesien und hat 'ne Zeit gesessen.«

»Er sagt, er wäre Bischof.«

»Er kann sagen, was ihm verdammich gefällt«, sagte Verkramp. »Das ändert nichts an den Tatsachen. Ich habe sie von der rhodesischen Polizei nachprüfen lassen. In der Akte finden Sie das Telegramm, das sie geschickt haben.«

Kommandant van Heerden zog das Telegramm hervor. »Ich komm damit nicht zu Rande«, sagte er. »Es ist chiffriert oder so was. Lesen Sie's doch mal«, und er reichte Verkramp das Telegramm.

Der Luitenant nahm die Hieroglyphen in Augenschein. »Das ist doch ganz klar«, sagte er schließlich. »Jonathan Hazelstone 2 Jre Bezirk Bulawayo 3 Jre Amt Barotse zu gegenwrt Synode 3 Wchn Stift Umtali. Jeder Idiot versteht das«, sagte er.

»Ich aber nicht«, schnappte der Kommandant zurück. »Sagen Sie mir, was drinsteht.«

Verkramp seufzte. Das kam davon, wenn man einen ungebildeten Kommandanten hatte.

»Es ist ganz einfach. Er hat zwei Jahre im Bezirksgefängnis von Bulawayo gesessen, weil er ein Haus angezündet hat. Drei Jahre hat er gekriegt, weil er einen Barotse-Eingeborenen umgebracht hat, der gerade ein Nickerchen machte, und drei Wochen saß er in Umtali wegen Anstiftung einer Synode.«

Kommandant van Heerden dachte einen Moment lang nach. »Was ist denn eine Synode?« fragte er.

»Sie haben doch sicher schon mal was von Syndikaten gehört, oder? Das sind Betrüger und Schwindler. Die stiften die Leute an, sündhaftes Geld für falsche Aktien und solche Sachen auszugeben.«

»Ach, so was ist das? Man sollte meinen, dafür hätten sie ihm mehr als drei Wochen aufbrummen können. Aber schließlich hat er drei Jahre für den Mord an dem Niggerjungen gekriegt, das war ja wiederum ganz schön gepfeffert«, sagte der Kommandant, der mit Erleichterung feststellte, daß er den richtigen Mann gefaßt hatte. Für ihn gab es jetzt keinen Zweifel mehr, daß er den Fall abschließen konnte. Ein Mann, der einen Barotse meuchelte, während der arme Hund schlief, würde wohl kaum zögern, wenn es darum ging, einen Zulu-Koch umzulegen.

»Na schön, alles, was wir jetzt noch brauchen, ist ein hübsches kleines Geständnis«, sagte er. »Ich erwarte von Ihnen, daß es morgen früh auf meinem Schreibtisch liegt.«

Luitenant Verkramp zuckte die Schultern. »Wenn Sie's so schnell haben wollen, bitten Sie am besten Els darum. Nach meiner Methode muß der Gefangene mindestens drei Tage lang am Schlafen gehindert werden, und bei einem so hartgesottenen Profi wie diesem Kerl wird es schon länger dauern.«

»Ich kann Els nicht fragen. Wir können es uns nicht leisten, daß ein Hazelstone ohne Zehennägel und mit Hoden so groß wie Kürbissen in den Gerichtssaal gehumpelt kommt. Denken Sie mal, was die Verteidigung daraus machen würde. Überlegen

Sie sich das doch mal. Nein, das Verhör muß mit aller Umsicht über die Bühne gehen, und deshalb beauftrage ich Sie, es durchzuführen«, sagte er, indem er seine Zuflucht beim Schmeicheln suchte. »Machen Sie mit ihm, was Sie wollen, aber sehen Sie zu, daß er noch in einem Stück ist, wenn Sie fertig sind.«

Mit dieser *carte blanche* hob der Kommandant die Unterredung auf und bestellte sich sein Abendessen.

Im Hochsicherheitstrakt gab es kein Abendessen für Jonathan Hazelstone, und wenn, dann wäre fraglich gewesen, ob er viel Appetit darauf gehabt hätte. Er hatte gerade von dem alten Wärter erfahren, wie es dazu gekommen war, daß er das ungewöhnliche Vorrecht hatte, sich im »Kopf« hängen zu lassen.

»Es hat etwas mit dem zu tun, was Ihr Großvater in seiner Rede sagte, als er das Gefängnis eröffnete«, erzählte ihm der Wärter. »Er sagte, er wolle, daß man den Galgen schön in Ordnung hält, falls ihn seine Familie mal benutzen will.«

»Ich bin sicher, er meinte es gut«, sagte der Bischof bekümmert und wunderte sich über das schreckliche Erbe, das sein Großvater der Familie hinterlassen hatte.

»Ihr Vater, der selige Herr Richter, der war ja ein großer Freund vom Galgen. Wie viele Leute, die ihre Henkersmahlzeit in der Zelle bekommen haben, in der Sie jetzt sind, haben mir nicht erzählt, sie wären sicher, so frei davonzukommen wie der Wind, und Gott verdammich, wenn Ihr alter Herr nicht hinging, sich die schwarze Kappe aufsetzte und sie verurteilte.«

»Den Ruf meines Vaters habe ich immer bedauert«, sagte der Bischof.

»Darüber würde ich mir jetzt keine Gedanken machen«, sagte der Wärter. »Der Galgen würde mich viel mehr zum Schwitzen bringen, wenn ich in Ihrer Haut steckte.«

»Ich habe alles Zutrauen in die Untadeligkeit des Gerichts«, sagte der Bischof.

»Er ist schon zwanzig Jahre nicht mehr benutzt worden«, fuhr der Wärter fort, »er funktioniert nicht zuverlässig.«

»Nein?« fragte der Bischof. »Ist das nicht ungewöhnlich?«

»Die Totenuhr steckt drin. Man kann von Glück reden, wenn man lebend die Stufen raufkommt, wenn Sie mich fragen«, sagte der Wärter und schlurfte durch den Gang davon, um Luitenant Verkramp und Wachtmeister Els in den Sicherheitstrakt hineinzulassen. Das Verhör sollte jeden Augenblick beginnen.

Obwohl er noch immer die Folgen seiner Verletzungen spürte, war Luitenant Verkramp entschlossen, bei dem Gefangenen lediglich die südafrikanischen Standardmethoden anzuwenden.

»Ich schmier ihm Honig ums Maul«, sagte er zu Wachtmeister Els, »und gebe ihm das Gefühl, ich hätte Mitleid, und Sie können der Unnachsichtige sein und ihm drohen.«

»Darf ich die Elektroschock-Maschine benutzen?« fragte Els begierig.

»Er ist zu wichtig dafür«, sagte Verkramp, »und außerdem sollen Sie ihn nicht zu kräftig in die Mangel nehmen.«

»Was werden wir denn da machen?« fragte Els, der sich einfach nicht vorstellen konnte, wie man ohne ein bißchen Gewaltanwendung aus einem Unschuldigen ein Geständnis herausholen sollte.

»Halten Sie ihn wach, bis er umfällt. Das hat meines Wissens noch nie versagt.«

Luitenant Verkramp nahm hinter dem Schreibtisch Platz, befahl, den Gefangenen hereinzuführen, und setzte eine Miene auf, von der er meinte, sie ströme verständnisvolle Anteilnahme aus. Als der Bischof das Zimmer betrat, machte der Gesichtsausdruck des Luitenants auf ihn lediglich den Eindruck gequälter und bösartiger Feindseligkeit. In den folgenden Stunden erwies sich dieser erste Eindruck als womöglich noch zu optimistisch. Luitenant Verkramps Bemühungen, verständnisvolle Anteilnahme auszustrahlen, erweckten im Bischof die Überzeugung, mit einem sadistischen Homosexuellen, der an einer Überdosis starker Halluzinogene litt, allein in einen Raum gesperrt zu sein. Nichts sonst hätte ihm weder die merkwürdigen Vorschläge, die ihm der Luitenant machte, erklären können, noch die verdrehten Darstellungen seines Lebens, die er auf das Geheiß Verkramps hin bestätigen sollte. Alles, was der Bischof seiner Vorstellung nach getan hatte, wurde, durch die Augen Verkramps betrachtet, zu etwas vollkommen Entgegengesetztem.

Er sei zum Beispiel in Cambridge kein Student der Theologie gewesen. Vielmehr sei er, so erfuhr er, von einem Mann, den er einmal für einen führenden Professor des Anglo-Katholizismus gehalten hatte, der aber allem Anschein nach ein in Moskau geschulter Theoretiker war, in marxistisch-leninistischer Theorie unterwiesen worden. Und während sich die Stunden hinschleppten, wurde des Bischofs schwächliches Verhältnis zur Wirklichkeit noch schwächlicher. Alle Illusionen, die er ein Leben lang genährt hatte, entschwanden ihm und wurden durch neue Gewißheiten ersetzt, denen er auf Geheiß seines wahnsinnigen Fragestellers zuzustimmen hatte.

Als sie schließlich bei den Ereignissen des vergangenen Tages ankamen, war der Bischof, der seit sechsunddreißig Stunden nichts mehr gegessen und sechs Stunden lang mit erhobenen Händen dagestanden hatte, zuzugeben bereit, daß er die gesamte südafrikanische Polizei habe ermorden wollen; falls er das gestände, solle ihm erlaubt werden, sich für fünf Minuten hinzusetzen.

»Ich schoß sie mit einem mehrläufigen Raketenwerfer nieder, den ich vom chinesischen Konsul in Daressalam erhielt«, wiederholte er langsam, während Verkramp das Geständnis niederschrieb.

»Gut«, sagte der Luitenant endlich, »das hört sich ja recht überzeugend an.«

»Das freut mich zu hören. Wenn es Ihnen jetzt nichts ausmacht, hätte ich gern etwas Zeit, um über meine Zukunft nachzudenken«, sagte der Bischof.

»Ich glaube, das können Sie ruhigen Gewissens uns überlassen«, sagte der Luitenant. »Es gibt jetzt nur noch eine Sache, die ich klargestellt wissen möchte. Warum haben Sie den Koch Ihrer Schwester erschossen?«

»Ich entdeckte, daß er ein CIA-Agent war«, sagte der Bischof, der mittlerweile die Richtung kannte, in der Verkramps Gehirn funktionierte. Schon lange hatte er begriffen, daß es keinen Zweck hatte, sich mit dem Mann anzulegen, und da Verkramps Phantasie sich offensichtlich an Spionagekrimis orientierte, meinte der Bischof, das sei die Sorte Erklärung, die er schlucken würde.

»Ach, wirklich?« sagte Verkramp und machte sich im Geiste eine Notiz, doch mal allen Piemburger Köchen auf den Zahn zu fühlen, um rauszukriegen, wie viele noch im Sold der Amerikaner stünden. Als Verkramp endlich mit ihm fertig war, war der Bischof zu dem Schluß gekommen, seine einzige Hoffnung, der Hinrichtung auf dem Schafott zu entgehen, das ihm sein Großvater vererbt hatte, sei, sich ein Geständnis aus den Fingern zu saugen, das so absurd sein müßte, daß es vom Richter entweder abgelehnt werde oder ihm die Möglichkeit einräume, auf Schwachsinn zu plädieren. »Wenn ich schon gehängt werde, dann soll es sich wenigstens lohnen«, dachte er, als Els kam, um das Verhör fortzusetzen. Der Wachtmeister fragte sich im stillen, was für neue Verbrechen Hazelstone wohl zu der langen Liste, die er bereits gestanden hatte, noch hinzufügen könne. Wachtmeister Els war so frei, ihm einige vorzuschlagen.

»Ich habe gehört, Sie möchten, daß wir rumlaufen und Nigger heiraten«, fing Els an. Er wußte, er solle einen Kommunisten verhören, und alles, was er von Kommunisten wußte, war, daß sie wollten, daß Weiße und Schwarze heirateten.

»Ich kann mich nicht erinnern, öffentlich dafür eingetreten zu sein«, sagte der Bischof vorsichtig.

»Das würden Sie vermutlich auch nicht öffentlich tun«, sagte Els, dessen Eintreten für den Geschlechtsverkehr mit Schwarzen immer in strengster Vertraulichkeit stattgefunden hatte. »Dafür könnten Sie verhaftet werden.«

Der Bischof war verdutzt. »Wofür?« fragte er.

»Dafür, öffentlich in eine schwarze Frau einzutreten. Und wie sieht's im geheimen aus?«

»Es ist wahr, ich habe der Angelegenheit einige Aufmerksamkeit geschenkt.«

»Los, geben Sie's zu. Sie haben nicht bloß daran gedacht. Sie haben's auch getan.«

Der Bischof fand nicht viel Böses daran, das zuzugeben. »Na ja, ein- oder zweimal regte ich die Sache an. Ich brachte sie bei Treffen des Gemeindekirchenrats zur Sprache.«

»Bei Treffen, wie?« sagte Els. »'ne Art Rudelbums, was?«

»So könnte man's wohl ansehen«, sagte der Bischof, der diesen Ausdruck noch nie gehört hatte.

Els guckte ihn durchtrieben an. »Sie sehen's wohl auch anders an?«

»Ich sehe die Sache ganz normal, offen und aufrecht an, von Mann zu Mann«, sagte der Bischof, der sich fragte, was das alles mit der Ermordung von Polizisten zu tun habe.

Für Wachtmeister Els war es schwierig, sich vorzustellen, wie man das von Mann zu Mann ansehen und es gleichzeitig auch noch normal nennen konnte.

»Ich gehe nicht darum herum wie das Kätzchen um den heißen Brei.«

»Das braucht man bei Männern wohl auch nicht«, stimmte Els zu.

»Ach, auch Frauen waren anwesend«, sagte der Bischof. »Das ist eine Sache, bei der die Ansicht einer Frau oft hilft.«

»Das kann man wohl sagen.«

»Komischerweise fand ich, daß die Frauen empfänglicher für diese Gedanken sind als die Männer.«

»Das würde ich eigentlich auch meinen.«

»Natürlich ist das etwas, worauf die meisten nicht gleich beim ersten Mal voll eingehen. Ich bringe es ihnen nach und nach bei, aber sie sehen ein, daß andersherum viel dafür spricht.«

»Jungejunge«, sagte Els, »Sie müssen aber ein paar nette Treffen erlebt haben.«

»Ich hoffe, ich langweile Sie nicht«, sagte der Bischof hoffnungsfroh.

»Sex langweilt mich nie«, sagte Els.

»Haben Sie was dagegen, wenn ich mir einen Stuhl nehme?« fragte der Bischof spontan, um Elsens Interesse auszunutzen.

»Bedienen Sie sich.« Els konnte von den Geschichten des Bischofs über Rudelbumse und ähnliche Perversitäten den Kanal nicht vollkriegen.

»Also«, sagte der Bischof, als er sich gesetzt hatte, »wo war ich stehengeblieben?«

»Sie erzählten mir grade, wie es die Frauen andersrum lieben«, sagte Els.

»Ach, wirklich?« sagte der Bischof. »Wie sonderbar. Das wußte ich ja gar nicht.«

Als die Nacht sich ihrem Ende zuneigte, war Wachtmeister Els vor Bewunderung für den Gefangenen schier hingerissen. Das hier war endlich ein Mann nach seinem Herzen, ein Mann, für den es keine Scham gab, keine Zerknirschung, kein Bedauern, einzig eine Hingabe an die Lust, wie sie Els noch nie begegnet war.

Die Schwierigkeit für den Bischof war nur, daß seine Vorstellungskraft für die Aufgabe kaum hinreichte, die Els ihr stellte. Angesichts einer dermaßen unersättlichen Neugier blieb der Bischof bei seinem Metier, und Els lauschte fasziniert den Berichten von Mitternachtsorgien in Meßgewändern und Chorhemden. Unter den weiteren unbezahlbaren Informationen, die Els aufschnappte, gab es drei Dinge, die besonders belastend waren. Der Bischof, so erfuhr er, trüge einen Rock, habe einen Seelenbräutigam und besitze eine Mitrailleuse.

»Was zum Teufel ist denn ein Seelenbräutigam?« fragte ihn Kommandant van Heerden am nächsten Morgen, als er das unterschriebene Geständnis des Bischofs las.

»Ein anderer Name für Gummipimmel«, sagte Els. »Er benutzt ihn bei Kniebeugen.«

»Ist das wahr?« fragte der Kommandant und las sich das erstaunliche Schriftstück ein zweites Mal durch. Wenn nur die Hälfte von dem zuträfe, was der Bischof gestanden hatte, dachte van Heerden, dann hätte man den Kerl schon vor Jahren hängen sollen.

15

Während der Prozeß gegen Jonathan Hazelstone vorbereitet wurde, plagte sich Kommandant van Heerden mit dem Problem herum, das ihm das anhaltende Verschwinden der Schwester des Gefangenen bereitete. Trotz der intensivsten Jagd auf sie ging Miss Hazelstone der Polizei einfach nicht ins Netz. Kommandant van Heerden erhöhte die ausgesetzte Belohnung, aber trotzdem lief keine weiter nennenswerte Information im Piemburger Polizeirevier ein. Der einzige Trost für den Kommandanten war, daß Miss Hazelstone seine Probleme nicht noch dadurch vergrößerte, daß sie sich etwa mit ihrem Anwalt oder einer Zeitung außerhalb seines Zuständigkeitsbereichs in Verbindung setzte.

»Sie ist ein listiges altes Teufelsweib«, sagte er zu Luitenant Verkramp und stellte mit Erschrecken fest, daß die Bewunderung, die er einst für sie empfunden hatte, wieder zurückgekehrt war.

»Ich würde mir keine Gedanken um die alte Schachtel machen, wahrscheinlich kreuzt sie einfach zur Verhandlung auf«, gab ihm Verkramp optimistisch zur Antwort. Der Sturz, bemerkte der Kommandant im stillen, hatte den Luitenant nicht um seine Fähigkeit gebracht, Dinge zu äußern, die darauf zielten, seinen Kommandeur aus der Fassung zu bringen.

»Wenn Sie so verdammt klug sind, was würden Sie denn dann vorschlagen, wo wir nach ihr suchen sollen?« knurrte der Kommandant.

»Wahrscheinlich sitzt sie in Jacaranda House und lacht sich

ins Fäustchen«, sagte Verkramp und ging, um eine Liste aller schwarzen Köche zusammenzustellen, die dafür bekannt waren, daß sie gern Chicken Maryland auf die Speisekarte setzten.

»Hämischer Scheißkerl«, murmelte der Kommandant. »Irgendwann kriegt er's von jemandem noch mal so richtig heimgezahlt.«

Es war eigentlich Wachtmeister Els' Initiative, die zur Verhaftung von Miss Hazelstone führte. Schon die ganze Zeit seit seinem Kampf mit dem Dobermann hatte Els seine Entscheidung bereut, den Kadaver einfach so auf dem Rasen von Jacaranda House liegenzulassen.

»Ich hätte ihn ausstopfen lassen sollen. Er hätte in der Diele sehr nett ausgesehen«, sagte er während eines müßigen Augenblicks zum Kommandanten.

»Ich hätte gedacht, der wäre schon ausgestopft genug gewesen«, hatte der Kommandant geantwortet. »Außerdem, wer hat schon mal davon gehört, daß man einen Hund ausstopfen läßt?«

»Es gibt doch haufenweise ausgestopfte Löwen und Warzenschweine und so Sachen in der Halle von Jacaranda House. Warum sollte ich denn keinen ausgestopften Hund in meiner Diele haben?«

»Sie haben Ideen, die gehen glatt über Ihren Horizont hinaus«, sagte der Kommandant. Els war weggegangen, um den Wärter im »Hintern« über das Ausstopfen von Hunden zu befragen. Der Alte schien über solche Sachen Bescheid zu wissen.

»Du mußt ihn zu einem Präparator bringen«, sagte ihm der Wärter. »Es gibt einen am Museum, aber ich würde erst mal nach'm Preis fragen. Ausstopfen ist 'ne kostspielige Sache.«

»Ich würde dafür schon ein bißchen was springen lassen«, sagte Els, und sie gingen zusammen zum Bischof, um ihn über den Hund auszufragen.

»Ich glaube, er hatte einen Pedigree«, erzählte ihnen der Bischof.

»Was ist denn ein Pedigree?« fragte Els.

»Ein Stammbaum«, sagte der Bischof, der sich fragte, ob der Tod des Hundes etwa auch noch der Liste der Verbrechen hinzugefügt werden sollte, die er angeblich begangen hatte.

»Eine affektierte Sorte Hunde, die einen Stammbaum haben«, sagte Els zum Wärter. »Man sollte doch denken, er pißt gegen Laternenpfähle genau wie andere Hunde.«

»Verhätschelt, wenn du mich fragst«, sagte der Wärter. »Klingt mehr nach einem Schoßhündchen als nach einem richtigen Dobermann. Kein Wunder, daß du ihn so einfach um die Ecke bringen konntest. Ist wahrscheinlich vor Schreck gestorben.«

»Das ist er verdammt noch mal nicht. Er kämpfte wie verrückt. Der wildeste Hund, der mir je begegnet ist«, sagte Els verärgert.

»Ich glaub das erst, wenn ich ihn sehe«, sagte der Wärter, und Els hatte sich auf der Stelle entschlossen, den Dobermann zu holen, um den Makel an seiner Ehre zu tilgen.

»Bitte um Erlaubnis, Jacaranda House zu besuchen«, sagte er später am selben Tage zum Kommandanten.

»Erlaubnis, was zu tun?« fragte der Kommandant ungläubig.

»Rauf nach Jacaranda House zu fahren. Ich möchte mir die Hundeleiche holen.«

»Sie müssen nicht ganz bei Trost sein, Els«, sagte der Kommandant. »Ich hatte gedacht, Sie hätten von dem verdammten Anwesen allmählich die Nase voll.«

»Ist doch gar nicht übel dort«, sagte Els, dessen Erinnerungen an den Park ganz anders waren als die des Kommandanten.

»Es ist verdammt schrecklich dort, und Sie haben da oben schon genug Schaden angerichtet«, sagte der Kommandant. »Sie halten sich da raus, haben Sie verstanden?« Und Els hatte seiner Wut Luft gemacht, indem er auf dem Gefängnishof ein paar schwarze Sträflinge kujonierte.

Am Abend beschloß Kommandant van Heerden, bei den

Straßensperren um Piemburg herum Stichproben zu machen. In ihm begann sich der Verdacht zu regen, daß sich seine erzwungene Abwesenheit von der Außenwelt negativ auf die Moral seiner Leute auswirke, und da er es für unwahrscheinlich hielt, daß Miss Hazelstone um elf Uhr nachts draußen und auf Achse sei und ihn, falls sie's wäre, in dem Polizeiwagen sähe, beschloß er, seine Runde zu machen, wenn seine Männer sehr wahrscheinlich auf ihrem Posten eingeschlafen waren.

»Fahren Sie langsam«, sagte er zu Els, als er im Fond des Wagens Platz genommen hatte. »Ich möchte mich einfach ein bißchen umsehen.«

Eine Stunde lang wurden Polizisten, die an Straßenecken und Straßensperren Dienst taten, von van Heerden mit Fragen belästigt.

»Wie wollen Sie wissen, daß sie nicht als Nigger verkleidet durchgekommen ist?« fragte er einen Sergeant, der an der Straße nach Vlockfontein Dienst tat und sich über die vielen Autos beklagte, die er zu durchsuchen hatte.

»Wir haben sie alle kontrolliert, Sir«, sagte der Sergeant.

»Kontrolliert? Wie haben Sie sie denn kontrolliert?«

»Wir unterziehen sie einem Hauttest, Sir.«

»Hauttest? Nie davon gehört.«

»Wir nehmen ein Stückchen Sandpapier, Sir. Reiben damit an der Haut, und wenn das Schwarz runtergeht, sind sie weiß. Wenn nicht, sind sie's nicht.«

Kommandant van Heerden war beeindruckt. »Beweist Initiative, Sergeant«, sagte er, und sie fuhren weiter.

Als sie wenig später nach Town Hill hinauffuhren, um dort die Straßensperre zu inspizieren, bemerkte Wachtmeister Els, daß der Kommandant eingeschlafen war.

»Es ist bloß der Alte, der seine Runde macht«, sagte Els zum diensthabenden Wachtmeister und wollte schon umkehren und zum Gefängnis zurückfahren, als er bemerkte, daß sie ganz nahe bei Jacaranda Park waren. Er sah über die Schulter und betrachtete die schlafende Gestalt hinten im Wagen.

»Bitte um Erlaubnis, nach Jacaranda House raufzufahren, Sir«, sagte er leise. Auf dem Rücksitz schnarchte der Kommandant geräuschvoll. »Danke, Sir«, sagte Els mit einem Lächeln, und der Wagen fuhr an der Straßensperre vorbei den Hügel nach Jacaranda House hinauf. Beiderseits der Straße beleuchteten die Suchscheinwerfer die Warnschilder, die wie Reklametafeln für irgendwelche makabren Ferienorte wirkten: Beulenpest – irgendein schauerlicher Strand, und Tollwut – ein Wildpark. Ohne jede Ahnung von seinem Reiseziel schlief Kommandant van Heerden geräuschvoll auf seinem Rücksitz, als der Wagen durch das Tor von Jacaranda House fuhr und mit leise auf dem Kies knirschenden Reifen langsam die Auffahrt hinunterrollte.

Els parkte den Wagen vor dem Haus und verschwand geräuschlos in der Nacht, um seine Trophäe aufzusammeln. Es war dunkel, Wolken verhüllten den Mond, und der Wachtmeister hatte einige Mühe, den Kadaver des Dobermanns zu finden.

»Das ist ja ulkig«, dachte er bei sich, während er den Rasen absuchte, »ich könnte schwören, ich hätte das Mistvieh hier liegengelassen«, und suchte weiter nach dem Köter.

Im Fond des Polizeiwagens schnarchte Kommandant van Heerden lauter als zuvor. Dann fiel er seitwärts über den Sitz und schlug mit dem Kopf gegen die Scheibe. Im nächsten Moment war er hellwach und starrte hinaus in die Finsternis.

»Els«, sagte er laut, »warum haben Sie angehalten, und warum sind die Scheinwerfer aus?« Vom Fahrersitz kam keine tröstende Antwort, und während Kommandant van Heerden ängstlich im Fond des Wagens saß und sich fragte, wohin Els verdammt noch mal verschwunden sei, glitt sacht eine Wolke vom Mond, und der Kommandant erblickte vor sich die Haustür von Jacaranda House. Wimmernd duckte er sich in die Polster und verfluchte seine Dummheit, das Gefängnis verlassen zu haben. Drohend ragte über ihm die Fassade des großen Hauses auf, dessen unbeleuchtete Fenster düstere Schrecken kündeten. Vor Angst stöhnend, öffnete der Kommandant die Wagentür und trat auf den Vorplatz. Eine Sekunde später saß er auf dem Fahrersitz und suchte nach dem Schlüssel. Der war weg.

»Das hätte ich wissen sollen, daß der Schweinehund so was tut«, schnatterte der Kommandant in seiner Angst, und während er auf Elsens Rückkehr wartete, gab er sich das Versprechen, daß der Dobermann nicht der einzige sei, der ausgestopft werde. Während die Minuten weiter verrannen und Els seine Suche nach dem verschwundenen Toby fortsetzte, nahm die Angst des Kommandanten immer weiter zu.

»Ich kann doch nicht die ganze Nacht hier sitzenbleiben«, dachte er. »Ich werde mich mal nach ihm umsehen«, und damit stieg er aus und stahl sich heimlich in den Garten. Die Büsche um ihn herum nahmen seltsame und erschreckende Formen an, und der Mond, der sich nur wenige Minuten zuvor so erleuchtend gezeigt hatte, entdeckte eine geeignete Wolke, um sich dahinter zu verstecken. Der Kommandant, der nicht zu schreien wagte, stolperte im Dunkeln in ein Blumenbeet und fiel flach aufs Gesicht. »Hunderosen«, dachte er bitter und fuhr sich mit der Hand ins Gesicht, und als er sich wieder aufrappelte, sahen und hörten Kommandant van Heerdens Augen und Ohren zwei Dinge, die das Herz in seiner Brust zum Rasen brachten. Der Motor des Wagens auf dem Vorplatz wurde angelassen. Els hatte den Dobermann gefunden und fuhr ab. Als die Scheinwerfer des Autos herumschwenkten und die Front von Jacaranda House in helles Licht tauchten, stand der Kommandant wie angewurzelt in dem Blumenbeet und starrte auf etwas am Nachthimmel, das viel bedrohlicher war als das Haus selbst. Aus einem der Schornsteine der verlassenen Villa stieg langsam, aber unaufhörlich eine dünne Rauchwolke. Kommandant van Heerden war nicht allein.

Der Kommandant griff sich ans Herz, fiel rückwärts in die Rosen und verlor das Bewußtsein. Als er von der Ohnmacht, die er später seine erste Herzattacke zu nennen beliebte, wieder zu sich kam, hörte er eine Stimme, von der er gehofft hatte, er höre sie nie wieder.

»Nächte des Weins und der Rosen, Kommandant?« erkundigte sie sich, und als der Kommandant nach oben sah, erblickte er vor den dahinziehenden Wolken Miss Hazelstones zarte Gestalt. Sie war gekleidet, wie er sie früher gekannt hatte, und trug Gott sei Dank nicht den fürchterlichen lachsrosa Anzug.

»Ich hoffe, Sie wollen nicht die ganze Nacht hier liegenbleiben«, fuhr Miss Hazelstone fort. »Kommen Sie rein, ich koche Ihnen ein bißchen Kaffee.«

»Will keinen Kaffee«, murmelte der Kommandant und befreite sich aus den Rosen.

»Sie mögen keinen wollen, aber den brauchen Sie ganz offenbar, damit Sie wieder nüchtern werden. Ich dulde es nicht, daß zu dieser nachtschlafenden Zeit betrunkene Polizisten in meinem Garten herumtorkeln und mir die Beete zertrampeln«, und Kommandant van Heerden, der sich dieser Autorität, der er nie widerstehen konnte, einfach beugte, fand sich von neuem im Salon von Jacaranda House. Der Raum lag im Dunkeln, von der Lampe an einem Filmprojektor abgesehen, der auf einem kleinen Tischchen stand.

»Ich habe mir eben nur rasch ein paar von meinen alten Filmen angesehen, bevor ich sie verbrenne«, sagte Miss Hazelstone, und der Kommandant begriff die dünne Rauchwolke, die er hatte aus dem Schornstein steigen sehen. »Im Gefängnis werde ich sie mir nicht angucken können, und außerdem denke ich, es ist besser, Vergangenes zu vergessen. Finden Sie nicht auch, Kommandant?«

Dem mußte der Kommandant zustimmen. Das Vergangene war etwas, wofür er ein Vermögen bezahlt hätte, wenn er es hätte vergessen können. Unglücklicherweise stand es ihm nur allzu gegenwärtig vor seinem geistigen Auge. Hin- und hergerissen zwischen Angst und einem Gefühl der Achtung und Rücksicht, das durch das unregelmäßige Klopfen seines Herzens für ihn nur noch überzeugender wurde, ließ es der Kommandant mit sich geschehen, daß er in einen Sessel gesetzt wurde, von dem er, so nahm er an, sich nie wieder erheben werde, während Miss Hazelstone eine Leselampe anknipste.

»Es ist noch etwas Kaffee vom Abendbrot da«, sagte sie. »Ich werde ihn leider heiß machen müssen. Normalerweise hätte ich Ihnen ja frischen machen lassen, aber ich bin zur Zeit ziemlich knapp mit Personal.«

»Ich brauche absolut keinen Kaffee«, sagte der Kommandant und bedauerte seine Worte auf der Stelle. Er hätte eine Chance zu fliehen gehabt, wenn Miss Hazelstone in die Küche gegangen wäre. Statt dessen sah sie ihn zweifelnd an und setzte sich ihm gegenüber in den Ohrensessel.

»Ganz wie Sie wollen«, sagte sie. »Sie sehen gar nicht besonders betrunken aus. Nur etwas blaß.«

»Ich bin nicht betrunken. Es ist mein Herz«, sagte der Kommandant.

»In dem Fall ist Kaffee das allerschlechteste für Sie. Er regt an, nicht wahr? Sie sollten auf alles verzichten, was Sie anregt.«

»Das weiß ich«, sagte der Kommandant.

Es entstand eine Pause, die schließlich von Miss Hazelstone beendet wurde.

»Ich nehme an, Sie sind gekommen, um mich endlich zu verhaften«, sagte sie. Der Kommandant konnte sich nichts vorstellen, was er lieber getan hätte, aber er schien nicht die Kraft dazu zu haben. Hypnotisiert von der Atmosphäre des Hauses und der Miene sanfter Melancholie, die ihn an der alten Dame so faszinierte, saß er in seinem Sessel und lauschte seinem Herzklopfen.

»Vermutlich hat Jonathan bereits gestanden«, sagte Miss Hazelstone im Ton höflicher Konversation. Der Kommandant nickte.

»So ein Quatsch«, fuhr Miss Hazelstone fort. »Der arme Junge leidet an so ungeheuren Schuldgefühlen. Ich kann mir einfach nicht denken, warum. Ich vermute, weil er eine so unschuldige Kindheit hatte. Schuld ist so oft der Ersatz für etwas wirklich Böses. Sie müssen das doch auch aus Ihrem Beruf kennen, Kommandant.«

In seinem Beruf, da mußte ihr der Kommandant zustimmen, war das sehr oft so, aber er sah nicht die Beziehung zu dem Fall eines Mannes, der mehrere Gefängnisstrafen hinter sich hatte. Von neuem fühlte er sich nicht nur einem Gefühl der Achtung, sondern auch einer inneren Unruhe unterliegen, die Miss Hazelstones Konversation in ihm auszulösen schien.

»Ich habe an einer solchen Schwäche nie gelitten«, fuhr Miss Hazelstone geziert fort. »Ich hatte ohnehin Mühe, etwas für mich zu tun zu finden, was nicht so deprimierend gut war. Zum Teufel, auch ich habe gemerkt, wie schrecklich Güte ist. So langweilig. Aber vermutlich haben Sie nicht ebenso viele Gelegenheiten, sich von ihr angeekelt zu fühlen.«

»Da haben Sie wohl recht«, sagte der Kommandant, dessen Ekelgefühle von ganz anderen Ursachen herrührten.

»Wie Sie sicher bemerkt haben werden, habe ich alles unternommen, um etwas Frohsinn in mein Leben zu bringen«, fuhr Miss Hazelstone fort. »Wissen Sie, ich schreibe nämlich für Zeitungen.«

Das wußte Kommandant van Heerden nur zu gut.

»Eine kleine Kolumne hin und wieder über Mode und geschmackvolles Wohnen.«

»Ich habe ein paar von Ihren Artikeln gelesen«, sagte der Kommandant.

»Hoffentlich haben Sie meine Ratschläge nicht befolgt«, fuhr Miss Hazelstone fort. »Sie waren ironisch gemeint, und ich hatte viel Spaß dabei, mir die gräßlichsten Farbkombinationen auszudenken. Aber jedermann nahm meine Empfehlungen für bare Münze. Ich glaube, ich kann in aller Aufrichtigkeit sagen, daß ich mehr Häuser unbewohnbar gemacht habe als alle Termiten Südafrikas zusammen.«

Kommandant van Heerden starrte sie entgeistert an. »Warum um alles in der Welt haben Sie das denn getan?« fragte er.

»Ein Gefühl moralischer Schuldigkeit«, murmelte Miss Hazelstone. »Mein Bruder hat sein Leben der Verbreitung von Licht und Güte geweiht, ich habe nur versucht, das Gleichgewicht wiederherzustellen. Wenn die Leute es vorzogen, meinem Rat zu folgen, orangerote Gardinen neben kastanienbraune Tapeten zu hängen, sollte dann ich sie ausgerechnet daran hindern? Leute, die meinen, weil sie rosa Haut haben, seien sie schon kultiviert, wogegen schwarze Haut den Menschen zum Wilden macht, glauben einfach alles.«

»Sie wollen damit sagen, daß Sie nicht an die Apartheid glauben?« fragte der Kommandant erstaunt.

»Ehrlich, Kommandant, was für eine dämliche Frage«, erwiderte Miss Hazelstone. »Verhalte ich mich so, als glaubte ich daran?«

Kommandant van Heerden mußte zugeben, daß das nicht der Fall war.

»Sie können nicht acht Jahre mit einem Zulu zusammenleben und immer noch an Rassentrennung glauben«, fuhr Miss Hazelstone fort. »Um die Wahrheit zu sagen: Die Filme, die ich mir eben angesehen habe, habe ich mal von Fünfpenny gemacht. Ob Sie wohl was dagegen hätten, sich einen anzusehen?«

Kommandant van Heerden zögerte. Was er von dem Koch bereits gesehen hatte, machte ihn nicht geneigt, noch mehr zu sehen.

»Ich bewundere Ihr Zartgefühl«, sagte Miss Hazelstone, »aber Sie brauchen keine Bedenken zu haben. Ich habe absolut nichts dagegen, Sie an meinen Erinnerungen teilnehmen zu lassen.« Und sie stellte den Projektor an.

Wenig später sah der Kommandant auf einer Leinwand am anderen Ende des Zimmers den Gegenstand der Leidenschaft Miss Hazelstones sich im Garten von Jacaranda House herumbewegen, so wie er einige Jahre zuvor im Sommer gewesen war. Die Bilder waren aus demselben Blickwinkel und in derselben Ecke des Gartens geschossen worden wie beinahe zehn Jahre später sein Hauptdarsteller. Auf den ersten Blick hatte der Kommandant die Illusion, es habe gar keinen Mord gegeben, und er habe die Ereignisse der vergangenen Tage bloß geträumt. Es war eine Illusion, die nicht dauerte. Als Fünfpenny auf der Leinwand immer größer wurde, entschied sich der Kommandant dafür, daß er die ihm bekannte Wirklichkeit der grotesken Szene vorzöge, deren Zeuge er gerade wurde. Fünfpennys Leiche, bemerkte er, hatte etwas geradezu Gesundes ausgestrahlt. Lebend hatte der Zulu-Koch ganz ohne Zweifel was Krankhaftes.

Groß und schwer gebaut, hüpfte er wie eine grauenhafte schwarze Nymphe über die Wiese, verhielt einen Augenblick, um die Büste Sir Theophilus' zu liebkosen, und küßte sie schließlich leidenschaftlich auf ihren stummen Mund. Dann war er wieder weg, huschte im Garten herum und breitete seine abstoßenden Reize in einer Reihe von Pirouetten und Kreiselbewegungen aus, die keinen anderen Zweck hatten, als seine Unterwäsche aufs allerunvorteilhafteste zur Schau zu stellen. Er trug ein sehr kurzes grellrotes Röckchen mit lila Besätzen; wie der Kommandant wohl erriet, war es aus Gummi. Als Fünfpenny seine letzte Pirouette drehte und seine Darbietung mit einem Knicks beendete, verstand der Kommandant, warum Miss Hazelstone ihn umgebracht hatte. Wenn man nach dem Film gehen durfte, hatte der Koch das schlicht herausgefordert.

Der Film war zu Ende, und Miss Hazelstone schaltete den Projektor aus. »Na?« sagte sie.

»Jetzt begreife ich, warum Sie ihn erschossen haben«, sagte der Kommandant.

»Sie begreifen überhaupt nichts«, sagte Miss Hazelstone bissig. »Was Sie soeben gesehen haben, wirkt für Ihren plumpen Verstand vielleicht ziemlich fürchterlich. Für mich ist es schön.« Sie machte eine Pause. »So ist das Leben: Ein schwarzer Mann, der so tut, als wäre er eine weiße Frau, in Kleidern aus einem Material, das für ein heißes Klima total ungeeignet ist, tanzt Ballettschritte, die er nie zu Gesicht bekommen hat, auf einem aus England importierten Rasen, küßt das steinerne Gesicht eines Mannes, der sein Volk ausgerottet hat, und wird von einer Frau gefilmt, die weit und breit als Sachwalterin des guten Geschmacks gilt. Nichts könnte besser das Leben in Südafrika veranschaulichen.«

Kommandant van Heerden wollte gerade sagen, daß er sie nicht für sehr patriotisch halte, als Miss Hazelstone sich erhob.

»Ich hole meinen Koffer. Ich habe schon einen fertig gepackt«, sagte sie und ging auf die Tür zu, als ein dunkler Schatten durch die Glastür gesaust kam und sie zu Boden stieß.

Wachtmeister Els hatte einige Zeit gebraucht, um in der Finsternis den Kadaver des Dobermanns ausfindig zu machen, und letzten Endes hatte ihn mehr der Gestank als seine Augen zu dem Abfallhaufen hinter dem Haus geführt, auf den Miss Hazelstone den Hund geworfen hatte. Els trug den Leichnam vorsichtig zum Wagen und legte ihn in den Kofferraum. Er stieg ein, ließ den Motor an und fuhr langsam davon, dankbar, daß der Kommandant nicht aufgewacht war. Erst als er halbwegs den Hügel zur Stadt hinuntergefahren war, brachten ihn die fehlenden Schnarcher vom Rücksitz darauf, daß er sich geirrt hatte.

Fluchend wendete er den Wagen und raste zurück zum Park. Er hielt in der Auffahrt an und sah sich um. Kommandant van Heerden war nirgends zu erblicken. Els stieg aus, spazierte um das Haus herum und spähte endlich in den beleuchteten Salon, wo der Kommandant und Miss Hazelstone sich miteinander unterhielten. Im Finstern fragte Els sich vergeblich, was zum Teufel da vor sich gehe. »Der schlaue alte Teufel«, dachte er schließlich, »kein Wunder, daß er mir nicht erlauben wollte, hier raufzufahren.« Und Els meinte langsam, er begreife, warum der Kommandant da saß und sehr freundlich mit einer Frau plauderte, auf deren Kopf eine Belohnung ausgesetzt war. Jetzt war ihm klar, warum der Kommandant so versessen darauf gewesen war, Jonathan Hazelstone den Mord an Fünfpenny anzuhängen.

»Der alte Knochen macht ihr den Hof«, dachte er, und eine ihm unbekannte Hochachtung für den Kommandanten erwachte in Elsens Gemüt. Seine Liebeswerbungen gingen stets mit Gewaltandrohungen und Erpessungen einher, und es erschien ihm nur natürlich, daß der Kommandant, dessen Mangel an Charme fast seinem glich, ziemlich drastische Methoden würde anwenden müssen, um sich für eine Frau von Miss Hazelstones Reichtum und Stand überhaupt interessant zu machen.

»Erst verhaftet er ihren Bruder wegen Mordes, und dann setzt er auf den Kopf der alten Schachtel eine Belohnung aus. Auch 'ne Art, sich eine Mitgift zu verschaffen«, rief Wachtmeister Els und überlegte im selben Moment, wie er den Plan vereiteln könne. Im Nu war er über den Rasen weg im Zimmer. Als er sich auf des Kommandanten Verlobte stürzte, schrie er: »Ich fordere die Belohnung. Ich habe sie gefaßt.« Und als er vom Boden hochschaute, wunderte er sich, warum der Kommandant so erleichtert aussah.

16

Für Kommandant van Heerden war Miss Hazelstones Verwandlung von der Besitzerin von Jacaranda House zur Insassin der Nervenklinik Fort Rapier eine traurige Angelegenheit. Als er einen Blick auf die Trage warf, auf der die alte Dame lag und zum letzten Mal an den Porträts ihrer Vorfahren in der farnüberwucherten Halle vorbeischaukelte, da wurde ihm klar, daß eine Epoche ihrem Ende zuging. Nicht länger würde Jacaranda House in den Augen der Gesellschaft Zululands den obersten Platz einnehmen, ein Symbol alles dessen, was am besten an der britischen Besetzung Afrikas war, und ein Emblem aristokratischer Lebensart. Nie mehr Gartenparties, nie mehr große Bälle, nie mehr jene Dinnerparties, für die Miss Hazelstone so berühmt war, nichts von Bedeutung würde mehr in diesen Mauern geschehen. Das Haus würde leer und düster wie ein Grab dastehen, bis es die weißen Ameisen oder die Abrißleute wegräumten, um den Platz für einen neuen Vorort zu schaffen. Als Kommandant van Heerden die Lichter ausmachte und das Haus dunkel unter dem Mond dalag, erfüllte ihn das Gefühl eines großen Verlustes. Die alte Arroganz, auf die er so gebaut hatte, um seiner Unterwürfigkeit Würze zu verleihen, war fort. Er war ein freier Mensch und der Baumeister seiner Freiheit. Sie war das letzte, was er sich wünschte.

Es war ein langer Geleitzug, der sich die Auffahrt hinauf- und durch die zusammengedrehten Tore hinausbewegte, ein Leichenzug aus Motorrädern und Polizeiwagen, die den Krankenwagen begleiteten, in dem Miss Hazelstone den Schlaf der stark Sedierten schlief. Auf dem Fahrersitz des vorausfahrenden Wagens saß Wachtmeister Els, glücklich, weil er sich seine gerechte Belohnung verdient hatte, und hinter ihm im Dunkeln wunderte sich Kommandant van Heerden über das seltsame Geschick, das eine Kreatur wie Els zum Werkzeug des Sturzes des Hauses Hazelstone gemacht hatte.

Es war ja nicht so, daß Els besonders gescheit war, dachte der Kommandant, als sich die Prozession durch die unbeleuchteten Straßen Piemburgs wand, noch hatten seine Unternehmungen irgendwie was Absichtliches gehabt, das ihren Effekt erklären würde. Els war auf dem Pfade des Geschicks nur Zufall, willkürlich und unerheblich.

»Die Entropie erschuf den Menschen«, dachte der Kommandant und öffnete das Fenster. Im Wagen hatte es angefangen, ziemlich unerträglich zu riechen.

»Els«, sagte der Kommandant, »Sie brauchen ein Bad.«

»Ich, Sir?« fragte Els.

»Sie, Els. Sie stinken.«

»Ich nicht, Sir. Das ist Toby.«

»Wer zum Teufel ist denn Toby?«

»Der Dobermann, Sir. Er ist schon etwas angegangen.«

»Wollen Sie damit sagen, Sie haben den Kadaver eines verfaulten Hundes hier im Wagen?« schrie der Kommandant.

»O nein, Sir«, sagte Els. »Er liegt im Kofferraum.«

Der Kommandant wollte gerade sagen, er dächte nicht daran, den Wagen mit einem faulenden Dobermann zu teilen, da fuhren sie schon durch das Tor von Fort Rapier und die Auffahrt zur Klinik hinauf.

Im Mondlicht sahen die Gebäude von Fort Rapier fast so aus wie damals, als die Garnison die Kaserne belegte. Ein paar Riegel und Schranken waren hier und dort dazugekommen, um eine Einrichtung, die dazu bestimmt war, die Leute draußen zu halten, in eine zu verwandeln, die dazu diente, sie drinnen zu behalten, aber die Atmosphäre hatte sich nicht verändert. Die Unvernunft hatte ihren Platz behauptet.

»Alte Traditionen haben ein zähes Leben«, dachte der Kommandant, als der Wagen am Rand des Exerzierplatzes anhielt. Er stieg aus und gab einer Haubitze einen Klaps, die einst ihren Dienst in Paardeberg versehen hatte, wo sein Großvater ihren Beschuß verschlief, und die jetzt wie ein eiserner Pensionär hier stand und die Verrücktheiten einer neuen Generation beaufsichtigte.

Während Miss Hazelstone in eine Station geschafft wurde, die kriminellen Irren vorbehalten war, erklärte Kommandant van Heerden ihren Fall dem Leiter, Dr. Herzog, den man aus dem Bett geholt hatte, damit er den Fall in Angriff nähme.

»Hätten Sie nicht bis morgen warten können?« fragte er mürrisch. »Ich bin erst um eins ins Bett gekommen.«

»Ich bin überhaupt noch nicht ins Bett gekommen«, sagte der Kommandant, »und das hier ist sowieso ein Notfall. Miss Hazelstone ist so was wie eine Berühmtheit, und ihre Einlieferung könnte öffentliche Kritik hervorrufen.«

»Das ist sie sicher, und das wird es sicher«, sagte der Arzt. »Sie ist zufällig die bedeutendste Wohltäterin dieser Klinik.«

»Offenbar hat sie für ihre eigene Zukunft vorgesorgt, und die wird sein, hierzubleiben, bis sie zu sterben beschließt«, sagte der Kommandant.

»Wer hat ihre Diagnose gestellt?« fragte Dr. Herzog.

»Ich«, sagte der Kommandant.

»Ich dächte nicht, daß Sie dazu qualifiziert sind.«

»Ich erkenne einen kriminellen Irren, sobald ich einen sehe. Der Polizeiarzt und ihr eigener Doktor kommen morgen früh hierher, und die Einlieferungspapiere werden rechtzeitig nachgereicht.«

»Das hört sich reichlich seltsam an«, sagte der Arzt.

»Um die Wahrheit zu sagen: Es ist seltsam«, sagte der Kommandant. »Aber wenn Sie's wirklich wissen wollen, wir haben recht unwiderlegliche Beweise, daß sie jemanden umgebracht hat. Ich möchte nicht in Einzelheiten gehen, aber ich kann Ihnen versichern, daß wir genügend Beweise haben, um sie wegen

Mordes vor Gericht zu stellen. Ich denke, Sie sehen ein, daß ein Mordprozeß gegen eine so prominente Person nicht im öffentlichen Interesse liegt.«

»Großer Gott«, sagte der Arzt, »wie weit ist es mit Zululand gekommen. Erst ihr Bruder, und jetzt Miss Hazelstone.«

»Ganz recht«, sagte der Kommandant, »es wirft ein ziemlich schlechtes Licht auf unsere Zeit.«

Nachdem er sichergestellt hatte, daß Miss Hazelstone keinen Besuch erhielte und keine Verbindung mit der Presse oder zu ihren Anwälten aufnähme, empfahl sich der Kommandant. Die Morgendämmerung war angebrochen, als er den großen Exerzierplatz überquerte und ein paar graue Gestalten aus den Stationen auftauchten und traurig im frühen Sonnenlicht herumschlurften.

»Wenn man denkt, daß es so enden mußte«, dachte der Kommandant, und seine Gedanken verweilten weniger bei Miss Hazelstone als bei der imperialen Pracht und Herrlichkeit, die einstmals rotbejackt und unbesiegbar über den Platz marschiert war. Er blieb einen Augenblick stehen und stellte sich die Regimenter vor, die an dem Salutierpodest vorbeigezogen waren, auf dem Miss Hazelstones Großvater gestanden hatte, ehe sie bei Majuba Hill und Spion Kop in den Tod gezogen waren. Dann wandte er sich ab und stieg in sein stinkendes Auto.

Als Miss Hazelstone aufwachte und feststellte, daß sie auf einem Bett in einer Krankenstation lag, hatte sie Mühe zu begreifen, wo sie war. Die Einrichtung und die Bettenreihen weckten in ihr Erinnerungen an ihre Internatszeit, aber ihre Zimmergenossinnen waren schwerlich die fröhlichen, sorglosen Mädchen ihrer Jugend. Nicht daß sie wirklich fröhlich gewesen wären, dachte sie, während sie sich wieder hinlegte und die Decke studierte, lediglich erwartungsvoll, aber das war für Fröhlichkeit gehalten worden. Nichts auch nur entfernt Fröhliches oder Erwartungsvolles hatten aber die Gestalten, die sie jetzt sah. In ferne Bezirke ihrer Einbildungskraft zurückgezogen, wanderten die Patienten teilnahmslos zwischen den Hindernissen umher, die die Wirklichkeit für sie darstellten. Miss Hazelstone sah sie sich an und war versucht, ihrem Beispiel zu folgen. Nur ihr Selbstgefühl hinderte sie daran. »Was für ein Mangel an Stil«, sagte sie sich, während sie, auf ihrer Bettkante sitzend, sich nach ihren Kleidern umsah.

In den folgenden Tagen klammerte sie sich ergrimmt an ihren Stolz und wies beharrlich die unwirklichen Welten zurück, die die anderen Patienten ihr aufzudrängen versuchten.

»Vielleicht sind Sie's«, sagte sie zu einem Patienten, der sich ihr als Napoleon vorgestellt hatte, »aber ich bezweifle es. Ich bin Miss Hazelstone aus Jacaranda House«, und selbst das Personal erfuhr, daß es unklug sei, sie einfach mit »Hazelstone« anzureden.

»Für Sie Miss Hazelstone«, zischte sie eine Schwester an, die diesen Fehler begangen hatte.

»Man muß doch das Decorum wahren«, sagte sie zu Frau Dr. von Blimenstein, der Psychiaterin, die den Auftrag hatte, sich mit der neuen Patientin zu beschäftigen, und die vergeblich versuchte, Miss Hazelstone dazu zu bringen, die sexuellen Ursachen ihrer Krankheit anzuerkennen. Frau Dr. von Blimenstein war so irrsinnig eklektisch in ihrer wissenschaftlichen Meinung, daß es schwierig war festzustellen, welcher psychologischen Schule sie am meisten zuneigte. Sie war bekannt dafür, schwarzen Patienten Elektroschock-Therapien in unbegrenzter Menge zu verordnen, aber bei weißen legte sie besonderes Gewicht auf sexuelle Schuldgefühle als Ursache ihrer Psychosen. Sie war dermaßen erfolgreich in ihren Behandlungsmethoden, daß es ihr einmal sogar gelungen war, einen Wärter aus dem Schlangenpark in Durban von seiner Angstneurose gegenüber Schlangen zu heilen. Seine Phobie, so behauptete er, war dadurch entstanden, daß er achtundvierzig Male hintereinander von so verschiedenartigen und giftigen Schlangen wie Puffottern, Kobras, Gabunvipern, Brillenschlangen und Aspisvipern gebissen worden war, woran er jedesmal fast gestorben sei.

Frau Dr. von Blimenstein hatte den armen Menschen überzeugt, daß seine Ängste ihrer Ursache nach rein sexuell und durch ein Minderwertigkeitsgefühl entstanden seien, das aus seiner Überzeugung herrühre, daß sein Penis weder so lang noch so dick wie eine ausgewachsene Python sei; darauf hatte sie ihn wieder an seine Arbeit im Schlangenpark zurückgeschickt, wo er drei Wochen später, diesmal mit tödlichem Ausgang, von einer schwarzen Mamba gebissen wurde, deren Länge er zu messen versucht hatte, indem er sie an sein erigiertes Glied hielt, von dem er wußte, daß es sechs Zoll lang war. »Neun Fuß, drei Zoll«, hatte er gerade errechnet, als er den Kopf der Mamba gegen seine *glans penis* legte. Das war praktisch das letzte, was er ausrechnen konnte, denn dann schlug die Mamba mit einer Bösartigkeit, die durch die absurde Messung völlig gerechtfertigt war, ihre Giftzähne in ihren symbolischen Kontrahenten. Frau Dr. von Blimenstein hatte sich daraufhin von der Psychoanalyse abgewandt und einer mehr behavouristischen Richtung den Vorzug gegeben.

Bei Miss Hazelstone war sie zu dem Schluß gelangt, daß keine Gefahr solcher tragischer Entwicklungen bestünde, und hatte ihre Patientin dazu ermuntert, ihre Träume aufzuschreiben, damit man sie nach ihrer symbolischen Bedeutung untersuchen könne, wodurch sich alle ihre Probleme erklären würden. Der Kummer war nur, daß Miss Hazelstone nie träumte, und die zusammengereimten Träume, die sie der Ärztin unterjubelte, waren realistisch bis zum Gehtnichtmehr. Sie waren vor allem mit Penissen und Vaginen durchsetzt, die nicht durch noch soviel symbolische Deutung in irgendwas anderes übersetzt werden konnten.

»Wie wär's denn mit Schlangen oder Kirchtürmen«, erkundigte sich Miss Hazelstone, als die Doktorin erklärte, wie schwierig das sei.

»Ich habe noch nie von Leuten gehört, die von Penissen träumen«, sagte die Ärztin.

»Wahrscheinlich Wunschträume«, sagte Miss Hazelstone

und setzte ihre Schilderung eines Traumes fort, in dem ein Wesen namens Els auf einer Wiese mit einem schwarzen Hund kämpfte.

»Phantastisch«, sagte Frau von Blimenstein, »absolut archetypisch«, und hatte begonnen, über den Schatten zu sprechen, der sich mit der triebhaften Libido in der Wolle liege.

»Ja, genauso kam es mir damals vor«, sagte Miss Hazelstone orakelhaft. Nach mehreren Wochen mit diesen Träumen war die Ärztin langsam der Meinung, sie sei unter Verwendung dieses Materials in der Lage, eine Untersuchung mit dem Titel »Der Polizist als Archetyp in der südafrikanischen Psychologie« zu schreiben.

Für Miss Hazelstone bedeuteten diese Gespräche eine Abwechslung von der Langeweile des Lebens in Fort Rapier.

»Das Irresein ist ja so eintönig«, sagte sie zur Ärztin. »Man sollte doch meinen, Hirngespinste seien interessanter, aber man muß wirklich daraus schließen, daß der Wahnsinn nur ein kümmerlicher Ersatz für die Wirklichkeit ist.«

Wenn sie sich dann wieder umsah, schien es ihr überhaupt keinen bedeutsamen Unterschied zwischen dem Leben in der Nervenklinik und dem Leben in Südafrika als Ganzem zu geben. Schwarze Irre machten alle Arbeit, während weiße Irre faul rumlagen und sich für den lieben Gott hielten.

»Ich bin sicher, der Allmächtige hat mehr Würde«, dachte Miss Hazelstone im stillen, als sie die matten Gestalten ziellos über den Platz schlurfen sah. »Und ich bin sicher, *Er* leidet nicht an Größenwahn.«

Die Nachricht, daß seine Schwester endlich gefunden worden sei und sich jetzt in der Nervenklinik Fort Rapier befinde, kam für den Bischof von Barotseland nicht überraschend.

»Sie war nie recht bei Troste«, sagte er zum Kommandanten, der ihn persönlich besucht hatte, um ihm die Nachricht zu bringen, und er bewies aufs neue jenen Mangel an Familienloyalität, den der Kommandant als so bedauerlich bei jemandem empfand, der zu so einem illustren Geschlecht gehörte, denn Jonathan setzte hinzu: »Da ist sie am besten aufgehoben. Man hätte sie schon vor Jahren für verrückt erklären sollen.« Der Bischof verzichtete offenbar auf alle Illusionen, und ganz ohne Frage hatte er aufgehört, freundliche Gefühle für seine Schwester zu hegen, außerdem dachte er auch nicht mehr, sie sei bloß ein kleines bißchen exzentrisch:

»Ich empfinde große Bewunderung für Miss Hazelstone«, sagte der Kommandant kühl. »Sie war eine bemerkenswerte Frau, und Zululand wird mit ihrem Scheiden ärmer.«

»Sie sprechen von ihr, als wäre sie schon tot«, sagte der Bischof, der auffallend öfter über das Sterben nachdachte, seitdem er im »Hintern« gelandet war. »Ich vermute, sie ist gewissermaßen in ein besseres Leben aufgebrochen.«

»Sie kommt da nicht raus, bis sie tot ist«, sagte der Kommandant grimmig. »Nebenbei, Ihr Prozeß beginnt nächste Woche, wenn Sie also irgendwas zu Ihrer Verteidigung vorzubringen haben, sollten Sie am besten jetzt anfangen, darüber nachzudenken«, und damit war der Kommandant schon wieder weg, überzeugt, daß Jonathan Hazelstone sein Schicksal verdiene.

Als der Bischof wieder allein in seiner Zelle war, kam er zu dem Schluß, daß es wirklich nichts gebe, was er seinem bereits abgelegten Geständnis noch hinzufügen könnte. Er hielt es so, wie es war, für eine vollkommen angemessene Verteidigung. Niemand auf der Welt konnte allen Ernstes glauben, daß er die Verbrechen, die er gestanden hatte, wirklich begangen habe, und er hatte seine Zweifel, ob irgend jemand anderer als ein Fachmann in Fragen des Ritus der Hochkirche strafbare Handlungen von kirchlichen Bräuchen auseinanderhalten könne. Kein Richter, der was taugte, könnte ihn jemals wegen Latitudinarismus verurteilen. Der Bischof legte sich auf die Matte auf dem Zellenfußboden, die ihm als Bett diente, und sah dem Urteil entgegen, das ihn, da war er ganz sicher, freisprechen werde.

»Wahrscheinlich kommt's nicht mal dazu«, dachte er heiter. »Der Richter wird die Staatsanwaltschaft einfach aus dem Gericht werfen.«

Wie gewöhnlich erwiesen sich die Voraussagen des Bischofs von Barotseland als völlig falsch. Der Richter, der den Fall verhandeln sollte, war Gerichtsrat Schalkwyk, dessen Mutter in einem englischen Konzentrationslager gestorben war und der sowohl wegen seiner Taubheit als auch wegen seiner Abscheu gegen alles Britische bekannt war. Der Verteidiger, Mr. Leopold Jackson, war ebenfalls körperlich behindert, und zwar durch eine Gaumenspalte, die seine Plädoyers nahezu unverständlich machte, und er war ohnehin für seine Neigung bekannt, sich richterlicher Autorität zu beugen. Als Verteidiger war er von den Erben des Angeklagten gewählt worden, entfernten Vettern, die in einem ärmlichen Stadtteil von Kapstadt lebten und hofften, durch Beschleunigung des Verfahrens jeder weiteren unwillkommenen Publicity aus dem Weg zu gehen, die den Namen der Familie besudeln könnte. Mr. Jackson durfte seinen Klienten erst wenige Tage vor Prozeßbeginn sprechen, und da auch nur in Anwesenheit von Wachtmeister Els.

Das Gespräch fand im »Hintern« statt und war von Anfang an durch ein fast totales Mißverstehen gekennzeichnet.

»Sschie schagen, Schie haben ein Geschtändnisch unterscheichnet. Höchscht verhängnischvoll«, sagte Mr. Jackson.

»Es wurde unter Zwang gemacht«, sagte der Bischof.

»Stimmt nicht«, sagte Els, »es wurde hier drin gemacht.«

»Unter Tschwang«, sagte Mr. Jackson. »Dann ischt esch schon faul.«

»Das hoffe ich doch«, sagte der Bischof.

»Das kann es nicht sein«, sagte Els, »Geständnisse sind das nie.«

»Wie wurde esch denn ausch Ihnen rauschgequetscht?«

»Ich wurde gezwungen, stehenzubleiben.«

»Das stimmt nicht«, sagte Els. »Ich habe Ihnen erlaubt, sich hinzusetzen.«

»Das stimmt«, sagte der Bischof.

»Alscho wurde esch nicht unter Tschwang gemacht«, sagte Mr. Jackson.

»Ich hab's Ihnen doch eben gesagt. Es wurde hier drin gemacht«, sagte Els.

»Es wurde zum Teil unter Zwang gemacht«, sagte der Bischof.

»Hören Sie nicht auf ihn«, sagte Els, »ich weiß, wo es gemacht wurde. Es wurde hier drin gemacht.«

»Wurde esch hier drin gemacht?« fragte Mr. Jackson.

»Gewisch doch«, sagte der Bischof, der in den Rechtsjargon verfiel.

»Da haben Sie's, ich hab's Ihnen ja gesagt«, sagte Els.

»Esch scheint hier wasch durcheinandertschugehen«, sagte Mr. Jackson. »Wasch haben Schie denn geschtanden?«

»Kniebeugen mit einem Seelenbräutigam«, sagte Els schnell, um geringeren Verbrechen zuvorzukommen.

»Kniebeugen mit wasch?« fragte Mr. Jackson.

»Er meint einen Seelenhirten, glaube ich«, sagte der Bischof.

»Tu ich nicht. Ich meine einen Seelenbräutigam«, sagte Els ungehalten.

»Hört schich alsch Verbrechen aber schehr schonderbar an«, sagte Mr. Jackson.

»Wem sagen Sie das«, sagte Els.

»Ich dachte, esch handelte schich hier um eine kapitale Schache«, sagte Mr. Jackson.

»Ist es ja auch«, sagte Els, »ich genieße sie irrsinnig.«

»Kniebeugen ischt nach schüdafrikanischem Recht kein Verbrechen.«

»Doch, mit einem Seelenbräutigam ja«, sagte Els.

»Es kommen noch ein paar andere Verbrechen in meinem Geständnis vor«, sagte der Bischof.

»Und tschwar?«

»Mord«, sagte der Bischof.

»Lesbische Liebe«, sagte Els.

»Leschbische Liebe? Dasch ischt unmöglich. Ein Mann kann keine Leschbierin schein. Schind Schie schicher, dasch Schie den richtigen Fall rauschgeschucht haben?«

»Absolut sicher«, sagte Els.

»Hätten Schie vielleicht wasch dagegen, meinen Klienten für schich schelbst schprechen tschu laschen?« fragte Mr. Jackson den Wachtmeister.

»Ich versuche ja bloß zu helfen«, sagte Els gekränkt.

»Alscho dann«, fuhr Mr. Jackson fort, »ischt esch wahr, dasch Schie tschugegeben haben, Leschbierin tschu schein?«

»Um die Wahrheit zu sagen, ja«, sagte der Bischof.

»Und ein Mörder?«

»Wirkt sonderbar, was?« sagte der Bischof.

»Esch hört schich phantaschtisch an. Wasch haben Schie denn noch tschugegeben?«

Der Bischof zögerte. Er wollte nicht, daß Mr. Jackson Einwände gegen seine Beichte erhob, bevor sie vor Gericht verlesen würde. Alles hing von der Absurdität dieses Schriftstücks ab, und Mr. Jackson sah nicht wie ein Anwalt aus, der das kapierte.

»Ich glaube, ich möchte das Verfahren lieber so weiterlaufen lassen, wie es ist«, sagte er, entschuldigte sich, weil er müde sei, und führte den Verteidiger zur Zellentür.

»Wir schehen unsch dann«, sagte Mr. Jackson aufgeräumt und verließ den Sicherheitstrakt.

Es lag freilich nicht an Mr. Jackson, daß Jonathan Hazelstones Geständnis nicht in seiner ungekürzten Fassung das Gericht erreichte. Das war vielmehr der Gewissenhaftigkeit Luitenant Verkramps zuzuschreiben, der, auf Lob erpicht, eine Kopie des Geständnisses an BOSS in Pretoria geschickt hatte. Der Chef des Bureau of State Security fand das Schriftstück eines Morgens auf seinem Schreibtisch und las das Ding mit wachsendem Zweifel durch. Nicht daß er es nicht gewöhnt gewesen wäre, übertriebene Geständnisse zu lesen. Schließlich existierte die Sicherheitsabteilung zu dem Zweck, daß sie welche produzierte, und er konnte sich rühmen, daß sie in dieser Hinsicht einen unerreichten Ruf hatte. 180 Tage Einzelhaft und tagelanges Stehen ohne Schlaf, während der Verdächtige verhört wurde, führten leicht zu ziemlich belastenden Eingeständnissen, aber was Verkramp ihm hier geschickt hatte, ließ alles Dagewesene verblassen.

»Der Mann ist nicht ganz dicht«, sagte er, nachdem er den Verbrechenskatalog durchgeackert hatte, der unter anderem Nekrophilie, Flagellation und Liturgie enthielt, aber es war nicht klar, wen er dabei im Sinn hatte. Nach einer Konferenz mit führenden Regierungsmitgliedern beschloß BOSS, im Interesse der abendländischen Zivilisation, verkörpert in der Republik Südafrika, zu intervenieren, und ordnete kraft der ihm vom Parlament verliehenen Machtbefugnisse an, neun Zehntel des Geständnisses zu streichen. Gerichtsrat Schalkwyk solle den Gefangenen wegen Mordes an einem Zulu-Koch und einundzwanzig Polizisten verhören, überführen und ohne Möglichkeit der Revision verurteilen. Keine anderen Beschuldigungen sollten vorgebracht und keine Beweise, die der Sicherheit des Staates Abbruch täten, vor Gericht vorgelegt werden. Wütend brummelnd ließ sich der alte Richter zwingen, dem südafrikanischen Recht gemäß folgsam zu sein. Jonathan Hazelstone solle gehenkt werden, da dürfe es kein Fehlurteil geben, aber schließlich reiche ein Zehntel seiner Verbrechen ja auch schon aus.

Der Prozeß fand in Piemburg und in eben dem Gerichtssaal statt, in dem der Vater des Beschuldigten sich einen so großen Namen gemacht hatte.

»Die alte Ordnung heischt Veränderung«, flüsterte Jonathan seinem Anwalt ins Ohr, als er auf der Anklagebank Platz nahm. Mr. Jackson fand das nicht komisch.

»Esch schteht Ihnen wohl nicht tschu, schich über meine Schwäche luschtig tschu machen«, sagte er. »Nach allem, wasch ich gehört habe, täten Schie auscherdem bescher tschu schagen: ›Dasch Schlimmschte kommt noch.‹«

Mr. Jackson hatte ausnahmsweise mal recht. Die Entdekkung, daß man seine Beichte gereinigt hatte, traf den Bischof in dem Prozeß wie ein Schlag. In der Pause, die der Ankündigung folgte, daß er nur wegen Mordes belangt werden solle, beriet sich Jonathan mit seinem Verteidiger.

»Ich würde Irrschinn vorschütschen. Dasch scheint Ihre eintschige Schangtsche tschu schein«, war Mr. Jacksons Rat.

»Aber ich bin völlig unschuldig. Mit dem Mord an den einundzwanzig Polizisten habe ich nichts zu tun.«

»Dasch glaube ich, aber esch ischt eine bedauernschwerte Tatsache, dasch Schie geschtanden haben, schie getötet tschu haben.«

»Dazu wurde ich gezwungen. Warum um alles in der Welt sollte ich sie umbringen wollen?«

»Keine Ahnung«, sagte Mr. Jackson. »Die Motive meiner Klienten schind mir schon immer ein Rätschel geweschen. Tatschache ischt, daß schich die Beweische gegen Schie recht übertscheugend anhören. Schie hatten die Gelegenheit, und die Waffen wurden in Ihrem Beschitsch gefunden. Auscherdem haben Schie in einem von Ihnen unterschriebenen Geschtändnisch tschugegeben, schie getötet tschu haben. Ich schlage vor, Schie ändern Ihren Einschpruch von nicht schuldig in schuldig, aber wahnschinnig.«

»Ich bin trotschdem nicht wahnschinnig«, schrie der Bischof.

»Ich bin nicht hier, um mich beleidigen tschu laschen«, sagte Mr. Jackson.

»Vertscheihung«, sagte der Bischof. »Ich meine, Verzeihung.«

»Ich werde Ihren Einschpruch ändern«, sagte Mr. Jackson abschließend. »Esch ischt ja Wahnschinn.«

»Wahrscheinlich«, sagte der Bischof.

»Esch ischt bescher alsch gehängt tschu werden«, sagte Mr. Jackson, und sie gingen wieder in den Gerichtssaal.

Der Prozeß ging schnell voran. Als der Nachmittag sich seinem Ende zuneigte, war die Anklage vorgetragen, und Mr. Jackson hatte keinen Versuch zu einer durchdachten Verteidigung unternommen. Er verließ sich angesichts des offenbaren Wahnsinns des Angeklagten auf die Milde des Gerichts.

In seiner abschließenden Rede an die Geschworenen, die man aus den nächsten Verwandten der ermordeten Polizisten ausgewählt hatte, sprach Gerichtsrat Schalkwyk so kurz und unparteiisch, wie man es an ihm nicht gewohnt war.

»Wir haben es von der Staatsanwaltschaft gehört«, brummelte er, obwohl gar kein Zweifel bestand, daß er es wegen seiner Taubheit nicht gehört hatte, »daß der Beschuldigte diese Verbrechen begangen hat. Sie haben mit eigenen Augen das Geständnis des Angeklagten gesehen, und Sie haben den Einspruch der Verteidigung vernommen, daß ihr Klient geisteskrank sei. Nun könnte man vielleicht meinen, es spräche einiges für die Vermutung, daß ein Mann, der einundzwanzig Polizisten ermordet und dann ein Geständnis unterschreibt, in dem er das zugibt, offensichtlich nicht ganz bei Verstand ist. Es ist jedoch meine Pflicht, Sie darauf hinzuweisen, daß angesichts der überwältigenden Beweise, die gegen ihn vorliegen, sich hinter einer Geisteskrankheit zu verkriechen nicht die Handlungsweise eines geisteskranken Menschen ist. Es ist dies eine höchst vernünftige Handlungsweise und dazu eine, die eine Auffassungsgabe verrät, wie sie nur in einem intelligenten und gesunden Geist zu finden ist. Ich meine also, Sie können die Frage, ob Geisteskrankheit ja oder nein, in Ihren Überlegungen vollkommen außer acht lassen. Sie brauchen sich lediglich mit der Schuldfrage zu befassen. Meiner Meinung nach besteht nicht der Schatten eines Zweifels, daß der Beklagte die Morde beging, die ihm zur Last gelegt werden. Er besaß, wie wir von dem Spurensachverständigen gehört haben, den die Anklage präsentierte, sowohl die Gelegenheit als auch die Mittel dazu. Er wurde im Besitz der Mordwaffen angetroffen, als er sich ihrer gerade entledigen wollte. Seine Brieftasche und ein Taschentuch von ihm wurden am Schauplatz des Verbrechens gefunden, und er hat keine zufriedenstellende Erklärung abgeben können, wie sie dorthin gelangt sind. Schließlich hat er in einem von ihm unterschriebenen Geständnis zugegeben, daß er für die Morde verantwortlich ist. Ich glaube, mehr brauche ich nicht zu sagen. Sie und ich, wir wissen, daß der Angeklagte schuldig ist. Gehen Sie jetzt hinaus, und kommen Sie wieder und bestätigen Sie das.«

Die Geschworenen verließen im Gänsemarsch den Gerichtssaal. Zwei Minuten später kamen sie zurück. Ihr Urteil war einstimmig. Jonathan Hazelstone war in einundzwanzigeinviertel Fällen des Mordes schuldig.

Als Gerichtsrat Schalkwyk das Urteil fällte, gestattete er sich, von der Vorurteilslosigkeit, die er in seiner Schlußrede bewiesen hatte, ein wenig abzurücken. Er ging auf ein früheres Urteil ein, in dem es um ein Verkehrsvergehen gegangen war. Der Verurteilte hatte es unterlassen, deutlich auf seine Absicht aufmerksam zu machen, daß er auf einer Kreuzung links abbiegen wollte, und das bedrohte, wie der Gerichtsrat ausführte, das Wesen der südafrikanischen Gemütslage in ihrem Kern, denn sie beruhte auf einer Reihe konsequenter Bewegungen nach rechts.

»Sie sind eine Bedrohung der Werte der westlichen Zivilisation«, sagte der Gerichtsrat, »und Pflicht dieses Gerichts ist es, den Kommunismus auszurotten.« Er ordnete an, den Gefangenen aus dem Gerichtssaal zu führen und am Hals aufzuhängen, bis der Tod eintrete. Er wollte den Saal gerade verlassen, als Mr. Jackson ihn um ein Wort unter vier Augen bat.

»Ich würde die Aufmerkschamkeit Euer Ehren gern auf ein Privileg lenken, dasch die Familie Haschelschtone beschitscht«, gurgelte er.

»Die Familie Hazelstone, das sage ich mit Freude, besitzt überhaupt keine Privilegien mehr«, sagte der Gerichtsrat.

»Esch handelt schich um ein lange schtehendesch Vorrecht. Esch schtammt ausch den Tagen von Schör Theophilusch.«

»Lange stehend? Was meinen Sie damit? Es ist keine Frage, daß er lange stehen wird. Er wird in Kürze hängen.«

»Ich meine dasch Privileg, im Piemburger Gefängnisch gehenkt tschu werden. Esch wurde der Familie auf Dauer erteilt«, versuchte Mr. Jackson zu erklären.

»Mr. Jackson«, schrie der Gerichtsrat, »Sie stehlen mir meine Zeit und auch dem Gericht, ganz zu schweigen von Ihrem Klienten, dem wenig genug Zeit bleibt, wie die Dinge stehen. Dauer bedeutet, etwas vor dem Vergessen bewahren. Das Urteil, das ich gerade gefällt habe, ist seiner Bedeutung nach genau das Gegenteil. Ich denke, mehr brauche ich nicht zu sagen, und ich möchte Ihnen raten, dasselbe zu tun.«

Mr. Jackson unternahm einen letzten Anlauf. »Darf mein Klient im Piemburger Gefängnisch gehenkt werden?« brüllte er.

»Natürlich darf er«, schrie der Gerichtsrat zurück. »Das muß er sogar. Das ist ein lange stehendes Vorrecht der Familie Hazelstone.«

»Vielen Dank«, sagte Mr. Jackson. Als der Gerichtssaal sich leerte, wurde Jonathan Hazelstone starr vor Entsetzen in seine Zelle zurückgeschafft.

17

Mit ungefähr demselben Entsetzen erfuhr Direktor Schnapps, daß er dazu ausersehen sei, bei der ersten Hinrichtung, die das Piemburger Gefängnis seit zwanzig Jahren erlebte, die Aufsicht zu führen. Nicht daß er etwa zimperlich oder über den Gedanken entsetzt gewesen wäre, einer Exekution beiwohnen zu müssen. Er hatte in seiner Zeit als Gefängnisdirektor schon jede Menge Hinrichtungen erlebt, meistens inoffizielle, die an schwarzen Sträflingen ausgeführt wurden, die begierig darauf waren, ein für allemal dem Regiment zu entgehen, das er ihnen verordnet hatte, aber nichtsdestoweniger erfüllten ihn Exekutionen und die Aussicht, wenigstens *eine* offizielle Hinrichtung auf seiner Habenseite zu besitzen, mit einem Gefühl der Befriedigung. Das Entsetzen rührte von ganz anderen Überlegungen her.

Da war zum Beispiel das Problem mit dem Galgen, der zwanzig Jahre lang nicht mehr benutzt worden war, außer als willkommener Ort zum Aufbewahren von allem möglichen Gerümpel. Direktor Schnapps inspizierte den »Kopf« höchstpersönlich, und nach dem wenigen, was man über die Eimer und Gartenwalzen hinweg sehen konnte, die darin verstaut waren, kam er zu dem Schluß, daß das Gerüst nicht in dem Zustand sei, um jemanden daran aufzuhängen. Dasselbe war von den in Aussicht genommenen Henkern zu sagen. Der alte Wärter erbot sich, jeden, der zum Scharfrichter bestimmt würde, zu beraten, aber er weigerte sich beharrlich, persönlich bei der Exekution anwesend zu sein mit der Begründung, das Todeshaus sei unsicher, und die Versuche des Direktors, einen von den anderen Wärtern dazu zu überreden, den Job zu übernehmen, stieß auf keine Gegenliebe. Niemand, so schien es, war scharf darauf, Jonathan Hazelstone bei seinem letzten Gang zu begleiten, wenn das bedeutete, die morschen Stufen zum »Kopf« hinaufsteigen zu müssen.

In seiner Verzweiflung rief Direktor Schnapps den Amtlichen Scharfrichter in Pretoria an, um ihn zu fragen, ob er nicht für den Tag nach Piemburg runterkommen könne, aber der Henker war viel zu beschäftigt.

»Ganz ausgeschlossen«, sagte er, »an dem Tag habe ich zweiunddreißig Fälle, und außerdem hänge ich niemals Einzelpersonen. Ich kann mich gar nicht erinnern, wann ich das letzte Mal einen einzelnen Menschen gehängt habe. Meine Leute hänge ich immer in Gruppen zu sechst gleichzeitig, und auf alle Fälle habe ich an meinen guten Ruf zu denken. Ich hänge jedes Jahr mehr Leute als jeder andere Henker in der Welt, mehr als alle anderen Henker der freien Welt zusammen, um die Wahrheit zu sagen, und wenn erst mal bekannt würde, daß ich einen einzelnen hingerichtet hätte, dann würde ich in den Augen der Leute meine ganz persönliche Note einbüßen.«

Als letzten Ausweg brachte Direktor Schnapps beim Staatsanwalt die Frage des Privilegs zur Sprache.

»Ich sehe nicht ein, warum dieser Hazelstone eine Extrawurst bekommen soll«, sagte er. »Alle anderen werden in Pretoria gehenkt. Es scheint mir nicht richtig, daß ein Kerl, der einundzwanzig Polizisten umgelegt hat, das Recht auf Privilegien haben sollte, die gewöhnlichen Feld-Wald-und-Wiesen-Mördern verweigert werden.«

»Ich fürchte, da kann ich nichts machen«, sagte der Staatsanwalt zu ihm, »Gerichtsrat Schalkwyk hat zugestanden, daß das Privileg bestehen bleibt, und ich kann seine Entscheidung nicht ändern.«

»Aber wie ist denn die Familie Hazelstone überhaupt zu dem Recht gekommen, in Piemburg gehenkt zu werden?«

Der Staatsanwalt blätterte in den Akten nach.

»Das geht auf die Rede zurück, die Sir Theophilus zur Eröffnung des Gefängnisses im Jahre 1888 hielt«, berichtete er dem Gefängnisdirektor. »Im Verlauf dieser Rede sagte Sir Theophilus und ich zitiere: ›Die Todes- und die Prügelstrafe sind für die Ruhe und den Frieden in Zululand unabdingbar. Sie wecken in den eingeborenen Rassen das Gefühl für die angestammte Überlegenheit des weißen Mannes, und indem ich das Gefängnis für eröffnet erkläre, möchte ich zum Ausdruck bringen, daß es meine tiefste Überzeugung ist, daß die ganze Zukunft der weißen Zivilisation in diesem dunklen Erdteil von der häufigen Benutzung des Gerüsts, das zu sehen wir heute das große Vorrecht hatten, abhängt, ja man möchte fast sagen, an ihr hängt. Es wird ein düsterer Tag für dieses Land sein, wenn die Galgenklappe sich zum letzten Mal öffnet, und ich hoffe zu Gott, daß das ein Tag sein möge, den kein Mitglied meiner Familie erleben wird.‹ Zitat Ende.«

»Alles sehr löblich«, sagte der Direktor, »aber ich sehe immer noch nicht, daß das notwendigerweise bedeutet, wir hätten den Galgen zum ausschließlichen Gebrauch der Familie Hazelstone zu unterhalten.«

Der Staatsanwalt griff zu einem anderen Dokument.

»Hier haben wir nun die Erklärung, die der selige Richter Hazelstone damals abgab, als alle Hinrichtungen nach Pretoria verlegt wurden. Der Richter wurde gefragt, was sein Vater seiner Ansicht nach in der Rede habe sagen wollen. Seine Antwort war, ich zitiere: ›Das ist doch absolut klar. Der Galgen und die Familie Hazelstone stehen und fallen gemeinsam. Mein Vater glaubte – und glaubte mit Recht –, daß unsere Familie für Zululand ein Beispiel setzen solle. Ich kann mir kein schöneres Beispiel denken, als daß wir unseren Privatgalgen im Piemburger Gefängnis haben.‹ Zitat Ende. Absolut überzeugend, finden Sie nicht auch?«

Direktor Schnapps mußte zugeben, daß es das war, und fuhr wieder ins Gefängnis zurück, immer noch mit dem Problem beschäftigt, einen Henker zu finden.

Schließlich war es kein anderer als Wachtmeister Els, der offizieller Henker wurde. Der Wachtmeister überlegte immer noch voller Freude, wofür er die Belohnung ausgeben solle, die er durch die Verhaftung von Miss Hazelstone eingenommen hatte, und sah mit Spannung der Feier in der Polizeisporthalle entgegen, bei der ihm vom Polizeikommissar der Scheck überreicht werden sollte. Er hatte beschlossen, der Preis, den der Präparator am Piemburger Museum für das Ausstopfen von Toby gefordert hatte, sei die Sache wert.

»Ich laß den Dobermann ausstopfen«, hatte er Kommandant van Heerden eines Tages eröffnet.

»Dann, denke ich, werden Sie nichts dagegen haben, sich ein kleines Taschengeld zu verdienen«, sagte der Kommandant.

»Wie denn?« fragte Els argwöhnisch.

»Nichts Anstrengendes«, sagte der Kommandant. »Es erfordert von Ihnen absolut keine Mühe. Wenn ich darüber nachdenke, wundere ich mich eigentlich, daß Sie sich noch nie daran versucht haben. Ich kann mir keinen besseren Mann für die Aufgabe denken.«

»Hm«, sagte Els, dem die Locktöne des Kommandanten gar nicht gefielen.

»Ich möchte sagen, Sie haben wahrscheinlich eine natürliche Begabung dafür.«

Els überlegte, welche dreckigen Aufgaben rund ums Polizeirevier erledigt werden mußten. »Um was geht's?« fragte er schroff.

»Das ist eine Aufgabe, die Ihnen wirklich liegen müßte«, sagte der Kommandant, »und Sie täten's ausnahmsweise mal legal.«

Els versuchte, sich vorzustellen, was ihm wirklich läge und was nicht legal wäre. Mit schwarzen Frauen zu bumsen erschien ihm als die plausibelste Lösung.

»Selbstverständlich würden Sie die übliche Gage dafür kriegen«, fuhr der Kommandant fort.

»Die übliche Gage?«

»Fünfundzwanzig Rand beträgt sie, glaube ich«, sagte der Kommandant, »sie kann aber auch gestiegen sein.«

»Hm«, sagte Els, der langsam meinte, seinen Ohren nicht mehr trauen zu dürfen.

»Nicht schlecht für ein bißchen Spaß«, sagte der Kommandant, der wußte, daß Wachtmeister Els mindestens fünfzehn Menschen in Ausübung seiner Pflicht und einundzwanzig aus purem Vergnügen erschossen hatte. »Natürlich brauchte die Methode etwas Übung.«

Wachtmeister Els kramte in seiner Erinnerung, um auf irgendeine Methode zu stoßen, die er noch nicht angewandt hatte. Soweit er wußte, hatte er schon jede Stellung aus dem Buch versucht und noch ein paar dazu.

»Welche Methode hatten Sie denn im Sinn?« erkundigte er sich.

Dem Kommandanten ging Elsens Geziere langsam auf den Wecker. »Die mit einem Strick um den Hals und einem Sturz aus drei Metern Höhe«, schnauzte er. »Das sollte fürs erste genügen.«

Els war perplex. Wenn's so schon losginge, mochte er gar nicht dran denken, wie's enden sollte.

»Wär das nicht ein bißchen gefährlich?« fragte er.

»Natürlich nicht. Bombensicher.«

Wachtmeister Els konnte sich keine Bombe vorstellen, die so sicher war.

»Natürlich, wenn Sie Schiß haben«, begann der Kommandant.

»Ich hab keinen Schiß«, sagte Els. »Wenn Sie wirklich wollen, daß ich's mache, dann mach ich's, aber ich übernehme keine Verantwortung dafür, was dem armen Mädel dabei passiert. Ich meine, man kann doch keine Frau mit einem Strick um den Hals drei Meter tief fallen lassen, ohne sie irgendwie zu verletzen, nicht mal 'n Niggerweib. Und was das Bumsen . . .«

»Wovon zum Teufel reden Sie eigentlich, Els?« wollte der

Kommandant wissen. »Wer hat denn was von Frauen gesagt? Ich rede davon, daß Jonathan Hazelstone gehenkt wird. Ich biete Ihnen den Job als Henker an, und Sie quatschen die ganze Zeit wie ein Besessener von Frauen. Fühlen Sie sich in Ordung?«

»Ja, Sir. Jetzt ja«, sagte Els.

»Na schön, also machen Sie's oder machen Sie's nicht?«

»Ja, klar. Ich werde ihn prima hängen. Das macht mir nichts aus«, und Els war losgezogen, um am Galgen im Piemburger Gefängnis zu üben.

»Ich bin Scharfrichter Els«, stellte er sich würdevoll dem Wärter am Tor vor. »Ich bin der offizielle Henker.«

Als Kommandant van Heerden wieder allein in seinem Büro war, lauschte er dem Klopfen seines Herzens. Seit jener Nacht allein im Garten von Jacaranda House war ihm bewußt, daß irgend etwas damit ernstlich nicht stimmte.

»Das ist das ganze Rumgerenne und Aus-den-Fenstern-Gespringe«, sagte er sich. »Ist natürlich nicht gut für einen Mann meines Alters.« Er war mehrere Male bei seinem Arzt gewesen, nur um gesagt zu bekommen, daß er mehr Bewegung brauche.

»Sie müssen verrückt sein«, hatte der Kommandant zu ihm gesagt. »Ich renne überall im ganzen Ort rum.«

»Sie wiegen zuviel. Das ist das einzige, was Ihnen fehlt«, sagte der Arzt.

»Ich bin zweimal zusammengeklappt«, beharrte der Kommandant, »einmal in Jacaranda House und das zweite Mal im Gericht.«

»Wahrscheinlich das schlechte Gewissen«, sagte der Doktor heiter, und der Kommandant war in mieser Stimmung weggegangen, um sie an Luitenant Verkramp auszulassen.

Kommandant van Heerden ereilte sein dritter Anfall während der Feier in der Sporthalle, bei der der Polizeikommissar Wachtmeister Els die Belohnung überreichte. Der Kommandant hatte es bereut, Els die Belohnung zugesprochen zu haben, als er hörte, sie würde ihm vom Kommissar persönlich vor einem Publikum, bestehend aus fünfhundertneunundsiebzig Polizisten mit ihren Familien, überreicht werden. Die Aussicht, Els könne aufstehen und eine Dankesrede halten, war nicht dazu angetan, in Kommandant van Heerden irgendwie Begeisterung zu wecken.

»Hören Sie zu, Els«, sagte er, bevor er auf das Podium kletterte, auf dem der Kommissar schon wartete, »Sie brauchen nicht mehr zu sagen als ›Vielen herzlichen Dank‹. Ich möchte keine lange Rede hören.«

Wachtmeister Els nickte. Er war gar nicht dazu aufgelegt, Reden zu halten, weder kurze noch lange. Die beiden Männer betraten die Halle.

Schließlich jedoch verlief der Abend schlimmer, als es selbst der Kommandant vorausgesehen hatte. Der Polizeikommissar hatte soeben von der neuen Würde gehört, die man Wachtmeister Els übertragen hatte, und hatte beschlossen, seine Rede damit zu beenden, daß er die Neuigkeit den versammelten Männern eröffnete.

»Und so bitte ich nun, Wachtmeister Els nach oben zu kommen und seine Belohnung entgegenzunehmen«, sagte er endlich, »oder sollte ich sagen: Scharfrichter Els?«

Unbändiges Lachen und Beifall begrüßten diese Äußerung. »Das stimmt, nennen Sie ihn ruhig Scharfrichter Els«, schrie jemand, und eine andere Stimme rief: »Kaffern-Killer Els.«

Der Kommissar bat mit erhobener Hand um Ruhe, als Els aufs Podium geklettert kam.

»Wir alle wissen, welchen entscheidenden Beitrag Wachtmeister Els zur Lösung des Rassenproblems in Südafrika geleistet hat«, fuhr er unter allgemeinem Gelächter fort. »Ich glaube, ich kann ehrlich sagen, daß es wohl nur wenige Männer in der südafrikanischen Polizei gibt, die der Schaffung eines rassereinen und wirklich weißen Südafrika mehr Hindernisse aus dem Weg geräumt haben als Wachtmeister Els. Aber ich meine jetzt nicht seine vortreffliche Zielsicherheit, noch die Opfer, die er in

Verfolgung unseres gemeinsamen Traums, eines Südafrika, in dem es keine Schwarzen gibt, zu bringen für richtig hielt. Ich spreche jetzt von seiner neuen Verpflichtung. Wachtmeister Els wurde dazu ausersehen, das Amt zu übernehmen, den Mann zu hängen, dem wir die leeren Reihen heute Abend zu verdanken haben.« Er machte eine Pause und wandte sich Wachtmeister Els zu. »Ich habe die große Freude, Ihnen als Belohnung für die Verhaftung einer gefährlichen Verbrecherin diesen Scheck zu überreichen«, sagte er und schüttelte Els die Hand. »Henker Els, Sie haben Ihren Mitpolizisten Ehre gemacht.«

Lautes Hurrageschrei begrüßte die Nachricht von Elsens Ernennung. Els nahm den Scheck und machte kehrt, um wieder auf seinen Platz zurückzugehen.

»Na, Gott sei Dank«, entfuhr es dem Kommandanten, aber im nächsten Augenblick ertönten von allen Seiten die Rufe: »Eine Rede! Eine Rede! Du mußt eine Rede halten!« Und »Erzähl uns, wie du den Scheißkerl kaltmachst!« Und Els, der verlegen am Rand des Podiums rumstand, war endlich so weit, daß er was sagte.

»Also«, sagte er zögernd, als das Geschrei verstummt war, »ich nehme an, ihr wollt alle wissen, was ich mit dem Geld mache.«

Er hielt inne, und der Kommandant schloß die Augen. »Also, vor allem werde ich mich erst mal an meinen Dobermann ranmachen.«

Das Publikum brüllte vor Begeisterung, und der Kommandant machte einen Moment die Augen auf, um zu sehen, wie der Polizeikommissar die Sache aufgenommen hatte. Der Kommissar lachte kein bißchen.

»Das ist ein Hund, Sir«, flüsterte ihm der Kommandant eilig zu.

»Ich weiß, daß das ein Hund ist. Ich weiß, was ein Dobermann ist«, sagte der Polizeikommissar eisig, und ehe der Kommandant ihm die wahre Natur von Elsens Plänen erklären konnte, hatte der Wachtmeister weitergeredet.

»Das ist 'n dicker schwarzer Kerl«, sagte Els, »und nun ist er schon ein paar Wochen tot, es wird also nicht das reine Vergnügen werden.«

Das Publikum war entzückt. Schreien und Stiefelgetrampel begrüßten Elsens Mitteilungen.

»Ist es bei Ihren Männern etwa gebräuchlich, sich an Hunde ranzumachen?« fragte der Kommissar den Kommandanten.

»Er benutzt den Ausdruck nicht in seiner üblichen Bedeutung, Sir«, sagte der Kommandant verzweifelt.

»Das ist mir vollkommen klar«, sagte der Kommissar. »Ich weiß genau, was er meint.«

»Ich glaube nicht, Sir«, begann der Kommandant, aber Els hatte wieder zu sprechen angefangen, und der Kommandant mußte still sein.

»Er ist irgendwie steif«, sagte Els, »und deswegen ist es schwierig, in ihn reinzukommen.«

»Sie müssen ihn zum Schweigen bringen«, schrie der Kommissar Kommandant van Heerden an, während die Halle sich vor hysterischem Gelächter bog.

»Verstehen Sie doch, Sir«, schrie der Kommandant zurück. »Er tötete den Hund und ...«

»Das überrascht mich überhaupt nicht. Ein Jammer, daß er sich nicht selber dabei umgebracht hat.«

In der Halle um sie herum tobte ein Höllenspektakel. Wachtmeister Els begriff nicht, über was von dem, was er gesagt hatte, die Leute so lachten.

»Lacht doch ruhig«, brüllte er über den Lärm weg, »lacht ruhig, verflucht noch mal, aber ich wette, ihr habt keinen Hund mit einem Stammbaum. Mein Hund hatte einen ganz besonderen Baum ...« Der Rest des Satzes ging in Gelächter unter.

»Ich bleibe doch hier nicht sitzen und höre mir noch mehr von diesem Dreck an«, schrie der Kommissar.

»Warten Sie doch mal einen Moment, Sir«, brüllte der Kommandant zurück, »ich kann Ihnen erklären, was er sagen wollte. Er will den Hund zu einem Präparator bringen.«

Aber der Kommissar war bereits von seinem Platz aufgestanden und hatte das Podium verlassen.

»Verdammt widerlich«, sagte er zu seinem Adjutanten, als er in seinen Wagen stieg. »Der Kerl ist ja ein Sexualungeheuer.«

In der Halle hatte Els die Bühne verlassen und erklärte gerade einem Zivilbeamten in der ersten Reihe, daß er sich gleich an ihn ranmache, wenn er nicht aufhöre zu lachen. Auf dem Podium hatte Kommandant van Heerden seinen dritten Herzanfall erlitten.

Im Gefängnis von Piemburg teilte Jonathan Hazelstone nicht die Überzeugung seiner Schwester von der Erhabenheit Gottes. Nach einem ganzen Leben im Dienste des Herrn und einem Monat im »Hintern« fühlte er sich außerstande, noch länger daran zu glauben, daß was auch immer sich ihm in der Tiefe des Swimmingpools offenbart hatte, auch nur andeutungsweise barmherzig sei. Und was dessen Vernunft betraf, so ließ ihn seine Auffassung von der Welt und ihren Methoden vermuten, daß ihr Schöpfer nicht ganz bei Verstand gewesen sein müsse.

»Ich glaube, die Ruhepause am siebenten Tag hat er wirklich nötig gehabt«, sagte er zu dem alten Wärter, der darauf bestand, ihm Trost zu bringen, »und was seine Güte angeht, so sprechen, glaube ich, die Fakten für sich. Was immer für die Schöpfung verantwortlich war, er kann unmöglich etwas Gutes im Schilde geführt haben. Ganz das Gegenteil, wenn Sie mich fragen.«

Der alte Wärter war entsetzt. »Sie sind der erste, der in dieser Zelle sitzt«, sagte er, »und sich nicht eines Besseren besinnt und zu Gott bekehrt, bevor er gehenkt wird.«

»Das hat vielleicht etwas damit zu tun, daß ich unschuldig bin«, sagte der Bischof.

»Ach, daher weht der Wind«, sagte der alte Wärter und gähnte. »Das sagen sie alle«, und schlurfte davon, um Wachtmeister Els, der drüben im »Kopf« übte, Ratschläge zu erteilen. Wieder allein in seiner Zelle, legte sich der Bischof auf den Boden und lauschte den Geräuschen, die vom Galgen herübertönten. Nach allem, was er hörte, würde er wahrscheinlich weniger an einem gebrochenen Genick als an irgendeiner gräßlichen Form von Leistenbruch sterben.

Scharfrichter Els fand seinen neuen Job überhaupt nicht leicht. Vor allem hatte er all die Arbeiten, die damit zusammenhingen, gründlich satt. Er hatte aus dem Galgenschuppen das ganze Gelumpe rausräumen müssen, das sich dort die letzten zwanzig Jahre über angehäuft hatte. Mit Unterstützung eines halben Dutzends schwarzer Sträflinge hatte er mehrere Tonnen alte Möbel, Gartenwalzen, nicht mehr zu verwendende Neunschwänzige und verrottete Toiletteneimer abtransportiert, bevor er damit beginnen konnte, den Galgen für seine Aufgabe herzurichten. Und als der Schuppen leer war, wußte er nicht, wie nun weiter.

»Am Hebel ziehen«, sagte der alte Wärter, als Els ihn fragte, wie das Ding funktionierte, und der neue Henker war wieder in den Schuppen gegangen und hatte am Hebel gezogen. Nachdem er, als sich die Falltür unter ihm öffnete, sechs Meter tief auf den Schuppenboden gedonnert war, wurde Els der Mechanismus langsam klar. Er probierte das Gerät an mehreren ahnungslosen schwarzen Gefangenen aus, die gerade an der Stelle standen, und sie schienen zufriedenstellend schnell zu verschwinden. Enttäuscht war er nur, daß ihm nicht erlaubt wurde, den Galgen mal richtig auszuprobieren.

»Das kannst du nicht machen«, sagte der alte Wärter zu ihm, »das ist nicht legal. Das Beste, was ich dir vorschlagen könnte, wäre ein Sack voll Sand.«

»Kleinliches altes Luder«, dachte Els und schickte die Sträflinge ein paar Säcke mit Sand füllen. Sie eigneten sich recht zufriedenstellend als Doubles und jammerten nicht, wenn ihnen die Schlinge um den Hals gelegt wurde, was mehr war, als von den schwarzen Sträflingen gesagt werden konnte. Der Kummer war bloß, daß jedesmal, wenn einer gehängt wurde, der Boden unten rausfiel. Els marschierte wieder rüber in den »Hintern«, um den alten Wärter um Rat zu fragen. »Der ist nicht mehr hier«, sagte ihm der Bischof.

»Wo ist er denn hin?« fragte Els.

»Er hat sich krank gemeldet«, sagte der Bischof. »Er hat Magenbeschwerden.«

»Den Säcken drüben geht's genauso«, sagte Els und ließ den Bischof allein, der sich fragte, was schlimmer sei, gehängt oder ausgeweidet zu werden.

»Ich vermute, es macht wohl keinen großen Unterschied«, dachte er schließlich. »Ich kann sowieso nichts daran ändern.«

Kommandant van Heerden teilte des Bischofs Fatalismus nicht. Seine dritte Herzattacke hatte ihn davon überzeugt, daß auch er zum Tode verurteilt sei, aber er war zu dem Schluß gekommen, daß er etwas daran ändern könne. Zu dieser Überzeugung hatte auch Wachtmeister Oosthuizen beigetragen, dessen Erfahrungen in höherer Chirurgie ihn zu einem konkurrenzlosen Quell medizinischer Informationen werden ließ.

»Das allerwichtigste ist, einen gesunden Spender zu finden«, erzählte ihm der Wachtmeister, »danach ist es das reinste Zuckerschlecken, verglichen mit meiner Operation.«

Kommandant van Heerden war davongeeilt, um nicht einer Schilderung der Operation lauschen zu müssen, in der der Löwenanteil des Verdauungstrakts von Wachtmeister Oosthuizen eine so denkwürdige Rolle spielte.

Er saß in seinem Büro und hörte zu, während Luitenant Verkramp sehr laut den Fall seines Onkels erzählte, der an Herzbeschwerden gestorben war. Dem Kommandanten war erst neulich aufgefallen, daß ein ungewöhnlich großer Teil der Familie Verkramp einem Gebrechen zum Opfer gefallen war, das offensichtlich vererbt wurde, und die Art ihres Hinscheidens war durchweg so grauenhaft gewesen, daß er nur hoffen konnte, Verkramp werde denselben Weg gehen. Die Besorgnis des Luitenants ging ihm auf die Nerven, und die ewigen Nachfragen, wie es ihm gehe, hatte er gleichermaßen satt.

»Mir geht's gut, verdammt noch mal«, sagte er zum hundertsten Male zu Verkramp.

»Jaja«, sagte der Luitenant niedergeschlagen, »so sieht das oft aus. Auch mein Onkel Piet sagte, er fühle sich prächtig, an dem Tag, als er starb, aber es passierte dann doch ganz plötzlich.«

»Aber es ging wohl nicht sehr schnell«, sagte der Kommandant.

»O nein. Sehr langsam und qualvoll.«

»Das dachte ich mir«, sagte der Kommandant. »Einfach entsetzlich«, sagte Verkramp. »Er. . .«

»Ich will nichts mehr hören«, schrie der Kommandant.

»Und ich dachte, Sie wollten das wissen«, sagte Verkramp und ging hinaus, um Wachtmeister Oosthuizen mitzuteilen, daß Gereiztheit ein untrügliches Zeichen für eine unheilbare Herzkrankheit sei.

Inzwischen hatte der Kommandant versucht, sich damit abzulenken, daß er sich eine angemessen scharfe Erwiderung für den Polizeikommissar ausdachte, der ihm geschrieben und ihn angewiesen hatte, dafür zu sorgen, daß die Leute unter seinem Kommando reichlich Bewegung im Freien bekämen. Er hatte sogar angedeutet, daß es vielleicht nicht verkehrt wäre, für die Polizeikaserne in Piemburg ein Bordell aufzuziehen. Wie der Kommandant feststellen konnte, ging dem Kommissar Wachtmeister Els' Bekenntnis noch immer sehr im Kopf rum.

»Wie schreiben Sie Präparator?« fragte er Wachtmeister Oosthuizen.

»Ach, ich würde zu keinem gehen«, erwiderte der Wachtmeister, »Sie brauchen einen richtigen Chirurgen.«

»Ich hatte auch nicht vor, zu einem Präparator zu gehen«, schrie der Kommandant. »Ich will bloß wissen, wie das Wort geschrieben wird.«

»Das wichtigste ist erst mal, einen geeigneten Spender zu finden«, fuhr der Wachtmeister fort, und der Kommandant hatte den Versuch aufgegeben, den Brief noch fertigzukriegen.

»Warum reden Sie denn nicht mal mit Els? Er sollte Ihnen doch einen verschaffen können.«

»Ich will aber keinen Nigger«, sagte der Kommandant entschlossen, »lieber würde ich sterben.«

»Das sagte mein Vetter auch genau an dem Tag, als er abnippelte«, fing Verkramp an.

»Schnauze«, bellte der Kommandant, ging in sein Büro und machte die Tür hinter sich zu. Er setzte sich an den Schreibtisch und überlegte, wie Wachtmeister Els ihm einen Spender verschaffen könne. Eine halbe Stunde später griff er zum Telefon.

Nicht ohne einiges Erstaunen nahm Jonathan Hazelstone zur Kenntnis, daß Kommandant van Heerden die Bitte geäußert habe, ihn zu sehen.

»Kommt doch bloß, um sich an meinem Anblick zu weiden«, sagte er, als Direktor Schnapps ihm die Mitteilung des Kommandanten überbrachte. Noch erstaunter war er über die Art, wie diese Bitte formuliert war. Kommandant van Heerden bat nicht geradezu um eine Audienz, aber seine Zeilen sprachen von »einem Zusammentreffen, vielleicht in der Abgeschiedenheit der Gefängniskapelle, um eine Angelegenheit in unser beider Interesse zu erörtern«. Jonathan zermarterte sich das Gehirn nach einer Angelegenheit in ihrer beider Interesse, aber abgesehen von seiner bevorstehenden Hinrichtung, an der Kommandant van Heerden ein beträchtliches Interesse haben mußte, wenn seine Bemühungen, sie zuwege zu bringen, etwas war, wonach man gehen konnte, fielen ihm keine Interessen ein, die er mit dem Kommandanten teilte. Zunächst hatte er erwogen, die Bitte abzuschlagen, aber dann hatte er sich doch von dem alten Wärter überreden lassen hinzugehen. Dessen Darmbeschwerden hatten aufgehört, seitdem Els die Säcke nicht mehr zum Platzen brachte.

»Man weiß doch nie. Er könnte ja vielleicht eine gute Nachricht für Sie haben«, sagte der Wärter, und der Bischof hatte dem Treffen zugestimmt.

Sie kamen eines Nachmittags in der Gefängniskapelle zusammen, genau eine Woche, bevor die Hinrichtung stattfinden sollte. Mit Ketten und Handschellen gefesselt rasselte der Bischof hinüber und fand den Kommandanten auf einem Betstuhl sitzen und auf ihn warten. Auf Vorschlag des Kommandanten gingen die beiden Männer den Mittelgang hinauf und knieten nebeneinander an der Altarschranke, außer Hörweite der Wärter an der Kapellentür, nieder. In den Fenstern über ihnen filterten Szenen erbaulichen Grauens, im neunzehnten Jahrhundert in farbigem Glas ausgeführt, das Sonnenlicht, das die duffen Farben und die Rippen hinter dem Glas zu durchdringen vermochte, bis die ganze Kapelle wie von dunklem Blut erglühte.

Während Kommandant van Heerden ein kurzes Gebet sprach, starrte der Bischof, der die Aufforderung des Kommandanten, ebenfalls zu beten, abgelehnt hatte, ehrfurchtsvoll zu den Fenstern hinauf. Er hatte sich überhaupt noch nie klargemacht, wie viele Arten es gab, Leute zu Tode zu bringen. Die Fenster stellten einen umfassenden Hinrichtungskatalog dar, der von der einfachen Kreuzigung bis zur Verbrennung auf dem Scheiterhaufen reichte. Die heilige Katharina auf dem Rad verdiente nach Ansicht des Bischofs ihre Berühmtheit als Feuerwerksmarke durchaus, und der heilige Sebastian hätte ein ideales Warenzeichen für Nadelkissen abgegeben. Einer nach dem anderen gelangten die Märtyrer an ihr Ende, und das in einem Realismus, der den Künstler als ein Genie, und ein übergeschnapptes obendrein, zu erkennen zu geben schien. Der elektrische Stuhl auf dem einen Fenster gefiel dem Bischof besonders gut. Mit einer wahrhaft viktorianischen Versessenheit auf Naturalistisches in Verbindung mit Hochdramatischem war die Gestalt auf dem Stuhl in eine Aura elektrischblauer Funken gehüllt dargestellt. Der Bischof blickte zu ihr hoch und war froh, in das Zusammentreffen eingewilligt zu haben. Diese Fenster gaben ihm die Gewißheit, daß sein eigenes Ende am Galgen, ganz gleich, wie gräßlich er von dem inkompetenten

Els zugerichtet würde, geradezu ein Genuß sein werde im Vergleich mit den hier dargestellten Leiden.

»Ich darf wohl mit meinem bescheidenen Los zufrieden sein«, sagte er sich, während der Kommandant sein Schlußgebet murmelte, das unter den obwaltenden Umständen, wie der Bischof empfand, in recht seltsame Worte gekleidet war.

»Für alles, was wir möglichst bald erhalten werden, mache uns, lieber Gott, von Herzen dankbar. Amen«, sagte der Kommandant.

»Nun?« sagte der Bischof nach einer kurzen Pause.

»Es wird Sie freuen zu hören, daß es Ihrer Schwester in Fort Rapier sehr gut geht«, flüsterte der Kommandant.

»Schön zu wissen.«

»Ja, sie ist bei bester Gesundheit«, sagte der Kommandant.

»Hm«, sagte der Bischof.

»Sie hat sogar etwas zugenommen«, sagte der Kommandant. »Aber bei Krankenhausverpflegung ist das nicht anders zu erwarten.« Er machte eine Pause, und der Bischof fragte sich allmählich, wann er endlich zur Sache käme.

»Übergewicht ist etwas, das man vermeiden sollte«, sagte der Kommandant. »Fettsucht ist weit öfter Ursache eines vorzeitigen Todes als Krebs.«

»Das glaube ich wohl«, sagte der Bischof, der fünfundzwanzig Pfund abgenommen hatte, seit er im Gefängnis war.

»Besonders in den mittleren Jahren«, flüsterte der Kommandant. Der Bischof drehte ihm den Kopf zu und sah ihn an. In ihm wuchs der Verdacht, der Kommandant delektiere sich gerade an einem ziemlich geschmacklosen Witz.

»Sie sind doch wohl hoffentlich nicht hergekommen, um mich vor den Gefahren des Übergewichts zu warnen«, sagte er. »Ich dachte, in Ihrem Briefchen stünde, Sie wollten etwas in unser beider Interesse Liegendes erörtern, und Fettsucht zählt offen gesagt nicht zu meinen Problemen.«

»Das weiß ich ja«, sagte der Kommandant bekümmert.

»Also dann?«

»Ich habe selber Kummer damit.«

»Ich verstehe nicht, was das mit mir zu tun hat«, sagte der Bischof.

»Sie kann zu allen möglichen Komplikationen führen. Sie ist eine der Hauptursachen von Herzkrankheiten«, sagte der Kommandant.

»So wie Sie reden, würde jeder meinen, ich schwebte in der Gefahr, einen Herzinfarkt zu bekommen, wogegen mir meiner Meinung nach dieser besondere Luxus nicht gestattet werden wird.«

»Ich dachte wirklich nicht an Sie«, sagte der Kommandant.

»Das habe ich auch nicht angenommen.«

»Es ist mehr meine eigene Fettsucht, an die ich denke«, fuhr van Heerden fort.

»Wissen Sie, wenn das alles ist, weswegen Sie hergekommen sind, gehe ich, glaube ich, wieder in meine Zelle zurück, ich habe nämlich in den mir noch bleibenden Stunden über Besseres nachzudenken als über Ihren Gesundheitszustand.«

»Ich fürchtete, daß Sie das sagen werden«, sagte der Kommandant düster.

»Ich kann mir nicht denken, was Sie sich sonst vorgestellt haben. Sie sind doch ganz bestimmt nicht aus Mitleid hergekommen. Haben Sie ein Herz!«

»Danke«, sagte der Kommandant.

»Was haben Sie gesagt?«

»Danke«, sagte der Kommandant.

»Danke wofür?«

»Für ein Herz.«

»Für was?«

»Ein Herz.«

Der Bischof sah ihn ungläubig an. »Ein Herz?« sagte er schließlich. »Wovon zum Kuckuck reden Sie eigentlich?«

Kommandant van Heerden zögerte einen Augenblick, ehe er weitersprach. »Ich hätte ein neues Herz nötig«, sagte er endlich.

»Es ist meiner Aufmerksamkeit nicht entgangen«, sagte der

Bischof, »daß Ihnen ein neues Herz mächtig guttäte, aber um offen zu sein: Ich glaube, mit Ihnen ist es schon zu weit gediehen, als daß Ihnen meine Gebete helfen könnten. Und ich muß Ihnen sowieso leider sagen, daß ich den Glauben an die Kraft des Gebets verloren habe.«

»Beten habe ich schon ausprobiert«, sagte der Kommandant, »aber es hat überhaupt nichts genützt. Ich kriege immer noch Herzklopfen.«

»Vielleicht, wenn Sie wirklich bereuen«, sagte der Bischof.

»Keinen Zweck. Ich bin ein todgeweihter Mensch«, sagte der Kommandant.

»Bildlich gesprochen sind wir das wohl alle«, sagte der Bischof. »Das ist halt ein Teil der Situation des Menschen. Aber nehmen Sie mir nicht übel, wenn ich Ihnen sage, daß ich verdammt viel todgeweihter bin als Sie, und das verdanke ich Ihnen, daß ich nächsten Freitag hänge.«

Ein langes Schweigen entstand in der Kapelle, während die beiden Männer über ihre Zukunft nachdachten. Der Kommandant brach es schließlich.

»Ich nehme an, Sie wollen nicht doch noch was für mich tun«, sagte er endlich. »Ein letztes Vermächtnis.«

»Ein letztes Vermächtnis?«

»Wirklich ganz was Kleines und nichts, was Ihnen noch viel nützen würde.«

»Sie haben vielleicht Nerven. Kommen her und bitten, in mein Testament aufgenommen zu werden«, sagte der Bischof aufgebracht.

»Es ist nicht Ihr Testament«, sagte der Kommandant verzweifelt.

»Nein? Wo denn dann, zum Teufel?«

»In Ihrer Brust.«

»Was?«

»Ihr Herz.«

»Sie reden andauernd von meinem Herzen«, sagte der Bischof, »ich möchte, daß Sie damit aufhören. Es ist schlimm genug zu wissen, daß ich sterben muß, auch ohne jemanden zu haben, der andauernd auf meinem Herzen rumreitet. Man könnte meinen, Sie wollten das Ding haben.«

»Das will ich ja«, sagte der Kommandant schlicht.

»Was?« schrie der Bischof und sprang kettenklirrend auf. »Sie wollen was?«

»Nur Ihr Herz«, sagte der Kommandant. »Ich brauche es zu einer Verpflanzung.«

»Ich werde wahnsinnig«, schrie der Bischof. »Ich muß es schon sein. Das ist doch nicht möglich. Wollen Sie mir etwa damit sagen, daß Sie sich die ganze Mühe nur deshalb gemacht haben, damit Sie mein Herz für eine Verpflanzung kriegen?«

»Es war keine Mühe«, sagte der Kommandant. »Ich hatte heute nachmittag sowieso nichts vor.«

»Ich spreche nicht von heute nachmittag«, schrie der Bischof, »ich spreche von den Morden und dem Prozeß und meiner Verurteilung zum Tode für Verbrechen, die, wie Sie wissen, ich gar nicht begangen haben kann. Sie haben das alles getan, bloß um mir mein Herz aus dem Leibe zu reißen und es sich in Ihren zu stecken? Das ist ja unglaublich. Sie sind ein leichenfleddernder Vampir. Sie sind ...« Der Bischof fand einfach keine Worte, um sein Entsetzen auszudrücken.

Auch Kommandant van Heerden war entsetzt. Noch nie in seinem ganzen Leben hatte man ihn so schändlicher Dinge bezichtigt.

»Großer Gott«, schrie er zurück, »wofür halten Sie mich eigentlich?«

Er merkte, daß das genau das Falsche war, wonach er fragen konnte. Es war absolut klar, wofür der Bischof ihn hielt. Einen schrecklichen Augenblick lang sah es so aus, als wolle sich der an Händen und Füßen gefesselte Gefangene auf ihn stürzen. Dann verließ den Bischof seine Wut ganz plötzlich, und der Kommandant sah, daß er zu einem der farbigen Glasfenster hinaufstarrte. Er folgte dem Blick des Bischofs und erkannte eine besonders grausige Darstellung eines Märtyrers, der gerade gehängt, gestreckt und gevierteilt wurde. Für Kommandant van Heerden ließ sich die Veränderung im Verhalten des Gefangenen nur durch ein übernatürliches Eingreifen erklären. Auf irgendeine sonderbare Art und Weise hatte das Glasfenster seiner Seele ein Gefühl der Ruhe und des Friedens vermittelt.

Und das war auf seine Weise wahr, denn Jonathan Hazelstone war plötzlich klargeworden, daß der zweite Vers des Gedichts »Die Vorboten« unbedingt verbessert werden mußte. Es war nicht sein Hirn, das sie wollten. Es war sein Herz.

»Ihr seid so gut und laßt mir's beste Zimmer,
Ja, selbst mein Herz und was darinnen wohnt.«

Als der Bischof sich wieder zu dem Kommandanten umdrehte, war er ein Bild wahrhaft christlichen Edelmuts.

»Ja«, sagte er ruhig. »Wenn Sie mein Herz haben wollen, können Sie es natürlich haben«, und ohne ein weiteres Wort wandte er sich vom Altar ab und rasselte den Mittelgang hinunter auf die Tür zu. Und beim Gehen dichtete er die Zeilen um:

»Ihr seid so schlecht und stehlt mir's beste Zimmer,
Ja, selbst mein Herz . . .«

Der Bischof lächelte glücklich in sich hinein. Es paßte ungeheuer gut, dachte er, und er lächelte immer noch selig, als Kommandant van Heerden ihn einholte und von Rührung überwältigt seine gefesselte Hand ergriff und so heftig schüttelte, wie es die Handschellen nur zuließen.

»Sie sind ein wahrer Gentleman«, keuchte er, »ein wahrer englischer Gentleman.«

»Noblesse oblige«, murmelte der Bischof, der seit dem rheumatischen Fieber, an dem er als Kind gelitten hatte, ein chronisch schwaches Herz besaß.

18

Der Bischof war noch immer heiterer Stimmung, als Scharfrichter Els ihn besuchte, um ihn für den Sturz zu wiegen.

»Lächeln Sie ruhig«, sagte Els, als er ihn aus der Zelle zerrte und zur Waage schubste. »Für Sie ist alles in Butter. Sie brauchen ja nichts zu tun. Ich bin doch hier derjenige, der die ganze Arbeit hat.«

»Jeder von uns hat seine kleine Rolle zu spielen«, sagte der Bischof.

»Spielen?« fragte Els. »Was ich tue, würd ich nicht Spielen nennen. Ich arbeite mir noch den Arsch ab.«

»Solange Sie bei meinem Fall nicht dasselbe Ergebnis erzielen«, sagte der Bischof beunruhigt. »Nebenbei, wie kommen Sie denn mit den Säcken zu Rande?«

»Ich übe damit, bis ich's gefressen habe«, sagte Els, »aber ich hab's anscheinend immer noch nicht richtig raus. Es hat was mit dem Gewicht zu tun, wie tief einer fallen muß.« Er versuchte, die Skala an der Waage abzulesen. »Ich werd aus diesen Sachen überhaupt nicht schlau«, sagte er schließlich. »Was kriegen Sie denn raus, wie hoch Ihr Gewicht ist?«

Der Bischof kam ihm zu Hilfe.

»Dreihundertachtundneunzig Pfund«, sagte er.

Els zog ein kleines schwarzes Buch mit dem Titel *Henker-Handbuch* zu Rate, das er sich von dem alten Wärter geliehen hatte.

»Sie sind zu schwer«, sagte er. »Es geht nur bis dreihundert Pfund. Sind Sie sicher, daß die Waage richtig anzeigt?«

Der Bischof kontrollierte: »Dreihundertachtundneunzig Pfund genau.«

»Tja, jetzt weiß ich nicht, was ich machen soll. Es sieht so aus, als brauchten Sie überhaupt nicht zu fallen.«

»Schöner Gedanke«, sagte Jonathan und setzte hoffnungsvoll hinzu: »Vielleicht begehen fette Leute gar keine Morde.«

»Na ja, und wenn, dann scheint sie keiner zu hängen«, sagte Els. »Vielleicht erschießt man sie.« Alles in allem zog er das Erschießen vor. Es ging schneller und erforderte von ihm viel weniger Anstrengung.

»Nein, nein«, sagte der Bischof rasch. »Sie müssen auf alle Fälle gehängt werden.« Er dachte einen Augenblick nach. »Was sagt das Buch, wie tief jemand fallen muß, der zweihundert Pfund wiegt?« fragte er.

Els vertiefte sich in seinen kleinen Ratgeber. »Sechs Fuß«, sagte er schließlich.

»Dann müßten drei Fuß so ungefähr das Richtige sein«, sagte der Bischof.

»Wieso denn?« Els mochte von einem verkürzten Fall überhaupt nichts hören. Das roch zu sehr nach dem Versuch, dem Tod aus dem Weg zu gehen.

»Doppeltes Gewicht gleich halbe Fallhöhe«, erläuterte der Bischof.

So dumm war Els denn doch nicht, in diese Falle zu tappen. »Doppeltes Gewicht gleich doppelte Fallhöhe, meinen Sie wohl.«

Der Bischof versuchte zu erklären. »Je schwerer jemand ist, desto kürzer kann der Sturz sein, um ihm das Genick zu brechen. Jemand Leichtes braucht einen viel längeren Fall, um das notwendige Bewegungsmoment zu erreichen.«

Els versuchte, das zu verstehen. Er fand es sehr schwierig.

»Warum ist denn ein Bewegungsmoment wichtig?« fragte er. »Niemand hat mir gesagt, daß ich eins besorgen muß.«

»Das Bewegungsmoment ist das Produkt aus der Masse eines sich bewegenden Körpers und seiner Geschwindigkeit.«

»Ich dachte, das wär der Tod«, sagte Els.

»Ja, aber man bekommt den Tod nicht ohne das Bewegungsmoment. Das ist nicht möglich.«

»Ach nein?« sagte Els. »Na schön, ich krieg das verdammt nochmal schon hin. Wär ja zum Schießen.«»

Durch das dauernde Erwähnen des Schießens erschreckt, versuchte es der Bischof noch mal.

»Wenn ein Mensch gehängt wird, wie stirbt er denn dann?« fragte er.

Els dachte darüber nach. »Durchs Hängen«, sagte er schließlich.

»Und Hängen heißt was mit ihm zu tun?«

»Ihn mit einem Strick um den Hals durch ein Loch fallen lassen.«

»Und was passiert dann?«

»Er stirbt.«

»Ja«, sagte der Bischof geduldig, »aber was macht denn der Strick?«

»Er hält ihn aufrecht.«

»Aber nein. Er bricht ihm das Genick.«

Els wußte das besser. »O nein, das tut er nicht«, sagte er. »Ich hab das mit Säcken geübt, und er bricht ihnen nicht den Hals. Ihnen fällt der Boden raus. Das ist eine wahnsinnige Schweinerei.«

Dem Bischof schauderte.

»Das ist es bestimmt«, sagte er. »Aber wir wollen doch nicht, daß mir das passiert, oder? Deshalb müssen wir die Länge des Falles genau rauskriegen.«

»Ach, das würde Ihnen schon nicht passieren«, versicherte ihm Els. »Der alte Wärter sagt, bei Ihnen wär's genau anders rum. Er sagt, Ihr Kopf würde . . .«

Den Bischof verlangte es nicht zu wissen, was der alte Wärter gesagt hatte. Er hatte sowieso schon genug von seinem morbiden Interesse an der menschlichen Anatomie.

»Sehen Sie mal, wenn Sie wirklich so scharf darauf sind,

einen Dauerjob als Henker zu kriegen, müssen Sie mit dieser Hinrichtung schon Eindruck machen. Niemand wird Sie fest anstellen, wenn Sie mit ihrer ersten Hinrichtung nicht Erfolg haben.«

Els sah den Bischof kläglich an. »Das weiß ich ja«, sagte er, »aber was soll ich denn tun, wenn Ihr Gewicht nicht in dem Handbuch steht?«

»Sie könnten mich leichter machen«, schlug der Bischof mit einem Blick auf seine Fesseln und Ketten vor.

»Geritzt«, sagte Els erfreut. »Ich lasse Sie sofort auf Nulldiät setzen.«

»Das meinte ich nicht«, sagte der Bischof, der sich nichts Nulleres vorstellen konnte als die Diät, auf der er bereits war. »Woran ich gedacht habe, das war, mir alle diese Ketten abzunehmen und mich ohne sie zu wiegen. Ich glaube, sie werden mich viel leichter finden.«

»Ich zweifle, ob ich Sie dann überhaupt noch finde«, sagte Els.

»Gut, wenn Sie mir die Ketten nicht abnehmen wollen, dann weiß ich nicht, wie ich Ihnen noch helfen soll«, sagte der Bischof gelangweilt.

»Und wenn ich sie Ihnen abnähme, bin ich verdammt sicher, daß Sie mir auch nicht helfen würden«, sagte Els.

»In dem Fall weiß ich nicht, was ich Ihnen noch vorschlagen soll. Sie werden mein richtiges Gewicht nicht rausfinden mit all den Ketten an mir dran, und wenn Sie sie mir nicht abnehmen wollen . . .« Er hielt inne, denn ihm fiel eine andere Szene in dem Kapellenfenster ein. »Sie haben doch sicher nicht vor, mich in Ketten zu hängen?« erkundigte er sich.

»Nein«, sagte Els, »dafür gibt's eine besondere Garnitur Lederriemen und einen Leinensack für Ihren Kopf.«

»Lieber Gott, ist das 'ne Art zu sterben«, murmelte der Bischof.

»Ich habe Stiefelwichse auf die Riemen geschmiert und sie schön poliert. Sehen ziemlich fesch aus«, fuhr Els fort. Der Bischof hörte ihm nicht zu. Ihm war plötzlich eine Möglichkeit eingefallen, das Wiegeproblem zu lösen.

»Ich weiß, was wir machen«, sagte er. »Sie holen einen anderen Satz Ketten und Fesseln her, und die wiegen wir allein.«

»Ich verstehe nicht, was das helfen soll«, sagte Els. »Ich habe Ihnen doch gerade erzählt, daß wir an dem Tag keine Ketten benutzen. Sie glauben doch wohl nicht, daß ich die Riemen umsonst geputzt habe, oder?«

Der Bischof hatte langsam das Gefühl, nie und nimmer werde er Els dazu bringen können, irgendwas zu kapieren.

»Wenn wir erst mal wissen, wieviel die Ketten allein wiegen, können wir ihr Gewicht von den dreihundertachtundneunzig Pfund abziehen, dann wissen wir, wieviel ich wiege.«

Els dachte einen Moment über den Vorschlag nach, aber dann schüttelte er den Kopf.

»Das würde nicht funktionieren«, sagte er.

»Warum denn nicht, um alles in der Welt?«

»Ich hab das Abziehen in der Schule nie gekonnt«, gab Els schließlich zu.

»Macht nichts«, sagte der Bischof, »ich war da sehr gut drin und rechne es selber aus.«

»Wie weiß ich dann, daß Sie nicht schummeln?«

»Mein lieber Henker Els«, sagte der Bischof. »Ich kenne zwei gute Gründe, weshalb ich genauso wie Sie darauf bedacht bin, daß diese Hinrichtung perfekt über die Bühne geht. Möglicherweise drei. Grund eins ist, wenn Sie den Sturz zu kurz berechnen, dann werde ich zu Tode gewürgt, und das möchte ich wirklich nicht. Grund zwei ist, wenn Sie ihn zu lang berechnen, werden Sie mich wahrscheinlich enthaupten.«

»Das werde ich nicht«, sagte Els. »Ihr Kopf geht einfach ab.«

»Ganz recht«, sagte der Bischof hastig. »Bloß nicht 'n Spaten 'ne verdammte Schippe nennen, stimmt's?«

»Was ist der dritte?« fragte Els, den nicht interessierte, wie 'ne verdammte Schippe genannt wurde.

»Ah ja, Nummer drei. Den hätte ich fast vergessen. Schön, Grund drei ist, daß Sie offensichtlich der geborene Henker sind, und wenn Sie auch noch eine Menge über das Hinrichten zu lernen haben, so sehe ich doch gern einen Menschen die Gaben, die er hat, benutzen. Ja, ich weiß, der Leinensack«, fuhr der Bischof fort, als Els ihn mit der Mitteilung zu unterbrechen versuchte, daß er auf dem Gerüst ja gar nichts sehen werde, »ich spreche bildlich, und bildlich gesprochen hoffe ich, Sie werden es zu noch viel größeren Dingen bringen, fast möchte man sagen, zum Kopf Ihrer Profession.«

»Glauben Sie wirklich, ich gebe einen guten Henker ab?« fragte Els begierig.

»Da bin ich ganz sicher«, sagte der Bischof. »Ich hab das in den Knochen, daß Sie sich unter den Henkern der ganzen Welt einen Namen machen werden«, und nach dieser Rückenstärkung, die Els verzweifelt nötig hatte, ging der Bischof wieder in seine Zelle, während Els davonzog, um einen zweiten Satz Ketten und Fesseln zu holen. Schließlich bekamen sie raus, daß Jonathan Hazelstone einhundertachtzig Pfund wog und einen sieben Fuß tiefen Sturz benötigte.

Wenn der Bischof Mühe hatte, Els zu überreden, ihn so zu töten, wie es sich gehört, so fand Kommandant van Heerden es fast genauso schwierig, die Chirurgen am Piemburger Krankenhaus dazu zu überreden, die Operation zu unternehmen, die er zur Rettung seines Lebens brauchte. Sie erhoben stur völlig nichtssagende Einwände, und besonders irritierend fand der Kommandant ihr Beharren darauf, daß mit seinem Herzen alles in Ordnung sei. Als er diese Schwierigkeit aus der Welt geschafft hatte, indem er ihnen drohte, sie wegen Mordversuchs zu belangen, wenn sie seiner Diagnose nicht zustimmten, brachten sie eine weitere Stunde damit hin, die ethischen Probleme zu erörtern, die sich daraus ergaben, daß das Herz eines Mörders in den Körper eines Menschen verpflanzt werden sollte, der, wie sie ausführten, so offenkundig nicht-blutrünstig sei. Der Kommandant beruhigte sie hierüber sehr schnell, und erst, als sie die technischen Probleme der Feststellung des Gewebetyps und der Gefäßabstoßung aufs Tapet brachten und zu erklären versuchten, wie unwahrscheinlich es sei, daß das Gewebe des Verurteilten sich mit dem eines reinblütigen Afrikaanders wie Kommandant van Heerden vertrüge, erst da ging ihm der Hut hoch.

»Wollen Sie mir etwa erzählen, daß ich kein Mensch bin?« schrie der Kommandant Dr. Erasmus an, der das Transplantationsteam leitete. »Wollen Sie mir etwa erzählen, ich wär ein Scheiß Pavian?«

»Ich habe nichts Derartiges gesagt«, protestierte Dr. Erasmus. »Sie verstehen offenbar nicht recht. Jeder Mensch hat einen anderen Gewebetyp, und ihrer ist vielleicht nicht der gleiche Typ wie der des Spenders.«

»Sie behaupten wohl, ich hätte Niggerblut in mir«, tobte der Kommandant. »Sie meinen, ich könnte das Herz eines Engländers nicht bekommen, weil ich 'n halber Kaffer wär. Ist es das, was Sie damit sagen wollen?«

»Nichts dergleichen will ich damit sagen. Es gibt absolut keinen Grund, weshalb Sie nicht das Herz eines Kaffern haben sollten«, sagte Dr. Erasmus verzweifelt. Er fand Kommandant van Heerdens Herumgetobe absolut enervierend.

»Da haben wir's. Sie haben's eben gesagt. Sie haben gesagt, ich könnte das Herz eines Kaffern haben«, schrie der Kommandant.

»Ich meinte nicht, daß Sie notwendigerweise eins haben müßten. Es gibt keinen Grund, warum das Herz eines Schwarzen nicht in den Körper eines Weißen eingesetzt werden sollte, genausowenig wie es irgendeinen Grund gibt, weshalb die Organe eines Weißen nicht einem Schwarzen übertragen werden sollten.«

Eine derart flagrante Verletzung der Grundgedanken der Apartheid war Kommandant van Heerden sein Leben lang noch nicht zu Ohren gekommen.

»Dafür gibt es jeden verfluchten Grund«, brüllte er, »warum

die Organe eines Weißen nicht in einen Schwarzen reingesteckt werden sollten. Keinem Weißen ist es erlaubt, irgendeinen Körperteil in einen Schwarzen zu stecken. Das ist gegen das Rassendingsbumsgesetz.«

Dr. Erasmus hatte noch nie was von einem Bumsgesetz gehört, aber er nahm an, das sei der Polizeijargon für das Sittengesetz.

»Sie mißverstehen mich«, sagte er. »Ich meinte nicht die Geschlechtsorgane.«

»Da fangen Sie ja schon wieder davon an«, schnauzte der Kommandant. »Ich zeige Sie an wegen Anstachelung zur Homosexualität zwischen den Rassen, wenn Sie nicht sofort den Mund halten.«

Dr. Erasmus wurde still.

»Beruhigen Sie sich doch, Kommandant«, sagte er besänftigend, »um Gottes willen, beruhigen Sie sich doch! Sie schaden sich nur, wenn Sie so weitermachen.«

»Ich werde Ihnen gleich mal schaden, Sie Scheißkerl«, schrie der Kommandant, der keine Lust hatte, sich von jedem Ekel von Arzt herumkommandieren zu lassen, das ihm erzählte, er hätte Niggerblut in seinem Körper. »Ich kenne Ihre Sorte. Sie sind ein Feind Südafrikas, das sind Sie. Sie sind ein Scheiß Kommunist. Ich laß Sie aufgrund des Terroristenerlasses einbuchten, und dann sehen wir sehr bald, wie Ihnen Organverpflanzungen gefallen.«

»Um Ihrer Gesundheit willen, hören Sie bitte auf zu schreien«, bat der Doktor.

»Meine Gesundheit? Sie reden von meiner Gesundheit? Um Ihre Gesundheit sollten Sie sich Sorgen machen, wenn Sie nicht tun, was ich Ihnen sage«, donnerte der Kommandant, bevor ihm bewußt wurde, was wohl Dr. Erasmus eben gemeint hatte. Mit einer gewaltigen Willensanstrengung beruhigte er sich. Jetzt hatte er nicht mehr den leisesten Zweifel, daß sein Herz ausgewechselt werden mußte. Dr. Erasmus hatte es eben wortreich zugegeben.

Mit ruhiger Stimme und der Autorität, die ihm die Ausnahmebefugnisse noch immer verliehen, erteilte Kommandant van Heerden dem Chirurgenteam seine Befehle. Sie hatten alle notwendigen Vorbereitungen für die Transplantation zu treffen und erhielten die Anweisung, keine Information an die Presse, die Öffentlichkeit oder ihre Familien weiterzugeben. Die ganze Operation hatte unter äußerster Geheimhaltung zu geschehen. Das war das einzig Willkommene, das die Doktoren den Mitteilungen des Kommandanten entnahmen.

Der einzige andere Trost war, daß Kommandant van Heerdens Körper das neue Herz so gut wie sicher nicht annehmen würde. Wie Dr. Erasmus ihm darlegte, sei er auf dem besten Wege, Selbstmord zu begehen. Der Kommandant wußte das besser. Seit Jahren esse er nun schon in der Polizeikantine, und wenn sein Magen das Fressen drin behielte, das dort serviert werde, dann könne er sich nicht vorstellen, daß sein Körper ein tadelloses Herz abstoße.

Als Kommandant van Heerden das Krankenhaus verließ, noch immer verärgert über die Beleidigung seiner Herkunft und des guten Namens seiner Familie, jedoch zufrieden über die Art und Weise, wie er die Situation in den Griff bekommen hatte, beschloß er, daß es wieder mal Zeit sei, Fort Rapier einen Besuch abzustatten. Sein Interesse am Wohlergehen Miss Hazelstones hatten die Ereignisse des vergangenen Monats nicht getrübt, und die bemerkenswerte Zuversicht der alten Dame angesichts der Mißgeschicke, die der Familie Hazelstone widerfahren waren, hatte seinen Respekt wenn möglich noch erhöht. Die Berichte, die ihn aus Fort Rapier erreichten, deuteten an, daß Miss Hazelstone sich ihre Würde und das Gefühl gesellschaftlicher Überlegenheit in einer Lage bewahrt hatte, die einer weniger energischen Frau ein Gefühl der Verzweiflung, wenn nicht gar der Unterlegenheit gegeben hätte. Miss Hazelstone hatte keiner der Versuchungen des Irrsinns nachgegeben. Sie schlurfte auch nicht verloren in irgendeiner inneren Öde herum, noch bildete sie sich ein, jemand anderer zu sein.

»Ich bin Miss Hazelstone aus Jacaranda Park«, beharrte sie angesichts der Versuche, sie zu einer Modellpatientin mit Problemen zu machen, die durch die Psychotherapie zu lösen seien, und statt sich der Trägheit anzupassen, die das Leben der anderen Patienten kennzeichnete, hatte sie vieles Interessante entdeckt, womit sie ihre Zeit ausfüllen konnte. Die Geschichte von Fort Rapier und die Rolle, die ihre Vorfahren beim Aufbau der Garnison gespielt hatten, faszinierten sie besonders.

»Mein Großvater war Oberkommandierender von Zululand, als dieses Fort erbaut wurde«, erzählte sie Dr. Herzog, als sie ihm eines Tages begegnet war, als er gerade über den Exerzierplatz ging, und sie hatte den Anstaltsleiter mit ihren Kenntnissen aus der Militärgeschichte verblüfft.

»Genau auf diesem Exerzierplatz hier marschierten im Jahre 1876 die Grauen, das Welsh Regiment und die 12. Husaren an meinem Großvater vorbei, bevor sie in den Zulukrieg zogen«, berichtete sie dem erstaunten Doktor und nannte Einzelheiten der Uniformen der verschiedenen Abteilungen und den Rang der kommandierenden Offiziere.

»Was für ein bemerkenswertes Gedächtnis Sie haben«, sagte er, »daß Sie sich an diese Dinge erinnern.«

»Gehört zur Familiengeschichte«, hatte Miss Hazelstone gesagt und ihm die strategischen Fehler, besonders bei der Schlacht von Isandhlwana, erläutert. Dr. Herzog war von ihrem Interesse und besonders von ihren Kenntnissen über den Burenkrieg und die Rolle, die Dr. Herzogs Großvater darin gespielt hatte, so beeindruckt, daß er sie zu sich zum Tee einlud, wo die Diskussion bis zum Abendessen weitergeführt wurde.

»Ganz außerordentlich«, sagte er zu seiner Frau, als Miss Hazelstone wieder zu ihrer Station zurückging. »Ich wußte gar nicht, daß wir meinem Großvater unseren Sieg bei Magersfontein zu verdanken haben.«

Am nächsten Tag schickte er den Stationsangestellten ein

Memorandum, in dem er sie anwies, Miss Hazelstone jede Hilfe und Ermutigung angedeihen zu lassen, damit sie ihre Untersuchungen über die Militärgeschichte und die Rolle, die Fort Rapier darin spielte, fortsetzen könne.

»Wir haben die Pflicht, Patienten zu ermuntern, ihren Hobbys nachzugehen, besonders wenn sie der ganzen Klinik nutzen könnten«, sagte er zu Frau Dr. von Blimenstein, die sich darüber beklagte, daß Miss Hazelstone nicht mehr zu ihren Therapiestunden komme.

»Miss Hazelstone hofft, die Geschichte von Fort Rapier zu veröffentlichen, und jede Reklame hat mit Sicherheit Rückwirkungen auf unseren Ruf. Es passiert schließlich nicht alle Tage, daß Irre über Militärgeschichte schreiben.«

Frau Dr. von Blimenstein hatte diesbezüglich Vorbehalte, aber sie behielt sie für sich, und Miss Hazelstone setzte ihre Forschungen mit wachsender Begeisterung fort. Sie hatte in einer Kiste im Keller der Personalkantine, die früher einmal die Offiziersmesse gewesen war, Regimentsakten entdeckt. Und das hatte sie angespornt, noch andere, viel interessantere Überbleibsel aufzustöbern, nämlich abgelegte Uniformen in der ehemaligen Kleiderkammer.

»Wir sollten wirklich ein historisches Spektakel veranstalten«, sagte sie zum Anstaltsleiter, »die Uniformen sind da, und wenn sie auch an manchen Stellen geflickt werden müssen, weil die Kakerlaken drin gewesen sind, nicht wahr, so sind sie doch zweifellos echt, und das gibt den Patienten etwas, wofür sie arbeiten können. Es ist so wichtig für die Moral, sich ein gemeinsames Ziel zu stecken, damit man sich auf etwas freuen kann.«

Dr. Herzog war von der Idee beeindruckt.

»Ein Spektakel über die Geschichte von Fort Rapier«, sagte er, »welch glänzender Gedanke«, und in seinen Überlegungen spielte er mit der Idee, einen Tag der offenen Tür zu veranstalten, an dem Öffentlichkeit und Presse sich von der großartigen Arbeit überzeugen könnten, die für die geistige Gesundheit in Zululand geleistet wurde.

»Ich dachte, wir könnten mit einem Aufmarsch beginnen«, fuhr Miss Hazelstone fort, »gefolgt von mehreren Tableaus, die an besonders denkwürdige Heldentaten aus der Geschichte Südafrikas erinnern.«

Dr. Herzog zögerte. »Ich möchte keine Scheingefechte«, sagte er ängstlich.

»O nein, so was wollte ich gar nicht«, versicherte ihm Miss Hazelstone, »ich dachte mehr an unbewegliche Darstellungen und Ereignisse.«

»Wir dürfen nicht zulassen, daß die Patienten sich zu sehr aufregen.«

»Sehr richtig«, sagte Miss Hazelstone, die sich schon längst nicht mehr als Patientin betrachtete. »Ich bin ganz Ihrer Meinung. Wir werden dafür sorgen müssen, daß die ganze Geschichte wirklich mit militärischer Disziplin vonstatten geht. Mir schwebte vor, Ihres Urgroßvaters heldenhafte Verteidigung seines Hofes im 6. Kaffernkrieg als eine der klassischen militärischen Operationen vorzustellen.«

Dr. Herzog war geschmeichelt. »Wollten Sie das wirklich?« fragte er. »Ich hatte keine Ahnung, daß meine Familie eine so wichtige Rolle in der Militärgeschichte dieses Landes spielte.«

»Die Herzogs waren praktisch das afrikaanse Gegenstück zu den Hazelstones«, sagte Miss Hazelstone, und im sicheren Gefühl, daß das Spektakel dem Ruf der Familie Herzog ebenso aufhelfen werde wie dem der Klinik, gab der Anstaltsleiter seine Zustimmung zu dem Ereignis.

In den folgenden Wochen warf sich Miss Hazelstone mit so großem Enthusiasmus auf die Vorbereitungen, daß er sich auch auf die anderen Insassen von Fort Rapier übertrug. Sie übernahm mit der natürlichen Autorität einer Enkelin Sir Theophilus' und viel Liebe zum Detail, die durch ihren Reichtum ermöglicht wurde, das Kommando über die gesamte Organisation. Rotes Tuch wurde ballenweise auf Miss Hazelstones Rechnung in Durban bestellt, und die Patienten in den Nähstuben waren damit beschäftigt, neue Uniformen zu schneidern.

»Es belebt sicherlich den Platz ein bißchen«, sagte Dr. Herzog zu Frau Dr. von Blimenstein, als sie eines Tages Miss Hazelstone dabei zusahen, wie sie auf dem Exerzierplatz einen Trupp Manisch-Depressiver drillte.

»Ich weiß nicht, ich fühle mich unbehaglich dabei«, sagte Frau Dr. von Blimenstein. »Ist es denn wirklich nötig, die Schlacht am Blood River ins Programm aufzunehmen? Ich bin sicher, sie hat auf die schwarzen Patienten eine ungünstige Wirkung.«

»Unsere Hauptverantwortung gilt den Weißen«, sagte Dr. Herzog, »und die großen Ereignisse der Vergangenheit hier sich noch einmal ereignen zu sehen, kann ihnen nur helfen. Ich habe alle Hoffnung, daß durch ihre Teilnahme unsere Patienten erkennen, daß es in Südafrika für die geistig Kranken nach wie vor ein Plätzchen gibt. Ich möchte dieses Spektakel eigentlich als Gruppentherapie im großen verstanden wissen.«

»Aber, Doktor, Sie sehen doch hoffentlich die geistige Erkrankung nicht schlicht als eine Frage der Moral an?« sagte Frau Dr. von Blimenstein.

»Doch, das tue ich, und wenn das nicht so verstanden wird, dann sollte es das. Außerdem«, sagte der Anstaltsleiter, »wird das Spektakel den Leuten helfen, einige ihrer Aggressionen zu sublimieren.«

Auf dem Exerzierplatz marschierte Miss Hazelstones Truppe an dem Salutierpodest vorbei, das die Anstaltsschreiner zwischen den beiden Feldhaubitzen errichtet hatten.

»Augen rechts«, schrie Miss Hazelstone, und zweihundert Augenpaare hefteten sich manisch auf Dr. Herzog. Der Anstaltsleiter salutierte.

»Augen geradeaus!« Und der Trupp marschierte weiter.

»Sehr eindrucksvoll«, sagte Dr. Herzog. »Ein Jammer, daß wir nicht schon früher darauf gekommen sind.«

»Ich hoffe nur, wir haben keinen Anlaß zur Reue«, sagte Frau Dr. von Blimenstein pessimistisch.

Als der Tag des großen Schauspiels näherrückte, hatte Miss

Hazelstone immer noch mehrere Probleme zu lösen. Eins war das der Wurfspeere für die Zulu-Krieger. Dr. Herzog war unnachgiebig.

»Ich lasse es nicht zu, daß hier Hunderte von schwarzen Patienten speerschwingend in der Gegend rumlaufen. Gott weiß, was da alles passieren könnte.«

Schließlich wurde das Problem mit dem Ankauf von tausend Gummispeeren gelöst, die ein oder zwei Jahre zuvor bei Dreharbeiten benutzt worden waren.

Ein anderes Problem war die Frage, welche Musik und Geräuscheffekte die Darbietungen untermalen sollten.

»Ich dachte an die *Ouvertüre 1812*«, erklärte Miss Hazelstone dem Dirigenten der Klinikkapelle.

»So hoch kommen wir gar nicht«, wandte der Kapellmeister ein, »und wir haben auch keine Kanone.«

»Wir könnten die Feldhaubitzen nehmen«, sagte Miss Hazelstone.

»Wir können nicht auf dem Klinikgelände rumziehen und laute Böller loslassen. Das hätte auf die Angstneurotiker eine schreckliche Wirkung.«

Schließlich kam man überein, daß sich die Kapelle auf einfache Märsche wie »Colonel Bogey« und Melodien wie »Good bye Dolly Gray« beschränken solle und daß zur Untermalung der Schlachtszenen eine Plattenaufnahme der *Ouvertüre 1812* über Lautsprecher gespielt würde.

Eine Kostümprobe wurde einen Tag vor dem Spektakel abgehalten, und der Anstaltsleiter Dr. Herzog und das Personal nahmen daran teil.

»Einfach großartig«, sagte Dr. Herzog hinterher, »man hat das Gefühl, man ist richtig dabei, es ist alles so wirklich.«

Es war reiner Zufall, daß sich Kommandant van Heerden ausgerechnet den Nachmittag, an dem das Schauspiel stattfand, für seinen Besuch in der Klinik ausgesucht hatte. Im Gegensatz zum Bürgermeister von Piemburg und anderen Honoratioren war er nicht eingeladen worden, weil man das Gefühl hatte, Miss Hazelstone könnte das nicht wollen.

»Wir wollen nichts unternehmen, was die alte Dame aus dem Tritt bringen könnte, und die Polizei hier zu haben, würde sie bloß an die Hinrichtung ihres Bruders erinnern«, sagte der Anstaltsleiter.

Als sein Wagen auf das Gelände von Fort Rapier fuhr, bemerkte Kommandant van Heerden, daß ein ungewohnter Hauch von Festlichkeit die Klinik umgab.

»Ich hoffe, sie ist nicht *zu* offen«, sagte er zu seinem Fahrer, der Wachtmeister Els ersetzt hatte, als der Wagen unter einer Fahne hindurchfuhr, die einen »Tag der offenen Tür« verkündete. Sie fuhren zum Exerzierplatz hinauf, der mit Regimentsfahnen geschmückt war, und Kommandant van Heerden stieg aus.

»Schön, daß Sie's einrichten konnten, Kommandant«, sagte Dr. Herzog und führte ihn zur Tribüne, auf dem der Bürgermeister und sein Anhang bereits Platz genommen hatten. Während er sich setzte, sah sich der Kommandant nervös um.

»Was geht hier vor?« fragte er einen der Stadträte.

»So was wie ein öffentliches Tamtam, um das öffentliche Interesse an geistiger Gesundheit zu fördern«, sagte der Stadtrat.

»Reizender Ort für so was«, sagte der Kommandant. »Ich dachte, jeder hier oben würde für plemplem gehalten. Großer Gott, sehen Sie sich doch bloß die Kaffern da drüben an.«

Eine Abteilung schizophrener Zulus marschierte über den Exerzierplatz, um ihre Position für die Tableaus einzunehmen.

»Wer zum Teufel hat denen denn die Speere gegeben?«

»Ach, das ist in Ordnung, die sind bloß aus Gummi«, sagte der Stadtrat.

Der Kommandant fiel vor Schreck fast von seinem Stuhl. »Erzählen Sie mir bloß nicht«, sagte er, »daß Miss Hazelstone die ganze Geschichte organisiert hat.«

»Genau richtig geraten«, sagte der Stadtrat. »Hat das Geld

selber aufgebracht. Ich möchte nicht wissen, was das bißchen Zeug gekostet hat.«

Kommandant van Heerden hörte gar nicht mehr zu. Er erhob sich und sah sich verzweifelt nach irgendeiner Fluchtmöglichkeit um, aber die Menge um das Podium stand zu dicht gedrängt, als daß man hätte durchkommen können, und davor hatte der Aufmarsch schon begonnen. Verzweifelt sank er auf seinen Stuhl zurück.

Die Kapelle spielte, und die Regimenter formierten sich und marschierten auf die Tribüne zu. Rotbejackt und erstaunlich gut gedrillt, gemessen an ihrem Geisteszustand, paradierten sie an dem Anstaltsleiter vorbei, und an ihrer Spitze marschierte die dem Kommandanten wohlvertraute Gestalt Miss Hazelstones. Einen Augenblick dachte er, er säße wieder in der Halle von Jacaranda House und betrachte das Porträt von Sir Theophilus. Miss Hazelstones Uniform war eine Kopie derjenigen, die der Vizekönig auf dem Gemälde trug. Ihr Gesicht war zum Teil von einem mit Federn dekorierten Tropenhelm verdeckt, aber auf ihrer Brust prangten die Sterne und Orden der unseligen Feldzüge ihres Großvaters. Hinter dem ersten Regiment, den Welsh Guards, kamen die anderen, die Regimenter der Grafschaften Englands, entsprechend weniger im gleichen Schritt und Tritt (es war schwierig gewesen, genügend viele Zwangsneurotiker aufzutreiben, die es richtig schneidig hätten machen können), aber sie kamen trotzdem recht entschlossen dahergeschlurft. Hinter ihnen folgten die schottischen Regimenter, die man bei den weiblichen Patienten rekrutiert und in Kilts gesteckt hatte, angeführt von einer Dudelsack spielenden chronisch Depressiven. Den Schluß bildete eine kleine Abteilung Froschmänner, in Gummianzügen mit Flossen, die Schwierigkeit hatten, im Tritt zu bleiben.

»Hat was angenehm Zeitnahes, finden Sie nicht auch?« murmelte Dr. Herzog neben dem Bürgermeister, als zwanzig vom Wahnsinn gezeichnete Gesichter ihre Masken dem Podium zuwandten.

»Ich hoffe, die Kaffern da drüben kommen uns nicht zu nahe«, sagte der Bürgermeister ängstlich. Aber es bestand kein Grund zur Sorge. Den schwarzen Irren hatte man nicht das Recht eingeräumt, an der Tribüne vorbeizumarschieren. Miss Hazelstone baute sie für das erste Tableau auf.

In der Pause stand Kommandant van Heerden von seinem Stuhl auf und sprach mit dem Anstaltsleiter.

»Ich dachte, ich hätte Ihnen schon gesagt, daß Sie Miss Hazelstone unter scharfer Bewachung halten sollten«, sagte er verärgert.

»Sie hat bemerkenswerte Fortschritte gemacht, seit sie hier ist«, antwortete Dr. Herzog. »Wir sehen es gern, wenn unsere Patienten sich für ihre Hobbys interessieren.«

»Sie vielleicht«, sagte der Kommandant, »aber ich nicht. Zu Miss Hazelstones Hobbys gehört zufällig auch das Morden, und Sie lassen sie hier eine Militärparade abhalten. Sie müssen nicht ganz bei Troste sein.«

»Es gibt nichts Besseres, als den Patienten zu gestatten, ihre aggressiven Neigungen auszuagieren«, sagte der Anstaltsleiter.

»Sie hat das bereits zur Genüge getan«, sagte der Kommandant. »Mein Rat ist, das Ganze zu stoppen, bevor es zu spät ist.«

Aber schon hatte das erste Tableau begonnen. In der Mitte des Exerzierplatzes stand ein Ochsenwagengeviert aus Pappe, und um es herum versammelten sich die schizophrenen Zulus und schwenkten ihre Speere. Nach ein paar Minuten ließen sie sich in Haltungen auf dem Asphalt nieder, die qualvolles Sterben bedeuten sollten.

»Blood River«, sagte der Anstaltsleiter.

»Sehr realistisch«, sagte der Bürgermeister.

»Total meschugge«, sagte der Kommandant.

Höflicher Beifall quittierte das Ende der Schlacht. Und in der nächsten Stunde entfaltete sich vor den Zuschauern die Geschichte Südafrikas in einer Reihe blutig erstarrter Schlachten, in denen stets die Schwarzen von den Weißen massakriert wurden.

»Man sollte doch meinen, es würde sie allmählich langweilen, sich hinzulegen und wieder aufzustehen und sich wieder hinzulegen«, sagte der Bürgermeister, als die Zulus zum zigsten Mal ihre Todesqualen durchgemacht hatten. »Aber es hält sie wahrscheinlich körperlich fit.«

»Solange die Scheißkerle nicht gewinnen, hab ich nichts dagegen«, sagte der Kommandant.

»Ich glaube, im Finale bekommen sie einen kleinen Triumph zugestanden«, sagte Dr. Herzog. »Das ist die Schlacht von Isandhlwana. Die Briten hatten keine Munition mehr und wurden getötet.«

»Wollen Sie damit etwa andeuten«, sagte der Kommandant, »Sie hätten zugelassen, daß Weiße von Schwarzen besiegt werden? Das ist ja irre. Was sage ich, das ist ungesetzlich. Sie ermuntern zum Rassenhaß.«

Dr. Herzog wurde verlegen. »Von der Seite habe ich mir das gar nicht überlegt«, sagte er.

»Na, dann überlegen Sie es sich besser jetzt von der Seite. Sie brechen das Gesetz. Sie haben die verdammte Pflicht und Schuldigkeit, das Ganze aufzuhalten. Ich bin nicht bereit, hier zu sitzen und mir etwas derart Empörendes anzusehen«, sagte der Kommandant bestimmt.

»Ich auch nicht«, sagte der Bürgermeister. Mehrere Stadträte nickten zustimmend.

»Ich weiß wirklich nicht, wie ich das könnte«, sagte Dr. Herzog. »Sie fangen ja schon an.«

In der Mitte des Exerzierplatzes hatte Miss Hazelstone das britische Lager aufgebaut und überwachte nun die Aufstellung der beiden Feldhaubitzen. Mehrere hundert Meter davon entfernt stand die Zulu-Armee schon für ihren kurzen Triumph bereit.

»Ich bestehe darauf, daß Sie die Schlacht abbrechen«, sagte der Kommandant.

»Ich auch«, sagte der Bürgermeister, dem die Gummispeere noch immer ein Dorn im Auge waren.

Dr. Herzog zögerte. »Du liebe Güte, ich wollte, Sie hätten mir das früher gesagt, daß das ungesetzlich ist. Ich weiß nicht, was ich jetzt noch machen könnte«, sagte er zitternd. »Schön, wenn Sie das nicht aufhalten, dann mach ich's eben«, sagte der Kommandant.

»Bravo«, sagte der Bürgermeister, sekundiert von den Stadträten.

Bevor Kommandant van Heerden über die möglichen Folgen seiner Einmischung nachdenken konnte, war er schon weg, ließ sich vom Podium herunterhelfen und einen Weg zum Exerzierplatz bahnen. Langsam marschierte er auf die beiden Armeen zu, und wie er da so ging, dämmerte ihm langsam, in welcher Lage er sich befand. Mitten auf dem Platz, genau zwischen den beiden gegnerischen Irrenheeren, bereute er allmählich seinen vorschnellen Entschluß, sich einzumischen. Auf der einen Seite stampften fünfhundert schizophrene Zulus den Boden und fuchtelten wild mit ihren Speeren herum, und auf der anderen erwartete die gleiche Zahl weißer Irrer ihre Niederlage mit einer Entschlossenheit, die, weil sie wußten, was auf sie zukam, nur desto furchterregender war.

Kommandant van Heerden blieb stehen und hob die Hand. Schweigen senkte sich auf die beiden Heere.

»Hier spricht Kommandant van Heerden«, schrie er. »Ich befehle Ihnen, auseinanderzugehen und in Ihre Stationen zurückzukehren. Das hier ist eine illegale Menschenansammlung, die gegen die Aufruhrakte verstößt.«

Er hielt inne und wartete, daß sich die Armeen zurückzögen. Aber es gab kein Anzeichen dafür, daß sie etwas Derartiges täten. Während seine Worte verhallten, starrten beide Seiten ihre Gegner debil an, und Murren breitete sich in den Reihen aus. Miss Hazelstone war mit dem Ausrichten der Feldhaubitzen fertig und schritt nach vorn. Auf der Seite der Zulus folgte ein baumlanger Krieger ihrem Beispiel.

»Was soll denn der Blödsinn?« rief Miss Hazelstone.

»Sie haben gehört, was ich gesagt habe«, schrie der Kommandant zurück. »Diese Schlacht stellt eine öffentliche Ruhestörung dar. Ich verlange, daß Sie auseinandergehen.«

Mitten zwischen den beiden Heeren fühlte Kommandant van Heerden seine neue Rolle als Friedensbewahrer immer schwieriger werden.

»Sie haben kein Recht, hierherzukommen und sich in unser Schauspiel einzumischen«, beharrte Miss Hazelstone. »Und eine öffentliche Ruhestörung ist es auch nicht.«

»Wir haben gewonnen«, sagte der Zulu-Anführer. »Wir haben die Schlacht von Isandhlwana gewonnen, und jetzt gewinnen wir sie noch mal.«

»Nur über meine Leiche«, sagte der Kommandant und bereute seine Worte, sobald er sie gesagt hatte. Das Murren in den Reihen der beiden Armeen zeigte nur allzu deutlich, daß die Streitlust wuchs.

Die Zuschauer auf der Tribüne wurden langsam genauso unruhig wie die Irren.

»Sind die Äxte da drüben auch aus Gummi?« fragte der Bürgermeister, als er sah, wie mehrere Zulus Beile anstelle ihrer Speere schwenkten.

»Das will ich doch hoffen«, sagte der Anstaltsleiter.

»Die Briten scheinen die Feldhaubitzen zu laden«, sagte der Bürgermeister.

»Unmöglich«, sagte der Anstaltsleiter. »Sie haben gar nichts, womit sie sie laden könnten.«

»Sie schütten irgend etwas ins Rohr«, sagte der Bürgermeister, »und die Zulus dort scheinen irgendwas auf ihre Speere zu stecken. Sieht mir wie Stricknadeln aus. Oder Fahrradspeichen.«

Die Bestürzung des Bürgermeisters war nichts, verglichen mit der Panik, die Kommandant van Heerden langsam spürte. Miss Hazelstone und der Zulu-Anführer lagen miteinander in hitzigem Streit darüber, wer die Schlacht von Isandhlwana gewonnen hatte.

»Mein Großvater war dabei«, sagte Miss Hazelstone.

»Meiner auch«, sagte der Zulu.

»Meiner nicht«, sagte der Kommandant, »und es interessiert mich sowieso einen Dreck, wer die Schlacht gewonnen hat. Hier wird sie jedenfalls niemand gewinnen. Ich verlange, daß Sie Ihre Streitkräfte zurückziehen.«

»Wir werden gewinnen«, sagte der Zulu. »Den ganzen Nachmittag haben wir verloren, und jetzt haben wir ein Recht zu gewinnen.«

»Quatsch«, sagte Miss Hazelstone. »Mein Großvater hat den Sieg errungen, und mehr gibt's darüber nicht zu sagen.«

»Mein Großvater hat's meinem Vater erzählt, und mein Vater hat's mir erzählt, daß Ihr Großvater weggelaufen ist«, sagte der Zulu.

»Wie können Sie es wagen«, kreischte Miss Hazelstone, »wie können Sie es wagen, einen Hazelstone zu beleidigen?«

Auch Kommandant van Heerden war entsetzt. Er wußte aus Erfahrung, was aller Voraussicht nach das Resultat eines Streits zwischen Miss Hazelstone und einem Zulu sein werde. Als die alte Dame sich mit dem Säbel abmühte, der an ihrem Gürtel hing, und der Zulu hinter seinem kolossalen Schild in Deckung ging, unternahm Kommandant van Heerden seinen letzten Versuch, den Frieden wiederherzustellen.

»Ich befehle Ihnen, den Exerzierplatz zu verlassen«, brüllte er und zog seinen Revolver aus dem Pistolenhalfter, aber es war schon zu spät. Mit einem Aufwärtsstreich ihres Säbels schlug Miss Hazelstone dem Kommandanten den Arm nach oben. Der Revolver gab einen harmlosen Schuß in den Himmel ab, dann wogten die beiden Irrenheere mit lautem Getöse aufeinander los.

Als ein Säbelhieb Miss Hazelstones durch die Luft pfiff und der Zulu den Schlag mit seinem Schild parierte, ergriff Kommandant van Heerden die Flucht. Ein Blick auf die schizophrenen Zulus überzeugte ihn, daß das Heil, wenn überhaupt irgendwo, dann bei der Armee der Briten lag, und er sauste auf die vorrückenden Linien der Rotröcke zu. Einen Augenblick später bereute er seine Entscheidung. Ein Regiment paranoider Frauen in Kilts, immer noch von der depressiven Dudelsackspielerin angeführt, die jetzt »The Road to the Isles« intonierte, fegte im Dauerlauf über den Kommandanten weg, der gerade noch Zeit hatte, kehrtzumachen und mit ihnen mitzurennen, ehe er über den Haufen geworfen und zu Boden gerissen wurde. Er lag still da und mußte sich mehrere Male treten lassen, ehe das Regiment durch war. Dann hob er den Kopf und betrachtete die Szene um sich her.

Es war sofort zu sehen, daß die Zulus nicht die Absicht hatten, auf ihren Sieg zu verzichten. Einen Moment lang durch den Ansturm der Frauen in die Enge getrieben, hatten sie ihren Mut wiedergewonnen und mit Erfolg einen Gegenangriff gestartet. Mit Hilfe ihrer kurzen Gummispeere, an deren Spitze jetzt Stricknadeln steckten, stachen sie sich recht erfolgreich ihren Vormarsch frei. Auf der linken Flanke verteidigten sich die Welsh Guards verzweifelt, aber ihre Holzgewehre waren den Wurfspießen nicht gewachsen. Als das Schottische Korps ins Wanken geriet und sich zurückzuziehen begann, rappelte sich Kommandant van Heerden hoch und rannte vor dem Korps her. Der Exerzierplatz um ihn her hallte vom Schlachtruf der Zuluhorden, von den Schreien der verwundeten Frauen und den geisterhaften Tönen des Dudelsacks wider. Um den Lärm noch zu erhöhen, ließ ein Tonbandgerät die *Ouvertüre 1812* durch Lautsprecher ertönen. Im Zentrum des Schlachtgewühls konnte man Miss Hazelstones Tropenhelm herumhüpfen sehen. Kommandant van Heerden rannte zum Lager der Briten und brach in einem der Zelte zusammen.

Den Zuschauern auf der Tribüne erschien die Wiedererwekkung der südafrikanischen Geschichte zunächst durch und durch überzeugend. Der kühne Sturm auf die Briten und ihr nachfolgender Rückzug hatten etwas Authentisches an sich, was den vorangegangenen Darstellungen gefehlt hatte.

»Ein erstaunlicher Realismus«, sagte der Bürgermeister, der

eben einen von einem Speer durchbohrten Waliser gesehen hatte.

»Ich glaube, das macht auch die Musik«, sagte der Anstaltsleiter.

Dem mußte der Bürgermeister zustimmen. »Die Leute scheinen aber auch ziemlich viel zu schreien«, sagte er.

»Ich bin sicher, so was hilft den Patienten«, fuhr Dr. Herzog fort. »Nimmt ihnen einen Teil ihrer Probleme.«

»Das wird es wohl«, sagte der Bürgermeister. »Zweifellos nimmt es ihnen auch anderes. Da drüben liegt einer, der offenbar ein Bein verloren hat.«

Auf dem Platz vor ihnen begann durch das Historienspektakel langsam die schreckliche Wirklichkeit hindurchzuscheinen. Es wurde immer schwieriger, zu erkennen, was Illusion und was Wirklichkeit war. Historie und gegenwärtige Tragödie mischten sich unauflöslich durcheinander. An einigen Stellen mimte man den Tod mit einer Reihe heftiger Zuckungen, die die Todesqualen derer, deren Sterben keineswegs geprobt war, an Realismus weit überboten. Eine Anzahl Patientinnen aus dem Schottischen Korps mußte feststellen, daß sie zu den Klängen Tschaikowskys von Zulu-Kriegern vergewaltigt wurden, während eine Abteilung von Froschmännern, die niemals in der Nähe von Isandhlwana gewesen waren, sich mit all dem Mut ins Getümmel stürzten, den ihre Flossen zuließen.

Aus dem Schutz des Zelts, in das der Kommandant gekrochen war, sah er, wie die Bedienungsmannschaft einer Feldhaubitze mit der Kanone in die Menge der streitenden Kämpfer zielte, und erblickte entsetzt Miss Hazelstone ohne ihren Tropenhelm und blutverschmiert die Operation überwachen.

»Mehr Chlorat und weniger Zucker«, hörte er sie zu einem Mann sagen, der etwas, das wie ein Kopfkissen aussah, mit Pulver füllte. Der Kommandant wartete keine Sekunde länger. Er kannte Miss Hazelstones bemerkenswerte Erfahrung mit großkalibrigen Waffen allzugut, um das Risiko einzugehen, in der Schußlinie zu liegen. Die leidenschaftlichen Vorspiele einer Rekrutin des Schottischen Korps abweisend, die neben ihn gekrochen war, wickelte er sich aus der Zeltleinwand und raste auf die Tribüne zu, um dort in Deckung zu gehen. Er hatte etwa zwanzig Meter zurückgelegt, als er Miss Hazelstone den Befehl zum Feuern geben hörte, und einen Augenblick später hüllte ein Flammenmeer das britische Lager ein. Als ihn die enorme Explosion zu Boden riß und die Druckwelle ihn über den Asphalt schleifte, schloß der Kommandant die Augen und betete. Über seinem Kopf vermengten sich Teile der Feldhaubitze mit Streitern, die am Weiterkämpfen verhindert waren. Miss Hazelstone hatte die Kanone nicht bloß abgefeuert, sie hatte sie in die Luft gejagt. Kommandant van Heerden rutschte unter das Podium, dann hob er den Kopf und besah sich das langsam abflauende Chaos. Die Darsteller des Tabelaus hatten eine ganz neue und absolut überzeugende Ruhe angenommen, und man sah ganz deutlich, daß niemand die Schlacht von Isandhlwana gewonnen hatte.

Der Exerzierplatz war mit schwarzen und weißen Leichen übersät, während das, was es an Überlebenden gab, jedes Interesse an der südafrikanischen Geschichte verloren hatte. Mit allen Merkmalen eines durch und durch gesunden Selbsterhaltungstriebs krochen sie auf das Krankenrevier zu.

Nur das Klinikpersonal schien total den Verstand verloren zu haben. Auf der Tribüne über sich hörte der Kommandant, wie Dr. Herzog den mittlerweile verblichenen Bürgermeister immer noch zu beruhigen versuchte, daß die Speere aus Gummi seien. Dem Kommandanten erschien diese Versicherung ganz unnötig. Was den Bürgermeister auch immer erwischt haben mochte, es war aus sehr viel Tödlicherem gemacht.

Der Kommandant wartete, bis man Dr. Herzog weggebracht hatte, ehe er aus seinem Versteck gekrochen kam. Er stand auf und sah sich um. Die Geschichte war nicht nur dargestellt worden, dachte er, hier war sie gemacht worden. Nicht nur die Vergangenheit, auch die Gegenwart und die Zukunft Südafrikas waren in der Verwüstung zu erblicken, die sein Auge grüßte. Sich seinen Weg über die Leichen hinweg bahnend, steuerte der Kommandant auf einen großen Krater zu, der in die Mitte des Exerzierplatzes gesprengt war. An seinem Rand lagen die Reste eines federgeschmückten Tropenhelms und der Stern, den Miss Hazelstone getragen hatte.

»Ein letztes Andenken«, murmelte er und hob sie auf. Dann drehte er sich um und ging, noch immer benommen und schwankend, zu seinem Wagen zurück.

19

Am Morgen seiner Hinrichtung wurde Jonathan Hazelstone die übliche Vergünstigung, sich ein herzhaftes Frühstück aussuchen zu können, mit der Begründung verweigert, daß vor allen größeren Operationen die Patienten mit einer leichten Erfrischung auskommen müßten. Anstelle von Schinken mit Ei, was er bestellt hatte, wurden ihm eine Tasse Kaffee und der Besuch eines anglikanischen Geistlichen zugestanden. Für Jonathan war es schwer, zu entscheiden, was von beiden das Unangenehmere war. Alles in allem aber fand er den Kaffee wohltuender.

Seine Bindungen mit der Kirche waren in der Zeit seines Prozesses gelöst worden, und der Bischof war zu der Überzeugung gelangt, daß die Weigerung der Kirchenführer, ein Zeugnis zu seinen Gunsten abzulegen, darauf zurückzuführen war, daß, wie er wußte, ihm seine Kollegen den raschen Aufstieg zum Bischofsamt neideten. Er hatte keine Ahnung, daß Teile seines Geständnisses, insbesondere solche, die Wachtmeister Els ausgesucht hatte, dem Erzbischof gezeigt worden waren.

»Ich wußte ja, daß der Kerl progressiv ist«, murmelte der Erzbischof, als er das ungewöhnliche Dokument las, »aber diesmal hat er's wirklich zu weit getrieben«, und er erinnerte sich an Jonathans Eingeständnis, daß er jede Chance nutze, Leute in die Kirche zu ziehen. »Hochkirche im Zeremoniell, Tiefkirche in der Art, an die Leute ranzukommen, das ist meine Devise«, hatte Jonathan gesagt, und nun sah der Erzbischof, daß er das auch so gemeint hatte. Sodomie kombiniert mit Kniebeugen mußte eine Hoch-und-Tiefkirche ergeben, daß es nur so eine Art hatte, und er fand es kaum noch überraschend, daß seine Gemeinden so geschwind gewachsen waren.

»Ich glaube, durch vieles Reden wird hier nicht geholfen«, hatte der Erzbischof entschieden, und die Kirche hatte Jonathan Hazelstone kurzerhand ausgestoßen.

Der Kaplan, der ihn in seinen letzten Stunden besuchte, war kein Südafrikaner. Es war nicht möglich gewesen, irgendeinen Pfarrer mit ein bißchen Selbstachtung dazu zu bewegen, einem Mann in seiner Bedrängnis beizustehen, der auf die Geistlichkeit Schande gehäuft hatte, und selbst der Bischof von Piemburg hatte die Aufforderung von sich gewiesen.

»Es gibt Momente, da muß ein Mensch allein sein dürfen«, erklärte er Direktor Schnapps am Telefon, »und das ist sicherlich einer davon«, dann war er wieder zurück an die Arbeit an einer Predigt über die Brüderlichkeit unter den Menschen gegangen.

Schließlich war es der Kaplan eines Cambridger Colleges, der während seiner langen Ferien Piemburg besuchte und ins Piemburger Gefängnis gelockt wurde, um sich den geistigen Nöten des Gefangenen zu widmen.

»Ich habe gehört, im Gefängnisgarten gibt es besonders prachtvolle indische Feigenkakteen«, erklärte der Pfarrer von Piemburg dem Kaplan, der weit mehr an den physischen Nöten von Felsenpflanzen als an den geistigen Nöten seiner Mitmenschen interessiert war, und der Kaplan hatte die Gelegenheit, die sich ihm mit der Hinrichtung bot, beim Schopfe ergriffen, um eine Prachtansammlung indischer Feigenkakteen zu Gesicht zu bekommen.

Als er in der Zelle stand, wußte der Kaplan nicht so recht, was er sagen sollte.

»Sie waren nicht zufällig bei der Marine?« fragte er schließlich.

Jonathan schüttelte den Kopf.

»Ich dachte bloß«, fuhr der Kaplan fort. »Es gab einen Kadetten auf der HMS *Clodius*, im Jahr ’43, glaub ich, war das, oder es kann auch ’44 gewesen sein. Der hieß Hazelnut.«

»Ich heiße Hazelstone«, sagte der Bischof.

»Stimmt. Wie vergeßlich von mir. In meinem Beruf begegnet man so vielen Leuten.«

»Das kann ich mir vorstellen«, sagte der Bischof.

Der Kaplan machte eine Pause und betrachtete die Handschellen und Ketten. »Tragen Sie die immer?« fragte er. »Das muß doch furchtbar unbequem sein.«

»Erst, wenn ich gehängt werde«, sagte der Bischof.

Der Kaplan meinte einen Anflug von Bitterkeit in der Bemerkung zu entdecken und erinnerte sich wieder an den Grund seines Besuches.

»Gibt es irgend etwas, das Sie mir gerne sagen möchten?« fragte er.

Der Bischof konnte sich viele Dinge vorstellen, die er ihm hätte sagen mögen, aber es schien ihm nicht viel Zweck zu haben.

»Nein«, sagte er, »ich habe schon alles gebeichtet.«

Der Kaplan seufzte erleichtert. Diese Situationen sind so peinlich, dachte er.

»Ich habe tatsächlich noch nie einer Hinrichtung beigewohnt«, murmelte er schließlich.

»Ich auch nicht«, sagte der Bischof.

»Unangenehm«, fuhr der Kaplan fort, »unangenehm, doch notwendig. Man sagt ja doch, Hängen ist kurz und schmerzlos. Ich bin sicher, Sie werden richtig erlöst sein, wenn alles vorbei ist.«

Der Bischof, dessen Hoffnung auf ein ewiges Leben zusammen mit seinem Glauben geschwunden war, bezweifelte, ob »erlöst« ganz das richtige Wort sei. Er versuchte, das Thema zu wechseln.

»Kommen Sie öfter her?« fragte er.

»Ins Gefängnis?«

»Nach Südafrika, obwohl das ja ziemlich dasselbe ist.«

Der Kaplan überhörte diese Bemerkung. Er war am Graduiertentisch im College ein unerschütterlicher Verfechter des südafrikanischen Standpunkts und hatte für Liberale keine Zeit.

»Ich versuche, mindestens einmal im Jahr in sonnigere Klimagegenden zu entfliehen«, sagte er. »Die Studenten sind heutzutage so gottlos, und mein wahres Interesse gilt dem Gartenbau. Südafrika ist voll wunderschöner Gärten.«

»Dann wird Ihnen vielleicht das Gedicht hier gefallen«, sagte der Bischof und begann, »Die Vorboten« herzusagen.

»Schöne, berückende Worte: Zuckerrohr,
Honig der Rosen, wohin wollt ihr fliehen?«

Er rezitierte noch immer, als Direktor Schnapps und Scharfrichter Els eintrafen. Während man ihm die Ketten abnahm und er in den Harnisch eingeschnürt wurde, der seine Arme festhielt, fuhr der Bischof fort:

»Wahre Schönheit weilt im Himmel: unsre ist nur eine Flamme,
Doch geborgt von dort, um dort uns wieder hinzuführen.
Schönheit und die schönen Worte sollten stets zusammen regieren.«

»Scheiß Schnallen«, sagte Els, der Schwierigkeiten mit den Riemen hatte.

Die feierliche Prozession marschierte aus dem »Hintern« hinaus in den hellen Sonnenschein des Gefängnishofes. Zwischen Els und dem alten Wärter stolperte Jonathan Hazelstone daher und sah sich ein letztes Mal um. Sich grell vom dumpfen schwarzen Anstrich des Todeshauses abhebend, stand dort ein weißer Krankenwagen. Zur Überraschung aller fing der Verurteilte an zu lachen.

»Öde Blässe bleicht die Türe«, rief er.

»Die Boten sind gekommen. Sieh, sieh ihr Zeichen!
Weiß ist die Farb' und schau! mein Haupt!«

Die beiden Sanitäter starrten voll Entsetzen auf die schreiende Gestalt, deren Leiche sie für die Transplantation abholen sollten.

»Doch müssen sie mein Herz auch haben? Müssen sie die reichen,
die funkelnden Gefühl' eröffnen, die ich dort geschaut?«

Die kleine Gruppe eilte die Treppe zum Galgen hoch. Der alte Wärter half Els, den Bischof auf die Falltür zu stellen, dann sauste er die Leiter runter und über den Hof in sein Dienstzimmer. Es war nicht so, daß er zimperlich gewesen wäre, aber er hatte nicht vor, irgendwo in der Nähe des Galgens zu sein, wenn Els an dem Hebel zog, und außerdem hatte er für seine Abwesenheit eine plausible Entschuldigung. Er mußte sofort das Krankenhaus anrufen, wenn der Krankenwagen das Gefängnis verließ.

Auf der Falltür stehend setzte der Bischof seine Rezitation fort. Direktor Schnapps fragte den Kaplan, was denn seiner Meinung nach die Vorboten in dem Gedicht bedeuteten. Der Kaplan sagte, er dächte, es seien möglicherweise Mitglieder der Familie der Hydrangeae, allerdings meine er sich zu erinnern, im Krieg unter einem Hauptmann Forebode gedient zu haben. Els versuchte, dem Bischof den Leinensack über den Kopf zu stülpen. Er hatte ziemliche Schwierigkeiten, erstens weil der Bischof so groß, und zweitens, weil der Sack offenbar für einen viel kleineren Kopf gemacht worden war. Els kriegte den Bischof nicht dazu, die Knie zu beugen, weil die Riemen jede Bewegung unmöglich machten. Schließlich mußte Direktor Schnapps Els hochheben, damit er den Sack in die richtige Position herunterziehen konnte. Er mußte die Darbietung noch mal wiederholen, als dem Verurteilten der Strick um den Hals gelegt werden mußte, und dann zog Els die Schlinge so fest, daß der Bischof gezwungen war, seine Rezitation zu unterbrechen.

»Muß Trübsinn mich zu einem Nachch...«, blieb er röchelnd stecken.

»Um Gottes willen, Els, lockern sie das verdammte Ding«, schrie Direktor Schnapps, als das Gedicht abgedrosselt wurde, »Sie sollen ihn da unten hängen und nicht hier oben erwürgen.«

»Am besten scheinen sie auf sandigem Boden zu gedeihen«, sagte der Kaplan.

»Ist Ihnen das lose genug?« fragte Els, nachdem er am Strick gezogen und die Schlinge so locker gemacht hatte, daß sie dem Bischof lose über die Schultern hing. Er konnte Leute nicht verknusen, die ihm andauernd in seinen Job reinredeten. Wenn der Direktor über das Erhängen so verdammt gut Bescheid wußte, warum macht er dann den ganzen Kram nicht selbst?

»Was denn?« fragte Direktor Schnapps den Kaplan.

»Hydrangeae.«

»Narrn umschmieden«, sagte der Bischof, der seine Rezitation wieder aufnahm.

Els ging hinüber zu dem Hebel.

»Doch haben sie mich schon verlassen«, drang dumpf die Stimme des Bischofs durch den Stoffsack. Els zog an dem Hebel, und die vermummte Gestalt verschwand durch die Falltür in dem Loch, und die Stimme, schon undeutlich, wurde von dem gräßlichen Aufprall, der folgte, zum Schweigen gebracht. Als die Falltür aufknallte und das Gerüst unter dem Aufprall beängstigend ins Wanken kam, erinnerten die Zeichen der Sterblichkeit, deren Zeuge er gerade gewesen war, den Kaplan wieder an den eigentlichen Zweck seines Besuches, und er brachte ein Gebet für den Verstorbenen dar.

»Lasset uns beten für die Seele des Hingeschiedenen, wo immer sie auch sei«, sagte er und senkte den Kopf. Direktor Schnapps und Els machten die Augen zu und lauschten mit gesenkten Köpfen dem Gebet. Mehrere Minuten murmelte der

Kaplan weiter, dann schloß er: »Und möge Dein Diener von uns gehen ins ewige Heil. Amen.«

»Amen«, sagten Direktor Schnapps und Els gleichzeitig. Die Männer auf dem Galgengerüst hoben die Köpfe, und Els trat vor, um in das Loch hinunterzugucken. Der Strick hatte zu schwingen aufgehört und hing recht lose, wie Els meinte, wenn man das Gewicht der Last daran in Betracht zog. Als sich seine Augen an die Dunkelheit da unten gewöhnt hatten, wurde Els allmählich klar, daß da was fehlte. Die Schlinge an dem Strick hing lose und leer da. Das Gebet des Kaplans war erhört worden. Wo immer Gottes Diener auch sein mochte, er war zweifellos davongegangen und offenbar heil und gesund obendrein. Das Loch unter dem Galgen war absolut leer.

Als der Bischof in die Ewigkeit fiel, dachte er, wie passend seine letzten Worte doch gewesen seien, und er war nur froh, daß er nicht noch bis zur nächsten Zeile gekommen war: »Du bleibst mein Gott«, denn er glaubte nicht mehr an ihn. Er konzentrierte sich auf den schrecklichen Schlag ins Genick, aber der Schmerz kam von völlig anderen Gliedmaßen her. »Mist«, dachte er, als er mit einem fürchterlichen Krachen auf dem Boden landete und seitwärts zur Tür hinaus auf den sonnenbeschienenen Hof rollte. Der Stoffsack war zerrissen, und seine Beine taten ganz entschieden weh, aber keine Frage war, daß er sich alles mögliche gebrochen haben mochte, bloß das Genick nicht. Er lag still da und wartete, daß Els ihn zu einem zweiten Versuch holen werde. Er war also nicht überrascht, als er fühlte, wie Hände ihn an Füßen und Schultern hochhoben.

Im nächsten Augenblick lag er auf einer Trage und wurde in einen Krankenwagen geschoben. Die Türen wurden zugeschlagen, und der Krankenwagen raste davon. Er mußte kurz halten, als die Gefängnistore geöffnet wurden, dann sauste er mit heulenden Sirenen hinaus auf die Straße.

Hinter ihm hatte das Haus des Todes begonnen, die Voraussagen des alten Wärters zu erfüllen. Unter dem Getrampel der allgemeinen Flucht, die auf dem Gerüst einsetzte, als Henker Els, der verdutzt in das Loch runterstarrte, ausrutschte und sich an den Beinen von Direktor Schnapps festhielt, um nicht noch selber reinzufallen, kippten die Mauern des Galgens langsam nach innen, und unter dem Getöse stürzenden Mauerwerks verschwanden Direktor, Henker und Kaplan in einer dichten Wolke aus schwarzem Staub. Der alte Wärter saß in seinem Dienstzimmer und dankte seinem Schicksal. »Ich sagte ja, er wär nicht sicher«, murmelte er und griff zum Telefon, um das Krankenhaus anzurufen.

Als der Krankenwagen durch die Straßen Piemburgs raste, spürte Jonathan Hazelstone, daß der Sanitäter die Riemen losband, mit denen ihm Arme und Beine gefesselt waren. Eine Hand schlüpfte unter sein Hemd und befühlte seine Brust.

»Alles in Ordnung. Es schlägt noch«, hörte er den Sanitäter zum Fahrer sagen. Jonathan hielt den Atem an, bis die Hand wieder weg war. Dann entspannte er sich langsam. Die Geräusche der Stadt um ihn herum kamen durch den Leinensack gesickert, und als er da so lag, wurde Jonathan Hazelstone zum ersten Male klar, daß das, was da auf ihn wartete, ihm den Tod durch Erhängen unendlich willkommener erscheinen lassen könnte.

»Ich laß mich hängen, wenn mir jetzt noch jemand mein Herz rausschneidet«, sagte er sich, als der Krankenwagen durch das Tor des Piemburger Krankenhauses federte und vor der Leichenhalle hielt.

Im Krankenhaus war die Meldung von der Hinrichtung zugleich mit der eindringlichen Forderung des alten Wärters eingetroffen, noch ein paar mehr Krankenwagen zum Gefängnis zu schicken, um die Opfer des schrecklichen Einsturzes des Todeshauses abzuholen. Die Spannung, die bereits im Krankenhaus geherrscht hatte, entwickelte sich rasch zu so was wie einer

Massenpanik. Der Kommandant, der schon für die Operation vorbereitet war, bekam eine Vollnarkose und wurde bewußtlos in den Operationssaal gerollt. Während die Chirurgen sich für die Verpflanzung bereitmachten, rasten die Krankenwagenfahrer zu ihren Fahrzeugen, und es wurden alle Anstalten getroffen, den erwarteten Strom der Opfer aus dem Gefängnis aufzunehmen. Krankenschwestern, die schon nicht mehr wußten, wo ihnen der Kopf stand, weil sie sich mit Massen verletzter Irrer aus dem Massaker in Fort Rapier rumschlagen mußten, versuchten, sich auf diese neue Katastrophe einzustellen. Als der Krankenwagen mit Jonathan Hazelstone vor der Leichenhalle eintraf, schlug die allgemeine Verwirrung über ihm zusammen.

»Fahren Sie zum Gefängnis zurück«, schrie ein Krankenwärter aus einem Fenster, als die beiden Sanitäter den Spender in die Leichenhalle trugen und auf einem Rolltisch absetzten. »Da oben hat's 'ne größere Katastrophe gegeben.« Die beiden Männer hetzten zu ihrem Krankenwagen zurück und fuhren los. Der Bischof, einen Augenblick allein in der Leichenhalle, sprang von dem Tisch, riß sich den Sack vom Kopf und blickte sich um. Unter den Laken, die auf Steinplatten liegende stille Gebilde verhüllten, fand er, was er suchte, und als schließlich zwei Krankenwärter kamen, um den Spender zur Transplantation abzuholen, enthielt der Körper, der gemütlich unter seinem weißen Laken lag und einen grauen Leinensack über den Kopf gestülpt trug, ein Herz, das viel zu kalt war, als daß es Kommandant van Heerden noch groß von Nutzen sein konnte.

Während die Operation langsam in Gang kam, wanderten die sterblichen Überreste des ehemaligen Bischofs von Barotseland leicht hinkend den Hügel in Richtung Jacaranda House hinauf. Und wie sie so wanderten, sangen sie:

> *»Wenn ihr auch geht, ich weiche nicht; flieht nur von hier:*
> *Denn Du bist noch mein Gott, ist alles, was ihr mir*
> *Vielleicht mit mehr Verzierungen könnt sagen.*

Fliegt, Frühlingsvögel fort: den Winter laßt nur jagen;
Laßt öde Blässe bleichen mir das Tor,
Doch alles drin ist muntrer als zuvor.«

Jonathan Hazelstone hatte sich gerade überlegt, daß es schließlich dennoch Gründe geben könnte, den Glauben wiederzufinden.

Die Panik, die im Piemburger Krankenhaus herrschte, als der Krankenwagen mit dem Bischof eintraf, war rein gar nichts, verglichen mit dem Chaos und der Hysterie, die im Operationssaal entstanden, als der Leichnam des Spenders auf dem Rolltisch hereingefahren wurde. In Kommandant van Heerdens Brust war schon ein Schnitt gemacht worden, als man entdeckte, daß, wer immer auch für die Hinrichtung verantwortlich gewesen war, seinen Job allzu gründlich erledigt hatte. Die Leiche auf dem Tisch trug viele Wunden der allerschrecklichsten Art. Das einzige, was sie sich nicht gebrochen zu haben schien, war das Genick. Sie war nicht nur an vielen Stellen völlig zersplittert, sie war auch schon mindestens 48 Stunden tot. Und als man des weiteren entdeckte, daß es sich um die Leiche einer neunundachtzigjährigen Frau handelte, da wußten die Chirurgen, daß, was sie zunächst für dumm, um nicht zu sagen für kriminell gehalten hatten, nun zu reinem Irrsinn ausartete.

Dr. Erasmus war völlig außer sich. »Wer hat gesagt, das Ding hier schlüge noch?« schrie er und schlug auf das welke Ding, das der alten Frau aus der Brust hing. (Sie war in Wirklichkeit von einem Fünfundzwanzig-Tonner überfahren worden, als sie über die Straße ging.) »Das hier hat schon tagelang nicht mehr geschlagen, und als es noch arbeitete, hat es verflucht noch mal auch nicht geschlagen. Es hat bloß hin und wieder mal gezuckt. Das Herz würde ich einem verhungerten Hund nicht zu fressen geben und schon gar nicht dem Verrückten hier in seinen Körper einbauen.« Er setzte sich hin und flennte.

Nach einer halben Stunde, in der die Leichenhalle immer

wieder durchsucht und der Tod verschiedener möglicher Spender in den Krankenhausabteilungen von einem verzweifelten Chirurgenteam beschleunigt wurde, das maskiert hereingestürmt kam, sie beutegierig anstarrte und ihnen hoffnungsvoll den Puls fühlte, riß sich Dr. Erasmus zusammen, nahm rasch eine kleine Prise Äther und wandte sich an das Herzteam.

»Meine Damen und Herren«, sagte er, »wovon wir alle heute nachmittag Zeuge geworden sind, das ist so bedauerlich und schrecklich, daß es desto besser ist, je eher wir es vergessen. Wie Sie wissen, wollte ich diese Verpflanzung von Anfang an nicht durchführen. Wir wurden von diesem verdammten Irren dazu gezwungen.« Er zeigte auf Kommandant van Heerdens bewußtlosen Körper. »Wir handelten unter enormem Druck und, gottlob, absoluter Geheimhaltung. Und nun sind wir aufgrund der Verspätung, mit der uns die Gefängnisleitung den Spender zukommen läßt – und wenn ich mir die Verletzungen der Frau hier ansehe, verstehe ich auch, warum es zu dieser Verspätung kommt –, völlig außerstande, mit der Operation fortzufahren. Ich schlage vor, ich nähe dem Patienten die Brust wieder zu und lasse sein Herz vollkommen gesund an seiner angestammten Stelle schlagen.«

Protestgemurmel von den anderen Mitgliedern des Transplantationsteams wurde laut.

»Ja, ich weiß, was Sie empfinden, und sollte es zu weiteren Provokationen kommen, dann gäbe ich meine Zustimmung, dem Mistkerl hier das Herz zu entfernen und ihn einfach verfaulen zu lassen. Aber ich habe mich anders entschlossen. Dank der Geheimhaltung, die diese ganze so unkoschere Angelegenheit umgibt, habe ich einen besseren Vorschlag. Ich glaube, es wird besser sein, dem Kommandanten zu gestatten, in absoluter Unkenntnis von seinem großen Glück zu bleiben, das ihn davor bewahrte, das hier zu erhalten«, und Dr. Erasmus gab dem Herzen der alten Frau wieder einen Klaps. »Wir erhalten einfach den Anschein aufrecht, daß die Verpflanzung erfolgreich durchgeführt wurde, und ich habe die allergrößte Zuversicht, daß seine Dummheit so kolossal ist, daß es ihm niemals in den Sinn kommen wird, unsere Behauptung, er habe ein neues Herz erhalten, in Frage zu stellen.«

Unter allgemeinen Hochs und Bravos drehte sich der illustre Chirurg zu Kommandant van Heerden um und nähte ihn zu.

Eine Stunde später erwachte der Kommandant in seinem Zimmer. Er fühlte sich recht elend, und die Wunde auf seiner Brust tat weh, wenn er sich bewegte, aber sonst meinte er keine unangenehmen Nebenwirkungen der Operation zu verspüren. Vorsichtig nahm er einen tiefen Atemzug und lauschte seinem neuen Herzen. Es hörte sich vortrefflich an.

20

Als die schwarze Staubwolke mitten auf dem Gefängnishof in die Höhe stieg und das letzte Stück des verrotteten Mauerwerks mit einem letzten Dröhnen umgefallen war, senkte sich eine ehrfurchtsvolle Stille über die schwarzen Gefangenen, die in ihren Zellen hockten. Wachtmeister Els kraxelte mühsam auf den Gipfel des Schuttbergs, wobei er dem Mann, der ihm seine Karriere als Henker vermasselt hatte, Direktor Schnapps, als letztem Liebesdienst auf dem Skrotum rumtrampelte. Von dort oben spähte er in den Dunst. Das war natürlich nicht wie ein Berggipfel in Darien, und die Aussicht konnte auch kaum pazifisch-friedlich genannt werden, aber auf seine Weise war der Ex-Henker Els stolz. Genau im Mittelpunkt eines sich langsam ausbreitenden Knäuels aus schwarzem Staub wußte Wachtmeister Els, daß er wieder einmal seine großen Vernichtungsgaben nutzbringend angewandt hatte. Unter ihm lagen die Leichen von Direktor Schnapps, dem Kaplan und, so hoffte er im stillen, auch des Mannes, den er zu hängen versucht hatte. Er, Scharfrichter Els, hatte sie alle übertroffen, und niemand würde je wieder den Tag vergessen, an dem Els im Piemburger Gefängnis einen Mann gehängt hatte. Er hatte sich mehr als einen Ruf erworben, er hatte sich einen Namen gemacht, einen großen Namen. Und als Els von dem Schuttberg herunterkletterte und wie betäubt aus der schwarzen Wolke auftauchte, fühlte er keine Reue.

Nackt, zerstoßen und schwarz wie ein Pikas trat Els heraus, um es der Welt zu beweisen. Langsam und schwankend ging er den großen Gefängnishof hinunter, und als er so ging, begannen Menschen aus ihren Gefängniszellen zu strömen, wo sie in stiller Angst gewartet hatten, während die erste Hinrichtung stattfand, die das Piemburger Gefängnis seit zwanzig Jahren erlebte. Aus jeder Tür, die auf den Hof führte, quollen die Gefangenen, um einen Blick auf die Schreckensszene zu werfen.

Zuerst standen sie nur da und starrten in stiller Verwunderung, aber dann erhob sich ein gewaltiger Schrei, gefolgt von Freuderufen, und dann fing ein Mann zu singen an, und einen Augenblick später war der große Gefängnishof eine einzige herumhüpfende und singende Menschenmasse, die in einem ekstatischen, triumphierenden Tanz mit den Füßen stampfte und in die Hände klatschte. Tausend schwarze Gefangene, ohne Ausnahme Zulus, tanzten, wie sie noch nie getanzt hatten, um den Schuttberg herum, der einmal das gefürchtete Haus des Todes gewesen war. Reihe um Reihe stampften sie und wiegten sich in den Hüften, und als Himmel und Erde von ihrem Tanz widerhallten, sangen sie.

Und ihr Gesang war ein großes Freudenrequiem auf Elsens Tod, des Kaffern-Killers Els, des Henkers Els, die Geißel der Zulus. In ihrer Mitte, nackt und schwarz, wie der geringste von ihnen, stampfte und tanzte und sang Els ums bare Leben.

Jemand warf ein Streichholz auf den Stapel aus Mauerwerk und altem Holz, und eine Sekunde später standen die Überreste des Galgens in Flammen. Während der Staub sich langsam setzte, stieg eine schwarze Rauchwolke in den wolkenlosen Himmel. Und da sie in der reglosen Luft fast senkrecht nach oben stieg, verkündete sie weit und breit, daß etwas Ungewöhnliches und Bedeutungsvolles geschehen war. Die sich wiegenden Gefangenen näherten sich, die Knie hochgerissen zu dem emphatischen Stampfen ihrer Füße, dann zogen sie sich wieder zurück, um sich zu einer neuen triumphierenden Woge zu sammeln, und sie begleiteten die Flammen und das Getöse des Feuers mit ihrem endlosen Gesang.

»Els ist tot, Kaffern-Killer Els,
Zum Teufel gegangen, wo seine Seele hingehört.
Schänder unserer Frauen, Mörder unserer Männer,
Wir werden das Schwein nie wieder sehn.«

Das Lied wurde von den Zulus auf den Straßen außerhalb des Gefängnisses aufgeschnappt, und sie sangen den Refrain mit. Von Haus zu Haus, von Straße zu Straße verbreitete sich der Gesang wie ein Lauffeuer, während schwarze Dienstboten auf die Straßen strömten, um den Rauch des Scheiterhaufens über dem Piemburger Gefängnis aufsteigen zu sehen. Innerhalb einer Stunde hallte ganz Piemburg vom Singen der Zulus wider. In seinem Bett im Piemburger Krankenhaus hörte Kommandant van Heerden halb im Schlaf den Kehrreim des Liedes und lächelte. Er erschien ihm ein gutes Vorzeichen zu sein. Er begann, ihn fröhlich mitzusummen. Er öffnete ihm weit das Herz.

Als es dunkel wurde, tanzten und sangen die Gefangenen immer noch. Im Verwaltungstrakt duckten sich angstvoll die Wärter und spähten voller Furcht durch die Gitter auf die schwarzen Gestalten, die sich gegen die Flammen abhoben. Der alte Wärter verfluchte Els und sein verdammtes Hängen, aber er war nicht so dumm zu versuchen, dem Feiern ein Ende zu machen. Er würde sich nicht von den Volksmassen in Stücke reißen lassen, indem er versuchte, sich einzumischen, und als er das Polizeirevier anrief und um Verstärkung bat, wurde ihm von Luitenant Verkramp mitgeteilt, daß das Polizeirevier selber belagert werde, und er müsse halt beten und warten, daß der Rausch sich von selbst wieder lege. Verkramp hatte nicht übertrieben. Die Straßen von Piemburg waren von tanzenden Menschenmengen überfüllt. Der Verkehr brach zusammen, und die weißen Autofahrer liefen entweder nach Hause oder verbrachten die Nacht lieber in ihren Büros, ehe sie den Versuch wagten, durch die erregten Volksmassen hindurchzufahren. Nicht daß es irgendein Anzeichen von Wut unter der Menge gegeben hätte, nur ein überwältigendes Gefühl der Befreiung und Freude.

Als in derselben Nacht ein Flugzeug nach London niedrig über Piemburg hinwegflog, machte ein hochgewachsener, fröhlicher Geistlicher seine Sitznachbarin auf das Feuer und die in den Straßen tanzenden Menschenmassen aufmerksam.

»Und alles darin ist muntrer als zuvor«, bemerkte er sibyllinisch.

Seine Nachbarin legte den Gummiwaren-Katalog beiseite, in dem sie gelesen hatte. »Ich bin sicher, du wirst einen sehr guten College-Kaplan abgeben«, sagte sie und seufzte, »aber ich bezweifle, daß ich in London einen Zulu-Koch finden werde.«

Erst nach einem Monat ging es Kommandant van Heerden gut genug, daß er das Krankenhaus verlassen konnte. Sein neues Herz hatte keine Abstoßungssymptome gezeigt, und die Ärzte waren über seine Fortschritte begeistert. Eine kleine Schwierigkeit hatte es wegen der Injektionen gegeben, und es waren die vereinten Kräfte von sechs Krankenpflegern nötig, um den Kommandanten festzuhalten, aber abgesehen davon war er ein Musterpatient gewesen. Nach vierzehn Tagen hatte man ihm erlaubt aufzustehen, und erst da hatte er das volle Ausmaß der Tragödie im Piemburger Gefängnis erfahren.

»Es war ja ein Wunder, daß es den Sanitätern gelungen ist, den Spender noch rechtzeitig wegzuschaffen«, sagte er zu Dr. Erasmus. »Eine Minute länger, und ich wäre heute nicht hier.«

Dem mußte Dr. Erasmus zustimmen. »Ein echtes Wunder«, sagte er.

»Sind Sie sicher, daß das neue Herz nicht mehr abgestoßen wird?« fragte der Kommandant und war erleichtert, daß der Doktor ein so großes Vertrauen hatte, daß alles gutgehe.

»Ich kann ehrlich sagen«, erwiderte ihm Dr. Erasmus, »daß im Grunde genommen das Herz, das in diesem Augenblick in Ihrer Brust schlägt, recht gut hätte dasjenige sein können, mit dem Sie geboren wurden«, und nach dieser Zusicherung, daß es keine Abstoßung geben werde, lächelte der Kommandant glücklich in sich hinein.

Als er endlich das Krankenhaus verließ, nahm er sich einen Monat Urlaub, den er am Strand bei Umhloti verbrachte, wo er sich eine gesunde Bräune holte und Bücher über die Familie Hazelstone las. Eine Weile spielte er mit dem Gedanken, seinen Namen in van Heerden-Hazelstone zu ändern. »Schließlich gehöre ich praktisch zur Familie«, dachte er, aber dann gab er die Idee als nicht gerade geschmackvoll auf. Statt dessen entwikkelte er einen Zug ins Arrogante, was Luitenant Verkramp ärgerte und von allen anderen ignoriert wurde. Die Ärzte hatten ihm gesagt, sein neues Herz brauche viel Bewegung, und so versuchte der Kommandant, soviel wie möglich aus seinem Büro rauszukommen und in der Stadt herumzuwandern.

Sein Lieblingsspaziergang führte ihn immer wieder den Town Hill hinauf nach Jacaranda Park, wo er dann die Auffahrt zum Haus hinunterlief. Das Anwesen stand noch immer leer, und es hieß, es solle in ein Museum oder sogar in einen Nationalpark umgewandelt werden. Unterdessen aber ging Kommandant van Heerden gern dorthin, setzte sich auf die Veranda und erinnerte sich an die Ereignisse der Woche, die sein Leben so nachhaltig verändert hatte.

Oft mußte er auch an Els denken, und daß Els tot war, tat ihm jetzt sehr leid. Der Wachtmeister hatte wohl auch seine guten Seiten gehabt, dachte er, und er mußte einfach zugeben, daß Els ihm mehr als nur einmal das Leben gerettet hatte.

»Wenn es nicht Els und dieses verdammte Gewehr gegeben hätte, dann säße ich heute nicht hier«, sagte er sich, bevor er sich erinnerte, daß es Elsens blödsinnige Dummheit gewesen war, die vor allem sein Herzleiden verursacht hatte. Trotzdem konnte er es sich leisten, jetzt nachsichtig zu sein. Els war gestorben, wie er gelebt hatte: menschenmordend. »Er ging mit Volldampf ran«, dachte er, und rief sich wehmütig des Wachtmeisters heldenhaften Kampf mit dem Dobermann in Erinnerung.

Das brachte ihn wieder auf einen Fall, von dem er neulich in der Zeitung gelesen hatte. Der drehte sich um einen schwarzen Häftling auf einer Gefängnisfarm in Nord-Zululand, der einen Schäferhund zu Tode gebissen und dann erhängt hatte. Der Name dieses Kerls war Forebode gewesen, was dem Kommandanten irgendwie bekannt vorkam. Jedenfalls hatte er zwanzig Peitschenhiebe wegen Unzucht erhalten, und der Kommandant fand, die hatte er verdient.

Er machte es sich in einem Korbsessel bequem und blickte über den Rasen hinüber zu der neuen Büste von Sir Theophilus, die er auf eigene Kosten hatte aufstellen lassen – oder besser: auf Kosten der Belohnung, für die Els ja keine Verwendung mehr hatte. Er hatte auch den Präparator für seine Bemühungen bezahlt und den ausgestopften Toby in sein Büro im Polizeirevier gestellt, wo er ihm die Gelegenheit gab, den neuen Wachtmeistern in hohen Tönen die Tugenden von Wachtmeister Els zu preisen, der diesen Hund getötet hatte, um seinem Kommandanten das Leben zu retten

Alles in allem, überlegte der Kommandant, hatte er guten Grund, glücklich zu sein. Die Welt war kein übler Ort zum Leben. Südafrika war immer noch weiß und würde es auch bleiben. Aber vor allem wußte er, daß er die hohe Stellung verdiene, die er in Piemburg innehatte, und daß sein größter Wunsch schließlich in Erfüllung gegangen war. In seiner Brust, da klopfte das Herz eines englischen Gentleman.

Tom Sharpe

Feine Familie

Roman

1

Lord Petrefact drückte den Klingelknopf an der Armlehne seines Rollstuhls und lächelte. Es war kein freundliches Lächeln, doch hätten auch nur wenige von denen, die den Präsidenten des Petrefact-Konzerns etwas besser kannten – und so ein paar Unglückliche gab es wirklich –, ein freundliches Lächeln von ihm erwartet. Selbst Ihre Majestät, die sich gegen ihre Überzeugung von ihrem mit wenig Skrupeln behafteten Premierminister hatte überreden lassen, Ronald Osprey Petrefact in den Adelsstand zu erheben, hatte sein Lächeln als nahezu bedrohlich empfunden. Niedrigeren Würdenträgern wurde ein Lächeln zuteil, das einer Schlange ähneln oder ganz unverhohlen sadistisch sein konnte, je nachdem, welches Ansehen sie bei ihm genossen – ein Maßstab lediglich für ihre augenblickliche Nützlichkeit oder, im unangenehmeren Fall, dafür, daß er sie überhaupt nicht brauchte.

Mit einem Wort, Lord Petrefacts Lächeln war nichts anderes als die Nadel seines ganz persönlichen Barometers, das im allerbesten Fall »günstig« anzeigte, weit häufiger aber auf Sturm stand. Und seit seiner Krankheit, hervorgerufen durch die konzentrierten Bemühungen eines von ihm bezahlten Wirtschaftsjournalisten (der sich nichtsahnend herb über Aktien geäußert hatte, die Lord Petrefact kürzlich erworben hatte) und einer boshaften Auster, hatte es ihm sein Lächeln derart verzogen, daß es von der Seite so aussah, als würde er die Zähne blecken.

An diesem besonderen Morgen jedoch war sein Lächeln fast freundlich zu nennen. Es war ihm nämlich eingefallen, wie er, um seine Lieblingsmetapher zu gebrauchen, zwei Fliegen mit einer Klappe schlagen konnte, und da es sich bei einer dieser Fliegen um die Mitglieder seiner eigenen Familie handelte, war der Gedanke außerordentlich erfreulich. Wie so viele große Männer haßte Lord Petrefact seine Nächsten und Teuersten, wobei sich die Nähe generell und im Fall seines Sohnes Frederick das Teuersein konkret direkt proportional zu seinem Haß verhielten. Doch was er vorhatte, würde nicht nur seine unmittelbare Familie ärgern. Die zahlreichen, über die ganze Welt verstreuten und überall teuflisch einflußreichen Petrefacts würden maßlos empört sein, und da er sie noch nie hatte leiden können, bereitete es ihm unsägliches Vergnügen, sich ihre Reaktionen auszumalen.

Es hatte all seiner finanziellen List und Tücke und der Mitwirkung einer amerikanischen Firma bedurft, die er sich durch Betrügereien erschlichen hatte, um ihren Einmischungen in das, was bislang das Familienunternehmen gewesen war, ein Ende zu setzen. Sogar seine Erhebung in den Adelsstand hatte Anlaß zu Bissigkeiten gegeben. Zum Schweigen hatte sie erst seine Drohung gebracht, er würde ins Gefängnis wandern und damit den Namen des ganzen Petrefact-Clans in den Schmutz ziehen, wenn man es ihm verwehrte, seinen eigenen zu adeln. Sie hatten sich damit gebrüstet, eine der ältesten Familien im angelsächsischen Bereich zu sein und ihre Vorfahren bis auf die Zeit vor Wilhelm dem Eroberer zurückverfolgen zu können. Nicht, daß sie sich gesellschaftlich sonderlich hervorgetan hätten. Sie waren so weitgehend unter sich geblieben, daß Onkel Pirkin, der sich in Boston, Massachusetts, der Ahnenforschung widmete und den Stammbaum zusammentrug, diverse Male fiktive Ehefrauen bemühen mußte, um den dem Inzest anhaftenden Makel zu verschleiern.

Aus einem recht undurchsichtigen Grund hatten die Petrefacts eine statistisch gesehen anormale Anzahl angeblich männlicher Nachkommen hervorgebracht. In dieser Hinsicht mußte Lord Petrefact dem alten Pirkin ausnahmsweise recht geben. Denn für die Abnormität – die statistische wie auch die sexuelle – hatten ihm seine eigenen Söhne den schlagenden Beweis geliefert. Seine Frau, die verblichene Mrs. Petrefact, hatte recht voreilig damit geprahlt, nie halbe Sachen zu machen, und ihre Behauptung dann prompt widerlegt, indem sie gleich Zwillinge zur Welt brachte. Der Vater hatte diese Geburt mit Mißfallen zur Kenntnis genommen. Schließlich hatte er die Dame ihres Geldes wegen geheiratet und nicht, weil sie auf Anhieb Zwillinge produzieren konnte.

»Es hätte wohl noch schlimmer kommen können«, meinte er zähneknirschend, als man ihm die Botschaft überbrachte. »Sie hätte ja auch Vierlinge werfen können, und noch dazu Töchter.«

Als die Zwillinge, Alexander und Frederick, in die Pubertät kamen, hegte sogar ihre betriebsblinde Mutter allmählich Zweifel.

»Sie werden da schon wieder herauswachsen«, erklärte sie ihrem Mann, als dieser sich darüber beschwerte, daß er sie im Bad in weiblichen Dessous ertappt hatte. »Sie haben eben einfach Identitätsprobleme.«

»Was ich da gesehen habe, kam mir durchaus nicht einfach vor«, schnauzte Petrefact sie an, »und was die Identität angeht, so werde ich die beiden erst auseinanderhalten können, wenn einer der kleinen Saukerle keine Ohrringe mehr trägt.«

»Ich will nichts mehr davon hören.«

»Und ich will nichts mehr davon sehen. Also sperr deine verdammten Strapsgürtel gefälligst weg.«

»Aber Ronald, die trage ich doch schon seit Jahren nicht mehr.«

»Ich wünschte, das würde auch für den Rest der Familie gelten«, sagte Petrefact und knallte die Tür zu, um seinen Abscheu zu dokumentieren. Doch das unbestimmte Geschlecht seiner Söhne verfolgte ihn wie ein Gespenst. Erst nachdem Frederick seine Männlichkeit – zumindest teilweise – dadurch unter Beweis gestellt hatte, daß er sich von der besten Freundin seiner Mutter verführen ließ, befreundete sich Lord Petrefact mit dem Gedanken, wenigstens einen männlichen Erben zu haben. Bei Alexander wußte man es nicht so recht. Zumindest nicht bis zu jenem Abend ein paar Jahre später, an dem Frederick, den die Familie in Oxford wähnte, wo er hingehörte, auf einem Empfang zu Ehren des Ministers für Staatliche Entwicklung von Paraguay aufkreuzte, der drauf und dran war, die Rechte an neunzig Prozent des Mineralaufkommens seines Landes an die Petrefact-Tochtergesellschaft Maulwurf KG zu verkaufen.

»Ich muß Ihnen leider mitteilen, daß wir soeben ein Mitglied unserer Familie verloren haben«, verkündete Frederick den versammelten Gästen, wobei er seiner Mutter einen düsteren Blick zuwarf.

»Doch nicht . . . du meinst doch nicht . . .«, setzte Mrs. Petrefact an.

Frederick nickte. »Tut mir leid, aber mein Bruder ist abgesprungen. Ich habe versucht, ihn davon abzuhalten, aber . . .«

»Du meinst, er ist ins Wasser gegangen?« fragte Petrefact hoffnungsvoll.

»O mein armer Alexander«, stöhnte seine Frau.

Frederick wartete ab, bis man ihr Schluchzen im ganzen Saal hören konnte. »Noch nicht. Aber sicher, wenn sie wieder zu sich kommt . . .«

»Aber du sagtest doch, er sei tot.«

»Nicht tot, aber von uns gegangen«, sagte dieses Scheusal von Frederick. »Ich sagte wörtlich, daß wir ein Mitglied unserer Familie verloren haben. Ich kann mir auch weniger dezente Formulierungen vorstellen, aber keine so treffenden. Ich habe zum Beispiel nicht gesagt . . .«

»Dann laß es auch«, schrie Lord Petrefact, der endlich die Bedeutung des geänderten Pronomens begriffen hatte. Seine Frau war da etwas langsamer.

»Warum hast du dann gesagt, daß er abgesprungen ist?«

Frederick angelte sich ein Glas Champagner. »Ich stelle mir vor, daß eine derartige Operation immer was mit Abspringen oder vielmehr Absprengen zu tun hat. Und Alexandra, oder damals noch Alexander, hat sich dafür entschieden . . .«

»Hör auf!« brüllte Lord Petrefact, aber Frederick ließ sich nicht so leicht zum Schweigen bringen.

»Ich habe mir immer eine Schwester gewünscht«, murmelte er, »und wenn ich vielleicht auch ein bißchen frühreif bin, so kannst du, liebe Mutter, dich wenigstens damit trösten, daß du keinen Sohn verloren, sondern ein Neutrum gewonnen hast.«

Doch das war noch nicht alles. Während die ohnmächtige Mrs. Petrefact hinausgetragen wurde, erkundigte sich Frederick bei dem paraguayischen Minister, ob die katholische Kirche die Geschlechtsumwandlung ebenso strikt ablehne wie die Abtreibung.

»Aber natürlich nicht. Man braucht doch bloß an die Kastratenchöre der Kirche zu denken«, beantwortete Frederick seine Frage fröhlich selbst, bevor er sich an die Frau des Ministers wandte und mit geheuchelter Anteilnahme der Hoffnung Ausdruck gab, daß sie diese Operation nicht als allzu schmerzhaft empfunden habe.

Als der Empfang daraufhin ein abruptes Ende fand, faßte Lord Petrefact den festen und unwiderruflichen Entschluß, daß weder sein Sohn noch seine mutmaßliche Tochter je den väterlichen Besitz erben sollten. Auch der verfrühte Tod von Mrs. Petrefact knappe sechs Monate später konnte ihn nicht umstimmen. Frederick wurde, nach Ansicht von Lord Petrefact zu Recht, enterbt, während Alexandra, die schon genügend beschnitten worden war, ein kärgliches Taschengeld erhielt, von dem sie einen Frisiersalon in Croydon betrieb.

Von ihrer beider Anwesenheit und den ehelichen Pflichten erlöst, widmete Lord Petrefact sich mit Energie und einer Rücksichtslosigkeit, die durch die Gewißheit beflügelt wurde, daß sein von einem Stab erstklassiger Rechtsanwälte ausgearbeitetes Testament unanfechtbar war, dem Aufstieg zu Ruhm und einem ungeheuren Vermögen. Seinen gesamten Besitz hatte er der Universität Kloone vermacht und ihr als sichtbares Zeichen seines guten Willens und als Beweis für seine Fortschrittlichkeit bereits den allermodernsten Computer hingestellt. Auf diese Weise blieben dem Petrefact-Konzern die Betriebs- und Instandhaltungskosten für den Computer erspart, und außerdem brachte die Abführung der Gewinne in gemeinnützige Kanäle ganz beträchtliche Steuervorteile.

Als Lord Petrefact jetzt in seinem Büro mit Blick auf die Themse saß, wanderten seine Gedanken – stets eine Mischung aus Haß auf die

Familie und finanziellem Kalkül – wieder einmal nach Kloone. Die Universität hatte zwar seinen Computer, aber in der Person von Professor Walden Yapp auch jemanden, der sich nicht in erster Linie für das Programmieren verantwortlich fühlte. Yapp war schon bei zu vielen Arbeitskämpfen als Schlichter aufgetreten, als daß man ihn auf die leichte Schulter hätte nehmen können. Lord Petrefact dachte gerade darüber nach, wie hübsch er alles eingefädelt hatte, als Croxley hereinkam.

»Sie haben geläutet?«

Lord Petrefact betrachtete seinen Privatsekretär mit der üblichen Abneigung. Die beharrliche Weigerung dieses Mannes, ihn mit »My Lord« zu titulieren, ärgerte ihn jeden Tag aufs neue. Doch Croxley war schon fast ein halbes Jahrhundert bei ihm, und seine Loyalität zumindest war über jeden Zweifel erhaben. Desgleichen sein Gedächtnis. Bevor es den Computer gab, war Croxley der zuverlässigste menschliche Informationsspeicher, der Lord Petrefact je begegnet war.

»Natürlich habe ich geläutet. Ich habe die Absicht, nach Fawcett zu fahren.«

»Nach Fawcett? Aber es ist niemand dort, der Sie versorgen könnte. Das Hauspersonal wurde vor acht Jahren entlassen.«

»Dann sorgen Sie dafür, daß sich irgendeine Privatfirma um Verpflegung und alles andere kümmert.«

»Und brauchen Sie das Reanimationsteam?«

Lord Petrefact stierte ihn an. Manchmal fragte er sich wirklich, ob Croxley das Hirn einer Laus hatte. Vermutlich nicht, da er ja dieses phänomenale Gedächtnis besaß, aber es gab Augenblicke, in denen Lord Petrefact doch Zweifel beschlichen.

»Natürlich brauche ich das Reanimationsteam«, brüllte er. »Wofür zum Teufel habe ich denn sonst diesen roten Knopf?«

Croxley starrte auf den roten Knopf am Rollstuhl, als erblicke er ihn zum erstenmal.

»Außerdem brauche ich eine Computerprognose für die Produktionssteigerung in der Fabrik in Hull.«

»Es gibt keine.«

»Gibt keine? Es muß eine geben. Ich beschäftige diesen verdammten Computer doch nicht, damit er auf seinem faulen Arsch hockt und keine Prognosen auswirft. Dafür ist das verdammte Ding doch schließlich ...«

»Keine Steigerung. Tatsache ist meinen letzten Informationen zufolge, daß die Produktion seit Inbetriebnahme der neuen Maschine um fast siebzehn Komma drei Periode Prozent gesunken ist. In den

Monaten März und April war die Nutzung der Fabrik beschränkt auf...«

»Schon gut, schon gut«, brauste Lord Petrefact auf. »Verschonen Sie mich.«

Und nachdem er seinen Privatsekretär mit dem Gedanken entlassen hatte, daß dieser verfluchte Mensch selbst ein periodischer Dezimalbruch war und daß er nicht die leiseste Ahnung hatte, warum er diesen Computer überhaupt angeschafft hatte, wo er doch Croxley hatte, lehnte sich Lord Petrefact in seinen Rollstuhl zurück und überdachte die nächsten Schritte seines langwierigen Kampfes gegen seine Arbeiterschaft. Die Schließung der Fabrik in Hull wäre eine kluge symbolische Geste. Aber zuerst mußte er noch die Sache mit Yapp deichseln. Und Fawcett House lag ganz in der Nähe von Kloone.

2

Die Universitätsbibliothek von Kloone ist nicht gerade ein umwerfend schönes Gebäude. Sie steht auf einem grasbewachsenen Hügel, von dem aus man auf die Raffinerie, die Gaskessel und die chemischen Anlagen blickt, die den Studenten zur Inspiration dienen und der Universität zu einem Großteil ihrer Einnahmen hatten verhelfen sollen. Doch sie erfüllten weder den einen noch den anderen Zweck. Die Universität lockte Unmengen unterdurchschnittlicher Kunststudenten an und erwarb sich gleichzeitig den zweifelhaften Ruf, unmittelbar nach Oxford die meisten unfähigen Wissenschaftler im ganzen Land hervorzubringen.

Verantwortlich dafür, daß sich die Erwartungen ins Gegenteil verkehrt hatten, war zu einem großen Teil das Bibliotheksgebäude. Nachdem es in den späten fünfziger Jahren ursprünglich als relativ nüchterner Bau konzipiert worden war, bekam es im Anschluß an einen rein zufälligen Besuch von Sir Harold Wilson in den hitzigen Tagen zu Beginn seiner ersten Amtsperiode ganz neue Dimensionen. Dank dichten Nebels und der politischen Färbung des Polizeidirektors hatte es Wilson nach Kloone statt nach Macclesfield verschlagen. Die im dortigen Arbeiterclub in der kurzen Zeit seit seiner Wahlkampagne erfolgten Veränderungen und Errungenschaften hatten ihn derart überwältigt, daß er sich zu einem leidenschaftlichen Plädoyer für die »Schaffung einer Bibliothek« hatte hinreißen lassen, »als Denkmal für und zur Unterstützung des technologischen Fortschritts, den die breite Masse des Volkes miterleben wird und, wenn man dieses Beispiel für durchgreifende Verbesserungen als Maßstab nimmt, unter einer Labour-Regierung bereits erlebt hat«. Um dieses große Projekt voranzutreiben, hatte der Premierminister auf der Stelle sein Scheckbuch gezückt, den ersten Beitrag in Höhe von einhundert Pfund gestiftet, nicht ohne auf dem Kontrollabschnitt zu vermerken, daß dieser Betrag als Betriebsausgabe von seiner Einkommensteuer abzuziehen sei. Nach diesem Akt spontaner Großzügigkeit gab es kein Zurück mehr. Um den guten Ruf des Premiers aufrechtzuerhalten, ließen prominente Geschäftsleute mit linkem Parteibuch, Gewerkschaften, Parteifunktionäre, multinationale Konzerne, die mit Nordseeöl liebäugelten, Parlamentsmitglieder und soziale Wohltäter reichlich

Spenden in den Fonds für die Universitätsbibliothek von Kloone fließen, worauf die Universitätsverwaltung prompt die alten Pläne zerriß und einen Architektenpreis für den Entwurf aussetzte, der dem vom Premierminister so beredt prophezeiten technologischen Fortschritt am besten Ausdruck verlieh. Die Bibliothek wurde diesen Anforderungen mehr als gerecht.

Aus Eisen- und überflüssigerweise Spannbeton errichtet, ein Labyrinth aus Metallrohren und Glasfibersäulen, die allesamt nichts anderes trugen als eine Glaskuppel, verletzte dieses Bibliotheksgebäude aber auch jede Regel des Handbuchs für Energiesparer. Im Sommer dampfte alles in derart spättropischer Hitze, daß sich das Steckenbleiben der Aufzüge zwischen den Stockwerken nur durch die Installation einer hochkomplizierten und wahnwitzig teuren Klimaanlage verhindern ließ. Während der Wintermonate herrschten hingegen arktische Zustände, und die Temperatur sank so rapide, daß es sich häufig als unumgänglich erwies, Bücher, die während des Sommers extremer Trockenheit ausgesetzt gewesen waren, mit Hilfe von Mikrowellenherden aufzutauen, um sie überhaupt öffnen zu können. Es war daher erforderlich, die Klimaanlage zusätzlich mit einer Zentralheizung auszustatten, die durch dieselben Rohre gelegt wurde, so daß diese schließlich doch noch Verwendung fanden. Doch selbst dann konnte es passieren, daß die kleinste Wolke bei ansonsten freundlichem Wetter Studenten, die sich soeben noch gesonnt hatten, mit Frostbeulen bedrohte.

Im Herbst und Frühsommer war es also notwendig, Heizung und Klimaanlage gleichzeitig oder in extrem kurzen Intervallen abwechselnd laufen zu lassen, um eine halbwegs erträgliche Temperatur zu erzielen. Während einer dieser abrupten Umschaltungen von »Heiß« auf »Kalt« geschah es, daß ein riesiges Segment der Glaskuppel, das die Spannungen, denen es unterworfen war, nicht so gut ertrug wie die Bibliotheksbenutzer, sich und den stellvertretenden Direktor, der fünfundsiebzig Meter weiter unten in den Freiluft-Toiletten onanierte, in ihre Bestandteile auflöste. Seit jenem schrecklichen Tag heißen diese Toiletten nur noch Todeszellen und werden von den zartbesaiteteren Studenten – sehr zum Leidwesen der überlebenden Bibliothekare – unter Mißachtung der sonst an höheren Bildungsstätten durchaus üblichen Hygiene gemieden.

Angesichts eines Ultimatums seitens des Bibliothekspersonals versuchte die Universitätsverwaltung mit Macht, den Kot aus den Bereichen Altenglisch und Mittelslowenisch wieder an für die Entsorgung geeignetere Orte zurückzuverfrachten, indem sie unterhalb der gigantischen Glaskuppel ein engmaschiges Drahtnetz spannen ließ, in der Hoffnung, damit den Studenten neues Vertrauen in die Toiletten einzuflößen. Diese Maßnahme hatte nur zum Teil Erfolg. Zwar bewahrte sie eine Vielzahl wertvoller Bücher vor Zweckentfremdung, doch hatte sie den Nachteil, daß sie die Luftzirkulation stark einschränkte und die Reinigung der Glasinnenflächen zu einer Sisyphusarbeit werden ließ. Es dauerte nicht lange, bis die gewaltige Glaskonstruktion ein fleckiges Dunkelgrün angenommen hatte, was immerhin dazu führte, daß die Bibliothek von außen einen dezent botanischen Anstrich bekam. Innen konnte von »dezent« keine Rede sein, denn aufgrund des einzigartigen Klimas wucherten dort exotische Bakterien, Flechten und niederste Gemüsearten. Grünes Licht sickerte auf die Regale herab und mit ihm ein zarter Schleier aus Algen, die sich, nachdem sie sich unter dem Dach verdichtet hatten, hartnäckig im Teppich des Lesesaals und zwischen den Buchdeckeln einnisteten. Die Folge war, daß ein paar Regale im vierzehnten Stock explodierten und mehrere unersetzliche Papyrusrollen, Leihgaben der Universität von Port Said, in der Handschriftenabteilung so gründlich kompostiert wurden beziehungsweise eine derart störrische Symbiose mit dem Grünzeug eingingen, daß sie jeglichem Entzifferungsversuch und selbst der teilweisen Restaurierung widerstanden.

Demgemäß erwiesen sich die Kosten für den Betrieb der Bibliothek schlichtweg als Katastrophe für den Universitätshaushalt. Wissenschaft und Technologie lagen darnieder, in den Laboratorien fehlte es an der erforderlichen Ausrüstung, und die Physiker, Chemiker und Ingenieure wanderten in großzügiger ausgestattete Einrichtungen ab.

Paradoxerweise florierten die Geisteswissenschaften, allen voran die Soziologie. Angelockt durch den Innovationsgeist, der sich in der Bibliothek so augenfällig manifestierte, bevölkerten herausragende Gelehrte, die von Oxbridge übergangen worden waren oder sich von diesen traditionsbefrachteten Bildungsstätten angeödet fühlten, den asphaltierten Campus. Und sie brachten eine geradezu missionarische Leidenschaft für alles Experimentelle, Radikale, Anarchische und zwischenmenschlich Freiheitliche mit, mit der sie ihren Studenten selbst für die Mitte der sechziger Jahre weit voraus waren. Was an anderen Universitäten radikale Studenten forderten, wurde in Kloone den Anfangssemestern aufgezwungen.

Junge Frauen aus ehrbaren Arbeiterfamilien wurden in gemischten Studentenheimen mit gemeinsamen Waschräumen untergebracht. Als Reaktion auf ihre Beschwerden darüber, daß im Lehrplan nichts davon stehe, daß sie Betten, Zimmer und fast unvermeidlich Teile ihrer selbst mit jungen Männern teilen müßten und daß dies ernsthaften Studien wohl kaum zuträglich sei, mußten sie sich den völlig ungerechtfertigten Vorwurf latenten Lesbentums gefallen lassen, was zu jener Zeit noch nicht als durchaus akzeptabel galt.

Nachdem von maßgeblicher Seite anfangs die Ziele der Frauenbewegung propagiert worden waren, ging man jetzt dazu über, den Studenten die eigenen klassenlosen Ideen einzubleuen – Studenten, deren bloße Anwesenheit an dieser Universität bereits Beweis genug für ihre Entschlossenheit war, die soziale Leiter auf dem einzigen im Wohlfahrtsstaat gangbaren Weg zu erklimmen. Dozenten, die vor Töchtern und Söhnen von Fabrikarbeitern, Bergleuten und Stahlarbeitern die Tugenden des Proletariats rühmten, sahen sich mit fassungslosen Gesichtern und einer ungewöhnlich hohen Neurosequote konfrontiert. Und so kam es, daß in Kloone Versuche, linken Kampfgeist zu wecken, kläglich scheiterten, während andere Universitäten zu Schlachtfeldern aufgebrachter Erstsemester und faschistoider Dozenten wurden. Es gab keine Sit-ins – niemand, der noch bei Sinnen war, hätte sich freiwillig in die Bibliothek gesetzt, und kein anderes Gebäude war groß genug, um die für die Erzeugung einer Massenhysterie notwendigen Studentenmassen aufzunehmen; keine Forderung nach studentischer Kontrolle; kein gewaltsames Eindringen in die Verwaltungsräume; und die entschiedene Weigerung, an Seminaren teilzunehmen, in denen die Dozenten zerfleischende Selbstkritik übten. Und selbst von albernen Dozentenhänden hingesprayte Wandschmierereien wurden von Studenten prompt freiwillig entfernt. Die einzigen Forderungen, die laut wurden, betrafen die Abschaffung ständiger ideologischer Bewertung und die Wiedereinführung von Prüfungen, strenger Disziplin und eisernen Regeln, die den Studenten die Entscheidungsqualen abnehmen sollten.

»Wenn sie bloß nicht so aufmerksam zuhören würden«, hatte sich ein Dozent beklagt, nachdem er in seiner Vorlesung über »Die Mechanik des sozio-politischen Maschinenbaus« eine Stunde lang gegen die militaristischen Exzesse der heutigen Demokratie gewettert hatte. »Sie vermitteln einem den völlig falschen Eindruck, als hätten sie die konkreten Bedingungen, unter denen sie von den Medien manipuliert werden, verstanden, und dann liefern sie Aufsätze ab, die ihnen ohne weiteres Peregrine Worsthorne diktiert haben könnte.«

Der Professor für Positive Kriminologie konnte ihm das gut nachfühlen. Seine Bemühungen, die Studenten davon zu überzeugen, daß Mord, Vergewaltigung und sonstige Gewaltverbrechen, die sich gegen Personen richteten, Formen des sozialen Protests und als solche kaum anders zu bewerten seien als Einbruch, Banküberfall und Betrug, waren so hoffnungslos gescheitert, daß er zweimal Besuch von der Polizei bekam, die Beschwerden von Studenten nachging, die ihn der Anstiftung zu Gewalttaten bezichtigt hatten.

»Manchmal glaube ich, wir würden in einer Versammlung des Montags-Clubs ein offeneres Ohr finden. Zumindest gäbe es dort gewisse Kontroversen. Aber meine Studenten schreiben einfach alles auf, was ich von mir gebe, und spucken es dann mit Schlußfolgerungen wieder aus, die so gravierend von den meinen abweichen, daß ich annehmen muß, sie denken, ich hätte es ironisch gemeint.«

»Falls sie überhaupt denken«, sagte der Dozent. »Meiner Ansicht nach sind sie von Kindesbeinen an so kräftig indoktriniert worden, daß sie überhaupt nicht in der Lage sind, abstrakt zu denken.«

In dieser Atmosphäre der Enttäuschung auf seiten des Lehrkörpers und des Strebertums auf seiten der Studenten stand – häufiger schritt – die außergewöhnliche Gestalt von Walden Yapp, Professor für Proletarische Geschichtsschreibung, für jenes Image der rigorosen Gleichheit aller, dessen sich Kloone zu rühmen gehofft hatte. Ideologisch gesehen war seine Abstammung über jede Kritik erhaben. Sein Großvater, Keir Yapp, war beim Rückmarsch von Jarrow tot umgefallen, und seine Mutter hatte als Teenager als Aushilfskellnerin bei der Internationalen Brigade gearbeitet, bevor sie von Francos Truppen festgenommen, vergewaltigt und in ein Nonnenkloster gesperrt wurde. Ihre nächtliche Flucht im Pferdekarren, ihre Fahrt als reisende Leprakranke über Sevilla nach Gibraltar, wo man sie, da sie eine gesundheitliche Bedrohung darstellte, nicht an Land ließ, und ihr verzweifelter Versuch, in die Freiheit zu schwimmen, der damit endete, daß ein sowjetisches Truppentransportschiff sie auffischte und nach Leningrad brachte – all das hatte Elizabeth Hardy Yapp in den Kreisen der extremen Linken legendären Respekt verschafft. Überdies hatte sie die Regierung in den ersten zwei Kriegsjahren öffentlich als kapitalistischen Kriegstreiber angeprangert und nach dem Kriegseintritt Rußlands die Schützenhilfe der Regierungspropaganda und ihre eigenen schauspielerischen Talente benutzt, um Fabrikarbeiter dazu anzutreiben, Hitler zu Fall zu bringen und bei den nächsten Wahlen eine Labour-Regierung zu wählen.

Im Anschluß an eine überaus emotionale Ansprache in Swindon hatte sie einen Mann namens Ernest kennengelernt, zu heiraten erwogen und war schwanger geworden. Wie so vieles in ihrem stürmischen Leben war auch diese Bindung von kurzer Dauer gewesen. Durch die feurige Redegabe seiner Geliebten – und möglicherweise durch die Vorstellung, ihr bis an sein Lebensende zuhören zu müssen – zu unmäßiger Kampflust aufgestachelt, hatte Ernest, ein überaus geschickter Werkzeugmacher in gesicherter Stellung, seinem Land keinen großen Dienst erwiesen, als er sich freiwillig meldete und sich bei der erstbesten Gelegenheit erschießen ließ.

Miss Yapp hatte seinen Tod auf ihre Liste sozialer Ungerechtigkeiten gesetzt und die Aura, die den Namen Yapp in Jarrow noch immer umgab, dazu benutzt, sich einen festen Labour-Sitz im Parlament zu sichern. Als »Rote Beth« hatte sie ihren Wahlkreis mit einem von praktischen Erwägungen so völlig ungetrübten Extremismus vertreten, daß ihr Ruf nie durch das Angebot eines Regierungspostens beschmutzt wurde. So ließ sie sich auch keine Gelegenheit entgehen, die Führer ihrer eigenen Partei des Klassenverrats zu bezichtigen und das Fußvolk als Kapitalisten zu entlarven, während sie gleichzeitig dafür sorgte, daß Walden die bestmögliche Ausbildung erhielt, und ihn ansonsten der Obhut einer stocktauben und religiös angehauchten Tante überließ.

Unter diesen Umständen konnte es kaum überraschen, daß Walden Yapp zu einem außergewöhnlichen jungen Mann heranwuchs. Daß er überhaupt heranwuchs, war an sich schon erstaunlich. Abgeschirmt von der normalen Welt der Kinder und ihren üblen Angewohnheiten und vollgestopft mit einer intellektuellen Diät, bestehend aus der *Offenbarung* und den flammenden Reden seiner Mutter, war für ihn im Alter von zehn Jahren beides so fest zu einer einzigen Doktrin verschmolzen, daß es passieren konnte, daß er bei Labour-Versammlungen *Jesus, meine Zuversicht* sang und in der Dorfkirche die Internationale schmetterte. Doch bestand seine Besonderheit nicht nur darin, daß er Religion und Politik blind in einen Topf warf; auf seine Art war Walden Yapp genial. Aufgrund ihrer wilden Entschlossenheit, sein Denken rein und unbefleckt zu halten, hatte seine Tante ihm jegliche Lektüre mit Ausnahme der Bibel und der *Encyclopedia Britannica* verboten. Walden hatte beides so viele Male von Anfang bis Ende gelesen, daß er bereits als Neunjähriger in der Lage war, auf Anhieb zu erklären, daß eine Zygote ein befruchtetes Ei oder Ovum war. Sein Wissen war im wahrsten Sinne des Wortes enzyklopädisch und, wenn auch nur alphabetisch strukturiert, so gewaltig, daß es für seine Lehrer unbequem wurde. Auch das trug dazu bei, ihn von den anderen Kindern zu isolieren, die es wenig interessierte, woher der Buchstabe A stammte oder daß ein Abakus eine Frühform der Rechenmaschine war. Walden ging seinen eigenen Weg. Wenn er keine Lust mehr hatte, Lexikonartikel zu memorieren, wandte er sich dem einzigen anderen Lesestoff im Haus zu, einem Stapel von Eisenbahnfahrplänen, die einst seinem Großvater gehört hatten.

Und hier offenbarte sich zum erstenmal sein Genie. Während sich andere Jungen mit den Wirrungen der Pubertät herumschlugen, entdeckte Walden, daß man von Euston nach King's Cross am besten über Peterborough, Crewe, Glasgow und Aberdeen gelangte, wobei anzumerken ist, daß der in seinen Augen beste Weg der komplizierteste war. Die Tatsache, daß die Hälfte der Bahnstationen längst nicht mehr existierte und einzelne Strecken aufgelassen worden waren, spielte keine Rolle. Er gab sich damit zufrieden, daß er im Jahr 1908 kreuz und quer durch Großbritannien hätte fahren können, ohne sich auch nur ein einziges Mal am Schalter nach Abfahrts- und Ankunftszeit des nächsten Zuges erkundigen zu müssen. Noch mehr Vergnügen bereitete es ihm, nachts im Bett zu liegen und sich vorzustellen, wie sich die gleichzeitige Veränderung von Anschlüssen an drei strategisch wichtigen Punkten auswirken würde. Seinen Berechnungen zufolge wäre es möglich gewesen, damit das gesamte Streckennetz der London, Midland und Scottish Railway, der London and North-Eastern Railway und der Great Western Railway völlig lahmzulegen. Und genau hier, bei diesen eigenwilligen Kombinationen von nutzlosem Wissen und völlig wertlosen mathematischen und räumlichen Berechnungen, nahm Walden Yapps brillante Zukunft ihren Anfang. Von der Realität hatte er keinen Dunst.

Andererseits verblüffte seine phänomenale Beherrschung der Theorie seine Lehrer und Prüfer derart, daß sie ihn, ohne um die Grenzen seines Intellekts zu wissen, so schnell wie möglich von der Schule auf die Universität und von einem Examen mit Auszeichnung zu seiner Promotion befördern mußten. Tatsächlich war seine Doktorarbeit über *Die Verbreitung des zervikalen Karzinoms bei weiblichen Bergarbeitern im Jahr 1840*, für die er sich die statistischen Grundlagen aus den Akten der Krankenhäuser und Arbeiterheimstätten in der Gegend um Newcastle zusammengesucht hatte, so bestürzend und im Detail so widerwärtig, daß sie bereits im ersten Durchgang anerkannt wurde – von einem Prüfer schon nach einem flüchtigen Blick auf die ersten paar Seiten.

Aufgrund eben dieser Reputation für einen unreflektierten Radikalismus und unreflektiertes Denken überhaupt, bot man ihm ein Forschungsstipendium in Kloone an. Von diesem Moment an hatte Walden Yapp nie mehr zurückgeschaut, oder, genauer gesagt, er hatte nie aufgehört zurückzuschauen, während er sich unaufhaltsam vorwärts bewegte. Seine zweite Monographie, *Syphilis: ein Instrument des Klassenkampfes im 19. Jahrhundert*, hatte seinen Ruf noch untermauert, und seine Vorlesungen erfreuten sich solcher Beliebtheit – er vermischte massivste Vorurteile in einem derartigen Ausmaß mit unwiderlegbarer Statistik, daß seine Studenten der Notwendigkeit nachzudenken so völlig enthoben waren, als hätte man von ihnen verlangt, ein Telefonbuch auswendig zu lernen –, daß seine Ernennung zum Professor für Proletarische Geschichtsschreibung lediglich eine Frage der Zeit und unermüdlicher Veröffentlichung war.

Und so galt er mit dreißig als der seit G. D. H. Cole und sogar Thompson erbarmungsloseste Chronist der Abscheulichkeiten, die die englische Arbeiterschaft der nachindustriellen Revolution zu erdulden gehabt hatte. Noch wichtiger, zumindest aus seiner Sicht, war die Tatsache, daß er die bevölkerungsstatistische Geschichtsschreibung nahezu zu einer Kunstform erhoben hatte, indem er mehrere Fernsehspiele mit dem treffenden Reihentitel *Probieren geht über Studieren* über die qualvolle Situation der Arbeiterfamilie im Viktorianischen Zeitalter geschrieben hatte. Wenn diese auch kaum zur Verbesserung seines Rufes in spießigen Akademikerkreisen beigetragen und mehr als einen Zuschauer zum Erbrechen gebracht hatten, so erfüllten sie doch den Zweck, den Namen Walden Yapp bekannt zu machen. Aber das war noch nicht alles. Auch im Bereich der Wirtschaftsbeziehungen hatte Yapp seine Spuren hinterlassen. Regierungen, die ängstlich darauf bedacht waren, im erbitterten Kampf zwischen Unternehmern und Gewerkschaften unparteiisch zu erscheinen, konnten sich jederzeit darauf verlassen, daß Walden Yapp bei unmäßig ausufernden Streiks als Vermittler tätig wurde. Und während die Geldsäcke Yapps Schlichtungsformel für unzumutbar hielten, stieß sie bei den Gewerkschaften unweigerlich auf Zustimmung.

Sie basierte auf der simplen Annahme, daß die Nachfrage das Angebot bestimme und daß, was für die Wirtschaft gelte, automatisch auch für Tarifverhandlungen zu gelten habe. Yapps Verfechtung dieser Formel in heftigen Diskussionen, die sich über Stunden, Tage und schlaflose Nächte hinzogen, hatte dazu geführt, daß einige bis dahin Gewinn abwerfende Firmen verstaatlicht werden mußten und daraufhin in extrem rechten Kreisen der Verdacht laut wurde, Yapp sei ein Agent des Kremls.

Dabei hätte nichts weiter von der Wahrheit entfernt sein können. Walden Yapps Hingabe an die Demokratie war so grundehrlich wie seine Überzeugung, daß es nicht unbedingt Arme geben mußte, diese aber, solange es sie gab, auf jeden Fall das Recht auf ihrer Seite hatten. Das war ein sehr schlichter Standpunkt, auch wenn er ihn nie so schlicht formulierte. Aber er ersparte Yapp die Mühe, andere als rein persönliche Entscheidungen treffen zu müssen.

Doch genau in diesem Punkt fehlte es seinem Leben an Erfüllung. Er hatte kein nennenswertes Privatleben, und das bißchen, das er hatte, konnte man beim besten Willen nicht als normal bezeichnen. Erst eine einsame Kindheit, dann ein einsames Erwachsenenleben, wobei beides so abstrakt blieb, daß man unmöglich hätte sagen können, er sei je Kind gewesen oder erwachsen geworden. Er blieb ein Sonderling, und so, wie die Studenten in seine schlichten Vorlesungen strömten, strömten seine Kollegen aus der Cafeteria, sobald er hereinkam, um sich nicht seine tödlich langweiligen, völlig belanglosen Monologe anhören zu müssen, die er fälschlicherweise für Gespräche hielt. Kurz: Walden Yapps Privatleben bestand darin, daß er Tutorenkurse für seine Studenten abhielt, Doktoranden bei ihren Arbeiten half, mit verwirrten Produzenten über seine Fernsehspiele diskutierte und last not least mit dem Computer, den Lord Petrefact der Universität gestiftet hatte, Schach spielte. Hätte man ihn nach seinem besten Freund gefragt, hätte er wahrheitsgemäß den Computer genannt. Strenggenommen war der sein einziger Freund. Das beste an ihm war, daß er Tag und Nacht zur Verfügung stand. Er befand sich im Souterrain der Bibliothek und konnte nicht vor ihm davonlaufen. Yapp konnte entweder hinuntergehen und sich dort ans Terminal setzen oder, noch bequemer, das Terminal neben seinem Bett einschalten, seinen Benutzercode eingeben und sofort bis zu seinem elektronischen *alter ego* vordringen. Denn genau das war es. Wenn er das Universitätsgelände verließ, konnte er sein Modem mitnehmen und seine Diskussionen mit dem Computer aufnehmen, indem er es einfach an einen Telefonhörer anschloß. Da er den Computer seinen eigenen Vorstellungen gemäß programmiert hatte, bot dieser den unschätzbaren, bei keinem menschlichen Freund zu findenden Vorteil, daß er ihm nur selten widersprach und auch dann nur, wenn es um Tatsachen, nicht aber um Ansichten ging. Er hatte ihn mit all seinen Statistiken, seinen Erkenntnissen und Theorien gefüttert, und er leistete ihm als einziger Gesellschaft. So ziemlich das einzige, was nicht ging, war, mit ihm zu schlafen, nicht, weil Yapp etwas gegen seine äußere Erscheinung einzuwenden gehabt hätte – die fand er ganz und gar akzeptabel –, sondern weil er Angst vor einem tödlichen Stromschlag hatte und davor, daß sein physisches Eindringen ihrer herrlichen, wenn auch platonischen Beziehung mit Sicherheit ein Ende bereiten würde.

Daß es sich um eine echte Freundschaft handelte, daran gab es für Yapp keinen Zweifel. Der Computer verriet ihm eine Menge über die Arbeit seiner Kollegen, und um in ihrer Korrespondenz blättern oder sich über ihre jüngsten Erkenntnisse informieren zu können, brauchte er lediglich ihre Benutzercodes einzugeben. Daß diese eigentlich geheim waren, stellte kein Hindernis dar. Die in Gesellschaft des Computers verbrachten Tage und Nächte hatten ihm einen umfassenden Einblick in dessen ureigenste Sprache und Denkweise gewährt. Es war, als hätte er – oder sie, was Yapp vorzog – ihre Entwicklungsjahre mit dem Verdauen von Zugfahrplänen verbracht und diese nach ähnlichen Gesichtspunkten wie er analysiert und reorganisiert. Ja, für Yapp gab es keinen Zweifel, daß sie sein Freund war. Und mit ihrer Hilfe würde er sich jenes totale Wissen über alles und jedes aneignen, das, wie ihn seine Erziehung gelehrt hatte, den eigentlichen Sinn des Lebens ausmachte.

In der Zwischenzeit mußte er sich um die lästige Realität kümmern.

3

Erstmals kündigte die Realität ihre Einmischung in sein Leben in Gestalt eines Briefumschlages an, dessen Rückseite ein Wappen zierte. Es zeigte einen Greif. Zumindest hielt Walden ihn dafür, obwohl er verdächtig nach einem Geier aussah. Da er den Umschlag in seinem Fach in der Fakultät gefunden hatte, nahm er zunächst an, er sei versehentlich dorthin geraten. Aber nein, er war an Professor Walden Yapp adressiert und enthielt einen auf ebenfalls wappenversehenem Papier mit der Maschine geschriebenen Brief, in dem es hieß, Lord Petrefact würde sich am kommenden Wochenende in Fawcett House aufhalten und es begrüßen, wenn Professor Yapp ihn dort besuchen würde. Er wolle sich mit ihm darüber unterhalten, ob er eine Möglichkeit sähe, »die Familiengeschichte der Petrefacts mit besonderer Betonung der Rolle, die diese Familie im Wirtschaftsleben des Landes spiele, zu schreiben«.

Ungläubig starrte Yapp auf den letzten Satz. Er wußte nur zu gut, welche Rolle die Familie Petrefact im englischen Wirtschaftsleben spielte. Eine bemerkenswert üble. Eine Unzahl von Fabriken, Bleiwerken, Spinnereien, Gießereien und Schiffswerften kämpften in seinem Kopf um den ersten Platz in puncto Niederträchtigkeit. Wo immer die Arbeit am billigsten, die Arbeitsbedingungen am miserabelsten und die Gewinne am höchsten waren, hatten die Petrefacts die Hand im Spiel. Und da forderten sie ausgerechnet ihn auf, die Familiengeschichte zu schreiben? In Anbetracht der Tatsache, daß er ihre Rolle als Ausbeuter der Arbeiterklasse mindestens in zweien seiner Fernsehspiele erwähnt hatte, erschien diese Einladung äußerst seltsam. Ungefähr so seltsam wie die Vorstellung, daß die Rockefellers Angela Davis aufforderten, etwas über ihre Rolle bei der Rassenverständigung zu Papier zu bringen. Sogar noch seltsamer. Sie war einfach absurd. Mit der Vermutung, daß sich ein Witzbold, der irgendwie an das Briefpapier mit dem Wappen der Petrefacts herangekommen war, einen Scherz erlaubt hatte, ging Yapp in den Hörsaal, wo er eine selbst für seine Verhältnisse ungewöhnlich grausige Darstellung des Streiks der Streichholzarbeiter lieferte.

Doch als er in sein Zimmer zurückkehrte, lag der Brief noch immer auf dem Schreibtisch, und der Greif sah noch mehr nach einem Geier aus. Einen Augenblick lang erwog Walden Yapp, die Sache mit dem Computer zu erörtern, als ihm einfiel, daß der schließlich von Lord Petrefact gestiftet worden und sein Urteilsvermögen aufgrund dessen möglicherweise getrübt war. Nein, er mußte sich selbst ein Urteil bilden. Und so griff er zum Telefonhörer und wählte die Nummer von Fawcett House. Daß sich ein Mann meldete, der sich als Tiefkühlkostkontrolleur der Firma Mietmensch KG ausgab und behauptete, er sei nicht in der Lage, Lord Petrefact von einem Kabeljaufilet zu unterscheiden, falls er ihn zu Gesicht bekäme, trug wenig zu seiner Beruhigung bei. Auf seinen zweiten Anruf hin antwortete eine Stimme, die vor Abscheu so troff, daß man annehmen mußte, daß ihr Besitzer den Hörer mit einer sterilen Pinzette festhielt und durch einen keimfreien Mundschutz sprach. Ja, konzidierte die Stimme, Lord Petrefact hielte sich derzeit hier auf, dürfe aber auf keinen Fall gestört werden.

»Ich möchte mich nur vergewissern, daß er mich eingeladen hat«, sagte Yapp. Die Stimme meinte, dies sei in der Tat der Fall, ließ aber spüren, daß, was sie betraf, die Anwesenheit von Professor Yapp in Fawcett House etwa so willkommen war wie ein grippaler Infekt.

Endlich überzeugt, daß der Brief doch echt war, legte Yapp den Hörer auf. Unhöflichkeit vom Kaliber dieser arroganten Stimme paßte nicht zu einem Scherzbold. Wenn Lord Petrefact glaubte, er könnte Walden Yapp ungestraft wie einen armseligen Fabrikarbeiter behandeln, hatte er sich geschnitten. Und wenn er sich auch nur eine Sekunde lang einbildete, daß eine von Walden Yapp geschriebene Familiengeschichte eine Lobeshymne auf eine Familie würde, die sich mit dem Elend einfacher und anständiger Arbeiter ein Vermögen erworben hatte, dann würde er erleben, was echte Klassensolidarität bedeutete. Um ganz sicher zu gehen, daß sich Lord Petrefact nicht in Illusionen wiegte, setzte sich Yapp an seine elektronische Schreibmaschine und entwarf einen Brief, in dem er die Einladung annahm, gleichzeitig aber ebenso arrogant wie die Stimme am Telefon klarstellte, daß ihm die Vorstellung, im Haus eines kapitalistischen Blutsaugers zu Gast zu sein, mißfiel.

Anschließend speicherte er diesen Brief in seiner persönlichen Datei im Computer ab – um sich gegen den Vorwurf abzusichern, er würde sich nicht strikt an seine Prinzipien halten –, überlegte es sich dann jedoch anders und schickte ein kurzes Telegramm, in dem er sein Kommen für Samstag ankündigte. Wenn dieses Angebot wirklich ernst gemeint war und er die schriftlichen Dokumente, die Hauptbücher und die Aufzeichnungen der Petrefacts aus ihrer allerschlimmsten Ausbeuterzeit in die Hände bekam, dann würde er ihre Machenschaften derart gründlich aufdecken, daß ihr Name selbst in kapitalistischen Kreisen zu stinken anfangen würde.

Lord Petrefact nahm das Telegramm mit sichtlichem Vergnügen auf.

»Ausgezeichnet. Ganz ausgezeichnet«, sagte er zu Croxley, dessen Stimme seine Ansicht über Yapps Besuch bereits kundgetan hatte, »er hat den Köder geschluckt.«

»Köder?« fragte Croxley. Er hatte sich einmal zehn recht unbehagliche Minuten lang eine Episode von *Probieren geht über Studieren* angesehen. Anschließend hatte er versucht, die Erinnerung daran auszulöschen, indem er untypischerweise zu den *Top Ten* umschaltete.

Lord Petrefact drückte den Express-Knopf an seinem Rollstuhl und wirbelte überschwenglich im Kreis herum. Hätte diese verdammte Auster nicht seinen gesamten Stoffwechsel durcheinandergebracht, hätte er einen Freudentanz aufgeführt.

»Köder, mein lieber Croxley, Köder. Jetzt müssen wir die Netze auslegen. Müssen dem Kerl anständig den Mund wäßrig machen. Was, glauben Sie, würde ihm denn zum Dinner schmecken?«

»Wenn ich von dem widerlichen Zeug ausgehe, das er proklamiert, dann würde ich sagen, Schweinsfüße von einem unterernährten Ferkel und danach Magermilch mit vier Wochen altem Brot.«

Lord Petrefact schüttelte den Kopf. »Nein, nein, nichts dergleichen. Schließlich müssen wir doch seine Vorurteile schüren. Sie müssen sich klarmachen, mein lieber Croxley, daß wir Plutokraten es uns erstaunlich gut gehen lassen. Um Yapps Vorstellung gerecht zu werden, brauchen wir wenigstens ein achtgängiges Menü.«

»Ich schlage vor, wir beginnen mit Austern«, meinte Croxley, der es nicht leiden konnte, wenn man ihn mit zu den Plutokraten zählte.

Lord Petrefact jaulte auf. »*Sie* können damit beginnen. Ich ganz bestimmt nicht. Nein, ich denke, wir beginnen mit echter Schildkrötensuppe, die in einem Schildkrötenpanzer serviert wird. Er hat ziemlich sicher einen Hang zum Naturschützer, so daß ihm das erst mal eine Denkpause verschaffen wird.«

»Ich fürchte, daß das den Mietmenschen in der Küche auch eine Denkpause verschafft«, meinte Croxley. »Wo zum Teufel sollen die denn eine echte Schildkröte herbekommen...«

»Von den Galapagos-Inseln«, sagte Lord Petrefact. »Sie können eine einfliegen lassen.«

»Wenn Sie meinen«, sagte Croxley. Er würde dem Küchenchef

Anweisung geben, irgendwo einen Schildkrötenpanzer aufzutreiben und ihn mit Suppe aus der Dose zu füllen. »Und danach?«

»Eine große Portion Kaviar, echten Beluga-Kaviar, nicht etwa Ihren windigen Ersatz.«

»Das ist nicht meiner«, entgegnete Croxley, »und außerdem kommt Beluga-Kaviar aus Rußland. Wahrscheinlich akzeptiert er den sogar.«

»Machen Sie sich darüber keine Gedanken. Es kommt nur darauf an, ihm den Eindruck zu vermitteln, daß wir jeden Abend so speisen.«

»Ein Glück, daß dem nicht so ist«, sagte Croxley. »Irgendeinen bestimmten Wein dazu?«

Lord Petrefact dachte einen Augenblick nach. Schließlich entschied er sich für Château d'Yquem.

»Guter Gott«, jammerte Croxley, »das ist doch ein Dessertwein. Er ist zuckersüß, und zum Kaviar ...«

»Natürlich ist er süß. Genau das ist der springende Punkt. Anscheinend sind Sie sich nicht darüber im klaren, daß unsere Vorfahren zu jedem verdammten Gang süßen Wein tranken.«

»Meine nicht. Die waren vernünftiger. Gaben sich mit einem Bier zufrieden.«

»Meine nicht. Sie brauchen sich bloß die Speisenfolge anzusehen, die sie anläßlich eines Besuchs des Prinzen von Wales im Jahr 1873 aufgetischt haben.«

»Lieber nicht. Diese Leute müssen eine Konstitution wie Ochsen gehabt haben.«

»Kümmern Sie sich nicht um ihre Konstitution«, sagte Lord Petrefact, der fast ebenso ungern an seine Ahnen erinnert werden mochte, wie sich Croxley als Plutokrat einstufen ließ. »Weiter werden wir Spanferkel ...«

»Spanferkel?« fragte Croxley. »Unten in der Küche hockt eine Spezialfirma für tiefgekühlte Fertigkost, und wenn Sie glauben, daß die im Handumdrehen ein gefrorenes Spanferkel aus der Kühltruhe zaubern können ...«

»Hören Sie, Croxley, wenn ich sage, ich wünsche Spanferkel, dann meine ich auch Spanferkel. Arme kleine Dinger, werden von den Zitzen ihrer Mütter weggerissen und ...«

»Jawohl, Sir«, unterbrach Croxley ihn rasch, um den schauerlichen Exkurs, den er auf sich zukommen sah, abzublocken. »Also gut, Spanferkel.«

»Nicht einfach Spanferkel. Ich will eines mit einem Apfel im Rüssel.«

Croxley schloß die Augen. Lord Petrefacts morbides Interesse an den Details eines Spanferkels war fast so unangenehm wie die Aussicht auf dieses Abendessen. »Und was für ein Dessert, Sir?« fragte er hoffnungsfroh.

»Dessert? Doch jetzt noch nicht. Ein achtgängiges Menü hat acht Gänge. Also, nach dem gebratenen Spanferkel dringen wir, denke ich, in höhere Gefilde vor.«

Er schwieg, während Croxley ein stummes Gebet zum Himmel schickte. »Geflügelpastete«, sagte Lord Petrefact schließlich, »eine große Portion Geflügelpastete. Die wird den Höhepunkt bilden.«

»Sollte mich nicht wundern«, meinte Croxley. »Wenn Sie mich fragen, dieser Yapp wird um sein Leben rennen müssen, wenn Sie beim Spanferkel angelangt sind...«

»Ich werde einen großen Bogen um dieses verdammte Schwein machen«, unterbrach Lord Petrefact ihn wütend, »das wissen Sie ebensogut wie ich. Meine Verdauung würde da nicht mitmachen, und außerdem haben mir die Ärzte strengste Diät verordnet.«

»Sehr wohl, Sir. Eine Portion Geflügelpastete.«

»Zwei«, korrigierte Lord Petrefact. »Eine für Sie und eine für ihn. Und reichlich. Ich freue mich schon auf das herrliche Aroma.«

»Ja, Sir«, sagte Croxley nach kurzer, stummer Zwiesprache mit sich selbst. Er hatte den Einwand erwogen, daß es den Tiefkühlkostkünstlern in der Küche ebenso schwerfallen dürfte, ihre Geflügelprodukte in der gewünschten Dicke herzustellen, wie ein Spanferkel aufzutreiben. Aber er schwieg weiter.

»Und sorgen Sie dafür, daß ihnen die Schwänze abfallen«, fuhr Lord Petrefact fort.

»Die Schwänze?«

»Die Schwänze. Fasane hängt man auf, bis ihre Schwänze abfallen.«

»Lieber Himmel«, seufzte Croxley, »bringen Sie da nicht was durcheinander? Ich denke doch, daß Fasane kaum Schwänze...«

»Schwanzfedern, Sie Trottel. Die Vögel müssen so angegammelt sein, daß einem die Schwanzfedern in der Hand bleiben. Jeder anständige Koch weiß das.«

»Wenn Sie es sagen«, meinte Croxley, der an dieser Stelle endgültig beschloß, dafür zu sorgen, daß die Kühlkostfirma die Geflügelpastete einfach vergaß.

»Gut. Wie viele Gänge haben wir jetzt?«

»Sechs«, resümierte Croxley.

»Vier«, sagte Lord Petrefact unerbittlich. »Nach der Pastete, denke ich, gibt es Zabaglione mit Champagnergeschmack und anschließend überbackene Gorgonzolaschnittchen...«

Während Croxley die Anweisungen aufschrieb, gab er sich Mühe, seine Phantasie zu zügeln. »Und wo soll Professor Yapp zu schlafen versuchen?« fragte er schließlich.

»Im Nordflügel. Stecken Sie ihn in die Suite, die der König von Belgien 1908 bewohnt hat. Das sollte seine historische Phantasie etwas aufwühlen.«

»Ich bezweifle, daß ihm nach diesem Dinner noch viel Zeit für seine historische Phantasie bleibt«, sagte Croxley. »Ich würde ihn etwas näher beim Reanimationsteam unterbringen.«

Lord Petrefact fegte seinen Einwand beiseite. »Das Schlimme an Ihnen ist, daß Sie überhaupt keine Phantasie haben, Croxley.«

Croxley hatte, war aber klug genug, es nicht zu sagen.

»Phantasie, Croxley, das ist es, was einen großen Mann ausmacht. Wir haben da diesen Yapp, und wir wollen was von ihm, also...«

»Was denn?«

»Was soll das heißen: was denn?«

»Was in drei Teufels Namen sollten ausgerechnet wir von einem verrückten sozialistischen Radikalen wie Yapp wollen?«

»Kümmern Sie sich nicht darum, was wir von ihm wollen«, sagte Lord Petrefact, der die Ergebenheit seines Sekretärs der Familie gegenüber zu sehr schätzte, um einen ernsthaften Streit zu provozieren. »Tatsache ist, daß wir etwas wollen. Ein Mann ohne Phantasie würde nun davon ausgehen, daß es das beste sei, ihm das Anliegen geradeheraus vorzutragen. Wir wissen, daß er ein extremer Linker ist und uns als Kapitalistenschweine betrachtet. Dagegen können wir nichts unternehmen. Also müssen wir unsere Rolle spielen und ihn bei seiner Eitelkeit packen. Haben Sie das verstanden?«

»Durchaus, Sir«, sagte Croxley, der gar nichts verstanden hatte, außer daß er mit Sicherheit bald eine Magenkolik bekommen würde, wenn er sich nicht umgehend mit den Kühlkostkerlen verständigte. »Wenn Sie nichts dagegen haben, gehe ich jetzt und kümmere mich um die Vorbereitungen.«

Er eilte aus dem Zimmer. Lord Petrefact drückte auf den Knopf am Rollstuhl, rollte hinüber zum Fenster und schaute mißbilligend in den Garten hinunter, den sein Großvater so penibel angelegt hatte. »Zwerg auf dem Misthaufen« hatte ihn das alte Scheusal genannt. Jetzt war der Zwerg das Oberhaupt dieses familiären Misthaufens und auf dem besten Weg, das Ansehen der Familie, die ihn von jeher verachtet hatte, zu zertrümmern. Auf seine Art haßte Lord Petrefact diese Familie fast so glühend wie Walden Yapp, wenn auch aus persönlicheren Gründen.

4

Walden Yapp fuhr mit einem Mietwagen nach Fawcett. Ansonsten fuhr er überallhin mit dem Zug. Doch bei Fawcett House gab es weit und breit keine Bahnstation, und eine Anfrage bei Doris, dem Computer, hatte ihm nur bestätigt, daß er weder mit dem Bus noch mit einem anderen öffentlichen Verkehrsmittel dorthin gelangen konnte. Einen eigenen Wagen besaß Yapp aus Überzeugung nicht, teils, weil er der Ansicht war, daß alles Staatseigentum sein sollte, teils aufgrund seiner Naturschützermentalität, die Lord Petrefact so zutreffend diagnostiziert hatte, vor allem aber, weil Doris ihn darauf aufmerksam gemacht hatte, daß die für den Unterhalt eines Autos erforderlichen zwölf bis fünfundsiebzig Pfund für die Ernährung und medizinische Versorgung von vierundzwanzig Kindern in Bangladesh ausreichen würden. Dann hatte sie dieses Argument jedoch wieder entkräftet, indem sie nachwies, daß er durch den Kauf eines Autos, je nach Fabrikat, Arbeitsplätze in der Autoindustrie für fünf Briten, zwei Deutsche oder einen halben Japaner schaffen würde. Nach einem heftigen Gewissenskampf entschloß sich Yapp, die Arbeitslosigkeit von fünf britischen Fabrikarbeitern in Kauf zu nehmen und gar kein Auto zu erwerben. Das auf diese Weise gesparte Geld stiftete er Oxfam, nicht ohne die traurige Überlegung anzustellen, daß es wahrscheinlich eher zwei Verwaltungsbeamte hinter ihrem Schreibtisch als irgendwo anders Verhungernde am Leben erhielt.

Doch als er in die Auffahrt von Fawcett House einbog, kreisten seine Gedanken nicht etwa um die Not in der Dritten Welt, sondern um die vulgäre, maßlose Selbstüberschätzung, die die Petrefacts mit dem Bau dieses gigantischen Landsitzes demonstriert hatten. Fawcett House war ein grauenhafter Palast, und die Vorstellung, daß es noch immer stinkreiche Leute gab, die derart weitläufige Besitzungen ihr eigen nannten, stieß ihn ab. Noch abstoßender fand er die affektierte Dame in Rock und Twinset, die ihm, kaum daß er ausgestiegen war, zwei Pfund Eintrittsgebühr abknöpfen wollte.

»Nichts da«, sagte Yapp, »ich bin geschäftlich hier.«

»Der Dienstboteneingang befindet sich hinten.«

»Bei Seiner Majestät.« Doch Yapps Sarkasmus war an das Twinset verschwendet.

»Da sind Sie fünfzig Jahre zu spät dran. Den letzten königlichen Besuch hatten wir hier im Jahr 1929.«

Damit ging sie ins Haus zurück. Yapp holte seine geliehene Intourist-Tasche aus dem Wagen, warf einen geringschätzigen Blick auf die gebeugte Gestalt des Gärtners, der eine Blumenrabatte jätete, und folgte ihr.

»Falls ich mich nicht deutlich genug ausgedrückt haben sollte...«

»Geben Sie sich keine Mühe«, entgegnete das Twinset.

»Ich bin hier, um den alten Knacker persönlich zu sehen«, sagte Yapp, um seine proletarische Herkunft gewaltsam zu demonstrieren.

»Kein Grund, vulgär zu werden.«

»In dieser Umgebung bleibt einem kaum eine andere Wahl«, gab Yapp mit einem vielsagenden Blick auf die Marmorsäulen und protzig goldgerahmten Gemälde zurück. »Dieser ganze Kasten stinkt nach üblem Mißbrauch von Reichtum. Aber wie dem auch sei, ich bin auf Einladung Seiner Lordschaft hier.« Er kramte in seiner Tasche nach dem Brief.

»Wenn das so ist, dann finden Sie ihn im Privatflügel zu Ihrer Rechten«, sagte das Twinset. »Ich kann allerdings nicht behaupten, daß ich ihn um die Gesellschaft beneide, die er sich aussucht.«

»Und ich beneide ihn nicht um sein Personal.« Damit wandte Yapp sich um und folgte einem langen Gang bis zu einer mit grünem Boi bespannten Tür, an der »Privat« stand. Yapp drückte sie mit dem Fuß auf und trat ein. Wieder ein langer Gang, diesmal mit Teppich ausgelegt. Er wollte ihm schon folgen, als aus einer Tür zu seiner Rechten ein kleiner, adretter Mann trat, der ihn flüchtig musterte.

»Professor Yapp?« fragte er mit einer Ehrerbietigkeit, die auf ihre Weise ebenso beleidigend war wie die Arroganz der Dame am Eingang.

»Der bin ich«, sagte Yapp, nicht gewillt, sich einschüchtern zu lassen.

»Wenn Sie mir bitte folgen wollen, Sir. Ich rufe gleich einen Diener, der Ihnen Ihre Räume zeigen wird. Seine Lordschaft empfängt Sie um halb sieben. Sicher wollen Sie sich noch umkleiden.«

»Hör zu, Freundchen, eines wollen wir gleich mal klarstellen. In der Welt, aus der ich komme, also in der realen Welt, nicht in Poona um 1897 oder im Dschungel um Timbuktu, zieht sich der einfache Mann zum Essen nicht um. Und ich brauche keinen überfütterten, unterbezahlten Butler, der mir mein Zimmer zeigt. Sagen Sie mir, wo es ist, dann werde ich es schon alleine finden.«

»Wenn Sie meinen, Sir«, sagte Croxley, wobei er sich die Retourkutsche verkniff, daß sich der einfache Mann nie und nirgends zum Essen umzog und daß es in der Umgebung von Timbuktu gar keinen Dschungel gibt. »Wir haben Sie im ersten Stock in der König-Albert-Suite untergebracht. Wenn Sie irgend etwas brauchen, finden Sie mich hier unten.«

Er ging ins Arbeitszimmer zurück und überließ Walden Yapp seinem Schicksal, das ihn den Gang entlang, eine geschwungene Treppe hinauf und wieder einen Gang entlang führte.

Zwanzig erfolglose Minuten später war er wieder unten.

»Die Prinz-Albert-Suite . . .«, begann er, nachdem er, ohne anzuklopfen, die Tür geöffnet hatte. Croxley betrachtete ihn mit unverhohlener Geringschätzung.

»Die *König*-Albert-Suite, Sir«, sagte er, während er voranging. »König Albert von Belgien hat sie im Jahr 1908 bewohnt. Seitdem ist sie für Gäste mit progressiven Ansichten reserviert.«

»Progressive Ansichten? Das soll wohl ein Scherz sein. Dieses Schwein war dafür verantwortlich, daß man Afrikanern im Kongo die Hände abgehackt hat, und für dergleichen Abscheulichkeiten mehr.«

»Ganz meine Meinung, Sir«, sagte Croxley. »Aber wir einfachen Leute haben auch so unsere kleinen Scherze, Sir. Das ist einer der Vorteile, wenn man zur Dienerschaft gehört.«

Damit ließ er Yapp stehen und ging zufrieden mit sich selbst wieder nach unten.

Yapp nahm die König-Albert-Suite mit einer Mischung aus Abscheu, Neugier und dem beunruhigenden Gefühl, sich zu einer plumpen Taktlosigkeit verleitet haben zu lassen, in Augenschein. Schließlich war es das System, mit dem etwas faul war, während der adrette, kleine Mann – und, bei aller Herablassung, auch das Twinset – nur Bedienstete waren und wahrscheinlich Familien zu ernähren hatten. Und wenn sie im Lauf der Jahre der Versuchung »abgeleiteter Ego-Identität« erlegen waren, um einen Terminus zu gebrauchen, dessen er sich häufig in Vorlesungen bediente, so war das nicht weiter verwunderlich; überraschend war eher, daß sie sich überhaupt noch ein Gefühl für Menschlichkeit bewahrt hatten. Der kleine Mann in seinem dunklen Anzug mit Weste und den blitzblank geputzten Schuhen hatte damit, daß er sich als zur Dienerschaft gehörig bezeichnete, ganz erstaunliches Selbstbewußtsein bewiesen. Walden Yapp beschloß, sich seine heftigeren Ausbrüche von Klassenbewußtsein für Lord Petrefact aufzusparen.

In der Zwischenzeit inspizierte er das Gemach, das einst den König beherbergt hatte, der das gesamte Belgisch-Kongo als sein persönliches Eigentum beanspruchte. Es war entsprechend üppig und geschmacklos eingerichtet: ein riesiges Bett, eine klotzige Frisierkommode, auf die Yapp seine Intourist-Tasche in der trotzigen Absicht stellte, das eingelegte königliche Wappen zu verdecken, und ein Kamin, über dem ein Gemälde des Königs in Uniform hing. Etwas wirklich Interessantes allerdings entdeckte er, als er durch einen kleinen Nebenraum, offenbar das Ankleidezimmer, das Bad betrat. Für einen Historiker mit einer besonderen Vorliebe fürs Objektive und, um ihn nochmals zu zitieren, für »substantielle Manifestationen des Klassenunterschiedes« enthielt dieses Badezimmer wahre Schätze an viktorianischer Sanitärinstallation. Badewanne, Wasserclosett und Toilettenschüssel waren in Mahagoni eingebettet, über dem Waschbecken hing ein riesiger Buntglasspiegel, daneben ein voluminöser, beheizbarer Handtuchständer und ein Wandschrank mit mehreren überdimensionalen Handtüchern. Doch am meisten faszinierte ihn die Badewanne oder vielmehr die seitlich angebrachte Batterie von Hähnen, Drehknöpfen und Hebeln. Die Wanne war außerordentlich groß, sehr tief und mit ihrem Baldachin und den wasserdichten Vorhängen einem Himmelbett nachempfunden. Yapp beugte sich darüber und betrachtete die verschiedenen Meßgeräte. Eines zeigte die Temperatur an, ein zweites den Wasserdruck, und neben dem dritten und größten befanden sich ein Hebel und eine Art Wählscheibe mit mehreren markierten Einstellungen. Yapp setzte sich auf den Rand der Wanne, um besser lesen zu können, und hatte einen schrecklichen Augenblick lang das Gefühl, als würde er seitlich abrutschen. Er sprang auf und blickte mißtrauisch auf das Ungetüm. Das verdammte Ding hatte sich bewegt. Vor seinen Augen kehrte es wieder in seine horizontale Lage zurück.

Sonderbar. Vorsichtig streckte Yapp die Hand aus und drückte auf die Mahagoniverkleidung. Nichts rührte sich. Da er nicht riskieren wollte, die Wanne wieder in Bewegung zu versetzen, kniete er sich auf den Boden, um sich die Scheibe mit dem Hebel genauer anzusehen. Am einen Ende der Skala stand WELLEN, am anderen DAMPF. Und zwischen diesen beiden ziemlich beunruhigenden Kommandos – bei genauerer Betrachtung erinnerte ihn das Ganze an die Meßgeräte auf den Kommandobrücken großer Schiffe, die er freilich nur aus Filmen kannte – gab es noch andere. Nach WELLEN kam FLUT, gefolgt von STARKE WELLEN, dann RUHIG und schließlich drei Stärken DÜSENMASSAGE, nämlich STARK, MITTEL und SCHWACH. Es war einfach faszinierend, so daß Yapp einen Moment lang ein Bad zu nehmen erwog, um dieses außergewöhnliche Beispiel für die frühe Automatisierung im häuslichen Sanitärbereich auszuprobieren, das die imperialistische Zwangsvorstellung von der Überlegenheit auf See, vom Suezkanal und von Handelswegen nach Indien demonstrierte. Doch war es bereits nach sechs, so daß er, nachdem er diesen Kommentar in seinem Notizbuch festgehalten hatte, das er stets bei sich trug, wenn er nicht mit Doris in Verbindung stand, den Plan fallenließ. Statt dessen fertigte er eine Skizze von der ganzen Anlage mit genauen Maßangaben an und notierte sich die verschiedenen Hebelpositionen. Als er damit fertig war und das Bad verlassen wollte, fiel sein Blick auf ein vergilbtes Blatt Papier, das in einem Rahmen neben dem Waschbekken hing. Offenbar handelte es sich um die Bedienungsanleitung für DAS SYNCHRONISIERTE WELLENBAD. Yapp las sie durch und stellte fest, daß bei einer Kombination von WELLEN und WASSERVERDRÄNGUNG »die Höhe des Wasserspiegels in der Badewanne zwei Drittel« betragen mußte. Der nächste Satz war durch den Dampf und die Zeit unleserlich geworden.

Yapp durchquerte das Zimmer, folgte dem Gang bis zur Treppe und ging hinunter. Croxley erwartete ihn in seinem Arbeitszimmer. Er trug ein sportliches Wollsakko, ein Flanellhemd und eine Strickkrawatte und fühlte sich sichtlich unwohl.

»Das wäre nicht nötig gewesen«, sagte Yapp ziemlich gereizt.

»Wir möchten, daß unsere Gäste sich hier wie zu Hause fühlen«, erwiderte Croxley, der von Lord Petrefact Anweisung erhalten hatte, sich leger zu kleiden.

»Das wird mir in diesem Palast wohl kaum gelingen. Eigentlich sollte das hier ja ein Museum sein.«

»Ist es die meiste Zeit auch«, sagte Croxley und öffnete eine Tür. »Nach Ihnen.«

Yapp trat ein und kehrte damit zu seiner Überraschung in die Mitte der siebziger Jahre zurück. Der Salon wirkte ebenso unaufdringlich wohnlich, wie das Gegenteil auf den Rest des Hauses zutraf. Der Boden war mit einem rostbraunen Teppich ausgelegt, in einer Ecke flimmerte ein Fernsehapparat, und in einem schlichten, geschmackvollen Kamin, vor dem ein niedriger Tisch und eine große, moderne Couch standen, brannten dicke Holzscheite.

»Bedienen Sie sich«, sagte Croxley und wies auf ein Eckschränkchen, das die Hausbar beherbergte. »Ich hole inzwischen den alten Herrn.«

Als Yapp allein war, blickte er sich verwundert um. Rings an den Wänden hing moderne Kunst. Klee, Hockney, ein Matisse, zwei

Picassos, mehrere abstrakte Bilder, die Yapp nicht zuordnen konnte, und, unglaublich in dieser Umgebung, sogar ein Warhol. Doch bevor sich seine Verblüffung in Widerwillen über diese finanzielle Ausbeutung des Kunstbetriebs verwandeln konnte, wurden Yapps Gefühle erneut aufgewühlt. Durch eine kleine Tür neben dem Kamin kamen eine mürrische Stimme, ein paar Hauspantoffeln und die Chromspeichen eines Rollstuhls.

»Ah, mein lieber Junge, wie nett von Ihnen, daß Sie den weiten Weg gemacht haben«, begrüßte ihn Lord Petrefact, dessen Versuch zu lächeln Yapp ebensowenig zu bezaubern vermochte wie die abstrakte *Nackte in Stücken* von Jaroslav Sowieso. Ein mit der Realität besser vertrauter Mensch hätte dieses Lächeln als grausiges Omen gedeutet; für Walden Yapps tief verwurzelten Glauben an Mitgefühl und Anteilnahme beinhaltete es den tapferen Versuch, körperliche Gebrechen zu überspielen. Von einer Sekunde zur nächsten war Lord Petrefact in seinen Augen vom kapitalistischen Blutsauger zum alten, behinderten Mitmenschen geworden.

»Aber nicht doch«, murmelte er, während er verzweifelt versuchte, den Wirbel widersprüchlicher Gefühle zu entflechten, in den ihn Lord Petrefacts traurige Erscheinung gestürzt hatte. Und ohne sich dessen so recht bewußt zu sein, schüttelte er die schlaffe Hand eines der reichsten und, davon war er fest überzeugt, skrupellosesten Ausbeuter der Arbeiterklasse Großbritanniens. Wenig später saß er mit einem Whisky Soda auf der Couch, während der alte Mann sich des langen und breiten darüber ausließ, wie befriedigend es doch sein mußte, sich in einer Welt, der es an Menschen mit Professor Yapps Engagement bitter mangelte, mit Haut und Haaren jungen Menschen zu widmen.

»So würde ich das nicht sagen«, wandte Yapp ein. »Natürlich tut man sein Bestes, aber unsere Studenten sind nicht gerade die hellsten.«

»Ein Grund mehr, ihnen die beste Ausbildung angedeihen zu lassen«, meinte Lord Petrefact, der mit einer Hand ein Glas Milch umklammerte, während er in der anderen ein Taschentuch hielt, mit dem er sich ein Auge abtupfte, um diesen mageren Menschen genauer unter die Lupe nehmen zu können. In seinen Augen verkörperte er die gefährlichste und scheinheiligste Spezies der heutigen Zeit: die fanatischen Verfechter einer Ideologie. Wenn Yapp feste Vorstellungen von Kapitalisten hatte, so hatte Lord Petrefact ebenso extreme Vorurteile gegenüber Sozialisten. Aufgrund von Yapps Ruf hatte er allerdings etwas Eindrucksvolleres erwartet. Einen Augenblick lang geriet sein Entschluß ins Wanken. Es war wohl kaum der Mühe wert, einen Mann, der wie eine Kreuzung aus unerfahrenem Sozialarbeiter und Prälat aussah, als Bluthund auf die Familie zu hetzen, um ihr das Leben zur Hölle zu machen. Die Saukerle würden ihn bei lebendigem Leib auffressen. Andererseits konnte Yapps Auftreten täuschen. Seine Entscheidungen als Schlichter, insbesondere die neunzigprozentige Gehaltserhöhung für Garderobe- und Toilettenpersonal, waren so offensichtlich durch politische Vorurteile bestimmt, und die Forderung, daß Straßenkehrer genauso bezahlt werden sollten wie medizinische Gutachter, war derart absurd, daß sie keinerlei Zweifel daran ließen, daß Yapp ungeachtet seines Auftretens eine erhebliche subversive Macht darstellte. Diese Überlegungen stellte Lord Petrefact an, während er weiterhin an seiner Milch nippte und sich über die Notwendigkeit besserer Ausbildungschancen für junge Menschen mit einer leicht melancholisch angehauchten, gedämpften Begeisterung verbreitete, die er freilich nicht empfand.

Croxley, der sich in seinem Harris-Tweed-Jackett recht unwohl fühlte, saß in einer Ecke und hörte zu. Er hatte Lord Petrefact in der Rolle des menschenfreundlichen Invaliden schon früher erlebt. Nachdem er Walden Yapp einen zweiten Whisky eingeschenkt und gesehen hatte, wie dieser ihn hinunterkippte, sobald der Mietbutler verkündete, daß angerichtet sei, bekam er allmählich Mitleid mit dem armen Esel. Um gegen dieses Mitgefühl gefeit zu sein, mußte er sich erst vergegenwärtigen, daß Yapp in Anbetracht seiner akademischen Karriere nicht so schwachköpfig sein konnte, wie er wirkte. Croxley, der vor der Einführung des kostenlosen Universitätsstudiums aufgewachsen war, beneidete Yapp um seine Chancen und seinen Erfolg.

Wenigstens war es Croxley gelungen, die magenfeindlicheren Konsequenzen des Dinners abzumildern. Er hatte dafür gesorgt, daß die Schildkrötensuppe aus der Dose kam und die Geflügelpastete so bescheiden wie möglich ausfiel. Nur das Spanferkel stellte ein Problem dar. Was der Metzger geliefert hatte, war nie und nimmer von den Zitzen seiner Mutter weggerissen worden – wenn doch, dann war es nie entwöhnt worden. Das Vieh war ein ausgewachsener Eber, der die Ausmaße des Backrohrs sprengte und die Kochkünste des Küchenchefs überstrapazierte. Gebraten konnte er überhaupt nur werden, nachdem man das Mittelstück herausgeschnitten und Kopf und Hinterteil wieder zusammengenäht hatte. Croxley, der diese Operation überwacht hatte, kämpfte schwer mit sich, ob er ihm einen Apfel zwischen die Hauer stecken sollte oder nicht. Am Ende entschloß er sich wie üblich dazu, in etwa das zu tun, was man ihm aufgetragen hatte. Aber schon jetzt graute ihm vor Lord Petrefacts Reaktion.

Als er Yapp ins Speisezimmer folgte, war er versucht, noch kurz mit seinem Herrn zu sprechen, aber Lord Petrefact hatte bereits seinen Platz oben an der Tafel eingenommen und betrachtete den Schildkrötenpanzer mit ehrlichem Bedauern.

»Ich fürchte, ich kann Ihnen nicht Gesellschaft leisten«, erklärte Yapp. »Die Ärzte haben mir strenge Diät verordnet, müssen Sie wissen. Und überhaupt bin ich ganz entschieden dagegen, daß man in freier Wildbahn lebende Tiere einfach für den menschlichen Verzehr abschlachtet.« Er warf Croxley einen vorwurfsvollen Blick zu. »Es erstaunt mich sehr, daß Sie echte Schildkrötensuppe geordert haben.«

Croxley gab den vorwurfsvollen Blick zurück. Was genug war, war genug. »Habe ich nicht«, sagte er. »Der Panzer stammt aus dem Aquarium in Lowestoft und der Inhalt von Fortnum & Mason.«

»Wirklich?« sagte Lord Petrefact. Dabei gelang es ihm, Yapp mit einer Gesichtshälfte zuzulächeln und gleichzeitig Croxley mit der anderen anzufunkeln. Letzteren bewahrte Yapp vor weiteren Unannehmlichkeiten, indem er sich in einen Exkurs über den Ursprung der Mockturtle-Suppe stürzte. Langsam begann er die Sache zu genießen. Trotz aller Vorbehalte hinsichtlich der Herkunft des Petrefactschen Reichtums – und an denen gab es nichts zu rütteln – versöhnte ihn im Augenblick der faszinierende Gedanke, daß er Zeuge dessen wurde, wie die Reichen wirklich lebten. Es war, wie Croxley bereits gesagt hatte, als besuche man ein Museum; und sollte das am Ende alles gewesen sein, so hätte Yapp, aus erster und feinster Hand, zumindest einen unmittelbaren Eindruck von der interfamiliären Soziopsychologie der kapitalistischen Klasse gewonnen. Ganz besonders beeindruckte ihn das verschrobene Verhältnis zwischen Lord Petrefact und seinem Privatsekretär. Fast kam es ihm vor, als fordere der alte Mann Croxleys Trotz heraus. Jedenfalls schien die beiden eine auf gegenseitiger Antipathie beruhende Kameradschaft zu verbinden.

»Nein, ich möchte keine zweite Portion«, sagte Croxley, als er seine Suppe aufgegessen hatte. Aber Lord Petrefact bestand darauf. »Wir dürfen Sie doch nicht verhungern lassen, mein Lieber«, sagte er mit einem irritierend schiefen Lächeln, worauf der Sekretär die Demütigung einstecken mußte, daß ihm ein Diener den Teller zum zweitenmal füllte. Beim Kaviar war es dasselbe. Während Lord Petrefact in einem Zeug herumstocherte, das aussah wie gekochte

Fischstäbchen, und Yapp die zweite Portion ehrlich genoß, wehrte Croxley sich heftig gegen eine dritte.

»Inzwischen sollten Sie wissen, daß ich immer ein leichtes Abendessen zu mir nehme«, sagte er. »Mit vollem Magen kann ich nämlich nicht schlafen.«

»Seien Sie froh, daß Sie überhaupt einen Magen haben, mit dem Sie schlafen können. Ich liege die ganze Nacht wach und versuche mich daran zu erinnern, wann ich zum letztenmal richtig gut gegessen habe.«

»Das muß damals gewesen sein, als Sie dieser Auster begegneten«, erwiderte Croxley – eine Bemerkung, die etwas ganz Bestimmtes bedeuten mußte, da sie bei Lord Petrefact ein derart reptilhaftes Lächeln hervorrief, daß sogar Yapp es als nicht ganz spontan erkannte. Einen Moment lang sah es aus, als würde der alte Mann gleich explodieren, doch dann erlangte er seine Fassung wieder.

»Und wie schmeckt Ihnen der Wein?« wandte er sich an Yapp, der erst jetzt überhaupt darauf achtete.

»Ich bin kein Fachmann, aber er paßt sehr gut zum Kaviar.«

»Nein wirklich, tut er das? Nicht zu süß?«

»Wenn überhaupt, dann eher etwas trocken«, meinte Yapp.

Mißtrauisch ließ Lord Petrefact den Blick von ihm zur Karaffe und schließlich zu Croxley wandern.

»Chablis«, sagte Croxley geheimnisvoll.

Wieder schoß ein vielsagender Giftblick zwischen beiden hin und her. Als dann das nächste Gericht aufgetragen wurde, schien sich Lord Petrefacts zusammengesunkene Gestalt aufzublähen und zu jener ungeheuerlichen Größe aufzurichten, die sich mit seinem Namen verband.

»Und was, sagt an, ist das?« wollte er wissen. Yapp entging weder das archaische »sagt an« noch die Tatsache, daß Croxley anscheinend verstanden hatte. Erst dann erblickte er das außergewöhnliche Ding, das der Oberkellner mit Mühe auf einem Silbertablett balancierte. Selbst in Walden Yapps mit den exzentrischen Feinheiten der *haute cuisine* nicht vertrauten Augen war irgend etwas an diesem gebratenen Vieh faul. Einen Augenblick lang kam es ihm vor, als bilde er sich das Ganze nur ein.

Nicht so Lord Petrefact. Sein Gesicht war zu einem gräßlich krebsroten Ballon angeschwollen. »Spanferkel?« brüllte er den Kellner an. »Was soll das heißen, ›Spanferkel‹? Dieses Vieh hat nicht mehr Ähnlichkeit mit einem Spanferkel als ich.«

»Da gebe ich Ihnen ganz recht, Sir«, entgegnete der Kellner mit einem Mut, der Yapp Bewunderung entlockte. »Ich fürchte fast, der Metzger hat das in die falsche Kehle gekriegt.«

»Kehle? Der würde sich hüten, so was in die Kehle zu kriegen. Wahrscheinlich stammt das Ding aus derselben obskuren Quelle wie dieser verdammte Schildkrötenpanzer.«

»Ich meinte, er hat wohl den Auftrag falsch verstanden, Sir. Der Küchenchef hat am Telefon mit Sicherheit ein Spanferkel bestellt, aber vielleicht dachte der Metzger ...« Der Kellner hielt inne und blickte hilfesuchend zu Croxley.

»Dachte?« röhrte Lord Petrefact, bevor sein Sekretär auch nur den Mund aufmachen konnte. »Der sollte sich lieber um sein verdammtes, blutiges Geschäft kümmern und das Denken anderen überlassen. Und Sie wagen es, mir so eine kastrierte Sau auch noch aufzutischen. Schauen Sie sich bloß diese verhunzten Füße an. Das Vieh muß ja auf Schritt und Tritt über seinen Rüssel gestolpert sein. Und wo ist eigentlich der verdammte Bauch?«

»Im Kühlschrank, Sir«, murmelte der Kellner. Lord Petrefact glotzte ihn an.

»Soll das vielleicht ein Scherz sein?« kreischte er. »Sie fahren da einen verhunzten Zwerg von Schwein auf und ...«

»Perg«, mischte sich Yapp ein, der unklugerweise glaubte, dem Kellner zu Hilfe eilen zu müssen. Lord Petrefact wandte ihm sein Gesicht in Totale zu.

»Perg? Was soll denn das heißen? Halten Sie sich gefälligst da raus«, schnauzte er ihn an.

»Ich bezog mich auf Ihre Verwendung des Wortes ›Zwerg‹«, sagte Yapp unerbittlich. »Das ist ein Begriff, den zu hören ich in zivilisierter Gesellschaft nicht erwartet hätte.«

»Nein? Ob wir wohl die Ehre haben zu erfahren, was Sie in zivilisierter Gesellschaft zu hören erwartet hätten? Und schaffen Sie mir dieses verkrüppelte Schwein aus den Augen.«

»Person restringierter Größe«, sagte Yapp.

Lord Petrefact stierte ihn blöde an. »Person restringierter Größe? Man serviert mir ein Schwein, das aussieht wie eine zusammengequetschte Ziehharmonika, und Sie fangen von zivilisierter Gesellschaft und Personen restringierter Größe zu schwafeln an. Falls irgend jemandes Größe je restringiert wurde, dann die dieser armen Sau ...« Er gab auf und sackte in seinem Rollstuhl zusammen.

»Der Begriff ›Zwerg‹ hat einen pejorativen Beigeschmack«, fuhr Yapp unbeirrt fort, »wohingegen Person restringierter Größe oder kurz Perg ...«

»Hören Sie«, unterbrach ihn Lord Petrefact, »Sie sind zwar Gast in diesem Haus, und vielleicht ist es unhöflich von mir, aber wenn noch mal jemand etwas sagt, was auch nur im entferntesten mit Schwein zu tun hat, dann ... Entschuldigen Sie mich.« Und mit einer energischen Drehung wirbelte er seinen Rollstuhl herum und schoß aus dem Speisezimmer. Yapp stieß einen Seufzer der Erleichterung aus.

»Machen Sie sich deshalb keine Sorgen«, sagte Croxley, der sich für Yapp zu erwärmen begann, seit dieser Lord Petrefacts Zorn von ihm abgelenkt hatte. »Bis wir mit dem Essen fertig sind, hat er sich wieder völlig beruhigt.«

»Ich mache mir keine Sorgen. Ich finde es nur interessant, den Zusammenprall von Widersprüchen zu beobachten, der sich im gesellschaftlichen Verhalten der sogenannten Oberschicht ausdrückt, wenn sie sich mit den objektiven Erfahrungsbedingungen konfrontiert sieht.«

»Ach wirklich? Wobei das verkürzte Schwein die objektive Bedingung darstellt, wie ich annehme.«

Der Rest der Mahlzeit verlief schweigend, unterbrochen nur durch das gelegentliche Anschwellen von Stimmen in der Küche, wo Lord Petrefact nachforschte, wer im einzelnen für die Entstellung des Schweins und seinen Verstoß gegen die guten Manieren verantwortlich war.

»Ich denke, ich werde mich jetzt zurückziehen, wenn Sie nichts dagegen haben«, sagte Croxley, als sie sich endlich von der Tafel erhoben. »Sollten Sie in der Nacht etwas brauchen, dann läuten Sie einfach.«

Er schlüpfte auf den Gang hinaus und überließ Yapp sich selbst. Widerstrebend und mit dem festen Vorsatz, seinem Gastgeber bei der nächsten groben Bemerkung seine unverblümte Meinung ins Gesicht zu schleudern, kehrte Yapp in den Salon zurück. Doch nachdem Lord Petrefact die unnatürliche Herkunft jener ihm aufgetischten Spezies erkundet hatte, war ihm die Lust vergangen, mit Walden Yapp zu streiten.

»Sie müssen meinen Ausbruch entschuldigen, lieber Freund«, sagte er betont herzlich. »Daran ist mein verfluchtes Verdauungssystem schuld, wissen Sie. Es ist schon in guten Zeiten schlecht genug, aber ... schenken Sie sich doch einen Cognac ein. Aber natürlich trinken Sie einen. Ich werde mir auch einen Schluck genehmigen.« Und ohne auf Yapps Protest einzugehen, er habe bereits mehr getrunken als sonst in einem ganzen Monat, glitt Lord Petrefact zum Eckschränkchen hinüber und goß ihm einen dreifachen Cognac ein.

»Und jetzt setzen Sie sich hin und nehmen eine Zigarre«, sagte er dann. Diesmal weigerte sich Yapp ganz entschieden mit dem Argument, daß er Nichtraucher sei.

»Sehr vernünftig. Sehr vernünftig. Trotzdem, es soll beruhigend auf die Nerven wirken.« Und mit einer dicken Zigarre und einem ansehnlichen Cognac in der Hand manövrierte er seinen Rollstuhl so, daß seine wohlwollende Gesichtshälfte Yapp unangenehm nahe kam.

»Nun möchten Sie sicher wissen, warum ich Sie eingeladen habe«, flüsterte er beinahe verschwörerisch.

»Sie deuteten an, ich solle die Geschichte Ihrer Familie schreiben.«

»Ganz genau. So ist es«, entgegnete Lord Petrefact, wobei er sich alle Mühe gab, geistesabwesend zu erscheinen, »aber zweifellos kam Ihnen diese Idee mehr als seltsam vor.«

»Allerdings. Ich frage mich, wie Sie ausgerechnet auf mich gekommen sind«, bestätigte Yapp.

Lord Petrefact nickte. »Verständlich. Und in Anbetracht Ihrer, sagen wir, extremen politischen Ansichten mußte Ihnen diese Wahl leicht exzentrisch erscheinen.«

»Ich fand sie ungewöhnlich, und ich glaube, ich sollte Ihnen jetzt und hier sagen, daß...«

Lord Petrefact hob eine Hand. »Nicht nötig, mein Lieber, absolut nicht nötig. Ich weiß, was Sie sagen wollen, und ich bin ganz und gar mit Ihren Bedingungen einverstanden. Das ist genau der Grund, warum ich mich für Sie entschieden habe. Wir Petrefacts mögen zwar unsere Fehler haben, die Sie zweifellos Punkt für Punkt auflisten werden, aber eines werden Sie bei uns nicht finden, nämlich daß wir uns etwas vormachen. Man könnte es auch anders ausdrükken. Man könnte sagen, daß wir nicht eitel sind, aber das ginge denn doch zu weit. Sie brauchen sich bloß dieses grauenhafte Haus hier anzusehen, um zu erkennen, was meine Großeltern alles anstellten, um ihren hohen gesellschaftlichen Status zu demonstrieren. Und was hat es ihnen genützt? Gar nichts. Ich gehöre einer anderen Generation an, einer anderen Epoche, könnte man fast sagen, und wenn ich etwas mehr schätze als alles andere, dann die Wahrheit.«

Und während er Zigarre und Cognacschwenker in einer Hand hielt, packte er Yapps Handgelenk, beängstigend kräftig mit der anderen.

»Die Wahrheit, Sir, ist die letzte Domäne der Jugend. Was halten Sie von diesem geflügelten Wort?«

Zu Yapps unsäglicher Erleichterung ließ Lord Petrefact sein

Handgelenk los und lehnte sich sichtlich zufrieden in seinen Stuhl zurück.

»Nun, was sagen Sie dazu?« beharrte er. »Sie brauchen gar nicht erst bei La Rochefoucauld oder Voltaire nach dieser Maxime zu suchen. Sie stammt von mir ganz allein, und trotzdem ist sie wahr.«

»Ein interessanter Gedanke, gewiß«, sagte Yapp, ohne sicher zu sein, daß er vollkommen verstanden hatte, was der ungewöhnliche alte Mann damit meinte. Aber er spürte, daß es für ihn wichtig war.

»Ja, die Wahrheit ist die letzte Domäne der Jugend. Und solange ein Mann bereit ist, der Wahrheit ins Auge zu blicken und in diesem Spiegel seine Fehler zu erkennen, soll es keiner wagen, ihn alt zu nennen.«

Und nachdem er diese stark nach Churchill, Beaverbrook und womöglich Baldwin klingende Sentenz losgeworden war, blies Lord Petrefact einen vollendeten Rauchkringel in die Luft. Fasziniert blickte Yapp ihm nach, wie er gleich einer sich verflüchtigenden Gestalt auf den Kamin zudriftete

»Wenn ich Sie recht verstehe«, sagte er, »dann wollen Sie damit ausdrücken, daß Sie gewillt sind, mir bei meinen Nachforschungen über die Familie Petrefact freie Hand zu lassen, mir sämtliche wirtschaftlichen und finanziellen Unterlagen zur Verfügung zu stellen und sich nicht in meine aus diesem Material gewonnenen sozioökonomischen Schlußfolgerungen einzumischen.«

»Genau«, sagte Lord Petrefact, »besser hätte ich es selbst nicht formulieren können.«

Yapp nippte an seinem Cognac und wunderte sich über diese erstaunliche Großzügigkeit. Er hatte sich fest vorgenommen, das Angebot bei dem leisesten Hinweis darauf, daß man von ihm eine Lobhudelei auf die Petrefacts erwartete, abzulehnen – und hatte sich eigentlich schon darauf gefreut, seine erhabenen Prinzipien unter Beweis zu stellen. Und nichts hatte er weniger erwartet, als daß man ihm völlig freie Hand lassen würde. Das mußte er erst einmal verdauen. Lord Petrefact musterte ihn eindringlich und genoß seine Verwirrung.

»Völlig ungehindert, Sir«, sagte er in dem deutlichen Gefühl, daß sich das Schwein gelohnt hatte. »Sie können gehen, wohin Sie wollen, erhalten Zugang zu sämtlichen Dokumenten, die Sie sehen möchten, können mit jedem reden, bekommen Einblick in die gesamte Korrespondenz – und davon gibt es jede Menge, das kann ich Ihnen versichern, auch ziemlich aufschlußreiches Zeug –, und all das für die...« Gerade noch rechtzeitig verkniff er sich die »fürstliche

Summe«. Es hatte keinen Zweck, den jungen Esel jetzt, wo er ihn an der Angel hatte, vor den Kopf zu stoßen. Statt dessen griff er in die Tasche und zog einen Schriftsatz heraus. »Hunderttausend Pfund. Hier ist der Vertrag. Zwanzigtausend bei Unterzeichnung, weitere zwanzigtausend bei Fertigstellung des Manuskripts und sechzigtausend bei Veröffentlichung. Ein faireres Angebot kann ich Ihnen nicht machen. Lesen Sie alles genau durch, lassen Sie es überprüfen, von wem Sie wollen – Sie werden keinen Haken darin finden. Ich habe den Vertrag selbst aufgesetzt, also weiß ich Bescheid.«

»Das muß ich mir erst durch den Kopf gehen lassen«, meinte Yapp, wobei er gegen eine nie erlebte Euphorie ankämpfte. Als wollte er andeuten, daß er der letzte sei, der jemanden durch seine Anwesenheit unter Druck setzen wolle, rollte Lord Petrefact quer durchs Zimmer zur Tür, forderte Yapp nochmals auf, sich nach Belieben an der Hausbar zu bedienen und die Lichter ruhig anzulassen, da sich das Personal schon darum kümmern werde, wünschte ihm eine gute Nacht und war verschwunden. Yapp blieb sitzen, noch ganz benommen von den überraschenden Ereignissen des Abends und dem berauschenden Gefühl, einen der letzten großen kapitalistischen Räuberbarone erlebt zu haben. Zwanzigtausend Pfund bei Unterzeichnung und zwanzigtausend ... Und keine Auflagen. Absolut nichts, was ihn daran hindern würde, die Ausbeutung, das Elend und die Habgier, die hinter diesem Elend steckte, das die Petrefacts ihrem Arbeiterheer über ein Jahrhundert lang zugefügt hatten, zu dokumentieren.

Irgendeinen Haken mußte die Sache haben. Walden Yapp leerte sein Glas, schenkte sich noch einen Cognac ein und machte es sich auf der Couch bequem, um den Vertrag in Ruhe durchzulesen.

5

Im Zimmer nebenan saß Lord Petrefact eine Zeitlang im Dunkeln, sog wütend an seiner Zigarre und verfluchte sich selbst wegen seiner Dummheit. Und Croxley verfluchte er wegen der Episode mit dem verkürzten Eber und hätte dem Schwein, wäre er seiner habhaft geworden, gehörig die Meinung gesagt und zum Wochenbeginn gekündigt. Doch Croxley hatte es vorgezogen, sich oben schlafen zu legen. Mit Aufzügen war es in Fawcett House schlecht bestellt, und Lord Petrefact war zu vernünftig, um auch nur daran zu denken, seinen Rollstuhl jene fatale Marmortreppe hinaufzumanövrieren, die sich im Fall seines Großonkels Erskine schon einmal als tödlich erwiesen hatte. Lord Petrefact erinnerte sich dieser Tragödie mit lebhafter Genugtuung, obwohl es stets ein Geheimnis geblieben war, wie sein Großonkel erst auf den Balkon pinkeln und sich dann mit einem nur halb abgestreiften Kondom in seinem Leichenhemd hatte verheddern können. Wahrscheinlich hatte der alte Bock eine in einer Nische stehende Marmorstatue irrtümlich für ein Stubenmädchen gehalten.

Aber das spielte jetzt keine Rolle. Das Entscheidende war im Augenblick, daß Croxley unverschämterweise oben war und er unten und daß er wohl oder übel bis zum Morgen warten mußte, ehe er seinen Zorn auf diesen Idioten abladen konnte. Nein, in Wirklichkeit ärgerte ihn am allermeisten, daß er diesem schwachsinnigen Yapp ein so ungeheuer großzügiges Angebot für Nachforschungen angeboten hat, die dieser fanatische Irre mit Begeisterung umsonst angestellt hätte. Dazu kam die nagende Ungewißheit, ob Yapp, ungeachtet seines Rufes, der richtige Mann für diesen Job war. Seine Höflichkeit beim Essen hatte nicht auf den skrupellosen Kämpfer schließen lassen, den Lord Petrefact auf seine Familie loslassen wollte. Mit der Überlegung, daß er den Kerl auf die richtige Fährte hetzen mußte, rollte Lord Petrefact in sein Schlafgemach und unter die Fittiche des Reanimationsteams, dessen weiblichen Mitgliedern die wenig beneidenswerte Aufgabe zukam, ihn abends ins Bett und am Morgern wieder heraus zu schaffen.

Unterdessen hatte Yapp im Salon den Vertrag eingehend studiert und begab sich nun im Bewußtsein, daß er die Dienerschaft unnötig lange aufhielt, nach oben in sein Zimmer. Soweit er feststellen konnte

– und das Kleingedruckte hatte er besonders aufmerksam gelesen –, stand absolut nichts in diesem Vertrag, was ihn daran hindern konnte, eine denkbar unflätige Familiengeschichte zu schreiben. Die Angelegenheit war höchst ungewöhnlich. Und für dieses Geschenk sozioökonomisch-fiskalischer Daten sollte er auch noch hunderttausend Pfund bekommen. Ein furchterregender Gedanke – fast so furchterregend wie die Vorstellung, daß er in dem Bett schlafen würde, in dem einst der Tyrann des Kongo gelegen hatte.

So war es kaum verwunderlich, daß Walden Yapp Schwierigkeiten mit dem Einschlafen hatte. Während Lord Petrefact unter ihm lag und sich überlegte, wer aus der Verwandtschaft Yapps Schnüffelei in seinem Privatleben wohl am wenigsten schätzen würde, wälzte sich der berühmte Proletarische Geschichtsschreiber unruhig von einer Seite auf die andere. Immer wieder wachte er auf, sah zum Fenster hinüber und wunderte sich über diesen Glücksfall, bevor er wieder eindöste. Wenn er dann endlich schlief, träumte er von Schweinen in Rollstühlen und einem gräßlich verkrüppelten Lord Petrefact, dessen glitschige Füße sich mehr oder minder dort befanden, wo seine Schulterblätter hätten sein sollen. Unglücklicherweise gab es keine Nachttischlampe am Bett, so daß er seine Phantasie auch nicht durch intensive Beschäftigung mit der Not und dem Elend der Scherenschleifer im Sheffield des Jahres 1863 einlullen konnte, der Doktorarbeit eines seiner Studenten, die er sich als Bettlektüre mitgenommen hatte. Das schrecklichste aber war seine Modemlosigkeit. Wenn er wenigstens Doris mit dem Vertrag hätte füttern können, dann hätte er den verborgenen Haken sicher entdeckt. Aber das würde warten müssen, bis er wieder in seine Wohnung in Kloone kam.

Sogar Croxley, für gewöhnlich ein phänomenaler Schläfer, litt in dieser Nacht unter Schlaflosigkeit. Zwar war es ihm gelungen, dem unmittelbaren Zorn Lord Petrefacts wegen des improvisierten Spanferkels zu entfliehen, aber am Morgen würde er unweigerlich einen Wutausbruch erleben. Croxley fand sich mit dem Unvermeidlichen ab. Mochte der alte Mann ihn zur Hölle wünschen – er kannte seinen Wert und wußte, daß sein Job nicht in Gefahr war. Nein, hier ging etwas weitaus Heimtückischeres vor, und diesmal hatte Croxley keinerlei Einblick in Lord Petrefacts Motive. Warum nur hatte er diesen subversiven Gelehrten nach Fawcett eingeladen? Das überstieg Croxleys Vorstellungsvermögen. Und während sich Lord Petrefact wegen der enormen Summe, die er Yapp für seine Nachforschungen geboten hatte, verfluchte, ärgerte sich Croxley darüber, daß er die Gelegenheit bei Tisch nicht ergriffen und Yapp gefragt hatte, warum er hier war. Doch was immer der Grund sein mochte, gefallen hätte er Croxley sicher nicht. Als er in seinem Gedächtnis nach einem Motiv forschte, bezog sich seine einzige Vermutung auf die geplante Schließung der Fabrik in Hull. Die stand ziemlich sicher auf dem Programm. Und vielleicht kam Yapp ja als Schlichter in dieser Auseinandersetzung in Frage. Falls dem so war, versuchte der alte Mann womöglich, ihn zu kaufen. Aber das war keine Erklärung dafür, daß er dem armen Teufel derart um den Bart strich. In einem halben Jahrhundert selbstauferlegter Loyalität gegenüber Lord Petrefact und bedingungsloser Ergebenheit gegenüber der Familie hatte es, soweit Croxley sich erinnerte, nur sehr wenige Gelegenheiten gegeben, bei denen der alte Mann so krampfhaft versucht hatte, seine wahren Gefühle zu verbergen. Einmal, als er Raphael Petrefacts Anteile an American Carboil brauchte, um eine Übernahme erzwingen zu können, und ein anderes Mal, als er die Unterstützung von Oscar Clapperstock haben mußte, um einen Konkurrenten in den Bankrott zu treiben. Doch abgesehen von diesen beiden für seine Geschäfte entscheidenden Situationen war Lord Petrefact stets zuverlässig unfreundlich gewesen. Dieses unbarmherzige Verfolgen des eigenen Vorteils auf Kosten persönlicher Popularität war eine der Eigenschaften, die Croxley an ihm am meisten bewunderte. Doch schließlich schlummerte auch der irritierte Croxley ein, und über Fawcett House breiteten sich das düstere Schweigen und der morbide Glanz, die so beredt an das Leid jener Millionen zu erinnern schienen, die diesen Bau ermöglicht hatten.

Der Gedanke an eben diese leidenden Millionen trieb Yapp schließlich aus dem Bett. Wie konnte er hunderttausend zu Unrecht verdiente Pfund von einem Mann annehmen, dessen stolzeste und am häufigsten publizierte Prahlerei in einer Paraphrase Churchills bestand: »Niemals im Bereich des Privatunternehmertums haben so viele so vieles einem Mann zu verdanken gehabt.« Die Vorstellung, daß er in einer Währung bezahlt wurde, die letztlich aus dem Blut, dem Schweiß, den Tränen und dem Speichel der silikosekranken Bergleute in Bolivien und Südafrika bestand – ganz zu schweigen von den Teepflückern in Sri Lanka, den Holzfällern in Kanada, Bulldozerfahrern in Queensland und in der Tat von Arbeitern aus aller Welt –, war einfach unerträglich. Und außerdem war zu bedenken, was dieser Betrag seinem eigenen, tadellosen Ruf anhaben konnte. Die Leute würden behaupten, daß Walden Yapp sich habe kaufen lassen, daß er zum Speichellecker geworden sei, zum Werbeclown für den Petrefact-

Konzern, und daß er für schäbige hunderttausend Pfund seine Prinzipien verraten habe. Sie würden ihn aus der Tribune Group ausschließen, von der Schwelle des Transport House fortjagen, und Neutrale wie Wedgie Benn würden ihn auf der Straße schneiden. Es sei denn, er würde die gesamte Summe einem Wohltätigkeitsverein spenden, der sie verdiente, etwa der International Labour Organisation oder dem Pol-Pot-Unterstützungsfonds. Das würde seinen Kritikern sicher das Maul stopfen, und er konnte mit seiner Erforschung der von den Petrefacts angewandten Ausbeutermethoden fortfahren. Ja, das war die Lösung. Und mit dem beglückenden Gefühl, daß niemand den Namen Yapp in den Annalen des Sozialismus würde schlechtmachen können, begab er sich ins Bad und beschloß, wenn er schon nicht im selben Bett schlafen konnte wie der böse Monarch, wenigstens das vorsintflutliche Bad auszuprobieren. Damit würde er seine Erforschung der Lebensgewohnheiten der Reichen von früher beginnen.

In diesem Fall wurden seine Erwartungen bei weitem übertroffen. Nachdem Yapp die Bedienungsanleitung nochmals durchgelesen hatte, zog er an dem mit STÖPSEL gekennzeichneten Hebel, drehte den Temperaturmesser, bis er auf vierzig Grad stand, und wartete, bis das Wasser die für die WELLEN erforderliche Zweidrittelmarke erreicht hatte. Dann drehte er den Wasserhahn zu und stieg in die gigantische Badewanne. Das heißt, er *wäre* hineingestiegen, wenn sich das Ding nicht plötzlich zur Seite geneigt und er die Balance verloren hätte. Kaum versuchte er den Hebel zu erwischen, als die Wanne zur anderen Seite kippte. Yapp rutschte über den Rand und kollidierte dabei mit dem Zuflußrohr. Er versuchte verzweifelt, sich daran festzuhalten, als die Wanne ihre Lage mit schaurigem Knirschen erneut veränderte und gleichzeitig zu vibrieren begann. Als Yapp, unterstützt durch ein Stück Seife, das zwischen seine Pobacken geraten war, kopfüber hineinglitt, erwischte er den Hebel und warf ihn herum. Jetzt stand er auf DÜSENMASSAGE und erfüllte sein Versprechen mit einem Elan, der nur den langen Jahren schmählicher Vernachlässigung zuzuschreiben sein konnte. Unter der Mahagoniverkleidung schoß heißes, rostgefärbtes Wasser hervor. Mit einem Aufschrei packte Yapp ein Stück Vorhang und versuchte sich daran hochzuziehen. Doch offenbar hatte die Badewanne andere, recht eigenwillige Vorstellungen. Als der Vorhang aus seiner morschen Verankerung riß und der glühende Verehrer von Computern und multiplen Funktionsweisen wieder ins Wasser und in die kochendheißen Massagestrahlen stürzte, führte die Höllenmaschinerie gleichzeitig sämtliche Funktionen vor, die ihr geisteskranker Konstrukteur für sie ersonnen hatte.

Sie schaukelte, schoß scharfe Wasserstrahlen, vibrierte und stellte jetzt auch noch ihre Fähigkeit zu dampfen unter Beweis. Während aus einigen Löchern kochendes Wasser düste, krochen aus anderen Dampfwolken, die Yapps Bemühungen, an den Hebel zu gelangen und ihn auf NEUTRAL zu stellen, endgültig zum Scheitern verurteilten. Er konnte das Ding nicht einmal sehen, als er daran vorbeirutschte, geschweige denn es erwischen. Und die ganze Zeit ertönte das Stampfen und Mahlen des antiquierten Mechanismus – Yopp vermutete, daß es sich um eine besonders teuflische Abart der Dampfmaschine handelte –, der das synchronisierte Wellenbad betrieb.

Dieses unausgesetzte Stampfen weckte schließlich auch Lord Petrefact im Zimmer darunter. Er öffnete die Augen und blinzelte, tastete nach seiner Brille, fand sie aber nicht. So lag er einfach da und starrte auf die üppig mit Stuck verzierte Decke. Auch ohne seine Brille war ihm klar, daß etwas Gravierendes nicht stimmte, entweder mit seiner Leber – doch dagegen sprach der Lärm – oder mit dem ganzen verdammten Haus. Im ersten Augenblick dachte er, das Gebäude würde von einem heftigen Erdbeben erschüttert, nur dauerten Erdstöße nicht ununterbrochen an. Und seines Wissens wurden sie auch nicht von einem Getöse begleitet, das sich anhörte wie eine außer Rand und Band geratene Dampfmaschine.

Ein Stuckbrocken fiel von der Decke und plumpste in sein Gebißglas, das Porträt seines Großvaters löste sich von der Wand und bohrte sich in einen Sessel. Zum Handeln zwang Lord Petrefact schließlich der rostig-braune Wasserfleck an der Decke – der und der Kronleuchter, der auf einer zunehmend größer werdenden Kreisbahn herumwirbelte. Es war nicht abzusehen, was passieren würde, wenn das verdammte Ding herunterkrachte, und Lord Petrefact hatte nicht die Absicht, im Bett liegenzubleiben, um es herauszufinden. Mit einer für einen an sich bewegungsunfähigen Mann erstaunlichen Behendigkeit warf er sich aus dem Bett und versuchte, seinen Rollstuhl und den rettenden roten Knopf zu erreichen.

Zu spät. Die Kette, an der der Kronleuchter hing, hielt der Belastung nicht länger stand; genaugenommen war es das ganze Deckenstück. Unappetitlich ächzend gab die ganze Chose nach und krachte mit dem ohrenbetäubenden Geklirr berstenden Kristalls zu Boden. Inmitten dieses Chaos wußte Lord Petrefact nur eines: Er mußte den roten Knopf erreichen, bevor er erschlagen, in Stücke gerissen oder ertränkt wurde. Aus dem Loch in der Decke schoß ein Schwall dreckig-brauner Brühe. Aber schon drohte eine neue Gefahr.

Ein Mörtelbrocken, der sich von der Decke gelöst hatte, donnerte auf den Rollstuhl – ausgerechnet auf die lebensrettenden Knöpfe – und setzte ihn in Bewegung. Er beschleunigte rasant und kollidierte erst mit einer prächtigen Ziervase und dann mit dem bestickten Seidenparavent, der Lord Petrefacts tragbaren Nachtstuhl kaschierte. Nachdem das verdammte Gefährt den Paravent demoliert und den Nachtstuhl geleert hatte, zog es sich angewidert zurück und eilte in die entgegengesetzte Richtung. Sobald es an Lord Petrefact vorbeiratterte, unternahm dieser in seiner Verzweiflung den tollkühnen Versuch, es zum Stehen zu bringen, doch hatte der Rollstuhl es auf etwas anderes abgesehen, nämlich auf die mit unschätzbar wertvollen Jadefiguren gefüllte Glasvitrine. Gelähmt vor Entsetzen – teils weil es sich um unersetzliche Stücke handelte, teils weil sie seines Wissens nicht ausreichend versichert waren – mußte Lord Petrefact mit ansehen, wie der Rollstuhl durch das Glas brach, mehrere Mal um seine eigene Achse kreiselte und die Schätze von einem halben Dutzend Dynastien zerschmetterte, bevor er geradewegs auf ihn zusteuerte.

Aber Lord Petrefact war bereit. Er hatte nicht die Absicht, sich von seinem eigenen Rollstuhl enthaupten zu lassen oder dem Inhalt des Nachtstuhls in der Zimmerecke Gesellschaft zu leisten. Er rollte sich seitlich unters Bett und drückte sich in eine Ecke, aus der er wütend die Fußstützen des Rollstuhls anstarrte, der sich unter das Bett zu zwängen und ihn zu erwischen versuchte. Zumindest kam es Lord Petrefact so vor. Und nachdem er gesehen hatte, wozu diese Höllenmaschine fähig war, wenn sie etwas erwischte, wollte er ihr keine Chance geben. Andererseits wollte er auch nicht in diesem Wasserfall ertrinken, der mit unverminderter Vehemenz durch das Loch in der Decke stürzte und sich auf den Boden ergoß. Während er noch mit sich rang, ob er es mit dem Rollstuhl aufnehmen oder ihn in eine weniger tödliche Richtung lenken sollte, ging die Tür auf, und jemand rief: »Lord Petrefact, Lord Petrefact, wo sind Sie denn?«

Zwar versuchte der große Magnat unter dem Bett seinen Aufenthaltsort kundzutun, doch der infernalische Lärm von droben, gesteigert noch durch Schreie und das Getöse der herabstürzenden Wassermassen, erstickte seine Antwort. Daß er sein Gebiß nicht im Mund hatte, verbesserte seine Lage auch nicht gerade. Mit knirschenden Kiefern robbte er auf den Rollstuhl zu, wobei er ein Auge auf die Füße des Reanimationsteams hatte, das sich unter der Tür versammelt hatte und das Durcheinander inspizierte.

»Wohin kann sich der alte Saukerl nur verkrochen haben?« fragte einer.

»Sieht aus, als wäre er plötzlich total ausgerastet«, meinte ein anderer. »Ich hab' ja schon immer gewußt, daß der alte Knacker nicht alle Stacheln am Kaktus hat, aber das setzt dem Ganzen wirklich die Krone auf.«

Der alte Knacker unter dem Bett hätte viel darum gegeben, den Sprecher besser sehen zu können. Er hätte ihm schon gezeigt, was passierte, wenn er wirklich ausrastete. Er unternahm einen letzten, verzweifelten Fluchtversuch, indem er sich ausstreckte und die Fußstützen des Rollstuhls mit einem Ruck beiseite schob. Einige Sekunden lang schien das Ding zu zögern, während die Räder in der dunklen Soße durchdrehten und dabei Lord Petrefacts Pyjamakordel erfaßten, die sich prompt um die Achse wickelte. Und dann schoß das Gefährt davon, im Schlepptau Lord Petrefact, der inzwischen überzeugt war, an einem eingeklemmten Bruch zu leiden, der das Ende bedeutete. Doch die ungeteilte Aufmerksamkeit des Reanimationsteams galt dem Rollstuhl. Diese Leute hatten in ihrem Beruf schon viel Sonderbares gesehen, aber ein leerer Rollstuhl, der verrückt spielte, war ihnen noch nicht untergekommen. Während er gewaltsam durch die Überreste des seidenen Paravents pflügte, den Nachtstuhl ummähte, von der Wand abprallte und dabei noch eine Vitrine demolierte, die diesmal eine Sammlung Meissener Porzellanfigürchen enthielt, standen sie gebannt unter der Tür.

Dies erwies sich als gravierender Fehler, da der Rollstuhl offenbar die boshaften Eigenschaften seines Besitzers (jetzt nur noch ein undefinierbarer Appendix) angenommen hatte und dank irgendeiner technischen Telepathie seine Feinde kannte. Er ratterte auf die Tür zu und donnerte mitten in die Gruppe von Ärzten hinein, bevor diese zurückweichen konnten. Für Lord Petrefact bedeutete das nur eine kurze Gnadenfrist, denn gleich darauf raste die Maschine, die weißen Kittel vor sich herschiebend, den Gang hinunter. Nachdem sie sich der Reanimisten entledigt hatte, indem sie sie zu beiden Seiten schlaff auf dem Teppich liegen ließ, erwies sich die grüne Boitür nur noch als geringfügiges Hindernis, das jedoch ausreichte, um Lord Petrefact auf die Rückseite des Rollstuhl prallen zu lassen. Dann nahm das Ding wieder volle Fahrt auf und geriet dabei so ins Schlingern, daß es abwechselnd rechts und links gegen die Gangwände knallte.

Im Schlepptau hatte es noch immer Lord Petrefact, der inzwischen davon überzeugt war, das Endstadium des eingeklemmten Bruchs bereits überstanden zu haben und an dessen Nachwirkungen zu leiden, und nur noch einen Gedanken fassen konnte. Falls – und dieser Konditional schien hoffnungslos optimistisch –, falls er diese abscheuliche Zerreißprobe überleben sollte, dann würden einige Leute mit ihren Jobs, ihrer Zukunft und, wenn sich dies bewerkstelligen ließ, mit dem Leben dafür bezahlen. Nicht, daß ihm sein Zustad erlaubt hätte, die Schuldigen aufzuzählen, wenngleich der Erfinder des Rollstuhls ziemlich weit oben auf der Liste rangierte, unmittelbar gefolgt von den Vertreibern des tragbaren und angeblich unausschüttbaren Nachtstuhls. Und Croxley, bei Gott, wenn er erst Croxley in die Finger bekam...

Doch selbst diese unterschwelligen Überlegungen fanden ein Ende, als der Rollstuhl aus dem Gang in die große, marmorne Eingangshalle raste. Für den Bruchteil einer Sekunde erhaschte Lord Petrefact einen Blick auf ein verschwommenes Gesicht, das sich, während er über den Marmorboden schlitterte, über die Balustrade beugte. Dann geriet der Rollstuhl ins Schlingern, donnerte gegen einen massiven Eichentisch, wobei Lord Petrefact an die Wand geschleudert wurde, und machte einen Ausfall in Richtung Tür – einen letzten Versuch in die Freiheit. Einen grausamen Augenblick lang sah sich Lord Petrefact im Geiste die Stufen hinunter und über den Kiesweg zum See geschleift werden. Doch seine schlimmsten Befürchtungen erfüllten sich nicht, denn der Rollstuhl verfehlte die Tür um knapp dreißig Zentimeter und knallte gegen eine Marmorsäule. Es knirschte metallisch, als es die Fußstützen zusammenquetschte, dann hörte man ein schwaches Surren, bevor der Motor verstummte und Lord Petrefact das Gefährt einholte, heftig dagegenprallte und reglos liegenblieb.

6

Von der Galerie aus beobachtete Croxley mit einer Mischung aus Mißfallen und Genugtuung den endgültigen Abgang des Rollstuhls und mit ihm vermutlich den seines Dienstherrn. Gerade erst hatte er Leib und Leben riskiert, als er diesen unsäglichen Yapp aus einem Inferno, das ihm wie eine Kombination aus überheizter Sauna und Berg-und-Tal-Bahn vorkam, gerettet hatte. Nur mit allergrößter Mühe war es ihm gelungen, den angeschlagenen und völlig derangierten Professor davon zu überzeugen, daß dies kein vorsätzlicher Anschlag auf sein Leben gewesen war.

»Woher zum Teufel hätte ich wissen sollen, daß dieses verdammte Ding seit sechzig Jahren nicht mehr benutzt worden ist?« kreischte Yapp, als Croxley ihn aus dem Badewannenwrack zog.

»Ich habe Sie doch darauf aufmerksam gemacht, daß das hier so eine Art Museum ist.«

»Von einer Folterkammer haben Sie aber nichts gesagt. Es sollte ein Gesetz geben, das die Installation von sanitären Mordinstrumenten verbietet. Ich hätte mich zu Tode verbrühen können.«

»Durchaus«, sagte Croxley sehnsuchtsvoll. Angekleidet hatte Walden Yapp schon keinen erfreulichen Anblick geboten, aber nackt, schweinchenrosa, voller blauer Flecken und völlig außer sich war er die leibhaftige Verkörperung seiner politischen Ansichten. So jedenfalls schien es Croxley. Er verließ ihn mit der zeitlich geschickt plazierten Bemerkung, daß er hoffe, Lord Petrefact werde ihm nicht die Fresse dafür polieren, daß er ein äußerst wertvolles Stück viktorianischer Lebenskultur und, wie es aussah, das gesamte darunterliegende Zimmer demoliert habe.

Doch als Croxley auf die Galerie hinaustrat, sah alles ganz anders aus. Man durfte bezweifeln, daß Lord Petrefact noch Gelegenheit haben würde, ihn zu verklagen, und wenn jemand aufpoliert werden mußte, dann eher dieses Etwas, das hinten am Rollstuhl hing. Einen grausigen Augenblick lang hatte Croxley es für eine Pyjamahose gehalten, die aus einer Reinigungstrommel entwichen sein mußte und alles daransetzte, den Rollstuhl einzufangen. Erst nachdem das ekelerregende Bündel an die Wand geklatscht und der Rollstuhl mit der Mamorsäule kollidiert war, erkannte Croxley darin seinen Brötchengeber. Getrieben von einem Pflichtgefühl, das persönliche Empfindungen beiseite fegte, polterte er die Treppe hinunter, kniete sich neben den leblosen Körper und tastete wenig zuversichtlich nach dem Puls. Allem Anschein nach vergeblich. Und wohin zum Teufel hatte sich das Reanimationsteam verkrochen? Wenn seine Dienste jemals gebraucht wurden, dann jetzt. Nachdem er mehrere Male »Hilfe!« geschrien hatte und niemand erschienen war, sah sich Croxley gezwungen, jene Maßnahme zu ergreifen, auf die er sich gewissenhaft vorbereitet hatte, nicht ohne inständig zu hoffen, sie würde ihm erspart bleiben. Er hob Lord Petrefacts blutenden Kopf an, wobei die Tatsache, daß er blutete, dafür zu sprechen schien, daß das alte Schwein doch noch nicht ganz tot war, kniff die Augen zu und begann mit Mund-zu-Mund-Beatmung. Als er sie nach dem dritten kräftigen Atemstoß vorsichtig öffnete, blickte sein linkes Auge geradewegs in Lord Petrefacts dämonisches rechtes. Sofort ließ Croxley den Kopf fallen. Er hatte dieses Auge schon früher mörderisch blitzen sehen, aber noch nie aus solcher Nähe.

»Alles in Ordnung?« fragte er und bereute es auf der Stelle. Die Frage wirkte auf den alten Mann wie ein Stromstoß. Es war schon schrecklich genug gewesen, von einem wildgewordenen Rollstuhl gejagt und durch weiß Gott welchen Dreck geschleift zu werden, aber beim Aufwachen aus der Bewußtlosigkeit von seinem eigenen, seit fünfzig Jahren mit allem vertrauten Sekretär, noch dazu einem Mann, der mit seinem perversen Sinn für Humor aus den Extremitäten eines verdammten Wildschweins ein Spanferkel zusammengebastelt hatte, geküßt zu werden, war einfach zu gräßlich, um wahr zu sein.

»In Ordnung?« kreischte er. »In Ordnung? Sie stehen da und haben die Unverschämtheit, mich zu fragen, ob alles in Ordnung ist. Und warum zum Teufel haben Sie mich geküßt?«

»Mund-zu-Mund-Beatmung«, murmelte Croxley und verkniff sich die Bemerkung, daß er kniete und nicht stand, weil das die Situation nur noch zugespitzt hätte. Indessen rang Lord Petrefact mit der Kordel seiner Schlafanzughose. Was immer Croxley getan haben mochte, konnte warten, bis er mit diesem teuflischen Knoten fertig war, der sein Leben mit Gasbrand oder Schlimmerem bedrohte.

»Kommen Sie, ich helfe Ihnen«, sagte Croxley, als ihm klar wurde, was da los war. Aber Lord Petrefact hatte die Nase voll von den oralen Aufmerksamkeiten seines Sekretärs.

»O nein, das werden Sie nicht«, brüllte er und machte einen gräßlichen, krampfartigen Ruck. Der Rollstuhl rollte rückwärts und wiederholte seinen Versuch, sich von seinem abscheulichen Appendix zu befreien. Aufjaulend blieb Lord Petrefact liegen und wollte Croxley schon nach einem Messer schicken, als das Reanimationsteam aufkreuzte.

»Er hat sich in seiner Pyjamakordel ver...«, begann Croxley, wurde jedoch von den medizinischen Fachleuten beiseite gefegt, die glaubten, daß sie es besser wüßten. Während der eine die Sauerstoffmaske entfaltete, entwirrte ein anderer die Elektroden des Herzmassagegeräts. Binnen Sekunden war Lord Petrefact durch die Maske zum Schweigen gebracht und mußte erleben, was es für ein relativ gesundes Herz bedeutete, mit Elektroschocks stimuliert zu werden.

»Schaffen Sie diesen verdammten Rollstuhl fort«, ordnete der Leiter des Teams an. »Solange uns dieses Ding im Weg steht, können wir unmöglich arbeiten, und außerdem braucht der Patient Raum zum Atmen.«

Lord Petrefact unter seiner Sauerstoffmaske war durchaus nicht dieser Ansicht, sah sich aber nicht in der Lage, seiner Meinung Ausdruck zu verleihen. Als die Elektroschocks durch seinen Brustkorb pulsten, seine Lungen mit Sauerstoff vollgepumpt wurden und schließlich einer der weißen Kittel den Rollstuhl wegzuzerren versuchte, wußte Lord Petrefact, daß es ans Sterben ging. Diesmal war es ihm ausnahmsweise egal. Verglichen mit dem, was diese Schweine mit ihm anstellten, mußte die Hölle ein Paradies sein.

»Ihr verdammten Mörder«, plärrte er in die Maske. Gleich darauf bäumte er sich unter dem nächsten Stromstoß auf. Dann rammte ihm jemand eine Spritze in den Arm. Während ihm die Sinne schwanden, bekam er noch verschwommen mit, daß sich Croxley mit einem Ding, das gefährlich nach einem Metzgermesser aussah, über ihn beugte. Für den Bruchteil einer Sekunde dachte Lord Petrefact an das zurechtgestutzte Schwein und empfand Mitleid mit ihm. Im nächsten war er glücklicherweise bewußtlos, so daß Croxley darangehen konnte, die Pyjamakordel zu kappen – ein Vorhaben, das dazu angetan war, die Ärzte zu Fehlinterpretationen zu veranlassen. Jemand mußte die wahnwitzigen Ereignisse des frühen Morgens ausgelöst haben, und da sie allesamt Wissenschaftler waren, tendierten sie nicht dazu, dem Rollstuhl die Schuld zuzuschreiben. Auch wußten sie nicht, daß der Grund für die Verwüstung des Schlafzimmers ein technischer in Gestalt des synchronisierten Wellenbades war. Sie hatten lange genug im Dunstkreis Lord Petrefacts zugebracht, um die Belastung, die er seinem Sekretär zumutete, nachfühlen zu können. Und so erschien es ihnen nur konsequent, daß der überstrapazierte Mann jetzt total durchdrehte und seinem Herrn und Meister den Bauch aufschlitzen wollte. Sobald Croxley die Pyjamakordel packte, stürzten sie sich auf ihn, warfen ihn zu Boden und entwanden ihm das Messer.

Eben dieser Anblick bot sich Yapp, als er, wild entschlossen, diesen infernalischen Ort so schnell wie möglich zu verlassen, mit seiner Intourist-Tasche aus der König-Albert-Suite stürmte. Er bot sich auch den entsetzt aufgerissenen Augen von Mrs. Billington-Wall, die das Haus soeben für die Besucher öffnen wollte. Doch heute, in Tweedkostüm statt Twinset, war sie einfach unübertroffen. Ein Blick auf das Handgemenge zwischen den Ärzten und Croxley auf dem Boden, ein zweiter auf Yapp, der zögernd auf der Treppe stand, und ein letzter, angewiderter Blick auf Lord Petrefact – und schon war sie Herrin der Lage.

»Was zum Teufel haben Sie eigentlich da unten zu suchen?« fragte sie energisch.

»Er hat versucht, Lord Petrefact umzubringen«, murmelte einer aus dem Ärzteteam.

»Habe ich nicht«, stieß Croxley nach Atem ringend hervor. »Ich wollte nur die Schnur durchschneiden, die ...« Die Luft ging ihm aus.

»Ja, ja, das kennen wir schon«, sagte ein Arzt. »Typischer Fall von paranoider Schizophrenie. Das Durchtrennen von Nabelschnüren ...«

Doch Mrs. Billington-Wall hatte zumindest einen Teil der Situation erfaßt. »Da hat er möglicherweise recht«, sagte sie mit einem fachmännischen Blick auf Lord Petrefacts blau angelaufene Zehen. »Ohne Zweifel blockiert etwas die Durchblutung.« Und ohne viel Federlesens entknotete sie die Schnur der Pyjamahose, und man konnte zusehen, wie die Zehen allmählich wieder ihre normale Färbung annahmen. Peinlich berührt rappelten sich die Ärzte auf.

»Also irgend jemand hat bestimmt versucht, ihn umzubringen. Sein Schlafzimmer ist völlig verwüstet. Er muß sich wie ein Berserker gewehrt haben.«

»Wenn Sie einen Schuldigen suchen, sollten Sie Ihre Aufmerksamkeit auf den da lenken«, sagte Mrs. Billington-Wall und wies auf Walden Yapp, dem, wie er da so auf halber Treppe stand und zögerte, das Schuldbewußtsein deutlich ins Gesicht geschrieben stand. »Und wenn Sie dem alten Herrn nicht bald die Maske abnehmen, können Sie die Schuld bei sich selbst suchen.«

Walden Yapp wartete nicht länger. Die Überzeugung, daß ihn nicht etwa ein Witzbold in dieses Haus gelockt hatte, sondern vielmehr jemand, der entschlossen war, ihn in diesem grauenhaften Bad zu Brei zu zermalmen und bei lebendigem Leib in kochendem Wasser zu garen, erwies sich angesichts des blutend und sichtlich in den letzten Zügen auf dem Boden liegenden Lord Petrefact als kaum noch haltbar. Er versuchte gerade, eine Erklärung dafür zu finden, warum die Ärzte sich mit Croxley balgten, als dieses versnobte Weib intervenierte und auf ihn als den Schuldigen deutete. Schon sah sich Yapp zum Sündenbock für jedwedes Verbrechen, das hier begangen worden war, abgestempelt. Als sich die Ärzte auf die Treppe zubewegten und Mrs. Billington-Wall Lord Petrefact von der Lebensrettungsmaschinerie, die ihn langsam umzubringen drohte, abkoppelte, geriet Walden Yapp in Panik. Er machte kehrt, raste die Treppe hinauf und den langen Gang hinunter. Das Getrappel der Ärzte, die ihm dicht auf den Fersen waren, zwang ihn zum Weiterlaufen. Noch bevor er sich für einen Fluchtweg entscheiden konnte, fegten sie um die Ecke. Yapp entdeckte eine unverschlossene Tür, schlüpfte hinein, knallte sie hinter sich zu und wollte absperren. Doch da war kein Schlüssel. Oder er steckte außen. Einen Moment lang spielte er mit dem Gedanken, die Tür mit Möbelstücken zu verbarrikadieren, aber da die Vorhänge zugezogen waren, lag das Zimmer im Halbdunkel, und er konnte nichts erkennen. Sobald sich seine Augen daran gewöhnt hatten, stellte er fest, daß es weitgehend leer war und außer einem Schaukelpferd wenig Brauchbares enthielt. Mit angehaltenem Atem lehnte er an der Wand und hoffte inständig, daß sie ihn nicht hier hereinschlüpfen gesehen hatten.

Aber da hielten die Schritte auch schon inne, und vom Gang drang Stimmengemurmel an sein Ohr. Offenbar beratschlagten diese abscheulichen Kerle in ihren weißen Kitteln. Dann hörte er Croxleys Stimme.

»Das ist das ehemalige Kinderzimmer. Da rauszukommen wird ihm nicht gelingen.« Dann wurde ein Schlüssel im Schloß gedreht, die Schritte verhallten, und Walden Yapp war allein mit dem Schaukelpferd und seinen quälenden Gedanken. Nachdem er sich im Zimmer umgesehen und die vergitterten Fenster entdeckt hatte, war ihm klar, was Croxley mit seiner Bemerkung gemeint hatte, auch wenn er sich beim besten Willen nicht vorstellen konnte, was für teuflisch wilde Kinder das gewesen sein mußten, für die solche Gitter nötig waren. Andererseits gab es in Fawcett House so viel Ungewöhnliches, daß es ihn nicht gewundert hätte, wenn in diesem Kinderzimmer früher einmal ein Gorillababy gehaust hätte. Das schien zwar unwahrscheinlich, aber dieses verdammte Bad war ihm ebenfalls unwahrscheinlich erschienen, und so mied er auch das Schaukelpferd, weil er befürchtete, es könnte sich in ein synchronisiertes verwandeln. Niedergeschlagen setzte er sich in eine Ecke und versuchte, sich von seiner eigenen elenden Situation abzulenken, indem er sich in die der Scherenschleifer im Sheffield des Jahres 1863 vertiefte.

Als Croxley und das Reanimationsteam wieder in die Halle zurückkehrten, hatte Mrs. Billington-Wall bereits das Kommando übernommen.

»Sie werden ihn jetzt nach oben bringen, ihm ein Bad und einen frischen Schlafanzug verpassen und ihn ins Bett legen«, befahl sie den Ärzten. »Und ich wünsche keinerlei Widerspruch. Ihm fehlt nichts, was ausreichende Ruhe und etwas Desinfektionsmittel nicht wieder in Ordnung bringen könnten. Kopfwunden bluten immer heftig. Wissen Sie, ich war nicht umsonst im Krieg Lazarettschwester.« Croxley betrachtete sie mißtrauisch. Mrs. Billington-Wall war keine attraktive Frau, aber im Krieg waren die Männer verzweifelt und ... Andererseits graute ihm schon jetzt vor Lord Petrefacts Reaktion, wenn er das Bewußtsein wiedererlangte und seine Ansichten über Gäste, die ganze Badezimmer ruinierten und sein Leben in Gefahr brachten, Rollstühle, Ärzteteams und sicher auch dieses verdammte Schwein freien Lauf ließ, so daß es zweifellos von Vorteil sein würde, ihn Mrs. Billington-Walls Anweisung zufolge nach oben zu verfrachten und damit aus dem Verkehr zu ziehen. Croxley verdrückte sich, während sie durch ihr beharrliches Insistieren darauf, daß kein Besucher einen Peer dieses Königreiches in einem derart scheußlichen Zustand zu Gesicht bekommen dürfe, das Reanimationsteam dazu antrieb, Lord Petrefact schleunigst nach oben in ein anderes Schlafzimmer zu bringen.

Und so kam es, daß, während Lord Petrefact aus seiner Ohnmacht erwachte und sich gesäubert, frisch angezogen und gebettet in einem Zimmer fand, von dem aus man einen Blick über den Park und auf den See hatte, Croxley sich mit dem Frühstück, der Sonntagszeitung und der Frage beschäftigte, was zum Kuckuck mit Yapp geschehen sollte. Er hatte keinerlei Skrupel, ihn im Kinderzimmer eingesperrt zu lassen; vielleicht konnte sich der Kerl noch als nützlich erweisen. Mrs. Billington-Wall würde sich wegen der Anordnung, Lord Petrefact in den ersten Stock zu verlegen, wo er keinen Zugang zu dem in die Armlehne des Rollstuhls eingebauten Kommunikationssystem hatte, anschnauzen lassen müssen, und Yapp würde einen geeigneten Sündenbock für die restliche Katastrophe abgeben. Und eine Katastrophe war es. Croxleys überschlägige Schätzung des Schadens, den das synchronisierte Wellenbad und der Rollstuhl angerichtet hatten, bewegte sich in der Gegend von einer Viertelmillion Pfund, womöglich noch mehr. Die Jadestücke, auf die diese Bezeichnung jetzt besser zutraf als vor dem Amoklauf des Rollstuhls, waren unbezahlbar gewesen. An eine Wiederherstellung war gar nicht zu denken. Dasselbe galt für mehrere unschätzbar wertvolle orientalische Teppiche. Verantwortlich für ihre Zerstörung war das Bad – das Bad und der Dampf, der durch das vom Kristallüster hinterlassene Loch nach unten gedrungen war. Lord Petrefacts Schlafzimmer sah wahrhaftig aus, als wäre eine plötzliche Sintflut darüber hinweggerollt. Ja, man konnte Yapp dafür verantwortlich machen, und Croxley dankte dem Himmel, daß es nicht seine Idee gewesen war, diesen ungehobelten Kerl in der König-Albert-Suite unterzubringen.

Während er sich noch zu seinem Glück gratulierte, kam ein Arzt die Treppe herunter und überbrachte ihm die Botschaft, Lord Petrefact habe das Bewußtsein wiedererlangt und wünsche ihn zu sprechen. Aus seinem Gesichtsausdruck schloß Croxley, daß sich Lord Petrefacts Gesundheitszustand rapide verbessert und seine Laune sich im selben Maß drastisch verschlechtert haben mußte.

»Ich an Ihrer Stelle wäre vorsichtig«, meinte der Arzt. »Er ist noch nicht wieder ganz er selbst.«

Beim Hinaufgehen überlegte Croxley, was diese rätselhafte Bemerkung bedeuten mochte. Zu seiner großen Überraschung traf er Lord Petrefact in einem Zustand vergleichsweise milden Zorns an. Mrs. Billington-Wall hatte das Heft in die Hand genommen.

»Sie werden hier liegen bleiben, bis es Ihnen bessergeht«, erklärte sie Lord Petrefact unangenehmerer Gesichtshälfte mit einer Courage, die darauf schließen ließ, daß sie im Krieg wirklich Lazarettschwester gewesen war und das Leben an der Front miterlebt hatte. »Ich werde nicht zulassen, daß man Sie verlegt, bevor ich nicht die Gewißheit habe, daß Sie sich von diesem schrecklichen Anschlag erholt haben.«

Lord Petrefact starrte sie an, sagte aber nichts. Anscheinend wußte er, wann ihm jemand gewachsen war.

»Und Sie dürfen ihn auf keinen Fall aufregen«, sagte sie zu Croxley. »Höchstens zehn Minuten, dann gehen Sie wieder hinunter.«

Croxley nickte dankbar. Zehn Minuten in Lord Petrefacts Gesellschaft waren reichlich. Unter den gegebenen Umständen waren sie zu reichlich, aber immer noch besser als vierzig Minuten.

»Wer zum Teufel war denn das?« fragte Lord Petrefact leise, nachdem die Dame verschwunden war.

»Mrs. Billington-Wall«, sagte Croxley, der in dieser Situation stur wörtliche Antworten für die beste Verteidigung hielt. »Die Witwe des verstorbenen Brigadegenerals Billington-Wall, Distinguished Service Order, Mitglied der...«

»Der Stammbaum dieser Hexe interessiert mich nicht. Ich will wissen, was sie hier zu suchen hat.«

»Soweit ich feststellen kann, kümmert sie sich um Sie. Ansonsten führt sie die Besuchergruppen durchs Haus, aber heute hat sie sich freigenommen...«

»Schnauze!« brüllte Lord Petrefact, ohne an seinen Kopf zu denken. Dann sank er aufjaulend in die Kissen zurück. Croxley hielt den Mund und saß, den Blick voll ehrerbietiger Abneigung auf den alten Mann gerichtet, einfach nur da.

»So sagen Sie doch was«, stöhnte Lord Petrefact.

»Wenn Sie darauf bestehen. Erst befehlen Sie mir, den Mund zu halten, und wenn ich gehorche, beschweren Sie sich, daß ich nichts sage.«

Lord Petrefact beäugte seinen Sekretär mit unverhohlenem Haß. »Croxley«, sagte er nach einer Weile, »während unseres langen Beisammenseins hat es Augenblicke gegeben, in denen ich ernstlich mit dem Gedanken gespielt habe, Sie zu entlassen, aber ich kann Ihnen versichern, daß ich es noch nie so ernstlich erwogen habe wie jetzt. Also, warum liege ich im ersten Stock?«

»Mrs. Billington-Wall«, sagte Croxley. »Ich habe versucht, es ihr auszureden, aber Sie haben sie ja selbst erlebt.«

Lord Petrefact nickte. »Und was ist davor passiert?«

Croxley beschloß, eine Neuauflage des Mund-zu-Mund-Mißverständnisses tunlichst zu vermeiden und die Sprache auf die Ursache zu bringen. »Soll ich ganz von vorne beginnen?«

»Ja.«

»Also, es begann alles damit, daß dieser Yapp beschlossen hat, ein Bad zu nehmen...«

»Ein Bad?« fragte Lord Petrefact und verdrehte die Augen. »Ein Bad?«

»Ein Bad«, wiederholte Croxley. »Anscheinend hat er den Heißwasserhahn aufgedreht und gewartet, bis die Wanne fast voll war. Dann stieg er hinein und...«

Lord Petrefact hörte längst nicht mehr zu. Jetzt war ihm klar, daß er Yapp falsch eingeschätzt hatte. Der Mann war keineswegs der Schlappschwanz, für den er ihn gehalten hatte. Wenn dieser Mensch einzig und allein dadurch, daß er ein Bad nahm, eine ganze Kette von Ereignissen in Gang setzen konnte, die mit der totalen Verwüstung eines Zimmers samt Inventar, ganz zu schweigen von dem Absturz eines extrem schweren und wertvollen Kristallüsters, endete, dann stellte er eine ernstzunehmende Gefahr dar. Mehr noch, er war eine menschliche Sintflut, ein wandelndes Katastrophengebiet, ein Mann mit Talenten, deren Irrsinn jegliches Vorstellungsvermögen überstieg. Ihn auf die Petrefactsche Verwandtschaft loszulassen hieße, etwas von derart bösartiger Wucht auf sie herabzubeschwören, daß sie gar nicht merken würden, wie ihnen geschah.

»Und wo ist er jetzt?« unterbrach er Croxleys ausführlichen Bericht.

»Wir haben ihn im ehemaligen Kinderzimmer eingesperrt.«

Lord Petrefact fuhr unter der Bettdecke hoch. »Im ehemaligen Kinderzimmer? Weshalb denn zum Teufel?«

»Wir hielten es für das sicherste. Schließlich wird die Versicherung wissen wollen, wie dieses ...«

Aber Lord Petrefact hatte nicht die Absicht, Yapps schreckliche Talente an eine Versicherung zu verschwenden. »Lassen Sie ihn sofort raus. Ich möchte den jungen Mann sprechen. Bringen Sie ihn auf der Stelle hierher.«

»Aber Sie haben doch gehört, was Mrs. Billington-Wall ... ja, schon gut.« Croxley ging hinunter, folgte dem langen Gang bis zum Kinderzimmer und wollte soeben die Tür aufschließen, als Mrs. Billington-Wall dazwischenfunkte.

»Was zum Kuckuck tun Sie hier?« wollte sie wissen.

Croxley betrachtete sie mit boshaftem Mitleid. Es war deutlich zu sehen, was er tat. Selbst das beschränkteste Hirn mußte begreifen, daß er eine Tür aufschloß. Er war noch damit beschäftigt, diesen Gedanken in einfache Worte zu fassen, als ihn ihr Blick zurückschrecken ließ. »Lord Petrefact hat um die Anwesenheit von Professor Walden Yapp ersucht«, sagte er in der Hoffnung, diese geschraubte Formulierung würde sie zum Schweigen bringen. Aber nichts dergleichen.

»Dann geht es ihm sehr viel schlechter, als ich vermutet habe. Wahrscheinlich doch eine Gehirnerschütterung. Jedenfalls findet keinerlei Kommunikation mit dem Subjekt da drinnen statt, bevor nicht die Polizei ihn verhört hat.«

»Polizei?« kreischte Croxley. »Das soll doch wohl nicht heißen ... Welche Polizei?«

Mrs. Billington-Walls Augen blitzten wie ein irritierter Laserstrahl. »Die hiesige Polizei natürlich. Ich habe sie angerufen. Sie wird gleich dasein.« Und damit schob sie den verblüfften Croxley durch den Gang zurück in Richtung Halle. Erst vor Lord Petrefacts Gemächern setzte sich Croxley zur Wehr. »Hören Sie«, sagte er, »das Ganze ist ein Irrtum. Kann ja sein, daß Sie Professor Yapp nicht mögen – ich jedenfalls mag ihn nicht –, aber aus einem unerfindlichen Grund hat Lord Petrefact einen Narren an ihm gefressen; und wenn er erfährt, daß Sie die Polizei gerufen haben, wird er nicht gerade begeistert sein. Es wäre in Ihrem eigenen Interesse, hinunterzugehen und sie nochmals anzurufen...«

»Ich denke, ich kenne mein eigenes Interesse besser als Sie«, entgegnete Mrs. Billington-Wall, »und außerdem will ich nichts mit einer Schlägerei zu tun haben.«

»Schlägerei? Wieso Schlägerei? Guter Gott, Sie haben der Polizei doch nicht etwa gesagt, es hätte hier eine Schlägerei gegeben?«

»Wie würden Sie denn die schändlichen Vorkommnisse des heutigen Morgens bezeichnen?«

Croxley suchte nach einem passenden Wort, doch fiel ihm außer Happening, das zu feinsinnig war, um bei diesem widerlichen Weib Anklang zu finden, nichts ein. »Vermutlich könnte man sie als...«

»Schlägerei bezeichnen«, unterbrach ihn Mrs. Billington-Wall. »Und anscheinend haben Sie vergessen, daß ich während Lord Petrefacts Abwesenheit persönlich die Verantwortung für das Haus trage, und in dieser Eigenschaft...«

»Aber er ist nicht abwesend. Er ist da drin«, wandte Croxley ein.

Mrs. Billington-Wall streifte die Tür von Lord Petrefacts Schlafzimmer mit einem verächtlichen Blick. »Das muß man wohl annehmen«, gab sie zu. »Nichtsdestoweniger ist er nach meinem Dafürhalten in seinem jetzigen Zustand nicht in der Lage, die Situation richtig einzuschätzen. Juristisch gesehen ist er abwesend. Ich aber nicht, und meiner Ansicht nach...«

»Schon, aber was ist mit dem Skandal?« warf Croxley ein, den Kampf mit jenem tollkühnen Mut der Verzweiflung aufnehmend, der dem Wissen um Lord Petrefacts Reaktion entsprang, wenn der erfuhr, daß man die Polizei ausdrücklich gebeten hatte, ihre Nase in seine Privatangelegenheiten zu stecken. Mit Ausnahme der direkten Bitte an Ihre Majestät den Steuerprüfer, doch ein halbes Dutzend seiner versiertesten jungen Männer zu schicken, um die dritte Ausfertigung seiner Hauptbücher durchzusehen, fiel Croxley nichts ein, was bei dem alten Mann zuverlässiger zu einem tödlichen Schlaganfall führen würde als das Aufkreuzen der Polizei.

»Welcher Skandal?« fragte Mrs. Billington-Wall. »Wenn es hier irgendwelche skandalösen Vorfälle gegeben hat, dann doch wohl die Verwüstung des...«

Aber Croxley hatte bereits ihren Arm genommen und führte sie von der Tür weg.

»Schweine«, flüsterte er verschwörerisch.

»Schweine?«

»Eben.«

»Was genau meinen Sie damit?«

»Was ich sagte«, unkte Croxley, der es darauf anlegte, die Frau in ein Labyrinth von Mißverständnissen zu verstricken, um sie dazu zu veranlassen, die Polizei wieder nach Hause zu schicken.

»Aber Sie sagten doch ›Schweine‹. Und jetzt sagen Sie ›eben‹. Ich habe wirklich keine Ahnung, wovon Sie reden.«

»Ein sanfter Wink genügt«, sagte Croxley mit einem, wie er hoffte, vielsagend lüsternen Seitenblick.

Mrs. Billington-Wall übersah ihn geflissentlich. »Bei mir nicht. Wollen Sie damit sagen...«

»Genau«, sagte Croxley. »Und jetzt kein Wort mehr.«

»Daß der alte Mann eine perverse Vorliebe für Schweine hat?« Croxley verdrehte die Augen zur Decke und betete. Falls das dem alten Herrn je zu Ohren kam... Aber selbst das war noch besser als die Polizei. Er mußte weitermachen.

»Spanferkel«, sagte er, wobei er sich alle Mühe gab, das Wort möglichst widerwärtig zu betonen. Es gelang ihm. Mrs. Billington-Wall erstarrte.

»Das glaube ich nicht«, meinte sie energisch.

»Verlange ich auch gar nicht von Ihnen«, sagte Croxley wahrheitsgemäß. »Ich meine ja nur, wenn die Polizei mit ihren dreckigen, klobigen Stiefeln hier durchs Haus trampelt, wird der Name Billington-Wall am nächsten Sonntag auf der Titelseite der *News of The World* prangen. Da wird dann in fetten Lettern so was wie ›Brigadegeneralswitwe bei Schweineorgie‹ stehen. Und wenn Sie mir nicht glauben, dann fragen Sie doch den gemieteten Küchenchef. Lord Petrefact ließ gestern abend einem den Bauch aufschneiden, so daß es paßte.«

»Paßte?« fragte Mrs. Billington-Wall über die Maßen angewidert.

»Paßte«, wiederholte Croxley. »Es hatte nicht die richtige Größe.«

»Größe?«

»Also hören Sie, Sie wollen doch sicher nicht, daß ich mich über physiologische Details auslasse, oder? Ich hätte allerdings angenommen, daß eine Frau mit Ihrer Erfahrung in...«

»Was geht Sie meine Erfahrung an«, fauchte Mrs. Billington-

Wall. »Jedenfalls kann ich Ihnen versichern, daß sie sich nicht auf Sodomie erstreckt.«

»Wohl kaum. Trotzdem...«

»Und wenn Sie glauben, daß ich etwas mit einer Verschwörung zu tun haben will, deren Ziel es ist zu verschleiern, daß man hier einem Schwein aus den angedeuteten Gründen den Bauch aufgeschlitzt hat...«

»Nun warten Sie doch einen Augenblick...«, begann Croxley, aber jetzt war Mrs. Billington-Wall nicht mehr zu bremsen.

»Das werde ich nicht, da können Sie Gift drauf nehmen. Als Vorsitzende des hiesigen Tierschutzvereins bin ich zutiefst betroffen.«

»Daran zweifle ich nicht«, sagte Croxley, der bereits so weit in die *suggestio porcine* vorgeprescht war, daß er notfalls zu Grobheiten Zuflucht nehmen mußte. »Und wenn die Polypen Sie erst richtig in die Zange genommen haben, werden Sie noch tiefer betroffen sein. Aber versuchen Sie ruhig, denen das Schweinedrittel in der Kühltruhe zu erklären, dann werden Sie schon sehen, was Sie davon haben.«

Damit ließ er die verwirrte Dame stehen und kehrte zu Lord Petrefacts Zimmer zurück.

Mrs. Billington-Wall eilte nach unten, wo sie sich umgehend den gemieteten Küchenchef vorknöpfte, um herauszufinden, was genau am gestrigen Abend vorgefallen war. Als Hindernis erwiesen sich dabei nicht nur die italienische Herkunft des Mannes und die mit Croxleys gestriger Forderung, ein ausgewachsenes Schwein durch Entrumpfen in ein Ferkel zu verwandeln, verbundene Beleidigung seines Berufsstandes, sondern auch Mrs. Billington-Walls sonderbare Art der Befragung.

»Woher soll ich wissen, warum er so will? Ist nicht meine Sache. Wenn er sagt, Schwein schneiden, dann schneide ich Schwein. Mag er eben kleine Schweinchen. Mir egal.«

Mrs. Billington-Wall war es keineswegs egal. »Wie absolut degoutant. Ich habe noch nie im Leben etwas derart Widerliches gehört.«

Gleichmütig zuckte der Küchenchef die Achseln. »Nicht widerlich, Sonderbar, gebe ich zu, aber englische Mylords sind dafür bekannt, daß sie... wie sagt man...?«

»Widerlich sind«, beharrte Mrs. Billington-Wall.

»Exzentrisch sind«, sagte der Küchenchef, als er das gesuchte Wort gefunden hatte.

»Sie mögen so was vielleicht für exzentrisch halten, aber was mich betrifft, ich finde die ganze Angelegenheit so ekelhaft, daß mir die Worte dafür fehlen.«

Sie wandte sich zum Gehen, als ihr noch etwas einfiel. »Und was haben Sie anschließend mit dem ... äh ... Ding gemacht?« fragte sie, inzwischen überzeugt, daß Croxleys Ratschlag durchaus vernünftig war.

»Anschließend?« fragte der Küchenchef. »Seiner Lordschaft hat es nicht zugesagt, also haben wir es gegessen. Was sonst?«

Einen Augenblick lang starrte Mrs. Billington-Wall den Küchenchef derart fassungslos und angewidert an, daß er sich zu weiteren Erläuterungen bemüßigt sah.

»Schmeckte ausgezeichnet. Knusprige Kruste ...«

Aber Mrs. Billington-Wall hatte sich bereits entfernt. Für sie gab es Grenzen. Grenzen der Moral, des Anstandes und im weitesten Sinne der geistigen Gesundheit. Und was sie soeben gehört hatte ... Während sie, gegen die aufkommende Übelkeit ankämpfend, aus der Küche flüchtete, wußte sie eines mit absoluter Sicherheit: Man durfte auf keinen Fall zulassen, daß die Polizei die grausige Kette von Ereignissen, die sich in Fawcett House abgespielt hatten, genauer untersuchte.

7

Diesmal deckten sich ihre Ansichten ausnahmsweise mit denen Lord Petrefacts. Seine Reaktion auf Croxleys Ankündigung, die Polizei befände sich auf dem Weg hierher, war so heftig gewesen, daß er aus dem Bett und schon fast auf den Beinen gewesen war, bevor er das Fehlen des Rollstuhls bemerkte.

»Dem Weib werde ich zeigen, was Recht und Gesetz ist«, brüllte er, »so wahr mir Gott helfe. Ich werde ...«

Croxley half ihm vom Boden auf und wieder ins Bett, bevor er darauf hinwies, daß das Problem bei der Polizei darin bestünde, daß sie sozusagen das Gesetz war und zumindest angeblich für seine Einhaltung sorgte. Aber Lord Petrefact war jetzt nicht nach feinen Unterschieden zumute.

»Das weiß ich, Sie Trottel. Dieses Gesetz meine ich nicht. Ich meine meine Art von Gesetz.«

»Die nur auf Macht beruht«, sagte Croxley. »Ich habe mich schon immer für diese Dichotomie zwischen bürgerlichem Gesetz und ...«

»Dichotomie?« brüllte Lord Petrefact. »Wenn Sie dieses Wort noch einmal in den Mund nehmen, nachdem Sie gestern abend dieses scheißdichotomisierte Schwein auf den Tisch gebracht haben, dann werde ich ...« Jetzt war sein Vorrat an Drohungen erschöpft. Schwer atmend lag er da. »Und besorgen Sie mir verdammt noch mal einen neuen Rollstuhl!«

Croxley überlegte. Dieses Thema behagte ihm entschieden besser als eine Diskussion über Schweine. »Wir haben da ein Problem«, sagte er schließlich.

Lord Petrefact tastete nach seinem Puls und gab sich Mühe, ruhig zu bleiben. »Natürlich haben wir ein Problem«, stieß er hervor, »deshalb brauche ich ja einen verdammten Rollstuhl.«

»Heute ist Sonntag.«

Lord Petrefact sah ihn verständnislos an. »Sonntag? Was zum Teufel hat denn der Sonntag damit zu tun?«

»Zum einen sind die Geschäfte nicht offen, und zum anderen bezweifle ich, daß, selbst wenn sie es wären, die Poststelle im Dorf elektrische Rollstühle führt. Schließlich sind wir hier nicht in London ...«

»London?« kreischte Lord Petrefact ohne Rücksicht auf seinen beängstigend rasenden Puls. »Natürlich sind wir hier nicht in London. Als ob ich das nicht wüßte. Aber das heißt nicht, daß Sie nicht bei Harrods oder sonstwo anrufen und sagen können, sie sollen per Hubschrauber einen schicken.«

»Und wenn sonstwo die Galapagos-Inseln sind?« fragte Croxley, der beschlossen hatte, eine Lippe zu riskieren.

Lord Petrefact funkelte ihn wütend an, sagte aber nichts. Offenbar versuchte Croxley, ihn umzubringen. »Lassen Sie das meine Sorge sein. Treiben Sie nur einen auf.«

»Ich werde mein Bestes tun, aber ich glaube kaum, daß er vor der Polizei eintrifft. Und da ist noch dieser Yapp zu bedenken. Ich meine, ich weiß nicht recht, was die davon halten werden, wenn sie ihn im Kinderzimmer eingesperrt finden.«

Lord Petrefact wußte es. Er rang nach Worten. »Das soll doch wohl nicht heißen, daß er ...« Croxley nickte. »Aber ich habe Ihnen doch befohlen, ihn rauszulassen. Ich habe Ihnen gesagt, daß ich das Schwein sprechen will.«

»Es war etwas problematisch, Mrs. Billington-Wall davon zu überzeugen, daß es ratsam sei, ihn rauszulassen. Sie dachte anscheinend ...«

»Anscheinend? Dieses widerliche Wesen hat kein Recht zu denken, geschweige denn, auch noch das Maul aufzureißen. Wenn ich sage, daß ich ihn raushaben will ... Gehen Sie und holen Sie den Bastard, Croxley, na, gehen Sie schon. Und sollte Ihnen diese Frau in die Quere kommen, dann haben Sie meine ausdrückliche Erlaubnis, jede Form von physischer Gewalt anzuwenden. Treten Sie die Kuh, wo's ihr weh tut.«

»Verlassen Sie sich drauf«, sagte Croxley und verließ das Zimmer.

Drunten war Mrs. Billington-Wall zu sehr damit beschäftigt, ihren guten Ruf gegen die Folgen eines polizeilichen Verhörs zu verteidigen, um sich um Yapp zu kümmern. Der Sergeant und zwei Polizisten waren bereits in der Halle, bevor sie sie aufhalten konnte.

»Was führt *Sie* denn hierher, Sergeant?« fragte sie, wobei ihr der Versuch, überrascht zu erscheinen, gründlich mißlang.

»Sie, Mrs. Billington-Wall.«

»Ich?«

»Ja«, sagte der Sergeant. »Falls Sie sich erinnern: Sie haben auf der Wache angerufen und gesagt, es habe eine Schlägerei gegeben ...«

Scheinbar verblüfft legte Mrs. Billington-Wall eine indignierte

Hand auf ihre Zuchtperlen. »Sie müssen sich irren. Ich versichere Ihnen...« Sie wußte nicht weiter. Der Sergeant betrachtete den derangierten Rollstuhl und die Blutflecken auf dem Marmorboden.

»Allem Anschein nach lagen Sie damit ziemlich richtig«, fuhr der Sergeant fort und zog sein Notizbuch aus der Tasche. »Ein stark beschädigter Rollstuhl, ein großer Blutfleck, ein Kiefernholztisch...«

»Eiche«, korrigierte Mrs. Billington-Wall unwillkürlich.

»Also gut, dann eben ein Eichentisch, dem ein Bein fehlt... Und woher stammt dieser entsetzliche Gestank?«

»Gestank?«

»Also von mir aus, Geruch.«

»Das kann ich mir beim besten Willen nicht vorstellen«, entgegnete Mrs. Billington-Wall wahrheitsgemäß.

»Aber ich«, sagte der Sergeant und folgte, nachdem er den einen Polizisten angewiesen hatte, bei Rollstuhl, Blutfleck und Eichentisch Wache zu halten, seiner Nase.

»Seine Lordschaft wird entschieden Anstoß an Ihrem Eindringen nehmen«, sagte Mrs. Billington-Wall in der Hoffnung, ihn damit zu beeindrucken, aber der Sergeant ließ sich nicht abschrecken.

»Wohl kaum das einzige, woran er Anstoß nehmen wird«, sagte er. »Ich kann nicht behaupten, daß mir das alles hier gefällt, und was diesen bestialischen Gestank betrifft...« Er holte ein Taschentuch heraus und hielt sich damit die Nase zu. »Ich denke, wir werden uns diesen Gang mal genauer ansehen«, murmelte er.

Mrs. Billington-Wall versperrte ihm den Weg. »Sie haben absolut kein Recht, ohne Genehmigung Privateigentum zu betreten«, sagte sie standhaft.

»Nachdem Sie uns gerufen haben, muß ich annehmen, daß diese bereits erteilt wurde«, sagte der Sergeant.

»Aber ich sage Ihnen doch, daß das nicht stimmt. Ich weiß wirklich nicht, wovon Sie reden.«

»Ich auch nicht«, gab der Sergeant zurück, »aber ich werde es schon herausfinden.« Damit schob er sie beiseite und ging den stinkenden Gang hinunter. Als er die zertrümmerte Boitür öffnete, war der letzte Zweifel ausgeräumt, daß Mrs. Billington-Wall mit ihrer Angabe, es habe in Fawcett House eine Schlägerei gegeben, übertrieben hatte. Wenn überhaupt, dann hatte sie gewaltig untertrieben.

»Eine demolierte Tür«, notierte er, während er über die Trümmer hinwegstieg, »ein verdreckter Bettvorleger...«

»Eine Schiras-Brücke«, sagte Mrs. Billington-Wall. »Das ist ein besonders edler persischer Teppich.«

»War«, meinte der Sergeant trocken. »Ich möchte nicht der arme Kerl sein, der hier saubermachen muß.«

»Und ich möchte nicht in Ihrer Haut stecken, wenn Lord Petrefact von Ihrem Eindringen in seine Privatsphäre erfährt.«

»Eher in seinen Dunstkreis, wenn Sie mich fragen.«

Bis sie in das verwüstete Schlafzimmer gelangten, hatte der Sergeant noch einige Notizen gemacht, so daß Mrs. Billington-Wall ihren guten Ruf bereits verloren gab.

»Lieber Himmel, das sieht ja aus, als wäre ein Hurrikan durchgefegt«, sagte der Sergeant angesichts des Trümmerhaufens. »Ein Elefant im Porzellanladen ist nichts dagegen. Und was ist denn das hier?«

Voller Ekel blickte Mrs. Billington-Wall auf den Nachtstuhl. »Ich zögere, es auszusprechen.«

»Zögern Sie bloß nicht zu lange. Ich wünsche, daß Sie mir jetzt ganz genau erzählen, was sich hier abgespielt hat. Und Ihr ahnungsloses Gesicht können Sie sich auch sparen. Sie haben uns angerufen und gesagt, es habe hier eine Schlägerei gegeben, und wir sollten sofort kommen. Jetzt sind wir hier, auf dem Fußboden ist Blut, und das Haus sieht aus, als wäre es von ein paar hundert Fußballrowdies auf den Kopf gestellt worden, und Sie rücken nicht mit der Sprache heraus. Also, ich will wissen, warum. Hat Ihnen jemand Angst eingejagt?«

Mrs. Billington-Wall dachte an Schweine und schwieg. Da rettete sie die zerzauste Gestalt eines Arztes, der mit einer Bettpfanne in der Hand draußen vorbeiging.

»Heiliger Bimbam«, sagte der Sergeant, »was zum Teufel war denn das?« Doch bevor Mrs. Billington-Wall antworten konnte, war er schon auf dem Gang. »He, Sie da, stehenbleiben!« rief er. Der Arzt zögerte, aber ein Blick in die Halle genügte, um ihm klarzumachen, daß er in der Falle saß. Dort stand noch ein Polizist.

»Was wollen Sie denn?« fragte er herausfordernd.

»Ich will wissen, wer Sie sind und was Sie mit diesem Ding da machen«, sagte der Sergeant, während er die Bettpfanne mißtrauisch betrachtete.

»Ich bin zufällig Lord Petrefacts medizinischer Betreuer«, sagte der Arzt, »und das da ist eine Bettpfanne.«

»Nein, wirklich«, sagte der Sergeant, dem ironische Bemerkungen verhaßt waren. »Und als nächstes erzählen Sie mir vermutlich, daß Lord Petrefact darum gebeten hat.«

»Genau.«

»Man sollte denken, daß es für Bettpfannen schon ein bißchen spät am Tage ist. Da drinnen steht ein tragbarer Nachtstuhl und ...« Er hielt inne. Der Arzt sah fragend an ihm vorbei auf Mrs. Billington-Wall, die ihm Zeichen machte. Der Sergeant würde nicht zulassen, daß Zeugen eines schweren Verbrechens beeinflußt wurden.

»Also gut, bringen Sie ihn da rein«, wies er den Polizisten an. »Ich werde ihn später verhören. Erst werde ich ihr die Wahrheit aus der Nase ziehen. Und rufen Sie die Kripo. Das hier ist kein gewöhnlicher Fall.«

Während der Arzt laut protestierend, man würde ihn von der Erfüllung seiner ärztlichen Pflichten abhalten, in Croxleys Arbeitszimmer verfrachtet wurde, wandte der Sergeant seine ungeteilte Aufmerksamkeit Mrs. Billington-Wall zu.

»Aber ich weiß wirklich nicht, was passiert ist«, sagte sie, allerdings schon weniger nachdrücklich als zuvor. »Als ich heute morgen hier ankam, traf ich das Haus in einem ... na ja, Sie haben ja selbst gesehen, wie es aussieht, aber ...«

»Und warum haben Sie dem Arzt mit der Bettpfanne bedeutet, er solle nichts von Schweinen sagen?«

Mrs. Billington-Wall schluckte und bestritt das.

Der Sergeant schüttelte den Kopf. »Hören Sie, wenn ein Zeuge einem anderen etwas von Schweinen zuflüstert, dann bedeutet das für mich, daß er sich der Gerechtigkeit in den Weg stellt. Also, was ist mit den Schweinen?«

»Darüber sollten Sie sich besser mit dem Küchenchef unterhalten«, sagte Mrs. Billington-Wall. »Und bitte schreiben Sie in Ihr scheußliches kleines Buch, daß ich mich gestern abend zu keiner Zeit auch nur im entfernten Umkreis dieses Hauses aufgehalten habe. Das schwöre ich Ihnen.«

Der Sergeant ließ seinen Blick über das verwüstete Zimmer wandern. »Sie wollen doch nicht im Ernst behaupten, daß irgendwelche Schweine dafür verantwortlich sind, oder?« fragte er, bevor er ihr Schlimmeres unterstellte. »Oder haben Sie damit vielleicht zufällig die Polizei gemeint?«

»Nein, durchaus nicht. Ich habe den allergrößten Respekt ...«

»Gut. Den können Sie jetzt gleich unter Beweis stellen, indem Sie mir haarklein erzählen, was zum Teufel sich hier abgespielt hat.«

»Officer«, sagte Mrs. Billington-Wall, »ich kann Ihnen wahrheitsgemäß versichern, daß ich keine Ahnung habe.«

»Aber der Küchenchef schon, meinen Sie?«

Mrs. Billington-Wall nickte betrübt. Sie hätte viel darum gegeben, wenn dem nicht so gewesen wäre. Gemeinsam begaben sie sich in die Küche. Als sie sie zwanzig Minuten später verließen, war der Sergeant nicht schlauer als zuvor. Die hartnäckige Behauptung des von der Mietmensch KG entsandten Küchenchefs, daß er nicht die leiseste Ahnung habe, wer oder was zum Kuckuck das Chaos im Schlafzimmer und die Blutflecken in der Halle verursacht hatte, war durchsetzt von hysterischen Zurückweisungen der Unterstellung, daß man ihn angeheuert habe, um Ihrer Lordschaft perverse Unterhaltung in Gestalt von Spanferkeln zu bieten. Mrs. Billington-Wall hatte prompt darauf bestanden, den Raum zu verlassen.

»Ich bin nicht bereit, mir anzuhören, wie sich dieser widerliche kleine Mann über sein schandbares Geschäft verbreitet«, sagte sie. »Ich habe heute morgen schon mehr miterlebt, als ich verkraften kann.«

»Glauben Sie vielleicht, daß *mir* diese Fragerei Spaß macht?« schrie der empörte Küchenchef. »Ich bin kein gewöhnlicher Küchenchef...«

»Da haben Sie recht«, gab Mrs. Billington-Wall zurück und verschwand.

»Kümmern Sie sich nicht um sie«, sagte der Sergeant. »Also, Sie behaupten, daß Mr. Croxley... wer zum Teufel ist eigentlich Mr. Croxley? Ach so, Lord Petrefacts Sekretär. Also, dieser Croxley hat Ihnen aufgetragen, das Schwein auseinanderzuschneiden, weil Lord Petrefact es aus bestimmten Gründen so wünschte?«

»Ich weiß nicht, was er wollte. Erst sagt er, ich soll ein Schwein besorgen. Also besorge ich ein Schwein. Und dann sagt er, es ist zu groß.«

»Zu groß, sagen Sie? Wieso zu groß?«

»Ich habe gar nichts gesagt. Ich sage nur, daß ich in meinem ganzen Leben als Küchenchef noch nie so ein großes Scheißschwein gesehen habe. Völlig unmöglich, es ins Bratrohr zu kriegen. Nicht einmal in zwei Bratrohre. Drei vielleicht. Weiß ich nicht. Und dann noch diese Schildkröte.«

»Schildkröte?«

»Ja, erst wollte er eine Schildkröte. Also ruft Mr. Croxley das Aquarium an und...«

»Das Aquarium?«

»Sagt er jedenfalls. Aber fragen Sie mich nicht. Wenn Mr. Croxley mir sagt, ich soll...«

»Dieser Croxley wird sich für einiges verantworten müssen«, meinte der Sergeant und machte ein paar Notizen, während der Küchenchef den Schildkrötenpanzer holte und ihn ihm unter die Nase hielt. Ungläubig schüttelte der Sergeant den Kopf. Die Vorstellung, daß jemand mit einem riesigen Schildkrötenpanzer auch nur im entferntesten fleischliche Genüsse auskosten konnte, war ihm noch unbegreiflicher als die Sache mit dem Spanferkel.

»Und Sie sagen, daß sich das alles gestern zwischen zwei Uhr nachmittags und neun Uhr abends abspielte?« sagte er, um damit zu handfesten Tatsachen zurückzukehren.

»Zwei Uhr?« schrie der Küchenchef. »Wie lange, glauben Sie wohl, habe ich gebraucht, um dieses Schwein in drei Teile zu zerlegen und sie wieder zusammenzunähen?«

Darüber dachte der Sergeant lieber nicht nach. Er verließ die Küche, um als nächsten den Arzt zu befragen.

8

Während der abenteuerliche Versuch herauszufinden, was für ein Verbrechen er überhaupt aufzuklären hatte, den Sergeant immer tiefer in einen Morast von Widersprüchen führte, hatte Lord Petrefact ganz andere Sorgen.

Walden Yapp ebenfalls. Sobald man ihn aus dem Kinderzimmer befreit hatte, beschäftigte ihn nur noch ein Gedanke: Er wollte so schnell wie möglich aus diesem Horrorpalast verschwinden. Und sobald er draußen war, würde er diesen verdammten Lord Petrefact wegen Freiheitsberaubung, schwerer Körperverletzung, Beleidigung und versuchten Mordes vor Gericht bringen. Während eine Hälfte seines Hirns Rachepläne schmiedete, suchte die andere nach einem Motiv für diese Verschwörung, scheiterte jedoch kläglich. Verständlicherweise widerstrebte es Walden Yapp, Croxley irgendwohin zu folgen, und schon gar nicht zu Lord Petrefact.

»Aber er will sich doch nur bei Ihnen entschuldigen«, erklärte Croxley. »Das ist alles.«

»Wenn seine Entschuldigungen so sind wie seine Badezimmereinrichtung, kann ich darauf verzichten.«

»Ich kann Ihnen versichern, daß das reiner Zufall war.«

»Aber daß man mich eingesperrt hat, nicht«, entgegnete Yapp. »Ich habe Ihre Stimme deutlich erkannt. Und ich bin fest entschlossen, zur Polizei zu gehen und Anzeige zu erstatten.«

Croxley lächelte trübe. »Wenn das so ist, dann sollten Sie noch hierbleiben. Die Polizei ist bereits unten und verhört die Leute. Und auf Sie ist sie sicher besonders scharf.«

»Auf mich?« fragte Yapp sichtlich beunruhigt. »Warum ausgerechnet auf mich?«

»Das fragen Sie besser Lord Petrefact. Er ist eher in der Lage, Ihnen das zu erklären. Ich weiß nur, daß hier offenbar ein Kapitalverbrechen begangen wurde.«

Er schob den zahm gewordenen Yapp ins Schlafzimmer. Lord Petrefact hob den einbandagierten Kopf und setzte sein grausiges Lächeln auf. »Ah, Yapp, mein lieber Junge«, sagte er, »so setzen Sie sich doch. Ich meine, wir sollten uns ein bißchen unterhalten.«

Zögernd setzte sich Yapp auf einen Stuhl neben der Tür.

»Schon gut, Croxley, Sie können verschwinden«, sagte Lord Petrefact. »Gehen Sie hinunter und sorgen Sie dafür, daß uns niemand stört.«

»Das ist leichter gesagt als getan«, erwiderte Croxley. »Die Bullen schnüffeln überall herum und ...«

Mehr brauchte er nicht zu sagen. Lord Petrefact reagierte auf diese Eröffnung wie erwartet. »Hinaus mit Ihnen«, brüllte er. »Und wenn auch nur ein Polyp seine Nase zu dieser Tür hereinsteckt, dann werden Sie Ihren Kopf dafür hinhalten.«

Nachdem Croxley verschwunden war, richtete Lord Petrefact seinen schrecklichen Charme auf Yapp. »Ein recht bedauerliches Vorkommnis, aber ich werde alles in meiner Macht Stehende tun, um Ihnen zu ersparen, daß Sie da hineingezogen werden«, murmelte er. Yapp blickte ihn mißtrauisch an.

»Ich muß schon sagen, daß ich entschieden Anstoß ...«, begann er, aber schon hob Lord Petrefact seine welke Hand.

»Natürlich tun Sie das, natürlich, mein Lieber. Mir an Ihrer Stelle erginge es ebenso. Das letzte, was man will, ist doch, daß einen die Medien durch den Dreck ziehen. Gerichtsverhandlung, Nachforschungen seitens der Versicherung und was weiß ich ... Nein, nein, wir können unmöglich zulassen, daß es so weit kommt.«

Yapp meinte, es freue ihn, das zu hören. Dabei war er nicht ganz sicher, was er eigentlich hörte; aber zumindest schien Lord Petrefact ihm weitaus weniger zu grollen als diesem Croxley. »Immerhin hat man mich eingesperrt«, setzte er wieder an, doch der alte Mann gebot ihm Einhalt.

»Dieser Idiot Croxley. Alles seine Schuld. Ich habe ihn sehr ernsthaft zurechtgewiesen, aber ein Wort von Ihnen genügt, und ich werde ihn feuern.«

Amüsiert beobachtete er, wie Yapp den Köder schluckte.

»Bloß nicht«, sagte er. »Ich will auf keinen Fall, daß ein Mann meinetwegen seine Anstellung verliert.«

»Und wie wär's mit einer mehrmonatigen Lohnkürzung?«

Yapp war entrüstet und suchte noch nach soziologisch signifikanten Worten, um seiner Empörung über diesen Akt kapitalistischer Ausbeutung Ausdruck zu verleihen, als der alte Mann fortfuhr:

»Jetzt aber zur Familiengeschichte. Sie haben den Vertrag gelesen und sind, wie ich hoffe, mit den Konditionen einverstanden.«

»Einverstanden?« wiederholte Yapp, der über den außergewöhnlichen Ereignissen des Morgens den Zweck seines Besuchs weitgehend vergessen hatte.

»Das Honorar erscheint Ihnen doch nicht zu gering? Natürlich bin ich bereit, zusätzlich für alle Spesen aufzukommen.«

»Ich weiß wirklich nicht«, sagte Yapp. »Wollen Sie im Ernst, daß ich den gesamten sozio-ökonomischen Background Ihrer Familie unter die Lupe nehme?« Lord Petrefact nickte. Er wollte nichts lieber, als diesen destruktiven Irren auf seine Sippe hetzen. Bis dieses Schwein mit allen fertig war, würde die halbe Verwandtschaft einem Herzschlag erlegen sein.

»Keinerlei Auflagen?«

»Absolut keine.«

»Und Sie garantieren mir die Veröffentlichung?«

»Aber sicher.«

»Also, wenn das so ist...«

»Abgemacht«, sagte Lord Petrefact. »Ich werde den Vertrag auf der Stelle unterschreiben. Es gibt keinen Grund, warum wir Wurzeln schlagen sollten.«

»Wohl kaum«, meinte Yapp, der die Metapher nicht sonderlich gelungen fand.

Wenig später wurden im Beisein Croxleys die Verträge unterzeichnet.

»Nun, Sie wollen sich sicher an die Arbeit machen«, sagte Lord Petrefact und ließ sich in die Kissen zurücksinken, »aber bevor Sie gehen... Es gibt keinen Grund, Croxley, warum Sie noch länger hier herumhängen müßten.«

»Doch«, widersprach Croxley. »Soeben ist die Kriminalpolizei eingetroffen.«

»Sagen Sie den Schweinen, sie sollen verschwinden. Es hat kein Verbrechen gegeben, und ich dulde keine Polizisten...«

»Mrs. Billington-Wall hat den Kerlen etwas ganz anderes erzählt. Sie hat behauptet, Sie hätten es mit Schweinen, und der Küchenchef hat dem Sergeant den Eindruck vermittelt, als hätte der Schildkrötenpanzer als Behälter für anderes als Fortnum & Masons beste...«

»Lieber Himmel«, schrie Lord Petrefact. »Was meinen Sie mit ›ich hätte es mit Schweinen‹?«

»Das ist erst der Anfang«, sagte Croxley, der es vorzog, das Thema zu wechseln. »Sie hat ihnen auch gesagt, daß Professor Yapp versucht hat, Sie umzubringen. Und die Aussage der Ärzte, daß es mehrere Detonationen gegeben habe, trug auch nicht gerade zu ihrer Beruhigung bei.«

Lord Petrefact richtete sich auf. »Croxley«, sagte er mit derart drohendem Unterton, daß es Yapp kalt über den Rücken lief,

»entweder gehen Sie jetzt nach unten und erklären diesen geisteskranken Schnüfflern von der Kripo, daß sie sich hier auf meinem Grund und Boden befinden, auf dem, was mich betrifft, kein Verbrechen begangen wurde, und daß Professor Yapp lediglich ein Bad genommen hat, oder...« Weitere Einzelheiten konnte er sich sparen. Croxley war bereits gegangen.

Lord Petrefact wandte sich wieder seinem Gast zu. »Sie werden in Buscott beginnen, in der Mühle. Mit dieser Fabrik hat die eigentliche Geschichte unserer Familie begonnen. Sie wurde 1784 errichtet und ist, wenn ich richtig informiert bin, noch heute in Betrieb. Abscheuliches Loch. Ich habe meine Gesellenzeit dort verbracht. Sie wird Ihnen einen ziemlich guten Eindruck von den allgemeinen Voraussetzungen vermitteln, unter denen die Familie damals zu Macht und Vermögen gelangt ist. Jetzt wird sie von Emmelia, meiner jüngeren Schwester, geleitet. Sie stellt dort ethnische Bekleidung her, was immer das sein soll. Sie finden Emmelia im New House in Buscott. Nicht zu verfehlen. Und die frühesten Aufzeichnungen und Dokumente befinden sich im dortigen Heimatmuseum. Es dürfte Ihnen nicht schwerfallen, da ranzukommen. Falls doch, berufen Sie sich einfach auf mich.«

»Ein Empfehlungsschreiben wäre vielleicht nützlich«, meinte Yapp.

Lord Petrefact bezweifelte das sehr, war jedoch zu einem Kompromiß bereit. »Croxley soll Ihnen einen Scheck ausschreiben, sobald er diese verfluchten Bullen losgeworden ist. Wenn Sie mich jetzt bitte entschuldigen würden. Die Ereignisse des heutigen Morgens haben mich ziemlich mitgenommen.« Und mit der abschließenden Ermahnung, mit den Nachforschungen in Buscott zu beginnen, verabschiedete Lord Petrefact seinen Gast und legte sich mit dem tröstlichen Gedanken, daß dieser abscheuliche Mensch aus Emmelia und allen anderen Petrefacts, die die Gegend rund um Buscott verschandelten, Hackfleisch machen würde, erschöpft in die Kissen zurück.

Walden Yapp freilich, der über den inzwischen wohlvertrauten langen Gang zur Treppe eilte, hatte keine Ahnung von diesen verborgenen Motiven. Noch war er zu benommen von dem plötzlichen Wandel seines Pechs in das unbegreifliche Glück, die einmalige Chance zu erhalten, jene sozialen Untaten anzuprangern, die den Reichtum der Petrefacts begründet und den Bau dieses grauenhaften Hauses ermöglicht hatten, um sich auf weiter entfernte Probleme zu konzentrieren. Oder auch nur auf die nächstliegenden. Sein ausschließlich theoretisch veranlagtes Gehirn war so sehr mit dem statistischen Beweismaterial für das Elend der Arbeiterklasse beschäftigt, das ihm die Archive der Petrefacts liefern würden, daß er am Fuß der großen Treppe angelangt war, bevor ihm vollends bewußt wurde, daß sich dort eine ungewöhnliche Anzahl Polizisten herumtrieb. Er blieb stehen und betrachtete sie voller Mißtrauen. Yapp haßte Polizisten. Ein Dogma seiner Gesellschaftsphilosophie besagte, daß sie die Leibwächter der Besitzenden waren, und in seinen oft recht schwülstigen Vorlesungen hatte er sie wiederholt als die Prätorianergarde des Privatunternehmertums bezeichnet.

In der gegenwärtigen Situation schienen sie eher die umgekehrte Rolle zu spielen. Croxley stritt mit einem Inspektor, der seine ganze Aufmerksamkeit dem Blutflecken auf dem Marmorboden zuwandte.

»Ich sage Ihnen doch, daß das Ganze ein Unfall war«, beschwor Croxley ihn, »und daß überhaupt kein Anlaß für Ihre Anwesenheit besteht.«

»Mrs. Billington-Wall sieht das anders. Sie sagt...«

»Ich weiß, was sie gesagt hat, und wenn Sie meine Meinung hören wollen, dann ist die Frau verrückt. Lord Petrefact hat mir aufgetragen...«

»Diesen Lord Petrefact würde ich gerne mit eigenen Augen sehen, bevor ich mir eine Meinung bilde«, entgegnete der Inspektor verdrossen.

»Verständlich«, sagte Croxley. »Andererseits möchte er Sie nicht sehen, und seine ärztlichen Betreuer haben Anweisung gegeben, daß er nicht gestört werden darf. Sein Zustand läßt sehr zu wünschen übrig.«

»Wenn das so ist, gehört er ins Krankenhaus«, meinte der Inspektor. »Beides zugleich geht nicht. Wenn er zu krank ist, um mich zu empfangen, dann ist er auch zu krank, um hier zu bleiben. Ich werde einen Krankenwagen bestellen und...«

»Falls Sie das tun sollten, werden Sie es bitter bereuen«, schrie der inzwischen höchst aufgebrachte Croxley. »Sie glauben doch nicht, daß sich Lord Petrefact in ein gewöhnliches Krankenhaus legt! Entweder in die London Clinic oder gar nicht.«

»Dann werde ich eben hinaufgehen und mit ihm reden.« Als der Inspektor auf die Treppe zueilte, schien Yapp die Gelegenheit gekommen, sich aus dem Staube zu machen. Er schritt durch die Halle in Richtung Tür und hätte es womöglich geschafft, wenn nicht ausgerechnet in diesem Augenblick Mrs. Billington-Wall die Szene betreten hätte.

»Da ist er«, kreischte sie, »das ist der Mann, den Sie suchen!« Yapp blieb wie angewurzelt stehen und starrte sie an. Auf der Stelle war er von mehreren Polizisten umringt, die ihn, dicht gefolgt vom Inspektor, in das ehemalige große Speisezimmer schoben.

»Ich protestiere gegen diese Ausschreitung«, begann er getreu der verfahrensmäßigen Routine, die er sich im Laufe zahlreicher politischer Demonstrationen angeeignet hatte. Doch der Inspektor ließ sich von seinem Protestgeschrei wenig beeindrucken.

»Name?« fragte er, nachdem er sich an einen Tisch gesetzt hatte.

Yapp überlegte und beschloß, nicht zu antworten. »Ich bestehe darauf, meinen Anwalt zu sprechen«, sagte er.

Der Inspektor notierte sich diesen Mangel an Kooperationsbereitschaft. »Adresse?«

Yapp schwieg.

»Ich kenne meine Rechte«, sagte er, sobald der Inspektor aufgeschrieben hatte, daß der Verdächtige sich weigere, Name und Adresse anzugeben, und daß er von Anfang an aggressives Verhalten an den Tag gelegt habe.

»Das kann ich mir vorstellen. Sind wohl schon früher durch die Mühle gegangen, was? Und haben eine eigene Akte gekriegt.«

»Eine Akte?«

»Haben Tüten geklebt.«

»Wenn Sie damit andeuten wollen, ich sei im Gefängnis gewesen . . .«

»Hören Sie«, erklärte der Inspektor. »Ich deute gar nichts an, außer daß Sie meine Fragen nicht beantworten wollen und daß Sie sich verdächtig verhalten haben. Also . . .«

Während das Verhör begann, ging Croxley voller Genugtuung nach oben. Mrs. Billington-Wall mochte zwar jede Menge Verwirrung stiften, aber mit anzusehen, wie Walden Yapp von drei Polizisten ins Speisezimmer geschleift wurde, hatte ihn denn doch ungeheuer aufgeheitert. Croxley war noch immer gekränkt darüber, daß Lord Petrefact ihn bei der Unterzeichnung des Dokuments nicht in dessen Inhalt eingeweiht hatte. Es hätte ebensogut Lord Petrefacts Testament sein können, obwohl Yapps Unterschrift dafür wohl kaum erforderlich gewesen wäre. Nein, es mußte sich um irgendeinen Vertrag handeln, und als engster Vertrauter und Privatsekretär hatte er das Recht, ihn zu kennen. Folglich betrat er das Schlafzimmer mit leiser Vorfreude.

»Unten ist der Teufel los. Und diesmal kriegt er sein Fett weg«, verkündete er. Die Metapher war nicht zufällig gewählt, sondern zielte auf eine maximale Wirkung bei Lord Petrefact ab, der angesichts seines verkorksten Magens auf die bloße Erwähnung von Fett allergisch reagierte.

»Fett? Was? Wo?« kreischte der aufgescheuchte Peer.

»Im Speisezimmer«, sagte Croxley. »Dieses Billington-Weib hat Yapp belangt.«

»Ihn belangt?« fragte Lord Petrefact begriffsstutzig.

»Das ist Polizeijargon und bedeutet, jemanden beschuldigen. Jedenfalls haben sie sich den Kerl geschnappt und fühlen ihm auf den Zahn.«

»Aber ich habe doch gesagt, Sie sollen uns die Hundesöhne vom Hals schaffen!« schrie Lord Petrefact. »Ich habe Ihnen wörtlich befohlen...«

»Es ist zwecklos, sich aufzuregen. Ich habe ihnen gesagt, sie sollen verschwinden, aber sie wollten nicht auf mich hören. Ich habe fest den Eindruck, als wolle der Inspektor nicht glauben, daß es Sie überhaupt noch gibt. Er besteht darauf, Sie zu sehen.«

»Bei Gott, das soll er«, brüllte der alte Mann und hievte sich an den Bettrand. »Holen Sie die Ärzte und diesen verdammten Rollstuhl...« Er unterbrach sich und dachte an das Treppenschicksal seines Großonkels Erskine und die tödlichen Eigenschaften des Rollstuhls. »Wenn ich es mir recht überlege, lieber doch nicht. Im Besucherflügel steht eine Sänfte. Die werde ich nehmen.«

»Wenn Sie darauf bestehen«, sagte Croxley zögernd, aber es gab keinen Zweifel, daß Lord Petrefact es ernst meinte. Seine Verwünschungen folgten Croxley den Gang hinunter.

Zwanzig Minuten später schwankte die Sänfte unter den Stoßgebeten und gelegentlichen Flüchen Lord Petrefacts auf den Schultern Croxleys, zweier Diener, des Küchenchefs und der männlichen Mitglieder des Reanimationsteams die Treppe hinunter.

»Wenn jemand diesen verdammten Kasten fallen läßt, wird er dessen Ende nicht mehr erleben«, zeterte er auf halbem Weg, ohne den dieser Bemerkung anhaftenden Mangel an Logik wahrzunehmen. Aber sie kamen wohlbehalten unten an und schwankten geradewegs ins Speisezimmer – zur großen Überraschung des Inspektors, der Yapp endlich das Geständnis abgerungen hatte, daß er Professor für Proletarische Geschichtsschreibung an der Universität Kloone sei. Das zu glauben fiel ihm schon schwer genug, aber das unvermutete Erscheinen der Sänfte und ihres Inhalts brachte ihn vollends aus der Fassung.

»Was ist denn das, um Himmels willen?«

Lord Petrefact ignorierte die Frage. Im Umgang mit Staatsdienern kannte er keinerlei Skrupel. »Sagen Sie mir gefälligst, was Sie auf privatem Grund und Boden zu suchen haben. Die Antwort können Sie sich sparen. Ich werde beim Innenminister Beschwerde einlegen, und Sie können Gift darauf nehmen, daß man Sie zur Rechenschaft ziehen wird. Und jetzt gebe ich Ihnen fünf Minuten, um mit Ihrer ganzen Menagerie zu verschwinden. Sollten Sie danach noch hier sein, werde ich Sie wegen unbefugten Eindringens, Hausfriedensbruch und Sachbeschädigung belangen. Croxley, holen Sie mir den Generalstaatsanwalt ans Telefon. Ich übernehme den Anruf im Arbeitszimmer. Professor Yapp wird mich begleiten.«

Und ohne den Inspektor noch eines Blickes zu würdigen, ließ er sich in seiner Säfte hinaus und durch die Halle in sein Arbeitszimmer tragen. Yapp folgte ihm voll widerstrebender Gefühle. Er hatte viel vom Einfluß des sogenannten Establishments gehört und auch Vorlesungen darüber gehalten, aber noch nie hatte er ihn so drastisch in Aktion erlebt.

»Ich will verdammt noch mal wissen, wer zum Teufel uns in diese verdammte Scheiße geritten hat!« tobte der Inspektor, als die Prozession außer Sichtweite war.

»Mrs. Billington-Wall«, sagte Croxley, der sich im Hintergrund gehalten hatte, um nicht als Sänftenträger fungieren zu müssen und um die dummen Gesichter der Kriminalbeamten mitzuerleben. »Wenn Sie ungeschoren davonkommen wollen, würde ich Ihnen empfehlen, sie zum Verhör mitzunehmen.«

Und mit diesem Vorschlag, der dem widerlichen Weib enorme Unannehmlichkeiten bereiten würde, folgte er Yapp ins Arbeitszimmer. Zehn Minuten später war die Polizei verschwunden. Und mit ihr, entschieden gegen ihren Willen, Mrs. Billington-Wall.

»Das Ganze ist ein Komplott«, schrie sie, als man sie in einen Streifenwagen steckte, »und ich sage Ihnen, daß dieser Kerl mit der Intourist-Tasche dahintersteckt.«

Insgeheim gab ihr der Inspektor recht. Yapp hatte ihm von Anfang an nicht gefallen, aber das, was der Generalstaatsanwalt am Telefon gesagt hatte, ebensowenig. Auch konnte er sich nicht vorstellen, daß er die unvermeidliche Unterredung mit dem Polizeidirektor sonderlich genießen würde. Und da sich die Waagschale nun mal zuungunsten von Mrs. Billington-Wall gesenkt hatte, beabsichtigte er, sich aus ihrer Aussage eine Ausrede zurechtzubasteln.

Nachdem sie Fawcett House den Rücken gekehrt hatten, nahmen die Dinge dort ungehindert ihren Lauf. Der Anschlag, der besagte, daß Besucher gegen eine Gebühr von zwei Pfund willkommen seien, wurde entfernt. Yapp ließ sich zu einem Glas Cognac überreden. Croxley nahm die sofortige Kündigung des empörten Küchenchefs entgegen und entließ die Mietmenschen. Das Ärzteteam schlug im privaten Arbeitszimmer im Erdgeschoß ein zweites Bett auf. Doch sobald sich Lord Petrefact dort eingerichtet hatte, befahl er, den umgebauten Leichenwagen bereitzustellen, der ihn nach einer kurzen Verschnaufpause nach London bringen sollte.

Und schließlich fuhr auch Walden Yapp, mit aufgefrischten sozialen Ressentiments, die ihn bei seinen Nachforschungen anspornen würden, und mit einem Scheck über zwanzigtausend Pfund in der Tasche, in seinem Mietwagen davon. Er konnte es kaum erwarten, zu seinem Modem zurückzukehren und Doris ausführlich über seine jüngsten Erlebnisse zu berichten.

9

Die kleine Stadt Buscott (7048 Einwohner) schmiegt sich in das Tal von Bushampton im Herzen Englands. Das jedenfalls machen die wenigen Reiseführer, die sie überhaupt erwähnen, den Touristen glauben. In Wirklichkeit kauert Buscott unscheinbar neben dem Flüßchen, das ihm zum ersten Teil seines Namens und den Ur-Petrefacts zu einem Großteil ihres Reichtums verholfen hat. Die alte Mühle steht noch heute am Ufer des Bus, und die Überreste des Mühlrades verrosten und verfaulen in einem Tümpel unter Plastikflaschen und Bierdosen. An dieser Stelle hatten die Petrefacts jahrhundertelang Korn gemahlen und, wenn Yapps Annahmen stimmten, die Armen verheizt. Die neue Mühle hingegen, die, wie Lord Petrefact erwähnt hatte, 1784 erbaut worden war, ragt weiter flußabwärts wie ein gigantisches Monument in den Himmel und sorgt für den einzigen Industriezweig des Städtchens und für vermutlich unterbezahlte Arbeitsplätze. In den düster-grauen Mauern dieser Fabrik hatten Generationen von Petrefacts ihre kurze Lehrzeit absolviert, bevor sie sich, durch diese Erfahrung heilsam geläutert, befriedigenderen Beschäftigungen zuwandten.

Für die restliche Bevölkerung änderte sich im Lauf der Jahre nur wenig. Buscott ist noch heute, was es immer war: eine winzige Industriestadt, isoliert vom übrigen England durch seine abgeschiedene Lage, den langsam versandenden alten Kanal, die Stillegung der Bahnstrecke und seltsamerweise durch den ungeheuren Fleiß seiner Einwohner. Was immer man heutzutage über England sagen mag, die Arbeiter in Buscott arbeiten. Den letzten Streik gab es hier im Jahr 1840. Er dauerte nur kurz und wurde nie wieder erwähnt. Als würden diese Absonderlichkeiten noch nicht ausreichen, tragen auch das Klima und die geographische Lage dazu bei, Buscott noch gründlicher abzuriegeln. Der Fernsehempfang spottet jeder Beschreibung, und das Wetter ist so unbeständig, daß die Straßen im Winter häufig von Schneemassen versperrt und im Sommer außer von strapazengewohnten Wanderern allgemein gemieden werden.

In der Verkleidung eines solchen näherte sich Walden Yapp dem Städtchen. In kurzen Hosen, die bis unter die Knie reichten – ein Erbstück eines Onkels –, und mit einem schlaffen Rucksack wanderte er über das Heideland. Ab und zu blieb er stehen und ließ seinen Blick wohlwollend über die Landschaft gleiten. Heidekraut, Sumpfland, das Zutagetreten tieferer Erdschichten und gelegentliches Dickicht, das alles entsprach ganz genau seinen Erwartungen. So hatte er sich seine Annäherung an Buscott vorgestellt. Sogar die wenigen baufälligen Cottages, an denen er vorbeikam, erfüllten ihn mit Genugtuung und kündeten nostalgisch von der ländlichen Depopulation im achtzehnten Jahrhundert. Daß sie nie etwas anderes als Schäferhütten und Schafställe gewesen waren, entging Yapp, da er vorwiegend in den Kategorien der Proletarischen Geschichtsschreibung dachte. Dies Land war Petrefactland, und ehrliche kleine Bauern waren von diesem Grund und Boden vertrieben worden, um als Futter für die Mühle zu dienen und Platz für Waldhühner zu schaffen.

Als Yapp das Tal von Bushampton erreichte, war er glücklich und zufrieden. Die Erinnerung an seinen Aufenthalt in Fawcett war verblaßt, seinen Scheck hatte er eingereicht, und in der Tasche trug er mehrere handgeschriebene Briefe Lord Petrefacts mit den genauen Namen seiner diversen Verwandten, die sich hoffentlich als ergiebige Informationsquellen erweisen würden. Freilich interessierte sich Yapp weniger für die persönlichen Erinnerungen von Plutokraten als für die objektiven sozio-ökonomischen Lebensbedingungen der Arbeiterklasse, und mit jedem Schritt wuchs seine Überzeugung, daß Buscott ihm quasi als Mikrokosmos jene konkreten Daten liefern würde, die er als Bestätigung für die in der Universitätsbibliothek angestellten Nachforschungen so dringend brauchte.

Wochenlang hatte er Doris mit allen Fakten gefüttert, die er finden konnte: daß die Bevölkerungsstatistik seit 1801 eine mehr oder minder konstante Population nachwies; daß die neue Mühle bis vor kurzem derart hochwertige und preisgünstige Baumwollerzeugnisse produziert hatte, daß sie ungleich länger mit ausländischen Herstellern konkurrieren konnte als andere englische Fabriken; daß über die Hälfte der arbeitenden Bevölkerung bei den Petrefacts angestellt war; und daß neunzig Prozent aller Haushalte in Häusern untergebracht waren, die dieser verdammenswert allgegenwärtigen Sippe gehörten. Sogar die Geschäfte der Stadt waren Eigentum der Petrefacts, und soweit Yapp feststellen konnte, bestand durchaus die Chance, noch ein Entlohnungssystem in Form von Naturalien anzutreffen. Nichts sollte ihn wundern, wie er dem Computer im Rahmen einer Zusammenfassung seiner vorläufigen Erkenntnisse anvertraut hatte. Wie üblich war Doris so freundlich gewesen, ihm zuzustimmen.

Doch wie so oft standen auch diesmal Yapps Theorien in einigem

Widerspruch zu den Tatsachen. Als er den letzten Anstieg in Angriff nahm und von oben auf das Tal hinabblickte, konnte er zu seiner Enttäuschung keinerlei Anzeichen für Verwahrlosung einerseits und protzigen Reichtum andererseits entdecken, die die Trennung zwischen der Stadt und ihren Eigentümern markiert hätten. Aus dieser Entfernung wirkte Buscott irritierend hell und freundlich. Zwar gab es das New House auf dem Hügel und unten die erwarteten Arbeiterhäuschen; aber sie waren weiß getüncht, die Gärten standen voller Blumen, und das New House strahlte eine dezente Eleganz aus, die auf einen besseren Geschmack des Erbauers schließen ließ, als Yapp vermutet hätte. Es war ein vornehmer Herrensitz mit zierlich geschwungenen, schmiedeeisernen Balkonen und schrägem Vordach. Im Vordergrund ein gepflegter Rasen, daran anschließend zu beiden Seiten eine Kiesauffahrt und dahinter eine Blumenrabatte und blühende Hecken. Neben dem Haus glitzerte ein großes Gewächshaus in der Sonne. Yapp konnte beim besten Willen nicht behaupten, daß das New House das Stadtbild von Buscott auf jene düstere Art beherrschte, die er sich vorgestellt hatte. Als er seine Aufmerksamkeit auf die Mühle lenkte, wurde er aufs neue enttäuscht. Denn von seinem Aussichtspunkt aus wirkte die Fabrik am Fluß ausgesprochen freundlich und einladend. Während er sie mit gemischten Gefühlen betrachtete, fuhr ein heller Lieferwagen durchs Tor und hielt im gepflasterten Hof. Der Fahrer stieg aus, öffnete die Ladeklappe, und schon wurde der Wagen in einem Tempo entladen, das Yapp in keiner der vielen Fabriken, mit denen er sich eingehend beschäftigt hatte, je erlebt hatte. Schlimmer noch, die Arbeiter wirkten sogar fröhlich und lachten; und lachende Arbeiter waren absolut jenseits seines Erfahrungshorizonts.

Alles in allem widersprach der erste Eindruck von Buscott seinen Erwartungen so gründlich, daß er erst mal seinen Rucksack absetzte, sich auf eine Bank niederließ und seine belegten Brote herauskramte. Während er sie mampfte, durchforstete er die statistischen Unterlagen, die er über Buscott zusammengetragen hatte: niedrige Löhne, hohe Arbeitslosenquote, unzureichende medizinische Versorgung, das völlige Fehlen gewerkschaftlicher Interessenvertretung, Anzahl der Häuser ohne Bäder, Säuglingssterblichkeit, die beharrliche Weigerung des zweifellos Petrefact-hörigen Stadtrats, eine höhere Schule einzurichten, die mit dem dubiosen Argument begründet wurde, daß für Buscott, das nicht einmal eine Grundschule hatte, die vorhandene Hauptschule hoch genug sei. Keine dieser trostlosen Tatsachen ließ sich mit seinem ersten Eindruck von der Stadt vereinbaren, und das Lachen, das von der Fabrik zu ihm heraufdrang, erst recht nicht.

Und so überlegte er, während er aufstand und bergab durch den Wald in Richtung Fluß ging, daß es doch klug gewesen war, erst allein hierherzukommen, um sich in der Stadt umzusehen, bevor er das Team von Soziologen und Wirtschaftshistorikern schickte, das er an der Universität rekrutiert hatte.

In seinem Büro in der Fabrik war Frederick Petrefact mit dem Durchsehen der Andrucke für den neuen Katalog fertig, ließ noch eine Bemerkung über das mißlungene Verzeichnis der Farbfotos vom Stapel und beschloß sodann, daß es Zeit zum Lunch sei. Lunch am Donnerstag war gleichbedeutend mit Tante Emmelia, konfuser Unterhaltung, Katzen und kaltem Hammel. Was davon das Schlimmste war, hätte Frederick nur schwer sagen können. Der kalte Hammel hatte zumindest den Vorteil, tot zu sein, und die Trägheit mehrerer Katzen, auf die er sich im Lauf der Zeit gesetzt hatte, ließ ihn vermuten, daß Tante Emmelias Menagerie auch nur begrenzt lebendig war. Aber in erster Linie war es die Kombination von Tante Emmelia und ihrer Konversation, die die Donnerstage für ihn zu schwarzen Tagen machte. Verschlimmert wurde die Angelegenheit noch dadurch, daß Frederick genau wußte, daß er ohne sie nicht dort stünde, wo er war, und daß er sich aufgrund dieser Tatsache natürlich keinerlei Grobheiten leisten konnte. Nicht daß es ihm gefallen hätte, in Buscott zu leben oder die Fabrik zu leiten, aber immerhin gab ihm das die Chance, sich anstelle des Vermögens, das ihm sein Vater vorenthielt, ein anderes zu verschaffen. Und eines hatte Tante Emmelia mit ihm gemeinsam: Sie haßte seinen Vater.

»Ronald ist ein ungehobelter, ordinärer Mensch«, meinte sie, als Frederick sie erstmals aufsuchte, um ihr seine Probleme zu schildern. »Er hätte unseren Namen nie dadurch beschmutzen dürfen, daß er sich von diesem üblen, kleinen Kerl zum Peer machen ließ. Abgesehen davon möchte ich nicht wissen, was er angestellt hat, um sich diesen Titel zu verdienen. Würde mich nicht wundern, wenn er allen Grund gehabt hätte, nach Brasilien zu fliehen. Denn soviel Anstand, dem Beispiel dieses anderen Kerls zu folgen und sich zu erschießen, hätte er sicher nicht besessen.«

Für eine so betont häusliche Frau war dies eine recht sonderbare Einstellung, doch Frederick sollte bald dahinterkommen, daß Tante Emmelia zumindest einen Grundsatz hatte, an den sie sich strikt hielt.

Diskrete Zurückgezogenheit war für sie Ehrensache, und stets zitierte sie jenen Petrefact aus dem siebzehnten Jahrhundert, der gesagt haben soll: Wenn Gott sich damit zufriedengegeben hatte, Moses' Frage nur mit: »Ich bin, der ich bin« zu beantworten, dann stand der Familie ebensolche Bescheidenheit gut an. Ein Petrefact war ein Petrefact, und dieser Name war Titel genug. Nach Tante Emmelias Dafürhalten hatte ihr Bruder den Namen der Familie durch das Hinzufügen des »Lord« beschmutzt. Dies und weniger die schlechte Behandlung seines Sohnes gab den Ausschlag dafür, daß Frederick Tante Emmelias spezielle Zuneigung und die uneingeschränkte Leitung der Fabrik errang.

»Du kannst damit machen, was du willst«, hatte sie ihm erklärt. »Es ist die Aufgabe eines Unternehmens, Profit abzuwerfen, und wenn du ein echter Petrefact bist, wird dir das auch gelingen. Ich stelle nur eine Bedingung: keinerlei Kontakt zu deinem Vater. Ich will absolut nichts mehr mit ihm zu tun haben.«

Frederick schlug ohne zu zögern ein. Die letzte Unterredung mit seinem Vater war so unerfreulich gewesen, daß er nicht den Wunsch verspürte, sie zu wiederholen. Andererseits war Tante Emmelias Charakter für seinen Geschmack zu subtil. Nie wußte er, was sie wirklich dachte, außer über seinen Vater. Und er argwöhnte, daß sie hinter dieser Fassade geistesabwesender Freundlichkeit ebensowenig nett war wie alle anderen Familienmitglieder.

Zumindest ihre Wohltätigkeit war von einer so unübersehbaren Arroganz und krassen Widersprüchlichkeit, daß Frederick nie so recht wußte, woran er bei ihr war. Einmal zum Beispiel hatte sie einem schwerreichen Bauern, der den Kauf von ein paar Morgen Land so heftig begossen hatte, daß er in der Gosse liegenblieb, eine Pfundnote gegeben und diesen Affront mit der Bemerkung begleitet, sie hoffe sehr, daß er bei der Gemeinde Arbeit als Straßenfeger bekommen würde. Soweit Frederick feststellen konnte, erging es allen anderen Leute in Buscott mit ihr ebenso. Emmelia weigerte sich, in die Kirche zu gehen. Die Überredungsversuche mehrerer Vikare hatte sie mit dem Hinweis auf die liebevollen Taten der Christen in Irland, Mexiko und England zur Zeit der Reformation abgeschmettert.

»Ich kümmere mich um meine Angelegenheiten, und von anderen erwarte ich dasselbe«, sagte sie. »Außerdem werde ich nie begreifen, was für einen Gefallen Gott daran finden sollte, daß sich die Leute in Kirchen versammeln und lächerliche Lieder singen – und falsch noch dazu. Mir will das einfach nicht in den Kopf.«

Andererseits gab es Vermutungen, daß Emmelia nachts manchmal aus dem Haus schlich und Geld in die Briefkästen von Rentnern steckte. Außerdem bot das New House eine sichere Zuflucht für überzählige Katzen. Auch wurde darüber spekuliert, warum Emmelia nie geheiratet hatte. Da sie mit sechzig noch immer eine hübsche Frau war, nahm man allgemein an, daß der Grund für ihre Ehelosigkeit die mit einer Heirat verbundene Namensänderung war. Alles in allem war Tante Emmelia für ihre Umwelt ein wandelndes Rätsel.

Doch die Pflicht rief, und so fuhr Frederick wie gewohnt hinauf zum New House. Ausnahmsweise rutschte Tante Emmelia nicht auf Knien in ihrer Blumenrabatte herum, und auch das Gewächshaus war leer.

»Seit sie diesen Brief bekommen hat, ist sie schrecklich aufgebracht«, berichtete Annie. »Sie ist schon weiß Gott wie lange in der Bibliothek.« Unsicher durchquerte Frederick die Halle. Er konnte sich mehrere Gründe ausmalen, aus denen er den Zorn seiner Tante auf sich herabbeschworen haben mochte, aber die verdrängte er lieber.

Als er ihr Zimmer betrat, saß Tante Emmelia bebend vor Wut an ihrem Schreibtisch und blickte aus dem Fenster.

»Ich habe soeben einen völlig absurden Brief von deinem Onkel Pirkin erhalten«, sagte sie und schleuderte ihm ihre Hand mit dem Schreiben entgegen. »Natürlich ist dein Vater an allem schuld, aber daß Pirkin sich so aufregt, bedeutet für mich, daß er senil wird.«

Frederick las den Brief. »Wieder sein Größenwahn«, sagte er unbekümmert, »nur begreife ich nicht, wieso Vater einen Mann wie Yapp engagiert, um eine Familiengeschichte schreiben zu lassen.«

»Weil er weiß, daß mich das in Rage bringt.«

»Aber Onkel Pirkin denkt anscheinend . . .«

»Pirkin ist des Denkens nicht mächtig«, unterbrach ihn Tante Emmelia. »Er ist ein Sammler und Hobbynarr. Erst waren es Vogeleier, und als er zu arthritisch wurde, um auf richtige Bäume zu klettern, stürzte er sich auf den familiären.«

»Ich wollte sagen, daß Pirkin eine Zusammenarbeit mit diesem Professor Yapp in Erwägung zieht.«

»Genau das macht mir Sorgen. Pirkin kann kaum drei Wörter aneinanderreihen, geschweige denn ein Buch schreiben.«

»Zumindest könnte er Yapp daran hindern, sehr weit zu kommen. Eine einmonatige Zusammenarbeit mit Onkel Pirkin würde die Moral des entschlossensten Historikers untergraben. Aber wo ist mir der Name Walden Yapp bloß schon begegnet?«

»In einem Buch über künstliche Fischteiche?« schlug Tante Emmelia vor.

»Nein, es muß erst kürzlich gewesen sein. Kommt mir vor, als sei er irgend so ein Quargo.«

»Äußerst hilfreich. Ein Quargo, natürlich. Es wäre wohl allzu verwegen anzunehmen, daß du damit auf eine ausgestorbene australische Entenart anspielst«, sagte Tante Emmelia mit einer Unbestimmtheit, hinter der sich eine erstaunliche Kenntnis der aktuellen Ereignisse verbarg.

»Quasi-autonome regierungsunabhängige Organisation, wie du sehr wohl weißt.«

»Dann müssen wir also davon ausgehen, daß dein Vater auch noch politische Motive hat.«

»Ziemlich sicher«, sagte Frederick. »Wenn ich mich nicht irre, hat man Professor Yapp schon wiederholt gerufen, um streikenden Arbeitern das zu geben, was sie forderten, ohne das eigene Gesicht zu verlieren.«

»Hört sich alles recht unerfreulich an«, meinte Tante Emmelia. »Und wenn dieser Wicht sich einbildet, er würde von mir irgendeine Unterstützung bekommen, wird er seine Illusionen bald begraben müssen. Ich werde alles in meiner Macht Stehende tun, um dafür zu sorgen, daß dieses Projekt ein rasches Ende findet.«

Und mit dieser Ankündigung ging sie voraus zum kalten Hammel und zum neuesten Familienklatsch. Eine Stunde später fuhr Frederick erleichtert zur Fabrik zurück. Unterwegs kam er an einem großen, kantigen Menschen in altmodischen, langen Shorts vorbei. Da sich gelegentlich Wanderer nach Buscott verirrten, nahm Frederick kaum Notiz von ihm. Er konnte ja nicht ahnen, daß das von seinem Vater geschickte tödliche Virus die Stadt bereits erreicht hatte.

Yapp ahnte von seiner Rolle ebensowenig. Sein erster Eindruck von Buscott war durch den zweiten und dritten bestätigt worden. Das Städtchen entsprach nicht nur keineswegs seinen Vorstellungen von einer düsteren, trostlosen frühindustriellen Stadt, sondern wirkte sogar ausgesprochen blühend. Das Rathaus, angeblich im Jahr 1653 erbaut, wurde gerade restauriert. Das Gebäude der Wissenschaftlichen und Philosophischen Gesellschaft erfüllte seinen ursprünglichen Zweck zumindest teilweise, indem es neben Bingo im früheren Lesesaal Abendkurse für Erwachsene beherbergte. An der Hauptstraße wetteiferten mehrere Supermärkte miteinander, die ehemalige Kaserne hatte man fast schon zu geschmackvoll zum Einkaufszentrum umfunktioniert, auf dem Viehmarkt wimmelte es nur so von Bauern, die sich angeregt über Mastviehpreise unterhielten. Ein Antiquariat bot fast ebenso viele erlesene Antiquitäten wie Bücher an, und ein Blick zwischen den schmiedeeisernen Gittern der Petrefact-Baumwoll-Manufaktur hindurch ließ darauf schließen, daß, wenn nicht Baumwolle, so doch etwas anderes beträchtliche Gewinne abwarf. Mochte Buscott noch so isoliert sein, als heruntergekommen konnte man es wirklich nicht bezeichnen.

Obwohl Yapps erste Eindrücke enttäuschend waren, mußte er sich zunächst um praktische Probleme kümmern. Zuallererst um eine Unterkunft. Um die beiden Hotels machte Yapp aus Prinzip einen Bogen. Nur Reiche oder Lebemänner logierten in Hotels, und mit beiden hatte Yapp nichts im Sinn.

»Ich suche eine kleine Pension. Übernachtung mit Frühstück reicht auch«, erklärte er den Damen der Buscott Bäckerei & Konditorei, in deren kleiner Teestube er einen Kaffee bestellt hatte. Hinter der Theke entspann sich eine leise Diskussion, von der Yapp möglichst viel mitzubekommen suchte.

»Da wäre Mrs. Mooker, aber wie ich höre, vermietet sie nicht mehr...«

»Und Kathie . . .«

Kathie wurde allgemein wieder verworfen. »Kocht nicht anständig, glaube ich. Das war der Grund, warum Joe sie hat sitzenlassen. Kein Wunder bei diesem Fraß. Ganz abgesehen von dem anderen.«

Die Frauen blickten verstohlen zu Yapp hinüber und schüttelten die Köpfe.

»Das einzige, was mir einfällt«, sagte die Wortführerin schließlich, »sind Mr. und Mrs. Coppett in der Rabbitry Road. Die nehmen manchmal Untermieter, um die Sozialhilfe etwas aufzubessern. Nachdem sich das mit Willy Coppett nun mal nicht ändern läßt. Aber so, wie sie ist, würde ich die Adresse nicht empfehlen.«

»Es sind weniger ihre Kochkünste als ihre . . .«, meinte eine andere, aber das war auch schon alles, was Yapp über Mrs. Coppetts Fehler erfahren sollte. Eine Kundin hatte den Laden betreten, und das Gespräch drehte sich jetzt um den Unfall ihres Mannes. Yapp bezahlte seinen Kaffee und zog los, um die Rabbitry Road zu suchen. Er fand sie schließlich dank einer Generalstabskarte, die er in einem Schreibwarengeschäft erstanden hatte, und nicht etwa mit Hilfe der zwei Leute, die er auf der Straße gefragt hatte und die ihn in ziemlich entgegengesetzte Richtungen geschickt hatten. Auf diese Weise hatte er, seitdem er in Briskerton aus dem Zug gestiegen war, zwölf Meilen zurückgelegt und wurde allmählich ungehalten. Buscott war zwar eine kleine Stadt, aber offenbar lag die Rabbitry Road ganz am Rande.

Yapp fragte nach der nächsten Busstation, erfuhr, daß es gar keine Busse gab, und landete auf einer Art Autofriedhof, der sich als Mietwagen-Service ausgab.

»Ich bräuchte nur für ein paar Tage einen Wagen«, erklärte er dem fetten Kahlkopf, der unter einem vorsintflutlichen Kleintransporter hervorkroch und sich als Mr. Parmiter, »zu Ihren Diensten«, vorstellte.

»Vermietet wird nur monateweise«, sagte er. »Sie kämen günstiger weg, wenn Sie diesen prima Lieferwagen da kaufen würden. Für hundertzwanzig Pfund wirklich billig.«

»Ich will keinen Lieferwagen«, sagte Yapp.

»Ich gebe ihn Ihnen für achtzig ohne Versicherung. Noch weiter kann ich wirklich nicht runtergehen.«

»Ich möchte trotzdem einen normalen Wagen.«

Mr. Parmiter seufzte und zeigte auf einen großen Vauxhall. »Fünf Pfund pro Tag. Dreißig Tage Minimum«, sagte er.

»Aber das sind ja hundertfünfzig Pfund.«

Mr. Parmiter nickte. »Hätte ich nicht genauer ausrechnen können. Der Lieferwagen für hundertzwanzig inklusive Versicherung ist wirklich ein Geschäft. Sie kriegen ihn am Montag. Für achtzig können Sie ihn gleich mitnehmen.«

Yapp stand unglücklich da und spürte seine Füße. Sie taten abscheulich weh. »Ich nehme den Vauxhall«, sagte er und tröstete sich, während er sein Scheckbuch herauszog, mit dem Gedanken, daß Lord Petrefact für seine Spesen aufkam.

Mr. Parmiter betrachtete das Scheckbuch mißtrauisch. »Sie haben nicht zufällig Bargeld bei sich?« fragte er. »Ich meine, ich kann schon warten, bis die Banken morgen früh aufmachen. Aber wissen Sie, bei Barzahlung gibt es Rabatt.«

»Nein«, sagte Yapp. »Und von Steuerhinterziehung halte ich gar nichts.«

Mr. Parmiter war gekränkt. »Rabatt ist doch keine Steuerhinterziehung. Nur traue ich Schecks eben nicht. Soll ja vorkommen, daß sie nicht gedeckt sind.«

»Meine schon, das garantiere ich Ihnen.«

Trotzdem ließ Mr. Parmiter ihn Namen und Adresse auf die Rückseite schreiben und wollte dann seinen Führerschein sehen.

»Ich bin noch nie so behandelt worden«, beschwerte sich Yapp.

»Dann hätten Sie eben den Lieferwagen kaufen sollen. Ist doch klar. Kommt da rein, rümpft die Nase bei einem Lieferwagen für hundertzwanzig Pfund und mietet einen Wagen ...«

Aber schließlich fuhr Yapp mit dem Vauxhall in Richtung Rabbitry Road davon.

Hier begegnete ihm endlich jene Armut, die er aufgrund seiner Statistiken erwartet hatte. Eine Reihe verwahrloster Häuschen, dahinter ein aufgelassener Steinbruch, die Straße voller Schlaglöcher. Yapp hielt an und stieg aus. Ja, das war genau das soziale Umfeld, das er zu finden gehofft hatte. Mit dem erfreulichen Gedanken, daß er von den Ärmsten der Armen die ungeschminkte Wahrheit über Buscott und die Petrefacts erfahren würde, durchquerte er einen verwahrlosten Garten und klopfte an die Tür.

»Ich suche Mrs. Coppett«, sagte er zu der alten Frau, die öffnete.

»Hat sie schon wieder keine Miete gezahlt?«

»Nein«, entgegnete Yapp, »ich habe gehört, daß sie Zimmer vermietet.«

»Und wenn schon, ich weiß nichts davon. Geht mich ja auch nichts an, oder?«

»Ich möchte auch nur wissen, wo sie wohnt.«

»Wenn Sie von der Fürsorge sind ...«

»Ich bin nicht von der Fürsorge.«

»Dann wohnt sie in Nummer neun«, sagte die Alte und schob die Tür zu.

Yapp humpelte auf die Straße hinaus und hielt Ausschau nach der Nummer 9. Er entdeckte sie am Ende der Häuserreihe und stellte erleichtert fest, daß der Vorgarten auf Reinlichkeit schließen ließ. Während sich die anderen Häuser ihrer unwirtlichen Umgebung anzupassen schienen, trug Nummer 9 deutlich individuelle Züge. Auf der kleinen Rasenfläche wimmelte es von Zwergen, denen ein paar steinerne Frösche und ein Hase Gesellschaft leisteten, und auch wenn man, dem Gebot proletarischen Denkens zufolge, einwenden mußte, daß diese Figürchen im Grunde eine Flucht vor den konkreten und objektiven gesellschaftlichen Bedingungen darstellten, wirkten sie in der Rabbitry Road irgendwie tröstlich. Yapp durchquerte den Garten und wollte soeben an die Tür klopfen, als hinter dem Haus eine Stimme ertönte. »Jetzt komm schon, Willy, und hol Blondie hier raus, bevor Hektor sie zum Abendessen verspeist.«

Yapp ging ums Haus. Dort stand hinter einem großen Bettuch, das sie gerade auf die Leine hängte, eine massige Frau. Weiter hinten jagte ein Hund, der von recht unterschiedlichen Eltern abstammen mußte, ein Kaninchen durch ein kleines, fast nur aus Kohlköpfen bestehendes Gemüsebeet.

Yapp räusperte sich diskret. »Mrs. Coppett?« fragte er. Neben dem Bettuch tauchte ein rundes, rosafarbenes Gesicht auf.

»Gewissermaßen«, sagte sie und verlagerte ihren Blick auf seine Shorts.

»Wie ich gehört habe, vermieten Sie Zimmer.«

Mrs. Coppett gab sich alle Mühe, ihre Aufmerksamkeit auf sein Gesicht zu lenken. »Ich dachte, es ist Willy. Und daß Hektor Blondie erwischt, wenn ich nicht was unternehme.«

Damit ließ sie Yapp stehen und stürzte sich ins Getümmel im Gemüsebeet, aus dem sie wenig später mit Hektors Schwanz in der Hand wieder auftauchte. Hektor folgte heftig scharrend, aber Mrs. Coppett hielt ihn mit eiserner Hand fest und verfrachtete ihn in die Küche. Nach ein paar Minuten kam sie mit dem Hund an einem Strick wieder heraus und band ihn am Wasserhahn neben der Tür fest. »Was wünschen Sie?« fragte sie.

Yapp setzte sein verbindlichstes Lächeln auf. Allmählich dämmerte ihm, daß Mrs. Coppett eindeutig zu wünschen übrig ließ. Hätte man ihn gebeten, ihren Intelligenzquotienten anzugeben, hätte er vierzig Punkte dazugemogelt.

»Sie vermieten doch Zimmer mit Frühstück?«

Mrs. Coppett starrte ihn an und legte den Kopf auf die Seite. »Gewissermaßen schon«, sagte sie mit einem Unterton, den Yapp in seinen Vorlesungen als »Einkommensermittlungs-Syndrom« klassifizierte.

»Würde gern bei Ihnen einmieten«, versuchte er sein Anliegen so simpel wie möglich vorzubringen, »falls Sie ein Zimmer frei haben.« Mrs. Coppett nickte mehrere Male recht heftig und ging voran ins Haus. Yapp folgte mit gemischten Gefühlen. Es gab soziale Maßnahmen, mit denen man Armut lindern und alle Menschen in materieller Hinsicht gleichmachen konnte, aber gegen geistige Ungleichheit war derlei Politik machtlos.

Machtlos seinem Mißfallen ausgeliefert sah sich auch Yapp, als er die Küche betrat, die in puncto Ästhetik die Gartenzwerge weit in den Schatten stellte. Die Wände waren über und über mit Fotografien von Freistilringern, Gewichthebern und Body-Buildern bedeckt, die allesamt ihre entstellten Muskeln schwellen ließen und recht unzulänglich bekleidet waren.

»Hübsch, finden Sie nicht?« sagte Mrs. Coppett, die Yapps Verblüffung offenbar für Bewunderung hielt. »Ich mag starke Männer.«

»Ja«, sagte Yapp, erleichtert bei der Feststellung, daß die Küche ansonsten peinlich sauber und ordentlich war.

»Und Fernsehen haben wir auch«, fuhr sie fort, während sie ihn in die Diele führte und stolz eine Tür öffnete. Yapp schaute hinein und erlitt den nächsten Schock. Das Zimmer war ebenso sauber und ordentlich wie die Küche, nur waren diesmal die Wände mit Farbfotos von kleinen Kuscheltieren mit unnatürlich großen und ausdrucksvollen Kulleraugen tapeziert, die Yapp abscheulich sentimental antrieften.

»Die gehören Willy. Er liebt Kätzchen über alles.«

Yapp empfand diese Bemerkung als überflüssig, da das Zimmer eindeutig von Kätzchen beherrscht wurde. Eine grobe Schätzung ergab, daß sie sich gegenüber Hundebabies, Eichhörnchen, Häschen und sonstigen Wollknäueln, die wie zerknirschte Stinktiere aussahen, in der absoluten Überzahl befanden.

»Sie helfen ihm, ihn von der Arbeit abzulenken«, fuhr Mrs. Coppett auf dem Weg nach oben fort.

»Und was für eine Arbeit macht Mr. Coppett?« fragte Yapp, während er inständig hoffte, daß sein Zimmer nicht mit Zigarettenbildchen vollgeklebt war.

»Also, tags kuttelt er und abends trocknet er ab«, sagte Mrs. Coppett und vermittelte Yapp damit nur eine sehr vage Vorstellung von Mr. Coppetts Tagwerk und den Eindruck, daß er nach dem Abendessen in der Küche mithalf.

Wenigstens sein Zimmer war von Bildern verschont geblieben. Auf der Kommode lagen ein paar Schicksalsromane, doch abgesehen von deren gespenstischen Titelbildern und einer Schar Gipsenten an der Wand entsprach das Zimmer durchaus seinem Geschmack.

»Ich les' gern was Gutes«, meinte Mrs. Coppett, während sie die Heftchen fein säuberlich zu einem Stapel zusammenschob.

»Sieht alles recht hübsch aus«, sagte Yapp. »Wieviel kostet es denn?«

In ihren Augen blitzte ein Schimmer von Intelligenz auf. »Kommt drauf an.«

»Wären fünf Pfund pro Tag angemessen?«

Mrs. Coppett kicherte. »Da muß ich erst Willy fragen. Fünf Pfund würde Extras bedeuten, nicht wahr?«

»Extras?«

»Abendessen und belegte Brote und alles. Wenn Sie natürlich abends nur früh heimkommen wollen, muß ich Willy nicht fragen, oder?«

»Ich denke nicht«, sagte Yapp, ohne ihrer Logik im mindesten folgen zu können. »Aber für belegte Brote wäre ich recht dankbar. Ich werde nämlich den ganzen Tag unterwegs sein.«

Er zog seine Brieftasche heraus und entnahm ihr sieben Fünfpfundnoten.

»Oho«, sagte Mrs. Coppett, mit den Scheinen liebäugelnd, »Sie wollen wirklich Extras. Das merke ich schon.«

»Ich zahle immer gerne im voraus«, sagte Yapp und gab ihr das Geld. »Also das ist für die ganze Woche.«

Kichernd ging Mrs. Coppett nach unten.

Yapp hatte seine Stiefel bereits aufgeschnürt, als ihm einfiel, daß sein Rucksack noch unten im Wagen lag. Also schnürte er sie wieder zu, humpelte nach unten und absolvierte einen Spießrutenlauf an Mrs. Coppetts muskelbepackten Idolen und den Gartenzwergen vorbei, holte sein Gepäck und fragte, ob er ein Bad nehmen könne. Mrs. Coppett zögerte, und sofort verfluchte Yapps soziales Gewissen seine Taktlosigkeit. Wahrscheinlich waren die Coppetts zu unterprivilegiert, um überhaupt ein Bad zu haben. Wie gewöhnlich täuschte er sich.

»Ich habe es halt gerne, wenn Willy vor dem Essen noch duscht«, erklärte sie. Yapp entgegnete, daß er das gut verstehen könne.

»Aber wenn Sie nicht das ganze heiße Wasser verbrauchen...«, meinte Mrs. Coppett. Yapp ging in sein Zimmer zurück, untersuchte seine Füße und stellte fest, daß sie besser aussahen, als sie sich anfühlten, überquerte den Gang und wollte gerade ins Bad, als er bemerkte, daß die Tür zum Schlafzimmer der Coppetts offenstand.

Als er kurz stehenblieb, erspähte er deutliche Anzeichen für eine weitere familiäre Tragödie. Neben dem Doppelbett stand eine leere Wiege. Da Mrs. Coppett nicht den Eindruck erweckte, als sei sie schwanger, und man angesichts ihrer Erbmasse nur hoffen konnte, daß dieser Fall nie eintreten möge, war die Wiege wohl Ausdruck eines unverwirklichten Traums oder – schlimmer noch – einer Fehlgeburt. Wie real die eingebildete Mutterschaft für Mrs. Coppett war, zeigte der kleine, sorgfältig zusammengelegte Schlafanzug auf dem winzigen Kopfkissen. Yapp seufzte und ging ins Bad. Auch hier irritierte ihn einiges. Zwar gab es eine Badewanne, aber eine Dusche konnte er nirgends entdecken; nur eine in einer Höhe von ein Meter zwanzig an einen Wasserhahn angeschlossene Brause. Yapp setzte sich auf den Wannenrand, wusch sich die Füße und dachte wieder einmal darüber nach, wie unendlich traurig das menschliche Dasein doch manchmal war.

Gerade war er fertig und trocknete sich behutsam ab, als Stimmen von unten heraufdrangen. Anscheinend war Mr. Coppett von seiner Arbeit nach Hause gekommen. Yapp öffnete die Tür und wollte über den Gang in sein Zimmer zurückgehen, als ihm in vollem Umfang klar wurde, wie unendlich traurig das menschliche Dasein sein konnte, was Mrs. Coppett mit »kutteln« gemeint hatte, was die Wiege und der winzige Schlafanzug bedeuteten und warum sie darauf bestand, daß Willy duschte, bevor er sich zu Tisch setzte – auf einmal gab es für all das eine Erklärung. Mr. William Coppett war ein Zwerg (vor lauter Entsetzen gebrauchte Yapp selbst diesen unhöflichen Ausdruck), und noch dazu ein verdammt blutiger. Wäre er nicht die Treppe heraufgekommen, hätte Yapp ihn sicher für einen der leuchtend bunten Gartenzwerge gehalten. Von der kleinen Mütze bis hinunter zu den ehemals weißen Gummistiefeln Größe siebenundzwanzig war Mr. Coppett über und über mit Blut beschmiert. Mit den Händen umklammerte er ein abscheuliches Messer.

»'n Abend«, sagte er, als Yapp wie angewurzelt stehenblieb. »Arbeite unten im Schlachthof. Scheußlicher Job.«

Bevor Yapp seine Zustimmung zum Ausdruck bringen konnte, war Mr. Coppett im Bad verschwunden.

10

Eine Stunde später befand Yapp sich noch immer in jenem Zustand mitfühlenden Elends. Während all der Jahre, in denen er hingebungsvoll die Abgründe der Armut, postpubertäre Isolation, rassische und sexuelle Diskriminierung und die Demütigung von seiten der Überflußgesellschaft erforscht hatte, war ihm nicht ein Fall von Entfremdung untergekommen, der sich mit Mr. Coppett hätte vergleichen lassen. Daß ein zutiefst sensibler, tierliebender Perg, der mit einer unfruchtbaren und frustrierten Person von extrem limitierter Intelligenz verheiratet war, gezwungen war, seinen Lebensunterhalt als Ausweider zu verdienen, war ein schlagendes Beispiel für das Versagen der Gesellschaft im Hinblick auf die Bedürfnisse der Unterprivilegierten. Gerade hatte er überlegt, wie sich Mr. Coppetts Fall sozio-terminologisch am besten klassifizieren ließ, und war zu dem Ergebnis gelangt, daß »individuelle genetische Katastrophe« nicht zu hoch gegriffen war, als ihm ein Geruch in die Nase stieg, der seine Gedankengänge unterbrach. Yapp saß auf der Bettkante und schnüffelte.

Aus der Küche zog die unverwechselbare Duftwolke von Kutteln und Zwiebeln herauf. Yapp knirschte mit den Zähnen und schauderte. Auch wenn Mrs. Coppett geistig noch so unterentwickelt war, mußte sie doch wenigstens einen Funken Sensibilität besitzen. Yapp kamen allmählich starke Zweifel. Die Gartenzwerge und die Freistilringer, die die Küchenwände verschandelten, verrieten einen deutlichen, wenn auch vielleicht unbewußten Hang zum Sadismus bei dieser Frau. In den unterbelichteten Tiefen ihres Bewußtseins gab sie eindeutig ihrem Mann die Schuld für seine Unzulänglichkeit. Zur sozialen Not kam noch die Grausamkeit innerhalb der eigenen vier Wände. Yapp stand auf, ging die Treppe hinunter und verließ das Haus. Dadurch, daß er bei den Coppetts wohnte, unterstützte er sie zwar finanziell, aber er hatte nicht die Absicht, sich auch noch hinzusetzen und die Demütigung des armen Perg bei Tisch mitzuerleben. So fuhr Yapp in die Stadt, um dort zu essen.

Doch wie so oft war seine Diagnose falsch. In der Küche von Nummer 9 war alles in bester Ordnung. Mochte Yapp noch so energisch auf der Bezeichnung Perg bestehen, Willy ließ sich ausgesprochen gern als Zwerg bezeichnen. Das verlieh ihm einen gewissen

Status in Buscott, die Leute behandelten ihn ausnahmslos höflich, und er bekam jede Menge Teilzeitjobs. Sicher gab es einige wenige einfühlsame Zeitgenossen, die es als schändlich empfanden, wenn man Willy in verstopfte Gullys hinunterschickte, um sie auszuräumen, oder ihn in den Brunnen hinter dem Rathaus abseilte, um den Hut des Bürgermeisters heraufzuholen, den es bei einer besonders windigen Antrittsrede weggeweht hatte. Willy hätte sich über Bedenken solcher Art nur gewundert. Er genoß das Leben und ritt bei der großen Jagd von Bushampton regelmäßig mit dem Gesicht nach hinten auf dem Hinterzwiesel von Mr. Symonds Sattel mit, von wo aus er einen herrlichen Ausblick auf die Landschaft hatte und ihm der Anblick des Tötens erspart blieb.

Bei einer dieser Jagden hatten sie ihn mit dem Hinweis darauf, daß der Terrier steckengeblieben sei oder sich verletzt haben müsse, sogar dazu überredet, in den Dachsbau zu kriechen, in dem der Fuchs Zuflucht gesucht hatte. Was den sauberen Jägern entging, war die Tatsache, daß der Fuchs längst durch ein anderes Loch entwischt war und der Terrier auf Leben und Tod gegen die Meute wildgewordener Dachse kämpfte, die das Eindringen erst des Fuchses, dann des Terriers und schließlich auch noch Willys sehr übel nahmen. Willy kam am schlechtesten dabei weg. Nachdem ihn der Terrier, seinen Rettungsversuch als heimtückischen Angriff von hinten mißverstehend, in die Nase gebissen hatte, hätte ihn ein extrem ungehaltener Dachs um ein Haar um eine ganze Hand gebracht. Zuletzt mußten Willy und der Terrier ausgebuddelt und heftig blutend zum Tierarzt gebracht werden, der die Fuchsjagd lauthals verfluchte. In seinem Zorn wollte er den nicht als menschliches Wesen erkennbaren Willy in einer Ecke absetzen, um sich zuerst um den Hund zu kümmern. Da wischte sich Willy mit einem blutigen, verdreckten Taschentuch die Nase ab, was dem Veterinär einen derartigen Schock versetzte, daß alle drei zur Behandlung ins Buscott Cottage Hospital eingeliefert werden mußten. Dort stieß der Tierarzt mit seiner hysterischen Ablehnung blutiger Sportarten und der Beteuerung, daß das Ermorden von Zwergen nicht zu seinem Beruf gehöre, auf wenig Verständnis, während Mr. Symonds sich angesichts von Willys Verletzungen darauf hinausredete, daß er angeboten habe, ihm zur Hand zu gehen.

»Zur Hand?« schrie der behandelnde Arzt. »Er kann von Glück sagen, wenn er sie behält. Und wer zum Teufel hat seine Nase so zugerichtet?«

»Sein Taschentuch«, stöhnte der Veterinär. »Wenn er doch bloß dieses kleine Taschentuch nicht herausgezogen hätte ...«

»Wenn Sie ernsthaft behaupten wollen«, fuhr der Arzt ihn wütend an, »daß ein harmloses Taschentuch seine Nase so grauenhaft zugerichtet hat, dann sind Sie nicht recht bei Trost. Und heulen Sie mir nicht dauernd vor, daß Sie ihn hätten umbringen können. Seinen Verletzungen nach zu schließen, haben Sie es um ein verdammtes Haar beinahe geschafft.«

Doch Willys stoische Gelassenheit und seine Tierliebe retteten wider Erwarten den Tag. Nicht einmal den Dachsen nahm er die Sache krumm. »Kam von draußen in den Bau. Konnte ja nichts sehen«, wiederholte er immer wieder.

Diese beherzte Weigerung, irgend jemandem die Schuld zu geben, trug ihm zusätzliche Popularität und Dauerfreibier in allen Kneipen des Städtchens ein. Anstoß nahmen nur die Vertreter des Gesundheitsamtes.

»Er gehört in ein Heim«, erklärten Sie Mrs. Coppett, als diese ihn im Krankenhaus besuchte.

»Da wäre er auch, wenn er nicht hier wäre«, entgegnete diese einwandfrei logisch, »und noch dazu in einem besonders hübschen.«

Und da Willy ganz ihrer Meinung war, konnten sie nichts anderes tun, als gelegentlich einen ihrer Inspizienten vorbeischicken. Dieser berichtete stets von neuem, daß Mrs. Coppett eine vorzügliche Ersatzmutter sei, die Willys Bedürfnisse vollkommen befriedigte. Ob er die ihren befriedigte, ließ sich nicht beurteilen, und so kam es verständlicherweise zu allerlei Spekulationen.

»Ich denke doch, daß sich der arme Kerl ziemlich schwer tut«, sagte der Amtsarzt. »Aber wer weiß. Verborgene Talente gibt es immer. Ich erinnere mich da an einen Riesen von Mann bei der Army, der ...«

»Machen wir uns doch nichts vor«, unterbrach ihn der Leiter der Behörde. »Wir sind schließlich nicht dazu da, unsere Nasen in anderer Leute Sexualleben zu stecken. Was die Coppetts in ihren eigenen vier Wänden tun, geht uns nichts an.«

»Gott sei Dank«, murmelte der Amtsarzt. »Da wir gerade von Nasen sprechen ...«

»Ich finde, daß sich die Eheberatungsstelle mal um sie kümmern sollte«, meinte der verantwortliche Sozialarbeiter. »Mrs. Coppetts geistige Entwicklung entspricht der einer Achtjährigen.«

»An manchen Tagen der einer Vierjährigen.«

»Außerdem ist sie eine nicht unattraktive Frau ...«

»Hören Sie«, sagte der Amtsarzt, »ich persönlich habe die Erfahrung gemacht, daß die Eheberatungsstelle mehr Schaden anrichtet als Positives bewirkt. Zu mir ist schon mal eine schwachsinnige Frau in die

Klinik gekommen und hat eine postnatale Abtreibung verlangt. Auf einen zweiten solchen Fall kann ich verzichten.«

Doch trotz seiner Einwände wurde eine Eheberaterin in die Rabbitry Road 9 beordert. Bürokratischer Tradition zufolge war sie nicht ausreichend informiert; so wußte sie auch nicht, daß Mr. Coppett ein Zwerg war. Und als sie nach einer halben Stunde entdeckte, daß Mrs. Coppett anscheinend noch Jungfrau war, tat sie alles, um ihr klarzumachen, daß sie unter sexueller Deprivation litt.

»Wir leben doch nicht mehr im Mittelalter. Die moderne Frau hat das Recht auf einen regelmäßigen Orgasmus, und wenn Ihr Mann sich weigert, Ihnen den zu verschaffen, dann haben Sie unter Berufung auf Nichtvollzug der Ehe Anspruch auf sofortige Scheidung.«

»Aber ich liebe meinen kleinen Willy doch«, sagte Mrs. Coppett, die keinen Schimmer hatte, was die Frau von ihr wollte. »Ich bette ihn jeden Abend in seine Wiege, und da schnarcht er dann, einfach süß. Ich weiß nicht, was ich ohne ihn anfangen würde.«

»Aber ich hatte Sie so verstanden, daß Sie noch nie Geschlechtsverkehr hatten. Und jetzt sagen Sie, daß Sie ein Kind mit Namen Willy haben«, sagte die Frau vorwurfsvoll, ohne zu merken, daß sie die Situation gründlich mißverstand.

»Willy ist mein Mann.«

»Und zum Schlafen legen Sie ihn in eine Wiege?«

Mrs. Coppett nickte.

»Und schlafen tut er nicht mit Ihnen?«

Mrs. Coppett schüttelte den Kopf. »Er fühlt sich so wohl in seiner Wiege«, sagte sie.

Mit dem Eifer einer empörten Feministin richtete sich die Frau auf. »Das mag sein, wie es will. Aber wenn Sie meine Meinung hören wollen, dann ist Ihr Mann eindeutig sexuell unzulänglich und pervers.«

»Wirklich?« staunte Mrs. Coppett. »Das habe ich nie bemerkt.«

»Nein. Und das werden Sie wohl auch kaum, solange diese unnatürliche Beziehung andauert. Ihr Mann braucht unbedingt einen Psychiater.«

»Einen was?«

»Einen Arzt, der sich mit seelischen Problemen beschäftigt.«

»Er ist schon bei so vielen Ärzten gewesen, aber die können ihm auch nicht helfen. Wie sollten sie auch? Er ist halt nun mal so.«

»Das hört sich an, als wäre er wirklich unheilbar. Und Sie wollen ihn nicht verlassen?«

In diesem Punkt war Mrs. Coppett hartnäckig. »Nie. Der Pfarrer hat gesagt, wir müssen zusammenbleiben, und der Pfarrer hat immer recht, oder?«

»Möglicherweise war er sich über die Verfassung Ihres Mannes nicht im klaren«, sagte die Eheberaterin, wobei sie ihren Atheismus im Interesse der Sache ausklammerte.

»Muß er schon, glaube ich«, sagte Mrs. Coppett. »Schließlich hat er ihm vorgeschlagen, im Knabenchor mitzusingen.«

Die Frau kniff die Augen zusammen. »Und hat Ihr Mann mitgemacht?«

»Aber ja. Er mag das gern, Verkleiden und so was.«

»So, das kann ich mir vorstellen«, sagte die Eheberaterin, während sie beschloß, auf dem Rückweg zum Rathaus die Polizeiwache aufzusuchen. »Nun, meine Liebe, wenn Sie ihn nicht verlassen wollen, dann kann ich Ihnen nur den guten Rat geben, daß Sie sich ein anständiges, gesundes Sexualleben *extra matrimonium*, also im Rahmen einer außerehelichen Beziehung zulegen. Das kann Ihnen wirklich niemand verübeln.«

Und mit diesem zweifelhaften Ratschlag stand sie auf und verabschiedete sich. Bis Willy an diesem Abend nach Hause kam, hatte Mrs. Coppett das »außerehelich« längst vergessen. Sie wußte nur, daß die Dame gesagt hatte, sie bräuchte »extra«.

»Was für ein Extra?« fragte Willy, während er Eier und Schinken hinunterschlang.

Mrs. Coppett kicherte. »Du weißt schon, Willy. Was wir freitags im Bett machen.«

»Ach das«, sagte Willy, der insgeheim fürchtete, an einem dieser Freitage endgültig zerquetscht zu werden oder zu ersticken.

»Macht es dir nichts aus?«

»Wenn diese Ehemenschen das sagen, kann ich ja wohl wenig dagegen tun, selbst wenn es mir etwas ausmacht«, sagte Willy nachdenklich. »Ich möchte nur nicht, daß die Nachbarn es erfahren.«

»Das würde ich ihnen im Leben nie erzählen«, sagte Mrs. Coppett. Und von da ab machte sie Jagd auf Extras – ebenso beharrlich und erfolglos wie die Polizei, die den Pfarrer und die Chorknaben nicht aus den Augen ließ. Nicht, daß Rosie wirklich Extras wollte, aber wenn die Dame darauf bestand, dann war es wohl ihre Pflicht.

Und nun war ein Gentleman gekommen und hatte gesagt, er wolle auch Extras, und er war ein echter Gentleman. Mrs. Coppett konnte das beurteilen. Gentlemen trugen komische kurze Hosen und redeten wie die klugen Leute in der Sendung »Noch Fragen?«, die sie nie verstand. Mr. Yapp war genau wie sie und gebrauchte auch so lange

Wörter. Und so traf Mrs. Coppett, während Willy sich in den *Pferdekutscher* begab, wo er sein Freibier zum Teil damit verdiente, daß er hinter oder vielmehr unter dem Tresen Gläser abtrocknete, Vorbereitungen für Extras. Sie holte ihr hübschestes Nachthemd heraus, schminkte sich, wobei sie besondere Sorgfalt auf die grünen Augenlider verwendete, und studierte mehrere Anzeigen in einem drei Jahre alten *Cosmopolitan*, um Entscheidungshilfe bei der Lippengestaltung zu finden. Nachdem dies erledigt war, wandte sie sich dem Thema Strumpfhalter zu. Die Mädchen in ihren Schicksalsromanen trugen immer welche, auch wenn sie sich nicht recht vorstellen konnte, wozu. Andererseits gehörten sie offenbar zu den Extras, und womöglich fühlte sich Mr. Yapp vor den Kopf gestoßen, wenn sie keinen trug. Das einzige Problem war, daß sie gar keinen hatte. Mrs. Coppett kramte in ihrem winzigen Hirn nach einem Ersatz und förderte schließlich ein Korsett ihrer Mutter zutage, das diese, kurz bevor sie bettlägerig geworden war, gekauft, aber nie getragen hatte. Wenn sie das auseinanderschnitt ... Sie ging nach unten, holte eine Schere und machte sich ans Werk. Als sie fertig war und sich das Unterteil umgeschnürt hatte, betrachtete sie sich zufrieden im Spiegel. Jetzt noch ein paar Spritzer Parfüm, dann war sie fertig.

Yapp hatte einen qualvollen Abend hinter sich. Er hatte in Buscott Ausschau nach einem Café gehalten und mehrere gefunden. Aber alle hatten geschlossen. Also war er in ein Pub gegangen und hatte das übliche Bitter bestellt, bevor er sich nach etwas zu essen erkundigte und eine abschlägige Antwort erhielt. Aber vielleicht würde er im *Fröhlichen Zecher* noch etwas bekommen. Nachdem er sein Bier ausgetrunken hatte, machte er sich hoffnungsvoll auf den Weg, wurde aber wieder enttäuscht. Das Pub wurde seinem Namen nicht annähernd gerecht, und der Wirt hatte auf seine Frage stocksauer reagiert. Yapp hatte ein zweites Bier bestellt, teils um den Mann zu besänftigen, teils weil er aus Erfahrung wußte, daß sich aus solch verbitterten Quellen oft die ergiebigsten Informationen schöpfen ließen. Doch trotz aller Bemühungen, den Mann zum Sprechen zu bringen, erfuhr er lediglich, daß er aus Wapping stammte und es bereute, nicht dort geblieben zu sein. »Tote Hose«, lautete sein Kommentar zu Buscott, und obwohl Yapp diesen Ausdruck zum erstenmal hörte, konnte er sich denken, was gemeint war. Zwei weitere Pubs, und er war derselben Ansicht. Buscotts Nachtleben war deutlich limitiert, und obwohl die Leute angeblich viel tranken, geschah dies anscheinend nach dem Abendessen und zu Hause. Ihre Unterhaltung verstummte, sobald er ein Pub betrat, und wenn er versuchte, Anteil an ihrem ausgebeuteten Leben zu nehmen, indem er ein Gespräch über die Fabrik, die Petrefacts oder irgendein anderes Thema begann, reagierten sie auffallend zurückhaltend. Für Yapp war das die typische Reaktion unterdrückter Menschen, die Angst hatten, ihren Arbeitsplatz zu verlieren. Er mußte ihr Vertrauen gewinnen, indem er sie davon überzeugte, daß er auf ihrer Seite stand. Sein erster Schritt in dieser Richtung bestand darin zu verkünden, daß sein Vater Werkzeugmacher gewesen sei, seine Mutter im spanischen Bürgerkrieg gekämpft habe und er selbst nach Buscott gekommen sei, um für einen Fernsehfilm über Hungerlöhne, Überstunden und das Fehlen einer gewerkschaftlichen Vertretung in der Mühle zu recherchieren. Diese Ankündigung wurde mit einem für seine Begriffe bemerkenswerten Mangel an Begeisterung aufgenommen, und in einigen Gesichtern glaubte er regelrechte Angst zu lesen.

»Wie war noch mal Ihr Name?« fragte ein etwas gesprächigerer Mann im letzten Pub herausfordernd.

»Yapp. Walden Yapp. Ich wohne oben in der Rabbitry Road bei den Coppetts«, antwortete Yapp. »Die kennen Sie doch sicher«, fügte er hinzu. Der andere ignorierte diese Anbiederung.

»Am besten, Sie kümmern sich um Ihre eigenen Angelegenheiten«, sagte er, trank sein Bier in einem Zug aus und knallte das Glas auf den Tisch. Yapp verstand den Wink, trank ebenfalls aus und wollte soeben noch zwei Bier bestellen, als sein Freund dem Wirt zunickte und ging. Yapp lächelte trübe und ging ebenfalls. Vielleicht mußte er doch sein Forschungsteam nach Buscott holen und das Problem von der statistischen Seite her angehen. Inzwischen verspürte er einen Bärenhunger. Sicher gab es in Briskerton, wo er seinen Koffer am Bahnhof hatte stehenlassen, ein offenes Café. Yapp kehrte zu seinem Vauxhall zurück und nahm die Straße nach Briskerton.

Doch trotz aller Enttäuschung darüber, daß Buscott nicht so war, wie er und Doris es sich vorgestellt hatten, und daß zuerst jener fast bäurische Argwohn überwunden werden mußte, bevor er dem Einfluß der Petrefacts auf den Grund gehen konnte, machte ihm etwas anderes ungleich mehr zu schaffen: das erblich verankerte Unglück von Mr. und Mrs. Coppett. Fast kam es ihm vor, als würden diese beiden die bloße Möglichkeit einer glücklichen Welt, auf die all seine Bemühungen abzielten, in Abrede stellen. Yapp wurde von einer Woge des Mitleids erfaßt, an der das Bier nicht ganz unschuldig war. Er mußte sehen, was er tun konnte, um Mr. Coppett zu einer befriedigenderen Arbeit als der auf dem Schlachthof zu verhelfen.

Vielleicht gelang es sogar, Mrs. Coppett begreiflich zu machen, daß ihr Mann ein empfindsamer Mensch war, den es einfach verletzen mußte, wenn er zum Abendessen Kutteln mit Zwiebeln vorgesetzt bekam.

Diese gutgemeinten und menschenfreundlichen Überlegungen begleiteten Yapp bis nach Briskerton. Nachdem er seinen Koffer vom Bahnhof abgeholt hatte, begab er sich erneut auf die Suche nach einem Café. Doch in dieser Hinsicht erwies sich Briskerton als ebenso hinterwäldlerisch wie Buscott, so daß Yapp schließlich einige Biere mehr als beabsichtigt trank, während er in einem anderen Pub auf einen Teller Sandwiches wartete.

11

Droben im New House saß Emmelia in der Dämmerung in der Bibliothek und schrieb Briefe. Durch die offenen Glastüren blickte sie auf die Blüten der »Frau Karl Druschki«, die eine längst verblichene Tante etwas zweideutig zum Andenken an ihren verstorbenen Mann gepflanzt hatte. Da die »Frau« unter Rosenzüchtern allgemein »das geruchlose, kalte weiße Wunder« geannt wurde und besagter Onkel leidenschaftlich für parfümierte Damen geschwärmt hatte, hatte sich Emmelia angesichts der Wahl ihrer Tante schon oft gefragt, ob Onkel Rundle auch eine Vorliebe für warme, schwarze Geliebte gehegt haben mochte. Das hätte der Entscheidung für diese Rose eine subtile Pikanterie verliehen, die selbst Emmelias würdig gewesen wäre. Doch vorerst blieb ihr keine Zeit für Spekulationen. Sie war vollauf damit beschäftigt, ihre Neffen und Nichten, Cousins und Cousinen, ihre drei Schwestern und sämtliche über den ganzen Erdball verteilten Verwandten von Ronalds abscheulichem Plan einer Familiengeschichte in Kenntnis zu setzen.

»Unsere Ehre und, dessen bin ich mir sicher, unsere Stärke liegen in der diskreten Zurückgezogenheit«, schrieb sie wiederholt. »Das war von jeher unser wertvollster Besitz, und ich werde nicht dulden, daß er jetzt entweiht wird.«

Mit der den Petrefacts eigenen Arroganz ging sie über die abenteuerliche metaphorische Mischung hinweg. Besitz konnte entweiht werden, und solange Besitztümer den Ruf der Familie aufrechterhielten, war der Ruf ein Garant für den Reichtum. Einen Petrefact, wenn er auch arm war wie eine Kirchenmaus, konnte man an jeden beliebigen Ort der Welt stellen und Gift darauf nehmen, daß er durch harte Arbeit, schlaue Geschäfte und überzeugendes Selbstbewußtsein ein reicher Mann wurde. Dabei spielte es keine Rolle, daß ein solcher Petrefact jederzeit Geld bei der Familienbank aufnehmen oder sich, wenn nötig, mit seinem Namen anderswo Kredit beschaffen konnte. Ohne diesen Namen wäre er eben nicht kreditwürdig, und Emmelias Aufgabe war es, dafür zu sorgen, daß dieser Name von vornehmer Diskretion umgeben blieb. Andere Familien hatte übertriebene Protzerei in vergleichbaren Situationen in Armut gestürzt und völlig von der Bildfläche verschwinden lassen. Diesem Beispiel würden die

Petrefacts nicht folgen. Professor Yapp – allein schon der Name machte die Verderbtheit ihres Bruders deutlich – würde vor verschlossenen Türen stehen, wo immer er anklopfte, um Nachforschungen anzustellen.

Und nachdem sie ihren letzten Brief beendet hatte – an Fiona, eine Nichte, die mit einer zwittrigen modernen Bildhauerin als, wie beide es nannten, eingeschlechtige Familie auf Korfu lebte –, setzte sie sich zurück und überlegte, wie sie am besten Druck auf die älteren und entfernteren Verwandten ausüben könnte, auf die sie weniger Einfluß hatte. Da war zum einen die alte Tante Persephone, inzwischen hoch in den Neunzigern und in einem privaten Pflegeheim in der Nähe von Bedford eingesperrt, teils wegen ihres hohen Alters, in erster Linie aber, weil sie nach vierzigjähriger Witwenschaft eines Tages aus heiterem Himmel verkündet hatte, daß sie einen bereits verheirateten, aus Jamaika stammenden Busfahrer zu heiraten gedenke, der ihr auf dem allwöchentlichen Weg in den Zoo tollkühn in seinen Bus geholfen hatte. Ein Wort mit der Heimleiterin würde genügen, damit Professor Yapp nicht vorgelassen wurde. Richter Petrefact war kein Problem. Er würde dem Biographen eine saftige Abfuhr erteilen. Desgleichen Brigadegeneral Petrefact, der seinen Ruhestand damit ausfüllte, daß er versuchte, braungetupfte Wüstenrennmäuse zu züchten, indem er sie mit siamesischen Katzen kreuzte, ein Verfahren, dem von Anfang an eine Unmenge weiblicher Wüstenrennmäuse zum Opfer gefallen war und das inzwischen indirekter, aber ebensowenig erfolgreich, in Form künstlicher Besamung der Katzen durch die Wüstenrennmäuse fortgesetzt wurde. Emmelia empfand dieses Hobby als ebenso harmlos wie widerlich, aber zumindest hatte der alte Soldat den Vorzug, monomanisch veranlagt zu sein, so daß keine große Gefahr bestand, daß er Yapp irgendwelche Informationen lieferte. Und dann waren da noch die irischen Petrefacts, die jedoch einen derart weit entfernten und finanziell völlig gekappten Zweig der Familie darstellten, daß sie sie sofort ad acta legte.

Nein, die eigentliche Gefahr lauerte bei den direkten Nachkommen von Ururgroßvater Samuel Petrefact, der die Mühle erbaut und damit jenen entscheidenden Sprung vom reichen Großgrundbesitzer zum Wirtschaftsmagnaten vollzogen hatte, der für die heutige Familie im Petrefact-Konzern gipfelte. Nicht nur Gefahr schlummerte dort, sondern auch jene Charakterschwäche, die sich im Handeln ihres Bruders so deutlich manifestierte. Es kam ihr vor, als habe die Verlagerung des Betätigungsfeldes eine Mutation der Familienkonstitution bewirkt oder als sei, um ein Bild zu gebrauchen, das ihr als

Rosenzüchterin geläufiger war, an einem Ast des Stammbaums eine »Knospenvariation«, ähnlich Kathleen Harrop bei Zéphirine Drouhin, aufgetaucht – nur daß Knospenvariationen Verbesserungen bedeuteten, was man bei Ronald wahrhaftig nicht behaupten konnte. Dieser Gedanke irritierte sie um so mehr, als, wenn ihr Bruder dieses Erbe in sich trug, sie selbst wohl kaum davon verschont geblieben sein konnte.

Mit einem Lächeln, das sehr viel mehr Selbsterkenntnis verriet, als ihre Bekannten ihr zugetraut hätten, schloß sie die Türen zum Garten, drehte das Licht ab und ging zu Bett.

Unter dem Tresen des *Pferdekutschers* verbrachte Willy Coppett einen angenehmen Abend. Er konnte da unten seine Gläser abwaschen und trocknen, ohne gesehen zu werden, konnte sich Flaschenbier einverleiben, wenn ihm danach zumute war, und vor allem konnte er die Gespräche, die über seinem Kopf geführt wurden, mithören, ohne sich daran beteiligen zu müssen. So hatte er mitbekommen, wie Mr. Parmiter damit protzte, daß er seinen alten Vauxhall an einen Professor vermietet und dabei anständig profitiert habe.

»Er braucht ihn nur für eine Woche, sagte er, aber gezahlt hat er, ohne mit der Wimper zu zucken, für einen Monat. Diese gelehrten Typen haben ungefähr soviel Ahnung vom Geschäft wie ich von Latein.«

»Merkwürdig«, meinte Mr. Groce, der Wirt. Willy unter dem Tresen kam es auch merkwürdig vor. Er hatte Mr. Parmiters alten Vauxhall vor dem Haus stehen sehen, als er vom Schlachthof nach Hause kam, aber daß der neue Untermieter ein Professor war, hatte er nicht geahnt. Ausgesehen hatte er jedenfalls nicht danach, mit seinen komischen kurzen Hosen und den Wanderstiefeln. Und daß ein Professor sich ausgerechnet sein Haus als Quartier ausgesucht hatte, war mehr als verwunderlich. Seltsam, sehr seltsam. Als Mr. Parmiter erwähnte, daß Professor Yapp kurze Hosen trug, zerstreute das auch seine letzten Zweifel.

»So altmodische Dinger, wie man sie uns damals in der Wüste verpaßt hat. Rutschten immer in die Kniekehlen, und wenn man sich bückte, damit einem die deutschen Saukerle den Kopf nicht zu Brei schossen, hatte man den Sand im Hintern.«

Willy dachte unter dem Tresen über die schauderhafte Möglichkeit nach, daß der Professor nur deshalb in der Rabbitry Road 9 wohnte, um ihn als medizinisches Studienobjekt zu mißbrauchen. Das war die einzige Erklärung, die er finden konnte. Und sie mißfiel ihm ganz und gar. Er war schon von so vielen Ärzten untersucht worden, daß es ihm für den Rest seines Lebens reichte. Insgeheim befürchtete er, daß es eines Tages möglich sein würde, ihm die untere Hälfte eines besonders großen Körpers zu transplantieren, um ihn auf eine normale Größe zu bringen. Das war schön und gut für Zwerge, denen das gefiel, aber zu denen gehörte er nicht. Schaudernd griff sich Willy unter dem Tresen die nächste Bierflasche.

Seine Befürchtungen waren jedoch nichts im Vergleich zu der Bestürzung, die im Sozial-Konservativen Arbeiterclub von Buscott herrschte. Es war charakteristisch für diese kleine Stadt, daß es gelungen war, alle Farben des politischen Spektrums in einer einzigen Institution zusammenzufassen. Einerseits hatte dies den Vorteil der Wirtschaftlichkeit, andererseits wurden dadurch die körperschaftliche Einigkeit aufrechterhalten und politische Rangeleien, wie es sie in anderen kleinen Städten gab, vermieden. Tatsache war, daß es in Buscott weder Politik noch einen Parlamentsabgeordneten gab, und da die Grafschaft unverbrüchlich Tory wählte, bedurfte es nicht mehr als eines Lippenbekenntnisses zur Partei, das in der Zugehörigkeit zu eben jenem allumfassenden Club bestand. Ganz konkret diente er dazu, die paar Alkoholiker, die in Buscott herumliefen, von der Straße fernzuhalten, indem man ihnen von morgens bis Mitternacht das Trinken in Gesellschaft ermöglichte.

Eben dort hielt Frederick Petrefact hof – getreu der Familientradition, allen alles zu sein, bis man es sich leisten konnte, auf alle zu pfeifen –, spielte Billard und hatte ein Auge auf das Kommen und Gehen derer, deren Frauen er zur Akkordarbeit auf der Couch in seinem Büro anstellte. Und hierher kam auch Mr. Mackett, der Walden Yapp den guten Rat gegeben hatte, sich lieber um seine eigenen Angelegenheiten zu kümmern, mit der beunruhigenden Nachricht, daß der Professor gekommen war, um einen Film über Hungerlöhne, Überstunden und das Fehlen einer gewerkschaftlichen Vertretung in der Fabrik zu drehen.

»Der Saukerl wohnt oben in der Rabbitry Road bei Willy und seiner Alten«, berichtete er Frederick. »Heißt angeblich Yapp.«

»Scheiße«, sagte Frederick, der die Besorgnis seiner Tante nicht sonderlich ernst genommen hatte. »Was für einen Film denn?«

»Einen Dokumentarfilm fürs Fernsehen. Irgend so was.«

»Dann hat also jemand das Maul aufgerissen«, meinte ein anderer. »Klarer Fall. Dabei haben wir die ganze Chose so wasserdicht gemacht wie einen Entenarsch. Also, wer hat gequasselt?«

Für Frederick gab es da nicht den geringsten Zweifel. Irgendwie hatte sein verdammter Vater herausgefunden, wo er war und was er trieb, und das Gerede über diesen Yapp, der die Familiengeschichte schreiben sollte, war lediglich eine Ausrede, um seine Beziehung zu Tante Emmelia empfindlich zu stören und seine Chancen, zu einem Vermögen zu kommen, zu ruinieren. Stören war ein viel zu mildes Wort für die Reaktion seiner Tante. Sie würde völlig durchdrehen. Und wenn sein Vater Bescheid wußte, dann auch Yapp, und das bedeutete, daß Tante Emmelia früher oder später alles erfahren würde.

Während die anderen Männer debattierten, gingen Fredericks Gedanken eigene Wege.

»Als erstes müssen wir dafür sorgen, daß er gar nicht durchs Fabriktor kommt«, meinte Mr. Ponder. »Er kann glauben, was zum Teufel er will, aber ohne unsere Mitarbeit kann er keinen Film machen. Und die wird er nicht kriegen.«

»Aber irgendeinen Zuträger muß er doch haben, sonst wäre er ja nicht hier«, sagte Mr. Mackett.

»Willy Coppett vielleicht?«

»Nie im Leben.«

»Warum wohnt er dann bei ihm?«

»Frag mich was Leichteres. Gesagt hat er jedenfalls, daß er eine ökonomische Was-weiß-ich-Untersuchung über Kleinstadtwachstum machen will.«

»Da ist er bei Willy ja an der richtigen Adresse«, sagte Mr. Ponder. »Sehr viel kleiner geht's kaum.«

»Ich glaube, ich werde mal mit Mr. Coppett reden«, sagte Frederick. »Vielleicht weiß er was. Ansonsten schlage ich vor, daß wir dem Professor das Leben so sauer wie möglich machen.«

»Ich glaube fast, dafür hat er mit seinem Quartier bei den Coppetts schon selbst gesorgt«, meinte Mr. Mackett. »Mrs. Bryant zwei Häuser weiter hat erzählt, daß Willys Alte ihm verboten hat, das Klo zu benutzen, weil sie Angst hat, daß er sich eines Tages samt dem Rest hinunterspült. Ich weiß ja, daß Rosie Coppett dumm wie Schifferscheiße ist, aber das schlägt dem Faß den Boden aus.«

Während sie verschiedene Möglichkeiten, Walden Yapps Aufmerksamkeit von der Fabrik abzulenken, erörterten, verließ Frederick den Club, ging hinüber zum *Pferdekutscher* und bestellte einen Cognac.

»Ist Willy da?« fragte er.

Willys Kopf tauchte zwischen den Zapfhähnen auf und nickte.

»Wie ich höre, habt ihr einen neuen Untermieter.«

Wieder nickte Willy. Vor Mr. Frederick hatte er großen Respekt. Mr. Frederick war ein Petrefact, und was das bedeutete, wußte jeder. Geldadel.

Da kam ihm Mr. Parmiter zu Hilfe. »Neuigkeiten machen schnell die Runde, was? Gerade habe ich zu unserem Willy gesagt, daß mir die Nase von diesem Yapp nicht gefällt, und da kommen Sie rein und wollen was über ihn wissen.«

»Ich wollte mir nur bestätigen lassen, was ich gehört habe.«

»Kurze Hosen«, kam es vielsagend von Willy, der beschlossen hatte, sich doch am Gespräch zu beteiligen.

»Geben Sie ihm einen Cognac«, sagte Frederick daraufhin.

Mr. Groce goß einen Cognac ein und reichte ihn Willy. Der schüttelte den Kopf, nahm ihn aber trotzdem. »Er trägt kurze Hosen.«

»Der Professor, wie er sich selbst nennt, war angezogen wie ein Wanderer«, interpretierte Mr. Parmiter. »Khaki-Hosen und Stiefel. So kam er zu mir und wollte einen Wagen mieten.«

Frederick nippte an seinem Cognac und hörte aufmerksam zu.

»Glauben Sie, daß er echt ist?« fragte Mr. Parmiter nach einer Weile.

»Ich fürchte schon«, sagte Frederick. »Er ist eine ziemlich bekannte Figur, dieser Professor Yapp. Er sitzt in Regierungskommissionen für Lohnschiedsverfahren und solches Zeug.«

»Dann wundert es mich nicht, daß er sich über Steuertricks und den Rabatt aufgeregt hat, den ich ihm bei Barzahlung angeboten habe.«

»Zahlt fünf Pfund pro Tag«, sagte Willy. »Hat sie Rosie schon gegeben.«

Frederick zahlte noch eine Runde. »Und hat er gesagt, was er hier will?«

Willy schüttelte den Kopf.

»Also, hören Sie zu, ich möchte, daß Sie was für mich tun. Ich möchte, daß Sie genau auf alles aufpassen, was er sagt, und mir dann Bericht erstatten. Glauben Sie, daß Sie das können?« Frederick holte eine Zehnpfundnote aus seiner Brieftasche und legte sie auf den Tresen. »Und wenn Sie mir sagen, wohin er geht und was er so treibt, gibt es noch mehr von der Sorte.«

Willy nickte heftig. Wer oder was Professor Yapp auch sein mochte, eine nützliche zusätzliche Einnahmequelle war er auf alle Fälle.

»Kommen Sie einfach in mein Büro, wenn Sie was wissen«, sagte Frederick und stand auf. Willy nickte und tauchte unter den Tresen.

»Sonderbar«, sagte Mr. Parmiter, nachdem Frederick gegangen war, »muß schon was ganz Besonderes sein, dieser Yapp, daß sich Mr.

Petrefact so für ihn interessiert. Immerhin allerhand, daß er Willy beauftragt, sich an die Fersen von diesem Schnüffler zu hängen.«

»Würde mich nicht wundern, wenn sich herausstellt, daß er von der Steuerfahndung ist«, meinte der Wirt. »Vielleicht will er sich dieses dubiose Lagerhaus da unten ansehen.«

»Da könntest du recht haben. In diesem Fall steht Mr. Yapp eine recht unangenehme Überraschung bevor.«

In gewisser Hinsicht sollte er recht behalten. Als Yapp in die Rabbitry Road einbog und den klapprigen Wagen vor der Nummer 9 parkte, schwelgte er in jener Gefühlsmischung aus persönlichem Wohlwollen und sozialer Empörung, die seine Studenten so inspirierte und den Aufenthaltsraum der Dozenten in Kloone so zuverlässig leerfegte. Diesmal richtete sich sein Wohlwollen auf die Coppetts und seine Empörung gegen die verwahrloste Umgebung und das klägliche Versagen der sozialen Einrichtungen, die Willy nicht einmal zu einer Behindertenrente verholfen hatten. In Walden Yapps Augen war Kleinwüchsigkeit eine ernstzunehmende Behinderung. Er wäre nie auf die Idee gekommen, daß Willy Coppett sich durch das Angebot einer Rente, die er ohnehin abgelehnt hätte, nicht nur zutiefst in seinem Stolz getroffen gefühlt hätte, sondern daß er es sogar ausgesprochen genoß, der einzige Zwerg in Buscott zu sein. Aber Yapps paradoxer Denkweise zufolge ging das Recht auf Arbeit Hand in Hand mit dem Anspruch auf Rente, was bedeutete, daß Willy nicht zu arbeiten brauchte. Das Argument, daß die arbeitende Klasse nicht mehr in eben diese Kategorie fiele, wenn sie nicht arbeiten müßte, hatte er längst entkräftet, indem er darauf hinwies, daß die faulen Reichen mit wenigen Ausnahmen extrem hart arbeiteten, ein Ergebnis, das durch die Erkenntnisse von Doris, dem Computer, bestätigt wurde.

Doch als er aus dem Wagen stieg und betrübt durch die groteske Menagerie der Gartenzwerge stapfte, die in der Dunkelheit jegliche individuellen Züge eingebüßt hatten und ihm für den Bruchteil einer Sekunde den Eindruck vermittelten, als würde Willys gesamte Verwandtschaft hier auf ihn warten, überlegte er, ob er seinen Einfluß nicht irgendwie geltend machen könnte, um die Coppetts aus dieser gräßlichen Umgebung zu entfernen und ihnen eine Arbeit an der Universität zu vermitteln. Er mußte unbedingt mit ihnen darüber reden. Er ging ums Haus herum zum Kücheneingang. Noch immer hing der schwere Geruch von Kutteln und Zwiebeln in der Luft, in den sich jetzt allerdings noch ein anderer Duft mischte. Yapp blieb mit dem Koffer in der Hand einen Augenblick lang stehen und schnüffelte. Da tauchte drinnen eine Erscheinung auf. Ungläubig starrte Yapp sie an. Obwohl er nicht daran zweifelte, daß es wirklich eine Erscheinung war, mußte es doch eine logische Erklärung dafür geben. Doch die entzog sich ihm. Mrs. Coppetts Make-up, vor allem die unbeholfen aufgetragenen grünen Augenlider, wirkten so gespenstisch, daß sie im Halbdunkel wie eine von Chagall in einem Augenblick besonderer Inspiration gemalte Gestalt aussah. Nur die überwältigende Duftwolke konnte er niemandem zuschreiben. Es war ihm unmöglich, die verschiedenen Duftstimuli, die auf ihn einströmten, zu identifizieren. Nur so viel konnte er feststellen, daß Kutteln und Zwiebeln weitgehend in den Hintergrund getreten waren. Während der Stunden, die Rosie Coppett auf ihn gewartet hatte, hatte sie heftig mit der Entscheidung für ein Parfüm gerungen. Begonnen hatte sie mit *Pariser Nächte*, hatte dann verschiedene Fläschchen ausprobiert, die ihre Mutter ihr hinterlassen oder Willy ihr geschenkt hatte, und wurde von dieser Duftmischung schließlich so benebelt, daß sie versucht hatte, sie alle in *Pariser Nächte* zu ertränken. Doch damit nicht genug. Da sie nicht wußte, wie sie die Zeit herumbringen sollte, kam sie auf die Idee, das Bad zu putzen und mit Tannenduft zu besprühen, entdeckte dann ein paar Fliegen in der Küche, deren kurzem Leben sie mit dem einzigen anderen Spray, das sie finden konnte, ein Ende bereitete – einem Zeug, das eigentlich zum Imprägnieren von Wildlederschuhen gedacht war, das sie allerdings benutzte, um Hektor das Bellen abzugewöhnen.

Für Yapp spielte das alles keine Rolle. Er war wie versteinert angesichts dessen, was er jetzt verschwommen, aber unzweideutig als Mrs. Coppett in einem ausgezogenen, angemalten und duftenden Zustand erkannte, der darauf schließen ließ, daß sie nicht nur jeden Duft unter der Sonne an sich ausprobiert, sondern das Zeug auch noch getrunken hatte.

»Ich bin bereit«, sagte sie und warf sich in schauerlich verrenkter Pose, die den vermeintlichen Strumpfhalter zur Geltung bringen sollte und in der Tat Yapps angewiderte Aufmerksamkeit auf sich zog, gegen das Treppengeländer.

»Bereit?« sagte er mit vor Spannung und Schuhspray belegter Stimme.

Mrs. Coppett lächelte. Oder vielmehr: Der liebevoll zu einem verunglückten Kußmaul verschmierte Lippenstift rutschte zur Seite und verzog sich zu einer schrägen, scharlachroten Sichel. Doch Yapps fassungslose Aufmerksamkeit wurde noch immer von den Überresten des mütterlichen Stützkorsetts gefesselt. Was immer das sein mochte und wie immer er es auch betrachtete, es sah beunruhigend nach Folterinstrument aus. Auf Anhieb hätte er darauf getippt, daß sich Mrs. Coppett entweder zur Hälfte aus einer für eine Person restringierter Größe konzipierten Zwangsjacke befreit hatte oder aber bei dem Versuch überrascht worden war, sich verkehrt herum in einen extrem primitiven Büstenhalter zu zwängen. Und was zum Teufel hatten diese Riemen mit den Knöpfen am Ende zu bedeuten? An dieser Stelle wurden seine Mutmaßungen über urzeitliche Unterwäsche unterbrochen.

»Ist schon in Ordnung. Willy ist im Pub«, flüsterte sie. Yapp wünschte inständig, er wäre ebenfalls dort.

»So«, sagte er, um Zeit zu gewinnen und das allmählich übermächtig werdende Gefühl niederzukämpfen, daß irgend etwas entweder mit Mrs. Coppett oder mit seiner Einbildungskraft total schief gelaufen war.

»Und Sie haben ja gesagt, daß Sie Extras wollen«, fuhr sie fort. »Sie haben mir doch fünf Pfund gegeben.«

»Extras?« stieß Yapp mühsam hervor. Mrs. Coppett löste sich aus ihrer Pose und kam auf ihn zu. Yapp verschanzte sich hinter dem Küchentisch. Die kahle Glühbirne warf ein neues und wenig anziehendes Licht auf die Dinge. Und wie sie so im Türrahmen stand, gehörte Mrs. Coppett eindeutig in die Kategorie Dinge. Als er sie im Garten zum erstenmal hinter dem Bettuch hatte hervorlugen sehen, hatte sie schlicht, ehrbar und nahezu mütterlich gewirkt. Die Künstlichkeit ordinärer Schminke hatte sie völlig verändert. So gut wie nackt, denn das durchsichtige Nachthemd hielt, was der Prospekt versprochen hatte, und mit einem, wie er jetzt erkennen konnte, verstümmelten Korsett angetan, hatte sie nichts Ehrbares oder Mütterliches mehr an sich. Die Schlichtheit war auch dahin. Er stand einer Nymphomanin gegenüber, die er aufgrund seiner beschränkten Kenntnis dieser Spezies lediglich als extrem kompliziertes Wesen erachtete. Manische Menschen waren *per definitionem* verrückt, und Yapp mußte nicht erst sein abstraktes Denkvermögen strapazieren, um festzustellen, daß Mrs. Coppett total übergeschnappt war. Die grünen Lidschatten und der Lippenstift allein reichten schon. Und wo steckte dieser verdammte Zwerg? Schon möglich, daß der kleine Saukerl im Pub war. Ebensogut aber konnte er oben mit diesem grausigen Messer auf der Lauer liegen. Angesichts Mrs. Coppetts gräßlicher Erscheinung verflüchtigten sich Yapps soziales Gewissen und seine Sorgen um die Unterprivilegierten und Minderbemittelten. Die sozio-ökonomischen

Entbehrungen, unten denen sie geistig und körperlich leiden mochten, waren nichts im Vergleich zu denen, die zu erleiden er sich in akuter Gefahr sah.

Doch just in dem Augenblick, in dem er seinen Prinzipien untreu wurde, blätterte Mrs. Coppetts Künstlichkeit ab. »Sie mögen mich nicht«, sagte sie kleinlaut, ließ sich kläglich auf einen Plastikstuhl sinken und brach in Tränen aus. »Sie haben Extras verlangt, und wenn ich sie Ihnen gebe, dann wollen Sie sie nicht.«

Dieser Umschwung vom Gespenstischen zum Mitleidheischenden nagelte Yapp an Ort und Stelle fest, und als die Tränen über ihre getünchten Wangen rollten, bedeutete das das Ende seines kurzen Ausflugs in die Realität. Yapp war wieder er selbst, ein gütiger, liebevoller Mensch voller Anteilnahme, für den Selbsterhaltung ein Schimpfwort und Mitgefühl alles war. Und wenn Walden Yapp je mitgefühlt hatte, dann jetzt. Von einer Sekunde auf die nächste hatte sich Mrs. Coppett von einer Nymphomanin in ein armes, enttäuschtes, leidendes und sexuell ausgebeutetes Menschenkind verwandelt. Mit einem Wort, in eine Prostituierte.

»Es tut mir leid«, sagte er, »es tut mir fuchtbar leid. Ich habe nicht begriffen, was Sie meinten. Ich hatte ja keine Ahnung.«

Mrs. Coppetts Schluchzer nahmen an Lautstärke zu. Wenn sie nach all der Mühe, die sie sich gegeben hatte, schon keine Extras bekam (und eigentlich wollte sie sie trotz allem, was die Ehedame gesagt hatte, auch gar nicht), dann wollte sie sich wenigstens richtig ausheulen. Und so gab sie sich auf Kosten von Yapps Gefühlen hemmungslos den ihren hin.

Und Yapp ging darauf ein. »Meine liebe Mrs. Coppett, Sie dürfen nicht denken, daß ich Sie nicht mag«, sagte er unter völliger Mißachtung der Tatsache, daß Mrs. Coppett überhaupt nicht dachte. »Ich mag Sie sehr gern.«

»Wirklich?« fragte sie, durch dieses Bekenntnis aus ihrem Selbstmitleid herausgerissen.

Walden Yapp zog sich unklugerweise einen Stuhl heran und setzte sich. »Sie brauchen sich nicht zu schämen. Wenn jemand so lange ausgenutzt worden ist wie Sie, ist es nur natürlich, daß Sie eine sexuelle Orientierung entwickelt haben.«

»Tatsächlich?«

»Aber natürlich. Die Gesellschaft zwingt das Individuum in die anormale Situation eines Gegenstandes oder einer Ware, deren Selbstidentifikation eine Funktion des Geldwertes darstellt.«

»Wirklich?«

»Absolut. Und wenn, mengenmäßig gesprochen, eine Ehe in dem Ausmaß benachteiligt ist wie die Ihre, wird der Warenaspekt zur überwiegenden psychologischen Motivation. Sie sind praktisch dazu gezwungen, sich Ihres Warenwertes im sexuellen Kontext zu vergewissern.«

»Tatsächlich?« sagte Mrs. Coppett, für die seine aus dem Seminar über »Die Objektivierung interpersoneller Beziehungen in einer konsumentenmanipulierten Gesellschaft« stammenden Worte ebenso bedeutungslos waren wie für die überwiegende Mehrzahl seiner Studenten. Yapp nickte. Und um seine Verlegenheit zu verbergen, als ihm plötzlich klar wurde, daß die arme Frau unfähig war, derart grundlegende Konzepte zu begreifen, ergriff er ihre Hand, legte sie in die seine und tätschelte sie. »Ich respektiere Sie. Sie sollen wissen, daß ich für Sie menschlich tiefen Respekt empfinde.«

Darauf wußte Mrs. Coppett nichts zu sagen. Was Worte ihr nicht klarmachen konnten, schaffte diese einfache Geste. Er war ein echter Gentleman, und er respektierte sie. Und dieser Respekt bewirkte, daß sie sich schämte.

»Was müssen Sie nur von mir denken?« sagte sie und entzog ihm ihre Hand. Dann raffte sie das Nachthemd vor ihrem ausladenden Busen zusammen, stand auf und stürzte aus der Küche.

Seufzend lehnte Yapp sich zurück und betrachtete die traurige Galerie der Freistilringer. So viele einsame, ungebildete Frauen fanden bei diesen monströsen Widerlingen Trost. Guten Gewissens und angewidert von der manipulatorischen Macht der Werbung begab er sich nach oben in sein Zimmer.

Draußen in der Dunkelheit stand Willy unsichtbar und unbeweglich zwischen den Gartenzwergen. Was er gerade mit angesehen und völlig falsch interpretiert hatte, bestärkte ihn nur noch in seinem Entschluß, alles und jedes über Professor Yapp herauszufinden – und nicht nur für Mr. Frederick.

Jetzt hegte er einen persönlichen Groll gegen ihn.

12

Walden Yapp verbrachte eine unruhige Nacht. Schuld daran waren zum Teil die Geräusche von nebenan. Sie ließen darauf schließen, daß die Coppetts einander nicht gerade freundschaftlich gesonnen waren und daß Willy üble Laune hatte. Hätte Yapp nicht um Mrs. Coppett unverhältnismäßig kräftigen Körperbau gewußt, hätte er sogar angenommen, daß ihr winziger Ehemann sie windelweich prügelte. Aber dieser Gedanke war nicht der einzige, der ihn beunruhigte. Die anderen kreisten um Sex.

An dieser Stelle muß gesagt werden, daß Walden Yapps Ruf als Einzelgänger vollauf gerechtfertigt war. Nie war er der Verlockung erlegen, sich einer Studentin zu nähern. Andere Dozenten und sogar einige verheiratete Professoren hatten die Eintönigkeit von Tutorenkursen und Familienleben dadurch belebt, daß sie – vorgeblich im Namen progressiven Denkens, radikaler Politik und fanatischen Liberalismus – mit ihren Studentinnen schliefen. Nicht so Yapp. Dank der Vernachlässigung durch seine nach Höherem strebende Mutter und der protestantisch-pietistischen Ethik seiner Tante betrachtete er solche Affären mit puritanischer Verachtung. Soweit schön und gut, aber mit seiner eigenen Sexualität mußte er trotzdem zurechtkommen. Und wenn er ehrlich war, mußte er zugeben, daß er da nicht ganz so puritanisch war.

Sie drückte sich auf der einen Ebene in zarten Gefühlen für bereits verheiratete Frauen aus, die er aus sicherer Entfernung anbetete, ohne daß sie auch nur Notiz von ihm nahmen, während sie auf einer tieferen, dunkleren Ebene in Visionen und unbezähmbaren Tagträumen zum Ausbruch kam, in denen sein Handeln von einer derart uferlosen Lüsternheit bestimmt war, daß er unter schweren Schuldgefühlen und dem starken Verdacht, pervers veranlagt zu sein, litt. Trotz seiner dreißig Jahre war Walden Yapp in sexueller Hinsicht ein pubertierender Jüngling.

Als Gegengift gegen diese unbezähmbaren Phantasien arbeitete er härter den je und nahm, wenn die Spannung unerträglich wurde, Zuflucht zu dem, was seine Tante stets als Selbstbefleckung verteufelt hatte. Zum Glück hatte er im Rahmen eines Seminars über »Sexuelle Diskriminierung in der Baumwollindustrie von 1780 bis 1850« zwangsläufig R. D. Laing gelesen und dort zu seiner Beruhigung erfahren, daß der berühmte Psychologe die Ansicht vertrat, daß das Masturbieren bei einigen Individuen die ehrlichste Handlung in ihrem Leben darstelle. Nicht, daß Yapp diese Sicht restlos überzeugt hätte. Individualismus geriet mit seinen kollektivistischen Anschauungen in Konflikt, und trotz semantischen Gerangels mit Doris, die meinte, beim Masturbieren ließen sich diese zwei Standpunkte durchaus verbinden, glaubte Yapp fest daran, daß zwischenmenschliche Beziehungen, vorzugsweise auf kommunaler Basis, für die menschliche Erfüllung unerläßlich waren. Seine Instinkte waren da anderer Ansicht und fuhren mit ihren einsamen und erschreckend irrationalen Eruptionen fort.

Als er jetzt, erlöst von Mrs. Coppetts realer und ausufernder Gegenwart, die ihm solche Angst eingejagt hatte, im Bett lag, verwandelte seine Phantasie sie in das leidenschaftliche Geschöpf seiner Träume. Und tatsächlich kam sie der eingebildeten Geliebten ungeheuer nahe, nicht zuletzt wegen ihre mangelnden Intelligenz. Das war so eine Sache, die Yapp ungeheuer verblüffte. Aus der Ferne verehrte er zwar Frauen mit makelloser Moral und hoher Intelligenz, doch seine Begierde weckten reife Frauen, die keinerlei Moral und keinen Funken Intelligenz besaßen. Mrs. Coppett paßte haargenau in dieses Schema. Er stellte sich vor, mit ihr im Bett zu liegen, ihre ausladenden Brüste zu küssen, ihr Mund auf dem seinen und ihre Zunge . . .

Yapp setzte sich im Bett auf und drehte das Licht an. So ging es nicht. Diese irrationalen Träume mußten ein Ende haben. Er griff nach dem Ordner mit der Familienkorrespondenz, die Lord Petrefact ihm geschickt hatte, und versuchte, damit diese Bilder zu verjagen. Doch ließ sich Mrs. Rosie Coppett, gleich einem heimlich ersehnten Succubus, nicht verscheuchen. Am Ende gab er auf, löschte das Licht und versuchte so ehrlich zu handeln, wie er nur konnte. Doch stieß er dabei erneut auf ein Hindernis. Das Bett quietschte so rhythmisch, daß er sich nicht konzentrieren konnte, und so gab er auch diesen Versuch auf. Schließlich fiel er in unruhigen Schlaf und wachte am nächsten Morgen mit dem Gefühl auf, daß ihm etwas Sonderbares widerfuhr.

Nachdenklich ging er ins Bad hinüber und versuchte, sich auf das zu konzentrieren, was er sich für diesen Tag vorgenommen hatte. Er wollte ins Museum gehen, den Kurator um Einsicht in die Unterlagen über die Petrefacts bitten und sehen, was er daraus über die Arbeitsbedingungen und die Löhne in der Mühle unmittelbar nach ihrer Erbauung durch Samuel Petrefact in Erfahrung bringen konnte. Ausgehend von dieser soliden statistischen Grundlage, wollte er sich dann zur derzeitigen Familie durcharbeiten. Auch wenn sich Lord Petrefact die Familiengeschichte als eher persönlichen und fast biographischen Bericht über Generationen von Petrefacts vorgestellt haben mochte, so hatte Yapp seine Prinzipien. Er würde auf seine Weise vorgehen – vom Allgemeinen zum Besonderen. Auch hatte er beschlossen, daß das Buch den Titel *Das Petrefact-Erbe: Eine Untersuchung über das Auftreten des multi-nationalen Kapitalismus* bekommen sollte. Und falls er dem alten Mann nicht paßte, konnte er ihm den Buckel runterrutschen. Der Vertrag sicherte Yapp freie Hand in der Behandlung des Themas zu, und nicht umsonst war er Spezialist für proletarische Geschichtsschreibung.

In einem etwas weniger aufgewühlten Zustand ging er anschließend zum Frühstück hinunter. Doch hier erhielt sein Rationalismus einen neuen Schlag. Willy war bereits zur Arbeit gegangen, und Mrs. Coppett wirkte, nachdem sie den dubiosen Putz vom gestrigen Abend abgestreift hatte, frisch und häuslich und war gefährlich besorgt und zurückhaltend.

»Ich weiß nicht, was Sie von mir denken müssen«, sagte sie, während sie ihm eine große Schüssel Porridge vorsetzte, »ausgerechnet Sie als Professor und so.«

»Nicht der Rede wert«, meinte Yapp bescheiden.

»O doch. Willy hat es mir gestern abend erzählt. Er war furchtbar wütend.«

»Das tut mir aber leid. Hat er denn gesagt, warum?«

Mrs. Coppett schlug zwei Eier in die Pfanne. »Weil Sie ein Professor sind. Drunten im Pub wurde darüber geredet.«

Yapp unterdrückte einen Fluch. Sobald sich das in Buscott herumgesprochen hatte, würden sich die Petrefacts wundern, warum er sich noch nicht bei ihnen gemeldet hatte. Andererseits wüßten sie ohnehin bald Bescheid, und er mußte zugeben, daß es naiv gewesen war, sich einzubilden, daß er seine Recherchen anstellen konnte, ohne daß sie davon erfuhren.

Während er so über seinem Frühstück saß und nachdachte, wanderte seine Aufmerksamkeit unweigerlich zur Mrs. Coppett zurück, die am Herd stand und vor sich hin plapperte, wobei ihr Gerede monoton um die Tatsache kreiste, daß er ein Professor war, ein Titel, mit dem sie wahrscheinlich nichts Konkretes verband, der sie aber mit ungeheurer Ehrfurcht erfüllte. In dieser Situation verschaffte sich Yapps Glaube an die Gleichheit aller Gehör.

»Sie dürfen mich nicht für jemand Besonderen halten«, sagte er in unmittelbarem Widerspruch zu seinen Gefühlen. Anständig gekleidet, war sie eine attraktive Frau aus der Arbeiterklasse, deren körperliche Vorzüge durch den Mangel an geistigen um so krasser zur Geltung kamen. »Ich bin nur Gast in Ihrem Haus. Es würde mich freuen, wenn Sie mich Walden nennen würden.«

»Ooch«, sagte Mrs. Coppett und tauschte die Porridgeschüssel gegen einen Teller mit Rührei und Schinken aus. »Das könnte ich nie.«

Yapp konzentrierte sich auf die Eier und schwieg. Noch immer hing ein Hauch von Parfüm in der Luft, und diesmal erregte ihn, was es verhieß. Außerdem hatte Mrs. Coppett sehr hübsche Beine. Er schlang das restliche Essen hinunter und wollte schon das Haus verlassen, als sie ihm eine Blechdose in die Hand drückte.

»Belegte Brote. Sie sollen doch nicht hungern, oder?«

Yapp murmelte ein Dankeschön und wurde erneut von einer Woge jenes fatalen Mitgefühls ergriffen, das ihre Herzlichkeit in ihm hervorrief. In Verbindung mit dem gefälligen Rest, insbesondere mit Mrs. Coppetts Beinen, übte es eine ausgesprochen verheerende Wirkung auf ihn aus. Mit verlegen gemurmelten Dankesworten, die sein Verlangen, sie in die Arme zu nehmen und zu küssen, kaschieren sollten, wandte Yapp sich um, eilte an den Gartenzwergen vorbei und schlug den Weg nach Buscott ein, schmerzlich hin- und hergerissen zwischen dem Gedanken an das, was er den Petrefacts antun würde, und dem, was er gerne für die Coppetts und mit ihr anstellen würde.

Willy erwiderte dieses Wohlwollen durchaus nicht. Seine Gefühle spiegelten sich am ehesten in der Intensität, mit der er sein Messer am Gürtelende wetzte, während er dem Schlachthofdirektor erklärte, daß er heute ohne besonderen Grund frei haben wolle.

»Sie müssen aber doch einen Grund haben«, sagte der Boss zu Willys oberer Gesichtshälfte, die ihn über die Schreibtischkante hinweg anglotzte. »Fühlen Sie sich nicht wohl? Ich meine, wenn Sie krank sind ...«

»Nein«, sagte Willy.

»Dann vielleicht Ihre Frau ...«

»Auch nicht krank.«

»Oder irgendwelche Verwandte ...«

»Nein«, sagte Willy, »hab' ich keine.« Er wetzte sein Messer unter dem Schreibtisch heftiger, was den Manager, der nicht recht wußte, was Willy da machte, zu falschen Vermutungen veranlaßte.

»Hören Sie zu, Willy«, sagte er und beugte sich zu ihm hinunter, »ich bin jederzeit bereit, Ihnen freizugeben. Sie brauchen mir nur einen vernünftigen Grund zu nennen. Sie können doch nicht einfach hereinschneien und tun, was immer Sie da unten tun – und wo wir schon beim Thema sind, es wäre mir lieber, Sie würden es bleibenlassen –, und von mir erwarten, daß ich einfach so ›ja‹ sage.«

Willy erwog diesen durchaus vernünftigen Einwand, gelangte aber zu keinem brauchbaren Entschluß. In seiner ganz persönlichen Hierarchie rangierte Mr. Frederick ungleich höher als der Manager des Schlachthofs, und obwohl Mr. Petrefact ihm nicht ausdrücklich aufgetragen hatte, niemandem etwas über seinen Beschattungsauftrag zu erzählen, war er nicht gewillt, darüber zu reden.

»Geht nicht«, sagte er schließlich und prüfte unwillkürlich die Klinge seines Messers mit dem Daumen. Für den Manager war diese Geste ein ausreichender Grund.

»Also gut. Ich werde eben hinschreiben, daß private Gründe vorliegen.«

»Genau«, sagte Willy und ließ den etwas konsternierten Manager stehen. Er zuckelte die Straße in Richtung Rabbitry Road hinunter und entdeckte gerade noch rechtzeitig den entgegenkommenden Yapp. Willy ging hinter einer Frau, die einen Kinderwagen schob, in Deckung und wartete, bis Yapp vorbei war. Von da an blieb er ihm dicht auf den Fersen, obwohl er seine ganze Kraft aufbieten mußte, um mit ihm Schritt zu halten. Als Yapp schließlich ins Museum ging, war er froh über die Verschnaufpause. Er sah durch die Glastür, daß Yapp den Kurator ansprach, und schlüpfte hinein, um Genaueres zu hören.

»Die Unterlagen der Petrefact?« sagte der Kurator. »Ja, natürlich befinden die sich hier, aber ich fürchte, Einblick gewähren kann ich Ihnen nicht.«

»Aber ich habe Ihnen doch erklärt, daß ich befugt bin«, sagte Yapp, »und außerdem habe ich hier einen Brief von Lord Petrefact ...«

Willy notierte sich die Tatsache und auch, daß sie den Kurator nicht im mindesten beeindruckte.

»Ich muß Ihre Bitte ablehnen. Ich habe ausdrückliche Anweisungen von Miss Emmelia, niemandem Einblick in die Familiendokumente zu gewähren, es sei denn, sie habe die Erlaubnis dazu erteilt. Es wird Ihnen nichts anderes übrigbleiben, als sich ihre Genehmigung zu holen.«

»Verstehe. Wenn das so ist, werde ich sie auch bekommen«, sagte Yapp. Und nachdem er sich kurz im Museum umgesehen und den Kurator zu einer Vitrine mit frühen Bauerngerätschaften beglückwünscht hatte, trat er hinaus auf die Straße. Willy folgte ihm. Diesmal führte sie ihr Weg hinunter zur Mühle, wo sie zu Willys großer

Verwunderung und Yapps vorschneller Genugtuung eine Reihe Streikposten antrafen, die auf ihren Transparenten höhere Löhne für kürzere Arbeitszeit forderten und Drohungen gegen Streikbrecher ausstießen. Soweit Willy Coppett wußte, waren die Löhne in der Mühle hoch und die Arbeitszeit kurz, so daß er das Ganze beim besten Willen nicht begreifen konnte. Yapp hingegen glaubte, es zu können. Die Unterstellung allerdings, daß er ein Streikbrecher sei, mißfiel ihm gründlich.

»Mein Name ist Yapp, Professor Yapp. Vielleicht haben Sie schon von mir gehört«, erklärte er dem Anführer der Streikposten, einem großen, kräftigen Mann, der sein Transparent drohend schwenkte. »Ich würde nicht im Traum ans Streikbrechen denken.«

»Dann versuchen Sie auch nicht, die Streikpostenkette zu durchbrechen.«

»Das versuche ich ja gar nicht«, entgegnete Yapp. »Ich bin hier, um eine Untersuchung über eure Arbeitsbedingungen zu machen.«

»Und für wen?«

An dieser Stelle zögerte Yapp. Die Wahrheit, nämlich daß er für Lord Petrefact arbeitete, würde wohl kaum auf Gegenliebe stoßen, doch andererseits widersprach es seiner Natur, anderen Leuten, zumal einem Streikposten, plumpe Lügen aufzutischen.

»Ich komme von der Universität Kloone«, wich er aus. »Ich bin Professor für Proletarische Geschichtsschreibung und interessiere mich ganz besonders für ...«

»Wir nicht. Das kannst du den Bossen erzählen.«

»Nicht was?«

»Besonders interessiert, verdammt. Und jetzt zisch ab.«

Um seiner Aufforderung Nachdruck zu verleihen, erhob er drohend sein Transparent. Yapp zog ab, und Willy nahm voller Genugtuung darüber, daß Professor Yapp ungeachtet der Extras, die er gestern angeboten bekommen haben mochte, heute nirgends recht weiterkam, die Verfolgung auf. Nachdem sie eineinhalb Kilometer am Fluß entlanggegangen (beziehungsweise, was Willy betraf, gerast) waren, plan- und ziellos eine Straße mit Fabrikarbeiterhäuschen hinauf- und eine zweite hinuntergelaufen waren, in der es keine Vorgärten zum Verstecken gab, so daß Willy abwarten mußte, bis Yapp um die Ecke gebogen war, bevor er ihm, gefolgt von einer johlenden Meute kleiner Jungen, hinterherhetzen konnte, hatte Willy allmählich das Gefühl, daß er sich seine zehn Pfund recht hart verdienen mußte. Erschwerend kam hinzu, daß Yapp einige Male stehenblieb und Leute ansprach und Willy die Befragung jedesmal wiederholen mußte.

»Er wollte wissen, was ich über die verdammten Petrefacts weiß«, schimpfte ein alter Mann, nachdem es Willy gelungen war, ihn davon zu überzeugen, daß er es nicht mit einem vorwitzigen Kind zu tun hatte, sondern mit einem wißbegierigen, echten Zwerg. »Ich habe ihm gesagt, ich kenne diese Scheißkerle nicht.«

»Sonst noch was?«

»Wie es in der Fabrik ist, wieviel sie mir zahlen und so Zeug.«

»Haben Sie's ihm gesagt?«

»Wie zum Teufel hätte ich, Kerl? Bin nie dort gewesen. Hab' mein Leben lang bei der Eisenbahn in Barnsley gearbeitet. Bin hier zu Besuch bei meiner Tochter.«

Willy raste weiter, schoß um die Ecke und war nur mäßig erleichtert, als er feststellte, daß ihm seine Beute nicht entwischt war. Yapp saß auf einer Bank mit Blick auf den Fluß und stellte – oder genauer: plärrte – Fragen in das Hörgerät eines betagten Rentners. Willy bezog Horchposten hinter einer Briefkastensäule.

»Haben Sie Ihr ganzes Leben lang hier gewohnt?« brüllte Yapp. Der alte Mann zündete mit zitternder Hand seine Pfeife an und nickte.

»Und in der Mühle gearbeitet?«

Der Mann nickte weiter.

»Können Sie mir sagen, wie es war – Arbeitsbedingungen, Überstunden, niedrige Löhne und so weiter?«

Der Mann nickte noch immer. Anscheinend sah Yapp seine Chancen steigen. Er öffnete seine Blechbüchse und holte ein belegtes Brot heraus.

»Wissen Sie, ich mache eine Untersuchung über die Ausbeutung der Arbeiterklasse durch Fabrikbesitzer zur Zeit der Wirtschaftsdepression, und man hat mir gesagt, daß die Petrefacts als miese Arbeitgeber berüchtigt sind. Ich wäre Ihnen für jede Information dankbar, die Sie mir dazu geben können«

Willy hinter seinem Briefkasten lauschte aufmerksam. Jetzt hatte er wenigstens etwas zu berichten, und da er in dem alten Mann Mr. Teedle erkannt hatte, der nicht nur stocktaub war, sondern sich infolge eines langen Ehedaseins mit einer charakterstarken und stimmgewaltigen Frau auch angewöhnt hatte zu nicken, anstatt den Mund aufzumachen, wußte er den Professsor in sicherer und uninformativer Gesellschaft. So verließ Willy sein Versteck, überquerte die Straße und kehrte im *Anker* ein, wo er sich eine Hackfleischpastete und ein paar Biere zu Gemüte führen und gleichzeitig ein Auge auf Yapp werfen konnte. Aber zuerst wollte er Mr. Frederick anrufen. Mit größter Selbstverständlichkeit, die nur der Tatsache zuzuschreiben war, daß er der stadtbekannte Zwerg war, schleifte er einen leeren

Bierkasten zum Telefon, wählte die Nummer der Mühle und fragte nach Mr. Frederick.

»Und er tut nichts anderes, als die Leute zu fragen, was hier los ist?« fragte Frederick, als Willy seinen Bericht beendet hatte. Willy nickte, so daß Frederick die Frage wiederholen mußte, um den Zwerg aus seiner ehrerbietigen Sprachlosigkeit zu locken.

»Ja«, nuschelte er schließlich.

»Und sonst stellt er keine Fragen?«

»Nein.«

»Nur, was wir hier machen?«

»Ja«, sagte Willy, der es vorzog, sich Mr. Fredericks frisch erworbene Sympathie nicht dadurch zu verscherzen, daß er niedrige Löhne und schlechte Arbeitsbedingungen erwähnte. Diesmal war es Frederick, der schwieg. Er überlegte krampfhaft, was er tun sollte. Es gab mehrere Möglichkeiten, von denen ihm keine behagte.

»Na gut, dann müssen wir den verdammten Stier wohl bei den Hörnern packen«, murmelte er nach einer Weile.

»Welchen denn?« fragte Willy.

»Was welchen?«

»Stier.«

»Stier? Wovon zum Teufel reden Sie?«

Willy versank wieder in ehrfürchtiges Schweigen, und noch bevor die Frage zufriedenstellend beantwortet werden konnte, war sein Geld verbraucht und die Verbindung unterbrochen. Willy seufzte erleichtert auf, kletterte von seinem Bierkasten herunter und kehrte an den Tresen zurück. Yapp war noch immer intensiv mit Mr. Teedle beschäftigt, so daß Willy sich in aller Ruhe zum Essen und seinem Bier niedersetzen konnte.

Unterdessen schenkte Frederick sich in seinem Büro einen doppelten Whisky ein und verfluchte zum hundertsten Mal seinen Vater. Der alte Satan mußte wissen, was er da anstellte und daß er nicht nur die übrige Familie in Gefahr brachte, sondern auch seine eigene gesellschaftliche Stellung aufs Spiel setzte, indem er Yapp nach Buscott schickte. Irgendwie paßte das alles nicht zusammen. Wenigstens die Idee mit dem Streik und den Streikposten, die Yapp verjagt hatten, war gut gewesen. Und mit der beruhigenden Überlegung, daß Tante Emmelia zum Glück ein Einsiedlerdasein führte und kaum jemals die Abgeschiedenheit ihres perfekt gepflegten Gartens verließ, begab er sich zum Lunch.

13

Diesmal hatte er sich ausnahmsweise verrechnet. Zwar lebte Emmelia Petrefact getreu der Familientradition extrem zurückgezogen, aber von ihren Katzen konnte man das nicht behaupten. Sie führten ein recht geselliges Leben und frönten der Promiskuität – meist in anderer Leute Gärten. Und so geschah es, daß Emmelia eines Tages im Anschluß an ein wenig dezentes Ständchen, das ihr siamesischer Liebling Blueboy seiner Angebeteten unter Major Forlongs Schlafzimmerfenster dargebracht hatte und das vom Major erstaunlich treffsicher mittels einer Blumenvase abgeschmettert worden war, das halb kastrierte Tier zum Veterinär brachte und bei dieser Gelegenheit die Streikposten vor dem Fabriktor sah. Sie zögerte einen Augenblick, länger nicht. Möglich, daß sie Blueboys Namen würde ändern müssen, aber der der Petrefacts durfte keinesfalls durch Streiks beschmutzt werden. Nachdem sie ihrem Chauffeur befohlen hatte, anzuhalten und den angeschlagenen Kater zum Tierarzt zu bringen, stieg sie aus ihrem 1937er Daimler und überquerte energisch die Straße.

»Was hat das zu bedeuten?« fuhr sie die Streikposten an und hatte, bevor diese auch nur zu einer Erklärung ansetzen konnten, die Kette durchbrochen und sich einen Weg in die Fabrik gebahnt.

»Wo ist Mr. Petrefact?« herrschte sie die Dame am Empfang so gebieterisch an, daß es dieser die Sprache verschlug. Tante Emmelia marschierte weiter. Fredericks Büro war leer. Emmelia drang in die erste Werkhalle vor, wo zu ihrer Überraschung die Frauen an den Nähmaschinen saßen und arbeiteten. Doch mehr noch als der fehlende Hinweis auf einen Streik erstaunte sie die Art der Kleidungsstücke, die sie herstellten.

»Kann ich irgend etwas für Sie tun?« fragte eine Vorarbeiterin. Emmelia starrte auf ein zwickelloses Höschen aus feuchtglänzendem Material, das eine der Näherinnen mit Sämischleder fütterte. Angesichts dieses blanken Horrors fehlten ihr die Worte.

»Das ist einer unserer beliebtesten Artikel«, erklärte die Vorarbeiterin. »Vor allem in Deutschland ist die Nachfrage ungeheuer.«

Ihre Worte erreichten Emmelia nur unterschwellig. Ihr Abscheu richtete sich jetzt auf eine Frau, die Haare auf etwas nähte, das grausig nach einem kahlen Schamhügel aussah.

»Und wo kommt das hin?« fragte sie unwillkürlich.

»Hier«, sagte die Vorarbeiterin und zeigte auf die Leiste einer unverkennbar männlichen Schaufensterpuppe. »Das ist eine Happy Susi. Die Riemen werden hinten befestigt.«

»Wozu?«

»Damit das Ding nicht verrutscht, natürlich.«

»Natürlich«, sagte Emmelia derart benommen von den überwältigenden sinnlichen Eindrücken, daß das, was sie als empörten Ausruf intendiert hatte, seine ganze Emphase verlor. »Und kaufen viele Leute solche Dinger?«

»Da müssen Sie die Verkaufsabteilung fragen, aber ich denke schon. Sonst hätten wir in diesem Jahr nicht eine Produktionssteigerung von dreißig Prozent.«

Emmelia riß sich von dem abstoßenden Utensil los und wanderte durch die Reihen der Frauen, die Plastiktrikots, aufblasbare Busen und Lederkorsetts herstellten. Was sie da sah, war schlichtweg ekelerregend und stand in krassem Gegensatz zu den Gesprächsthemen, die sich ausschließlich um banale, häusliche Dramen drehten.

»Und da hab' ich zu ihm gesagt: ›Wenn du jeden Abend in die Kneipe gehst und dort das Urlaubsgeld versäufst, wirst du dir eines Tages dein eigenes Abendessen kochen müssen. Was du kannst, kann ich schon lange.‹«

»Und was hat er darauf gesagt?« fragte eine Frau, die ER auf einen Gegenstand stickte, dessen Verwendungszweck Emmelia bis dahin ausschließlich für SIE gekannt hatte, nämlich eine Damenbinde.

»Konnte nicht viel dazu sagen? Ist ja nicht so, als ob ...«

Auch Emmelia hätte nicht viel sagen können. Sie wanderte weiter zwischen den Frauen hindurch, die sich über Babynahrung, die gestrige Folge von *Coronation Street*, Urlaubspläne und anderer Leute Eheprobleme unterhielten. Als sie schließlich auf ein paar Künstlerinne ihres Fachs stieß, die Venen auf etwas malten, was sie ansonsten für ziemlich unförmige Salzstreuer gehalten hätte, kam sie sich vor wie in einem Irrenhaus. Sie sank auf einen Stuhl und starrte mit aufgerissenem Mund in die Luft.

Am anderen Ende der Werkshalle entspann sich eine erhitzte Diskussion zwischen der Vorarbeiterin und der Dame vom Empfang.

»Na hören Sie mal, woher hätte ich das denn wissen sollen? Sie haben sie reingelassen, also habe ich natürlich gedacht, sie sei Einkäuferin ...«

»Und ich sage Ihnen, es ist Miss Petrefact. Ich habe sie letztes Jahr bei der Blumenschau gesehen. Sie saß in der Jury für die Begonien.«

»Sie hätten sie aufhalten sollen.«

»Das ging nicht. Sie fragte nach Mr. Petrefact und marschierte geradewegs in sein Büro. Er wird an die Decke gehen, wenn er das erfährt.«

»Da ist er nicht der einzige«, meinte die Vorarbeiterin und eilte, um Miss Emmelia abzufangen, die sich von ihrem Stuhl erhoben hatte und auf die Halle zusteuerte, in der früher die Webstühle repariert wurden.

»Da können Sie nicht rein«, sagte die Vorarbeiterin etwas zu herrisch, womit sie prompt Miss Emmelias angeschlagene Selbstsicherheit herausforderte.

»Aber sicher kann ich das«, sagte sie in einem Ton, der keinen Widerspruch zuließ. »Und ich habe es auch vor.«

»Aber...«, stammelte die Vorarbeiterin. Emmelia schob sie beiseite, öffnete die Tür und sah sich auf der Stelle der schwachen Hoffnung beraubt, daß wenigstens ein Teil der Petrefact-Baumwoll-Manufaktur noch seinem ursprünglichen Zweck diente. Sie wurde von einem warmen Luftschwall und einem äußerst unangenehmen Geruch überfallen. Einen Augenblick lang zögerte sie und richtete dann ihre Aufmerksamkeit auf ein Fließband mit diesen abscheulichen Salzstreuern, die sie in der anderen Werkshalle bereits so irritiert hatten. Während die Dinger langsam an ihr vorbeiglitten, kehrte dieses unwirkliche Gefühl zurück – diesmal mit Zutaten. Mit Schnurrbärten oder Stäbchen, jedenfalls mit irgendwelchen hervorstechenden Eigenschaften, deren Zweck sie sich nur vage vorstellen konnte respektive es lieber nicht wollte. Sie erlebte die ehemalige Webstuhlreparaturwerkstatt als Ort eines unwirklichen Schauspiels, als alptraumartigen Aufmarsch in Plastik gegossener, erigierter Penisse. Emmelia schloß die Tür und versuchte, ihre Fassung wiederzugewinnen.

»Ist alles in Ordnung?« fragte die Vorarbeiterin besorgt.

»Natürlich«, fuhr Emmelia sie an, riß, teils aus unfreiwilliger Neugier, mehr aber aus ehernem, tief in ihrem Charakter verwurzeltem Pflichtgefühl, die Tür wieder auf und ging hinein. Die Vorarbeiterin folgte ihr bedrückt. Emmelia warf einen strengen Blick auf die Penisse.

»Und wie nennt man das da?« wollte sie wissen und erweiterte ihr Vokabular um Dildo.

»Brauchen viele Männer so was?« Doch der schwache Hoffnungsschimmer, daß die Mühle vielleicht doch nicht ganz das war, was sie auf Anhieb schien, sondern vielmehr eine Fabrik, in der künstliche

Gliedmaßen für Sexualkrüppel hergestellt wurden, wurde durch die Antwort endgültig zum Erlöschen gebracht.

»Die sind für Frauen«, entgegnete die Vorarbeiterin schwach.

»Letzten Endes wohl schon, aber zunächst einmal sind doch Männer diejenigen . . .«

»Für lesbische Frauen«, erklärte die Frau verlegen.

Emmelia schürzte die Lippen, richtete sich zu voller Größe auf und schritt langsam das Fließband ab. Am anderen Ende stand eine Maschine, die hauchdünne Artikel in Glanzfolie einwickelte.

»Französische Kondome«, erklärte die Frau, als Emmelia mit herablassendem Interesse fragte, was das sei.

»Bemerkenswert.«

Die Besichtigung ging weiter, und als Emmelia schließlich zu einem jungen Mann kam, der mit dem Hammer männliche Keuschheitsgürtel ausbeulte, hatte sich Emmelia so viel majestätische Souveränität zugelegt, daß sie stehenblieb und ihn fragte, ob ihm seine Arbeit Spaß mache und ob er sie als lohnend empfinde. Verständnislos glotzte er sie an. Emmelia lächelte huldvoll und ging weiter. Von Plastikpenissen und handgefertigten Keuschheitsgürteln ging es weiter zu Henker-Kapuzen, Ketten und Geißelzubehör in der Sado-Abteilung, wo Emmelia lebhaftes Interesse für aufblasbare Knebel zeigte.

»Zweifellos als Ergänzung zu den französischen Kondomen gedacht«, sagte sie und wandte sich, ohne eine zutreffendere Erklärung abzuwarten, verschiedenen Typen von Peitschen zu. Nicht einmal das breite Angebot unterschiedlicher Massagestäbe konnte sie jetzt noch erschüttern.

»Es muß ungeheuer befriedigend sein zu wissen, daß man dazu beiträgt, so vielen Leuten so viel Vergnügen zu bereiten«, sagte sie zu dem Mädchen, das die fertigen Produkte überprüfte. Der Vorarbeiterin, die sich verlegen hinter ihr hielt, wurde zusehends elender. Aber Emmelia ging einfach weiter, lächelte freundlich und vermittelte den Eindruck völliger Unerschütterlichkeit. Innerlich kochte sie und brauchte dringend eine Tasse Tee.

»Ich werde in Mr. Petrefacts Büro warten«, sagte sie zu ihrer Begleiterin, nachdem sie ihre Tour beendet hatte. »Seien Sie so gut und bringen Sie mir eine Kanne Tee.«

Damit ließ sie die verdutzte Frau stehen, ging in Fredericks Büro und setzte sich hinter seinen Schreibtisch.

Im Sozial-Konservativen Arbeiterclub von Buscott ließ Frederick seine Mittagspause mit einer Runde Billard ausklingen und rüstete sich soeben zum Gehen, als er ans Telefon gerufen wurde. Zehn Sekunden später war er leichenblaß und verspürte nicht die geringste Lust, sich der verdammten Mühle auch nur einen Schritt zu nähern.

»Was sagen Sie da?« brüllte er.

»Sie sitzt in Ihrem Büro«, wiederholte seine Sekretärin. »Sie hat sich die ganze Fabrik angesehen, und jetzt sagt sie, sie will warten, bis Sie zurückkommen.«

»O mein Gott! Können Sie sie nicht irgendwie los ... Nein, wohl kaum.« Er legte auf und ging zurück an den Tresen.

»Ich brauche etwas Starkes und Geruchloses«, erklärte er dem Mann hinter der Bar, »am besten tantenabstoßend.«

»Wodka riecht nicht sonderlich, aber bei Tanten habe ich ihn noch nie ausprobiert.«

»Haben Sie eine Ahnung, was Todeskandidaten kriegen?«

Der Barmixer empfahl Cognac. Frederick kippte sich einen dreifachen hinter die Binde, versuchte krampfhaft, sich eine geeignete Ausrede füt Tante Emmelia zusammenzubasteln, und gab es sogleich wieder auf.

»Da geht er hin«, murmelte er, als er in die Gasse einbog, die zur Fabrik führte. Vor dem Tor standen noch immer die Streikposten. Frederick schickte sie nach Hause. Die Erkenntnis, daß sie zwar den Zweck erfüllt hatten, Yapp zu verjagen, dafür aber seine Tante hineingelockt hatten, kam reichlich spät. Trotzdem konnte er sich beim besten Willen nicht vorstellen, warum zum Teufel sie sich ausgerechnet diesen Tag für einen Gang in die Stadt ausgesucht hatte. Doch diese Frage war sekundär. Tatsache war, daß sie in seinem Büro saß. Mit einem Fluch, der Yapp, seinen Vater, Tante Emmelia und die ganze elende Heuchelei mit einschloß, die ihm zu einem Vermögen verholfen hatte und es ihm jetzt bestimmt wieder entreißen würde, ging er hinein und begrüßte Tante Emmelia mit gespieltem Erstaunen.

»Wie nett, dich hier zu sehen«, sagte er in der Hoffnung, seinen ganzen Charme in die Waagschale geworfen zu haben.

Tante Emmelia blieb ungerührt. »Mach die Tür zu und setz dich hin«, sagte sie. »Und wisch dir dieses blöde Grinsen vom Gesicht. Ich habe im Laufe der letzten Stunden so viel widerliches Zeug gesehen, daß es mir bis an mein Lebensende reicht. Also spar dir dein kriecherisches Getue.«

»In Ordnung«, sagte Frederick. »Aber bevor du anfängst, dich über Pornographie, perverse und mangelnde Moral auszulassen, möchte ich dir sagen ...«

»Ach, halt doch den Mund«, unterbrach ihn Tante Emmelia. »Ich habe weitaus Wichtigeres im Kopf als dein verqueres Gewissen. Abgesehen davon: Wenn es einen Markt für derart unerreicht geschmacklose Apparaturen gibt wie den im neuesten Katalog angepriesenen Thermalvibrator mit Klistiervarianten, dann ist es wohl nicht gänzlich unvernünftig, so was herzustellen.«

»Meinst du wirklich?«

Emmelia schenkte sich Tee nach. »Selbstverständlich. Ich habe mir nie so ganz klar gemacht, was Marktzwänge sind, aber dein Großvater hatte den größten Respekt davor; und ich habe keinen Grund, an seinem Urteil zu zweifeln. Nein, was mich am meisten beunruhigt, sind diese Männer, die für jeden sichtbar mit ihren Transparenten vor dem Tor auf und ab marschieren. Ich möchte wissen, warum sie da sind.«

»Um Professor Yapp fernzuhalten.«

»Professor Yapp?«

»Er ist in Buscott und will wissen, was wir in der Fabrik machen.«

»Will er das wirklich?« sagte Emmelia, deren Stimme jetzt Besorgnis verriet.

»Zu allem Überfluß wohnt er auch noch bei Willy Coppett und seiner Frau oben in der Rabbitry Road, und er läuft durch die Stadt und fragt jeden, was wir machen und so weiter.«

Mit zitternder Hand setzte Tante Emmelia ihre Tasse ab. »Wenn das so ist, wird die Sache kritisch. Ausgerechnet Rabbitry Road! Und die Coppetts. Was zum Kuckuck bringt ihn auf die Idee, dort abzusteigen und nicht im *Buscott Arms* oder einem anderen anständigen Hotel?«

»Das weiß der Himmel. Wahrscheinlich der Wunsch, anonym zu bleiben, während er herumschnüffelt.«

Emmelia überlegte kurz und fand diese Erklärung anscheinend plausibler als jede andere. »Soviel zu der Behauptung, daß er an unserer Familiengeschichte arbeitet. Nicht einmal dein Vater, für den ich die denkbar geringste Achtung empfinde, würde so weit gehen, den Namen Petrefact in den Schmutz zu ziehen, indem er die Tatsache offenlegt, daß wir Sexartikel herstellen. Dieser Mann muß das sein, was man heutzutage als Nachforschungsjournalisten bezeichnet. In meiner Jugend nannte man so jemanden einen Schmutzaufwühler. Jedenfalls müssen wir ihn uns vom Hals schaffen.«

»Vom Hals schaffen?«

»Das habe ich gesagt, und das habe ich auch gemeint.«

Frederick stierte sie an und überlegte, was zum Teufel sie wirklich meinte. Schließlich gab es unterschiedliche Möglichkeiten, sich andere Leute vom Hals zu schaffen, doch dem Tonfall nach zu schließen, mußte Emmelia an die radikalste gedacht haben.

»Ja, aber...«

»Kein Aber«, sagte Emmelia unerbittlich. »Hätte dieser Mann ehrbare Motive, hätte er dem New House einen Besuch abgestattet und seine Absichten kundgetan. Statt dessen wohnt er bei einer schwachsinnigen Frau und ihrem wachstumsreduzierten Mann in einer so ungesunden Gegend wie der Rabbitry Road. Ich finde das höchst ungut.«

Frederick fand das auch, wenn auch nicht annähernd so ungut wie Tante Emmelias Forderung, sich Yapps zu entledigen. Doch bevor er etwas einwenden konnte, fuhr sie schon fort: »Und da du nun einmal derjenige bist, der uns in diese höchst unerquickliche Situation gebracht hat – ich denke da an Nicholas, der in der Nachwahl für North Chatterswall kandidiert, ganz zu schweigen von deinem Onkel, dem Richter, und all den anderen –, indem du eine absolut respektable Schlafanzugfabrik auf die Produktion übelster Selbstbefleckungsgeräte umgestellt hast, betrachte ich es als deine Pflicht, uns da wieder rauszuholen. Sag mir Bescheid, sobald dieser Kerl verschwunden ist.«

Und bevor Frederick das Argument ins Feld führen konnte, daß man heutzutage mit Schlafanzügen nicht mehr konkurrenzfähig sei, oder die drängendere Frage anschneiden konnte, auf welche Weise er sich Yapp vom Hals schaffen solle, stand Tante Emmelia auf und rauschte aus dem Zimmer. Er konnte noch hören, wie sie draußen zu seiner Sekretärin sagte, daß sie sich die Mühe sparen könne, ein Taxi zu rufen.

»Ich gehe zu Fuß. Die frische Luft wird mir guttun«, sagte sie. Frederick sah ihr nach, bis sie das Fabrikgelände verlassen hatte, und überlegte kurz, woran es lag, daß für den Engländer Mord moralisch eher zu rechtfertigen war als Selbstbefriedigung. Und welcher Verrückte war bloß auf die Idee gekommen, Frauen als das schwache Geschlecht zu bezeichnen?

Yapp beschäftigten ganz andere Probleme. Sein Spaziergang rund um und kreuz und quer durch Buscott wurde durch das höchst sonderbare Gefühl beeinträchtigt, daß er bereits bekannt war wie ein bunter Hund. Normalerweise hätte er dieses sofortige Erkanntwerden als schmeichelhaft und nicht ganz unverdient empfunden, aber in Buscott hatte es etwas nahezu Unheimliches an sich. Er brauchte nur den Fuß in ein Geschäft zu setzen und jemanden anzuhalten, um ihn nach dem Weg zu fragen, schon spürte er diese schweigende Ablehnung. Als er in die Stadtbibliothek ging, um sich dort Bücher über die Lokalgeschichte herauszusuchen, reagierte die Bibliothekarin ziemlich eisig und war wenig hilfsbereit. Sogar die Damen in der Teestube, die ihm Rabbitry Road als Quartier vorgeschlagen hatte, stellten ihre Unterhaltung ein, sobald er hereinkam und eine Tasse Kaffee bestellte. Und kaum hatte er die Tür hinter sich geschlossen, begann das Geschnatter von neuem. Es war alles höchst rätselhaft und verwirrend. Zwischendurch überlegte er kurz, ob er vielleicht ein Kleidungsstück trug, das den guten Geschmack verletzte oder bei abergläubischen Menschen als schlechtes Omen galt. Aber er konnte an seiner Kleidung nichts entdecken, was sich gravierend von der anderer Leute unterschieden hätte. Hätte er sich die Mühe gemacht, sich umzusehen, hätte er den Grund dafür, daß man ihn schnitt, entdeckt: einen aufgeregten Willy, dessen wüste Grimassen und herumfuchtelnden Zeigefinger auch der Begriffsstutzigste als Warnung davor verstand, sich mit Yapp einzulassen.

Aber Yapp war zu sehr in seine theoretischen Mutmaßungen verstrickt, um seinen reduzierten Schatten zu bemerken. Einer der Grundsätze seines ideologischen Credos besagte, daß sich jede Stadt in räumliche Kategorien sozio-ökonomischer Klassenunterschiede aufteilen ließ. Einmal hatte er Monate damit zugebracht, Doris, den Computer, mit Daten über Macclesfield und den Antworten der Befragten, die seine engagierten Studenten nach dem Zufallsprinzip zusammengetragen hatten, zu füttern, und war zu der nicht sonderlich überraschenden Erkenntnis gelangt, daß in den wohlhabenderen Bezirken tendenziell eher Tory-Wähler wohnten, während die ärmeren Viertel zumeist von Labour-Anhängern bevölkert waren.

In Buscott hingegen schien eine sonderbare Diskrepanz zwischen diesem simplen Grundprinzip und den Tatsachen zu herrschen. Nachdem Yapp festgestellt hatte, daß kein Mensch dazu bereit war, über die Mühle oder die Petrefacts auszupacken – Yapp schrieb es der Angst vor dem Verlust des Arbeitsplatzes oder der Wohnung zu –, war er dazu übergegangen, die Leute über ihre politischen Ansichten zu befragen, was zur Folge hatte, daß er zu hören bekam, er solle sich gefälligst um seinen eigenen Scheißkram kümmern, oder daß ihm die Türen vor der Nase zugeknallt wurden. Es war alles recht entmutigend, zumal es ihm nicht einmal gelang, irgendwelche echten Härtefälle oder Mißstände zu entdecken. Als sich ein etwas gesprächigerer alter Mann darüber beklagte, daß ihn seine Arthritis dazu gezwungen habe, die Gartenarbeit aufzugeben, dauerte es eine Weile, bis Yapp realisierte, daß er von seinem eigenen Garten und nicht dem eines anderen sprach.

»Sie glauben doch nicht, daß ich im Garten von irgend so einem Scheißkerl herumwühle, oder? Ich bin doch nicht blöd.«

Mit einem Wort, Buscott war nicht nur eine blühende kleine Stadt, sondern auch eine, in der anscheinend lauter fröhliche Menschen lebten. Und als solche waren sie jenseits von Yapps Erfahrungshorizont.

Mit voranschreitender Zeit und zunehmender Enttäuschung schwankten Yapps Gedanken zwischen dem grausigen Verdacht, daß Lord Petrefact ihn mit der Absicht hierhergeschickt hatte, ihm ein funktionierendes Modell wohltätigen Kapitalismus vor Augen zu führen, und der Sehnsucht nach Mrs. Coppetts Wärme und eigenartiger sexueller Anziehungskraft. Er hätte nur schwer sagen können, was schlimmer war – von diesem abscheulichen alten Schwein hintergangen oder von dem Körper einer schwachsinnigen Frau angezogen zu werden, die bereits verheiratet war, noch dazu mit einer Person restringierter Größe. Am schlimmsten war, daß seine Gefühle für sie keine Zweifel mehr zuließen. Sie verkörperte auf erschreckende Weise all das, wofür ihm seine einzigartige Erziehung Verachtung und Mitleid eingeimpft hatte. Und genau das war das Problem. Er konnte Rosie Coppett für ihren Mangel an Verstand und Intellekt schwerlich verachten, da sie bildungsmäßig doch so eindeutig unterprivilegiert war. Andererseits führte ihre herzliche Einfalt unweigerlich zu einer Verdoppelung oder sogar Verdreifachung seines Mitgefühls und ließ Rosie, nicht zuletzt wegen ihrer attraktiven Beine, ihrer üppigen Brüste und den (wenn nicht von einem verstümmelten Korsett verhüllten) wahrscheinlich ausufernden Hinterbacken, in seinen Augen zu einer Frau werden, wie er sie sich in seinen wildesten Phantasien und edelsten Träumen vorstellte. Um sich von dem besonders edlen Traum einer Verpflanzung der Coppetts aus der Rabbitry Road in die Universität Kloone abzulenken, wo er Willy einen bequemen Job beschaffen wollte, ging er wieder zur Mühle zurück. Immerhin wurde dort gestreikt, und Streiks setzten echte Mißverständnisse voraus. Ja, er würde seine Nachforschungen ganz auf diesen Punkt konzentrieren.

Doch als er hinkam, waren die Streikposten verschwunden, und die Arbeiter strömten aus dem Fabriktor. Yapp sprach eine Frau mittleren Alters an.

»Streik? Was für ein Streik? Keine Spur von einem Streik, kann ich mir auch nicht vorstellen. Dazu ist die Bezahlung zu gut«, sagte sie und ließ den völlig desillusionierten und verblüfften Yapp stehen. Er machte kehrt und ging die Anhöhe hinauf in Richtung Rabbitry Road.

Er verspürte physischen und emotionalen Hunger, und dort in der Küche würde Rosie am Herd stehen und das Abendessen bereiten.

Willy verspürte ganz andere Bedürfnisse. Er war total erschöpft. Er konnte sich nicht erinnern, je in seinem kleinen Leben an einem Tag so weit gelaufen zu sein. Im Schlachthof brauchte er so gut wie gar nicht zu laufen. Das tote Viehzeug kam zu ihm. Jedenfalls hatte er nicht die Absicht, sich den Hügel hinaufzuschleppen und dann auf ein Bier wieder zum *Pferdekutscher* hinunterzugehen. Er wollte dort zu Abend essen und dann lieber früh nach Hause gehen, um nachzusehen, was der langbeinige Professor im Schilde führte. Er betrat das Pub durch den Hintereingang und löffelte wenig später so viel Gulasch in sich hinein, wie er schaffte, bevor die Kneipe öffnete.

14

Als die Dämmerung über Buscott hereinbrach, wäre es selbst dem schärfsten Beobachter unmöglich gewesen, in der kleinen Stadt auch nur ein einziges Anzeichen für die unter der Oberfläche tatsächlich brodelnden Emotionen zu entdecken. Im New House köpfte Emmelia ihre Rosen sehr viel gröber als sonst. In der Küche von Haus Nummer 9 in der Rabbitry Road verputzte Walden Yapp mehr heiße Rosinenbrötchen, als er eigentlich wollte, und beäugte Mrs. Coppett mit derart verwirrender Leidenschaft, daß sich schwer feststellen ließ, ob er nur süchtig nach heißen, gebutterten Rosinenbrötchen war oder sich wahnsinnig in eine ganz und gar unpassende Frau verliebt hatte. Was Rosie betraf, so kreisten ihre schlichten Gedanken um die Frage, ob sie ihn bitten sollte, mit ihr eine Spritztour in dem alten Vauxhall zu machen. Sie war erst dreimal in einem Auto gefahren, einmal, als Willy von diesem Jagdhund gebissen worden war und man sie eilig zu ihm ins Krankenhaus gebracht hatte, und zweimal mit Sozialarbeitern, die sie in die Stadt mitnahmen. Und da sie heute mehrere Stunden mit der Lektüre eines Schicksalsromans zugebracht hatte, in dem an ein paar besonders unheimlichen Stellen ein Auto eine Rolle spielte, ließ sie der Gedanke an eine Spazierfahrt nicht mehr los.

Doch der deutlichste Hinweis auf die brodelnden Emotionen wäre über und unter dem Tresen des *Pferdekutschers* zu finden gewesen, wo Frederick Willy über Professor Yapps Gewohnheiten ausfragte. Und während er versuchte, Willy die Sache dadurch zu erleichtern, daß er sein Glas nachfüllte, sobald es leer war, sah sich Willy, der eigentlich nur sagen konnte, daß Yapp für seinen Geschmack verdammt viel zu schnell gelaufen sei, gezwungen, seinen Bericht etwas auszuschmükken. Mit jeder Flasche wurden seine Übertreibungen wüster.

»Geküßt hat er sie, in meiner eigenen Scheißküche«, sagte er nach der fünften Flasche Bier. »Meine Rosie hat er geküßt.«

Frederick sah ihn ungläbig an.

»Na hör mal«, meinte Mr. Parmiter, der Fredericks Skepsis offenbar teilte, »wer würde deine Rosie denn schon küssen wollen?«

»Ich«, entgegnete Willy, »ich bin ihr rechtmäßiger Ehemann.«

»Warum tust du's dann nicht?«

Über die Kante des Tresens warf Willy ihm einen wütenden Blick zu. »Weil sie verdammt zu groß ist und ich nicht drankomme.«

»Warum stellst du dich dann nicht auf einen Stuhl oder läßt sie sich hinsetzen?«

»Würde auch nichts helfen«, sagte Willy bekümmert. »Es ist einfach unmöglich, es ihr zu besorgen und sie gleichzeitig zu küssen. Entweder das eine oder das andere.«

»Sie wollen doch damit nicht andeuten, daß Professor Yapp mit Ihrer Frau geschlafen hat?« fragte Frederick hoffnungsvoll.

Willy, dem dieser Unterton nicht entging, antwortete entsprechend. Sein Glas war leer. »Und ob. Ich hab' sie erwischt, die beiden. Sie hatte nur das Nylonnachthemd an, das ich ihr vor zwei Jahren zu Weihnachten geschenkt habe, und sie war geschminkt und hatte grüne Lidschatten.«

»Lidschatten?« sagte Mr. Parmiter. »Was zum Teufel macht sie mit Lidschatten?«

»Mich betrügen«, sagte Willy, »was denn sonst? Zehn Jahre sind wir jetzt verheiratet und ...«

»Noch eine Flasche, Mr. Groce«, sagte Frederick, der die Sprache wieder auf Yapp bringen wollte. Mr. Groce füllte Willys Glas. »Also, Willy, wo haben Sie das Ganze beobachtet?«

»In der Küche.«

»In der Küche?«

»In der verdammten Küche.«

»Sie meinen sicher, von der Küche aus«, sagte Frederick. »Sie haben sie von der Küche aus gesehen.«

»Nichts da. Ich war im Garten. Die waren in der Küche. Sie haben mich nicht gesehen. Aber oben habe ich ihr dann eine anständige Tracht Prügel verpaßt.«

Frederick und Mr. Parmiter sahen ihn erstaunt an.

»Jawohl. Und wenn ihr mir nicht glaubt, dann fragt doch Rosie. Sie wird's euch bestätigen.«

»Das werde ich schön bleibenlassen«, meinte Mr. Parmiter.

Frederick sagte gar nichts. In seinem verschlagenen Hirn schmiedete er Pläne. Sie kreisten um wütende, eifersüchtige Zwerge. »Und was hast du mit dem dreckigen Saukerl gemacht? Ordentlich kielgeholt?«

»Konnte ich schlecht. Hat ja für eine Woche im voraus bezahlt, und Mr. Frederick hat mir aufgetragen, ein Auge auf ihn zu haben.«

»Das hast du weiß Gott getan«, fuhr Mr. Parmiter fort. »Trotzdem bezweifle ich, daß ich es fertiggebracht hätte zuzusehen, wie meine Frau es mit einem Kerl in der Küche treibt. Ich hätte es dem Bastard gezeigt, aber anständig.«

»Kann schon sein«, sagte Willy, durch seine erfundene Geschichte und die sechste Flasche Bier melancholisch geworden. »Du bist ja groß genug.«

»Wenn du deine Alte nach Strich und Faden verdreschen kannst, sollte man meinen, daß du einem x-beinigen Professor mit Leichtigkeit gewachsen bist.«

»Mit Frauen ist das anders. Rosie hat meinen kleinen Freund gesehen, und schließlich will sie ihn nicht fünfundzwanzig Zentimeter in die Eingeweide kriegen.«

Nachdenklich nahm Mr. Parmiter einen großen Schluck Bier und dachte dabei über Mrs. Coppett sexuellen Appetit und zwergische Proportionen nach.

»Fünfundzwanzig Zentimeter?« fragte er schließlich. »Ich gebe ja zu, daß du es am besten wissen mußt, aber trotzdem ...«

»Habe ihn selbst gemessen«, sagte Willy stolz. »Mit einem Lineal. Früher war er länger, aber inzwischen ist er ein bißchen abgenutzt. Wenn du willst, zeig' ich ihn dir. Er ist in der Küche.«

Bevor sich Mr. Parmiter von der mysteriösen Allgegenwart von Willys kleinem Freund ausreichend erholen konnte, um zu sagen, daß er das verdammte Ding nicht sehen wollte, schoß Willy in die Küche. Er kam mit einem großen, grausig aussehenden Messer zurück. Mr. Parmiter starrte es erleichtert an, Frederick mit lebhaftem Interesse.

»Ach so, ja, jetzt sehe ich, was du meinst«, sagte Mr. Parmiter. »Damit könntest du eine Menge anrichten.«

Frederick nickte zustimmend. »Aber nach der heutigen Rechtsprechung muß ein Mann, der seine Frau umbringt, seine Strafe ja meist gar nicht antreten«, stellte er fest.

»Das war schon immer so«, meinte Mr. Parmiter grinsend. »Früher haben sie so einen gleich gehängt. Jetzt kriegt er nicht mal 'ne Geldstrafe.«

Frederick bestellte noch eine Runde und impfte Willy während der folgenden Stunde mit Geschichten über Verbrechen aus Leidenschaft, wobei Mr. Parmiter ihn, ohne es zu merken, kräftig unterstützte. Als es auf die Sperrstunde zuging, wetzte Willy seinen kleinen Freund am Gürtelende und schäumte vor Eifersucht. Frederick war vollauf mit sich zufrieden. Mit ein bißchen Glück würde Tante Emmelias Auftrag, sich den lästigen Yapp vom Hals zu schaffen, buchstabengetreu ausgeführt werden. Nachdem er Willy nochmals eingeschärft hatte, sein Opfer nicht aus den Augen zu lassen, und ihm noch einen Zehner über den Tresen geschoben hatte, ging er guten Gewissens hinaus ins schwindende Tageslicht. Ein vorbeifahrender Wagen vervollständigte sein Glück. Ungläubig starrte Mr. Parmiter ihm nach.

»Verflucht, haben Sie gesehen, was ich gesehen habe? Und ich dachte, Willy würde übertreiben.«

»Die Welt ist schon ein trauriger Ort«, seufzte Frederick. »Trotzdem, man kann niemanden für seinen Geschmack verantwortlich machen.«

Walden Yapp, der am Steuer des alten Vauxhall saß, hätte ihm da ganz recht gegeben. Sein Geschmack an Rosie Coppetts Gesellschaft war gewiß unverantwortlich, und das machte alles nur um so trauriger. Das kindliche Vergnügen, das es ihr bereitete, im Auto herumzukutschieren, zerstreute seine extensive Besorgnis, während ihre Nähe und das unberechenbare Geschaukel des Wagens unvermeidlich andere Extensionen herbeiführten. Hin- und hergerissen zwischen dem Verlangen, jene Extras in Anspruch zu nehmen, die sie am Abend zuvor so lebhaft angeboten hatte, und einem Gewissen, das es ihm nie gestatten würde, die Frau eines Perg zu verführen, fuhr Yapp zehn Meilen über Land und zweimal quer durch Buscott, ohne sich Gedanken darüber zu machen, was andere Leute denken könnten. Rosie schaukelte und kicherte auf dem Beifahrersitz, und als er einmal zu schnell in eine Kurve ging, packte sie vor Aufregung seinen Arm so heftig, daß er den Wagen um ein Haar durch die Hecke auf einen Acker gesteuert hätte. Als Yapp schließlich vor dem Haus in der Rabbitry Road anhielt und sie ihm voller Dankbarkeit prompt einen Kuß verpaßte, verlor er beinahe die Selbstbeherrschung.

»Das dürfen Sie nicht«, murmelte er heiser.

»Was darf ich nicht?« fragte Rosie.

»Mich so küssen.«

»Na, kommen Sie. Küssen ist doch nett.«

»Das weiß ich, aber was sollen die Leute denken?«

»Das ist mir egal«, sagte Rosie und gab ihm einen zweiten, so heftigen Kuß, daß es Yapp auch egal war.

»Kommen Sie rein, dann gebe ich Ihnen einen richtigen Kuß«, sagte Rosie, stieg aus und verkündete lauthals, so daß es mehrere Nachbarn hören konnten, daß sie mit einem echten Gentleman spazierengefahren sei und daß er einen Kuß und eine Umarmung verdient habe, oder etwa nicht? Sie hüpfte zwischen den Gartenzwergen hindurch, während Walden Yapp mit seinem Gewissen und höchst unbehaglichen

Unterhosen kämpfte. In seinem Zustand konnte er unmöglich ins Haus gehen. Die arme Frau würde den einzig möglichen Schluß ziehen, und außerdem gab es noch Willy zu bedenken. Vielleicht war er inzwischen nach Hause gekommen. Und wenn, dann wären seine Schlußfolgerungen noch weitaus gefährlicher als Rosies. Yapp ließ den Motor wieder an und wollte schon losfahren, als sie ums Haus gelaufen kam.

»Warten Sie auf mich«, rief sie.

»Geht nicht«, rief Yapp zurück. »Diese Angelegenheit muß ich allein erledigen.«

Der Wagen setzte sich in Bewegung und ließ Rosie Coppett und einige neugierige Nachbarn in Ungewißheit zurück. Auch Yapp hatte viel von seiner Selbstgewißheit eingebüßt. Noch nie in seinem Leben, das der Umverteilung von Reichtum, rational begründeten Beziehungen und dem Ziel, sich ein totales Wissen anzueignen, gewidmet war, hatte er eine unfreiwillige Emission im abendlichen Zwielicht gehabt. Er empfand sie als äußerst störend und konnte sie sich rational nur mit dem schlechten Straßenzustand und den altersschwachen Stoßdämpfern des Wagens erklären. Doch dann fiel ihm ein, daß diese Kombination nicht schuld sein konnte. Zu jenem Zeitpunkt nämlich hatte der Wagen gestanden. Nein, es war eine physiologische Reaktion auf Rosies Kuß gewesen. Zum erstenmal mußte Yapp zugeben, daß etwas für die Theorie des Tiermagnetismus sprach. Es sprach auch etwas dafür, so bald wie möglich anzuhalten und sich dieser Unterhose zu entledigen.

Yapp bremste, fuhr an den Straßenrand und stieg aus. Gerade wollte er seinen Gürtel aufmachen, als zwei Scheinwerfer um die Ecke kamen. Yapp duckte sich hinter den Vauxhall, bis das Auto vorbeigefahren war, mußte das Versteckspiel aber ein paar Minuten später wiederholen, als sich ein Wagen aus der anderen Richtung näherte.

»Mist«, sagte Yapp und beschloß, woanders hinzugehen, um nicht alle paar Sekunden in Flutlicht getaucht zu werden. Aber wohin? Ein Gatter in der Hecke brachte ihn auf die Idee, er könnte auf der anderen Seite ungestörter sein. Yapp kletterte hinüber, entdeckte bei dieser Gelegenheit, daß die oberste Latte mit Stacheldraht umwickelt war, ritzte sich die Hände auf und stellte, nachdem er auf der anderen Seite hinuntergeplumpst war, fest, daß er sich nach wie vor im Rampenlicht befand, sobald ein Auto über den Hügel kam. Er stand auf und sah sich um. Jenseits des Ackers schien es Büsche zu geben. Dort würde er außer Sichtweite des vorbeifahrenden Verkehrs sein. Yapp überquerte den Acker, kletterte über ein Steinmäuerchen, schlüpfte aus seiner Unterhose und versuchte, so gut er konnte, die Spuren der Leidenschaft von seiner Hose abzuwischen. In der Dunkelheit war das nicht einfach. Zu allem Überfluß fing es auch noch zu regnen an. Fluchend suchte Yapp Zuflucht unter einer mageren Tanne.

Willy verließ den *Pferdekutscher* ziemlich betrunken. Er schleppte sich die Tythe Lane hinauf, hatte vor Mrs. Gogans hinterem Gartentor einen heftigen Wortwechsel mit einem Straßenköter und reagierte seine Wut auf kläffende Hunde und auf Yapp ab, indem er seinen kleinen Freund in mehrere Plastiktonnen bohrte. An der Hauptstraße angekommen, blieb er angesichts der unlösbaren Frage, ob es wirklich zwei Autos waren, die auf ihn zukamen, oder nur eines, unschlüssig stehen. Den Scheinwerfern nach zu schließen mußten es zwei sein, doch selbst nachdem das Auto vorbeigefahren war, war sich Willy seiner Sache nicht ganz sicher. Der einzige Fixstern an seinem geistigen Firmament bestand in der Gewißheit, daß er, falls er Rosie beim Nachhausekommen bei Extras mit Professor Yapp erwischte, dem Schwein einen Einblick in seine eigenen Eingeweide verschaffen würde. Kurz und gut, es war ein recht garstiger Zwerg, der da bergan torkelte, als es zu regnen begann. Der Regen machte Willy nichts aus. Er war es gewöhnt, bis auf die Haut naß zu werden. Aber jetzt taten ihm seine Füße wieder weh. Auch diesen Punkt galt es mit Yapp noch zu klären, denn er war nicht gewillt, den morgigen Tag hinter dem langbeinigen Dreckskerl her kreuz und quer durch die Stadt zu hetzen. Um seinen Füßen eine Pause zu gönnen, kletterte er auf einen verwitterten Meilenstein. Prompt fiel er wieder herunter und verlor dabei seinen treuen kleinen Freund.

»Verdammt«, sagte Willy und tastete auf der Erde herum. Aber das Messer war verschwunden. Auf allen vieren krabbelte Willy auf die Straße hinaus und hatte gerade die Schneide des Messers erwischt, als ein Geräusch an sein Ohr drang. Von oben kam etwas die Straße herunter, etwas Großes, Dunkles. Mühsam rappelte er sich auf und versuchte verzweifelt, den Straßenrand zu erreichen. Zu spät. Einen Augenblick später war Willy Coppett ein scheußlich zerfleischter Zwerg.

Mr. Jipson brachte seinen Traktor zum Stehen. Er kletterte heraus, um das verdammte Vieh, das ihm da in die Quere gekommen war, zu entfernen. Er dachte an ein Schaf oder schlimmstenfalls eine Kuh, aber ein kurzer Blick genügte, um festzustellen, daß er sich getäuscht hatte. Kühe trugen keine Schuhe Größe siebenundzwanzig, und ein vorne zugeknöpftes Schaf hatte er auch noch nie gesehen. Mr. Jipson riß ein Streichholz an, und die Sekunde, bis Wind und Regen es wieder ausbliesen, genügte, um ihn vor Entsetzen zu lähmen. Er hatte soeben Buscotts einzigen und allseits beliebten Zwerg getötet. Hinsichtlich der Identität gab es keinerlei Zweifel. Und auch daran, daß Willy tot war, zweifelte Mr. Jipson keine Sekunde. Man konnte keinen kleinen Mann mit einem großen Traktor bei hoher Geschwindigkeit überfahren, ohne ihn zu töten. Um sich zu vergewissern, tastete er nach dem Puls an Willys Handgelenk.

»Scheiße«, murmelte Mr. Jipson und dachte an die üblen juristischen Konsequenzen des Unfalls, ganz zu schweigen von seinem gesellschaftlichen Status. In Buscott hatte man zwar nichts gegen blutige Sportarten, aber das Töten von Zwergen gehörte denn doch in eine andere Kategorie. Außerdem war er ohne Lichter gefahren, hatte keine Nummernschilder am Traktor und entschieden zuviel Alkohol im Blut. Angesichts dieser Tatsachen plus Willy Coppetts großer Popularität brauchte er weniger als dreißig Sekunden, um sich darüber klarzuwerden, daß er diesen Unfall auf keinen Fall melden würde. Er würde den leblosen Körper in den Straßengraben werfen und nach Hause fahren. Aber die Leiche würde man finden, und dann würde die Polizei Nachforschungen anstellen... Nein, das hat wenig Sinn. Außerdem war er ein Stück weiter oben an einem geparkten Wagen vorbeigekommen. Er hatte zwar niemanden bemerkt, aber irgendwo mußte ja jemand sein. Und der würde sich wundern, warum er angehalten hatte. Andererseits... Da kam Mr. Jipson eine Idee. Er lief zu dem Wagen zurück und schaute hinein. Niemand zu sehen. Am Gatter war auch niemand. Er dachte kurz nach und ging dann zur Fahrertür. Sie war nicht verschlossen. Angenommen, er würde die Handbremse lösen und den Wagen die Straße hinunterrollen lassen... Nein, das ging auch nicht. Da müßte er erst den Traktor wegfahren, und wer immer wo immer war, könnte jeden Augenblick zurückkommen. Andererseits bot sich hier eine Möglichkeit, Willys Leiche so weit wie möglich vom Unfallort wegzuschaffen. Mr. Jipson machte den Kofferraumdeckel auf.

Dann lief er zum Traktor zurück, holte einen Plastiksack aus dem Führerhäuschen, streifte sich ein Paar Arbeitshandschuhe über, hob mit der kriminellen Sachkenntnis dessen, der unzählige Folgen von *Einsatz in Manhattan*, *Hawaii Fünf-Null* und *Kojak* gesehen hatte, die Leiche vorsichtig hoch und trug sie die Straße hinauf. Drei Minuten später lag Willy Coppett im Kofferraum, der Plastiksack hing außen am Traktor, wo der Regen das Blut wegwaschen würde, und Mr.

Jipson machte sich mit dem vorübergehend befriedigenden Gefühl, sich schlau aus dieser häßlichen Schlinge gezogen zu haben, auf den Heimweg.

Währenddessen hauchte Willy Coppett schmerzlos sein Leben aus. Sogar sein kleiner Freund war bei ihm, auch wenn er ihn nicht länger umklammert hielt. Durch den Zusammenprall mit dem Traktor hatte er sich in seinen Magen gebohrt.

Etwa eine halbe Stunde später war Walden Yapp der Ansicht, der Regen habe nun so weit nachgelassen, daß er zum Wagen zurücklaufen könne, ohne bis auf die Haut naß zu werden. Mit seiner Unterhose in der Hand kletterte er über das Steinmäuerchen, lief über den Acker, ritzte sich die Hand ein zweites Mal am Stacheldraht auf und ließ sich schließlich in den Fahrersitz plumpsen. Er hatte den unwiderruflichen Entschluß gefaßt, Rabbitry Road 9 gleich am nächsten Morgen zu verlassen. Sich länger in Rosies derart stimulierender Gegenwart aufzuhalten, hieß Unheil heraufbeschwören, und obwohl Yapp Begriffe wie Ehre und Gewissen in jedem anderen als dem sozialen Kontext radikal ablehnte, sagte ihm sein angeborener Anstand doch, daß er sich unmöglich zwischen einen Zwerg und seine Frau stellen konnte.

Nicht zum ersten Mal hatte Rosie Coppett die Wahrheit gesprochen. Walden Yapp war ein echter Gentleman.

15

Der Regenschauer, der Zeuge von Willy Coppetts Hinscheiden und Walden Yapps Unbehagen geworden war, scheuchte Emmelia aus dem Küchengarten in das ans Haus angebaute Treibhaus. Seit ihrer Kindheit mit den unvermeidlichen Besuchen bei Tante Maria hatte sie in schweren Zeiten dort Zuflucht gesucht. Es war ein altes Gewächshaus, an dessen Innenwand aus Backstein sich ein Weinstock hochrankte, der im Sommer mehr Blätter trieb, als die wenigen Trauben rechtfertigten. Im Winter diente dieser stille Ort Emmelia als Refugium. Verborgen hinter Weinlaub und den Algen, die sich überall dort festsetzten, wo sich die Glasscheiben überlappten, und umgeben von alten Tontöpfen, Geranienablegern und ein oder zwei Katzen, die vor der Nässe hierher geflüchtet waren, saß sie hier im Dämmerlicht, horchte auf das Klopfen der Regentropfen und fühlte sich geborgen. Dies war ihr persönliches Heiligtum, windschief und alt, aber gut abgeschirmt in einer Ecke des ummauerten Küchengartens, der selbst ein Heiligtum innerhalb der das New House umgebenden Mauern darstellte. Nirgends sonst konnte sie ihre Abgeschiedenheit so andächtig genießen und den Schmutz der Nachrichten, die sie täglich durch die *Times* und den Rundfunk erreichten, von sich abschütteln. Um den Fernseher machte Emmelia einen großen Bogen, und so war er schließlich in der ehemaligen Stiefelkammer gelandet, wo Annie ihn zum Silberputzen anschaltete. Nein, für das, was draußen in der Welt vor sich ging, hatte Emmelia keine Zeit, und soweit sie beurteilen konnte, waren die Veränderungen, die auf Spruchbändern über den nachmittäglichen Himmel gezogen oder in öffentlichen Diskussionen über die Notwendigkeit des Fortschritts lauthals propagiert wurden, nichts weiter als Eintagsfliegen, die die Natur eines Tages ebenso bedenkenlos abschütteln würde, wie sie Wälder begraben oder die Sahara in eine Wüste verwandelt hatte. Sogar die Möglichkeit atomarer Vernichtung empfand Emmelia als weniger bedrohlich, als die Menschen des 14. Jahrhunderts die Pest empfunden haben mußten. Natur bedeutete Leben und Tod, und Emmelia gab sich damit zufrieden, sich mit einem fröhlichen Fatalismus, der keine Alternative kannte, der Natur anzuvertrauen. In ihrem Kosmos stellten die Petrefacts eine uralte Spezies von Sprechpflanzen dar, die vom

Aussterben bedroht waren, wenn es ihnen nicht gelang, ihre Wurzeln auch weiterhin im üppigen Lehm vergangener Werte zu verankern.

Trotz des selbstsicheren Auftretens, das Emmelia an diesem Nachmittag in der Mühle an den Tag gelegt hatte, war sie zutiefst aufgewühlt ins New House zurückgekehrt. Obwohl sie bereitwillig zugab, daß zu den althergebrachten Werten der Familie nicht nur eine völlige Unempfindlichkeit gegenüber den Lebensbedingungen der Fabrikarbeiter und der Schwarzen auf ihren Sklavenschiffen gehörte, sondern auch die absolute Bereitschaft, das zu tun, was die Zeit erforderte, auch wenn es sich dabei aus heutiger Sicht um noch so abscheuliche Methoden handelte, mißfiel ihr doch die Entdeckung, daß Frederick auf das Niveau eines Zuhälters herabgesunken war, ganz gewaltig. Abgesehen davon fand sie es ungeheuerlich, daß sie nicht informiert worden war, sondern erst selbst dahinterkommen mußte. Trotz ihrer Abgeschnittenheit vom gesellschaftlichen Leben in Buscott hatte sich Emmelia stets eingebildet, dank Annie als Informationsquelle recht gut über alles Bescheid zu wissen, was sich ringsum abspielte. Doch als sie Annie bei ihrer Rückkehr fragte, ob sie wisse, was in der Fabrik hergestellt werde, beteuerte diese, sie habe keine Ahnung. Und Emmelia glaubte ihr. Annie war seit zweiunddreißig Jahren bei ihr und hatte ihr noch nie etwas verheimlicht. Angesichts dieser Tatsache mußte sie Frederick zugestehen, daß er offenbar mehr Einfluß hatte und größere Diskretion walten ließ, als seine widerlichen Produkte hätten vermuten lassen. Bei nächster Gelegenheit mußte sie ihn unbedingt fragen, wie er das angestellt hatte.

Ungleich wichtiger war vorerst, ob ihr niederträchtiger Bruder wußte, was sein Sohn da trieb. Wenn ja und wenn er Professor Yapp geschickt hatte, um dieses Wissen in alle Welt hinausposaunen zu lassen, konnte sie daraus nur schließen, daß Ronald verrückt geworden war. Möglich war das durchaus. Die Veranlagung zum Wahnsinn lag in der Familie und war schon verschiedentlich zum Ausbruch gekommen, wenn auch unterschiedlich intensiv. Sie reichte von der leichten Exzentrizität des Brigadegenerals, die sich in der fixen Idee äußerte, braungetupfte Wüstenrennmäuse züchten zu wollen, bis hin zum glatten Irrsinn eines Cousins zweiten Grades, der, nachdem er in zartem Alter dem unzensierten Einfluß der Eskapaden von *Winnie The Pooh* ausgesetzt war, in dem festen Glauben aufwuchs, daß er Roo und jede erreichbare Frau Kanga sei. Anläßlich mehrerer Abendgesellschaften hatte er die Familie tödlich blamiert, indem er vollschlanken weiblichen Gästen auf den Schoß sprang, und so mußte man ihn schließlich nach Australien abschieben. Dort hatte er, getreu dem Gesetz seiner Herkunft, ein Vermögen mit Schafen gemacht und sich aufgrund seiner Vorliebe für kleine Känguruhs einen zweifelhaften Ruf erworben.

Während Emmelia so im Dämmerlicht inmitten der Töpfe und Blumen saß, die Ausdruck ihrer maßvollen Verrücktheit waren, faßte sie einen Entschluß. Es spielte keine Rolle, ob Ronald verrückt war oder nicht. Damit, daß er Professor Yapp nach Buscott geschickt hatte, brachte er den Ruf der Familie ernstlich in Gefahr und mußte folglich umgehend aufgehalten werden. Es genügte auch nicht, daß sie Frederick eingeschärft hatte, sich Yapps zu entledigen. Inzwischen bereute sie diese Anweisung sogar, denn Frederick war ebenso hitzig und unzuverlässig wie sein Vater. Und sie traute ihm ohne weiteres zu, daß er über die Stränge schlug. Abgesehen davon wurde der Versuch, Yapp aus Buscott zu vertreiben, möglicherweise als Bestätigung für Ronalds Verdacht – falls es nur ein solcher war – gewertet, daß es hier etwas zu verheimlichen gab. Und wie sie Ronald kannte, würde er das nächste Mal nicht nur einen sogenannten Familienbiographen schicken, sondern gleich ein halbes Dutzend gräßliche Reporter oder gar ein Fernsehteam.

Als der Regen nachließ, verließ Emmelia ihr Gewächshaus und ging ins Haus. Dort setzte sie sich an ihren Schreibtisch und verfaßte zwei Briefe, einen sehr behutsam, den anderen ziemlich spontan, steckte sie in Umschläge und ging dann in die Stiefelkammer.

»Ich habe zwei Briefe auf das Tablett in der Halle gelegt«, sagte sie zu Annie. »Sorgen Sie dafür, daß der Postbote sie morgen früh mitnimmt und zustellt.«

»Ja, Mum«, entgegnete Annie und veranlaßte Emmelia damit um ein Haar, ihr zum hunderttausendsten Mal in zweiunddreißig Jahren zu sagen, sie solle sie nicht Mum nennen. Diese Bezeichnung gehörte zu den vielen kleinen Ärgernissen, aus denen sich das tägliche Einerlei zusammensetzte, und obwohl Emmelia sich daran nicht gewöhnen konnte, hätte sie ihr Ausbleiben doch vermißt. Und schließlich war dies die einzige Vertrautheit, die sich ihre ansonsten äußerst diskrete Haushälterin herausnahm.

Während Emmelia in ihr Schlafzimmer hinaufging, mußte sie an eine andere ähnlich diskrete, treue Seele denken: an Croxley. Auf ihn konnte sie sich bedingungslos verlassen. Ja, notfalls würde sie sich an Croxley wenden. Guter Croxley. Ihm galten Emmelias letzte Gedanken vor dem Einschlafen.

Walden Yapp hatte fast überhaupt nicht geschlafen. Während Willy seine gestrige Nachtruhe dadurch gestört hatte, daß er seine Frau verprügelte, waren heute sein unerklärliches Ausbleiben und Rosies zunehmende Aufregung darüber daran schuld, daß Yapp nicht einschlafen konnte.

»Es sieht ihm gar nicht ähnlich, zum Abendessen nicht nach Hause zu kommen«, sagte sie, als Yapp zerkratzt und mit aufgerissenen Händen zurückkehrte. »Oh, was haben Sie denn da gemacht?«

»Nichts, gar nichts«, sagte Yapp, der möglichst schnell in sein Zimmer gelangen wollte, um seine pappige Unterhose in einen Koffer zu stopfen, bevor sie in seiner Hosentasche steif wurde.

»Von wegen, nichts. Sie haben sich scheußlich geschnitten, das sieht mand doch. Und voller Blut sind Sie auch.«

»Nur ein Kratzer. Ich bin auf der Straße ausgerutscht.«

»Aber Ihr Hemd ist auch ganz verschmiert«, sagte Rosie. Yapp betrachtete sein Hemd und merkte erst jetzt, daß er heftiger geblutet haben mußte, als ihm bewußt war. Sein Sakko war ebenfalls voller Blut. Als Mr. Jipson das überfahrene Bündel genauer untersucht hatte, hatte er ziemlich viel Blut abbekommen und dieses, ohne es in der Dunkelheit zu merken, an die Wagentür geschmiert und damit auf Yapp übertragen.

»Das kriege ich nie mehr raus, wenn Sie es mir nicht gleich geben«, sagte Rosie. »Milch ist da das beste.«

Aber Yapp hatte sich geweigert, sein Hemd auszuziehen.

»Das ist nicht so wichtig«, murmelte er. »Es ist sowieso ein altes Hemd. Und schlimmstenfalls gebe ich es an Oxfam.«

Trotz seiner Proteste hatte Rosie darauf bestanden, und als Mr. Clebb, der vier Häuser weiter wohnte, seinen Hund zum Pinkeln ausführte, wurde er Zeuge, wie ein ohnehin schon verdächtiger Yapp im Netzunterhemd in der Küche saß und Mrs. Coppett seine Hände in einer Schüssel mit Desinfektionsmittel wusch. Da die Schüssel auf Yapps Knien stand, sah Mr. Clebb nicht genau, was sie da eigentlich wusch, aber er zog seine Schlußfolgerungen.

Rosies Bemühungen um das Hemd – sie goß einen halben Liter Milch auf den Flecken, wusch es gründlich und hängte es zum Trocknen auf – waren von wenig Erfolg gekrönt. Während sich Yapp mit verbundenen Händen und in dem Bewußtsein, daß es nicht Rosies Schuld war, wenn er Tetanus bekam, ins Bett legte, machte ihm der hartnäckige Blutfleck noch immer ziemlich zu schaffen. Er hätte schwören können, daß er sich die Hände nicht am Hemd abgewischt hatte, doch bevor er sich noch mal alles genau ins Gedächtnis rufen konnte, wurde seine Aufmerksamkeit durch Schluchzer aus dem Nebenzimmer abgelenkt. Zunächst nahm er an, Willy sei nach Hause gekommen und würde Rosie wieder vertrimmen, doch als das Geschluchze gar kein Ende nahm, gewann seine mitfühlende Natur die Oberhand. Er kletterte aus dem Bett, mußte dreimal niesen, schüttelte sich, zog dann seine Hose über die Schlafanzughose und ging auf den Gang hinaus.

»Alles in Ordnung?« fragte er, wohl wissend, daß diese Frage unter den gegenwärtigen Umständen nicht sonderlich geistreich war. Das Schluchzen hörte auf, und Rosie Coppett öffnete die Schlafzimmertür.

»Es ist wegen Willy«, jammerte sie. »Er ist noch nie so spät nach Hause gekommen. Er hat gesagt, er würde es tun, und jetzt hat er's getan.«

»Was getan?«

»Er ist mit einer anderen Frau durchgebrannt.«

»Mit einer anderen Frau?« Obwohl Yapp Willy kaum zu Gesicht bekommen hatte, schien ihm das eine recht unwahrscheinliche Erklärung.

»Es ist alles meine Schuld«, fuhr die aufgelöste Witwe fort. »Ich habe nicht richtig auf ihn aufgepaßt.«

»Aber sicher haben Sie das«, sagte Yapp. Doch Rosie ließ sich nicht so leicht trösten und klammerte sich heftig an ihn. Yapp, den dieser plötzliche Sinneswandel nicht zum erstenmal aus der Fassung brachte, versuchte sich von ihr zu befreien. Aber Rosie ließ sich nicht so leicht abschütteln, und diesmal war es Mrs. Mane von nebenan, die, nachdem sie in ihren Küchengarten geschlichen war, mißbilligend beobachtete, wie Yapp Mrs. Coppett in den Armen hielt. Als es Yapp schließlich gelang, Rosie ins Bett zurückzuverfrachten, gab es für Mrs. Mane keinerlei Zweifel mehr.

»Widerlich«, sagte sie zu ihrem Mann, als sie unter die Decke schlüpfte. »Wenn man sich vorstellt, daß sie und er einen verfluchten Zwerg so übel zum Narren halten. Sie sollten sich schämen...«

Im Nebenhaus betrug sich Yapp tatsächlich wie ein Gentleman. Er gab sich alle Mühe, Rosie zu beruhigen, führte den plötzlichen Regen als Entschuldigung für Willys Ausbleiben ins Feld – »wahrscheinlich verbringt er die Nacht unten im Pub« –, entkräftete ihre nächste Theorie, nämlich daß man Willy wieder in einen Dachsbau gehetzt hatte oder daß er im Krankenhaus lag, indem er ihr klarmachte, daß sie in diesem Fall benachrichtigt worden wäre und daß es außerdem illegal sei, Pergs in einen Dachsbau zu hetzen.

»In Buscott aber nicht. Sie haben es schon mal gemacht«, sagte sie. Doch nachdem sie Yapp mit ihrer Beschreibung jener bewußten Jagd und ihrer blutigen Konsequenzen einen Schauder über den Rücken gejagt hatte, ließ sie von selbst von ihrer Theorie ab: »Nein, das kann nicht sein. Es ist nicht die richtige Zeit.«

»Richtige Zeit oder nicht, es ist schlichtweg barbarisch«, sagte Yapp, für den das Jagen in dieselbe Kategorie gehörte wie private Krankenversicherungen. Wäre es nach ihm gegangen, hätte er diese beiden Vorrechte der Reichen und Privilegierten längst abgeschafft.

»Jahreszeit, Sie Dummkopf«, sagte Rosie. »Im Sommer wird nicht gejagt. Höchstens Rattenhatz.«

»Rattenhatz?«

»Sie tun einen in einen Ring mit hundert Ratten, und dann muß man versuchen, möglichst viele in einer Minute umzubringen. Dasselbe machen sie auch mit Hunden.«

»Soll das heißen ... Lieber Himmel!«

»Und Wetten schließen sie auch ab. Das letzte Mal bekam Willy hundert Pfund.«

»Wie abscheulich«, sagte Yapp schaudernd.

»Gewonnen hat er ja nicht. Gewonnen hat der Hund vom alten Mr. Hord. Willy hat das Geld dafür gekriegt, daß er es versucht hat und so oft gebissen wurde.«

Als es Yapp endlich gelang, sich Rosies nicht endenwollender Aufzählung grausiger Möglichkeiten zu entziehen, konnte er keinen Schlaf mehr finden. Tief deprimiert lag er in seinem Bett, starrte in die Dunkelheit und wurde wiederholt von der grauenhaften Vorstellung gepackt, selbst von hundert wütenden Ratten umzingelt zu sein. Allem Einfluß der Petrefacts und seinen eigenen im Computer gespeicherten Statistiken zum Trotz war Buscott seinen Beobachtungen zufolge durchaus eine aufstrebende kleine Stadt des zwanzigsten Jahrhunderts. Doch unter der Oberfläche schwelte noch immer die Vorliebe für barbarische Sportarten, die im Grunde verboten waren und seinem Glauben an fortschrittliches Denken grundlegend widersprachen. Yapp suchte nach einer rationalen Erklärung für diesen grausamen Anachronismus, gelangte aber wie im Fall von Idi Amin, Kambodscha, Chile, Südafrika und Ulster lediglich zu dem Schluß, daß es Menschen gab, die einfach Lust am sinnlosen Töten empfanden und keinerlei Rücksicht auf den historischen Prozeß nahmen.

Nicht weniger überstrapaziert als sein Gehirn war auch sein Körper. Seine Hände schmerzten, der Kopf dröhnte, und Beine und Rücken taten ihm scheußlich weh. Außerdem hatte er sich eine Erkältung zugezogen, die in Windeseile grippale Ausmaße angenommen hatte, so daß er nur noch schniefte und hustete. Unruhig warf Yapp sich in seinem Bett hin und her, bis er gegen Morgen endlich einschlief. Um zehn Uhr wurde er von Rosie geweckt.

»Da haben Sie sich aber böse erkältet«, sagte sie. »Sie hätten gestern abend lieber aufpassen und nicht so naß werden sollen. Was haben Sie denn bloß gemacht?« Sie befühlte das über der Stuhllehne hängende Sakko. »Das ist ja ganz feucht. Kein Wunder, daß Sie krank geworden sind. Jetzt bleiben Sie mal schön liegen, ich bringe Ihnen gleich einen heißen Tee.»

Yapp murmelte ein Dankeschön, drehte sich um und schlief wieder ein. Als der Postbote um elf Uhr Emmelia Petrefacts Brief ablieferte, fieberte er noch zu sehr, um Interesse daran zu zeigen.

»Von Miss Petrefact«, sagte Rosie gewichtig. Normalerweise hätte dieser Tonfall Yapp aufhorchen lassen, aber jetzt nahm er ihn gar nicht zur Kenntnis.

»Ich werde ihn später lesen. Jetzt möchte ich nur schlafen.«

Yapp schlief den ganzen Tag, während Rosie sich abwechselnd Sorgen um Willy machte und was er wohl trieb und um den Professor und das, was in Miss Petrefacts Brief stehen mochte. Sie spielte mit dem Gedanken, ins Pub hinunterzugehen, um festzustellen, ob Willy dort gewesen war, zog dann den Schlachthof in Erwägung und wäre auch hingegangen, wenn Yapp nicht krank im Bett gelegen hätte. Und wie stand es mit einem Arzt? An die Nachbarn konnte sie sich nicht gut wenden, denn mit Mrs. Mane war sie noch nie gut ausgekommen, so daß sie sie jetzt schlecht um Hilfe bitten konnte. Also begann sie, um sich etwas abzulenken, wie wild zu putzen, machte für Willy Fleischpastete und Apfelküchlein und las dann das Horoskop in der Zeitung, in die die Kutteln eingewickelt gewesen waren, die er vor drei Tagen mitgebracht hatte. Sie mußte in der Abfalltonne danach wühlen, doch nachdem sie sie gefunden und festgestellt hatte, daß sie ein Fisch war, stand dort nichts über abgängige Ehemänner, sondern nur über finanzielle Zuwendungen, romantische Begegnungen und die Notwendigkeit, auf die Gesundheit zu achten. Danach heulte sie sich nochmals gründlich aus und ließ Blondie, dem Kaninchen, eine Menge unerwiderter, liebevoller Zuwendung zuteil werden. In regelmäßigen Abständen steckte sie den Kopf in Yapps Schlafzimmer, weil sie hoffte, er würde endlich aufwachen und ihr den guten Rat geben, den sie so dringend brauchte. Doch Walden Yapp schlief tief und fest und ohne etwas von der ihn bedrohenden Realität zu ahnen.

Nachdem jetzt so viele Personen in dieses Drama verwickelt waren, hatte sich die Lage entscheidend verändert. Auch für Willy, der im

Kofferraum des Vauxhall kalt und steif geworden war und dalag wie das grausige Zerrbild eines bekleideten Fötus. Über die Realität, mit der er konfrontiert worden war, würde er keine Auskunft mehr geben können. Mr. Jipson hatte, um keinerlei Verdacht auf sich zu lenken, seinen Traktor mehrere Male mit dem Schlauch abgespritzt und war jetzt damit beschäftigt, ihn wieder zu verdrecken. Am kräftigsten hatte die Realität oben im New House zugeschlagen. Frederick, von seiner Tante herbeizitiert, mußte zu seiner Überraschung feststellen, daß sie ihre Meinung geändert hatte.

»Aber du hast doch ausdrücklich gesagt, ich soll diesen Kerl loswerden«, brauste er auf, nachdem sie ihm von ihrem Brief an Yapp erzählt hatte. »Und jetzt lädst du ihn in dein Haus ein!«

»Genau. Ich habe die Absicht, ihn abzulenken, und außerdem möchte ich herausfinden, wieviel er weiß.«

»Etwas muß er wissen, aber ich kann mir beim besten Willen nicht vorstellen, woher. Wir nennen uns nicht umsonst Anonyme Phantasieprodukte.« Emmelia betrachtete ihn skeptisch. »Immerhin war das bisher das Geheimnis unseres Erfolges. Das größte Hindernis ist bei uns ja immer, daß wir uns an den sexuell verunsicherten Käufer wenden.«

»In der Tat? Aufgrund dessen, was ich gesehen habe, hätte ich genau das Gegenteil vermutet. Wer sich diesen Gürtel mit dem Klistierzusatz umschnallt, muß für meine Begriffe Nerven wie Drahtseile haben.«

»Mit sexuell verunsichert meine ich, daß die Leute introvertiert sind. Sie sind oft viel zu gehemmt, um in einen Laden für Sexartikel zu gehen oder sich das Zeug mit der Post schicken zu lassen.«

Emmelia hatte dafür volles Verständnis, schwieg aber.

»Was diese Leute wollen, ist die Möglichkeit, unsere Produkte zu kaufen, ohne ihre Identität preisgeben zu müssen. Und genau diesen Wunsch erfüllen wir. Wir garantieren völlige Anonymität.«

»Aber die eigene offenbar nicht.«

»Soweit ich weiß, schon«, sagte Frederick. »Wir inserieren auf dem üblichen Weg und verschicken per Postversand, der über ein Büro in London läuft. Die gesamte Kommunikation zwischen diesem Büro und der Versandabteilung in der Fabrik wird per Computer kodiert, so daß nicht einmal die Mädchen in London wissen, daß sie es mit Buscott zu tun haben.«

Emmelia lehnte sich zurück, schloß die Augen und hörte sichtlich uninteressiert zu. Zumindest wurde Frederick dem angestammten Ruf der Petrefacts gerecht, sich im Hintergrund zu halten, und das war immerhin mehr, als man von seinem gräßlichen Vater behaupten konnte. Während vor ihr das bizarre Bild von Lord Petrefact in einem thermalen Keuschheitsgürtel mit Klistiervarianten auftauchte, hörte sie Frederick mit halbem Ohr über Zustellungswege referieren.

»... und wenn es in der Nähe einen größeren Bahnhof mit Gepäckaufbewahrung gibt, deponieren wir das Päckchen dort und schicken den Abholzettel vom nächsten Briefkasten aus an den Klienten, so daß es unmöglich ist, unsere Spur zurückzuverfolgen. Das Ganze ist äußerst einfach.«

»So, ist es das?« sagte Emmelia und öffnete die Augen. »Für mich hört es sich äußerst kompliziert an, aber davon verstehe ich wohl wirklich nichts. Wenn dir der Klient, wie du ihn nennst, und seine Adresse bekannt sind...«

»Aber das habe ich dir doch gerade erklärt. Wir kennen den Namen des Klienten nicht. Er ruft das Büro in London an, gibt seine Bestellung auf und erhält eine Kodenummer. Dann gibt er einen falschen Namen an und erhält von uns eine Postfachnummer, wo er die Sachen abholen kann. Natürlich nehmen nicht alle diesen sehr persönlichen Service in Anspruch. Er kostet natürlich ungleich mehr als der normale Versand, aber ob so oder so, Bestellungen werden grundsätzlich nie von Buscott aus abgeschickt. Das passiert alles in London.«

»Der Auslandsversand auch?« fragte Ammelia.

»Der wird über Nebenfirmen abgewickelt«, sagte Frederick selbstzufrieden, »und auch diese Verbindungen sind samt und sonders computerkodiert.«

»Vielleicht hat jemand aus der Fabrik den Mund aufgemacht.«

Frederick schüttelte den Kopf. »Sämtliche Angestellten wurden auf Herz und Nieren überprüft und haben sich schriftlich zu absolutem Stillschweigen verpflichtet.«

»Aber das kannst du doch nicht machen. Das verstößt gegen das Gesetz.«

»Durchaus nicht«, sagte Frederick grinsend. »In der Abteilung für aktive Verräteranwerbung beim MI 9 gibt es eine dauernde Dienstanweisung für Dildos und was weiß ich noch.« Er schwieg eine Weile und starrte Löcher in die Luft. »Vielleicht ist das die Erklärung.«

»Für meine Begriffe erklärt das gar nichts«, sagte Emmelia. »Ich kann mir nichts vorstellen, was mich weniger dazu ermutigen könnte, zum Verräter zu werden, als so ein monströses Ding. Da würde ich den Rest meines Lebens noch lieber in einem Salzbergwerk zubringen, als...«

»Das meine ich nicht. Ich meine Yapp. Der Mann ist ein selbstgestrickter Bolschewik und total verbogen. Die ganze Angelegenheit könnte KGB-gelenkt sein. Wie man weiß, scheuen die Russen ja keine Mühe, wenn es darum geht, Ärger zu machen.«

»Dann müssen sie anatomisch aber recht neugierig sein«, meinte Emmelia. »Wie dem auch sei, ich habe diesen gräßlichen Kerl zum Tee eingeladen, und zum Tee wird er kommen. Und wenn dein Vater ihn auf diese Fährte gehetzt hat, dann werde ich dafür sorgen, daß er es bis an sein Lebensende bereut.«

16

Lord Petrefact bereute es bereits. Was mit jener fatalen Auster begonnen hatte, die ihn reizbar gemacht und weitgehend außer Gefecht gesetzt hatte, wurde von Yapps katastrophalem Versuch, das synchronisierte Wellenbad in Betrieb zu nehmen, und dem darauffolgenden Amoklauf des Rollstuhls konsequent zu Ende geführt. Jetzt war er in doppelter Hinsicht von Croxley abhängig, nicht nur, weil dieser unfehlbar die den Petrefact-Konzern betreffenden Myriaden von Einzelheiten im Kopf hatte, sondern auch, weil er seinen Rollstuhl schieben mußte. Nachdem Lord Petrefact erlebt hatte, was so ein vollautomatisiertes Gefährt anstellen konnte, hatte er nicht die Absicht, seinen kostbaren Körper noch mal so einem Ding anzuvertrauen.

All das wäre schon schlimm genug gewesen. Aber dazu kam noch der Ingrimm darüber, daß er Yapp nicht annähernd so viel hätte bezahlen müssen. Anfangs war ihm dies als eine notwendige Vorsichtsmaßnahme erschienen. Es bestand nämlich die akute Gefahr, daß die Gewerkschaften Yapp wegen einer Lappalie – der Entlassung von achttausend Arbeitern in der Fabrik in Hull ohne Abfindungsgelder – als Schlichter anrufen würden, doch dieses Risiko wurde durch ein Feuer ausgeschaltet, das die Fabrik bis auf die Grundmauern niederbrannte. Jeder andere wäre dem verkohlten Witzbold, der sich im Brennstofflager eine Zigarette angezündet hatte, dankbar gewesen. Nicht so Lord Petrefact. Er fühlte sich betrogen. In seinem Alter konnte er es sich leisten, ein perverses Vergnügen an Streiks, Aussperrungen, der Ausbeutung streikbrechender Arbeiter, dem Mißbrauch von Angestellten und Gewerkschaftsbossen und der Bestürzung zu empfinden, die angesichts seiner Verstocktheit sogar in den Leitartikeln eindeutig rechter Zeitungen zum Ausdruck kam. Sie alle trugen dazu bei, seine Machtgier aufs neue anzustacheln, und da die Gewinne des Petrefact-Konzerns in erster Linie durch die Ausnutzung extrem billiger Arbeitskräfte in Afrika und Asien erzielt wurden, betrachtete er die Einbuße mehrerer Millionen Pfund aufgrund von Streiks, die er selbst geschürt hatte, als sinnvolle Ausgabe. Sie brachten seine Verwandten zur Weißglut und dienten seiner Ansicht nach dazu, die Moral anderer Industrieller wiederherzustellen.

Doch trotz seiner Bereitschaft, verschwenderisch zu sein, solange es um Streiks ging, ärgerte er sich maßlos, daß Yapp sich als Fehlinvestition erwies. Nachdem er miterlebt hatte, was dieser Irre an einem kurzen Wochenende in Fawcett angerichtet hatte, hätte er erwartet, daß Buscott Überschwemmungen und Verwüstungen erleben und alles in allem ein zweites Troja werden würde, wobei die Nachricht, daß Teile von Nordengland von einem leichten Erdbeben heimgesucht worden waren, kurzfristig zu Hoffnungen Anlaß gab. Doch nachdem mehrere Tage vergangen waren und keine heftigen Proteste von seiten Emmelias eintrafen, mußte er allmählich befürchten, daß Yapp seinen Verpflichtungen als wandelndes Katastrophengebiet nicht nachkam. Das beunruhigte ihn um so mehr, als er Croxley nicht ins Vertrauen ziehen konnte. Die verdammte Ergebenheit dieses Mannes gegenüber der Familie machte ihn in diesem Fall vertrauensunwürdig. Es gab sogar Augenblicke, in denen nur die aus Selbsterkenntnis gewonnene Gewißheit, daß alle echten Petrefacts auf dem Grund ihrer Seele Betrüger waren und ihre Sippe haßten, ihn davon überzeugte, daß Croxley nicht selbst ein Mitglied dieser verfluchten Familie war. Aber wie dem auch war, er hatte nicht die Absicht, ihn in dieser Angelegenheit um Rat zu fragen. Während Lord Petrefact sich das Gehirn zermarterte, wie er Yapp zum Handeln antreiben könnte, wurde sein Lächeln von Tag zu Tag schiefer. Er hatte Yapp die familieninterne Korrespondenz über Großonkel Ruskin zugesandt, der zu einer Zeit, als er bereits mit Maude verheiratet und Sodomie durchaus nicht in Mode war, bigamistische Beziehungen zu mehreren Ziegen pflegte. Und für den Fall, daß das nicht ausreichen sollte, um bei Emmelia hysterische Ausbrüche hervorzurufen, hatte er noch Unterlagen über Percival Petrefacts unparteiische Waffen- und Munitionslieferungen sowohl an das deutsche Heer wie auch an die Alliierten im Ersten Weltkrieg beigelegt. Alles in allem verfügte Yapp über ausreichend Material, um die Petrefacts zehnmal aus ihrer diskreten Zurückgezogenheit ins Rampenlicht der Öffentlichkeit zu zerren. Und wenn das Schwein sich nicht bald daran machte, Reaktionen seitens der Verwandtschaft zu provozieren, dann würde er seine Anwälte bemühen müssen, um die zwanzigtausend Pfund, die Yapp bereits bekommen hatte, zu retten, von dem Rest ganz zu schweigen. Schließlich mußte Lord Petrefact an seinen Ruf als eiskalter und knallharter Finanzier denken. Um sich die Zeit zu vertreiben, knurrte er Croxley häufiger als sonst an, führte ohne ersichtlichen Grund mehrere Säuberungsaktionen in seinen Manageretagen durch und machte jedem, der ihm über den Weg lief, das Leben zur Hölle.

Nachdem Yapp nichts dergleichen unternahm, rief er, nachdem er Croxley auf eine ergebnislose Irrfahrt geschickt hatte, in der Historischen Fakultät in Kloone an, wo er jedoch lediglich erfuhr, daß der Professor verreist sei und keine Adresse hinterlassen habe.

»Und wann erwarten Sie ihn zurück?« wollte er wissen. Die Sekretärin konnte es ihm auch nicht sagen. Professor Yapps Wege seien immer etwas unberechenbar, meinte sie.

»Und sie werden noch verdammt unberechenbarer sein, wenn er sich nicht innerhalb der nächsten zwei Tage bei mir meldet«, brüllte Lord Petrefact, knallte den Hörer auf die Gabel und hinterließ bei der Sekretärin einige Zweifel hinsichtlich seiner Identität. Da sie ein wohlerzogenes Mädchen aus einer Arbeiterfamilie war, konnte sie sich nur schwer zu der Vorstellung durchringen, daß ein Peer fluchte.

Croxley hatte den Anruf in seinem Arbeitszimmer mitgehört. Einer der wenigen Vorteile von Lord Petrefacts derzeitiger Ablehnung motorisierter Rollstühle bestand darin, daß der alte Satan, auch wenn er schlimmer denn je mit Verbalinjurien um sich warf, nicht mehr ohne Hilfe von Zimmer zu Zimmer flitzen konnte, was Croxley die Möglichkeit verschaffte, in Ruhe seiner Arbeit nachzugehen, ohne durch etwas anderes als den Summer an der Wechselsprechanlage gestört zu werden. Und den konnte er ignorieren. Im Lauf der Zeit hatten sich so die Schwerpunkte von Croxleys Arbeit verlagert. Lord Petrefacts Ärger über die Ergebenheit seines Sekretärs gegenüber der Familie war nur teilweise gerechtfertigt.

Die unflätigen Schmähungen der letzten Monate hatten die Toleranzgrenze des Sekretärs eindeutig überschritten. Croxley hatte ein Alter erreicht, in dem es ihm weder angemessen noch im mindesten schmeichelhaft erschien, als geiler Hundesohn einer syphilitischen Hure bezeichnet zu werden. Dazu kam, daß er sich angesichts der Beseitigung mehrerer außerordentlich kompetenter Führungskräfte die bange Frage stellen mußte, wie es um seine eigene Zukunft bestellt war, und zu dem Ergebnis gelangte, daß seine Aussichten auf einen angenehmen und sorgenfreien Ruhestand ernsthaft bedroht waren. Um dieser Gefahr entgegenzuwirken, hatte er seinen lebenslangen Vorsatz, nie an der Börse zu spekulieren, gebrochen. Und mit Hilfe seiner Ersparnisse, einer Hypothek auf sein Haus in Pimlico und der Angewohnheit, Lord Petrefacts private Telefongespräche abzuhören, hatte sich Croxley tapfer geschlagen. So tapfer, daß er die berechtigte Hoffnung hegte, in Kürze in der Lage zu sein, dem alten Schwein unverblümt ins Gesicht zu sagen, was er von ihm hielt. Doch obwohl seine eigenen Unternehmungen allmählich zu blühen begannen, bewahrte er sich die Loyalität gegenüber jener Fraktion der Familie Petrefact, die den Peer verabscheute. Ganz besonders verehrte er Miss Emmelia, und er bedauerte es unendlich, daß ihn seine gesellschaftliche Stellung daran gehindert hatte, sie noch glühender zu verehren.

So wanderten Croxleys Gedanken häufig nach Buscott, und als er aus jenem letzten Telefongespräch erfuhr, daß Lord Petrefact Walden Yapp dorthin geschickt hatte, war er zutiefst beunruhigt. Damit erhielt das Rätsel um Yapps Besuch in Fawcett eine zusätzliche, noch verwirrendere Dimension. Der alte Teufel mußte etwas ungewöhnlich Häßliches gegen die Familie im Schilde führen. Nur was es war, davon hatte Croxley nicht die geringste Ahnung. Yapp in Buscott? Seltsam, sehr seltsam. Und daß die Fabrik mit der Herstellung ethnischer Bekleidung fette Gewinne abwarf, war auch seltsam. Er hatte Miss Emmelia nie als Geschäftsfrau betrachtet, aber bei den Petrefacts mußte man immer auf Überraschungen gefaßt sein. Gerade überlegte er, ob er sich in Buscott zur Ruhe setzen sollte – dort würde er vor dem alten Saukerl Ruhe haben und in Miss Emmelias Nähe sein –, als der Summer ertönte und Lord Petrefact seinen Lunch verlangte.

»Und sorgen Sie dafür, daß in der Ovomaltine ein doppelter Cognac ist«, brüllte er. »Gestern war das verdammte Zeug nicht mal zu riechen.«

»Eine Ovomaltine mit doppeltem Cognac, verstanden«, sagte Croxley und schaltete die Sprechanlage ab, bevor Lord Petrefact ihn anbellen konnte. Als er in die Küche hinunterging, kreisten seine Gedanken um Strychnin.

In der Rabbitry Road 9 saß Yapp im Bett und las widerwillig die Briefe durch, die Lord Petrefact ihm geschickt hatte. Er hatte sich von seinem plötzlichen grippalen Infekt erholt, aber der Inhalt dieser Briefe jagte ihm kalte Schauer über den Rücken. Obwohl seine eigenen proletarischen Neigungen weniger zu verbotenen zwischenmenschlichen Beziehungen wie zwischen Ziegen und Großonkel Ruskin tendierten, mußte er doch zugeben, daß die Enthüllungen ein völlig neues Licht auf die Familie warfen. Am meisten freilich faszinierten ihn die unvoreingenommenen Waffenlieferungen Percival Petrefacts im Ersten Weltkrieg. Das hier waren Unterlagen, die den multinationalen Kapitalismus der Petrefacts vor der ganzen Welt bloßstellen würden. Trotzdem konnte Yapp beim besten Willen nicht begreifen, wieso er diese außerordentliche Korrespondenz erhalten hatte. Aber eines zumindest stand fest: Er mußte die Papiere aus dem

Museum in die Hand bekommen. Wenn sie auch nur einen Bruchteil der verheerenden Geständnisse dieser Briefe enthielten, war die Familiengeschichte schon so gut wie geschrieben. Als nächstes mußte er Miss Emmelia Petrefact aufsuchen, um sich von ihr die Erlaubnis zur Einsicht in diese Papiere zu holen. Das war jetzt das wichtigste.

Er stieg aus dem Bett und begab sich voller Elan hinüber ins Badezimmer. Doch bis er mit dem Rasieren fertig war, hatte sich seine Entschlossenheit aufgrund der Geräusche, die aus der Küche nach oben drangen, verflüchtigt. Rosie Coppett weinte sich wieder mal kräftig aus, weil Willy noch immer nicht aufgetaucht war. Yapp seufzte. Sollte Willy tatsächlich mit einer anderen Frau durchgebrannt sein, wie Rosie von Tag zu Tag beharrlicher behauptete, dann war seine Moral ebenso restringiert wie sein Wachstum. Außerdem hätte er Yapp damit in eine äußerst heikle Situation gebracht, da dieser eine verlassene und geistig unterentwickelte Frau in der Stunde der Not schlecht im Stich lassen konnte. Gleichzeitig würde er, wenn er noch länger in diesem Haus verweilte, nur Ärgernis erregen und Gerüchten Vorschub leisten. Während er sich im Rasierspiegel betrachtete, ein Unterfangen, zu dem er sich erst hinknien mußte, weil Willy den Spiegel seinen Bedürfnissen entsprechend in knapp einem Meter Höhe angebracht hatte, gelangte Yapp zu dem Schluß, daß er nicht das Recht hatte, Mrs. Coppetts Ruf zu ruinieren. Dazu kam, daß seine höchst sonderbaren Gefühle für sie einen weiteren Aufenthalt unmöglich machten. Er würde ihr einen Scheck über zweihundert Pfund dalassen und sich heimlich aus dem Staube mache. Das war die einzige Möglichkeit. Nur so konnte er den herzzerreißenden Tränen eines offiziellen Abschieds entgehen.

Nachdem er sich rasiert und aufgrund des ungünstig plazierten Spiegels geschnitten hatte, kehrte er in sein Zimmer zurück, zog sich an, packte seinen Koffer und schrieb einen Scheck über dreihundert Pfund aus. Außerdem hinterließ er Rosie eine kurze Nachricht, die besagte, er werde sich nach angemessener Frist bei ihr melden. Getrieben von plötzlicher Kühnheit, die ihm zum Verderben werden sollte, unterschrieb er mit »Liebe Grüße, Walden«.

Zwanzig Minuten später sah er Rosie mit einer Einkaufstasche aus dem Haus gehen. Nachdem sie in Richtung Buscott verschwunden war, verließ er das Haus samt Rucksack und Koffer, warf beides auf den Rücksitz des Vauxhall und fuhr in die entgegengesetzte Richtung davon. Die Sonne schien, und der Himmel war wolkenlos, aber Yapp stand der Sinn nicht nach der Schönheit der Natur. Er dachte darüber nach, was für ein trauriger Ort die Welt doch war und wie absonderlich seine eigene Natur, daß sie sich so ungeheuer von dem großen Körper und dem kleinen Verstand einer Frau wie Rosie Coppett angezogen fühlte.

Außerdem hing ein recht seltsamer Geruch im Wagen, ein ausgesprochen scheußlicher Geruch, der an verstopfte Abflußrohre erinnerte. Aber Yapp tat ihn in der Meinung, daß wahrscheinlich irgendein Bauer seine Felder mit Schweinemist düngte, als eine der weniger genüßlichen Seiten der Landwirtschaft ab und konzentrierte sich ganz auf die Frage, wie er Miss Petrefact am geschicktesten angehen sollte. Aufgrund dessen, was er bei seinen Spaziergängen durch Buscott aufgeschnappt und durch Rosie mitbekommen hatte, hatte er den Eindruck gewonnen, daß sie völlig zurückgezogen lebte, wohl etwas exzentrisch, aber ansonsten nicht unbeliebt war. Zumindest war sie offenbar nicht so widerlich wie ihr Bruder. Zwar hätte er es vorgezogen, seine Nachforschungen beim einfachen Volk fortzusetzen, aber nach seinen bisherigen Erfahrungen war ihm klar, daß ohne ihre Zustimmung gar nichts ging. Nachdem er gleichzeitig zu dieser Schlußfolgerung und zum Fuß des Hügels, auf dem das New House lag, gelangt war, fiel ihm ein, daß Rosie irgend etwas von einem Brief von Miss Emmelia gesagt hatte. Über seiner Krankheit hatte er den verdammten Wisch ganz vergessen. Und jetzt war es zu spät, um umzukehren und ihn zu holen.

Er fuhr den Hügel hinauf, bog in die Einfahrt ein und hielt auf dem Kiesplatz vor dem Eingang an. Zähneknirschend mußte er zugeben, daß Samuel Petrefact, der Begründer der Fabrik und des gewaltigen Familienbesitzes, mit diesem Haus erlesenen Geschmack und eine gewisse Bescheidenheit bewiesen hatte. Yapp empfand das fast als persönliche Kränkung, denn ein Grundsatz seiner Lebensphilosophie besagte, daß die Häuser von Unternehmerkapitalisten, die ihren Fabrikarbeitern ein Leben in Not und Elend bereiteten, diese Scheußlichkeit widerspiegelten. Auf Samuel Petrefact traf das nicht zu. Yapp stieg aus und wollte soeben läuten, als sich ganz hinten im Gebüsch jenseits des Rasens etwas bewegte. Wenig später tauchte eine Gestalt mit einer bis über die Ohren reichenden Stoffmütze, einer Mistgabel und völlig verdreckter Schürze und Händen auf. Sobald Yapp über den Rasen auf sie zuging, verschwand sie wieder im Gebüsch.

»Können Sie mir vielleicht sagen, ob Miss Petrefact zu Hause ist«, sagte er zu einem Cordsamtrücken, der sich über einen Schneeballstrauch beugte.

Der Cordsamt zog sich noch weiter ins Gebüsch zurück. »Genaugenommen nicht«, entgegnete er mürrisch. »Und wer sind Sie denn wohl?«

Yapp zögerte. Diese arrogante Anrede mißfiel ihm – auch aus dem Mund eines armseligen Gärtners. Aber es kam ja öfter vor, daß die Dienstboten der Reichen das Gehabe und den mangelnden Anstand ihrer Herrschaft übernahmen. »Mein Name ist Yapp. Professor Yapp. Ich möchte gern Miss Petrefact sprechen.«

Das unwillige Gebrumm aus den Tiefen eines australischen Lampenputzerbaums hörte sich an, als würde er sich gedulden müssen, bis sie zurück sei. Unschlüssig stand Yapp auf dem Rasen und ließ seinen Blick über den Garten wandern. Er war ohne Zweifel sehr gepflegt, wenngleich die Schrebergärten, die winzigen Kohlbeete und das Balkongemüse der sparsamen Armen eher seinem Geschmack entsprachen als kunstvoll angelegte Blumenrabatten, Zierbüsche und Steingärten.

»Sich als Gärtner um den ganzen Kram da zu kümmern muß ein Stück harte Arbeit sein«, meinte er.

»Ist es auch.« Diesmal kam die Stimme von einem Pfingstrosenstock und klang noch barscher als zuvor. Yapp, dem dies nicht entging, schrieb es den natürlichen Ressentiments kleiner Angestellter zu.

»Arbeiten Sie schon lange hier?«

»Fast seit ich denken kann.«

Yapp sann über ein Arbeitsleben nach, das darin bestand, auf Händen und Knien durchs dichte Buschwerk zu rutschen und Unkraut zu jäten, und fand es wenig angenehm. »Werden Sie denn wenigstens anständig bezahlt?« fragte er mit einem Unterton, der das Gegenteil suggerierte. Undeutlich kam unter einem Königsfarn hervor, daß es zum Leben nicht ausreichte.

Yapp begann sich für das Thema zu erwärmen. »Und wie ich annehme, gibt Ihnen das alte Mädchen auch keinen Penny zusätzlich für Anfahrtszeit, Kleidung und Brotzeit?«

»Keine Rede davon.«

»Schändlich«, sagte Yapp, glücklich, in Buscott endlich einen echten, unter Mißständen leidenden Proletarier gefunden zu haben. »Was Sie brauchen, ist eine Gartenbaugewerkschaft, die für Ihre Rechte eintritt. Wie viele Stunden pro Woche müssen Sie denn arbeiten, damit dieser Garten so aussieht, wie die Alte ihn haben möchte?«

Wieder ertönte unwilliges Schnauben, das mit »Neunzig« endete.

Yapp war entrüstet. »Neunzig? Das ist wirklich ungeheuerlich.«

»Manchmal sogar hundert«, sagte die Stimme, die inzwischen zu einer Fiederspiere weitergewandert war.

»Aber... aber das ist ja Fronarbeit«, sagte Yapp, der in seiner Empörung nach Worten rang. »Die alte Hexe hat absolut kein Recht, Sie so zu behandeln. In der Industrie würde kein Mensch auch nur im Traum daran denken, hundert Stunden in der Woche zu arbeiten. Und natürlich bekommen Sie auch keine Überstunden bezahlt, oder?«

Ein höhnisches Kichern aus den Tiefen der Fiederspiere war die Antwort. Während Yapp der Stimme nachging, ließ er seinem heiligen Zorn über das Ausbeutertum freien Lauf. »Und ich bin ziemlich sicher, daß es da unten in dieser dreckigen Fabrik dasselbe ist. Das ganze System ist durch und durch verrottet. Aber ich werde dafür sorgen, daß diese Stadt und die Machenschaften der Petrefacts in die Schlagzeilen kommen. Das hier ist das verkommene Beispiel dafür, zu welchen Mitteln die kapitalistische Klasse greift, um das Proletariat zu schröpfen. Nein, vielen Dank, Sie können der dreckigen alten Hexe sagen, daß ich auf ihre Hilfe verzichte und daß sie bald erleben wird, was gut eingefädelte Publicity alles bewirken kann.«

Und nachdem sich Yapp aufgrund dieses einzigen und ziemlich einseitigen Gesprächs in eine begründete Empörung über die Misere der Arbeiter in Buscott hineingesteigert hatte, ging er zu seinem Wagen zurück, stieg ein und fuhr davon. Jetzt wußte er, was er zu tun hatte. Er würde nach Kloone zurückkehren und sein Forschungsteam losschicken. Es war zwecklos, sich länger mit Voruntersuchungen auf individueller Basis aufzuhalten. Die Leute waren zu eingeschüchtert, um offen zu reden, außer sie konnten, wie der alte Gärtner, ihre Anonymität wahren oder wußten, daß die Außenwelt hinter ihnen stand, um sie zu schützen. Und die Außenwelt würde geballt anrücken – mit Tonbändern und Kameras.

Als er abgefahren war, tauchte die dreckige alte Hexe hinter einem wilden Orangenbäumchen auf und sah ihm mit gemischten Gefühlen nach. Der Mann war ein Vollidiot, aber ein gefährlicher, und sie war froh, die Möglichkeit gehabt zu haben, statt der sicher höflicheren Maske beim Nachmittagstee sein wahres Gesicht gesehen zu haben. Außerdem freute sie sich, daß es ihr gelungen war, ihn hinters Licht zu führen. Sie wischte sich die Hände an der Schürze ab und ging voller Entschlossenheit ins Haus. Professor Walden Yapp mußte um jeden Preis daran gehindert werden, seine Nachforschungen weiter voranzutreiben. Er war schon zu weit gegangen.

17

Genaugenommen hatte sich Yapp etwa achtunddreißig Meilen mit weitaus höherer Geschwindigkeit, als es seiner Gewohnheit entsprach, fortbewegt, als sich zu seiner moralischen Entrüstung über die Ausbeutung der Arbeiter in Buscott die seiner Geruchsnerven gesellte und bald alles andere in den Hintergrund drängte. Als er nach einiger Zeit an einer Kreuzung anhalten mußte, war er unschlüssig, ob er weiterfahren oder den Wagen zur Mr. Parmiter zurückbringen und sich beschweren sollte, daß etwas mit der Karre nicht stimmte. Aber nachdem er schon so weit gefahren war und Mr. Parmiter nicht gerade in bester Erinnerung hatte, fuhr er weiter. Vielleicht würde der grauenhafte Gestank wieder verschwinden. Zumindest ließ er nach, wenn er schnell und mit offenen Fenstern und eingeschalteter Lüftung fuhr. Doch sobald er die Geschwindigkeit drosselte, schien er ihn wieder einzuholen. Es war ein ausgesprochen ekelhafter Gestank. Yapp hätte nicht sagen können, woher er stammte, aber daß er irgendwas mit Schweinemist zu tun hatte, erschien ihm inzwischen ausgeschlossen. Es war ein Gestank, wie er ihn noch nie erlebt hatte, und da er ihn so unmittelbar nach dieser Grippe überfiel, hatte er eine verheerende Wirkung auf seinen Magen. In seiner Verzweiflung fuhr Yapp an den Straßenrand, stieg aus und atmete tief die frische Luft ein.

Nachdem er sich wieder etwas besser fühlte, steckte er seinen Kopf durchs Fenster in den Wagen und schnüffelte. Der abscheuliche Gestank war noch immer da. Im Vergleich mit der reinen Luft ringsum roch es jetzt schlimmer denn je. Was immer diesen Geruch verursachte, es mußte mit dem Wagen zu tun haben. Und zum ersten Mal kam Yapp nun der Gedanke, er konnte etwas mit Tod zu tun haben. Vielleicht hatte er ein Kaninchen überfahren, das sich im Keilriemen verfangen hatte. Er öffnete die Kühlerhaube und schaute hinein, konnte jedoch nichts entdecken. Die Luft im Motorraum war entschieden besser als im Wageninneren. Nachdem Yapp die Haube wieder zugemacht hatte, öffnete er die Tür hinter dem Fahrersitz und schnüffelte abermals. Der Gestank war zweifellos da, doch obwohl er den Boden absuchte und unter den Sitzen herumtastete, fand er nichts, was ihm eine Erklärung dafür geliefert hätte. Blieb nur noch der Kofferraum. Yapp kletterte wieder aus dem Wagen, atmete noch ein paarmal tief ein, ging nach hinten und öffnete den Deckel. Im nächsten Augenblick taumelte er zurück, stolperte über das Fahrgestell eines ramponierten Kinderwagens, schlug rücklings auf den Boden und starrte wie ein Geisteskranker in den Himmel. Er war nicht mehr wolkenlos, denn das Wetter hatte sich verschlechtert, doch bot er zumindest einen ungleich erfreulicheren Anblick als das, was da im Kofferraum lag.

Mehrere Minuten lang lag Yapp so da und versuchte, sich den grausigen Anblick des verwesenden Zwerges wegzudenken. Doch seine Vorstellungskraft ließ ihn schmählich im Stich, so daß er schließlich mit dem schrecklichen Gefühl, daß er verrückt geworden sein mußte und halluzinierte, aufstand, sein Hosenbein aus dem rostigen Kinderwagengestänge befreite und ein zweites Mal in den Kofferraum sah. Diesmal konnte es weder einen Zweifel über die Realität des Inhalts noch über dessen Identität geben. Obwohl deutlich eingedellt und *post mortem* wie ein Fötus eingerollt, konnte man den verblichenen Willy Coppett schwerlich mit jemand anderem verwechseln. Das gelang nicht einmal Yapp, der ihn liebend gern gegen erste Anzeichen für ausbrechenden Wahnsinn eingetauscht hätte. Geisteskrankheiten konnte man mit Hilfe der modernen Medizin heilen, aber für tote Zwerge kam jegliche Hilfe zu spät. Rasch schlug Yapp den Kofferraumdeckel zu und begann krampfhaft nachzudenken. Es war nicht einfach. Eine Leiche, noch dazu eine so übel zugerichtete, im Kofferraum des Wagens, den er seit einigen Tagen fuhr, trug nicht gerade dazu bei, seine Denkfähigkeit zu verbessern. Wie war Willy Coppett bloß da hineingelangt? Zwei kurze Blicke hatten genügt, um jeden Zweifel darüber zu beseitigen, daß das nicht aus eigener Kraft geschehen war. Jemand hatte ihn hineingelegt. Und vor allem hatte ihn offensichtlich jemand umgebracht. Zwerge, auch wenn sie aufgrund ihres grausigen Jobs noch so sehr unter Entfremdung litten, zogen sich nicht einfach mit einem stumpfen Gegenstand eins über den Kopf, kletterten dann in die Kofferräume von anderer Leute Autos und starben dort. Yapp war sich dessen ebenso sicher wie der Tatsache, daß Willys Tod durch die gewaltsame Einwirkung eines stumpfen Gegenstandes verursacht worden war. Früher hatte er sich gelegentlich über die Verwendung des Wortes »stumpf« Gedanken gemacht und es als unpräzise empfunden, aber der grausige Anblick von Willys Leiche hatte ihn davon überzeugt, daß dieser Begriff durchaus exakt war. Doch jetzt hatte er keine Zeit für derlei Spekulationen. Er mußte etwas unternehmen.

Und da stieß er bereits auf die nächste Schwierigkeit. Ähnlich wie »stumpf« bekam auch das Wort »unternehmen« unter diesen entsetzlichen Umständen eine völlig andere Bedeutung als bisher gewohnt. Es bedeutete nicht, Meinungen äußern, Vorlesungen halten oder gescheite Monographien verfassen. Es bedeutete, wieder in dieses bestialisch stinkende Gefährt zu steigen, zur nächsten Polizeiwache zu fahren und einem Polizisten zu erklären, daß er – wahrhaft unabsichtlich – im Besitz eines toten, vermodernden und zweifellos ermordeten Zwergs sei. Als Yapp sich die Folgen eines solchen Eingeständnisses vor Augen hielt, stellte er fest, daß sie samt und sonders äußerst unangenehm waren. Als erstes würde es erhebliche Zweifel an seiner Geschichte geben, dann an seinem Geisteszustand und zuletzt, nach seinen bisherigen Erfahrungen mit der Polizei zu urteilen, nicht die mindesten an seiner Schuld. Je länger er darüber nachdachte, um so unglaublicher kam es ihm selbst vor, daß jemand mit einem auch nur annähernd intakten Geruchssinn fast vierzig Meilen in diesem Auto gefahren sein konnte, ohne zu merken, daß sich so etwas wie ein Kadaver im Kofferraum befand. Es wäre hoffnungslos, einem ignoranten Dorfpolizisten erklären zu wollen, daß seine Empörung über die Verrottung des sozialen Gewissens in Buscott ihn so in Anspruch genommen hatte, daß er keine Nase für das unmittelbar Verrottende hatte und daß er die meiste Zeit so schnell gefahren war, daß er den Gestank abgehängt hatte. Und mit Geschichten über tote Kaninchen würde er auch nicht weiterkommen. Yapp hatte zwar keine Ahnung, wie ein totes Kaninchen roch, aber daß es nicht annähernd so barbarisch stinken würde wie ein toter Perg, wußte er mit Sicherheit. Erschwerend im Umgang mit der Polizei kam hinzu, daß Yapp bei zahlreichen Gelegenheiten Ansprachen vor streikenden Arbeitern und von der Gewerkschaft aufgestellten Streikposten gehalten hatte; ganz zu schweigen von seinen Auftritten bei Protestkundgebungen für zu Unrecht verurteilte Gesetzesbrecher oder verfolgte Minderheiten, bei denen er die Polizei über Megaphon als semi-paramilitärische Gewalt zum Schutz des Eigentums auf Kosten von Menschen beschimpft hatte. Und in einer Rede, über die in allen Medien ausführlich berichtet worden war, hatte er sie gar als »den Flaum auf dem Gesicht des Faschismus« entlarvt. Angesichts seiner derzeitigen mißlichen Lage bereute Yapp diese Aussprüche. Sie würden wohl kaum dazu beitragen, ihm wohlwollendes Gehör bei irgendeiner Polizeiwache zu verschaffen. Er erinnerte sich an Geschichten über brutale Gewaltanwendung im Knast und geriet regelrecht in Panik, als ihm dämmerte, daß derjenige, der Willy umgebracht hatte, seinen vorübergehenden Aufenthaltsort derart scharfsinnig ausgesucht hatte, daß man annehmen mußte, diese Wahl sei nicht ganz zufällig gewesen.

Mit einem Wort: Er saß in der Falle. Zur Panik kam die Paranoia. Man hatte ihn zweifellos in eine Falle gelockt, und der Grund dafür war nicht schwer zu erraten. Man hatte ihn hereingelegt, um zu verhindern, daß er die erbärmlichen Verhältnisse aufdeckte, die in der Fabrik der Petrefacts herrschten. Es war ein typischer Akt von politischem Terrorismus seitens des kapitalistischen Establishments.

Sobald ihm das bewußt geworden war, zog Yapp daraus eine einfache Schlußfolgerung: Er mußte die Leiche so schnell wie möglich loswerden, und zwar so, daß man ihn nicht damit in Verbindung bringen konnte. Am besten wäre es, sie dorthin zurückzuschicken, wo sie eigentlich hingehörte. Aber wie? Nach Buscott zurückfahren würde er mit dieser Ladung bestimmt nicht; aber irgendwo in der Nähe mußte doch der Bus fließen. Eilends konsultierte Yapp seine Karte und stellte fest, daß der Fluß ein paar Meilen östlich lag. Wenn er geradeaus weiterfuhr, würde irgendwann eine Straße abzweigen, die ihn überquerte, und wenn eine Straße einen Fluß überquerte, geschah das auf einer Brücke.

Yapp stieg wieder in den Vauxhall, dankte Gott, daß kein Auto vorbeigekommen war, das ihn auf dem Seitenstreifen hätte sehen können, betete inbrünstig, die Regenfälle der letzten Nacht möchten den Bus in einen reißenden Strom verwandelt haben, und fuhr los. Zwanzig Minuten später erreichte er die Brücke und stellte beim Hinüberfahren dankbar fest, daß der Fluß zwar nicht zu einem Strom angeschwollen war, aber breit und ausreichend tief war. Zum Glück war auch die Straße, die er eingeschlagen hatte, völlig leer. Weder war ihm ein anderes Auto begegnet, noch gab es in Sichtweite ein einziges Haus. Zu beiden Seiten des Flusses zogen sich Wälder hinauf ins öde Heideland, dessen Depopularisierung er am Tag seiner Ankunft so unzutreffend diagnostiziert hatte. Jetzt war er dankbar für die Öde, fuhr jedoch, um sich zu vergewissern, daß niemand ihn beobachtete, auf der anderen Seite der Brücke auf den Hügel hinauf und ließ seinen Blick über die kahle Landschaft wandern. Auch hier war weit und breit kein Haus zu sehen. Er wendete den Wagen, fuhr zur Brücke zurück und parkte unter ein paar Bäumen, wo leere Zigarettenschachteln, eingedellte Bierdosen und Papierreste darauf hindeuteten, daß hier ab und zu Picknicks veranstaltet wurden.

Yapp stieg aus und horchte, doch abgesehen vom Plätschern des Flusses und gelegentlichem Vögelgezwitscher herrschte Stille. Kein Mensch weit und breit. Ausgezeichnet. Von den folgenden fünf Minuten konnte man das nicht behaupten. Der verblichene Willy Coppett stank nicht nur gottsjämmerlich zum Himmel, sondern zeigte auch eine deutliche Abneigung, den Kofferraum zu verlassen. Seine kleinen Schuhe blieben seitlich hängen, und der Körper klebte an mehreren Stellen fest, so daß Yapp ihn fester anpacken mußte, als seinem Magen lieb war. Zweimal hatte er den Kampf vorübergehend aufgegeben und sich erbrochen, und als es ihm schließlich gelang, die Leiche aus dem Kofferraum zu zerren, stellte er zu seinem Entsetzen fest, daß Willy nicht ausschließlich aufgrund der durch einen *stumpfen* Gegenstand verursachten Verletzungen gestorben war, sondern daß auch ein extrem *scharfer* daran beteiligt war. Dies wurde Yapp schmerzlich bewußt, als sich die aus Willys Rücken ragende Messerspitze so heftig in seinen Magen bohrte, daß er die Leiche, anstatt sie auf die Brücke zu tragen und von dort aus in den Fluß zu werden, fallen ließ und voller Grauen mit ansehen mußte, wie sie langsam die Böschung hinunter und ins Wasser rollte.

Yapps Panik hielt trotzdem an. Seine mangelnde Erfahrung mit der Beseitigung von Leichen auf dem Wasserweg hatte ihn zu der Annahme verleitet, daß sie sanken. Nicht so der verblichene Willy Coppett. Langsam trieb er stromabwärts, verfing sich für ein paar Sekunden in einem ins Wasser hängenden Busch, wurde von der Strömung herumgewirbelt, kollidierte mit einer Holzplanke und verschwand schließlich um eine Biegung.

Heilfroh, nicht mehr heimlich einen Leichenwagen durch die Gegend zu kutschieren, stieg Yapp in den alten Vauxhall ein und fuhr den Weg, den er gekommen war, mit dem wenigstens geringfügig tröstlichen Gedanken zurück, daß er in zwei Stunden in seinem Apartment in Kloone sein würde und ein Bad nehmen könnte. Doch wie stets bei seinen Theorien strafte die Wirklichkeit auch diese Lügen. Eine Stunde später blieb der Vauxhall zwei Meilen hinter Wastely völlig unerwartet stehen. Yapp versuchte zweimal, den Motor wieder anzulassen, aber ohne Erfolg. Erst dann bemerkte er, daß ihm das Benzin ausgegangen war.

»Scheiße«, zischte er mit einer Heftigkeit, die für ihn ungewöhnlich war. Dann stieg er aus.

Inzwischen war Rosie Coppett in jenem Zustand geistiger Verunsicherung, in dem sie lebte, wenn ihr niemand sagte, was sie tun und denken sollte, von ihren Einkäufen zurückgekehrt. Seit Willys mysteriösem Verschwinden hatte sie sich auf Yapp verlassen, ihre täglichen Routinearbeiten erledigt und sich gesagt, daß der Professor, sobald es ihm wieder besserging, schon wissen würde, was wegen Willy zu unternehmen sei. Doch der Brief auf dem Tischchen in der Diele, der Scheck über dreihundert Pfund und vor allem das leere Zimmer brachten sie schließlich zu der Überzeugung, daß auch er sie im Stich gelassen hatte. Rosie nahm den Scheck und den Brief mit in die Küche und betrachtete beides mit gleichermaßen fassungslosem Unverständnis. Die gewaltige Summe, die er ihr hinterlassen hatte, blieb ihr unverständlich. Schließlich hatte er ihr Angebot von Extras doch zurückgewiesen, und sie hatte für ihn nicht mehr getan als für jeden anderen Untermieter. Und jetzt diese dreihundert Pfund. Wofür? Und warum schrieb er, daß er sich nach angemessener Frist bei ihr melden würde, und unterschrieb seinen Brief mit »Liebe Grüße, Walden«? Langsam, aber wild entschlossen, eine Antwort zu finden, kramte sie die Teile dieses Puzzles zusammen. Der Professor hatte sich hier eingemietet und mehr bezahlt, als sie verlangt hatte. Er hatte ihre Extras zurückgewiesen, aber gesagt, daß er sie mochte, und er hatte sie getröstet, indem er ihre Hand hielt, und sie hatte gewußt, daß er es ernst meinte; zwei Tage später war Willy ohne Vorwarnung verschwunden; und jetzt war der Professor, der so krank gewesen war, ebenfalls verschwunden und ließ ihr so viel Geld da. Auch den Brief von Miss Petrefact hatte er ungeöffnet liegenlassen. Und außerdem war da noch das Hemd, das sie so gründlich gewaschen hatte, ohne daß es ihr gelungen wäre, den Blutflecken zu entfernen, und das noch immer auf der Wäscheleine hing, weil sie hoffte, die Sonne würde den Flecken ausbleichen. Jetzt war sie allein mit Blondie und Hektor, und die konnten ihr nicht sagen, was sie tun sollte.

Sie stand vom Küchentisch auf und brühte sich eingedenk des Ratschlags ihrer Mutter, die Tee für das beste Heilmittel in schlimmen Situationen hielt, eine Kanne starken Tee auf. Danach aß sie mehrere Scheiben Schmalzbrot und überlegte dabei, an wen sie sich um Rat wenden konnte. Die Nachbarn schieden schon mal aus. Willy würde es ihr furchtbar übelnehmen, wenn sie ihnen erzählte, daß er einfach fortgegangen war. Und die Eheberatungsdame kam auch nicht in Frage. Sie hatte ihr geraten, Willy zu verlassen, und jetzt, wo Willy *sie* verlassen hatte, würde sie sicher sagen, es sei ihr recht geschehen, und das stimmte einfach nicht. Sie war ihm immer eine gute Frau gewesen. Das konnte niemand bestreiten, und außerdem war es einfach nicht richtig, einer Frau zu sagen, sie solle ihren Mann verlassen. Dieser Gedanke brachte sie zum Vikar, aber der war so hochmütig und blieb gar nicht stehen, um nach der Kirche mit ihr ein Schwätzchen zu halten, wie er das mit den feineren und reicheren Damen gerne machte; und außerdem hatte er sie nachsprechen lassen, daß sie einander nie verlassen würden, und jetzt, wo Willy genau das getan hatte, wäre er sicher böse und würde Willy nicht mehr wie bisher im Chor mitsingen lassen. Es gab wirklich niemanden, an den sie sich wenden konnte.

Am Ende fiel ihr Miss Petrefacts Brief ein, den der Professor gar nicht aufgemacht hatte. Und da Miss Petrefact nicht denken sollte, daß sie ihn Yapp gar nicht gegeben hatte, dachte sie, daß es wohl besser sei, ihn zurückzubringen. Und so kam es, daß sie mit der selbstverständlichen Ehrerbietung gegenüber den Petrefacts den ganzen Papierkram und den Umschlag in ihre Tasche steckte, das Haus verließ, traurig an Willys versammelten Gartenzwergen vorbeiging – ohne zu ahnen, daß er inzwischen ebenso starr war wie sie – und in Richtung New House davontrottete.

Eine halbe Stunde später saß sie in der Küche und erzählte einer interessierten Annie, die nichts Wichtigeres zu tun hatte, als Bohnen zu schnippeln, von all ihren Sorgen.

»Und er hat Ihnen einen Scheck über dreihundert Pfund dagelassen? Warum sollte er so etwas tun?« sagte Annie, die die Sache mit dem blutbefleckten Hemd an genau dem Abend, an dem Willy Coppett nicht nach Hause gekommen war, am aufregendsten fand. Rosie kramte in ihrer Tasche herum und zog den Scheck heraus.

»Ich weiß es nicht. Ich weiß nicht einmal, wie man ihn auf der Sparkasse einzahlt. Das macht sonst immer Willy.«

Annie betrachtete den Scheck und dann den beiliegenden Brief. »Liebe Grüße, Walden«, las sie laut und warf Rosie einen mißtrauischen Blick zu. »Das hört sich aber gar nicht nach Untermieter an. Das hört sich ganz anders an. Er wird doch nicht versucht haben, mit Ihnen was anzustellen, oder?«

Rosie wurde rot und kicherte. »Eigentlich nicht. Nicht so, wie Sie denken. Aber er war sehr nett. Er sagte, daß er mich sehr gern hat und daß er mich als Frau respektiert.«

Jetzt schaute Annie noch skeptischer drein. Sie konnte sich nicht erinnern, je einem Mann begegnet zu sein, der gesagt hätte, daß er sie sehr gern hatte. Und was den Respekt vor Rosie Coppett als Frau betraf, wo man doch auf den ersten Blick sah, daß sie etwas schwachsinnig war, so mußte der Mann, der das gesagt hatte, bestimmt etwas sehr wenig Nettes im Schilde geführt haben.

»Ich glaube, daß Miss Emmelia das sehen sollte«, sagte sie, und bevor Rosie noch einwenden konnte, daß sie weder Willy noch sonst jemanden in Schwierigkeiten bringen wollte, hatte Annie den Scheck und die Nachricht an sich genommen und damit die Küche verlassen. Rosie blieb geistesabwesend sitzen und schnippelte die restlichen

Bohnen. Sie war sehr nervös, aber gleichzeitig froh, daß sie gekommen war, denn jetzt brauchte sie sich keine Gedanken mehr zu machen, was zu tun war. Miss Petrefact würde es schon wissen.

Zwanzig Meilen entfernt glitt Willys Leiche über ein altes Wehr, kreiselte ein paar Minuten lang im Schaum des herabstürzenden Wassers, holperte zwischen großen Steinen dahin und wurde weitergetrieben. Sie war auf dem Rückweg nach Buscott, erreichte die Stadt aber nicht auf dem Flußweg. Ein paar kleine Jungs, die an einer seichten Stelle bei der Beavery Bridge spielten, entdeckten sie und liefen schrecklich aufgeregt am Ufer entlang. Als Willy von der Strömung gegen einen umgestürzten Baumstamm gespült wurde, waren sie schon da, um ihn an seinen kleinen Füßen ans Ufer zu ziehen. Ein paar Minuten lang standen sie ängstlich schweigend da, kletterten dann die Böschung hinauf auf die Straße und hielten das erstbeste Auto an. Eine halbe Stunde später umringten mehrere Polizisten die Leiche, und die Kriminalpolizei in Briskerton war informiert, daß man im Bus die Leiche eines vermutlich ermordeten Zwerges gefunden hatte, der inoffiziell als William Coppett identifiziert worden war.

18

»Sie wollen also sagen, daß Professor Yapp das Haus heute morgen verlassen hat, ohne Ihnen Bescheid zu sagen, und daß Sie diesen Brief und den Scheck vorgefunden haben, als Sie vom Einkaufen zurückkamen?«

Rosie stand im Salon des New House und murmelte: »Ja, Mum.«

»Und nennen Sie mich nicht Mum, Mädchen«, sagte Emmelia, »das habe ich von Annie im Laufe von zweiunddreißig Jahren mehr als genug gehört, und außerdem bin ich nicht Ihre Mum.«

»Nein, Mum.«

Emmelia gab es auf. Sie hatte einen anstrengenden Tag hinter sich, an dem sie, völlig gegen ihre sonstige Gewohnheit, die wichtigsten Familienmitglieder angerufen hatte, um sie davon in Kenntnis zu setzen, daß sie einen Familienrat einberufen wolle, und sie hatte sich zu viele Einwände unterschiedlichster Art anhören müssen, um sonderlich guter Laune zu sein.

»Hat er gesagt, wohin er wollte?«

Rosie schüttelte den Kopf.

»Hat er irgendwas von der Mühle gesagt?«

»O ja, Mum, er redete ständig davon.«

»Und was für Sachen wollte er wissen?«

»Wie die Bezahlung war und was sie dort machten und so was.«

Nachdem Emmelia auf diese Weise die unerfreuliche Bestätigung für das, was sie bereits wußte, erhalten hatte, war sie mehr denn je davon überzeugt, daß der Familienrat umgehend einberufen werden mußte.

»Und haben Sie es ihm gesagt?«

»Nein, Mum.«

»Warum nicht?«

»Ich weiß nicht, Mum. Mir hat nie jemand was davon erzählt.«

Emmelia dankte dem Himmel und ging über die wiederholte Implikation, daß sie Rosie Coppetts Mutter war, hinweg. Die Frau war so offensichtlich dumm, daß man wahrhaft von Glück sagen konnte, daß Yapp sich eine so schlecht informierte Vermieterin ausgesucht hatte. Falls das alles war, was er sich ausgesucht hatte. Der Scheck und die Nachricht mit der Unterschrift »Liebe Grüße, Walden« ließ auf eine weniger enthaltsame und Emmelias Einschätzung zufolge sicherlich perverse Beziehung schließen. Und was zum Teufel meinte er, wenn er schrieb, er würde sich bei diesem geistig unterbelichteten Wesen »nach angemessener Frist« melden? Sie stellte Rosie diese Frage, doch die konnte darauf lediglich antworten, daß der Professor ein richtiger Gentleman sei. Nachdem Emmelia Yapp selbst erlebt hatte, hegte sie diesbezüglich starke Zweifel, die sie jedoch für sich behielt.

»Also, ich muß schon sagen, das hört sich alles recht sonderbar an«, sagte sie schließlich. »Aber da er Ihnen das Geld nun mal gegeben hat, sehe ich keinen Grund, warum Sie es nicht behalten sollten.«

»Schon, Mum«, meinte Rosie, »aber was ist mit Willy?«

»Was soll denn mit ihm sein?«

»Daß er einfach so weggelaufen ist.«

»Hat er das noch nie gemacht?«

»Aber nein, Mum, niemals. Nicht in all den Jahren, seit wir verheiratet sind. Kommt jeden Abend pünktlich zum Essen nach Hause, und wenn es nicht fertig ist, wird er richtig wütend, und ich . . .«

»Verstehe«, sagte Emmelia, die Wichtigeres im Sinn hatte als die häuslichen Gewohnheiten eines Zwerges und seiner übergewichtigen Frau. »Wenn das so ist, täten Sie wohl besser daran, zur Polizei zu gehen und ihn als vermißt zu melden. Ich begreife nicht recht, warum Sie das nicht längst getan haben.«

Rosie saß mit krampfhaft verschränkten Fingern da. »Das wollte ich nicht, Mum. Willy wird immer so wütend, wenn ich von mir aus was mache, ohne es ihm zu sagen.«

»Ich kann mir nicht recht vorstellen, wie er etwas dagegen haben könnte, wenn er gar nicht da ist, um Ihnen was zu sagen«, meinte Emmelia. »Also dann, gehen Sie auf die Polizeiwache und erstatten Sie Meldung.«

»Ja, Mum«, sagte Rosie und folgte Annie gehorsam in die Küche.

Sobald Emmelia wieder an ihrem Schreibtisch saß, versuchte sie, dieses deprimierende Gespräch zu verdrängen. Sie mußte alle Vorbereitungen für die Familienzusammenkunft treffen und außerdem noch entscheiden, wo sie stattfinden sollte. Der Richter, der Brigadegeneral und die holländische Verwandtschaft, die Van der Fleet-Petrefacts, hatten London vorgeschlagen, während Osbert, dem der Großteil des Petrefactschen Besitzes in Buscott und sehr viel Land in der Umgebung gehörte, eine panische, an Phobie grenzende Angst davor hatte, als im Ausland lebender Grundbesitzer angeprangert zu werden, sobald er auch nur einen Schritt aus seinem Revier tat. Aber für

Emmelia gab es einen noch gewichtigeren Grund dafür, das Treffen in Buscott anzuberaumen. Das würde ihr nämlich die peinliche Mühe ersparen, die in der Mühle hergestellten Produkte in allen Einzelheiten zu beschreiben. An Ort und Stelle könnten sich alle mit eigenen Augen davon überzeugen, wie absolut unerläßlich es war, diesen Verräter Ronald dazu zu zwingen, Yapp zurückzupfeifen, bevor der Name Petrefact im öffentlichen Bewußtsein untrennbar mit Dildos, Happy Susis, handgetriebenen männlichen Keuschheitsgürteln und französischen Kondomen verbunden war. Ein einziger Blick in die Fabrik würde genügen, um den Richter auf der Stelle zum Mörder werden zu lassen, während der Brigadegeneral seine fixe Idee von der Züchtung braungetupfter Wüstenrennmäuse auf der Stelle aufgeben würde. Nein, das Treffen mußte hier auf dem Familiensitz in Buscott abgehalten werden. In diesem Punkt würde sie sich durchsetzen. Und außerdem würde sie darauf bestehen, daß es am folgenden Wochenende stattfand. Da konnte es wenigstens keine Ausreden geben. Kein Richter sprach am Samstag oder Sonntag ein Urteil.

In der wohlvertrauten, aseptischen Umgebung seiner Universitätswohnung in Kloone zog Walden Yapp sich aus und nahm ein mit Desinfektionsmittel angereichertes Bad. Der Rückweg von Buscott war grauenvoll gewesen. Erst mußte er zwei Meilen laufen, um an einen gefüllten Reservekanister zu gelangen, und dann mußte er sich von dem Tankstellenmenschen, der ihn zu seinem Wagen zurückfuhr, diverse peinliche Bemerkungen über Gerüche anhören, die sich zuerst auf seine Klamotten und dann auf den alten Vauxhall bezogen. Yapp hatte ihm zu erklären versucht, daß er erst kürzlich eine Kläranlage besichtigt hätte, worauf der Mann meinte, der Gestank erinnere ihn irgendwie an den Krieg. Und nach einigen Minuten des Schweigens hatte er sich recht treffend über die Ausdünstungen der Gefallenen bei Monte Cassino ausgelassen, wo er gekämpft hatte. Aber zumindest hatte er Yapp mit so viel Benzin versorgt, daß dieser bis zur Tankstelle kommen, dort tanken und ohne weitere Unterbrechung nach Kloone zurückfahren konnte.

Während er jetzt in seinem antiseptischen Bad lag, überlegte er die nächsten Schritte. Er mußte sich auf alle Fälle um seine Kleidung kümmern, bevor am nächsten Morgen die Putzfrau kam, und ebenso dringend mußte er den Kofferraum des alten Vauxhall säubern. Aber auch weniger Konkretes gab es zu bedenken, und nachdem er sich abgetrocknet hatte, in saubere Sachen geschlüpft war, die Willy-verseuchten in einen großen Abfallsack gestopft und diesen fest verschnürt hatte, richtete sich sein Sinnen und Trachten auf Essen und Doris. Er bereitete sich eine Schüssel mit Müsli, da dies die Vorzüge vegetarischer und gleichzeitig nahrhafter Kost in sich vereinte, setzte sich ans Computerterminal und schaltete ein.

Auf dem Bildschirm erschienen beruhigende Zeichen in jener intimen Sprache, die Yapp so liebevoll für seine Unterhaltungen mit Doris entwickelt hatte. Jetzt war er wieder in seiner ureigenen, einzigartigen Welt und konnte sich einem Gehirn anvertrauen, dessen Denkweise seinem eigenen entsprach. Es gab Dinge, die er ihm mitteilen mußte. Und jetzt, wo er nicht mehr unter dem grausamen Druck stand, blitzschnell handeln zu müssen, kam ihm auch der Gedanke, daß Doris ihm vielleicht helfen konnte. Müslimampfend und den Blick andächtig auf den Bildschirm gerichtet, faßte er einen Entschluß. Ein umfassendes Geständnis seiner Aktivitäten in Buscott mit genauen Zeit- und Datumsangaben zu allem, was er getan hatte oder was ihm widerfahren war, würde ihm sicherlich eine gewisse Klarheit verschaffen und gleichzeitig Doris mit sämtlichen Fakten versorgen, die sie brauchte, um als völlig neutraler Beobachter ebenso vorurteilsfreie Schlüsse zu ziehen.

Während es draußen Nacht wurde, vertraute Yapp in seinen vier weißgetünchten Wänden dem Computer seine intimsten Gedanken und Gefühle über den verblichenen Willy Coppett und Rosie und über ihre und seine Handlungen an. Mit den Einzelheiten nahm er es dabei so genau, daß weder das fehlte, was die Damen in der Teestube gesagt hatten, als er nach einer Unterkunft fragte, noch die Bemerkungen, die Mr. Parmiter über Steuerhinterziehung und den vorteilhaften Kauf des Bedford gemacht hatte. Die Stunden vergingen, Mitternacht kam und ging, und noch immer saß Yapp da, ins Gespräch mit seinem mikroprozessierten *alter ego* vertieft. Die Fingerspitzen auf der Tastatur sorgten für die sofortige Übermittlung all dessen, was er sich Punkt für Punkt in Erinnerung rief, an das elektronische Labyrinth. Damit rückte die gefährliche und chaotische Realität in weite Ferne, da sie in kleinste Einheiten positiver und negativer elektronischer Impulse zerlegt und dann wieder zu einer zahlenmäßigen Komplexität zusammengefügt wurde, die so wenig Erkenntnis über das wahre Wesen der Welt erforderte, wie Yapp hineinprogrammiert hatte. Nur bei einer Frage gab es Meinungsverschiedenheiten. Als ein ziemlich erschöpfter Yapp um fünf Uhr früh mit der Eingabe von Daten zu Interpretationszwecken aufhörte und einem matten Impuls nachgebend fragte: »Wer hat Willy ermordet?«, antwortete Doris, ohne zu zögern: »Jemand.« Yapp starrte todmüde auf die Anzeige.

»Das weiß ich«, schrieb er, »aber wer hatte ein Motiv?«
»Rosie«, gab Doris zurück.
Yapp schüttelte den Kopf und tippte wütend: »Wer hatte die Möglichkeit?«
Wieder erschien der Name Rosie auf dem Bildschirm. Erbost flitzten Yapps Finger über die Tastatur.
»Und warum hätte sie das tun sollen?« wollte er wissen.
»Sie ist in dich verliebt.« Die Worte flimmerten vor seinen Augen.
»Du bist nur eifersüchtig«, entgegnete er. Diese Worte blieben unwidersprochen auf dem Bildschirm stehen. Yapp schaltete ihn ab, stand auf, wankte zum Bett hinüber und ließ sich in voller Montur hineinfallen.

Auf der Polizeiwache von Buscott saß Rosie Coppett auf einem Stuhl und weinte. Sie hatte getan, was Miss Petrefact ihr geraten hatte. Doch sobald sie dem diensthabenden Polizisten von Willys Verschwinden berichtet hatte, mußte sie erfahren, daß man ihn gefunden hatte. Einen kurzen Augenblick lang war sie glücklich gewesen. Aber dieses Glück war nicht von Dauer.
»Tot«, sagte der Polizist mit der brutalen Dummheit eines jungen Mannes, der glaubte, daß Rosie Coppett, nur weil sie einfältig war, auch keine Gefühle habe. Doch genau das Gegenteil traf zu. Rosies Gefühle waren so übermächtig, daß sie sie nicht anders ausdrücken konnte als durch Weinen. Es hatte ein paar Sekunden gedauert, bis das Lächeln über die scheinbar gute Nachricht von ihrem Gesicht verschwand, und in dieser Zeit hatte der Polizist den Sergeant geholt.
»Na, na«, sagte der Sergeant und legte ihr beruhigend die Hand auf die Schulter. »Es tut mir wirklich leid.«
Das war das letzte freundliche Wort, das am heutigen Tag jemand für Rosie übrig hatte, aber sie hörte es gar nicht. Von da an verlangte man von ihr nachzudenken. Inzwischen war der Kriminalinspektor von Briskerton eingetroffen und hatte den Sergeant beiseite geschoben. Man hatte Rosie in einen Raum geführt, dessen Kahlheit ebenso ins Auge sprang wie der übermäßige Wandschmuck in ihren kleinen Zimmern in der Rabbitry Road, und hatte ihr Fragen gestellt, die sie nur damit beantworten konnte, daß sie weinte und sagte, sie wisse es nicht. Hatte Willy irgendwelche Feinde? Rosie bestritt das. Aber jemand hat ihn getötet, Mrs. Coppett, also kann das doch nicht stimmen, oder? Rosie wußte nicht, daß Willy getötet worden war. Ermordet, Mrs. Coppett, ermordet. Dieses Wort machte kaum Eindruck auf Rosie. Willy war tot. Nie wieder würde sie das Abendes-

sen für ihn richten oder ihn wütend erleben, weil sie Blondie ins Gemüsebeet gelassen hatte. Nie wieder würden sie am Sonntagnachmittag spazierengehen. Und nie wieder konnte sie ihm am Zeitungskiosk an der Ecke Postkarten mit niedlichen Pelztierchen kaufen. Nie, nie wieder.

Die Gewißheit kam und ging und kehrte jedesmal heftiger zurück. Die Fragen, die man ihr stellte, hatten nichts mit dieser schrecklichen Erkenntnis zu tun. Sie beantwortete sie fast unbewußt. Sie konnte sich nicht erinnern, wann sie ihn zuletzt gesehen hatte. War es Montag oder Dienstag oder Mittwoch, Mrs. Coppett? Aber die Zeit spielte ebensowenig eine Rolle wie die Art und Weise, auf die Willy umgekommen war. Der einzige Gedanke, den sie in ihrer Beschränktheit fassen konnte, war die Aussicht auf eine Ewigkeit ohne Willy.

Inspektor Garnet betrachtete sie eingehend über den Tisch hinweg und versuchte, sich Klarheit darüber zu verschaffen, ob er es mit einer dummen, aber unschuldigen Frau zu tun hatte, einer dummen und schuldigen oder einer Frau, deren Dummheit nur List war und die instinktiv wußte, wie sie ihre Schuld hinter einer Fassade geistlosen Kummers verbergen konnte. Eine lange Laufbahn als Detektiv und ein kurzer Lehrgang in Kriminologie hatten ihn dahingehend beeinflußt, daß er alle Verbrecher, und ganz besonders Gattenmörder, für beschränkt, emotional instabil und zumindest partiell schlau hielt. Beschränkt mußten sie sein, wenn sie ernsthaft glaubten, gegen das Gesetz verstoßen zu können und damit durchzukommen; emotional instabil, um in der Lage zu sein, derart gewalttätige Verbrechen zu begehen; und in gewisser Weise schlau, weil die Quote unaufgeklärter Verbrechen trotz zunehmend brillanter Nachforschungsarbeit der Polizei anstieg.

Nachdem sich der Inspektor Willys fürchterliche Verletzungen angesehen hatte, war für ihn jeder Zweifel ausgeschlossen, daß er es mit einem Verbrechen aus Leidenschaft zu tun hatte. In Buscott gab es nichts, was einen Anreiz für Gangster oder organisierte Banden hätte bieten können. Und aufgrund des vorläufigen Berichts der Gerichtsmedizin schied die Möglichkeit aus, daß Willy sexuell mißbraucht worden war. Nein, alles deutete auf einen ganz gewöhnlichen, wenn auch abscheulichen Mord aus persönlichen Motiven hin. Immerhin war Mrs. Coppett eine ausnehmend kräftige Frau, während ihr verstorbener Mann extrem klein gewesen war. Auch nach dem Motiv brauchte der Inspektor nicht lange zu suchen. Ein Motiv lieferte der Zwergenwuchs des Toten, ein anderes sein allgemein bekannter Jähzorn. Dazu kam noch die Tatsache, daß Mrs. Coppett sich erst dann die Mühe gemacht hatte, ihren Mann als vermißt zu melden, als er bereits gefunden worden war. Das wies auf eine gewisse Schläue ihrerseits hin, die durch ihre Weigerung, seine Fragen rundheraus zu beantworten, bestätigt wurde. Ganz besonders irritierte es den Inspektor, daß sie nicht in der Lage war anzugeben, wann der Tote das Haus verlassen hatte, falls das vor seinem Tod überhaupt der Fall war.

Während Inspektor Garnet sein unergiebiges Verhör bis in die Nacht hinein fortsetzte, statteten andere Kriminalbeamte der Rabbitry Road 9 einen Besuch ab. Sie machten sich Notizen über Rosies Vorliebe für Freistilringer und Männer mit all jenen physischen Merkmalen, an denen es ihrem verstorbenen Mann so auffallend fehlte, holten Yapps Hemd von der Wäscheleine und untersuchten den Flecken, machten sich weitere Notizen über Willys Wiege und Yapps ungemachtes Bett und gelangten mit Hilfe der bereitwilligen Unterstützung der Nachbarn zu völlig falschen Schlüssen.

Mit diesem neuen Beweismaterial kehrten sie zur Polizeiwache zurück und berieten sich mit dem Inspektor.

»Ein Professor hat also dort gewohnt?« fragte er. »Wieso das denn, zum Teufel?«

»Keine Ahnung. Von den Nachbarn wußte es auch niemand, aber ein paar haben übereinstimmend ausgesagt, daß sie am Dienstag abend gesehen haben, wie sich Mrs. Coppett und dieser Kerl auf dem Treppenabsatz umarmt und geküßt haben. Und das alte Mädchen von nebenan und ihr Mann behaupten, die Coppetts hätten sich ständig gezankt. Einen besonders üblen Streit muß es letzte Woche unmittelbar nach der Ankunft des Professors gegeben haben.«

»Soso. Und wo ist dieser Professor jetzt? Und wie heißt er?«

»Ist heute morgen abgereist. Mrs. Mane, die alte Kuh aus dem Nebenhaus, behauptet gesehen zu haben, daß er das Haus verließ, kurz nachdem Mrs. Coppett zum Einkaufen gegangen war. Er fährt einen Vauxhall, amtliches Kennzeichen CFE 9306 D. Sein Name ist Yapp.«

»Sehr gut«, sagte der Inspektor und kehrte zu Rosie zurück, während das Hemd mit dem Flecken ins gerichtsmedizinische Labor geschickt wurde.

»Also, ich würde gern etwas über diesen Mann erfahren, der sich Professor Yapp nennt«, erklärte er Rosie. »Was für eine Art von Beziehung hatten Sie zu ihm?«

Aber Rosies Gedanken richteten sich ausschließlich auf die trostlose Leere, die ihr Leben jetzt, da Willy daraus verschwunden war, bestimmen würde; außerdem wußte sie nicht, was eine Beziehung war. Der Inspektor erklärte es ihr mit einfachsten Worten. Rosie sagte, er sei nett zu ihr gewesen, wirklich sehr nett. Das glaubte der Inspektor sofort, doch war sein Sarkasmus an sie verschwendet. Durch das Gefühl des Verlustes völlig betäubt, verfiel sie wieder in dumpfes Schweigen. Selbst als der Inspektor einen letzten Versuch unternahm, sie, wie bei solchen Verhören durchaus üblich, mit Hilfe eines Schocks aus ihrer Unfähigkeit, seine Fragen zu beantworten, zu reißen, und sie mitnahm, um Willys Leiche zu identifizieren, verharrte sie in ihrem Schmerz.

»Das ist nicht mein Willy«, sagte sie durch einen Tränenschleier. »Das ist überhaupt niemand.«

»Sie steht unter Schock, das arme Ding«, meinte der Sergeant. »Sie ist zwar dumm wie Bohnenstroh, aber sie hat genauso Gefühle wie wir alle.«

»Sie wird noch ein viel ärmeres Ding sein, wenn ich erst mit ihr fertig bin«, entgegnete der Inspektor. Aber auch er wollte allmählich ins Bett, und so bekam Rosie ein paar Decken und wurde mit einem Becher Kakao in eine Zelle gesteckt.

In dem Zimmer, in dem das Verhör stattgefunden hatte, durchsuchte ein Kriminalbeamter den Inhalt ihrer Tasche und stieß auf den Scheck und Yapps Brief.

»Damit ist die Sache so gut wie erledigt«, sagte Inspektor Garnet zum Sergeant. »Morgen früh werden wir uns von der Bank seine Adresse geben lassen und ihn in Untersuchungshaft nehmen. Oder spricht was dagegen, ihn auch unter Druck zu setzen?«

»Sie können mit dem Saukerl machen, was Sie wollen. Aber ich garantiere Ihnen, daß Rosie Coppett niemanden umbringen könnte, schon gar nicht Willy. Sie ist zu weichherzig und zu dumm. Und außerdem waren sie einander sehr zugetan. Das ist allgemein bekannt.«

»Den Nachbarn anscheinend nicht. Die wissen ganz andere Dinge zu berichten.«

»Als wüßten das nicht alle Nachbarn«, entgegnete der Sergeant und kehrte an seinen Schreibtisch zurück. Wenn man doch bloß nicht diese Typen von der Kriminalpolizei aus Briskerton gerufen hätte! Es gab andere Dinge in Buscott, in die sie getrost ihre Nase hätten stecken können, aber Rosie Coppett als Mörderin zu verdächtigen ging einfach zu weit.

Auf seinem Hof am Ende einer Schotterstraße, etwa eine Meile von der Rabbitry Road entfernt, schlief Mr. Jipson fast so friedlich wie Willy. Eine Woche war vergangen, seit er den leblosen Körper in den Kofferraum des alten Vauxhall gelegt hatte, und während dieser Woche hatte sich Mr. Jipson mit seinem Gewissen arrangiert. Er hatte die Vorderfront seines Traktors genauestens auf abgesplitterte Farbe untersucht, konnte aber nichts entdecken. Er hatte ihn mehrere Male mit dem Schlauch abgespritzt, ihn dann in den Ententeich neben dem Wohnhaus gefahren und anschließend den Kuhstall damit ausgemistet, so daß er über und über mit Dreck bespritzt war. Zum Glück war seine Frau im Krankenhaus und ließ sich ihre Innereien herausnehmen (wie er das beschrieb, was man üblicherweise Hysterektomie nennt), so daß sie nicht auf die Idee kommen konnte, ihm lästige Fragen zu stellen. Ansonsten hätte sie vielleicht eine Veränderung an ihm bemerkt. Aber jetzt war Mr. Jipson wieder der alte. Daß er Willy getötet hatte, war ein Unfall, der jedem hätte passieren können. Schließlich war es nicht seine Schuld, daß der verdammte Zwerg ausgerechnet in seinen Traktor gerannt war, und so sah Mr. Jipson auch nicht ein, warum er für diesen Unfall den Kopf hinhalten sollte. Er arbeitete hart und verdiente sich einen anständigen Lebensunterhalt, und er war nicht gewillt, das alles aufzugeben, indem er die Angelegenheit hinausposaunte. Es war eben ... passiert. Und außerdem mußten die Leute in dem alten Vauxhall etwas zu verbergen gehabt haben, sonst hätten sie Willy nicht so gründlich versteckt. Was Mr. Jipsons schwach entwickeltes Gewissen betraf, so war letzteres das ausschlaggebende Argument. Niemand, der nicht Dreck am Stecken hatte, wäre in dieser Hitze mit einem toten Zwerg im Kofferraum durch die Gegend gefahren, ohne die Sache zu melden. Und was hatten die Leute am Abend des Unfalls überhaupt hier gemacht? Sie waren nicht im Wagen, und in der Nähe konnten sie auch nicht gewesen sein, sonst hätten sie ihn mit der Leiche gesehen und Alarm geschlagen. Als Mr. Jipson sich die genaue Stelle ins Gedächtnis rief, an der der Wagen gestanden hatte, fiel ihm das Gebüsch ein. Das gehörte bereits zu Mr. Osbert Petrefacts Grund und Boden, und der hatte doch immer Schwierigkeiten mit Wilderern. Und Wildern war ein Verbrechen, was man von Verkehrsunfällen nicht unbedingt behaupten konnte, und deshalb verdienten die Wilderer das, was sie bekommen hatten, sehr viel eher als er.

Mr. Jipson schlief den Schlaf des Gerechten.

19

Trotz der gestrigen Zerreißprobe und seiner aufwühlenden Sitzung mit Doris wachte Yapp früh am Morgen auf und konnte aus eben diesen Gründen auch nicht mehr einschlafen. Im hellen Morgenlicht seines Gelehrtenstübchens wurde ihm klar, wie idiotisch es gewesen war, sich Willys Leiche auf diese Weise vom Hals zu schaffen. Er hätte auf dem schnellsten Weg zur Polizei gehen sollen. Jetzt, wo er wieder in der geistig gesunden Welt der Universität weilte und sich nicht mehr auf einer einsamen Straße, umgeben von den irrationalen und schädlichen Einflüssen der Natur, befand, war dies unmittelbar einsichtig. Aber nun war es zu spät, um vernünftig zu handeln. Soweit überhaupt von Vernunft die Rede sein konnte, blieb ihm jetzt nur noch die Möglichkeit, das, was er so überstürzt begonnen hatte, durchzustehen.

Um acht Uhr verließ er mit dem Abfallsack, der seine Kleider enthielt, sein Apartment. Nachdem er ihn noch einmal geöffnet hatte und ihm der gräßliche Gestank in die Nase gestiegen war, hatte er beschlossen, Hose und Sakko gar nicht erst in die Reinigung zu bringen, da er beides mit Sicherheit nie wieder anziehen würde. Um halb neun war er zur städtischen Müllhalde gefahren, hatte abgewartet, bis keine Müllwagen mehr in der Nähe waren, und dann den Sack die Kaskade städtischen Abfalls hinunterrollen lassen, wo er mit etwas Glück bald zugeschüttet werden würde.

Als nächstes mußte er den Kofferraum des alten Vauxhall säubern. Willy hatte ziemlich geleckt und überall deutliche Spuren hinterlassen. Außerdem stank der Wagen noch immer mörderisch. Yapp fuhr in die Stadt zurück, wobei er zum erstenmal bereute, daß er aufgrund seiner dezidierten Ansichten über Privateigentum kein eigenes Auto besaß. Er hatte auch keine Garage, in der er den Kofferraum in aller Ruhe hätte reinigen können. Also würde er wohl oder übel eine Selbstbedienungswaschanlage in Anspruch nehmen müssen. Er hielt bei einer Drogerie an, kaufte eine Flasche Haushaltsreiniger und, um ganz sicher zu gehen, eine kleine Flasche vom schärfsten Desinfektionsmittel. Dann fuhr er zu einer außerhalb gelegenen Tankstelle mit Waschanlage, machte den Kofferraum und die beiden Flaschen auf, kippte ihren Inhalt hinein und fuhr mit der Unerfahrenheit eines

Menschen, der noch nie ein Auto durch eine automatische Waschanlage gesteuert hat, mit offenem Kofferraum hinein, auf daß dieser auch ganz gewiß gründlich ausgewaschen würde. Während der nächsten paar Minuten hielten zahlreiche Autofahrer auf dem Weg in die Stadt an und betrachteten voller Interesse, was eine hochmoderne, vollautomatisierte Waschanlage mit einem alten Vauxhall, dessen Kofferraumdeckel bewußt offengelassen worden war, anstellte. Yapp, der wegen der wirbelnden Bürsten und der herabstürzenden Wassermassen festsaß, konnte aufgrund des Lärms nur Vermutungen über das anstellen, was sich draußen abspielte. Die Bürsten hatten den Kofferraumdeckel zugeknallt, der jedoch gleich wieder aufsprang, sobald sie die hintere Stoßstange bearbeiteten, und als sie ihren Rückweg nach oben antraten, war ihnen das Ding im Weg. Eine weniger gewissenhafte Maschine wäre jetzt vielleicht stehengeblieben, nicht aber diese. Während sich das Innere des Kofferraums mit einer Mischung aus Haushaltsreiniger und Desinfektionsmittel füllte, die hinter dem Auto bereits eine schmutziggraue Lache bildete, schrubbten die rotierenden Bürsten die Unterseite des Deckels mit bewundernswerter Gründlichkeit. In ihrer nicht zu bremsenden Entschlossenheit, sich jetzt das Dach vorzuknöpfen, rissen sie ihn aus seiner rostigen Verankerung und schoben ihn kreischend vor sich her übers Dach. Von da aus krachte er auf die Windschutzscheibe und rutschte dann über die Kühlerhaube zu Boden. Gebannt starrte Yapp durch die zersplitterte Windschutzscheibe auf die bedrohlichen Borsten, die erneut auf ihn zurollten. Jetzt erkannte er nicht nur, daß er einen groben Fehler begangen hatte, er spürte es auch am eigenen Leib. Das großzügig mit Spülmittel angereicherte Wasser hatte ihn völlig durchnäßt, und die unfreiwillige Wanderung des Kofferraumdeckels übers Dach hatte ihm schier das Trommelfell zerrissen. Jetzt fehlte bloß noch, daß ihm diese Höllenmaschine mit den Glaskörnern der zerborstenen Windschutzscheibe das Gesicht polierte. Angesichts dieser grauenhaften Aussicht ignorierte Yapp die groß und deutlich neben dem Münzeinwurf hängende Benutzungsvorschrift, öffnete die Tür, um auszusteigen, und hätte dies auch getan, hätte die teuflische Maschinerie die Tür nicht prompt abgerissen. Nach einem zweiten Blick auf die immer näherrückenden Bürsten warf Yapp sich auf den Beifahrersitz und vergrub sein Gesicht ins Polster. Zwei schaurige Minuten lang lag er da, durchnäßt und mit Glassplittern und Scheibenwischerteilen übersät, während die Waschanlage ihre vernichtende Arbeit fortsetzte. Als die Waschroutine beendet war und sie sich endlich ausschaltete, roch der Vauxhall nicht mehr im mindesten nach

Willy. Dafür hatten die kräftigen Desinfektionsmittel hinreichend gesorgt. Hingegen fiel er in anderer Beziehung um so mehr auf. Es fehlten ihm nicht nur Kofferraumdeckel und Windschutzscheibe, sondern auch die Tür, die Yapp unvorsichtigerweise zu öffnen versucht hatte, und außerdem war der Innenraum total durchnäßt.

Nachdem Yapp sich vorsichtig aufgesetzt hatte, um weitere Beschädigungen zu vermeiden, sah er sich die Verwüstung voller Mißfallen an. Wenn es noch eines Beweises bedurft hatte, um seine bis zum Überdruß wiederholte Ansicht zu rechtfertigen, man dürfe nicht zulassen, daß Maschinen ehrliche Handarbeiter um ihre Jobs brächten, dann hatte die automatische Waschanlage ihn geliefert. Kein noch so ungeschickter menschlicher Autowäscher hätte in so kurzer Zeit einen solchen Schaden anrichten können, selbst wenn er den Wagen mit einem Vorschlaghammer bearbeitet hätte. Aber für solche Überlegungen war jetzt keine Zeit. Er mußte das verdammte Ding zur Universität zurückbringen und sich, sobald es ausgetrocknet war, um die Reparatur kümmern.

Yapp stieg aus, hob den Deckel auf, schob ihn in den Kofferraum und versuchte gerade, die festgeklemmte Tür aus dem Mechanismus der Waschanlage zu befreien, als er durch wütendes Gebrüll unterbrochen wurde. Für ihn hörte es sich zwar nicht so an, weil sein Trommelfell von dem Gedröhn noch immer in Mitleidenschaft gezogen war, aber der Gesichtsausdruck des Mannes, der es ausstieß, ließ keine Zweifel aufkommen.

»Sie verdammter Idiot, können Sie denn nicht lesen?« schrie der Mann. »Schauen Sie bloß, was Sie mit meiner Anlage angestellt haben!«

Yapp schaute und mußte zugeben, daß die Autowaschanlage diese Konfrontation nicht ungeschoren überstanden hatte. Das Loch in der Windschutzscheibe hatte seinen Tribut bei den Nylonbürsten gefordert, und die Stangen, an denen sie hingen, waren deutlich verbogen.

»Tut mir wirklich leid«, murmelte er.

Fassungslos starrte der Mann ihn an. »Was glauben Sie, wie verdammt leid es Ihnen erst tun wird, wenn ich mit Ihnen fertig bin«, bellte er. »Ich hätte gute Lust... nein, zum Teufel, ich habe eine verdammte Scheißlust, Ihnen die Polizei auf den Hals zu hetzen und die Versicherung und...«

Das Wort »Polizei« wirkte auf Yapp elektrisierend. Diese Typen, um derentwillen er diesen ganzen Zirkus hier veranstaltete, würden alle möglichen Fragen stellen, die er unmöglich beantworten konnte, ohne in noch größere Schwulitäten zu kommen. »Ich werde den

Schaden bezahlen«, sagte er verzweifelt. »Es ist nicht nötig, die Polizei zu rufen. Wir können diese unglückliche Geschichte doch ganz diskret regeln.«

»Einen Scheiß können wir«, brüllte der Mann. Nachdem er erst Yapp und dann dem alten Auto einen haßerfüllten Blick zugeworfen hatte, war er zu der Überzeugung gelangt, daß ein Verrückter, der eine sechzehn Jahre alte Schrottkiste fuhr und damit brandneue Autowaschanlagen demolierte, sicher der letzte war, mit dem man etwas auch nur annähernd diskret regeln konnte. »Sie werden verdammt hierbleiben, bis die Bullen da sind.«

Und um sicherzugehen, daß Yapp, obwohl dies kaum möglich gewesen wäre, nicht in dem Autowrack entfloh, zog er den Zündschlüssel ab und stürzte in sein Büro. Yapp folgte ihm bedrückt und ohne zu merken, daß er eine Spur aus Waschmittel und Glassplittern hinter sich her zog.

»Hören Sie«, sagte er, während er in die Tasche griff und sein triefendes Scheckbuch herausholte, »ich kann Ihnen versichern, daß ...«

»Ich ebenfalls«, fuhr ihn der Mann an und riß das Scheckbuch als zusätzliche Sicherheit an sich. »Ich rufe die Polizei und damit basta.« Er wählte eine Nummer und sprach im nächsten Augenblick mit einem Polizisten von der Wache. Halbherzig hörte Yapp zu. Vielleicht würde sich die Polizei gar nicht für so was interessieren. Und selbst wenn, dann war es ziemlich wahrscheinlich, daß die Waschanlage, die den Kofferraumdeckel und die Tür so entschlossen beseitigt hatte, dies mit den weniger auffallenden und handfesten Überresten von Willy Coppett noch gründlicher besorgt hatte. Diese hoffnungsvolle Überlegung wurde durch eine Frage des Garagenbesitzers unterbrochen.

»Was für eine Autonummer hat denn Ihr Wagen?« schnauzte er ihn an.

Yapp zögerte. »Eigentlich ist es gar nicht mein Wagen. Es ist ein Mietwagen. Die Nummer weiß ich nicht auswendig.«

»Er behauptet, es sei ein Mietwagen«, sagte der Mann ins Telefon. »Ja, ein alter Vauxhall ... Warten Sie, ich sehe mal nach.«

Er legte den Hörer hin und lief aus dem Büro. Als er zurückkam, blitzten seine Augen noch drohender als zuvor.

»Stimmt genau«, bestätigte er dem Menschen am anderen Ende der Leitung, »CFE 9306 D. Und weswegen wird er gesucht? ... Wie er heißt?« Vorsichtig spähte er zu Yapp hinüber.

»Wie heißen Sie denn?«

»Professor Walden Yapp. Ich bin an der...«

»Sein Name ist Yapp, behauptet er«, sagte der Mann ins Telefon. »Jawohl, verstanden...« Plötzlich verstummte er, wich zwei Schritte zurück und betrachtete den Gesuchten argwöhnisch. Dann legte er den Hörer auf und griff nach einem Wagenheber.

»Schöner Tag heute«, bemerkte er mit nervöser Leutseligkeit, aber Yapp war nicht in der Verfassung, das zu bemerken. Was ihn betraf, so war es ein durch und durch diabolischer Tag. Und jetzt machte sich auch noch der versäumte Schlaf bemerkbar. Er begann sich allmählich zu fragen, wie sich die Tatsache, daß er gemeinsam mit einem alten Vauxhall die Dienste einer Waschanlage in Anspruch genommen hatte, auf eine Konstitution auswirken würde, die durch mehrere Tage Bettruhe wegen Grippe und die Entdeckung, daß er sich in der ungesunden Gesellschaft eines verwesenden Zwerges befand, bereits erheblich geschwächt war. Der Gedanke an Lungenentzündung und Typhus begann ihm Sorgen zu bereiten.

»Schauen Sie«, sagte er, »ich kann doch nicht in diesen triefenden Kleidern hier herumstehen. Ich gehe in meine Wohnung zurück, ziehe mich um und komme später wieder, um die Angelegenheit mit Ihnen zu bereden.«

»Sie werden verdammt noch mal...«, begann der Garagenbesitzer. Doch dann fiel ihm ein, daß ihn der Polizist am Telefon ausdrücklich davor gewarnt hatte, sich mit diesem verzweifelten und vermutlich gewalttätigen Mann anzulegen. »Wenn Sie meinen, aber die Polizei wird jeden Augenblick hier sein...«

»Dann sagen Sie ihnen, daß ich in einer Stunde zurück bin«, sagte Yapp, machte auf dem Absatz kehrt und verließ das Büro. Sobald er die Straße, die zur Universität führte, eingeschlagen hatte, hängte sich der Garageninhaber wieder ans Telefon, um die Polizei zu informieren.

»Der Schweinehund ist geflohen. Einfach auf und davon. Ich habe versucht, ihn aufzuhalten, aber es war zwecklos. Er hat mir mit einem stumpfen Gegenstand eins über den Schädel gezogen.« Um dieser Geschichte Glaubwürdigkeit zu verleihen und um sicherzustellen, daß der *Kloone Evening Guardian* sein Foto bringen und damit kostenlos Reklame für ihn machen würde, zerriß er sein Hemd, zerschlug einen Stuhl und knallte sich den Wagenheber erheblich fester als beabsichtigt auf den Kopf. Und so klang sein Gestöhn recht echt, als der erste Streifenwagen mit quietschenden Reifen draußen anhielt.

»Hat es mir ordentlich gegeben und ist dann abgehauen«, raunte er dem Polizisten zu, der ihn fand. »Kann nicht weit gekommen sein. Großer Kerl mit nassen Klamotten. Klatschnaß.«

Weitere Streifenwagen trafen ein, Sprechfunkgeräte knackten, und in einiger Entfernung heulten Sirenen. Die Jagd auf Walden Yapp lief auf vollen Touren. Fünf Minuten später war sie vorbei. Man hatte Yapp an einer Bushaltestelle aufgegriffen, wo er einem Busfahrer klarzumachen versuchte, daß Angestellte des öffentlichen Verkehrsdienstes nicht das Recht hätten, zahlenden Bürgern die Mitnahme zu verweigern, und erst recht nicht, sie triefende Wäschesäcke zu schimpfen. Man drehte ihm die Arme auf den Rücken und legte ihm Handschellen an, forderte ihn auf, widerstandslos mitzukommen, und schob ihn auf den Rücksitz eines Streifenwagens, der dann mit unnötig hoher Geschwindigkeit davonbrauste.

Der Alptraum hatte begonnen.

Er ging mit unbarmherziger Effizienz und himmelschreiender Verkennung der wahren Tatsachen weiter. Binnen kürzester Zeit hatten gerichtsmedizinische Experten den Vauxhall noch weiter auseinandergenommen, nachdem ihre Aufmerksamkeit durch ungewöhnliche Mengen Desinfektionsmittel im Kofferraum auf diesen Teil des Wagens gelenkt worden war. Dies hatte jedoch, wie sie jetzt erklärten, nicht den schlüssigen Nachweis verhindern können, daß der Kofferraum noch vor kurzem eine Leiche beherbergt hatte. Yapps Wohnräume in der Universität lieferten weiteres Beweismaterial. Ein Paar verdreckter Schuhe und ein Paar Socken wurden zum Zweck einer Bodenanalyse mitgenommen, und nachdem die Fachleute Yapps besamte Unterhose im Koffer entdeckt hatten, beschlagnahmten sie auch sämtliche andere Kleidungsstücke und nahmen sie mit ins Labor.

Während dieser ganzen Zeit saß Yapp auf der Polizeiwache von Kloone und beharrte auf seinem Recht, insbesondere auf dem Recht, seinen Anwalt anzurufen.

»Alles zu seiner Zeit«, sagte der Kriminalinspektor und notierte sich, daß Yapp gar nicht gefragt hatte, warum er verhaftet worden sei. Als Yapp endlich telefonieren durfte, wurde das Gespräch aufgezeichnet. Gleichzeitig hörten der Inspektor, zwei Sergeants und ein Polizist in einem anderen Raum die Unterhaltung mit, um später das Gehörte bestätigen zu können, da das Tonband möglicherweise nicht als Beweismittel anerkannt wurde. Es war charakteristisch für Yapp, daß er seinen Rechtsanwalt, einen Mr. Rubicond, zumeist in Fällen konsultiert hatte, in denen es um die Behinderung studentischer

Protestmärsche durch die Polizei ging. Da sich die Studenten bei einer dieser Gelegenheiten strikt zu marschieren geweigert hatten und demzufolge die Polizei niemand belästigen konnte, wappnete sich Mr. Rubicond jedesmal mit Skepsis, wenn Yapp anrief, um seine Dienste in Anspruch zu nehmen.

»*Was* sind Sie?« fragte er.

»Verhaftet«, sagte Yapp.

»Und was wirft man Ihnen vor?«

»Mord«, sagte Yapp, wobei er die Stimme dämpfte, was sich im Nebenraum bedrohlich anhörte.

»Mord? Haben Sie ›Mord‹ gesagt?« fragte Mr. Rubicond ungläubig. »Wen sollen Sie denn ermordet haben?«

»Eine Person restringierter Größe namens Mr. William Coppett, zuletzt wohnhaft in der Rabbitry Road 9, Buscott...«

»Was für eine Person?« wollte Mr. Rubicond wissen.

»Eine Person restringierter Größe, unzivilisiert ausgedrückt, einen Zwerg.«

»Einen Zwerg?«

»Das habe ich doch gesagt, oder?« knirschte Yapp, dem die Begriffsstutzigkeit seines juristischen Beraters langsam auf die Nerven ging.

»Ich dachte mir schon, daß Sie das gesagt haben. Ich wollte mich nur vergewissern. Ich nehme an, daß das nicht stimmt.«

»Doch«, sagte Yapp.

»Wenn das so ist, kann ich wohl wenig für Sie tun«, meinte Mr. Rubicond, »es sei denn, Sie sind bereit, sich schuldig zu bekennen. Wir können dann immer noch versuchen, auf verminderte Zurechnungsfähigkeit...«

»Ich rede nicht davon, daß ich ihn ermordet habe. Ich habe nur bestätigt, daß ich gesagt habe, er sei ein Zwerg.«

»Schon gut. Und jetzt sagen Sie am besten gar nichts mehr, bis ich bei Ihnen bin. Man hat Sie doch sicher auf die Hauptwache gebracht?«

»Ja«, sagte Yapp und legte auf. Als Mr. Rubicond eintraf, hatte man Yapp längst wieder in den Streifenwagen verfrachtet, der sich inzwischen auf dem Weg nach Buscott befand. Die Abschrift seines Telefongesprächs und die Ergebnisse der Gerichtsmediziner lagen bereits bei Inspektor Garnet, dessen Meinung hinsichtlich Rosies Gerissenheit durch die Entdeckung, daß das Blut auf dem Hemd definitiv mit dem ihres ermordeten Mannes übereinstimmte, empfindlich erschüttert worden war.

Zum Sergeant, der fest darauf beharrte, daß Rosie Coppett dumm sei wie Bohnenstroh, sagte er verärgert: »Eher wie Schifferscheiße. Anders kann ich eine Mörderin, die so ein Beweisstück auf der Wäscheleine herumhängen läßt, beim besten Willen nicht bezeichnen, es sei denn, sie legt es darauf an, das Verbrechen diesem Bastard Yapp in die Schuhe zu schieben. In diesem Fall ist sie heute vielleicht etwas kooperativer.«

Nachdem er so seine Vorurteile zurechtgerückt hatte, machte sich der Inspektor erneut daran, Rosie zu verhören – oder besser, sie zu programmieren.

»Also, meine Liebe«, sagte er, »wir haben Ihren teuren Professor Yapp und wissen mit absoluter Sicherheit, daß die Leiche Ihres Mannes im Kofferraum seines Wagens lag. Tatsache ist, daß Willy noch nicht tot war, als Yapp ihn hineinlegte. Er hat da drinnen noch eine Menge Blut verloren, und tote Körper bluten nicht so stark. Könnten Sie mir jetzt vielleicht sagen, warum Sie sein Hemd gewaschen haben?«

»Es war voller Blut«, sagte Rosie.

»Willys, Mrs. Coppett, Willys Blut. Das haben wir einwandfrei festgestellt.«

Rosie starrte ihn an. Mit dem Verstand begriff sie zwar nichts, dafür aber mit dem Gefühl. Ihre Trauer verwandelte sich in Zorn. »Das habe ich nicht gewußt. Sonst hätte ich es nicht gewaschen.«

»Was hätten Sie denn dann getan, Mrs. Coppett?«

»Ihn umgebracht«, entgegnete Rosie. »Mit dem Fleischmesser.«

Innerlich lächelte der Inspektor, freilich ohne eine Miene zu verziehen. Genau das hatte er hören wollen. »Aber Sie haben es nicht getan. Sie haben es nicht gewußt, weil er es Ihnen nicht gesagt hat. Was ist nun an jenem Abend geschehen, an dem er mit blutverschmiertem Hemd nach Hause kam?«

Rosie gab sich alle Mühe, sich zu erinnern. Es fiel ihr ziemlich schwer. Sie versuchte, sich die Szene wieder ins Gedächtnis zu rufen, aber die Küche war so lange ihr Zuhause gewesen, der Mittelpunkt ihres Lebens, der Ort, an dem sie kochte und ihre Heftchen las und Willy jeden Tag das Abendessen richtete, wo Hektors Körbchen in der Ecke stand und sie ihre Ringerbilder aufhängte, weil ihre Mutter ihr erzählt hatte, ihr Vater sei Ringer gewesen, und seinen Namen hatte sie zwar vergessen, aber vielleicht war einer von ihnen ihr Vater. Und jetzt war ihr das alles kaputtgemacht worden von einem Mann, der so getan hatte, als würde er sie mögen, und um den sie sich gekümmert hatte, als er krank war und in der ganzen Zeit, nachdem er Willy ermordet und sich die Hände aufgeschnitten hatte. An diese Einzelheit konnte sie sich trotz aller Verwirrung erinnern.

»Er hat sich die Hände aufgeschnitten, soso. Am selben Abend, an dem er Blut auf seinem Hemd hatte.«

Rosie empfand das Interesse des Inspektors als wohltuend. Es tat ihr gut, jemanden zu haben, der ihr das Denken in dieser verworrenen Angelegenheit abnahm. »Ja, und sein Mantel war ganz naß. Ich sagte noch, er würde sich erkälten, und so war es dann auch. Vier Tage lag er im Bett. Ich habe ihm das Essen aufs Zimmer gebracht.«

Den Impuls zu fragen, was sie ihm noch aufs Zimmer gebracht habe, unterdrückte Inspektor Garnet. Solange sie nur weiterredete, würde es ihm schon gelingen, der Wahrheit auf die Spur zu kommen. Und wenn sie dann alles ausgespuckt hatte, würde er die Nachbarn ins Feld führen, die sie in Yapps Armen gesehen hatten, und Mr. Clebb, der fest davon überzeugt war, beim abendlichen Spaziergang mit seinem Hund beobachtet zu haben, wie sie den Penis dieses dreckigen Schweins massierte. Rosie redete weiter, und mit jedem Wort, das sie sagte, und jedem Wink des Inspektors in die Richtung, in die er sie haben wollte, verlieh ihre Phantasie, beflügelt durch die vielen im Laufe der Zeit verdauten Heftchenromane, den Tatsachen einen neuen Glanz. Ganz besonders interessierte den Inspektor ihr Bericht über Yapps Ankunft und seine Hartnäckigkeit, mit der er Extras gefordert hatte. Nachdem er ihr behutsam entlockt hatte, was Extras waren, und ihr dann eingeredet hatte, daß Yapp ausdrücklich gesagt habe, daß er mit ihr schlafen wolle, war er vollauf zufrieden. Er hatte ein denkbar einleuchtendes Motiv für den Mord und war fest davon überzeugt, daß Rosie mit ihrer mitleiderregenden Art, die keinen Geschworenen ungerührt lassen konnte, eine exzellente Kronzeugin abgeben würde.

»Wenn Sie jetzt noch hier unterschreiben wollen«, sagte er, während er ihr den Text ihrer Aussage vorlegte, »dann denke ich doch, daß Sie bald wieder nach Hause gehen können.«

Rosie unterschrieb und kehrte in ihre Zelle zurück. Jetzt wußte sie, warum Willy ermordet worden war. Weil der Professor sie liebte. Sie fragte sich nur, warum sie nicht schon früher darauf gekommen war. Jetzt hatte sie genug Zeit, um darüber nachzudenken. Wenigstens lenkte sie das von ihrem armen Willy etwas ab.

20

»Also«, sagte Inspektor Garnet brüsk, als er Yapp gegenüber Platz nahm, »jetzt gibt es zwei Möglichkeiten, die Sache anzugehen. Wir können es kurz und angenehm machen oder lang und unangenehm. Entscheiden Sie, welches Vorgehen Sie bevorzugen.«

Yapp betrachtete ihn haßerfüllt. Seine Einschätzung der Polizei als Prätorianergarde der Besitzenden, Privilegierten und saturierten Reichen war durch die Behandlung seit seiner Verhaftung nicht im mindesten ins Wanken geraten. Er war von Kloone abtransportiert worden, ohne daß man ihm erlaubte, seinen Anwalt zu verständigen, dann hatte er drei höchst unerquickliche Stunden in seinen nassen Klamotten im Fond des Streifenwagens verbracht, und jetzt sah er sich mit einem Inspektor konfrontiert, dessen schmales, gepflegtes Lippenbärtchen ihm ein besonderer Dorn im Auge war.

»Nun, wie haben Sie sich entschieden?« fuhr ihn der Inspektor an. Yapps Entscheidung war längst gefallen. Zwischen wiederholten Anfällen von Schüttelfrost, die ihn auf der Herfahrt gebeutelt hatten, war er zu der Einsicht gelangt, daß seine einzige Hoffnung darin bestand, sich betont kooperativ zu verhalten und die Wahrheit zu sagen. Wenn die Polizisten auch nur halbwegs intelligent waren, mußte ihnen bald klar sein, daß er erstens absolut kein Motiv für einen Mord an Willy hatte, daß er zweitens ziemlich einflußreiche Leute kannte – zwar nicht bei Gericht, aber zumindest im Parlament und in der Labour Party –, und daß es drittens schlicht und einfach absurd war anzunehmen, daß er die Veranlagung zum Mörder in sich trug. Die Wahrheit, die ganze Wahrheit und nichts als die Wahrheit würde seine Unschuld an den Tag bringen.

»Wenn Sie mit dieser Frage meinen, ob ich bereit bin, Ihre Fragen zu beantworten und ein volles Geständnis abzulegen, dann lautet meine Antwort: Ja, ich bin bereit.«

Das Schnurrbärtchen zuckte angenehm überrascht. »Hervorragend«, kam es aus dem darunterliegenden Mund. »Das erspart uns allen eine Menge Zeit und Ärger. Ich gehe davon aus, daß Sie ausreichend instruiert worden sind und wissen, daß Sie nichts zu sagen brauchen. Sergeant, lesen Sie dem Gefangenen dieses Gewäsch von wegen Recht auf Verweigerung der Aussage vor.«

Während der Sergeant die Rechtsbelehrung vorlas, betrachtete der Inspektor Yapp mit unverhohlenem Interesse. Der Mann war verrückt, klarer Fall, aber es war eine hübsche Abwechslung, einen weithin bekannten geisteskranken Professor in die Zange zu nehmen. Nachdem der Inspektor mehrere von Yapps Fernsehproduktionen über die grausamen Lebensbedingungen im neunzehnten Jahrhundert gesehen hatte, freute er sich regelrecht auf dieses Verhör. Es würde eine Art Wettbewerb zwischen kriminellen Superhirnen werden, und wenn es ihm gelang, Yapp zu überführen, würden sich damit seine Chancen auf Beförderung erheblich vergrößern.

»Also gut, bringen wir das Unangenehmste zuerst hinter uns«, sagte er. »Wann genau haben Sie beschlossen, den Verblichenen zu ermorden?«

Yapp richtete sich zu voller Größe auf. »Gar nie«, entgegnete er. »Zum einen habe ich ihn nicht ermordet, und zum zweiten weist Ihre diesbezügliche Annahme ein Ausmaß an Voreingenommenheit auf, das ...«

»Gefangener leugnet, Opfer ermordet zu haben«, diktierte der Inspektor dem Stenographen. »Wirft Polizei Voreingenommenheit vor.« Er beugte sich über den Tisch und schob sein Schnurrbärtchen unangenehm nahe an Yapps Gesicht heran. »Wann haben Sie die Leiche des Ermordeten in den Kofferraum Ihres Wagens gelegt?«

»Gar nicht«, sagte Yapp. »Ich habe sie dort gefunden.«

»Dort gefunden? Soso.«

»Ja. Im fortgeschrittenen Stadium der Verwesung.«

»Interessant. Hochinteressant. Sie haben also den bereits verwesenden Leichnam eines ermordeten Zwerges im Kofferraum Ihres Wagens entdeckt und fanden es nicht der Mühe wert, ihn zur Polizei zu bringen. Sehe ich das richtig?«

»Ja«, sagte Yapp. »Ich weiß, daß es unglaubwürdig klingt, aber genau das ist passiert.«

»Was ist passiert?«

»Ich geriet in Panik.«

»Natürlich. Das erste, was ein hochintelligenter, sensibler Kerl wie Sie tut, ist, daß er in Panik gerät. Völlig verständliche Reaktion. Und was haben Sie danach gemacht?«

Mißtrauisch betrachtete Yapp das Bärtchen. Er war sich nicht ganz sicher, ob sein Zucken auf Verständnis oder Sarkasmus hindeutete. »Ich bin zum Fluß gefahren und habe ihn reingeworfen.«

»Und warum haben Sie das getan?«

»Doch offenbar, weil ich nicht damit in Verbindung gebracht

werden wollte. Willy Coppett ist ermordet worden, und jemand hat versucht, mir die Schuld in die Schuhe zu schieben, indem er ihn in meinen Kofferraum gelegt hat. Und ich wollte nicht den Kopf dafür hinhalten.«

»Wenigstens etwas, was Sie in jedem Fall mit dem Mörder gemein haben«, meinte der Inspektor. »Damit meine ich natürlich den Kerl, der die Leiche in den Kofferraum getan hat.«

»Stimmt«, gab Yapp zu.

Der Inspektor griff in eine Schreibtischschublade und zog das blutbefleckte Hemd heraus. »Ich möchte, daß Sie sich das mal ansehen und uns dann sagen, was Sie darüber wissen. Und lassen Sie sich Zeit, wir haben keine Eile.«

Yapp betrachtete das Hemd. »Das gehört mir.«

»Gut. Und haben Sie dieses Hemd am einundzwanzigsten Juli dieses Jahres getragen oder nicht?«

Während Yapp sich zu erinnern versuchte, wandte er die Augen von dem Bärtchen ab und richtete sie wieder auf das Hemd. Der einundzwanzigste Juli war jener Abend, an dem es geregnet hatte und er im Gebüsch mit seiner Unterhose beschäftigt war und sich dabei erkältet hatte. Es war auch jener Abend, an dem er sich am Stacheldraht aufgerissen hatte und mit Blut auf dem Hemd in die Rabbitry Road zurückgekehrt war und Rosie darauf bestanden hatte, es sofort zu waschen.

»Ja«, sagte er.

Diesmal lächelte der Inspektor tatsächlich einen Augenblick. Das war ja ein Kinderspiel. Wären alle Verbrecher so blöde, dann hätte er ein angenehmes Leben. »Und war das ganze Hemd voller Blut, als Sie in die Rabbitry Road zurückkehrten?«

Erneut zögerte Yapp. »Es war nicht ganz voller Blut. Nur vorne. Ich hatte mir die Hände an einem Stacheldraht aufgerissen und muß sie versehentlich am Hemd abgewischt haben.«

»Sehr schön«, sagte der Inspektor. »Sicher wird es Sie überraschen zu erfahren, daß das Blut auf dem Hemd – frisches Blut, wohlgemerkt – nachweislich von dem Ermordeten stammt.«

Yapp konzentrierte seinen Blick auf das bösartige Bärtchen, das jetzt keinerlei Trost mehr verhieß. »Ja, es würde mich sehr überraschen. Ich weiß nämlich nicht, wie es dorthin gekommen sein soll.«

»Könnte es sein, daß der Mörder, als er den Körper von Mr. Coppett in den Kofferraum Ihres Wagens legte, nicht bemerkt hat, daß der arme Kerl noch am Leben war und blutete und daß das Blut auf diesem Weg auf sein Hemd kam?«

Yapp schwieg. Das Netz zog sich immer dichter um ihn, und allmählich verstand er auch warum.

»Könnte das sein, Professor Yapp? Wäre das möglich?«

»Wenn Sie damit sagen wollen, daß ich Willy in diesen Kofferraum...«

Der Inspektor unterbrach ihn mit erhobener Hand. »Nun, wir wollen uns doch gegenseitig nichts in den Mund legen, oder? Ich habe nichts davon gesagt, daß Sie den Ermordeten in den Kofferraum gelegt haben. Ich habe nur gefragt, ob der Mörder, als er das Opfer hineinlegte, Blut auf sein Hemd bekommen haben könnte. Also, könnte er oder könnte er nicht?«

»Ich nehme an, er könnte schon, aber...«

»Ich danke Ihnen, mehr wollte ich nicht wissen. Und nun wollen wir zu Ihrer Panik zurückkehren, als Sie die Leiche im Kofferraum entdeckten und sie in den Fluß warfen. Wann war das?«

»Gestern«, sagte Yapp, dem voll Erstaunen zum Bewußtsein kam, daß erst gestern jener Unglückstag gewesen war, an dem sein Leben eine so verhängnisvolle Wendung genommen hatte.

»Und was hat Ihre Aufmerksamkeit auf die Tatsache gelenkt, daß Sie mit einem toten Zwerg im Wagen durch die Gegend fuhren?«

»Der Geruch«, sagte Yapp. »Er war extrem unangenehm. Ich hielt am Straßenrand an, um die Ursache dafür zu erkunden.«

»Sehr vernünftig. Würde es Ihnen etwas ausmachen, mir zu sagen, wo Sie anhielten, um diese Nachforschungen anzustellen?«

Wieder spürte Yapp, wie sich die Schlinge um ihn zuzog, aber er konnte nichts dagegen tun. Wenn er sagte, er habe den Geruch in Buscott bemerkt und sei dann fast vierzig Meilen weit gefahren, bevor er die Leiche in den Fluß warf... Nein, er mußte die Wahrheit sagen. »Es war an der Straße nach Wastely. Wenn Sie mir eine Karte geben, dann zeige ich es Ihnen.«

Man brachte ihm eine Karte, und er deutete mit dem Finger auf die Stelle.

»Und wohin haben Sie ihn von dort aus gebracht?«

»Hierher, zum Fluß«, sagte Yapp und zeigte auf die Seitenstraße und die Brücke.

»Sie sind also den ganzen Weg gefahren, bevor Sie sich gefragt haben, woher dieser Geruch kommt?«

»Gefragt habe ich mich schon zuvor, aber ich war in Gedanken ganz woanders und dachte zuerst, daß da irgendein Bauer seinen Acker düngt.«

»Mit toten Zwergen?« hakte der Inspektor nach.

»Natürlich nicht. Ich hielt es für Schweinemist.«

»Sie waren also vierzig Meilen lang der Meinung, daß die Bauern in der ganzen Gegend ihre Felder mit Schweinemist düngen? Ist das nicht ein bißchen übertrieben?«

»Ich sagte doch, daß ich mit meinen Gedanken woanders war«, sagte Yapp.

Der Inspektor nickte. »Das wundert mich nicht im geringsten. Schließlich hatten Sie ja genug zum Nachdenken, stimmt's?«

»Das hatte ich tatsächlich. Ich hatte mich soeben mit Miss Petrefacts Gärtner unterhalten und war empört darüber, daß er neunzig Stunden in der Woche arbeiten muß, manchmal sogar hundert, und das für einen Hungerlohn. Das ist glatte Fronarbeit.«

»Schockierend. Sie werfen also die Leiche in den Fluß und fahren wieder nach Hause. Ist das richtig?«

»Ja«, sagte Yapp.

»Und was haben Sie dann gemacht?«

»Ich habe ein Bad genommen.«

»Und dann?«

»Dann habe ich etwas gegessen und bin ins Bett gegangen«, sagte Yapp, nachdem er spontan entschieden hatte, daß kein Grund vorlag, seine Unterredung mit Doris zu erwähnen, nachdem er nicht ausdrücklich danach gefragt worden war. Er nahm es dem Computer nach wie vor übel, daß Rosie die Person mit dem einsichtigsten Motiv für den Mord an Willy sein sollte. Er dachte nicht daran, der Polizei Doris' Schlußfolgerung unter die Nase zu reiben. Arme Rosie, sie würde ohnehin niedergeschmettert sein. Er würde es auf keinen Fall zulassen, daß die Polizei sie auch noch des Mordes bezichtigte.

»Und heute morgen haben Sie den Wagen in eine Autowaschanlage gefahren und sich die größte Mühe gegeben, alle Hinweise darauf, daß der Kofferraum als Versteck für die Leiche gedient hatte, zu vertuschen?« fuhr der Inspektor fort.

»Es blieb mir nichts anderes übrig. Es ist ein Leihwagen, den ich nur für einen Monat gemietet habe. Hätte ich Mr. Coppett wirklich ermordet, dann hätte ich doch nie im Leben einen Leihwagen genommen, um die Leiche so lange darin zu verstecken, oder? Das wäre doch völlig unlogisch gewesen.«

Der Inspektor nickte. »Vielleicht hatten Sie ja gar nicht die Absicht, die Leiche so lange dort zu lassen«, sagte er. »Aber jetzt wollen wir noch mal auf die Mordnacht zurückkommen. Hätten Sie etwas dagegen, mir ganz genau zu schildern, was Sie an diesem Abend gemacht haben?«

Yapp wirkte wie ein Häufchen Elend. Er hatte sehr viel dagegen, aber nachdem er nun einmal beschlossen hatte, die Wahrheit zu sagen, gab es kein Zurück mehr.

»Sie nehmen also an, daß der Mord in der Nacht des einundzwanzigsten Juli geschah?« sagte er, um die Angelegenheit hinauszuzögern.

»Das tue ich«, entgegnete der Inspektor. »An diesem Tag wurde der Ermordete zum letzten Mal gesehen. Er verließ das Pub, in dem er arbeitete, um elf Uhr und kam nicht mehr nach Hause. Wohingegen Sie tropfnaß und mit seinem Blut auf Ihrem Hemd kurz nach Mitternacht in die Rabbitry Road zurückkehrten. Wenn Sie mir jetzt also in allen Einzelheiten erzählen würden, was Sie an diesem Abend gemacht haben, würde uns das der Lösung des Falles vielleicht näherbringen.«

»Also, am frühen Abend hat mich Mrs. Coppett gefragt, ob ich mit ihr eine Spazierfahrt machen würde.«

»Hat sie Sie gefragt, oder haben Sie sie dazu eingeladen?«

»Sie hat mich gefragt«, sagte Yapp. »Wie Sie wahrscheinlich wissen, haben die Coppetts kein Auto, weil Mr. Coppett wegen seiner restringierten Größe keinen normalen Wagen fahren kann und Mrs. Coppett durch ihren unterdurchschnittlichen Bildungsstand gehindert wurde, die Prüfung zu bestehen. Abgesehen davon bezweifle ich, daß sie sich ein Auto hätten leisten können.«

»Also sind Sie spazierengefahren. Und wohin?«

Yapp zeigte es ihm auf der Karte.

»Um welche Zeit fand diese Spazierfahrt statt?«

»Zwischen sieben und neun, glaube ich.«

»Und was geschah danach?« fragte der Inspektor, der die Aussagen der Nachbarn, die Yapp und Mrs. Coppett beim Küssen gesehen hatten, bereits zur Kenntnis genommen hatte.

»Ich bin nochmals weggefahren«, sagte Yapp kleinlaut.

»Sie sind also nochmals weggefahren«, wiederholte der Inspektor mit unglückverheißender Monotonie.

»Ja.«

Der Inspektor fuhr sich mit der Zunge über sein Bärtchen. »Und entspricht es der Wahrheit, daß Sie Mrs. Coppett vor dem Haus geküßt haben?«

»Gewissermaßen«, sagte Yapp unnötig ritterlich. Der Gedanke, daß die arme Rosie einem solchen Verhör unterzogen würde, war ihm unerträglich.

»Gewissermaßen? Könnten Sie das vielleicht etwas genauer erklären? Entweder haben Sie sie geküßt oder nicht.«

»Wir haben uns geküßt. Das stimmt.«

»Und dann sind Sie wieder weggefahren. Warum?«

»Hm ... äh ...«

»Das bringt uns wohl kaum weiter, meinen Sie nicht? Ich wiederhole also meine Frage: Warum sind Sie nochmals weggefahren?«

Niedergeschlagen blickte sich Yapp im Zimmer um, dessen kahle Wände ihm keinerlei Hoffnung darauf verhießen, daß man ihm den Rest seiner Geschichte glauben würde, wenn er in diesem Punkt log.

»Ich mußte etwas erledigen, was Ihnen möglicherweise etwas sonderbar erscheint.«

Das bezweifelte der Inspektor durchaus nicht. Was ihn betraf, so war die ganze verdammte Angelegenheit sonderbar. Das fing schon damit an, daß in diesem Ausbildungssystem so verfluchte Idioten wie dieser Irre Yapp Professoren werden konnten.

»Sehen Sie«, fuhr Yapp fort, dessen Adamsapfel vor Verlegenheit auf und ab hüpfte, »ich hatte infolge Mrs. Coppetts unmittelbar physischer Kontiguität eine unfreiwillige Emission.«

»Was hatten Sie?«

»Eine unfreiwillige Emission«, sagte Yapp, der sich auf seinem Stuhl wand.

»Mit anderen Worten, es ist Ihnen gekommen, meinen Sie das?«

»Ja.«

»Als Folge dessen, daß sie Ihnen einen runtergeholt hat?«

»Keineswegs«, sagte Yapp indigniert. »Mrs. Coppett ist keine solche Frau. Ich habe gesagt, daß infolge ihrer ...«

»Ich habe es gehört«, sagte der Inspektor. »Unmittelbar physische Konsowieso.«

»Kontiguität. Das bedeutet Kontakt, Nähe, Berührung.«

»Nein, wirklich? Und jetzt werden Sie mir sicher gleich erklären, daß zum Runterholen oder Masturbieren, wenn Ihnen das lieber ist, Kontakt, Nähe, Berührung nicht erforderlich ist.«

»Ich behaupte nichts dergleichen. Ich habe lediglich gesagt, daß ihre unmittelbare physische Präsenz diese unselige Wirkung bei mir hervorgerufen hat.«

Der Inspektor betrachtete ihn mit glänzenden Augen. Jetzt hatte er das Schwein endlich auf Trab gebracht, und er würde dafür sorgen, daß es nicht so bald wieder stehenblieb. »Wollen Sie mir allen Ernstes weismachen, daß die Tatsache, daß Mrs. Coppett neben Ihnen saß, ausgereicht hat, um Ihre Scheißsicherung durchbrennen zu lassen?«

»Ich verwahre mich gegen diesen Ausdruck. Er ist derb, vulgär und völlig unangebracht, und ich ...«

»Hören Sie zu, Freundchen«, unterbrach ihn der Inspektor, während er sich erneut über seinen Schreibtisch beugte und Yapp unangenehm nahe auf die Pelle rückte, »Sie befinden sich nicht in einer Situation, die Ihnen gestatten würde, sich gegen irgend etwas zu verwahren, außer gegen physische Gewalt, und die nachzuweisen dürfte Ihnen schwerfallen. Also verschonen Sie mich mit Ihrem Studentenprotestgewäsch. Wir sind hier kein drogensüchtiger Haufen von Universitätsarschlöchern, und Sie halten hier keine Vorlesung, kapiert? Sie sind der Hauptverdächtige in einem ganz extrem scheußlichen Mord. Und ich habe bereits ausreichende Beweise, um Sie in Untersuchungshaft nehmen, anklagen, verurteilen und Ihre Berufung ablehnen zu lassen. Also schreiben Sie mir gefälligst nicht vor, was für eine Scheißsprache ich sprechen soll. Fahren Sie lieber mit Ihrer Geschichte fort.«

Erschüttert saß Yapp auf seinem Stuhl. Das war die Realität, wie sie grausamer nicht hätte sein können. Die Drohung dieses kleinen Bärtchens war unmißverständlich. Yapp fuhr also mit seiner Geschichte fort und sagte die Wahrheit und nichts als die Wahrheit, was zur Folge hatte, daß alle Zweifel des Inspektors, er könne sich in Yapp möglicherweise doch getäuscht haben, endgültig zerstreut wurden.

»Saß mehrere Stunden lang im strömenden Regen mit der Unterhose in der Hand in einer Hecke – und erwartet auch noch, daß ich das glaube«, sagte er, nachdem Yapp offiziell des Mordes an Mr. William Coppett angeklagt und in eine Zelle gesteckt worden war. »Er kann sich nicht mehr genau daran erinnern, wo die Hecke oder das Gatter oder auch nur die verdammte Straße war. Wirklich grandios. Zumindest ist damit die Frau entlastet. Eigentlich könnten wir sie laufenlassen.«

Während Yapp in seiner Zelle saß und über die Niedertracht der Petrefacts nachdachte, die so ohne weiteres bereit waren, das Leben eines Perg zu opfern, um ihren kostbaren Ruf zu schützen, holte man Rosie aus ihrer Zelle und erklärte ihr, daß sie frei sei.

Doch es bedeutete ihr nichts. Jetzt, wo sie keinen Willy mehr hatte, um den sie sich kümmern mußte, würde sie nie wieder so etwas wie Freiheit empfinden.

21

Emmelia ahnte nichts von diesen Entwicklungen. Zum einen war sie aufgrund ihrer Zurückgezogenheit ohnehin nicht über den Klatsch in Buscott informiert, zum anderen war sie vollauf mit den Vorbereitungen für das Familientreffen beschäftigt. Sie und Annie hatten mit dem Herrichten der Schlafzimmer alle Hände voll zu tun. Sie klopften Matratzen, lüfteten Bettzeug aus, und außerdem waren auch noch die Schrullen und Eigenheiten jedes einzelnen Petrefact zu bedenken. Der Richter hatte ein besonders breites Gebiß, so daß er ein entsprechend großes Glas auf dem Nachttisch benötigte; der Brigadegeneral legte größten Wert auf eine Karaffe mit Malzwhisky auf dem Nachttisch und einen Deckel für den Nachttopf, nachdem vor einiger Zeit eine preisgekrönte und unglaublicherweise trächtige Wüstenrennmaus in so einem Gefäß ertrunken war; die Van der Fleet-Petrefacts weigerten sich strikt, in einem der oberen Schlafzimmer zu nächtigen, nachdem ihnen das eigene Haus über dem Kopf abgebrannt war, so daß man sie unten im kleinen Salon einquartieren mußte. Und dann hatte zu Emmelias großem Mißbehagen auch noch Fiona völlig unerwartet aus Korfu telegraphiert, daß sie mit ihrer Lebensgefährtin Leslie herüberfliegen würde, weil diese es nicht erwarten konnte, endlich ihre ganze Verwandtschaft kennenzulernen. Emmelia empfand es als äußerst bedenklich, alle gleichzeitig unter einem Dach unterzubringen. Der Richter hatte so heftige Ansichten über gleichgeschlechtliche Beziehungen, daß er einmal einen armen Einbrecher, der das Pech hatte, Warm zu heißen, zu einer unverhältnismäßig langen Haftstrafe verdonnert hatte, die in zweiter Instanz sehr zu seinem Ärger wieder aufgehoben wurde. Nein, es wäre schon das beste, wenn man von Fiona und Leslie so wenig wie möglich zu sehen bekäme. Sie konnten ja bei Osbert in der Old Hall wohnen.

Während Emmelia alle Vorbereitungen überwachte und ein paar tüchtige Frauen aus der Fabrik als Hilfskräfte anstellte, wanderten ihre Gedanken immer wieder zu ihrem niederträchtigen Bruder Ronald. In einem sehr beherrscht abgefaßten Brief hatte sie ihn zu dem Familientreffen eingeladen und sich in ihrer Verzweiflung sogar zu der Feststellung hinreißen lassen, daß es Sinn und Zweck dieser Versammlung sei, über die Zukunft der Mühle nachzudenken (was stimmte) und über die mögliche Bereitschaft der Familie zu diskutieren, ihre Anteile an diesem Unternehmen zu verkaufen (was nicht stimmte). Lord Petrefact hatte nicht geantwortet, doch das hatte Emmelia auch nicht erwartet. Wenn er überhaupt kam, dann unangemeldet, um das Schauspiel zu genießen, das ihm das Mißfallen seiner Verwandten bereiten würde. Er würde sich königlich an ihrer Empörung weiden, daß der Name Petrefact unziemlich an die Öffentlichkeit gezerrt und im Rampenlicht stehen würde, wenn bekannt wurde, daß die Familie eine Sexartikelfabrik betrieb. Sie kannte ihn gut genug, um zu wissen, wie sehr er eine solche Situation goutieren würde.

Emmelia sollte recht behalten. Lord Petrefact hatte beschlossen, dem Treffen beizuwohnen. Ihr Brief hatte ihm Appetit auf Familienzwistigkeiten gemacht. Nichts bereitete ihm größeres Vergnügen, und ihre Mitteilung, daß seine Verwandten möglicherweise bereit waren, ihre Anteile an der Mühle zu verkaufen, wertete er nicht etwa als Tatsache, sondern als Indiz dafür, daß sie ihn bei dem Treffen dabeihaben wollten; sicher wollten sie ihn mit vereinten Kräften dazu zwingen, Yapps anscheinend höchst beunruhigenden Aktivitäten in Buscott Einhalt zu gebieten. Lord Petrefact freute sich schon auf das Spektakel. Er brauchte nichts anderes zu tun, als ruhig dazusitzen, während sie wie Hyänen über ihn herfielen, denn sein Schweigen würde vernichtender sein als Worte. Und sollten sie ganz wider Erwarten tatsächlich bereit sein, die Mühle als Gegenleistung für den Abbruch von Yapps Recherchen zu verkaufen, dann würde er diesen scheinheiligen Haufen ordentlich schmoren lassen. Er würde sich Bedenkzeit ausbitten und nach langem Hin und Her das Angebot schließlich doch ablehnen. In dieser euphorischen Laune läutete er nach Croxley.

»Wir fahren umgehend nach Buscott. Bereiten Sie alles für die Reise vor und sorgen Sie für eine Unterkunft in der Nähe.«

»Aber da ist doch das New House«, sagte Croxley. »Miss Emmelia hat sicher schon alles hergerichtet.«

Lord Petrefact fixierte ihn mit seiner weniger angenehmen Gesichtshälfte. »Ich habe von einer Unterkunft gesprochen, nicht von einem Rattennest, in dem es vor Verwandtschaft wimmelt«, sagte er angewidert. Irritiert verließ Croxley das Zimmer. Erst fuhr Yapp nach Buscott und jetzt auch noch der alte Satan höchstpersönlich. Und was meinte er mit dem Rattennest voller Verwandtschaft? Um Lord Petrefact mehr Informationen zu entlocken, rief er sämtliche Hotels in der Umgebung an und verlangte zwei Zimmerfluchten im Erdgeschoß mit absoluter Ruhegarantie zwischen zehn Uhr abends und neun Uhr morgens, Zimmerservice rund um die Uhr und der festen Zusage, daß der Besitzer bei Tag und Nacht erreichbar war. Mit sieben indignierten Absagen bewaffnet, kehrte er in Lord Petrefacts Arbeitszimmer zurück.

»Nirgends mehr ein Zimmer frei«, sagte er mit gespielter Ehrerbietung, »es sei denn, Sie wollen es auf sich nehmen, in einer Pension zu hausen.«

Lord Petrefact gab einige unverständliche Geräusche von sich.

»Ich habe mir schon gedacht, daß Sie das nicht wünschen, aber etwas anderes gibt es nicht.«

»Aber das ist doch ein totes Nest. Wo haben Sie es denn versucht?«

Croxley legte ihm eine Liste der Hotels auf den Schreibtisch. Nachdem Lord Petrefact einen Blick darauf geworfen hatte, fragte er: »Gehört uns denn keines von denen?«

»Der Familie schon, aber ...«

»Die habe ich nicht gemeint. Ich meinte mich.«

Croxley schüttelte den Kopf. »Also wenn Sie Bournemouth gesagt hätten ...«

»Ich habe aber nicht Bournemouth gesagt, verdammt. Ich sagte Buscott. Das ist ein kilometerweiter Unterschied. Also, wo zum Teufel können wir wohnen?«

»Im Rattennest?« schlug Croxley vor und trieb Lord Petrefact damit das Blut in den Kopf. »Als letzte Möglichkeit gäbe es natürlich immer noch Mr. Osbert in der Old Hall.« Lord Petrefact tastete nach seinem Puls. »Damit ich an Lungenentzündung krepiere«, brüllte er, als dieser auf hundertdreißig abgesunken war. »Dieser verdammte Hornochse lebt so im Mittelalter, daß er von Zentralheizung noch nie etwas gehört hat. Und seine Vorstellung von einem warmen Bett besteht darin, daß ein Whippet drinliegt. Wenn Sie glauben, daß ich mein Bett mit einem verdammten Köter teile, dann sind Sie schiefgewickelt.«

Croxley mußte ihm recht geben. »In diesem Fall bleibt wohl nur noch das New House. Es mag seine Nachteile haben, aber Miss Emmelia sorgt bestimmt dafür, daß Sie sich wohl fühlen.«

Seine diesbezüglichen Zweifel behielt Lord Petrefact lieber für sich. »Wahrscheinlich schon. Vielleicht gelingt es uns ja auch, die Sache an einem Tag zu erledigen.«

»Darf man erfahren, um was für eine Sache es sich handelt?«

Ein neuerlicher Wutanfall beendete das Gespräch. Croxley eilte aus dem Zimmer und ließ den Leichenwagen vorfahren. Es gab Zeiten, zu denen er wünschte, der alte Drecksack würde ihn seiner Bestimmung entsprechend benutzen.

Und so versammelten sich an diesem Samstag die illustren Petrefacts im New House in Buscott, um sich mit einer Familienkrise zu beschäftigen, die bereits gebannt war. Doch das konnten sie nicht wissen. Yapp hatte das ganze Wochenende Zeit, um sich die erdrükkende Beweiskraft der Indizien, die gegen ihn sprachen, durch den Kopf gehen zu lassen, und Inspektor Garnet hatte es nicht eilig.

»Lassen Sie sich so viel Zeit, wie Sie wollen«, erklärte er Mr. Rubicond, nachdem dieser endlich den Aufenthaltsort seines Klienten ausfindig gemacht hatte. »Wenn er Ihnen dieselbe Geschichte erzählt wie mir, dann dürfte es Sie in erhebliche Gewissenskonflikte stürzen, wenn er darauf besteht, sich nicht schuldig zu bekennen. Seine einzige Chance besteht in ›schuldig, aber geisteskrank‹.«

Zwei Stunden später teilte Mr. Rubicond die Meinung des Inspektors. Yapp behauptete nach wie vor hartnäckig, in eine Falle gelockt worden zu sein – und ausgerechnet von den Petrefacts.

»Das kann doch nicht Ihr Ernst sein«, meinte Mr. Rubicond. »Kein vernünftiger Richter wird Ihnen glauben, daß Lord Petrefact Sie angeheuert hat, um eine Familiengeschichte zu schreiben, und daß man Ihnen dann den Mord an einem Zwerg angehängt hat, um Sie daran zu hindern. Würde das stimmen, was ich keine Sekunde lang glaube, und wären die Petrefacts tatsächlich bereit gewesen, so extreme Maßnahmen zu ergreifen, warum zum Teufel hätten sie dann Mr. Coppett ermorden sollen, wenn sie ebensogut gleich Sie hätten umbringen können?«

»Sie wollten mich in Mißkredit bringen«, sagte Yapp. »Diese Kapitalisten sind ausgesprochen tückisch.«

»Ja, das liegt wohl in der Natur der Sache, aber da wir schon dabei sind, daß jemand Sie angeblich in Mißkredit bringen will, muß ich Ihnen sagen, daß Sie selbst in dieser Beziehung bereits ganze Arbeit geleistet haben. Ich habe Ihnen doch ausdrücklich nahegelegt, daß Sie nichts sagen sollen.«

»Ich habe nichts gesagt, was nicht der Wahrheit entspricht. Ich habe die Tatsachen genau so geschildert, wie sie waren.«

»Schon möglich, aber mußten Sie sie denn überhaupt schildern? Nehmen Sie doch nur diese Geschichte, daß Sie im Wagen ejakuliert haben, weil Mrs. Coppett Sie geküßt hat. Von allen unglaublichen Intimitäten, die mir je begegnet sind . . . Mir fehlen einfach die Worte. Sie haben der Anklage Ihr Motiv auf dem Silbertablett serviert.«

»Aber ich mußte doch erklären, warum ich in dieses Wäldchen ging. Ich mußte doch einen guten Grund dafür haben.«

»Sich beschmutzte Unterhosen auszuziehen erscheint mir keineswegs ein guter Grund. Es ist sogar ein verdammt schlechter. Warum haben Sie das denn nicht im Wagen erledigt?«

»Das habe ich Ihnen doch schon gesagt. Weil zu dem Zeitpunkt ziemlich viel Verkehr auf der Straße war; außerdem habe ich ziemlich lange Beine, so daß das auf engem Raum nur schlecht gegangen wäre.«

»Also sind Sie über ein Gatter mit Stacheldraht geklettert, haben sich die Hände aufgerissen, einen Acker überquert und die nächsten zwei Stunden damit zugebracht, unter einer Tanne zu sitzen, Ihre Unterhose festzuhalten und darauf zu warten, daß es zu regnen aufhört?«

»Ja«, sagte Yapp.

»Und da Ihr Hemd, als Sie zum Haus der Coppetts zurückkamen, mit Blut – dem Inspektor zufolge Mr. Coppetts Blut – beschmiert war, müssen wir annehmen, daß diese Leiche während der Zeit, die Sie angeblich in diesem Wäldchen verbracht haben, in den Kofferraum gelegt wurde?«

»Das nehme ich an.«

»Und Sie erinnern sich nicht mehr, wo dieses Wäldchen war.«

»Ich würde es sicher wiedererkennen, wenn man mich hinfahren ließe.«

Skeptisch betrachtete Mr. Rubicond seinen Klienten und machte sich ernsthafte Sorgen um dessen Geisteszustand. Eines stand für ihn fest: Wenn es zur Verhandlung kam, würde er dafür sorgen, daß Yapp nicht in den Zeugenstand gerufen wurde. Der verfluchte Mensch schien wild entschlossen, sich mit jedem Wort, das er von sich gab, an den Strick zu liefern.

»Ich kann mir nicht vorstellen, daß die Polizei Ihnen unter diesen Umständen soviel Freiheit zubilligen wird«, sagte er. »Aber wenn Sie wollen, dann frage ich den Inspektor.«

Zu seiner Überraschung gab der Inspektor seine Einwilligung.

»Wenn er nur halb so bescheuert ist, wie wir ihn bisher erlebt haben, wird er uns wahrscheinlich zu der genauen Stelle führen und uns auch noch die Mordwaffe liefern«, sagte er zum Sergeant.

Zwei Stunden lang saß Yapp im Streifenwagen zwischen dem Inspektor und Mr. Rubicond, während sie über die Landstraßen außerhalb Buscotts fuhren und immer wieder an Hecken mit Gattern stehenblieben.

»Es war auf einem Hügel«, sagte Yapp, »denn die Scheinwerfer schienen mir direkt ins Gesicht.«

»Das würden sie auch auf ebener Strecke«, meinte der Inspektor. »Sind Sie bergauf oder bergab gefahren?«

»Bergab. Das Gatter war auf der linken Seite.«

»Aber Sie wissen nicht mehr, wie weit Sie gefahren sind, bevor Sie anhielten?«

»Ich war viel zu aufgewühlt und hatte andere Dinge im Kopf«, sagte Yapp, während er unglücklich aus dem Fenster auf die Landschaft blickte, die ihm völlig unbekannt vorkam, was zum Teil daher rühren mochte, daß sie den Hügel hinauffuhren, den er heruntergekommen war. Abgesehen davon hatten seine Krankheit und die Tage im Bett, ganz zu schweigen von den Schrecken der vergangenen sechsunddreißig Stunden, jene schicksalhafte Nacht in weite Ferne rücken lassen und bewirkt, daß er die Gegend jetzt mit ganz anderen Augen betrachtete. Die auf romantische Weise tragischen, der Vergangenheit angehörenden Assoziationen, die er mit dieser Umgebung verbunden hatte, waren durch bittere Erfahrungen zerstört worden. Jetzt empfand er die Landschaft nur noch als raubgierig und mörderisch.

»Das hat ja verdammt viel gebracht«, schimpfte der Inspektor, nachdem sie auf die Wache zurückgekehrt waren und er Yapp wieder in seine Zelle gesperrt hatte. »Immerhin können Sie uns keine mangelnde Kooperationsbereitschaft vorwerfen.«

Das konnte Mr. Rubicond wirklich nicht. Es gehörte zu seinem Beruf, der Polizei vorzuwerfen, daß sie Brutalität walten ließ und seinen Klienten ihre Rechte verweigerte, aber in diesem Fall benahm sie sich nahezu beunruhigend korrekt, was wiederum dazu angetan war, Mr. Rubiconds persönlichen Eindruck, nämlich daß Professor Yapp in der Tat ein Mörder war, zu bestätigen. Der Inspektor ging sogar so weit, ihn an der Leichenschau teilnehmen zu lassen, obwohl er auf dieses Privileg ausgesprochen gern verzichtet hätte.

»Jemand hat ihm mit dem sprichwörtlichen stumpfen Gegenstand eins über den Schädel gezogen und ihn dann auch noch erstochen«, sagte der Arzt, der die Obduktion durchgeführt hatte.

»Gibt es Hinweise auf die Art des Gegenstandes?«

Der Arzt schüttelte den Kopf. Durch Willys Reise flußabwärts waren sämtliche Spuren, die auf einen Traktor hätten hindeuten können, beseitigt worden. Sogar seine kleinen Stiefel waren blitzsauber gewaschen worden.

»Tja, so sieht es aus, Mr. Rubicond. Wenn Ihr Klient bereit ist, ein volles Geständnis abzulegen, könnte ich mir gut vorstellen, daß er mit einem milden Urteil davonkommt.«

Aber Mr. Rubicond ließ sich nicht so leicht überrumpeln. Er mußte Rücksicht auf seine eigenen Interessen nehmen. Professoren, die Zwerge ermordeten, gab es schließlich nicht alle Tage, so daß der Prozeß ungeheures Aufsehen erregen würde. Und Walden Yapp war ziemlich bekannt und wurde in jenen progressiven Kreisen, die ihm noch nicht leibhaftig begegnet waren, sehr geschätzt. Außerdem verfügte er bestimmt über beträchtliche Mittel, so daß ein längerer Prozeß, gefolgt von einer Berufung, eine recht profitable Angelegenheit sein würde.

»Ich bin von seiner Unschuld überzeugt«, sagte er fröhlich und verließ die Polizeiwache. Inspektor Garnet war ebenso erfreut.

»Also, ich will auf keinen Fall, daß hier irgend etwas verdorben wird, weil Fehler passieren«, erklärte er seinen Leuten. »Professor Yapp wird ganz besonders rücksichtsvoll behandelt. Er ist kein ordinärer Verbrecher, und ich möchte unter keinen Umständen, daß sich jemand bei der Presse darüber beschwert, daß das Schwein schlecht behandelt worden sei. Von jetzt an wird er mit Glacéhandschuhen angefaßt.«

Eine ganz andere Atmosphäre herrschte am Tresen des *Pferdekutschers.*

»Es war ein Fehler, den Strick abzuschaffen«, meinte Mr. Groce, den der Verlust von Willy besonders erzürnte. Jetzt hatte er niemanden mehr, der ihm beim Gläserwaschen half. Mr. Parmiter war derselben Ansicht, sah die Angelegenheit jedoch in einem umfassenderen Kontext.

»Mir hat es nie gefallen, wie Mr. Frederick Willy suggeriert hat, er habe ein Recht, dieses verdammte Messer gegen diesen Kerl zu richten, nur weil der Rosie Coppett gebumst hat. Ich bin überzeugt, daß Willy ihn angegriffen hat und dabei selbst dran glauben mußte.«

»Wahrscheinlich werden sie dich als Zeugen vorladen, weil er von dir doch den Wagen gemietet hat.«

»Dich werden sie auch holen. Du warst ja offenbar der letzte, der Willy lebend gesehen hat. Mit Ausnahme des Mörders natürlich.«

Während Mr. Groce darüber nachdachte, zog Mr. Parmiter die Möglichkeit in Erwägung, daß die Polizei seine recht zweifelhaft geführten Bücher als Beweismaterial benötigen könnte.

»Der Teufel soll mich holen, wenn ich Willys Drohungen auch nur mit einem Wort erwähne«, meinte Mr. Groce schließlich. »Das könnte den Bastard gar noch auf die Idee bringen, auf Notwehr zu plädieren.«

»Ganz recht. Andererseits hat Willy ja wirklich gesagt, daß er Rosie mit diesem Kerl beobachtet hat. Daran gibt es nichts zu rütteln.«

»Je weniger man sagt, um so besser. Ich werde trotzdem nichts sagen, was diesen Yapp entlastet. Wenn je einer den Strick verdient hat, dann er.«

»Und Mr. Frederick sollte man auch nicht in die Sache reinziehen«, sagte Mr. Parmiter. Am Ende kamen sie überein, gar nichts zu sagen und die Gerechtigkeit ihren geradlinigen Lauf nehmen zu lassen.

22

Lord Petrefact ließ sich nach Buscott fahren. Er war bester Laune. Bevor er London verließ, hatte er ein Abkommen zwischen einer seiner zahlreichen Tochtergesellschaften, Petreclog-Schuhe in Leicester, und der Staatlichen Brasilianischen Rindfleisch-Produktionsgemeinschaft unter Dach und Fach gebracht. Damit hoffte er, den Arbeitern in Leicester die Nachteile, die sich aus der Forderung einer dreißigprozentigen Lohnerhöhung ergeben würden, nachhaltig vor Augen zu führen und gleichzeitig seine Gewinne drastisch zu erhöhen, indem er die Fabrik nach Brasilien verlegte, wo er mit Unterstützung der Regierung den dortigen Arbeitern nur ein Viertel dessen würde zahlen müssen, was ihre britischen Kollegen verdient hatten.

»Ein genialer Schachzug, einfach genial«, erklärte er Croxley, während er in seinem umgebauten Leichenwagen über die Autobahn fegte, gefolgt vom Notarztbus, in dem das Reanimationsteam Monopoly spielte.

»Wenn Sie meinen«, sagte Croxley, den diese Fahrten im Leichenwagen jedesmal aufs neue aufregten. »Aber warum Sie ausgerechnet nach Buscott fahren wollen, ist mir schleierhaft. Sie haben doch immer behauptet, daß Sie dieses Nest hassen.«

»Buscott? Wovon zum Teufel reden Sie eigentlich? Ich habe über das Geschäft mit Brasilien gesprochen.«

»Ja. Sicher werden Sie dadurch in Leicester an Popularität gewinnen.«

»Das wird die Schweine lehren, sich nicht in die Grundprinzipien der Wirtschaft einzumischen«, meinte Lord Petrefact genüßlich. »Auf alle Fälle helfe ich damit einem unterentwickelten Land, sich auf eigene Beine zu stellen.«

»Doch sicher in Petreclog-Schuhwerk.«

Doch Lord Petrefact war so überschwenglicher Laune, daß er keine Lust hatte zu streiten. »Was Buscott betrifft, so hat man der Familie gegenüber eben bestimmte Verpflichtungen. Blut ist nun mal dicker als Wasser.«

Insgeheim bezweifelte Croxley die Berechtigung dieses Klischees. Lord Petrefacts familiäre Aktivitäten legten eher den Schluß nahe, daß in seinem Fall Wasser entschieden klebrigere Eigenschaften hatte als Blut; und seine sichtliche Vergnügtheit sprach eher dafür, daß er sich auf eine heftige Auseinandersetzung freute.

Als sie das New House erreichten, war die Auffahrt mit Autos verstopft. Niemand war zu Hause.

»Miss Emmelia macht mit den Herrschaften eine Führung durch die Fabrik«, erklärte Annie Croxley, der am Eingang geklingelt hatte.

»Eine Führung durch die Fabrik?« sagte Lord Petrefact, als ihm diese Nachricht übermittelt wurde. »Warum das denn, zum Teufel?«

»Wahrscheinlich, um ihnen ihre ethnische Bekleidung zu zeigen«, meinte Croxley.

Lord Petrefact schnaubte verächtlich. Er war nach Buscott gekommen, um über Yapps Maulwurfarbeit im Familienuntergrund zu diskutieren, und nicht, um sich auf eine Besichtigungstour durch eine Fabrik für ethnische Bekleidung schleifen zu lassen. »Verdammt will ich sein, wenn ich auch nur einen Schritt von der Stelle weiche, bis sie zurückkommen«, sagte er störrisch. »Ich habe von dieser verdammten Mühle schon mehr als genug gesehen.«

Ausnahmsweise waren die in der Fabrik versammelten Petrefacts diesmal seiner Meinung. Emmelia hatte sie nachhaltig davon überzeugt, daß man Publicity um jeden Preis vermeiden mußte. Den Richter hatte die Führung ganz besonders mitgenommen, vor allem die Happy Susis. Nachdem er von jeher der Meinung war, daß alle Homosexuellen geborene Verbrecher wären, die bei der Geburt kastriert und, sobald dies juristisch möglich war, zu Zuchthaus verurteilt werden sollten, hatten ihn diese Dinger derart in Rage gebracht, daß man ihn in Fredericks Büro führen und ihm mehrere Cognacs einflößen mußte. Selbst dann war er nicht bereit gewesen, den Rundgang fortzusetzen.

Emmelia hatte die anderen zu den Dildos weitergeführt. Hier sah sich sogar der Brigadegeneral, dem die volle Bedeutung von Maxi-Muschs dank unzulänglicher Bekanntschaft mit den sexuellen Merkmalen weiblicher Wesen von größeren Ausmaßen als Wüstenrennmäuse und siamesische Katzen entgangen war, gezwungen, endlich zu erkennen, was er da vor sich hatte.

»Monströs, einfach monströs!« schnaubte er. Offenbar rührte seine Pikiertheit daher, daß er Vergleiche anstellte. »Nicht einmal eine bengalische Tigerin hat ein... also, ein Dingsda... ein Na-sagschon... mit so erschreckenden Ausmaßen. Mit so einem Dingsbums könnte man jemandem was Fürchterliches antun. Abgesehen davon möchte ich bloß wissen, wer um Himmels willen so ein Ding im Haus herumhängen haben möchte?«

»Du würdest dich wundern«, meinte Fiona, die sich wenig später selbst über die Keuschheitsgürtel wunderte und maßlos empörte. »Wirklich ungeheuerlich. Zu erwarten, daß jemand in so einem mittelalterlichen Folterinstrument herumläuft, ist eine Beleidigung für die moderne Frau.«

»Soweit ich verstanden habe, meine Liebe«, meinte Emmelia, »sind diese Dinger für Männer.«

»Das ist natürlich etwas ganz anderes«, sagte Fiona und brachte damit prompt Osbert auf die Barrikaden. »Männer sollten in Schranken gehalten werden.«

»In Schranken gehalten?« brüllte Osbert. »Du mußt den Verstand verloren haben. Du brauchst so einen armen Kerl bloß in so ein Ding zu stecken und damit auf die Jagd zu schicken. Schon nach dem ersten Zaun hast du einen verdammten Eunuchen.«

Die Van der Fleet-Petrefacts, die etwas zurückgeblieben waren, sahen sich bei genauerer Betrachtung der Thermalvibratoren mit Klistiervarianten in ihrer Hoffnung getäuscht, daß es sich dabei um besonders handliche Feuerlöscher handle. In der Sado-Abteilung schließlich waren alle ob dieser Widerwärtigkeiten entsetzt.

Nur Fiona bewahrte sich eine seltsame Mischung aus Frauenpower und sexueller Freizügigkeit. »Schließlich hat doch jeder das Recht, sich auf seine Weise sexuelle Befriedigung zu verschaffen«, meinte sie beharrlich und fügte angesichts der Knebel, Handschellen, Plastikzwangsjacken und Fesseln hinzu, daß die Gesellschaft kein Recht habe, die Freiheit des Individuums einzuschränken – ohne sich der Ironie ihrer Bemerkung bewußt zu werden.

»Mußt du ständig davon reden«, kreischte Osbert, noch immer verfolgt von der Vorstellung, was für schauerliche Konsequenzen das Jagen in einem männlichen Keuschheitsgürtel hatte.

»Scheiß auf die Freiheit eines Individuums, das sich so ein Ding da umbindet«, röhrte der Brigadegeneral und packte ebenso genußvoll wie drohend eine neunschwänzige Katze. »Ich werde jetzt diesen verdammten Manager Cuddlybey aufsuchen und mir das Schwein vorknöpfen. Er muß total verrückt geworden sein, die Produktion von Baumwollschlafanzügen umzustellen auf diese ...«

»Du wirst nichts dergleichen tun, Randle«, unterbrach ihn Emmelia. »Außerdem dürftest du erhebliche Schwierigkeiten haben. Mr. Cuddlybey ist vor vierzehn Jahren in Pension gegangen und letzten August gestorben.«

»Sein verdammtes Glück. Wenn ich ...«

»Wenn du dich etwas mehr für die Familienangelegenheiten interessiert hättest und etwas weniger für deine albernen Wüstenrennmäuse, dann hättest du das gewußt.«

»Und wer ist jetzt der Manager?« fragte Osbert herrisch.

Emmelia zögerte einen Augenblick. »Ich«, erklärte sie.

Entsetzt starrten alle sie an.

»Du willst doch damit nicht sagen ...«, setzte der Brigadegeneral an.

»Ich sage gar nichts mehr, bis Ronald da ist.«

»Ronald?«

»Also wirklich, Osbert, mußt du denn immer alles wiederholen? Ich sagte Ronald und ich meinte Ronald. Und jetzt laßt uns nachsehen, ob Purbeck sich wieder einigermaßen erholt hat.«

Geschlossen gingen sie ins Büro zurück, wo der Richter, nachdem er dem Cognac ein paar kleine Pillen hinterhergeschoben hatte, in den Katalog vertieft war.

»Eine Do-it-yourself-Sodomie-Ausrüstung«, bellte er den eingeschüchterten Frederick an. »Ist dir eigentlich klar, daß du damit einem Verbrechen Vorschub leistest, auf das die Todesstrafe steht?«

»Die Todesstrafe?« fragte Frederick unsicher. »Aber zwischen Erwachsenen, die sich einig sind, ist es doch sicher legal.«

»Sich einig? Was zum Teufel meinst du mit ›sich einig‹? Nicht einmal die verderbtesten, perversesten, sadomasochistischsten, geistesgestörtesten, perversesten, perversesten ...«

»Das sagst du jetzt schon zum drittenmal, Onkel«, wagte Frederick ihn beherzt zu unterbrechen.

»Was habe ich gesagt?«

»Pervers.«

»Und ich habe es dreimal gemeint, du verdammter Dreckskerl. Sogar noch viel öfter. Nicht einmal das perverseste Schwein von Arschficker würde sich darauf einlassen, sich dieses teuflische Gerät durch seinen Schließmuskel rammen zu lassen ...«

»Hört, hört«, sagte Osbert gefühlvoll.

»Und auf deine Kommentare kann ich verzichten, Osbert«, fuhr ihn der Richter an. »Ich habe schon immer befürchtet, daß mit dir etwas nicht stimmt, seit du damals diesem rosaäugigen Wiesel eine Konservendose an den Schwanz gebunden und es mir ins Bett gelegt hast, und jetzt ...«

»So was habe ich nie gemacht. Und außerdem war es ein Frettchen.«

»Ganz gleich, was es war, jedenfalls...«

»Ich finde, wir sollten uns auf die Gegenwart konzentrieren«, fuhr Emmelia dazwischen. »Die Frage ist doch die, was wir gegen Ronald unternehmen wollen.«

Der Richter blickte sie aus seinen Schweinchenaugen an. »Ronald? Was hat denn Ronald mit diesen teuflischen Erfindungen zu tun?«

»Wir alle wissen, daß er Professor Yapp angeblich nach Buscott geschickt hat, um Nachforschungen für die Familiengeschichte anzustellen.«

Wieder schob sich der Richter eine kleine Pille in den Mund. »Und du behauptest also, daß Ronald Bescheid weiß über diese... diese...?« krächzte er.

»Ich bin nicht sicher. Aber der springende Punkt ist der, daß dieser gräßliche Yapp sehr wohl dahinterkommen kann, wenn er hier noch länger herumschnüffelt.«

Eine Weile herrschte bedrücktes Schweigen, das nur durch das Klappern des Schürhakens und der Holzzange unterbrochen wurde, als Mrs. Van der Fleet-Petrefact ohnmächtig in den leeren Kamin sank. Ihr Mann ignorierte diesen Zwischenfall.

»Wenn das so ist, darf man eben nicht zulassen, daß er dahinterkommt«, meinte schließlich der Richter.

»Genau. Da hast du völlig recht«, pflichtete ihm der Brigadegeneral bei. Er hätte seiner Zustimmung noch größeren Nachdruck verliehen, hätte ihn nicht der drohende Blick in den Augen seines Bruders zum Schweigen gebracht.

»Das ist leichter gesagt als getan«, fuhr Emmelia fort. »Er hat bereits versucht, hier einzudringen, und die Familiendokumente wollte er auch einsehen. Natürlich habe ich keine Einwilligung gegeben.«

Diesmal zielten die Blitze aus den blutunterlaufenen Augen des Richters auf Emmelia. »Du hast ihm die Einsicht in die Familiendokumente verweigert, obwohl sie ihn von diesem Zeug da abgelenkt hätten?« herrschte er sie an und schlug dabei mit der flachen Hand auf den Katalog. »Ich finde das äußerst merkwürdig. Merkwürdig, in der Tat.«

»Aber denk doch an den Skandal«, sagte Emmelia. »Eine Familiengeschichte würde enthüllen...«

»Nichts im Vergleich zu dem hier«, brüllte der Richter. »Wenn es je bekannt wird, daß wir die Besitzer einer...«

»Einer Happy-Susi-Fabrik«, schlug Osbert vor.

»Wie du sie nennen willst, spielt keine Rolle. Zum Gespött der Leute werden wir auf jeden Fall. Mehr noch, sie werden uns als den

Abschaum der Gesellschaft verachten. Ich muß abdanken und den Richterstuhl verlassen. Die Konsequenzen sind unabsehbar.«

Wieder herrschte eine Weile Schweigen im Büro.

»Ich finde trotzdem ...«, setzte Emmelia an, wurde jedoch von den anderen sofort heftig angegriffen.

»Du hast es zugelassen, daß dieser abscheuliche Jüngling diese ... diese ... Dinger produziert«, röhrte der Richter. »In meinen Augen bist einzig und allein du für diese abscheuliche Situation verantwortlich.«

Der Brigadegeneral und Mr. Van der Fleet-Petrefact, ja sogar Osbert und Fiona wandten sich ebenfalls gegen Emmelia. Sie saß da und hörte kaum hin. Die Familie, über die sie so lange Zeit ihre schützende Hand gehalten hatte, ließ sie jetzt im Stich.

»Also gut«, sagte sie schließlich, als die Schimpftiraden abflauten, »ich nehme die Verantwortung auf mich. Und jetzt sagt mir, was wir tun sollen.«

»Das liegt doch auf der Hand. Überlasse diesem Professor Yapp die Petrefact-Dokumente. Laß den Kerl doch die Familiengeschichte schreiben.«

»Und Ronald? Er müßte eigentlich schon dasein.«

»Wo denn?«

»Im New House. Ich habe ihn ebenfalls eingeladen.«

Der Richter sprach sein Urteil. »Daraus kann ich nur folgern, daß du den Verstand verloren haben mußt, Weib.«

»Mag sein«, entgegnete Emmelia betrübt. »Aber was sollen wir ihm sagen?«

»Über das hier nicht ein Wort.«

»Und über die Familie alles?«

»Genau. Wir müssen ihn möglichst geschickt ablenken. Und ich würde euch allen empfehlen, ihn mit dem größten Respekt zu behandeln. Es steht in Ronalds Macht, unser aller Zukunft zu zerstören.« Und mit diesen Worten stand der Richter noch etwas wackelig auf und ging zur Tür. Die anderen folgten. Nur Emmelia blieb sitzen und trauerte jenem der Vergangenheit angehörenden, zurückgezogenen Leben nach, das ihre Verwandten im Interesse ihrer eigenen, armseligen Gegenwart um jeden Preis zerstören wollten. Von ihrem Platz aus hörte sie, wie Osbert draußen auf dem Hof zum Brigadegeneral sagte, er solle ihn an die Geschichte von Großtante Georgette und dem japanischen Marineattaché erinnern.

»Ich bin sicher, daß Onkel Oswald den Vertrag für das Schwimmdock auf diesem Weg bekommen hat ...«

Seine Stimme entfernte sich. Ähnlich würden sie diesen Schuft von Ronald an jeden erdenklichen Familienskandal erinnern, nur um ihn daran zu hindern, etwas von der Sexartikel-Fabrik zu erfahren. Einen Augenblick lang fühlte sich Emmelia versucht, ihnen allen die Stirn zu bieten, Ronald ein Exemplar dieses ominösen Katalogs seines Sohnes vorzulegen und ihn dann aufzufordern, angesichts des Inhalts die Sache mit der Familiengeschichte nur weiter voranzutreiben. Aber es hatte wenig Sinn, sich den Rest der Familie zu Feinden zu machen. Erschöpft stand sie auf und folgte den anderen nach draußen.

»Ich gehe zu Fuß zurück«, entschied sie. »Mir ist nach frischer Luft zumute. Übrigens meine ich, daß Frederick besser nicht in Erscheinung treten sollte.«

Frederick, der bereits zu derselben Einsicht gelangt war, stand im Arbeiterclub an der Bar und bestellte einen doppelten Whisky.

Während die anderen in den alten Daimler kletterten, schleppte Emmelia sich betrübt über den Hof zum Fabriktor. Es war lange her, seit sie die kleine Stadt an einem Samstagnachmittag erlebt hatte. Ihr Revier war immer der Garten gewesen, und Buscott hatte sie lediglich als dessen äußerstes Ende und gleichzeitig als den Anfang der großen Welt betrachtet, die sie so lange gemieden hatte. Für ihre gelegentlichen Besuche beim Tierarzt hatte sie den Wagen genommen, und ihre nächtlichen Spaziergänge hatten sie hinaus aufs Land geführt. Da Annie sie über den Klatsch auf dem laufenden hielt, hatte sie sich eingebildet, die Stadt zu kennen, aber heute nachmittag, in dem Bewußtsein, daß ihre Verwandten sie im Stich gelassen hatten, betrachtete sie Buscott mit anderen Augen. Die Häuser waren zwar noch immer dieselben, wirkten freundlich und heimelig, und auch die Geschäfte waren weitgehend so, wie sie sie in Erinnerung hatte, obwohl in den Schaufenstern eine überraschende Vielfalt von Waren angeboten wurde; trotzdem kam es ihr vor, als seien ihr die Straßen irgendwie fremd und sie würde sie nicht wiedererkennen. Als sie vor Cleete, Samenhandlung und Gartengeräte, stehenblieb und das Angebot an Winterzwiebeln betrachtete, erhaschte sie zufällig einen Blick auf ihr Spiegelbild im Fenster und erschrak über das, was sie da sah. Es war ihr, als hätte Ronald sie angeblickt. Allerdings nicht jener Ronald, Lord Petrefact, der inzwischen an den Rollstuhl gefesselt war, sondern Ronald, wie er vor zwanzig Jahren gewesen sein mußte. Emmelia betrachtete ihr Spiegelbild ohne Eitelkeit und zog daraus eine überraschende Erkenntnis: Wenn Ronald kein netter Mensch war – und daran konnte es keinen Zweifel geben –, bestand dann nicht die Möglichkeit, daß sie sich über ihre eigene Nettigkeit Illusionen gemacht hatte?

Ein paar Sekunden lang stand sie wie angewurzelt vor dem Fenster, während ihre Gedanken nach innen zum tiefsten Kern der Selbsterkenntnis wanderten. Nein, sie war kein netter Mensch. Das Blut dieser verachtenswerten Petrefacts, denen sie in ihrer romantischen Verblendung Tugenden zugeschrieben hatte, die sie nie besessen hatten, floß durch ihre Adern wie – deutlicher sichtbar freilich – durch die ihres Bruders. Sechzig Jahre lang hatte sie ihre wahre Natur verleugnet, um sich ihren Ruf und die Anerkennung der Welt, die sie aus tiefstem Herzen verachtete, zu bewahren. Es kam ihr vor, als sei sie ein Kind geblieben, ängstlich darauf bedacht, ihren Eltern und der Kinderschwester zu gefallen.

Jetzt, im Alter von sechzig Jahren, erkannte sie die Frau, die sie in Wirklichkeit war. In diesem Augenblick ging hinter ihr eine junge Mutter mit Kinderwagen am Fenster vorbei, verschmolz kurz mit ihrer eigenen, in Tweed gehüllten Gestalt und tauchte auf der anderen Seite wieder auf, als sollte ihr durch dieses Bild die Leere der dazwischenliegenden Jahre noch deutlicher vor Augen geführt werden. Mit einem Zorn, wie sie ihn noch nie zuvor empfunden hatte, wandte sich Emmelia ab. Scheinheiligkeit hatte sie um einen Großteil ihres Lebens betrogen. Aber von jetzt an wollte sie jene Gaben der Bosheit und Gehässigkeit nutzen, die ihr in die Wiege gelegt worden waren.

Festeren Schrittes überquerte sie die Straße, bog in die New House Lane ein und wollte sich schon an den sanften Aufstieg machen, als ihr ein Aushänger vor dem Zeitungskiosk an der Ecke ins Auge sprang. Dort hieß es: PROFESSOR UNTER MORDVERDACHT.

Zum drittenmal an diesem Nachmittag hatte Emmelia das deutliche Gefühl, daß ihr etwas Außerordentliches widerfuhr. Sie kaufte sich die *Bushampton Gazette* und las, mitten auf dem Bürgersteig stehend, den ganzen Bericht. Als sie damit fertig war, stellte sich heraus, daß ihr Eindruck sie nicht betrogen hatte. Frohlockend über ihre zurückeroberte Bosheit ging sie den Hügel hinauf.

23

Sie war nicht die einzige, der sonderbar zumute war. Auch für Lord Petrefact hatte sich die Situation gravierend verändert. Während er auf die Rückkehr seiner Verwandtschaft wartete, hatte er Croxley mit abscheulichen Erinnerungen an seine versaute Kindheit und an seine Ferien im New House ergötzt, hatte voll genüßlicher Schadenfreude berichtet, wie er mit dem Luftgewehr auf einen Gärtnergehilfen geschossen hatte, während sich der Kerl über die Zwiebeln beugte, und wie er da drüben im Fischteich den Lieblingspekinesen seiner Tante ersäuft hatte. Als die Familie schließlich eintraf, setzte Lord Petrefact zur Begrüßung sein widerlichstes Gesicht auf, mußte aber zu seiner Überraschung feststellen, daß seine Haßgefühle nicht erwidert wurden.

»Mein lieber Ronald, wie schön, sich mit eigenen Augen davon überzeugen zu können, daß es dir gutgeht«, sagte der Richter mit noch nie dagewesener Gutmütigkeit, und bevor sich Lord Petrefact von diesem Schock erholen konnte, wurde er von äußerst beunruhigender Jovialität überrollt. Osbert, der bei mehr als einer Gelegenheit geäußert hatte, daß er, wenn es nach ihm ginge, Ronald am liebsten wie eine Sau abschlachten würde, strahlte ihn förmlich an.

»Exzellente Idee, die du da hattest, so eine Familiengeschichte schreiben zu lassen«, dröhnte er. »Ich möchte nur wissen, warum nicht eher jemand darauf gekommen ist.«

Sogar Randle verströmte ein Wohlwollen, in dessen Genuß sonst nur seine Wüstenrennmäuse und siamesischen Katzen kamen.

»Gut siehst du aus, Ronald, du strotzt ja vor Gesundheit«, murmelte er, während Fiona ihren Widerwillen gegen Männer unterdrückte und ihn auf die Wange küßte. Einen panischen Augenblick lang konnte Lord Petrefact daraus nur den Schluß ziehen, daß es um seine Gesundheit sehr viel schlechter bestellt war, als er glaubte, und daß die ungewohnte Herzlichkeit, mit der er überschüttet wurde, ein Vorzeichen seines nahenden Todes sein mußte. Als Croxley ihn, vom Rest der Familie liebevoll umringt, ins Haus hinein und in den Salon rollte, mobilisierte Lord Petrefact seine ganzen Haßgefühle.

»Es geht mir *nicht* gut«, schnaubte er. »Tatsache ist, daß es um meine Gesundheit miserabel steht, aber ich kann euch versichern, daß ich nicht die Absicht habe, euch zuliebe abzukratzen. Dazu bin ich zu sehr an unserer Familiengeschichte interessiert.«

»Wir ebenso«, sagte der Richter, »das ist gar keine Frage.«

Ringsum erhob sich zustimmendes Gemurmel. Lord Petrefact fuhr sich mit der Zunge über die trockenen Lippen. Zustimmung war das letzte, was er erwartet oder gewollt hatte.

»Und ihr habt nichts dagegen, daß Professor Yapp daran arbeitet?«

Eine Sekunde lang glaubte Lord Petrefact ein winziges Zögern zu bemerken, als der Richter seine Hoffnungen auch schon enttäuschte. »Wie ich höre, ist er so eine Art Radikaler«, sagte er, »aber ich bin ziemlich sicher, daß sein Gebell schlimmer ist als sein Biß.«

Lord Petrefact neigte dazu, ihm recht zu geben. Wenn Yapps Anwesenheit in Buscott nicht mehr bewirkt hatte als diese bizarre Freundlichkeit seitens der Familie, dann hatte er überhaupt nicht gebissen. »Und ihr seid alle damit einverstanden, daß er uneingeschränkten Zugang zur Familienkorrespondenz erhält?«

»Ich wüßte nicht, wie er das Buch ohne diese Informationen anständig schreiben könnte«, meinte Randle. »Und ich bin überzeugt, daß es sich auch gut verkaufen wird. Unser Osbert hat mich gerade an die Geschichte erinnert, wie Onkel Oswald den japanischen Vertrag für das Schwimmdock an Land gezogen hat. Offenbar hat er Tante Georgette überredet, eines Abends auf dem Rückweg vom Klo in das Zimmer des zuständigen Schlitzauges zu schlüpfen und...«

Lord Petrefact hörte sich die Geschichte mit zunehmender Besorgnis an. Wenn Randle bereit war, solches Zeug veröffentlichen zu lassen, dann war er zu allem bereit. Wieder flackerte bei Lord Petrefact der dunkle Verdacht auf, daß man ihn hinterging. Und um die Probe aufs Exempel zu machen, zog er aus dem Sumpf des Familienklatsches das übelste Gewächs, das er finden konnte. »Was ist mit Simeon Petrefacts Vorliebe für Ziegen?« fragte er.

»Wie ich gehört habe, mochte er sie am liebsten tot«, sagte Osbert. »Frisch geschlachtet und noch warm.«

Lord Petrefact starrte ihn an. An seinen mageren Händen, die die Lehne des Rollstuhls umklammerten, traten die Knöchel weiß hervor. Irgend etwas war total schiefgelaufen. Oder sie versuchten nur, ihn bei Laune zu halten, weil sie hofften, daß er die Veröffentlichung von Yapps skurriler Geschichte gar nicht mehr erleben würde. Aber diese Hoffnung konnten sie begraben. »Nachdem ihr ja nun alle eure Zustimmung gegeben habt, wäre es vielleicht das beste, einen neuen

Vertrag mit Professor Yapp zu schließen, einen Familienvertrag, den ihr alle unterschreibt und in dem ihr ihm vorbehaltlosen Zugang zu allen Dokumenten und Informationen zusichert, die er benötigt.«

Wieder rechnete er mit Widerspruch, aber der Richter versprühte noch immer Jovialität, und die anderen wirkten ebenso ungerührt wie zuvor.

»Also, Purbeck, wie lautet deine Antwort?« fragte er brüsk mitten in dieses irritierende Lächeln hinein. Aber diesmal war es eine andere Stimme, die ihm antwortete.

»Ich kann mir kaum vorstellen, daß Professor Yapp noch sehr viel Gelegenheit haben wird, seine Nachforschungen über die Familie fortzusetzen, mein lieber Ronald.«

Wütend riß Lord Petrefact den Kopf herum. Unter der Tür stand Emmelia und lächelte. Aber im Gegensatz zum jovialen Lächeln der anderen spiegelte sich in dem ihren Triumph und boshafte Schadenfreude.

»Was zum Teufel soll das heißen?« fragte er, so drohend ihm das in seiner verqueren Stellung möglich war. Emmelia schwieg. Wie sie so dastand und lächelte, strahlte sie eine Gelassenheit aus, die in gewisser Weise noch besorgniserregender war als der Empfang der Familie.

»Beantworte meine Frage, verflucht noch mal«, schrie Lord Petrefact. Und da er seinen Kopf nicht länger in der verrenkten Stellung halten konnte, wandte er sich wieder dem Richter zu. Purbecks Gesichtsausdruck war wenig aufschlußreich. Er sah Emmelia ebenso verblüfft an wie zuvor Lord Petrefact. Und die anderen ebenfalls.

Schließlich wiederholte der Brigadegeneral seine Frage. »Äh... also, ich meine... was soll das heißen?«

Aber Emmelia ließ sich nicht aus der Fassung bringen. Sie ging zur Klingel hinüber und läutete. »Jetzt wollen wir uns erst mal alle hinsetzen, und ich sage Annie, daß sie uns Tee bringen soll«, meinte sie, während sie Platz nahm wie jemand, der ein belangloses gesellschaftliches Beisammensein arrangiert hat. »Wie nett von dir, daß du gekommen bist, Ronald. Ohne dich wären wir ziemlich hilflos gewesen. Ah, Annie, Sie können den Tee heute hier servieren. Es sei denn...«, sie machte eine vielsagende Pause und wandte sich dann an Lord Petrefact, »es sei denn, du hättest gern etwas Stärkeres.«

»Weshalb denn, zum Teufel? Du weißt verdammt gut, daß die Ärzte mir verboten haben...«

»Dann einfach nur Tee, Annie«, unterbrach ihn Emmelia und lehnte sich in ihrem Sessel zurück. »Man neigt fast dazu, deine

Leiden zu vergessen, mein lieber Ronald. Für einen Achtzigjährigen siehst du wirklich großartig jugendlich aus.«

»Ich bin noch keine verdammten ...«, begann er, bevor er merkte, daß das nur ein Köder gewesen war. »Kümmere du dich nicht um mein Alter, sondern sag mir lieber, warum du dir verdammt noch mal einbildest, Professor Yapp würde die Familiengeschichte nicht schreiben.«

»Weil er, mein lieber Ronald«, sagte Emmelia, die die Spannung sichtlich genoß, »allem Anschein nach ... nun, wie soll ich es ausdrükken? ... Sagen wir einfach, daß er mehr Zeit zur Verfügung hat, als ihm ...«

»Zeit zur Verfügung? Was zum Teufel soll dieses Gefasel? Natürlich hat er Zeit zur Verfügung. Sonst hätte ich ihn wohl kaum engagiert.«

»Nicht ganz die Zeit, die du dir vorstellst. Ich glaube, man könnte auch sagen, er brummt.«

Lord Petrefact stierte sie verständnislos an. »Brummt?«

»Brummt. Wenn ich recht informiert bin, so ist das der volkstümliche Ausdruck für ›eine Gefängnisstrafe absitzen‹. Purbeck, du mußt das doch wissen.«

Der Richter nickte ausdruckslos.

»Du meinst also, daß dieser verdammte Yapp ...«, begann Randle, aber Emmelia hob die Hand.

»Professor Yapp ist verhaftet worden«, sagte sie und glättete ihren Rock in der düsteren Gewißheit, daß sie Lord Petrefacts Blutdruck in den kritischen Bereich hinaufdrückte.

»Verhaftet?« gurgelte er. »Verhaftet? Mein Gott, dann habt ihr ihn also aus dem Rennen gezogen.«

Emmelias Lächeln war verschwunden. »Wegen Mord«, zischte sie, »und außerdem weißt du ganz genau, daß ich mich nicht bei Pferderennen herumtreibe und ...«

»Ist doch scheißegal, wo du dich herumtreibst«, brüllte Lord Petrefact. »Wen zum Teufel soll er denn ermordet haben?«

»Einen Zwerg. Einen armen, kleinen Zwerg, der niemandem etwas zuleide getan hat«, sagte Emmelia, zog ein Taschentuch aus dem Ärmel und verlieh ihren Worten sentimentalen Nachdruck, indem sie sich die Augen abtupfte.

Lord Petrefact war zu perplex, um das überhaupt zu bemerken. In Gedanken war er zu jenem schrecklichen Abend in Fawcett zurückgekehrt, an dem Yapp dieses auffallende Interesse an verkrüppelten Dingen und besonders an Zwergen an den Tag gelegt hatte. Wie hatte der Schweinehund sie doch gleich genannt? Perks? Irgend so was. Und jetzt war dieser Irre hingegangen und hatte einen ermordet. Lord Petrefact zweifelte nicht eine Sekunde daran. Schließlich hatte er das Schwein ja genau deshalb nach Buscott geschickt, weil er das Talent besaß, auf Schritt und Tritt Verwüstungen anzurichten. Aber Zwerge kaputtzumachen war denn doch etwas anderes. Das würde einen Prozeß bedeuten, bei dem Yapp in den Zeugenstand treten müßte und sagen würde... Bei diesem Gedanken schauderte Lord Petrefact. Der Familie mit unerwünschter Publicity zu drohen war eine Sache, aber es war etwas ganz anderes, wenn man persönlich dafür verantwortlich gemacht wurde, einen Zwergenkiller angeheuert zu haben... Gewaltsam drängte er diesen Gedanken zurück und schaute zu Emmelia hinüber, aber ihr Blick verriet ihm, daß von dieser Seite keinerlei Trost zu erwarten war. Jetzt plötzlich paßte auch alles zusammen. Kein Wunder, daß sich die ganze Familie so über sein Kommen gefreut hatte und so bereitwillig in Sachen Familiengeschichte kooperieren wollte. Als Lord Petrefact aus seinen schrecklichen Gedankengängen wiederauftauchte, wandte er sich den anderen zu.

»Das hätte ich mir denken können«, brüllte er heiser. »Von allen verfluchten Erzschweinen seid ihr die allerschlimmsten! Nein, glaubt bloß nicht, daß ich schon fertig bin. Ich bin...«

»Ich wünschte, du wärest es«, fuhr Emmelia scharf dazwischen. »Es ist einfach ermüdend, sich dein Geschimpfe anzuhören, zumal du die Schuld einzig und allein bei dir selbst suchen mußt. Du hast uns diesen ungeheuerlichen Menschen auf den Hals gehetzt, ohne dich vorher mit mir abzusprechen. Purbeck hast du auch nicht gefragt. Ebensowenig Randle und...«

Jetzt schnitt Lord Petrefact ihr das Wort ab. »Croxley, zurück zum Wagen. Ich bleibe keine Minute länger in diesem Haus.«

»Und was wird aus deinem Tee, mein lieber Ronald?« fragte Emmelia zuckersüß. »Es kommt so selten vor, daß die ganze Familie versammelt ist, und...«

Doch Lord Petrefact war schon draußen. Die Räder seines Rollstuhls knirschten auf dem Kies, und schweigend saß die Familie da, bis der Leichenwagen davonfuhr.

»Stimmt das denn, Emmelia?« fragte der Richter.

»Aber natürlich«, entgegnete sie und zog die *Bushampton Gazette* aus der Handtasche. Bis alle den Bericht gelesen hatten, brachte Annie auch den Tee.

»Also, ich muß schon sagen, daß das eine gnädige Wendung des

Schicksals ist«, meinte der Brigadegeneral mit einem tiefen Seufzer. »Damit wäre Ronald also gestoppt. Ich verwette meinen guten Ruf darauf, daß er keine Ahnung hat, was in der Mühle vorgeht. Seit er damals erfahren hat, daß Tante Mildred ihn in ihrem Testament übergangen hat, habe ich ihn noch nie so außer sich gesehen.«

»Ich neige dazu, dir recht zu geben«, meinte der Richter. »Aber Ronald ist nicht der einzige, an den wir jetzt denken müssen. Entscheidend ist doch, ob dieser Mörder Yapp etwas über die Mühle weiß. Sollte er die Sache vor Gericht zur Sprache bringen ...«

»Ich wage doch anzunehmen, daß du deinen Einfluß dahingehend geltend machen wirst, daß er das nicht tut«, sagte Emmelia.

»Ja ... schon ...«, murmelte der Richter. »Natürlich wird man tun, was man kann.« Er hob die Tasse hoch und nippte nachdenklich an seinem Tee. »Nichtsdestoweniger wäre es nützlich zu wissen, ob er die Mühle in seiner Aussage irgendwie erwähnt hat. Vielleicht ließe sich das ja irgendwie feststellen.«

Während Yapp an jenem Abend – dem ersten von vielen – in seiner Zelle lag und krampfhaft versuchte, hinter all diesem Horror und Chaos einen logischen Grund für sein Hiersein zu erkennen, sich dieses aber nur mit einer unglaublichen Verschwörung erklären konnte, versammelten sich die Petrefacts im New House um den riesigen Eßtisch und setzten eben jenen Prozeß in Gang, der seine Theorie rechtfertigen sollte.

»Ich hätte gedacht, es müßte dir ein leichtes sein festzustellen, ob dieser Yapp in seiner Aussage etwas von den Vorgängen in der Mühle erwähnt hat«, sagte der Richter zu Emmelia.

Aber diesmal zeigte Emmelia ausnahmsweise keinerlei Interesse an den Sorgen der Familie. »Du kannst ja Frederick fragen. Um diese Zeit ist er mit Sicherheit im Arbeiterclub. Was mich betrifft, ich gehe jetzt zu Bett.«

»Wahrscheinlich hat sie einen schlimmen Schock weg«, meinte der Brigadegeneral, nachdem sie das Zimmer verlassen hatte. In gewisser Weise hatte er recht. Der Schock, entdecken zu müssen, daß die Familie, über die sie so lange ihre schützende Hand gehalten hatte, sie kaltblütig im Stich ließ und im Grunde nichts weiter war als ein Haufen erbärmlicher Feiglinge, hatte Emmelias Einstellung grundlegend verändert. Sie lag im Bett, horchte auf das von unten heraufdringende Stimmengemurmel und verspürte zum erstenmal in ihrem Leben eine gewisse Sympathie für Ronald. Sympathie war übertrieben, denn eigentlich war es eher die gemeinsame Verachtung für die restliche Familie; aber sie reichte aus, um als Zünglein an ihrer geistigen

Waagschale den Ausschlag zu geben. Sollten die doch selbst mit dem Problem fertig werden! Sie hatte ihren Part gespielt, und von jetzt an würden die anderen eben den ihren spielen müssen.

Und vorübergehend taten sie das auch. Gegen elf Uhr traf Frederick mit der tröstlichen Nachricht ein, daß Yapps Aussage, wie ihm Sergeant Richey anvertraut hatte, dessen Frau für Plastikunterwäsche zuständig war, keinen anderen Hinweis auf die Fabrik enthielt als den, daß die Arbeiter dort ihren zweifellos kargen Lohn im Schweiße ihres Angesichts verdienen müßten.

»Und du glaubst nicht, daß das ein unterschwelliger Hinweis auf diese mit Sämischleder gefütterten Höschen ist?« fragte Mrs. Van der Fleet-Petrefact, die insgeheim ein Faible für diese Dinger entwickelt hatte. »In denen schwitzt man doch auch ziemlich stark...«

»Oder vielleicht auf den Thermalvibrator?« schlug ihr Mann vor.

Der Richter betrachtete Frederick mit unverhohlenem Abscheu. »Also?« fragte er, während er überlegte, ob er vielleicht gar eine Happy Susi trug.

»Ich glaube nicht«, sagte Frederick. »Immerhin ist sein Rechtsanwalt bei ihm gewesen und hätte sicher etwas gesagt, wenn Yapp Bescheid gewußt hätte.«

»Stimmt«, sagte der Richter. »Und wie heißt dieser Rechtsanwalt?«

»Rubicond, glaube ich, aber ich begreife nicht, was das mit der Sache zu tun hat.«

»Kümmere dich nicht um Dinge, die du nicht begreifst. Die Juristen sind eine Brüderschaft, und da genügt schon ein Wort...« Nachdenklich nippte der Richter an seinem Portwein. »Also, wir müssen einfach auf das Beste hoffen und die Gerechtigkeit ihren Lauf nehmen lassen.«

Und die »Gerechtigkeit« nahm ihren Lauf. Am Montag wurde Yapp dem als Gerichtspräsident verkleideten Osbert Petrefact vorgeführt und zwei Minuten später wieder in seine Zelle zurückgeschickt. Am Dienstag verlieh Richter Petrefact anläßlich eines Urteils, das er über einen Pedell verhängte, weil dieser zwei Teenager unflätig beschimpft hatte (was gar nicht stimmte), seiner dezidierten Meinung Ausdruck, daß Gewaltakte gegen Untergebene und kleine Personen wie etwa Zwerge radikal unterbunden werden mußten, wenn Recht und Gesetz nicht völlig zusammenbrechen sollten. Der Pedell bekam zehn Jahre.

Am schärfsten, anonym freilich, wurde Yapp von Lord Petrefacts Zeitungen verurteilt. Jede erschien mit einem Leitartikel, in dem darauf hingewiesen wurde, daß Zwerge eine gefährdete Spezies seien, eine Minderheit, deren Interessen nicht ausreichend berücksichtigt wurden. Die renommierteste Zeitung, *The Warden*, schrieb sogar, daß Personen restringierter Größe von seiten einer angeblich sozial eingestellten und fortschrittlichen Gesellschaft etwas Besseres verdienten, als als normale Männer und Frauen behandelt zu werden, und daß man ihnen deshalb kürzere Arbeitszeiten und Behindertenrente zugestehen sollte. Innerhalb von drei Tagen wurde sogar der Premierminister zum Thema Menschenrechte für Zwerge und EG-Bestimmungen hinsichtlich der Einteilung von Individuen nach Größenkriterien befragt. Und ein völlig unbekannter Liberaler hatte mit der Einbringung eines Gesetzentwurfs gedroht, der die größenproportionale Unterbringung im öffentlichen Verkehrswesen und im gesamten Unterhaltungsbereich gewährleisten sollte.

Mit einem Wort: Man hatte der Öffentlichkeit derart massiv suggeriert, daß Willy Coppett von Professor Yapp ermordet worden war, daß es spontan zu einem in voller Länge vom Fernsehen übertragenen Protestmarsch von Zwergen kam, die Schutzmaßnahmen gegen Übergriffe durch Personen exzessiver Größe forderten, ihre Glaubwürdigkeit jedoch weitgehend dadurch einbüßten, daß sie ein Polizeikontingent in die Flucht schlugen, das abkommandiert worden war, um einen Zusammenstoß zwischen den marschierenden Zwergen und einem militanten Frauentrupp, der mit der Forderung »Abtreibung für Zwerge« auf die Straße ging, zu verhindern. In dem darauffolgenden Handgemenge erlitten mehrere Frauen Fehlgeburten, und ein halbwüchsiger Zwerg, der sich unter dem Rock einer hochschwangeren Frau verfangen hatte, wurde als vermeintliche Frühgeburt mit Blaulicht ins Krankenhaus gebracht.

Aber das war noch nicht alles. Hinter den Kulissen wurden allerhand zwielichtige Drähte gezogen, um Walden Yapp in Mißkredit zu bringen und dafür zu sorgen, daß sein Prozeß so kurz wie möglich, seine Verurteilung gewiß und seine Haftstrafe lang sein würde und daß er in seiner Aussage die Familie Petrefact mit keinem Wort erwähnte. Mit Hilfe jener offenbar telepathischen Einflußnahme, die das gesamte englische Rechtswesen durchzieht, konnte Purbeck Petrefact Kronanwalt Sir Creighton Hore fernsteuern, der wiederum von Mr. Rubicond entsprechend präpariert war. Ehrenwerterweise wies der berühmte Anwalt das Angebot eines Richteramtes zurück, aber er verstand den Wink. Er war ohnehin bereits zu dem Schluß gelangt, daß es ein Akt juristischer Idiotie wäre zuzulassen, daß Yapp einem Kreuzverhör unterzogen würde.

»Der Mann ist eindeutig total verrückt, und wir können uns ohne

Schwierigkeiten auf den Fall ›Regina gegen Thorpe und andere‹ als Präzedenzfall berufen.«

»Könnten wir nicht einfach auf ›geisteskrank‹ plädieren?« fragte Mr. Rubicond.

»Wir könnten, aber unglücklicherweise übernimmt Broadmoor den Fall, und der wird sich mit keinem Beweis zufriedengeben, der hinter den McNaghten-Richtlinien zurückbleibt.«

»Aber die sind doch schon seit Jahren außer Kraft.«

»Mir brauchen Sie das nicht zu sagen, mein Lieber. Unglücklicherweise hat Lord Broadmoor aus unbekannten Gründen – und man kann nur annehmen, daß es sich in erster Linie um persönliche handelt – es noch nie akzeptiert, wenn sich jemand ›schuldig, aber geisteskrank‹ bekannte. Wir können von Glück sagen, wenn unser Klient mit Lebenslänglich davonkommt.«

»Es ist recht ungewöhnlich, daß man ausgerechnet Broadmoor diesen Fall übertragen hat«, meinte Mr. Rubicond naiv. Sir Creighton Hore behielt sein Wissen für sich.

Doch die Auswirkungen gewisser Einflüsse reichten noch weiter. Nicht einmal an der Universität Kloone, wo Yapp einst so beliebt gewesen war, erweckte seine mißliche Lage sonderliches Mitgefühl. Auch das letzte Restchen Sympathie wurde durch eine erstaunlich großzügige Schenkung der Petrefact-Stiftung im Keim erstickt, mit der zwei neue Professoren bezahlt und das William-Coppett-Heim für Mikropersonen ins Leben gerufen wurde. Nur zwei ehemalige Kollegen unternahmen den halbherzigen Versuch, Yapp zu besuchen, doch der war zu niedergeschlagen, um irgendeinen Menschen aus jener Welt, die ihn so schmählich hatte fallenlassen, sehen zu wollen.

Außerdem war er drauf und dran, den Verlockungen eines neuen Dogmas zu erliegen: dem des Märtyrertums. Schon allein mit dem Wort verband man etwas Ehrenhaftes; aber vor allem schützte es ihn vor der erschreckenden Vorstellung, lediglich einem Irrtum zum Opfer gefallen zu sein. Alles lieber als das, denn wenn er sich erst gestattete, sich von der dem Zufall unterworfenen, chaotischen Natur des Daseins verführen zu lassen, würde er die über Jahre hinweg so sorgfältig gepäppelte Gewißheit einbüßen, daß die Geschichte ein Ziel verfolgte und daß das Glück der Menschheit letztlich sichergestellt war. Sobald er sich zum Gegenteil bekannte, lief er wirklich Gefahr, Mr. Rubiconds Ratschlag wörtlich zu nehmen und verrückt zu werden. Um diesem Schicksal zu entgehen, redete er sich beständig ein, daß man ihn in eine Falle gelockt habe. Dementsprechend sah dann auch seine Argumentation aus.

»Aber ich will ins Kreuzverhör genommen werden«, protestierte er, als ihm der Anwalt erklärte, daß man ihn nicht in den Zeugenstand rufen würde. »Nur so habe ich die Chance, die Wahrheit zu sagen.«

»Und unterscheidet sich die Wahrheit in irgendeiner Weise von der Aussage, die Sie gegenüber der Polizei gemacht und unterschrieben haben?« fragte Mr. Rubicond.

»Nein«, erwiderte Yapp.

»Wenn das so ist, dann wird sie den Richtern und Geschworenen vorgelegt, und Sie ersparen es sich, die ganze Sache nur noch schlimmer zu machen. Wenn Sie natürlich wild entschlossen sind, sich vierzig Jahre anstelle einer rein nominellen lebenslänglichen Haftstrafe einzuhandeln, kann ich Sie nicht daran hindern. Lord Broadmoor wartet nur auf die Gelegenheit, die längste Haftstrafe in der Geschichte dieses Landes zu verhängen. Und ich bin fest davon überzeugt, daß er sie beim Schopf ergreifen wird, wenn Sie als Zeuge auftreten. Sind Sie ganz sicher, daß Sie sich nicht lieber schuldig bekennen und das Ganze schnell hinter sich bringen wollen?«

Aber Yapp beharrte auf seiner Unschuld und der Gewißheit, daß er einer Verschwörung dieser kapitalistischen Petrefacts zum Opfer gefallen war.

»Auf alle Fälle haben Sie die Möglichkeit, ein paar Worte zu sagen, sobald die Geschworenen mit ihrer Entscheidung zurückkehren«, sagte Mr. Rubicond trübsinnig. »Aber wenn Sie meinen Rat befolgen wollen, dann schweigen Sie lieber. Lord Broadmoor reagiert wütend auf Mißachtung des Gerichts und bringt es ohne weiteres fertig, Ihnen noch ein paar Jahre zusätzlich aufzubrummen.«

»Die Geschichte wird mich reinwaschen«, sagte Yapp.

»Das ist mehr, als man von den Geschworenen behaupten kann. Mrs. Coppett wird einen denkbar gräßlichen Eindruck auf sie machen. Soweit ich in Erfahrung bringen konnte, hat sie bereits gestanden, daß sie Ehebruch begangen hat.«

»Ehebruch? Mit mir? Aber das ist unmöglich. Es ist absolut unwahr, und abgesehen davon bezweifle ich sehr, daß sie die Bedeutung dieses Wortes überhaupt kennt.«

»Aber die Geschworenen kennen sie«, sagte Mr. Rubicond. »Und dieses verstümmelte Korsett wird unserem Fall auch nicht sonderlich guttun. Broadmoor wird die Geschworenen garantiert darauf hinweisen. Nicht, daß das nötig wäre. Derartige Abscheulichkeiten sprechen für sich selbst.«

Niedergeschmettert hüllte Yapp sich in Schweigen. Mit der ihm eigenen Gutherzigkeit verglich er sein Schicksal mit dem der armen

Rosie und gelangte zu dem Schluß, daß er nur unwesentlich schlechter dran sei.

»Ohne ihren Willy, um den sie sich kümmern kann, ist sie mit ihrer Weisheit sicher am Ende«, sagte er schließlich.

»Kommt drauf an, wo die anfängt«, meinte Mr. Rubicond, dem es nach wie vor unbegreiflich war, daß ein Mann mit Yapps Bildung und Ansehen an der geistig minderbemittelten Frau eines Zwerges irgend etwas auch nur im mindesten Reizvolles finden konnte. Dies war für ihn das stärkste Indiz für die Annahme, daß sein Klient beides war: schuldig und geisteskrank. »Jedenfalls hat sie meines Wissens Unterschlupf bei Miss Petrefact gefunden. Dort ist sie in guten Händen, falls das ein Trost für Sie ist.«

War es nicht. Als Yapp jetzt in seine Zelle zurückkehrte, war er erst recht davon überzeugt, daß er in eine Falle getappt war. Zwei Tage später schickte er Mr. Rubicond und Sir Creighton Hore weg und erklärte, daß er die Absicht habe, seine Verteidigung selbst zu übernehmen.

24

Obwohl alle und alles auf Yapps Untergang hinzuwirken schienen, gab es doch eine Person, die zunehmend von seiner Unschuld überzeugt war. Seit jenem Tag, an dem Rosie Coppett aus der Rabbitry Road ausgezogen war und ihre Freistilringer und einen Großteil von Willys Kätzchen und Häschen an die schrägen Wände ihres Mansardenschlafzimmers im New House gepinnt hatte, hatte Emmelia sie fast täglich über die Ereignisse vor und nach Willys Tod befragt. Und jedesmal wurde Emmelia, die bei einer dieser Gelegenheiten Rosies Kakao mit Whisky versetzt hatte, aufs neue in ihrer Überzeugung bestärkt, daß, wer immer auch Willy getötet haben mochte, Yapp nicht der Mörder war.

Zu dieser Erkenntnis war sie aus zweierlei Gründen gelangt: Zum einen war sie jetzt, nachdem sie das Mäntelchen ihrer eigenen Unschuld abgeschüttelt hatte, eher in der Lage, die Unschuld anderer zu erkennen; zum anderen wies all das an Rosies Erzählung, was die Polizei zu der Überzeugung veranlaßt hatte, daß Yapp schuldig war, ihrer Ansicht nach genau in die entgegengesetzte Richtung. Daß Yapp ihr in ihrem eigenen Blumengarten einen leidenschaftlichen Vortrag über ihre Schandtaten als ausbeuterische Arbeitgeberin gehalten hatte, während Willys Leiche im Kofferraum des alten Vauxhall verweste, sprach für geisteskranke Tollkühnheit oder für absolute Unschuld. Und auch nur ein Vollidiot wäre zur Witwe eines Zwerges, den er soeben ermordet hatte, mit dem Blut seines Opfers auf Hemd und Händen zurückgekehrt. Obwohl Emmelia aufgrund der kurzen Begegnung bereitwillig zugegeben hätte, daß Yapp sehr wohl ein Vollidiot war, hatte er auf sie nicht den Eindruck gemacht, als sei er wirklich schwachsinnig.

Dazu kam, daß Rosie trotz detaillierter Anweisungen seitens der Polizei hartnäckig darauf beharrte, daß Yapp nie mit ihr im Bett gewesen war.

»Nein, Mum, als ich ihm Extras anbot, lehnte er sie ab«, sagte sie. Emmelia hatte eine Weile gebraucht, bis sie herausfand, was Extras waren. Nachdem sie dahintergekommen war, woher Rosie diesen Ausdruck hatte, rief sie die Eheberatungsstelle an und ließ sich in aller Deutlichkeit und Schärfe darüber aus, was für fatale Folgen es haben konnte, wenn man die Leute zu außerehelichem Sex animierte, wie man es dort nannte, oder schlichtweg zu Ehebruch. Und so ähnlich verhielt es sich mit allen Einzelheiten von Rosies Bericht. Yapp hatte sich trotz seiner niederen Herkunft und seiner sozialistischen Ansichten wie ein Gentleman benommen – mit Ausnahme dessen, daß er eines Nachts loszog und Rosies Mann erschlug. Im Laufe ihres Lebens hatte Emmelia eine ganze Reihe sogenannter Gentlemen kennengelernt, die nicht gezögert hätten, einen Zwerg zu erschlagen, aber Yapp gehörte einfach nicht in diese Kategorie. Dieser Mann war ein dogmatischer Mensch, aber ein Mörder war er nicht. Nachdem Emmelia erst einmal zu diesem Schluß gelangt war, hielt sie auch daran fest.

Rosie hielt an der entgegengesetzten Ansicht fest. Sie verlieh ihrem Leben – dessen sie sich seit Willys Tod doppelt beraubt fühlte – einen Zauber, den sie bisher nur aus ihren Heftchenromanen kannte, und außerdem behagte sie den Polizisten und Anwälten, die ihre Zeugenaussage mit ihr durchprobten. Als der Verhandlungstag nahte, war sie so gut programmiert, daß sie ihnen zuliebe notfalls sogar geschworen hätte, Willy selbst getötet zu haben. Als Inspektor Garnet eintraf, um sie ins Gericht nach Briskerton zu bringen, mußte er zu seinem Entsetzen feststellen, daß sie sich voll in Schale geworfen hatte.

»Das ist ja zum Steinerweichen«, sagte er und schirmte seine Augen mit der Hand gegen ein kirschrotes Kleid, pinkfarbene Schuhe und eine Federboa ab, die Rosie von ihrer Mutter und diese wiederum von ihrer Großmutter geerbt hatte. »Sie kann unmöglich so zur Verhandlung gehen. Das würde Lord Broadmoor derart aus der Fassung bringen, daß er sie wegen aufreizenden Benehmens einlochen würde.«

»Wir können ihr ja etwas Passenderes besorgen«, meinte die Polizistin, die ihn begleitete.

»Ich möchte bloß wissen, wo.«

»Unten in der Crag Street gibt es eine feministische Leichenbestatterin, bei der ein paar kräftige Sargträgerinnen arbeiten.«

Und so wurde Rosie zu diesem Beerdigungsinstitut gefahren und mit Trauerkleidung ausstaffiert. Sie verließ diesen Ort mit allen Attributen einer aufgewühlten Witwe, zumal sie sich auch noch inmitten von Särgen hatte umkleiden müssen, die sie zutiefst erschüttert hatten.

»Willy war einfach so winzig«, schluchzte sie, als man sie ins Zeugenzimmer führte.

Währenddessen verfolgte Emmelia im Gerichtssaal den Fortgang der

Verhandlung. Guten Gewissens als solche bezeichnen konnte man sie freilich nicht; dafür sorgte schon Lord Broadmoor. Verantwortlich für das Verhalten des Richters war zum Teil Yapps Erklärung, daß er beabsichtige, seine Verteidigung selbst zu übernehmen.

»Was beabsichtigen Sie?« fragte er, nachdem Yapp seinen Entschluß kundgetan hatte.

»Meine Verteidigung selbst zu übernehmen«, sagte Yapp. Lord Broadmoor betrachtete ihn aus zusammengekniffenen Augen.

»Wollen Sie damit vielleicht zufällig unterstellen, daß der Berufsstand der Juristen nicht in der Lage ist, Ihnen die absolut besten Dienste anzubieten, die ein Mann in Ihrer Situation verlangen kann?«

»Nein. Meine Entscheidung hat andere Gründe.«

»So, hat sie das? Und meine Entscheidung, daß Sie für die Dauer dieses Prozesses mit Handschellen an einen Wärter gefesselt werden, hat einzig und allein den Grund, daß ich nicht die Absicht habe, einen Mörder aus diesem Gefängnissaal entfliehen zu lassen. Wärter, fesseln Sie den Mann.«

Während Yapp die Unterstellung, daß er ein Mörder sei, erbittert bestritt, wurde er mit Handschellen an den neben ihm sitzenden Wärter gefesselt.

»Sie haben nicht das Recht, mich einen Mörder zu nennen!« schrie er.

»Das habe ich auch nicht«, entgegnete Lord Broadmoor. »Ich habe lediglich gesagt, da ich nicht die Absicht habe zuzulassen, daß ein Mörder aus diesem Gerichtssaal entflieht. Wenn Sie sich selbst als Mörder bezeichnen wollen, kann ich Sie nicht daran hindern; angesichts Ihrer Situation bezweifle ich auch, ob ich das tun würde. Und jetzt bitte ich die Anklage, ihren Fall vorzutragen.«

Emmelia saß auf der Zuschauergalerie in der dritten Reihe, hörte aber kaum zu. Sie konzentrierte sich ganz auf die blasse Gestalt auf der Anklagebank und betrachtete sie mit den Augen einer Frau, die sich, bis vor kurzem, zeitlebens in einem guten Gewissen und in dem unerschütterlichen Glauben, ein guter Mensch zu sein, gewiegt hatte. Jetzt, wo sie viel eher sie selbst war, erkannte sie in Yapps Gesicht ihre eigenen früheren Symptome. Natürlich waren sie abgeschwächt, weil ihm ihr ungeheurer Reichtum und das Wissen, nie arm und schutzlos dazustehen, fehlte, aber sein Trotz und die hartnäckige Weigerung, ein unverdientes Schicksal zu akzeptieren, entsprang tiefer Überzeugung. Die Arroganz, die Yapp auf der Anklagebank an den Tag legte, besiegelte in ihren Augen seine Unschuld.

Auf Lord Broadmoor hatte sie genau die gegenteilige Wirkung. Im

Verlauf der Verhandlung trat sein Abscheu vor dem Angeklagten immer deutlicher zutage, und als Yapp die Anklagebank verlassen wollte, um Dr. Dramble, den Gerichtsmediziner, zu verhören, nachdem dieser über die Willy Coppett zugefügten Verletzungen ausgesagt hatte, intervenierte der Richter: »Wo wollen Sie denn hingehen?«

»Ich habe ein Recht, diesen Zeugen ins Kreuzverhör zu nehmen«, sagte Yapp.

»Das haben Sie«, sagte der Richter, »das haben Sie in der Tat. Niemand bezweifelt, daß Sie das haben. Ich schon gar nicht. Aber das war nicht die Frage, die ich Ihnen gestellt habe. Ich habe Sie gefragt: ›Wo wollen Sie denn hingehen?‹ Und ich wiederhole sie hiermit.«

»Ich will hinübergehen, um diesen Zeugen zu befragen«, sagte Yapp.

Lord Broadmoor setzte seine Brille ab und polierte sie hingebungsvoll. »Ich möchte doch Zweifel hinsichtlich Ihrer Verwendung des Wortes ›gehen‹ anmelden«, sagte er schließlich. »Vorläufig gehen Sie nirgendwohin. Wenn Sie darauf bestehen, diesem Spezialisten Fragen zu stellen, dann werden Sie dies von der Anklagebank aus tun. Ich werde nicht dulden, daß unschuldige Gefängniswärter, nur weil es Ihnen Spaß macht, an Handschellen durch den Gerichtssaal geschleift werden. Sie haben schon genug Ärger gemacht.«

Und so ging die Verhandlung weiter. Yapp schrie seine Fragen von der Anklagebank aus, worauf Lord Broadmoor ihn zurechtwies, er solle keinen solchen Lärm machen und gefälligst nicht versuchen, den Zeugen einzuschüchtern. Und während der ganzen Zeit saß Emmelia da und wußte, daß sie in gewisser Weise für das, was da passierte, verantwortlich war. Vielleicht nicht sie persönlich, aber doch zumindest insofern, als sie zu jener Familie Petrefact gehörte, deren enormer Einfluß so massiv gegen Yapp sprach. In der Vergangenheit hatten sie ihre Zurückgezogenheit und das alberne Postulat verborgener Größe vor solchen Einsichten bewahrt. Doch ihr Spiegelbild in Cleetes Schaufenster und die Treulosigkeit der Familie hatten all dem ein Ende bereitet. Jetzt mußte sie feststellen, daß sie sich mit eben dem Mann identifizierte, den ihr Bruder losgeschickt hatte, um den Ruf der Petrefacts in den Schmutz zu ziehen. Es war alles recht merkwürdig und ausgesprochen abscheulich. Doch als sie am Ende dieses ersten Verhandlungstages den Gerichtssaal verließ, sah sie zu ihrer Freude, wie Croxley Lord Petrefact draußen recht hart über die Stufen hinunterrollen ließ.

»Mein lieber Ronald«, sagte sie mit jener herzlichen Doppelzüngigkeit, die ihr jetzt so leicht fiel, »ich habe dich gar nicht unter den Zuschauern gesehen.«

»Kein Scheißwunder, weil ich gar nicht da war«, schnaubte der alte Mann, hoffend, daß sie diese Sprache als kränkend empfinden würde. Aber Emmelia strahlte ihn unvermindert an.

»Wie dumm von mir. Du bist sicher als Zeuge geladen worden«, sagte sie, während Croxley den Rollstuhl zu dem wartenden Leichenwagen schob. »Aber weißt du, ich finde, daß Professor Yapp diesen Fall erstaunlich gut handhabt.«

Lord Petrefact produzierte Laute, die wohl bedeuten sollten, daß sich dieser Scheißprofessor Yapp seinen Fall dorthin stopfen konnte, wo sich Scheißaffen ihre Scheißnüsse hinstopften.

»Das macht viermal ›Scheiße‹«, sagte Emmelia mitfühlend. »Und das legt die Vermutung nahe, daß du wieder Probleme mit deiner Prostata hast.«

»Kümmere du dich nicht um meine Scheißprostata«, brüllte Lord Petrefact.

»Fünf«, zählte Emmelia weiter. »Weißt du, wenn du dich im Zeugenstand dieser Sprache bedienst, wirst du einen sehr schlechten Eindruck auf die Geschworenen machen.«

»Scheiß auf die Geschworenen«, sagte Lord Petrefact und ließ sich in den Leichenwagen hieven.

»Und wo wohnst du?«

»Bei Reginald Pouling.«

»Einer deiner zahmen Parlamentsbrüder. Nun ja, es muß ein großer Trost sein . . .« Aber Lord Petrefact hatte dem Fahrer einen ungeduldigen Wink gegeben, so daß der Leichenwagen mitten in Emmelias Satz losfuhr. Nachdenklich ging sie die Straße hinunter. Zumindest einen seiner Feinde hatte Yapp bestraft. Emmelia dachte über andere Zeugen nach, die ihn möglicherweise entlasten würden, doch ohne großen Erfolg. Warum eigentlich hatte Yapp sie nicht vorführen lassen? Er hatte sie samt der Leiche im Kofferraum aufgesucht, um mit ihr zu reden . . . Aber eigentlich hatte er ja gar nicht mit ihr gesprochen. Er hatte sie für ihren überarbeiteten, unterbezahlten Gärtner gehalten. Doch dieser Irrtum ließ sich schnell aus dem Weg räumen. Sie kehrte um, ging entschlossen zum Gerichtsgebäude zurück und bestand dort auf ihrem Recht, den Angeklagten zu sprechen. Da der Mann, an den sie geraten war, ein Gasableser war, dauerte es einige Zeit, bis sie erfuhr, daß sich Yapp auf der Polizeiwache in Briskerton befand.

Emmelia begab sich auf der Stelle dorthin und erklärte dem

Inspektor, sie sei in der Tat Miss Petrefact und habe neue Beweise, die den Ausgang der Verhandlung entscheidend beeinflussen könnten. Trotzdem war es gar nicht einfach, an Yapp heranzukommen.

»Er ist nicht gerade ein kooperativer Häftling«, sagte der Inspektor. Und Yapp selbst bestätigte diese Einschätzung prompt, indem er ausrichten ließ, er habe genug blutsaugende Petrefacts erlebt, um bis an sein Lebensende die Nase voll von ihnen zu haben; und da er ohnehin nicht angeklagt, sondern eher angeprangert wurde, würden ihm neue Beweise ohnehin wenig nützen, und deshalb wäre er dankbar, wenn sie sie dem Vertreter der Anklage überstellen würde.

»Dieser Mann ist ein Idiot«, sagte Emmelia und verließ die Polizeiwache. Sie war mehr denn je davon überzeugt, daß er trotzdem unschuldig war.

Die Ereignisse des folgenden Tages waren dazu angetan, sie in ihrer Überzeugung zu bestärken.

Die Anklage spielte mit Rosie ihre Trumpfkarte aus. Man hätte nicht behaupten können, daß Rosie Coppett, angetan mit Trauerkleidung von der Leichenbestatterin, einen ausschließlich sympathischen Eindruck auf Lord Broadmoor oder auf die Geschworenen machte. Während es ersterem schwerfiel zu glauben, daß eine so handfeste Frau mit einem Zwerg verheiratet sein konnte, konnten sich letztere unmöglich vorstellen, daß die Leidenschaft für eine so unelegante und erzdumme Frau für irgend jemanden, gar einen Professor, ein Mordmotiv abgeben konnte. Doch in Yapp weckten Rosies Anblick und ihre Stimme erneut jenes übermächtige Mitgefühl, das ihn, in Verbindung mit der körperlichen Anziehung, die sie auf ihn ausübte, so verletzlich gemacht hatte. Mit Lord Broadmoors Unterstützung wiederholte sich jetzt dieser ganze Prozeß, und als Yapp aufstand, um Rosie über den Ehebruch zu befragen, den zuzugeben man ihr eingetrichtert hatte, fuhr der Richter dazwischen.

»Mrs. Coppett hat durch Sie schon genug Leid erfahren, ohne daß man sie jetzt auch noch einer Inquisition über die genauen körperlichen Verrichtungen beim Ehebruch unterzieht«, sagte er. »Ich finde diese schmutzige und einschüchternde Art zu fragen äußerst beleidigend, und Sie werden freundlicherweise davon absehen.«

»Ich hege aber Zweifel daran, daß sie überhaupt weiß, was sie gesagt hat«, entgegnete Yapp.

Der Richter wandte sich an Rosie. »Wissen Sie, was Sie gesagt haben?« fragte er. Rosie nickte. »Und haben Sie mit dem Angeklagten Ehebruch begangen?«

Rosie nickte nochmals. Der nette Polizist hatte gesagt, daß es so gewesen war, und die Polizei erzählte doch keine Lügen. Ihre Mum hatte immer gesagt, sie sollte zu einem Polizisten gehen, wenn sie nicht mehr weiter wußte. Und jetzt wußte sie nicht mehr weiter. Tränen liefen ihr über die Wangen.

»In diesem Fall«, wandte sich der Richter an die Geschworenen, »können Sie davon ausgehen, daß der Akt des Ehebruchs zwischen dem Angeklagten und dieser Zeugin vollzogen wurde.«

»Wurde er nicht«, beharrte Yapp. »Sie bezichtigen Mrs. Coppett fälschlicherweise einer Handlung, die zwar nicht illegal ist, aber trotzdem ...«

»Ich bezichtige Mrs. Coppett überhaupt nicht«, schnaubte der Richter. »Sie hat offenbar gestanden – mit einer Offenheit, wie ich hinzufügen darf, die ihr sehr viel mehr Glaubwürdigkeit verleiht als Ihnen –, daß sie mit Ihnen Ehebruch begangen hat. Und nun haben Sie anscheinend die Absicht, die Moral der Zeugin zu untergraben und ihre Aussage zu erschüttern, indem Sie sich in häßliche und lüsterne sexuelle Details im Zusammenhang mit dem unmittelbaren Akt des Ehebruchs stürzen, den zu erörtern nicht Aufgabe des Gerichts ist.«

»Ich bin berechtigt, die Behauptung der Anklage, daß Ehebruch stattgefunden hat, in Frage zu stellen«, sagte Yapp.

Aber Lord Broadmoor wollte davon nichts wissen. »Sie stehen hier unter Mordanklage. Das hier ist kein Scheidungsgericht, und die Frage des Ehebruchs ist für die Anklage nicht von Bedeutung.«

»Aber sie dient doch dazu, das Motiv zu liefern. Ich soll den Mann dieser Zeugin doch eben deshalb ermordet haben, weil ich ein Verhältnis mit ihr hatte. Die Frage des Ehebruchs ist daher für meine Verteidigung essentiell.«

»Essentiell! Wahrhaftig!« röhrte Lord Broadmoor, der mit nichtjuristischen Fremdwörtern von jeher auf Kriegsfuß stand. »Ihre Verteidigung hat sich darauf zu beschränken, die Geschworenen davon zu überzeugen, daß die Anklage grundlos ist und die gegen Sie vorgebrachten Beweise nichtig sind und nicht ausreichen, um das Urteil ›schuldig‹ zu rechtfertigen. Und jetzt fahren Sie mit Ihrem Kreuzverhör fort, ohne weiter auf den Ehebruch einzugehen.«

»Aber ich glaube einfach, daß Mrs. Coppett gar nicht begreift, was dieses Wort bedeutet«, sagte Yapp.

Der Anwalt der Anklage erhob sich. »My Lord, Beweisstück H ist, wie ich meine, für diesen Punkt relevant.«

»Beweisstück H?«

Der Anwalt hob das verstümmelte Korsett hoch und wedelte damit vor den Geschworenen herum.

»Lieber Himmel, legen Sie bloß das verdammte Ding hin«, krächzte Lord Broadmoor und blickte scheeläugig zu Yapp hinüber. »Wollen Sie leugnen, daß die Zeugin diese ... äh ... dieses Kleidungsstück in Ihrer Gegenwart getragen hat, wie sie offen zugegeben hat?«

»Nein«, sagte Yapp, »aber ...«

»Kein Aber, Sir. Wir können davon ausgehen, daß der Tatbestand des Ehebruchs gegeben ist. Sie können mit Ihrem Kreuzverhör der Zeugin fortfahren, aber ich muß Sie davor warnen, weitere Frage bezüglich des zwischen Ihnen stattgehabten körperlichen Aktes zu stellen.«

Wütend blickte sich Yapp im Gerichtssaal um, ohne jedoch Trost bei den ihn anstarrenden Gesichtern zu finden. Rosie war völlig zusammengebrochen und schluchzte haltlos. Verzweifelt schüttelte Yapp den Kopf. »Keine Fragen mehr«, sagte er und setzte sich.

Da regte sich Emmelia im Zuschauerraum. Die Veränderung, die vor Cleetes Laden begonnen hatte, wirkte weiter, und wenn sie sich dort so gesehen hatte, wie sie war – als reiche, beschützte und im Grunde genommen selbstgefällige Frau –, so war das, was sie jetzt mit ansah, von Wahrheit und Gerechtigkeit so denkbar weit entfernt, daß sie sich gezwungen sah, etwas zu unternehmen. Getrieben von ihrer Petrefactschen Arroganz erhob sie sich von ihrem Sitz.

»My Lord«, schrie sie, »ich habe dem Gericht eine Mitteilung zu machen. Die Frau im Zeugenstand ist meine Angestellte, und sie hat nie im Leben Ehebruch ...«

Weiter kam sie nicht.

»Ruhe im Gericht!« donnerte Lord Broadmoor und ließ damit seinen offenbar durch das Korsett eingeschnürten Gefühlen freien Lauf. »Entfernen Sie diese Virago.«

Einen Augenblick lang war Emmelia zu schockiert, um darauf zu antworten. Noch nie hatte es jemand gewagt, so mit ihr zu reden. Als sie ihre Stimme wiedergefunden hatte, schob man sie bereits aus dem Gerichtssaal.

»Virago, wahrhaftig«, schrie sie zurück. »Ich gehe davon aus, daß Sie wissen, daß ich Miss Petrefact bin. Und dies hier ist eine Travestie der Gerechtigkeit. Ich bestehe darauf, gehört zu werden.«

Doch schon schlossen sich die Saaltüren hinter ihr.

»Rufen Sie den nächsten Zeugen«, sagte der Richter. Wenig später sagte Mr. Groce, der Wirt des *Pferdekutschers*, aus, Willy Coppett habe in seiner Gegenwart behauptet, daß der Angeklagte ein Verhältnis mit seiner Frau, Mrs. Rosie Coppett, habe. Aber Yapp hörte gar nicht zu. Er war zu sehr mit der seltsamen und ihm irgendwie bekannten Frauengestalt beschäftigt, die von der Zuschauergalerie heruntergeschrien hatte. Sie hatte behauptet, Miss Petrefact zu sein, und Yapp hatte keinen Grund, daran zu zweifeln, doch ihre Stimme ... Irgendwo hatte er diese Stimme schon mal gehört. Aber das spielte jetzt keine Rolle. Bestehen blieb die Tatsache, daß sie die Verhandlung als eine Travestie der Gerechtigkeit bezeichnet hatte. Und genau das war sie. Nur brachte die Tatsache, daß ein Mitglied der Familie Petrefact dies öffentlich im Gerichtssaal erklärte, seine ganze Theorie von einer Verschwörung gegen ihn ins Wanken. Während er sich noch mit diesem unlösbaren Problem herumschlug, war der Vertreter der Anklage mit Mr. Groces Befragung fertig.

»Hat die Verteidigung noch Fragen an diesen Zeugen?« fragte Lord Broadmoor. Yapp schüttelte den Kopf, und Mr. Groce verließ den Zeugenstand.

»Rufen Sie Mr. Parmiter.« Der Autohändler trat in den Zeugenstand und bestätigte, was Mr. Groce gesagt hatte. Auch an ihn hatte Yapp keine Fragen.

In dieser Nacht wurde Yapp in seiner Zelle von Zweifeln heimgesucht, denen er ein Leben lang ausgewichen war. Er empfand Emmelias Intervention als bedrohlicher als die Frage, ob es ihm gelingen würde, seine Unschuld in diesem Mordfall zu beweisen; denn sie stellte eben jenes soziale Dogma in Frage, auf dem seine Unschuld beruhte. Ohne eine Verschwörung nämlich gab es keinen vernünftigen Grund für seine mißliche Lage, keinen konkreten, sozialen Fortschritt und keine historische Gewalt, denen zuliebe er hier litt. Statt dessen wäre er dann das Opfer einer zufälligen und chaotischen Verknüpfung von Umständen, die zu erklären seine Möglichkeiten überstieg. Zum erstenmal in seinem Leben fühlte sich Yapp mutterseelenallein in einem bedrohlichen Universum.

So war es ein recht verhärmter Gelehrter, der am nächsten Morgen in der Anklagebank stand und Lord Broadmoors wiederholte Aussage, daß die Verteidigung jetzt das Wort habe, mit verzweifeltem Kopfschütteln beantwortete. Als die Geschworenen zwei Stunden später mit dem Urteil ›schuldig‹ zurückkehrten, wandte sich der Richter erneut an Yapp.

»Haben Sie noch etwas zu sagen, bevor das Urteil verkündet wird?«

Yapp fühlte sich schwindlig. Er versuchte, sich die Verdammung des sozialen Systems und der kapitalistischen Ausbeutung, die er so sorgfältig vorbereitet hatte, ins Gedächtnis zu rufen. Aber es ließ ihn im Stich.

»Ich habe in meinem Leben noch niemanden umgebracht, und ich weiß nicht, warum ich hier bin«, stieß er statt dessen mühsam hervor. Unter den Zuschauern war Emmelia, inkognito unter Hut und Schleier, die einzige, die ihm glaubte. Am allerwenigsten glaubte ihm Lord Broadmoor. Nachdem er eine Reihe scharfer und ganz beziehungsloser Angriffe auf die Gefahren der Weiterbildung für die arbeitende Klasse, Professoren ganz allgemein und Studentenproteste losgelassen hatte, verurteilte er Walden Yapp zu lebenslänglicher Haft und begab sich heiteren Mutes zum Lunch.

25

Während Walden Yapp ins Gefängnis gebracht wurde, um seine Strafe anzutreten, fiel das Leben in Buscott wieder in seinen Trott zurück. Zwar hatte Mr. Jipson einen zwanghaften Eifer entwickelt, seinen Traktor zu putzen und ihn sofort wieder zu verdrecken, und Willy wurde unter dem Tresen des *Pferdekutschers* gelegentlich vermißt, aber ansonsten blieb Buscott die kleine, blühende Stadt, zu der es sich entwickelt hatte, seit Frederick den schlüpfrigen Phantasien seiner Kunden auf anonymem Weg Nahrung verschaffte.

Für Emmelia allerdings hatte sich die Situation drastisch verändert. Nach ihrem unfreiwilligen Abgang aus dem Gerichtsgebäude sah sie sich schon mit dem nächsten Beweis dafür konfrontiert, daß die Welt nicht nur kein freundlicher Ort war, wie sie früher geglaubt hatte, sondern ein extrem häßlicher. Lord Petrefact ließ sich bester Laune die Treppen hinunterrollen.

»Was für ein exzellenter Ausgang«, sagte er zu Croxley. »Ich kann mich nicht erinnern, wann mir das letzte Mal etwas solchen Spaß gemacht hat. Zwei verdammte Fliegen mit einer Klappe. Yapp bekommt lebenslänglich und Emmelia einen Tritt in den Hintern. Obwohl ich mir nicht vorstellen kann, warum zum Teufel sie diese Szene gemacht hat.«

»Vielleicht, weil sie wußte, daß Yapp gar nicht fähig ist, einen Mord zu begehen«, sagte Croxley.

»Völliger Unsinn. Das Schwein hat mich mit diesem verfluchten Bad in Fawcett so gut wie umgebracht. Ich wußte von Anfang an, daß in diesem Kerl Mordgelüste schlummern.«

»Wir machen alle mal einen Fehler«, sagte Croxley, und aus seinem Gesichtsausdruck las Emmelia, daß er Yapps mißglückten Versuch mit dem Bad als einen solchen wertete.

»Der einzige Fehler, den er gemacht hat, ist der, daß er es nicht bei Emmelia versucht hat«, meinte Lord Petrefact erbittert. »Also, wenn er auf *sie* mit einem stumpfen Gegenstand und einem scharfen Messer losgegangen wäre, hätte er meine volle Sympathie.«

»Sehr wohl«, sagte Croxley und verlieh seinen Gefühlen in dieser Angelegenheit Ausdruck, indem er den Rollstuhl die letzten beiden Stufen allein hinunterholpern ließ.

»Zum Teufel mit Ihnen, Croxley«, wetterte der alte Mann. »Wann werden Sie endlich lernen, vorsichtiger zu sein.«

»Sehr wohl«, sagte Croxley und rollte ihn zum Leichenwagen. In Gedanken registrierte Emmelia, daß Croxley ein Mann mit verborgenen Talenten war, der ihr vielleicht eines Tages von Nutzen sein konnte. Aber im Augenblick machte sie sich mehr Gedanken um Yapp. Und am Abend rief sie Purbeck in seiner Wohnung in London an.

»Ich rufe dich nur sehr ungern an«, sagte sie. »Aber ich möchte, daß du dafür sorgst, daß dieser Professor Yapp in die Berufung geht.«

»Was soll ich tun?« fragte der Richter.

Emmelia wiederholte ihr Anliegen.

»Berufung? Berufung? Ich bin doch kein popeliger Rechtsanwalt, und außerdem hatte der Kerl einen fairen Prozeß und wurde aufgrund des einstimmigen Urteils der Geschworenen für schuldig befunden.«

»Trotzdem ist er unschuldig.«

»So ein Quatsch. Und ob er schuldig ist!«

»Ich sage dir, er ist unschuldig.«

»Du kannst sagen, was du willst. Das ändert nichts an der Tatsache, daß er vor dem Gesetz schuldig ist.«

»Und wir alle wissen, wie das Gesetz aussieht«, entgegnete Emmelia. »Ich weiß zufällig, daß er für einen Mord, den er nicht begangen hat, zu lebenslänglicher Haft verurteilt worden ist.«

»Meine liebe Emmelia«, sagte der Richter, »du magst ja glauben, daß man ihn zu Unrecht verurteilt hat, aber wissen kannst du es nicht. Mal vorausgesetzt, es wäre so – was ich keinen Augenblick lang glaube –, dann können nur Yapp und der wirkliche Mörder, falls es einen gibt, dies wissen. Das ist die simple Wahrheit, und es ist unmöglich, Berufung einzulegen, es sei denn, die Verteidigung kann neue Beweise vorlegen ...«

Aber Emmelia hörte ihm längst nicht mehr zu. Sie legte den Hörer auf und blieb in Dunkeln sitzen. Der Gedanke, daß es irgendwo da draußen hinter der Gartenmauer noch ein menschliches Wesen gab, das wußte, wann und warum Willy Coppett den Tod gefunden hatte, ließ ihr keine Ruhe. Bisher war es ihr weder in den Sinn gekommen, über diesen anderen nachzudenken, noch hatte sie seine Existenz so deutlich empfunden. Nie würde sie erfahren, wer dieser Mensch war. Wenn es der Polizei mit ihrem ganzen Aufgebot nicht gelungen war, ihn zu finden, dann war es absurd zu glauben, sie würde das schaffen.

Von dieser Überlegung ausgehend, wurden ihre Gedanken völlig unerwartet in einen Strudel der Ungewißheit hineingezogen, den sie in dieser Form noch nie zuvor erlebt hatte. Zum erstenmal in ihrem Leben warf sie einen Blick in die Welt jenseits der Grenzen von Reichtum und angestammten Vorrechten, in der ein Teil der Menschen ohne triftigen Grund arm und unschuldig war und der andere ebenso grundlos reich und böse. Das Puzzle ihres Gesellschaftsbildes, eine lange und wohlgeordnete Blumenrabatte, in der die großen Familien Englands die immergrünen Gewächse darstellten, zerfiel in alle Einzelteile und ergab plötzlich keinerlei Sinn mehr.

Von wilder Entschlußkraft gepackt, ging sie in den Garten hinaus. Nachdem die Welt, in der sie aufgewachsen war, zusammengebrochen war und ihre Familie sich als ein Haufen erbärmlicher Feiglinge entpuppt hatte, mußte sie sich eben selbst eine neue Welt schaffen. Sie wollte die Ehre des Namens Petrefact wiederherstellen, auch wenn das allem Anschein nach erforderte, diesen Namen erst zu entehren. Sie hatte den festen Vorsatz gefaßt, daß Professor Walden Yapp seine Gefängnisstrafe nicht absitzen würde. Sie würde den Lauf der sogenannten Gerechtigkeit umkehren, bis Yapp rehabilitiert und auf freiem Fuß war.

Währenddessen spukte unablässig die anonyme Gestalt des wahren Mörders in ihrem Kopf herum. Wenn er sich stellte... Nein, das würde er nicht tun. Leute, die Zwerge ermordeten, lieferten sich nicht freiwillig der Polizei aus, weil ihre Verbrechen einem anderen angelastet wurden. Ihre eigene Familie hatte, nur um der mit dem Besitz einer Sexartikelfabrik verbundenen negativen Publicity zu entgehen, voller Genugtuung mit angesehen, wie ein unschuldiger Mensch ins Gefängnis wanderte. Um wieviel mehr Grund zur Freude hatte dann der wirkliche Mörder. Aber ohne den... Emmelias Gedankengang wurde abrupt durch das plötzliche Auftauchen eines Dutzends Zwerge beim Goldfischteich unterbrochen. Im Zwielicht schien es Emmelia einen grausigen Augenblick lang, als seien sie lebendig. Dann fiel ihr ein, daß sie Rosie erlaubt hatte, die gesamte Gartenzier aus der Rabbitry Road hierher zu bringen und sie um den Teich aufzubauen, wo sie in ihrer geschmacklosen Penetranz der Eleganz der hermaphroditischen Brunnennymphe zu spotten schien. Emmelia setzte sich auf eine Holzbank und betrachtete versonnen die grotesken Andenken an den verblichenen Willy Coppett. Und dabei keimte ganz allmählich eine Idee – keimte, erblühte und trug Früchte.

Eine halbe Stunde später stand Frederick, telefonisch aus dem Sozial-Konservativen Arbeiterclub von Buscott herbeordert, vor seiner Tante im Salon.

»Zwerge?« sagte er. »Was zum Kuckuck willst du denn mit Zwergen?«

»Ich will ihre Namen und Adressen«, sagte Emmelia.

»Und ich soll sie für dich ausfindig machen?«

»Genau.«

Frederick betrachtete sie skeptisch. »Und du willst mir nicht sagen, zu welchem Zweck?«

Emmelia schüttelte den Kopf. »Ich kann dir lediglich verraten, daß es in deinem eigenen Interesse ist, sie ausfindig zu machen. Natürlich wirst du dabei anonym vorgehen.«

Frederick überdachte sein Interesse und konnte es nur schwerlich in Einklang mit der anonymen Suche nach Zwergen bringen. »Vielleicht könnte ich ja die hiesige Arbeitsvermittlung anrufen, aber die finden es sicher etwas seltsam, wenn ich mich weigere, Namen und Adresse anzugeben. Und abgesehen davon, was soll ich denn sagen, wenn sie wissen wollen, wofür ich Zwerge brauche?«

»Da mußt du dir eben etwas einfallen lassen. Und paß bloß auf, daß sie nicht dahinterkommen, wer du bist. Das ist das eine. Das andere ist, daß du unser kleines Gespräch gleich wieder vergessen wirst. Was dich betrifft, so hat es nie stattgefunden. Ist das klar?«

»Ungefähr«, sagte Frederick.

»In diesem Fall werde ich dir die Sache noch mal in einer Sprache erklären, die du verstehst. Ich habe beschlossen, mein Testament zu deinen Gunsten zu ändern. Bisher hatte ich die Absicht, meine Anteile am Familienunternehmen allen Neffen und Nichten zu gleichen Teilen zu hinterlassen. Jetzt sollst du alles erben.«

»Sehr nett von dir, das muß ich schon sagen. Wirklich, sehr großzügig«, sagte Frederick, dem allmählich dämmerte, daß es ohne Zweifel in seinem Interesse lag, das zu tun, was Tante Emmelia verlangte.

Emmelia betrachtete ihn voller Verachtung. »Nichts dergleichen«, sagte sie schließlich. »Es ist nur die einzige Möglichkeit, mich zu vergewissern, daß du den Mund hältst, was auch immer passiert. Solltest du das nicht tun, werde ich das Testament ändern und dir nicht einen Penny hinterlassen.«

»Keine Angst«, sagte Frederick grinsend. »Kein Wort wird über meine Lippen kommen. Wenn du Zwerge willst, sollst du Zwerge kriegen.«

»Nur ihre Namen und Adressen, wohlgemerkt«, sagte Emmelia und entließ ihn mit dieser höchst sonderbaren Bemerkung. Nachdem sie wieder allein war, blieb sie noch eine Zeitlang sitzen und bereitete sich auf ihren nächsten Schritt vor. Um zwölf Uhr verließ sie das Haus mit einer großen Einkaufstasche und einer Taschenlampe und ging zur Mühle hinunter. Sie schlüpfte durch einen Seiteneingang hinein und wählte wenig später mit großer Sorgfalt die erforderlichen Artikel aus. Als sie ins New House zurückkehrte, enthielt die Einkaufstasche mehrere Dildos, zwei Handschellen aus der Sado-Abteilung, eine Peitsche, einen brustwarzenfreien BH und ein geschlitztes, mit Sämischleder gefüttertes Plastikhöschen. Emmelia ging in ihr Zimmer hinauf, schloß die Sachen in eine Kommodenschublade und legte sich mit einem seltsamen Lächeln auf den Lippen ins Bett. Zum erstenmal seit langen Jahren war sie aufgeregt und hatte Schuldgefühle. Es war wie damals, als sie als Kind in Fawcett House die Speisekammer geplündert hatte. Wie sie dieses Fawcett gehaßt hatte! Und welch ungeheuren Spaß es doch machte, sich jenseits der Grenzen der Respektabilität zu bewegen! Ausgerechnet sie, der Wächter über den guten Ruf der Familie, hatte sich vorgenommen, einen Ausgleich für deren falsche und sündhafte Scheinheiligkeit zu schaffen und damit das Gleichgewicht wiederherzustellen. Mit dem Gefühl, endlich, endlich ihrem wahren Petrefactschen Wesen gerecht zu werden, und mit einem Refrain über Kinder, die für die Sünden ihrer Väter büßen müssen, auf den Lippen schlief sie ein.

Während der folgenden Woche schlug sich Frederick mit der heiklen Aufgabe herum, Zwerge aufzustöbern, ohne seine Identität preiszugeben. Er rief bei allen Arbeitsvermittlungsstellen im ganzen Bezirk an, mußte jedoch feststellen, daß erstaunlicherweise keinerlei Mangel an Arbeitsangeboten für Zwerge herrschte. Nicht einmal seine Behauptung, ein Agent der Disney-Filmgesellschaft zu sein, der für ein naturalistisches Remake von *Schneewittchen* sieben Zwerge suchte, die als Bergarbeiter auftreten sollten, weckte großes Interesse. Und als er sich später als BBC-Produzent ausgab, der anläßlich des Mordes an Willy Coppett an einer Dokumentation über die Gefahren, die die Spezies Zwerg bedrohte, arbeitete, bekam er überhaupt keine Reaktion. Am Ende sah er sich gezwungen, Emmelia von seinem Mißerfolg zu berichten.

»Zwerge sind offenbar Mangelware«, sagte er. »Ich habe es in Krankenhäusern und bei Zirkusunternehmen und weiß der Teufel wo noch versucht. Jetzt bleibt mir wohl nur noch das Erziehungsministerium. Die werden doch sicher eine Liste aller schulpflichtigen Zwerge haben.«

Aber davon wollte Emmelia nichts wissen. »Junge Erwachsene, das schon, aber ich habe nicht die Absicht, mich an ... Ich will nichts mit Zwergen zu tun haben, die das Mündigkeitsalter noch nicht erreicht haben.«

»Mündigkeitsalter?« sagte Frederick, der mit diesem Ausdruck im Zusammenhang mit Zwergen auf Anhieb perverse sexuelle Assoziationen verband. »Du hast doch sicher nicht vor ... also ... äh ...«

»Was ich vorhabe, ist meine ganz persönliche Angelegenheit. Die deine besteht schlicht und einfach darin, mir geeignete Kandidaten zu beschaffen.«

»Wenn du meinst«, sagte Frederick. Aber das sexuelle Motiv löste schließlich seine Probleme. Noch am selben Nachmittag gab er in der *Bushampton Gazette* unter der Rubrik Bekanntschaften ein Inserat auf, über das ein einsamer, gutsituierter Gentleman mittleren Alters und restringierter Größe die Bekanntschaft einer ähnlich disponierten Dame zu machen hoffte, die seine Hobbies, nämlich Lego, Modelleisenbahn und Bonsai-Bäumchen, nach Möglichkeit teilen sollte. Diesmal hatte er Glück. Zwei Tage später bekam er acht Antworten, mit denen er sich ins New House begab. Emmelia betrachtete sie skeptisch.

»Ich hätte dir sagen sollen, daß es männliche Zwerge sein müssen«, sagte sie und bestärkte Frederick damit in seinem Verdacht, daß seine Tante irgend etwas plante, was mit Zwergensex zu tun haben mußte.

»Es war schon schwer genug, diese hier ausfindig zu machen«, protestierte er. »Und wenn du glaubst, daß ich mich in unserem Bezirk per Inserat als schwuler Zwerg anbiete, dann kann ich dir versichern, daß du dich täuschst. Um ehrlich zu sein, ich finde es schon unangenehm genug, mich als heterosexueller auszugeben; aber abartig noch dazu, das geht zu weit.«

Emmelia fegte seine Einwände beiseite. »Ich will doch hoffen, daß du die Anzeige nicht selbst aufgegeben hast«, sagte sie.

»Natürlich nicht«, entgegnete Frederick. »Da hätte ich ja auf allen vieren hinkriechen müssen. Oder sie hätten sich gewundert, wieso ein Mann mit einsachtzig einen Hilferuf losschickt, in dem er behauptet, ein Garnichts zu sein. Ich habe angerufen und eine Postfachnummer angegeben.«

»Gut. Also, dann müssen wir uns eben mit denen da zufriedengeben. Und vergiß nicht, wenn irgend jemand auch nur eine Silbe von der Sache erfährt, hast du ein für allemal die Chance verspielt, den Platz deines Vaters als Oberhaupt des Familienunternehmens einzunehmen, ganz abgesehen davon, daß du dich wegen Anstiftung zu einem Verbrechen verantworten müßtest.«

»Was für ein Verbrechen denn?« fragte Frederick, erkannte aber im selben Augenblick, daß er es gar nicht wissen wollte. Was immer Tante Emmelia im Schilde führte, er wollte da nicht hineingezogen werden. Und nachdem er ihr das gesagt hatte, verließ er das Haus, fuhr auf dem schnellsten Weg nach London, um sich nicht noch weiter in ihre Angelegenheiten verstricken zu lassen, und traf eilige Vorbereitungen für einen Urlaub in Spanien.

Während der folgenden Woche traf Emmelia weitere Vorbereitungen. Sie kaufte in Briskerton einen Gebrauchtwagen, fuhr damit in die Dörfer und Städte und sah sich die Häuser an, in denen die acht Damen, die geantwortet hatten, wohnten. Für ihre Verhältnisse verhielt sie sich derart ungewöhnlich, daß sich sogar Annie darüber wunderte.

»Ich kann mir nicht vorstellen, was in sie gefahren ist«, sagte sie zu Rosie, die sie mit dem Abwasch beauftragt hatte. »Seit Jahren hat sie den Garten kaum verlassen, und jetzt saust sie in der Gegend herum wie ich-weiß-nicht-was.«

Das war eine zutreffende Beobachtung, die zuzeiten Emmelias eigenem Gefühl entsprach. Sie wußte auch nicht, was – was aus der alten Emmelia geworden war; was mit ihrer Verantwortung gegenüber der Familie geschehen war; was sie jetzt war. Nur das Wie interessierte sie. Das und die Gewißheit, daß sie sich nicht mehr langweilte und die Eintönigkeit ihres Lebens sie nicht mehr dazu veranlaßte, ihren Verwandten lange Briefe zu schreiben, in denen sie jemand zu sein vorgab, der sie offenbar nie gewesen war – eine liebe, gutmütige und nette ältere Dame.

Statt dessen kristallisierten sich – paradoxerweise als Reaktion auf die Erschütterung, die ihre naive Sicht einer freundlichen Welt durch die Verurteilung eines törichten, aber unschuldigen Mannes erfahren hatte – aus ihrem Charakter plötzlich rauhe und fast brutale Züge heraus. Lord Broadmoor hatte sie eine Virago genannt. Emmelia schlug das Wort in ihrem Wörterbuch nach und entdeckte als seine ursprüngliche Bedeutung: »Eine Frau mit männlicher Stärke und Beherztheit (lat. = weiblicher Krieger)«. Alles in allem war das eine treffende Beschreibung ihres gegenwärtigen Zustandes, und es tat gut zu wissen, daß schon die Römer gewisse Frauen so beschrieben hatten. Das stellte sie in eine noch ältere Tradition als die der Petrefactschen Abstammung. Freilich blieben Relikte ihres alten Selbst zurück, so daß sie nachts entsetzt über das, was sie zu tun plante, aus dem Schlaf hochschreckte.

Um diese Anflüge von Panik zu ersticken, zementierte sie ihren

Entschluß, indem sie die *Times* von der ersten bis zur letzten Seite las und Annie und Rosie einen ganzen Abend lang beim Fernsehen in der Stiefelkammer Gesellschaft leistete. Nach dieser Konfrontation mit konzentriertem Irrsinn und geballter Gewalt war sie dann wieder ganz versöhnt mit der relativen Harmlosigkeit ihrer eigenen Absichten. In einem Club in Texas hatte ein Mann zweiundzwanzig Menschen »einfach so aus Spaß« verbrannt; in Teheran waren noch mehr Menschen wegen »Gotteslästerung« von einem Mordkommando erschossen worden; in Ulster war wieder ein britischer Soldat getötet worden, der vermutlich versucht hatte, Katholiken und Protestanten daran zu hindern, sich gegenseitig niederzumetzeln; und ein vierzehnjähriger Babysitter hatte das ihm anvertraute Kind aus dem Fenster geworfen, weil es nicht zu schreien aufhören wollte. Als ob diese Akte sinnloser Gewalt noch nicht ausgereicht hätten, sie von der Verrücktheit der Welt zu überzeugen, gab es auch noch Fernsehserien, in denen Detektive reihenweise mutmaßliche Verbrecher erschossen oder selbst abgeknallt wurden, und dies mit einer Begeisterung, die Annie und Rosie und vermutlich Millionen anderer Zuschauer durchaus teilten.

Aus diesen Sitzungen ging Emmelia mit ruhigem Gewissen hervor. Wenn sich der Rest der Welt so irrational verhielt und so belanglosen Motiven folgte, hatte sie keinen Grund, sich Sorgen zu machen. Im Verlauf eines Monats hatte sie sich bis zur Unkenntlichkeit verändert. Nach außen hin blieb Miss Emmelia Petrefact die nette, alte Dame, die ihre Blumen, ihre Katzen und ihre Familie liebte.

Bei dem armen Yapp war es eher umgekehrt. Ihm war seit seiner Einlieferung in das Gefängnis von Drampoole äußerlich kaum mehr etwas geblieben. Er hatte seine Kleider, einen Großteil seiner Haare, seine gesamte persönliche Habe und die Illusion, daß Verbrecher schlicht und einfach Opfer des gesellschaftlichen Systems waren, eingebüßt. Geblieben war ihm einzig und allein die Erkenntnis, daß es sich bei Kriminellen meist um Angehörige der Arbeiterklasse handelte, und dazugekommen war, daß er am eigenen Leib erfuhr, was das Proletariat von Kindsmördern hielt. Yapps verzweifelte Versuche zu erklären, daß er niemanden umgebracht hatte und abgesehen davon Zwerge keine Kinder waren, konnten ihn nicht davor bewahren, sich von zwei echten Mördern, mit denen er wohl oder übel die Zelle teilen mußte, wüst beschimpfen lassen zu müssen.

»Wir wissen schon, was wir mit Saukerlen wie dir anstellen«, erklärten sie ihm und machten sich an ihr widerliches und schmerzhaftes Werk. Dies geschah mit einer Raffinesse, die sie offenbar in der harten, von Yapp früher so geschätzten Schule des Lebens gelernt hatten. Am folgenden Morgen war es nicht nur mit seiner Wertschätzung aus und vorbei, sondern auch mit der Fähigkeit, seinem Wunsch nach einem Besuch beim Gefängnisarzt Stimme zu verleihen. Als er nach einer Woche noch immer kaum hörbar flüsterte, beschlossen die Aufseher, die die Meinung seiner Zellengenossen über Zwergenschänder eindeutig teilten, in ihrem eigenen Interesse, daß Yapp ärztliche Behandlung brauchte, wenn sie nicht bald eine Leiche in Gewahrsam haben wollten.

»Ein Scheißquietscher aus deinem Mund, und du hast Wachteleier anstelle deiner eigenen«, drohte ihm sein kräftigerer Zellengenosse, als Yapp hinaushinkte. »Erzähl dem Pillenpapi, daß du von der Pritsche gefallen bist.«

Heiser flüsternd befolgte Yapp diese Anweisung.

»Von der Pritsche?« sagte der Arzt und richtete mißtrauisch eine Taschenlampe auf Yapps ausgefransten Schließmuskel. »Sagten Sie ›Pritsche‹?«

»Ja«, flüsterte Yapp.

»Und worauf genau sind Sie gelandet?«

Yapp sagte, daß er da nicht sicher sei.

»Aber ich«, sagte der Arzt, der einen Arschficker erkannte, wenn er einen vor sich hatte, und gegen diese Spezies ebenso massive Vorurteile hatte wie gegen Kindsmörder. »Gut, Sie können wieder aufstehen.«

Als Yapp es versuchte, entfuhr ihm ein mitleiderregendes Quietschen.

»Und was ist mit Ihrer Stimme los? Sie sind nicht zufällig auch noch ein Schwanzlutscher?«

Yapp sagte, er habe keine Ahnung, was ein Schwanzlutscher sei, worauf der Arzt ihm etwas Nachhilfe gab.

»Das bin ich ganz bestimmt nicht«, flüsterte Yapp so empört, wie seine Stimmbänder es zuließen. »Ich weise diese Anschuldigung entschieden zurück.«

»Wenn das so ist, würde es Ihnen dann etwas ausmachen, mir zu verraten, warum Ihr Zäpfchen in einem derart schauerlichen Zustand ist?« fragte der Arzt, während er mit einem Spatel nervös dagegen stieß.

Yapp gab gurgelnde Geräusche von sich.

»Nennen Sie den Arzt gefälligst ›Sir‹«, sagte der Wärter und verlieh seiner Aufforderung dadurch Nachdruck, daß er Yapp in die Rippen stieß.

»Sir«, gurgelte Yapp. Der Arzt kehrte an seinen Schreibtisch zurück und schrieb seinen Bericht.

»Dreimal täglich ein lösliches Pessar für beide Extremitäten«, sagte er. »Und können Sie ihn nicht zu jemandem stecken, der weniger empfänglich für die sexuellen Reize dieses gräßlichen Kerls ist?«

»Da wäre nur noch Watford«, meinte der Wärter zweifelnd.

»Na, ausgezeichnet«, sagte der Arzt. »Dann müssen wir nur die Magenpumpe bereithalten.«

»Jawohl, Sir.«

Yapp wurde zu seiner Zelle zurückverfrachtet, um seine Decken abzuholen. Die beiden Mörder blickten ihn erwartungsvoll an.

»Er kommt zu Watford rein«, sagte der Wärter. »Ihr zwei Scheißkerle habt euren Spaß gehabt.«

»Geschieht dem Schwein ganz recht«, meinte der kleinere von beiden.

Begleitet von einer schrecklichen Vorahnung, humpelte Yapp wieder auf den Gang hinaus. »Was ist denn mit Watford?« krächzte er.

»Wollen Sie damit sagen, daß Sie noch nie was vom Giftmischer von Bournemouth gehört haben? Sie als Scheißprofessor? Na ja, man lernt nie aus«, sagte der Wärter, während er eine Zellentür am Ende des Ganges aufschloß. »Hab einen Kumpel für dich, Watford.«

Der kleine, rundliche Mann, der auf seiner Pritsche saß, taxierte Yapp mit einem Interesse, das keineswegs erwidert wurde.

»Weswegen sitzt du denn?« fragte er, sobald die Tür wieder zu war. Yapp ließ sich auf die andere Pritsche fallen und beschloß zum ersten Mal in seinem Leben, unter keinen Umständen die Wahrheit zu sagen.

»Muß was wirklich Übles gewesen sein«, fuhr Mr. Watford fröhlich fort. »Zu mir stecken sie nie nette Kerle.«

Yapp stieß ein paar krächzende Laute aus und zeigte auf seinen Mund.

»Ah, ein Stummer«, fuhr Mr. Watford fort, »das ist praktisch. Schweigen ist Gold, wie ich immer behaupte. Macht die Dinge um vieles leichter. Soll ich dich mal ärztlich untersuchen?«

Yapp schüttelte heftig den Kopf.

»Na gut, ganz wie du willst. Aber ich sag dir, ich bin besser als der Gefängnisarzt, auch wenn das nicht viel heißen will. Deshalb bin ich ja hier. Weißt du, die Natur hat mich zu einem großen Arzt bestimmt, aber die Umwelt war gegen mich. Mein Vater war Trambahnschaffner, wenn er nüchtern war, und wenn nicht, dann ein Sadist; und meine Mutter ging auf den Strich, um uns über die Runden zu bringen, und deshalb mußte ich mit vierzehn von der Schule. Den ersten Job bekam ich bei einem Alteisenhändler, wo ich Bleirohre aus dem anderen Metall aussortieren mußte. Interessantes Zeug, dieses Blei. Hat mir die ersten Einblicke in die physiologische Wirkungsweise von Metallgiften verschafft. Arsen ist auch ein Metall, wußtest du das? Na, jedenfalls habe ich danach für einen Fotografen gearbeitet...«

Mr. Watfords schreckliche Lebensgeschichte zog sich endlos hin, so daß Yapp Mühe hatte, nicht einzuschlafen. Im Normalfall hätte sie ihn interessiert und sogar an sein Mitgefühl appelliert, aber die Vorstellung, daß er aller Wahrscheinlichkeit nach dazu verdammt war, das nächste Opfer des Giftmischers von Bournemouth zu werden, erstickte den Ruf seines sozialen Gewissens. Außerdem hatten ihm seine früheren Zellengenossen eine schmerzliche Vorstellung von der Mentalität des gewöhnlichen Mörders gegeben. Wollte er in Mr. Watfords tödlicher Gesellschaft überleben, mußte er ihm gegenüber eine unmoralische Überlegenheit an den Tag legen. Vor allem mußte er den Andersartigen und Durchtriebenen spielen und sich eine grausige Verbrechenssparte ausdenken, die ganz seine Domäne war. Zum allerersten mal in seinem Leben richtete Yapp seinen Verstand auf ein Problem, das persönlich, unmittelbar und real war und nichts mit Politik, Geschichte oder Klassenunterschieden zu tun hatte.

Als schließlich das Abendessen kam, hatte er einen Entschluß gefaßt. Sichtlich angewidert und schaurig grinsend reichte er sein Tablett an Watford weiter, schüttelte den Kopf und zeigte auf seinen Mund.

»Wie, du willst diesen Fraß nicht?« fragte der Häftling.

Wieder lächelte Yapp, wobei er sich diesmal so weit nach vorn beugte, daß sein Gesicht dem von Mr. Watford unangenehm nahe kam.

»Nicht genug Blut«, krächzte er.

»Blut?« sagte Watford und ließ seinen Blick von Yapps grausigem Lächeln zu den Würsten und wieder zurück wandern. »Du hast schon recht, viel Fleisch ist in diesen Knastwürsten wirklich nicht drin.«

»Richtiges Blut«, flüsterte Yapp.

Mr. Watford rückte an den hinteren Rand seiner Pritsche. »Richtiges Blut?«

»Frisch«, krächzte Yapp und rückte nach. »Frisch aus der Gurgel.«

»Gurgel?« stammelte Mr. Watford unter weitgehender Einbuße seiner Gesichtsfarbe und seiner guten Knastsitten. »Was meinst du mit ›frisch aus der Gurgel‹?«

Aber Yapp grinste nur noch häßlicher.

»Leck mich, jetzt haben sie mir einen Irren geschickt.«

Schlagartig erlosch Yapps Lächeln.

»Das war nicht als Beleidigung gedacht«, fuhr Mr. Watford hastig fort. »Ich wollte nur sagen ...« Er brach ab und fragte mit einem Blick auf die Würstchen: »Bist du sicher, daß du dein Essen nicht haben willst? Vielleicht fühlst du dich danach weniger ... ich meine, besser oder so was.«

Aber Yapp schüttelte den Kopf und legte sich wieder hin. Ohne ihn aus den Augen zu lassen, begann Mr. Watford betont langsam zu essen. Ein paar Minuten lang herrschte Schweigen in der Zelle, und allmählich kam wieder Farbe in Mr. Watfords Gesicht. Da schlug Yapp erneut zu.

»Zwerge«, stöhnte er. Ein Stück Wurst auf dem Weg in Mr. Watfords Mund zitterte am Ende der Gabel.

»Was meinst du mit ›Zwerge‹?« fragte er, diesmal eher streitsüchtig. »Ich bin gerade beim Abendessen, und da mußt du ...«

»Kleine Zwerge.«

»Scheiß drauf«, schimpfte Mr. Watford und bereute es im selben Augenblick. Wieder lächelte Yapp unheilverkündend. »Na ja, wenn du meinst, aber ich dachte immer, daß alle Zwerge klein sind.«

Aber Yapp gab nicht nach. »Das Blut von kleinen Zwergenbabies.«

Verärgert legte Mr. Watford die Gabel samt Wurst auf den Teller. »Hör zu, Kumpel, ich versuche hier, mein Abendessen runterzuwürgen, und dein Gelaber über kleine Scheißzwerge und ihr Blut trägt nicht gerade dazu bei ... o mein Gott.«

Yapp war aufgestanden und hatte sich drohend vor ihm aufgepflanzt. Mr. Watford wich an die Wand zurück.

»Schon gut, schon gut«, stieß er hervor. »Mir soll's recht sein, wenn du das Blut von kleinen Zwergenbabies magst. Alles, was ich möchte, ist ...«

»Direkt aus den winzigen Gurgeln«, fuhr Yapp fort, während er sich die knochigen Hände rieb und unmißverständlich auf Mr. Watfords Kehle stierte.

»Hilfe«, kreischte dieser, schoß von seiner Pritsche hoch und hämmerte an die Tür. »Laßt mich hier raus! Dieser Kerl hat hier nichts zu suchen. Er gehört in die Klapsmühle.«

Doch als sich endlich zwei Wärter die Mühe machten, seiner

Beschwerde nachzugehen, saß Yapp friedlich auf seiner Pritsche und aß Würstchen mit Kartoffelbrei.

»Also, was ist hier los?« fragten sie und schoben den schlotternden Häftling beiseite.

»Er ist verrückt. Total ausgerastet. Ihr habt mir einen Scheißpsychopathen reingesteckt. Will seinen Fraß nicht essen und faselt dauernd was von wegen frischem Zwergenblut...« Watford hielt inne und glotzte Yapp ungläubig an. »Zuvor hat er nicht gegessen.«

»Also, jetzt ißt er, und ich kann nur sagen, ich kann es ihm nicht verübeln, wenn ihm in deiner Gesellschaft der Appetit vergeht«, meinte der Wärter.

»Aber er hat dauernd von Zwergenblut gefaselt.«

»Was erwartest du denn sonst von ihm? Soll er vielleicht die ganze Zeit von Arsen reden? Außerdem, wieso regst du dich eigentlich auf? Du bist doch kein Scheißzwerg.«

»So, wie er mich anschaut, könnte ich ebensogut einer sein. Und ich habe das Recht, über Gift zu reden. Das ist meine Spezialität. Oder weshalb bin ich eurer Meinung nach hier?«

»Einverstanden, und genauso hat er das Recht, über verdammte Zwerge zu reden«, sagte der Wärter. »Was glaubst du, weshalb er hier ist?«

Auf Mr. Watfords Gesicht spiegelte sich blankes Entsetzen.

»O Gott, sagen Sie bloß nicht...«

»Ganz recht, Wattie. Seine Spezialität ist das Abschlachten verdammt kleiner Zwerge. Der Direktor meinte, ihr zwei würdet euch gut vertragen. Von den anderen will ihn nämlich keiner.«

Und bevor Mr. Watford sagen konnte, daß das auch für ihn galt, wurde die Tür mit der Verwarnung, daß er Bunker bekäme, wenn er nochmals solchen Lärm veranstaltete, zugeknallt. Mr. Watford verkroch sich in eine Ecke und kletterte erst in sein Bett, als die Lichter gelöscht worden waren.

Inzwischen dachte Yapp über den nächsten Schritt in Sachen Selbsterhaltung nach. Er erfolgte anläßlich Mr. Watfords Versuch, sich in den Schlaf zu onanieren. Diesmal hielt Yapp einen salbungsvollen Ton für angebracht und stimmte einen heiseren, unheimlichen Singsang an: »Alle Zwerge klein und häßlich, alle Würmer fett und gräßlich, eklig sind wie Gift und Galle, Gott, der Herr, zerschmettert alle.«

Mr. Watford hörte zu onanieren auf. »Ich bin kein Zwerg«, sagte er. »Ich wünschte, du würdest das endlich begreifen.«

»Zwerge onanieren«, sagte Yapp.

»Da bin ich sogar sicher«, meinte Mr. Watford, der dieser Behauptung schlecht wiedersprechen konnte, ihre Implikationen jedoch, soweit es ihn betraf, äußerst beunruhigend fand. »Trotzdem bleibt die Tatsache bestehen, daß ich kein onanierender Zwerg bin.«

»Samen verspritzen hemmt das Wachstum«, sagte Yapp und gab damit eine ziemlich abwegige Bemerkung seiner religiös angehauchten Tante zu diesem Thema wieder. »Der Herrgott der Unbeflecktheit hat gesprochen.«

Mr. Watford beschloß, diesen Tatbestand nicht zu bestreiten. Wenn dieser Irre, den man ihm da aufgehalst hatte, den Glauben, daß er der Herrgott sei, mit der Ablehnung von Selbstbefleckung und einer Vorliebe für Zwergenblut verbinden wollte, dann war das seine Sache. Er drehte sich auf die Seite, konnte aber nicht einschlafen.

Doch noch waren die Schrecken der Nacht nicht vorüber. Nachdem Yapp die erstaunliche Wirkung vorgeblicher Verrücktheit auf einen echten Giftmörder entdeckt hatte, der für seine Begriffe wirklich verrückt sein mußte, war er wild entschlossen, mit seiner Behandlungsmethode fortzufahren. Er fischte aus seiner Hosentasche eines der löslichen Pessare, die ihm der Gefängnisarzt verordnet hatte und die er nicht benutzt hatte. Einen Augenblick lang zögerte er. Lösliche Pessare ließen sich nicht so leicht essen, waren aber einer tödlichen Substanz, die Watford seinem Essen sicher früher oder später beimischen würde, bei weitem vorzuziehen. Mit einer Entschlossenheit, die zum Teil von seinem asketischen Lebenswandel herrührte, steckte Yapp das Pessar in den Mund und begann, hörbar darauf herumzukauen. Watford wurde unruhig.

»He«, zischte er, »was tust du denn da?«

»Ich esse«, sagte Yapp, den Mund voller Gelatine und Dickdarmschmiere.

»Was zum Teufel ißt du denn um diese nachtschlafende Zeit?« fragte Watford, für den das Thema Verdauungsstörungen von unerschöpflichem Interesse war.

»Du kannst eines haben«, sagte Yapp. »Halt deine Hand auf.«

Aber Mr. Watford war schlauer. »Du kannst es ja auf den Hokker legen.«

Vorsichtig nahm Watford es an sich.

»Was zum Kuckuck ist das denn?« fragte er, nachdem er es befingert hatte, ohne es identifizieren zu können.

»Wenn du es nicht willst, dann gib es wieder her«, sagte Yapp.

Watford zögerte. Er aß gerne, aber die Erfahrung, die seine Opfer gemacht hatten, mahnte ihn zur Vorsicht. Außerdem waren Form und Beschaffenheit des Pessars nicht gerade einladend.

»Ich hebe es lieber bis morgen auf, aber trotzdem vielen Dank.«

»O nein, das wirst du nicht«, brauste Yapp auf. »Entweder du ißt es jetzt, oder gibst es mir zurück. Zum Verschwenden sind sie zu schade. Ich habe nur noch zwei übrig.«

Rasch legte Watford das Pessar auf den Hocker zurück. »Ich würde trotzdem gerne wissen, was es ist«, sagte er. Yapp schnappte sich das Ding und gab blubbernde Geräusche von sich.

»Zwergeneier«, sagte er genüßlich. Sekundenlang war von Watford, der darum kämpfte, das Abendessen bei sich zu behalten, nichts zu hören. Dann schoß er mit einem markerschütternden Schrei von der Pritsche und hämmerte mit dem Holzschemel gegen die Tür. Als die anderen Gefangenen auf dem Gang ebenfalls zu lärmen begannen, spuckte Yapp die Überreste des zerkauten Pessars in die Toilette, spülte sie hinunter und sich den Mund aus. Als die Tür geöffnet wurde und Watford sich den Aufsehern in die Arme warf, lag Yapp friedlich in seinem Bett. Diesmal gab Watford keinerlei Erklärung ab, sondern zog einem Aufseher den Schemel über den Kopf und biß den anderen in den Arm, um zu erreichen, daß man ihn in den Strafblock verlegte und damit in Sicherheit brachte.

Yapps Bekehrung zur Realpolitik des Gefängnislebens hatte begonnen. Am nächsten Morgen fand sie ihre Fortsetzung. Nachdem er zum Gefängnisdirektor zitiert worden war, um seinen Anteil an der Verwandlung des Giftmischers von Bournemouth vom allgemein verhaßten zum geisteskranken Sträfling darzulegen, tat er die dezidierte Meinung kund, daß Watfords Krankheit, die sich vor seinem Aufenthalt im Gefängnis von Drampoole in dem unterschwelligen und libidinös ausgerichteten Versuch manifestiert hatte, seiner Mutter gegenüber die stellvertretende Rolle des Vaters einzunehmen, indem er die Pseudo-Personifikationen seines Vaters auf chemischem Weg eliminierte, sich umweltbedingt verschlimmert hatte und durch längere Inhaftierung und die Absenz normaler sozio-sexueller Beziehungen zu einer terminalen Paranoid-Schizophrenie geworden war.

»Wirklich?« murmelte der Gefängnisdirektor, der angesichts dieses sozio-jargonischen Angriffs erhebliche Mühe hatte, seine Autorität zu wahren. Nachdem Yapp diverse, ziemlich ausufernde Ansichten zum Thema unlimitierte Inhaftierung und ihre Folgen im Lichte der Gestalttherapie zum besten gegeben hatte, wurde es dem Direktor endlich zu bunt, und er ließ ihn in seine Zelle zurückbringen.

»Allmächtiger Gott«, raunte er seinem Stellvertreter zu, »wenn ich das nicht mit eigenen Ohren gehört hätte, ich würde es nicht glauben.«

»Und ich glaube es nicht, obwohl ich es selbst gehört habe«, sagte der Stellvertreter, der in Nordirland Militärdienst geleistet hatte und Scheiße erkannte, wenn er sie sah. »Schauen Sie sich doch nur den Background von diesem Kerl an. Er ist ein politischer Fanatiker und ein typischer Sicherheitsblock-Störenfried. Bevor Sie sich umdrehen, hat er alle anderen Mörder in den Hochsicherheitstrakt gescheucht, wo sie die Wände mit ihrer Kacke beschmieren und Terroristenstatus verlangen.«

»Dabei war das hier so ein hübsches, ruhiges kleines Gefängnis«, seufzte der Direktor und blickte traurig auf ein signiertes Porträt von Pierrepoint, das auf seinem Schreibtisch stand und ihn an glücklichere Zeiten erinnerte. »Jedenfalls wissen wir, was diesen abscheulichen kleinen Giftmörder geschafft hat. Stellen Sie sich vor, man würde Sie zu einem Mann mit einem solchen Vokabular in die Zelle sperren ...«

Zwei Tage später wandte sich der Gefängnisdirektor an das Innenministerium mit der dringenden Empfehlung, man möge doch Professor Yapp in ein Gefängnis für professionelle Sprachschänder und Terminologopathen verlegen.

26

Die eigentliche Entscheidung über Yapps Zukunft fiel jedoch ganz woanders. Für ihre erste Attacke nämlich hatte sich Emmelia das kleine Dorf Mapperly ausgesucht, wo eine winzige Miss Ottram in dem kleinen Postamt arbeitete. Das Dorf lag zwanzig Meilen von Buscott entfernt, und Emmelia war wiederholt hingefahren, um den Tagesablauf ihres Opfers auszukundschaften. Miss Ottram verließ ihr Haus am Dorfrand jeden Morgen um Viertel nach acht, ging zum Postamt am anderen Ende des Dorfes, verbrachte den Tag hinter dem Schalter und ging um fünf Uhr wieder nach Hause. Wahrscheinlich, wie ihr Brief an Frederick vermuten ließ, um sich um ihr Gärtchen mit Miniaturpflanzen zu kümmern. An besagtem Abend blieb Miss Ottrams Minigarten unversorgt. Als sie sich beim Heimgehen gerade zwischen zwei Straßenlaternen befand, öffnete sich neben ihr eine Autotür, und eine heisere Stimme fragte sie nach dem Weg zu einem Anwesen, das Little Burn heißen sollte.

»Ich kenne kein Haus, das so heißt«, sagte Miss Ottram, »zumindest nicht hier in der Gegend.«

»Es liegt an der Pyvil Road«, sagte die Stimme. »Vielleicht könnten Sie mir auf der Karte zeigen, wo das ist.«

Miss Ottram kam näher. Im nächsten Augenblick bekam sie eine Decke über den Kopf und wurde in den Wagen gezerrt.

»Keinen Ton, oder Sie werden Bekanntschaft mit meinem Messer machen«, drohte die Stimme, als Miss Ottrams erstickte Schreie unter der Decke hervordrangen. Sofort hörte sie zu schreien auf. Nachdem man ihr die Hände hinter den Rücken gebunden hatte, fuhr der Wagen los, hielt eine Meile später aber schon wieder an. Miss Ottram spürte, wie die Hände des Fahrers sie packten, und dann hörte sie wieder die Stimme.

»Verdammt«, sagte sie, »zu viel Verkehr.« Und damit wurde Miss Ottram, noch immer mit der Decke über dem Kopf, auf die Straße hinausgestoßen, und der Wagen brauste davon. Eine halbe Stunde später wurde Miss Ottram von einem vorbeifahrenden Autofahrer entdeckt und auf die Polizeiwache von Briskerton gebracht. Dort erzählte sie ihre Geschichte, ausgeschmückt mit übertrieben anschaulichen und unzutreffenden Einzelheiten.

»Er hat also gesagt, er würde Sie vergewaltigen?« fragte Inspektor Garnet.

Miss Ottram nickte. »Er sagte, wenn ich nicht tue, was er sagt, dann würde ich Bekanntschaft mit seinem Messer machen, und dann hat er mir die Hände hinter dem Rücken gefesselt.«

Der Inspektor betrachtete die Handschellen, mit denen sich zwei Feuerwehrleute ziemlich lange herumgeplagt hatten. Sie waren extrem solide und hatten ein Sperrschloß, so daß Miss Ottram sie sich unmöglich selbst angelegt haben konnte.

»Was mir gar nicht gefällt, ist diese Drohung mit dem Messer«, sagte der Sergeant, nachdem man Miss Ottram in einem Streifenwagen nach Hause gebracht hatte. »Erinnert mich an diesen Mord, den wir vor kurzem hatten ...«

»Das ist mir schon klar«, sagte der Inspektor nervös, »aber dieser Bastard von Professor sitzt doch. Mich interessiert eher diese Decke.«

Eingehend betrachteten sie das Beweisstück. »Katzenhaare. Eine teure Decke voller Katzenhaare. Das ist immerhin schon etwas. Jetzt müssen wir abwarten, ob uns das Labor vielleicht noch ein paar Hinweise liefern kann.«

Der Inspektor ging nach Hause und verbrachte eine unruhige Nacht.

Emmelia erging es nicht sehr viel besser. Auch sie hatte Schwierigkeiten mit dem Einschlafen. Es war eben doch nicht dasselbe, ob man nur plante, Zwerge zu belästigen, oder ob man diesen Plan auch in die Tat umsetzte. Und jetzt machte sie sich Sorgen wegen Miss Ottram. Mit dieser Decke über dem Kopf war es nicht auszuschließen, daß sie überfahren wurde. Außerdem hatte sie ihr mit Sicherheit einen tödlichen Schrecken eingejagt. Emmelia wog diesen Schrecken gegen das Urteil »lebenslänglich« ab, das über Yapp verhängt worden war, und versuchte sich damit zu trösten, daß Miss Ottrams schreckliches Erlebnis teilweise zu rechtfertigen war.

»Immerhin muß das Leben in Mapperly doch recht öde sein«, redete sie sich ein, »und dumme Frauen, die auf Anzeigen von einsamen Herzen antworten, müssen damit rechnen, sich Ärger einzuhandeln. Jedenfalls hat sie für den Rest ihres Lebens wenigstens was zu erzählen.«

Als sie drei Tage später erneut zuschlug, traf es eine reifere, geschiedene Zwergin namens Mrs. May Fossen, die in einem Gemeindewohnhaus am Rande von Briskerton wohnte. Mrs. Fossen ließ gerade ihren Chihuahua zu seinem abendlichen Verdauungsspaziergang heraus, als sie plötzlich einer maskierten Gestalt in einem Überzieher gegenüberstand, aus dem das größte Sie-wissen-schon-Was hervorragte, das sie je im Leben gesehen hatte.

»Es war einfach gigantisch«, berichtete sie Inspektor Garnet. »Ich hätte es nie für möglich gehalten, daß jemand so ein großes Ding hat. Ich möchte nicht wissen, was er mit mir angestellt hätte, wenn ich ihm nicht geistesgegenwärtig die Tür vor der Nase zugeknallt hätte.«

»Und Sie sagen, daß er eine Maske trug?« sagte der Inspektor, der es vorzog, lieber nicht über die zu erwartenden Folgen zu spekulieren, die die Einführung eines so riesigen Sie-wissen-schon-Was in eine geschiedene Person restringierter Größe gehabt hätte.

»Ja, so ein gräßliches, schwarzglänzendes Ding, aber es war das Sie-wissen-schon . . .«

»Aber sicher. Es war sehr vernünftig von Ihnen, die Tür zuzuknallen und sie zu verriegeln. Wirklich sehr vernünftig. Erinnern Sie sich vielleicht, dieses Messer gesehen zu haben?«

Er zog ein großes Metzgermesser hervor, das man in ihrem Garten gefunden hatte. Mrs. Fossen schüttelte den Kopf.

»Dann wollen wir Sie auch nicht mehr länger aufhalten. Zwei Polizisten werden Sie nach Hause fahren, und wir werden Ihr Haus überwachen, bis dieser Verrückte gefaßt worden ist.«

An diesem Abend hatte Emmelia keinerlei Schlafschwierigkeiten. Sie hatte ihr Ziel erreicht, ohne physische Gewalt anwenden zu müssen. Und das Metzgermesser würde der Polizei sicher zu denken geben.

In dieser Beziehung hatte sie recht. Gleich am folgenden Morgen versammelte Inspektor Garnet seine Leute um sich.

»Wir haben drei wichtige Informationen über den Mann, den wir suchen. Das Labor hat die Katzen identifiziert, die auf der Decke im Fall Miss Ottram geschlafen haben. Siamesische, burmesische, ziemlich viele getigerte und zumindest eine persische. Dann das Messer. Es ist alt und abgewetzt, und man fand daran Spuren von Löwenzahnwurzeln. Und schließlich noch diese Handschellen. Sie sind eindeutig von Hand gefertigt, und zwar von einem Kunstschmied, der sein Handwerk versteht. Wenn es also gelingt, weitere Informationen zu bekommen, die uns zu einem Katzenliebhaber und Gesundheitsapostel führen, der in seiner Freizeit Kunstschmiedearbeiten macht, können wir diesen Fall sicher bald aufklären.«

»Es wäre wohl vermessen zu fragen, ob es irgendwelche Fingerabdrücke gibt?« sagte der Sergeant.

»Nur Schmutzflecken. Außerdem müßte er schon ein Vollidiot sein, wenn er sich ohne Handschuhe an die Arbeit macht.«

»Es kommt doch sowieso nur ein total Verrückter auf die Idee, Zwerge vergewaltigen zu wollen«, meinte der Sergeant, »zumal mit einem Penis von der Größe eines kleinen Baumstumpfes, wie Mrs. Fossen ihn beschrieben hat.«

Inspektor Garnet sah ihn mitleidig an. »Ich würde nicht zu viel auf das geben, was sie sagt. Schließlich muß jemand mit ihrer Statur einen normalen Penis als riesig empfinden. Es ist alles eine Frage der Perspektive. Wenn Sie einem Dachshund bis an die Knie reichen würden, würden Sie einen Bleistift auch für einen Knüppel halten.«

Während der nächsten Tage statteten die Polizisten den Katzenhandlungen in der Umgebung Besuche ab, ließen sich in zwei Körnerfresserläden die Namen sämtlicher Kunden geben, die sie anschließend befragten, und fühlten den Angestellten mehrerer Schmiedeeisen-Werkstätten auf den Zahn. Da ihre Nachforschungen sie keinen Schritt weiterbrachten, sah sich Emmelia zu jener wilden Verzweiflungstat gezwungen, die sie sich gerne erspart hätte.

Ihr nächstes Opfer war eine Miss Consuelo Smith, deren Antwort auf Fredericks Inserat auf einen durchaus lockeren Lebenswandel schließen ließ. Nicht erwähnt hatte sie allerdings, daß sie Kampfsporterfahrung und einen Schwarzen Gürtel hatte. Diese bestürzende Tatsache entdeckte Emmelia erst, nachdem sie Miss Smith angerufen, sich als jener Gentleman restringierter Größe aus der Rubrik Bekanntschaften ausgegeben und einen Treffpunkt vor der Memorial Hall in Lower Busby vereinbart hatte. Als der gebrauchte Ford anhielt und Emmelia die Tür öffnete, hüpfte Miss Smith behende auf den Beifahrersitz. Erst dann merkte sie, daß sie offenbar in den falschen Wagen gestiegen war.

»He, wo fahren Sie denn hin?« schrie sie, als Emmelia beschleunigte. »Sie sind gar kein Schweißzwerg. Sie sind verdammte Norm.«

»Ja, meine Liebe«, krächzte Emmelia, der es nicht ganz leicht fiel, diesen Vorwurf zu akzeptieren, »aber ich habe eine große Vorliebe für kleine Leute.«

»Der Teufel soll mich holen, wenn ich einen Riesen an mir herumfummeln lasse. Also halten Sie auf der Stelle an«, kreischte Miss Consuelo. Emmelia griff nach ihrem Messer.

»Sie werden jetzt tun, was ich Ihnen sage, oder ich durchbohre Sie wie den anderen«, sagte sie, wurde aber prompt eines Besseren belehrt. Mit der Linken schlug ihr Miss Consuelo das Messer aus der Hand, und mit der Rechten versetzte sie ihrem Adamsapfel einen

Handkantenschlag, der Emmelia die Sprache verschlug. Während sie nach Luft rang und versuchte, den Wagen wieder unter Kontrolle zu bekommen, ging Miss Consuelo zu drastischeren Maßnahmen über. Sie versuchte, die Hoden ihres Entführers in die Finger zu bekommen, erwischte aber statt dessen den Dildo. Im Gegensatz zu Mrs. Fossen erstarrte Consuelo nicht in Ehrfurcht vor seiner Größe. Im Gegenteil. Sie betrachtete dies eindeutig als Vorteil, stürzte sich mit der Erfahrung einer echten Halbweltdame darauf und bohrte ihre Zähne hinein. Zu ihrer maßlosen Überraschung stieß Emmelia keinen infernalischen Schmerzensschrei aus, sondern fuhr an den Straßenrand und hielt an.

»Also gut, Sie können jetzt aussteigen«, sagte sie, nachdem sie ihre Stimme wiedererlangt hatte, aber jetzt hielt Consuelo mit einer Zähigkeit fest, die plötzlicher Angst entsprang. Ein Mann, der vergleichsweise ruhig reden konnte, während ihn jemand tief in seinen empfindlichsten Körperteil biß, war entweder ein extremer Masochist oder ein Wesen, das über eine derart phänomenale Selbstkontrolle verfügte, daß sie keinerlei Risiko eingehen wollte. Für den Bruchteil einer Sekunde öffnete sie ihren Mund, holte tief Luft und biß dann noch kräftiger zu. Aber Emmelia hatte die Nase voll. Sie beugte sich hinüber, öffnete die Beifahrertür und stieß Consuelo in den Straßengraben. Dann knallte sie die Tür zu und fuhr davon.

Consuelo saß im Graben und starrte den entschwindenden Rücklichtern nach. Erst jetzt merkte sie, daß sie noch etwas im Mund hatte. Angewidert spuckte sie es aus und ließ ihren Gefühlen freien Lauf.

Zehn Minuter später stolperte sie in einem Zustand hysterischen Entsetzens über das, was sie getan hatte, über die Schwelle der Polizeistation von Lower Busby, wo sie sich gleich darauf den Mund mit einem Desinfektionsmittel ausspülte und zwischendurch zu erklären versuchte, was geschehen war.

»Wollen Sie damit sagen, daß Sie diesem Bastard die Schwanzspitze abgebissen haben, ohne daß er auch nur gequietscht hat?« fragte der Polizist entgeistert und kniff vor Entsetzen die Schenkel zusammen.

»Was, glauben Sie, versuche ich Ihnen denn die ganze Zeit zu erklären?« murmelte Consuelo.

»Aber was hatte sein Ding da überhaupt zu suchen. Sie sagen, daß dieser Mann Sie mitgenommen und dann versucht hat, Sie zu belästigen ...«

»Ich habe dem Saukerl keine Chance gegeben«, prustete Consuelo. »Ich habe ihm einen Schlag in die Magengrube versetzt, und nachdem er dann diese Erektion hatte, habe ich in das verdammte Ding reingebissen, und die Spitze war noch da, als ich mich mit Gewalt aus dem Auto befreite.«

»Noch wo?«

»Zwischen meinen Zähnen, Sie Dummkopf.« Wieder spülte sich Consuelo den Mund aus. »Ich habe sie ausgespuckt und bin dann gleich hierher gelaufen.«

Der Polizist erbleichte und schlug die Beine noch fester übereinander. »Also, dazu kann ich nur sagen, wenn das stimmt, dann muß da draußen irgendein armer Scheißkerl herumlaufen, der sich nichts sehnlicher wünscht, als daß er Ihnen nie begegnet wäre. Ist inzwischen sicher schon verblutet. Man darf gar nicht daran denken.«

Empört warf Consuelo Smith den Kopf in den Nacken. »Das gefällt mir«, sagte sie verbittert. »Sie regen sich über die Probleme von so einem Scheißkerl auf. Noch dazu von einem genormten. Ich wette, wenn ich vergewaltigt und ermordet worden wäre, hätten Sie keinen Funken Mitleid mit mir gehabt. Aber nur weil ich ihn gebissen...«

»Schon gut, schon gut. Sie haben ja recht. Es ist eben nur so, daß...«

»... er zufällig männliche Norm war«, fuhr Consuelo fort. Doch als wenig später Inspektor Garnet eintraf, wurde sie sichtlich verlegen, als sich herausstellte, daß sein Suchtrupp die Spitze des Dildo gefunden hatte.

»Scheiße«, sagte er wütend und starrte auf das verdammte Ding. »Ausgerechnet jetzt, wo wir schon sicher waren, daß das Schwein nicht mehr zuschlagen kann und wir nur noch die Krankenhäuser durchkämmen und uns den erstbesten Kerl ohne Schwanzspitze greifen müssen, was finden wir da? Eine künstliche. Und was verrät uns die?«

»Daß dieser Bastard genau wußte, worauf er sich mit dieser menschlichen Mausefalle einließ«, sagte der Polizist, dem es noch immer schwerfiel, normal zu gehen.

»Wirklich ein dickes Ei«, sagte der Inspektor, was den Polizisten erneut zusammenzucken ließ. »Da braucht man keinen Psychiater, um rauszufinden, daß unser Mann impotent und sexuell so unzulänglich ist, daß er es nicht mit einer anständigen Frau aufnehmen kann.«

»Vor Consuelo würde ich das nicht unbedingt so ausdrücken. Sie reagiert nicht sehr freundlich auf...«

Jetzt brauste der Inspektor auf. »Freundlich?« schrie er. »Nachdem ich gesehen habe, was sie mit dieser Kreuzung aus einem Gürtelreifen und einem Penis angestellt hat, würde ich nicht im

Traum daran denken, diese verdammte Hexe auch nur in die Nähe meiner delikatesten Teile zu lassen.«

»Das habe ich nicht gemeint. Ich meinte Ihre Bemerkung von wegen anständige Frau. Sie ist eine Zwergenrechtlerin. Sie spricht von männlichen Normen.«

»Davon kann sie reden, bis sie schwarz wird. Trotzdem ist das, was sie mit diesem Ding angestellt hat, alles andere als normal.«

Gemeinsam begaben sie sich zu Consuelo und legten ihr das neue Beweisstück vor.

»Sie brauchen sich keine Sorgen zu machen, Miss Smith«, sagte der Inspektor, »Sie haben sich sicher keine Syphilis geholt...«

Aber Consuelo hörte gar nicht hin. Ihre Aufmerksamkeit wurde ganz von der Plastikeichel gefesselt. »Ich wußte doch gleich, daß da etwas nicht stimmte«, sagte sie. »Kein Wunder, daß es nicht Zeter und Mordio geschrien hat.«

»Wobei ›es‹ das entscheidende Wort ist«, meinte der Inspektor. »Offenbar haben wir es mit einem sexuellen Psychopathen zu tun, der ihn nicht hochkriegen kann und...«

»Blödsinn«, unterbrach ihn Consuelo. »Sie haben es mit einer Frau zu tun.«

Inspektor Garnet lächelte mitfühlend. »Aber natürlich, Miss Smith. Noch dazu mit einer Frau von erheblicher Intelligenz, wenn ich das so sagen darf.«

»Ich meine doch nicht mich, Sie Schwachkopf. Die Person, die mich angefallen hat, war eine Frau. Das hätte ich gleich merken müssen. Anfangs sprach sie mit tiefer Stimme, aber später klang sie dann schrill und um ein paar Oktaven höher.«

»Das ist durchaus verständlich, nach dem, was Sie...«

»Schlaumeier«, sagte Consuelo verächtlich. »Das da ist ein falscher, stimmt's? Deshalb hat sie auch nicht geschrien.«

Mutlos ließ sich der Inspektor auf einen Stuhl sinken. »Und Sie sind ganz sicher, daß es eine Frau war?«

»Absolut. Außerdem klang ihre Stimme affektiert, so von oben herab.«

»Nun, wenn man das alles in Betracht zieht, dann könnte man wohl sagen, daß sie...«, begann der Inspektor, als ihn ein Blitzen in ihren Augen zum Schweigen brachte. »Gut, jetzt brauchen wir bloß noch eine vornehme Lesbe aufzustöbern, die sich Katzen hält, ein Metzgermesser und das letzte Drittel eines künstlichen Penis verloren hat und als Hobby Handschellen schmiedet. Viele solche Frauen wird es wohl kaum geben.«

»Sie fährt außerdem einen Cortina, ist einsfünfundsechzig groß und wiegt etwa fünfundsechzig Kilo. Und am linken Handgelenk hat sie eine Verletzung.«

»Vielen Dank, Miss Smith. Sie haben uns sehr geholfen. Und jetzt wird Sie ein Streifenwagen nach Hause bringen. Sollten wir noch weitere Informationen von Ihnen benötigen...«

»Verflucht noch mal«, unterbrach ihn Consuelo, »wenn hier grundsätzlich so beschissen gearbeitet wird, dann ist es kein verdammtes Wunder, daß so viele Verbrechen geschehen. Wollen Sie denn nicht mal wissen, wie es kam, daß ich überhaupt in dieses Auto gestiegen bin? Sie glauben doch nicht im Ernst, daß ich mitten in der Nacht durch die Gegend renne und in fremde Autos einsteige, ohne einen verdammt guten Grund zu haben, oder? Auch wenn ich nicht mal halb so groß bin wie Sie, bekomme ich doch den Eindruck, daß ich mehr Hirn im Kopf habe, als unter Ihren Helm paßt.«

»Ich trage keinen Helm«, entgegnete der Inspektor gereizt und betrachtete den abgebissenen Dildo mit einem Anflug von Sympathie. »Also, warum sind Sie eingestiegen?«

»Weil ich auf ein Inserat in der *Gazette* geantwortet habe, in dem eine Dame gesucht wurde, und daraufhin heute nachmittag einen Anruf bekam.«

»Eine Dame? Was für eine Sorte Dame?«

»Meine Sorte natürlich«, sagte Consuelo, kramte in ihrer Handtasche und zog schließlich die ausgeschnittene Anzeige hervor.

Der Inspektor las. »Ein einsamer, gutsituierter Gentleman mittleren Alters und restringierter Größe sucht... Antworten Sie öfter auf derartige Anzeigen?«

»So gut wie jeden Tag«, sagte Consuelo. »Schließlich sieht man sie doch überall, oder etwa nicht? Heutzutage kann man doch kaum mehr eine Zeitung aufschlagen, ohne über Hilferufe einsamer Zwerge zu stolpern, die Gesellschaft suchen. Gebrauchen Sie doch mal Ihr Hirn.«

»Kein Grund, grob zu werden«, sagte der Inspektor. »Wir wollen Ihnen doch nur helfen.«

»So? Also wenn ich Ihre Hilfe brauche, dann rufe ich die Feuerwehr«, sagte Consuelo und sammelte ihre Sachen zusammen. »Auch wenn ich eine Person restringierter Größe bin – obwohl ich es vorziehe, schlicht und einfach als Zwerg bezeichnet zu werden –, leide ich zumindest nicht unter der Behinderung durch ein restringiertes Hirn. Die überlasse ich Ihnen.«

Als sie gegangen war, seufzten alle erleichtert auf. »Zumindest hat sie uns ein paar nützliche Hinweise gegeben«, sagte der Inspektor. »Ich möchte, daß die anderen Opfer daraufhin überprüft werden, ob sie auch auf diese Annonce in der Seufzerspalte geantwortet haben.«

»Seufzerspalte ist wirklich das richtige Wort dafür«, sagte der Sergeant, während er die Dildospitze in eine Plastiktüte stopfte.

»Und wenn wir noch ein paar einsame und verzweifelte Zwerginnen finden, werden wir ihre Häuser beschatten lassen und dieses Scheusal hoffentlich auf frischer Tat ertappen.«

Diese Hoffnung war jedoch nur von kurzer Dauer. Consuelo Smith hatte sich bereits ans Telefon gehängt und die Exklusivrechte an ihrer Geschichte so erfolgreich an mehrere Fleet-Street-Zeitungen verkauft, daß am nächsten Morgen als Schlagzeile auf den Titelseiten von vier überregionalen Tageszeitungen stand: ZWERGENSCHÄNDER SCHLÄGT ERNEUT ZU.

Im Handumdrehen war Briskerton von Reportern überschwemmt, die darauf versessen waren, auf eigene Faust Nachforschungen anzustellen, und Inspektor Garnet zu der Aussage provoziert hatten, die Verhaftung und Verurteilung von Professor Yapp wegen Mordes an Willy Coppett sei durchaus kein Justizirrtum.

»Wenn das so ist, würde es Ihnen dann etwas ausmachen, uns zu verraten, welche Maßnahmen die Polizei ergreifen will, um die anderen Zwerge in dieser Gegend zu schützen?« fragte ein Reporter, der die Telefonistin von der Polizeistation bestochen und auf diese Weise erfahren hatte, daß Consuelo Smith die dritte Zwergin war, die innerhalb weniger Tage überfallen worden war.

»Kein Kommentar«, sagte der Inspektor.

»Dann sind Sie also nicht der Ansicht, daß es eine Verbindung zwischen diesen letzten drei Überfällen des Zwergenschänders und dem Mord an Mr. Coppett gibt?«

»Ganz bestimmt nicht«, sagte der Inspektor, der gleich darauf eine äußerst unangenehme Unterredung mit dem Polizeidirektor hatte, welcher die Ansicht des Reporters teilte.

»Aber diese neuerlichen Überfälle sind von einer Frau verübt worden«, sagte der Inspektor unlogischerweise. »Die Experten von der Gerichtsmedizin haben bei ihrer Untersuchung dieser Decke überzeugende Beweise sichergestellt. Sie haben Spuren von Gesichtspuder und Lippenstift darauf gefunden. Und ein paar gefärbte Haare.«

»Und wahrscheinlich hat Sie Ihr sogenannter Verstand noch nicht auf die Idee gebracht, daß der Fall Professor Yapp weitgehend auf der

Aussage von Mrs. Coppett basierte. Wenn Sie wissen, was Ihrer Karriere nützt, dann nehmen Sie sie in Untersuchungshaft, bevor wir noch einen verfluchten Mord am Hals haben.«

Nach diesem Gespräch war Inspektor Garnet selbst in mörderischer Laune. »Es ist alles Ihre Scheißschuld«, brüllte er den Sergeant auf der Polizeiwache von Buscott an. »Dieses ganze Geschwafel, von wegen, daß dieses Weib schwachsinnig und weichherzig und ihrem kostbaren Willy mit Haut und Haar zugetan ist.«

»Das war sie. Das kann ich beschwören.«

»Nur zu Ihrer Information, sie hat eine so verdammte Vorliebe für Zwerge, daß sie den kleinen Kerl abgeschlachtet und uns in die Scheiße geritten hat, indem sie uns Yapp auf dem Tablett serviert hat. So schwachsinnig ist sie!«

»Aber was ist mit der Leiche im Kofferraum und dem ganzen Blut auf seinem Hemd?«

»Das sie freundlicherweise auf der Wäscheleine hat hängen lassen, damit wir es finden. Und was das Verstauen der Leiche im Kofferraum dieses Wagens angeht – ist Ihnen eigentlich schon mal der Gedanke gekommen, daß Yapp, wenn er ihren Mann wirklich umgebracht hätte, seinen eigenen Wagen als provisorischen Sarg genommen hätte? Er hätte die Leiche sicher nicht in den Vauxhall gelegt. Aber sie! – Um den armen Kerl anzuschwärzen. Und wo ist sie jetzt?«

»Oben im New House, bei den Petrefacts«, sagte der Sergeant. »Aber wie kommt es, daß Sie Ihre Meinung so plötzlich geändert haben?«

»Ich stelle hier die Fragen, Sergeant, Frage Nummer eins ist... nein, ich sage Ihnen lieber gleich die Antwort. Katzen. Siamesische, burmesische, eine persische und jede Menge andere. Und alle pennen sie auf teuren Decken. Habe ich recht?«

Der Sergeant glotzte ihn an und nickte. »Ich könnte nicht genau sagen, wie viele es sind, aber Miss Petrefact hat eine ganze Katzenpension.«

»Vielen Dank. Zweitens: Dildos und speziell angefertigte Handschellen. Es gibt einen Sexshop in Buscott, der solche Sachen verkauft.«

»Hergestellt werden sie in der Mühle«, gab der Sergeant zu.

Der Inspektor rieb sich die Hände. »Da haben wir's. Ich wußte es doch. Es war also nicht schwer für sie, da ranzukommen.«

»Schon, aber welches Motiv hat sie?«

»Frustration«, sagte der Inspektor, der damit seine ursprüngliche Theorie völlig über den Haufen warf. »Sexuelle Frustration. Heiratet einen verfluchten Zwerg, dabei ist sie eine verdammt massige Frau mit einem entsprechenden Geschlechtstrieb. Und er kann ihr nicht mehr bieten als höchstens ein paar Zentimeter. Also was macht sie?«

»Daran möchte ich lieber nicht denken.«

»Entwickelt einen Freistilringer- und Muskelmänner-Komplex. Sie haben doch gesehen, was für Fotos in ihrer Küche hingen. Was wollen Sie mehr? Irgendwann dreht sie durch, befördert ihren Mann ins Jenseits und stopft ihn in den Wagen des Professors. Und als er wegen Mordes verknackt wird, fängt sie an, ihre Frustrationen an Zwerginnen auszuagieren. Sagen Sie bloß, daß ich nicht recht habe.«

»Hört sich verrückt an«, sagte der Sergeant.

»Genau das ist sie. Und jetzt gehen Sie hinauf zu Miss Petrefacts Haus und holen sich in aller Stille diese Dame Coppett, ohne daß es jemand merkt, und dann bringen wir sie ebenso lautlos nach Briskerton, wo dieses verdammte Weib ein Geständnis ablegen wird, und wenn wir sie eine Woche lang Tag und Nacht bearbeiten müssen.«

»Ich weiß nicht recht, ob das so in aller Stille geht«, sagte der Sergeant. »Miss Petrefact wird es früher oder später merken, und so, wie ich sie kenne, wird sie Himmel und Hölle in Bewegung setzen. Diese Stadt ist so gut wie Eigentum der Petrefacts, und der Vetter der alten Dame ist Richter. Die werden Ihnen alle möglichen Anwälte wegen was-weiß-ich auf den Hals hetzen, bevor Sie auch nur ein Wort . . .«

»In aller Stille, habe ich gesagt«, wiederholte der Inspektor, »und genau das habe ich auch gemeint.«

Wie sich herausstellte, erübrigte sich ein Besuch im New House. Rosie Coppett wurde vor Mandrakes Tierhandlung gesichtet und willigte begeistert ein, als man ihr eine Spazierfahrt im Streifenwagen anbot. Noch um sechs Uhr abends half sie der Polizei bei ihren angeblichen Nachforschungen.

27

Emmelia wäre gar nicht in der Verfassung gewesen, Himmel und Hölle in Bewegung zu setzen. Consuelo Smiths Karateschlag gegen ihren Adamsapfel hatte ihr die Sprache geraubt. Als Annie ihr am nächsten Morgen den Tee brachte, hatte Emmelia auf einen Zettel geschrieben: »Habe akute Laryngitis und wünsche unter keinen Umständen gestört zu werden.« Wie üblich befolgte Annie ihre Anweisungen aufs Wort, so daß Emmelia fünf Tage lang nicht gestört wurde. Sie lag im Bett, aß mittags klare Bouillon und abends Gemüsesuppe und Griespudding und stellte sich die bange Frage, ob ihre Stimme je wieder zurückkehren würde. Wenigstens entnahm sie den Zeitungen, daß die Polizei den Fall Willy Coppett wieder aufgerollt hatte. Der Polizeidirektor hatte eine Erklärung abgegeben, in der es hieß, daß in diesem Fall neue Aspekte aufgetaucht seien und bald erneut Anklage erhoben würde. All das war sehr befriedigend, doch als Emmelia am sechsten Tag aufstand und erfuhr, daß Rosie verschwunden war, machte sie sich die größten Sorgen.

»Das hätten Sie mir sofort sagen müssen«, tadelte sie Annie mit krächzender Stimme.

»Aber Sie waren doch zu krank und haben ausdrücklich gesagt, Sie wollen nicht gestört werden«, rechtfertigte sich Annie. »Außerdem war Rosie sowieso flatterhaft. Wünschte sich immer romantische Sachen und so Zeug.«

»Und sie ist hinuntergegangen, um Brot zu holen, und nicht mehr zurückgekommen? Am Tag, nachdem ... an dem Tag, an dem ich krank wurde?«

»Ja, Mum. Ich habe sie mit der Einkaufsliste losgeschickt, und sie ist nicht mehr zurückgekommen. Ich mußte selbst gehen. Flatterhaft, das ist meine Meinung.«

Aber Emmelia zimmerte sich eine andere Erkläung für Rosies Verschwinden zurecht. Vielleicht hatte das dumme Ding sie von ihrer Begegnung mit dieser verdammt kräftigen Zwergin zurückkommen sehen und zum erstenmal in ihrem dummen Leben zwei und zwei zusammengezählt und mehr als drei herausbekommen. Und in diesem Fall ...

»Dann sollten Sie aber lieber schleunigst zur Polizei gehen und sie als vermißt melden«, sagte sie.

»Das habe ich schon getan, Mum. Ich habe es dem Sergeant gesagt, aber der hat nur was gemurmelt.«

»Dann müssen Sie eben nochmals gehen und offiziell Anzeige erstatten«, sagte Emmelia und benutzte die Stunde während Annies Abwesenheit dazu, alle Stellen im Auto, die Consuelo berührt haben konnte, gründlich abzuwischen und dann das Wageninnere auszusaugen. Sie war gerade mit Arbeit fertig und hatte den verstümmelten Dildo ins Kaminfeuer im Salon geworfen, als Annie in Inspektor Garnets Begleitung in einem Streifenwagen zurückkehrte. Mit fliegendem Puls schloß sich Emmelia ein paar Minuten in der unteren Toilette ein, um sich zu sammeln. Als sie herauskam, war sie die personifizierte Arroganz.

»Das war aber auch höchste Zeit«, erklärte sie dem Inspektor. »Rosie ist seit fast einer Woche verschwunden, und meine Haushälterin hat Sie darüber informiert, während ich krank im Bett lag. Also, was wollen Sie wissen?«

Die Schärfe ihrer Stimme ließ Inspektor Garnet zusammenzucken. Er hatte beim Polizeidirektor ohnehin nichts zu melden und wollte es sich nicht noch mehr mit ihm verderben, indem er diese einflußreiche alte Dame ungeschickt behandelte.

»Es würde uns interessieren zu erfahren, ob Mrs. Coppett sich Ihren Wagen ausgeliehen hat, Madam.«

»Meinen Wagen ausgeliehen? Ganz bestimmt nicht. Es ist durchaus nicht meine Gewohnheit, dem Personal meinen Wagen zu leihen. Außerdem bezweifle ich stark, daß Rosie Coppett überhaupt fahren kann.«

»Könnte es nicht trotzdem möglich gewesen sein, daß sie ihn ohne Ihr Wissen benutzt hat?«

Emmelia überdachte die Frage und fand sie etwas verwirrend. »Ich denke schon«, sagte sie schließlich, »obwohl ich Ihre Art, der Sache nachzugehen, äußerst merkwürdig finde. Wenn sie ihn hätte benutzen wollen, um sich aus dem Staub zu machen, dann kann ich mir beim besten Willen nicht vorstellen, warum sie ihn wieder zurückgebracht hat. Wenn ich mich nicht sehr irre, steht er in der Garage.«

»Man kann nie wissen, was in den Köpfen mancher Leute vorgeht«, meinte der Inspektor. »Manchmal recht irrationale Dinge. Hätten Sie etwas dagegen einzuwenden, wenn wir den Wagen auf Fingerabdrükke hin untersuchen?«

Emmelia zögerte. Sie hatte sehr viel dagegen, aber eine Weigerung würde nur Verdacht erregen, und außerdem hatte sie ja alles abgewischt.

»Tun Sie Ihre Pflicht, Officer. Wenn Sie sonst noch einen Wunsch haben, dann lassen Sie es mich bitte wissen.«

»Wir würden auch gerne Mrs. Coppetts Zimmer sehen.«

Emmelia nickte und begab sich ins Gewächshaus, wo sie in ihrer Aufregung die Geranien und ein halbes Dutzend Kaktusse unter Wasser setzte.

Währenddessen zogen die Fingerabdruckexperten in der Garage aus dem Zustand des Fords ihre Rückschlüsse.

»Nirgends auch nur ein verdammter Tapser«, sagte der Sergeant von der Kripo. »Und falls das noch nichts beweist – und meiner Erfahrung nach ist es verdächtig –, dann schauen Sie sich das hier an.«

Der Inspektor untersuchte die vordere Stoßstange. Sie war verbogen, und außerdem hing verkrusteter Schmutz daran. »Jede Wette, daß dieses Zeug mit dem Boden an der Stelle übereinstimmt, an der wir den Dildo gefunden haben. So viel zu Ihrer Behauptung, daß sie nicht fahren kann.«

Der Inspektor seufzte mißmutig. Es war zwar nur ein weiterer Punkt, der seine Theorie zum Scheitern brachte, aber der Polizeidirektor saß ihm im Nacken, und die Presse hatte bereits die Frage nach seiner Sachkompetenz aufgeworfen.

»Ich gehe mal in ihr Zimmer hinauf«, sagte er und stapfte durch die Küche, wo Annie Kartoffeln schälte. Eine halbe Stunde später war er wieder in der Garage.

»Damit wäre die Sache so gut wie erledigt«, sagte er und klopfte frohgemut auf sein Notizbuch. »Die Haushälterin hat uns alles geliefert, was wir brauchen. Es besteht also kein Grund, die alte Dame noch mehr aufzuregen, bevor wir unsere Rosie gründlich in die Mangel genommen haben.«

Doch als der Streifenwagen die Auffahrt hinunterrollte, war Emmelia bereits mehr als aufgeregt.

»*Was* haben Sie getan?« herrschte sie die bleiche, aber trotzige Annie an.

»Ich habe ihnen gesagt, daß Rosie am vergangenen Mittwochabend und am Freitag zuvor mit dem Wagen weggefahren ist.«

Emmelia blitzte sie wütend an. »Aber das stimmt doch gar nicht. Ich bin gefahren. Das müssen Sie doch gewußt haben.«

»Ich weiß nicht recht, Mum«, sagte Annie.

»Und ob Sie das hätten wissen müssen«, sagte Emmelia, wobei sie in ihrer Empörung eine Amaryllis umstieß. »Sie hockte doch mit Ihnen vor dem Fernseher. Sie haben sie in fürchterliche Schwierigkeiten gebracht.«

»Da steckt sie schon drin«, sagte Annie. »Die Polizei glaubt, daß sie Willy umgebracht hat. Zumindest der Inspektor sagt das, und der muß es doch wissen. Und jetzt glauben sie außerdem, daß sie der Zwergenschänder ist.«

»O Gott, Annie! Ist Ihnen eigentlich klar, was Sie da angestellt haben?«

»Ja, Mum, das ist es«, sagte Annie entschieden. »Es war schon schlimm genug, sie all die Monate im Haus haben zu müssen, so dumm und ungeschickt, wie sie war. Ich wollte nicht, daß die Polizei erfährt, daß Sie nachts in der Gegend herumgefahren sind und weiß Gott was mit diesen Zwergen angestellt haben. Ich bin eine ehrbare Frau, jawohl, das bin ich, und ich muß an meinen guten Ruf denken. Es ist schön und gut, wenn Ihresgleichen sich komisch benimmt, aber ich will mir nicht nachsagen lassen, daß ich für den Zwergenschänder gearbeitet habe. Da würde ich nie wieder eine Stelle kriegen, noch dazu in meinem Alter. Daran haben Sie wohl nicht gedacht, oder?«

»Nein, ich fürchte, da haben Sie recht«, gab Emmelia zerknirscht zu, »aber Sie glauben doch nicht im Ernst, daß Rosie Coppett ihren Mann umgebracht hat?«

»Und wenn, dann geht es mich nichts an. Sie könnte ihn ja ebenso fallen gelassen haben wie am Michaelitag die Rührschüssel. Das war vielleicht ein Dreck! Wenn Sie mich fragen, dann ist sie im Gefängnis besser dran, was ich so gehört habe. Da hat sie ihre eigene kleine Zelle, und es macht nichts aus, wenn sie irgendwelche Sachen zerbricht. Außerdem werden sie sie wahrscheinlich in ein Heim stecken, so wie die beisammen ist.«

Traurig schüttelte Emmelia den Kopf. Zwei unschuldige Einfaltspinsel, erst Yapp und jetzt Rosie, wurden um des guten Rufes willen und um einen Skandal zu vermeiden geopfert. »Also ich finde das schändlich«, sagte sie, »und ich werde nicht zulassen, daß Rosie zu Unrecht angeklagt wird. Da gehe ich lieber selbst zur Polizei.«

Doch Annie blieb stur. »Wird Ihnen auch nicht viel nützen, wenn Sie das tun. Ich werde beschwören, daß Sie nicht weg waren, und die werden Sie für übergeschnappt halten. Und nachdem Sie eine Petrefact sind, würden sie Ihnen sowieso nicht glauben.«

Annie hatte recht. Niemand würde ihr glauben.

»Na ja, vielleicht finden sie Rosie ja gar nicht«, meinte Emmelia ohne große Hoffnung, denn Rosie Coppett war wohl kaum in der Lage, den Fängen der Polizei zu entgehen.

»Sie haben sie schon am Donnerstag gefunden«, sagte Annie. »Sergeant Moster hat jemanden raufgeschickt, um zu fragen, wo sie ist, also habe ich ihm ausrichten lassen, daß sie zum Einkaufen gegangen ist und wahrscheinlich bei Mandrake vorbeikommen würde und dort garantiert stehenbleibt und sich die Kaninchen ansieht. Da haben sie sie dann auch geschnappt.«

Emmelia sah ihre Haushälterin voller Abscheu an. »Sie sind wirklich eine schlechte Frau«, sagte sie.

»Wenn Sie meinen, Mum«, entgegnete Annie. »Sonst noch was?«

Emmelia schüttelte den Kopf. Nachdem Annie das Zimmer verlassen hatte, dachte Emmelia lange darüber nach, wie es möglich war, daß sie so wenig über diese Frau wußte, mit der sie zweiunddreißig Jahre lang unter einem Dach gewohnt hatte. Das war der alte Fehler der Petrefacts, daß sie andere Menschen als selbstverständlich betrachteten. Und wenn sie Annie falsch eingeschätzt hatte, war es dann nicht ebenso möglich, daß sie sich auch in Rosie und Yapp täuschte? Vielleicht hatten die beiden Willy Coppett doch umgebracht.

Während sie in diesem Morast der Ungewißheit nach festem Grund suchte, fiel ihr Blick unversehens auf die Gartenzwerge draußen auf dem Rasen. So, wie sie dastanden, waren sie keine Denkmäler mehr für Willy oder auch nur für Rosies kindliche Unschuld, sondern wirkten wie ein groteskes Tableau, das über ihre Naivität grinste. Sie selbst war die Brunnennymphe, über die sie sich lustig machten, ein Relikt jener geordneten, sich selbst betrügenden Welt, in der die Armen stets außerhalb des eigenen Blickfeldes lebten und Mord ein Drama war, das sich irgendwo weit weg abspielte und von unvorstellbar bösen Menschen verübt wurde, die unweigerlich auf dem Schafott enden mußten. Aber das Leben war nicht so und war auch nie so gewesen. Das Leben war völlig anders.

Inspektor Garnet hätte ihr da zweifellos recht gegeben. Seit sechs Tagen schon hielt sich Rosie strikt an den Rat ihrer Mutter, stets einen Polizisten zu fragen, wenn sie sich verirrt hatte oder in Schwierigkeiten war, und dann zu tun, was er sagte. Da der Polizist – in diesem Fall gleich mehrere – ihr immer wieder sagte, sie solle gestehen, kam Rosie dieser Aufforderung erschreckend bereitwillig nach. Allerdings keine zwei Mal mit derselben Geschichte. Und hier kam ihr ihre Affinität zu Schicksalsromanen zugute. Sie hatte bis ins finsterste Detail auf so viele widersprüchliche Weisen geschildert, wie sie Willy hätte umbringen können, ohne auch nur einmal zuzugeben, es getan zu haben, daß einige Kripobeamte darum gebeten hatten, von diesem Fall abgezogen zu werden, und das Vertrauen des Inspektors in sein eigenes Urteil schwer erschüttert worden war. Doch jetzt hatte er endlich handfeste Beweise. Der Dreck an Miss Petrefacts Wagen stimmte haargenau mit dem Erdreich an der Stelle überein, an der man den Dildo gefunden hatte. So blieb nur noch festzustellen, ob Rosie Auto fahren konnte.

»Kommt drauf an«, sagte sie, als man ihr diese Frage stellte.

»Worauf kommt es an?« wollte der Inspektor wissen.

»Also, ich fahre gern im Auto«, sagte Rosie. »Die Dame von der Fürsorge hat mich einmal mitgenommen, und . . .«

»Aber haben Sie je in Miss Petrefacts Wagen gesessen?«

»Kommt drauf an«, sagte Rosie.

Inspektor Garnet knirschte mit den Zähnen. Rosies üble Gewohnheit, diesen Ausdruck zu gebrauchen, um herauszufinden, was er von ihr hören wollte, wurde allmählich unerträglich. »Dann waren Sie also in ihrem Auto?«

»Ja.«

»Und wo?«

»In der Garage.«

»In welcher Garage?«

»Miss Petrefacts.«

»Und wohin sind Sie danach gegangen?«

»Nach was?« fragte Rosie, deren schon zu ihren besten Zeiten minimale Konzentrationsfähigkeit durch Schlafmangel und zu viele Tassen schwarzen Kaffees beträchtlich reduziert war. Jetzt knirschte Inspektor Garnet nicht mehr mit den Zähnen, sondern seine Kiefer mahlten.

»Nachdem Sie in der Garage im Auto waren.«

»Kommt drauf an«, fiel Rosie wieder in ihre montone Zweideutigkeit zurück.

Das war zuviel für den Inspektor. In seinem Mund knackte etwas. »Verfluchte Scheische«, nuschelte er, während er aus dem Zimmer stürzte und die Trümmer seines oberen Gebisses ausspuckte, »schauen Schie blosch her, wasch Schie mit dieschem verdammten ›Kommt drauf an‹ angerichtet hat.«

»Sie könnten es ja mit Superblitz versuchen«, meinte der Sergeant unvorsichtigerweise. »Dieses Zeug klebt angeblich alles.«

Wütend funkelte der Inspektor ihn an. »Dasch fehlte mir gerade noch«, brüllte er, »dasch mir für den Rescht meinesch Lebensch scheischfalsche Tschähne im Maul kleben. Wenn dasch näschtemal jemand in meiner Gegenwart dieschen Auschdruck in den Mund nimmt, dann scholl er schuvor lieber scheine Knochen numerieren.«

Als das Telefon klingelte, hob er ohne nachzudenken den Hörer ab. Es war der Polizeidirektor.

»Irgendwelche Fortschritte?« fragte er. »Ich habe soeben einen Anruf aus dem Innenministerium erhalten, und...«

Der Inspektor hielt den Hörer weit weg vom Ohr. In seinem derzeitigen Zustand fühlte er sich außerstande, sich anzuhören, was das Innenministerium wollte. Als er die Muschel wieder ans Ohr hielt, fragte der Polizeidirektor, ob er noch da sei.

»Aber schicher«, sagte der Inspektor.

»Wie bitte? Sie hören sich an, als hätten Sie eine Gaumenspalte.«

»Nein, aber mein Gebisch ischt im Eimer.«

»Wie ungewöhnlich«, sagte der Polizeidirektor ohne einen Funken Mitleid. »Aber wie dem auch sei, ich möchte wissen, ob dieses Coppett-Weib endlich gestanden hat?«

»Nein«, sagte der Inspektor, der beschlossen hatte, jegliche – phonetisch wie inhaltlich – komplizierte Erklärung zu vermeiden.

»Wenn das so ist, heißt es schnell handeln. Ich hatte soeben eine extrem erzürnte Miss Petrefact an der Strippe. Sie will ihren Anwalt beauftragen, sofortige Maßnahmen gegen die Festnahme der Dame einzuleiten, und wenn Sie das verdammte Weib nicht weichkriegen, wird es einen unglaublich scheußlichen Aufruhr in den Medien geben.«

»Scheische!« sagte der Inspektor. »Ich werde tun, wasch ich kann.«

Während der nächsten Viertelstunde entwickelte er eine ungeheure Aktivität. Zum einen klaute er etwas Gummikleber aus der polizeilichen Schreibstube, mit dessen Hilfe er sein Gebiß provisorisch und recht unbequem im Mund befestigte; zum anderen quälte er sich mit der Frage herum, ob Rosie Auto fahren konnte oder nicht.

»Es gibt nur einen Weg, das herauszufinden«, murmelte er schließlich, einem aus Verzweiflung geborenen Geistesblitz folgend. Er griff zum Telefon und rief nun seinerseits den Polizeidirektor an.

»Ich möchte Sie bitten, einem Test beizuwohnen, den wir durchführen wollen«, erklärte er. »Ich gehe davon aus, daß er aufschlußreich ist und uns möglicherweise Beweise liefert. Dauert nur zwanzig Minuten.« Bevor der Polizeidirektor unangenehme Fragen stellen konnte, hängte er ein. Zwanzig Minuten später konnte der Polizeidirektor sich höchstpersönlich davon überzeugen, was der Inspektor mit der möglichen Beweiskraft des Tests gemeint hatte.

»Wenn Sie sich im Ernst einbilden, daß ich mich in diesen Wagen setze und mich von einer schwachsinnigen Mörderin den Cliffhanger Hill hinunter fahren lasse, dann müssen Sie selbst geisteskrank sein.«

»Jawohl, Sir«, sagte der Inspektor. »Andererseits ist das meines Erachtens die einzige Möglichkeit festzustellen, ob sie Auto fahren kann oder nicht. Wenn sie der Zwergenschänder ist, muß sie fahren können, und wenn sie es nicht kann, kann sie unmöglich der Zwergenschänder sein. Wir haben handfeste Beweise dafür, daß Miss Petrefacts Wagen bei diesen Überfällen benutzt wurde. Mag ja sein, daß ich ein blöder Bulle bin, aber ein kaputter bin ich noch lange nicht...«

»Wenn sie nicht fahren kann, und Sie lassen sie oben am Cliffhanger Hill los, werden Sie es bald sein«, meinte der Polizeidirektor. Der Inspektor ging geflissentlich über diese Bemerkung hinweg.

»Ich denke nicht daran, eine Frau, nur weil sie dumm ist, einzusperren und ihr ein Verbrechen anzulasten, das sie nicht begangen haben kann.«

»Aber gibt es denn keine andere Möglichkeit, das festzustellen? Sie haben sich doch sicher vergewissert, daß sie keinen Führerschein hat.«

Der Inspektor nickte.

»Dann haben Sie nicht das Recht, sie auf einer öffentlichen Straße fahren zu lassen«, sagte der Polizeidirektor.

Der Inspektor preßte sein Gebiß mit der Zunge fest gegen den Gaumen. »Wenn Sie mir nicht gestatten, diesen Test durchzuführen, dann muß ich Miss Petrefact zum Verhör vorladen«, sagte er. »Das ist die einzige Alternative.«

»Miss Petrefact? Guter Gott, Mann, wissen Sie, was Sie da sagen? Sie können doch unmöglich den Verdacht haben...«

»Ich kann und ich habe ihn«, unterbrach ihn der Inspektor. »Wie ich schon sagte, wissen wir mit Sicherheit, daß der Wagen des Zwergenschänders ihr gehört. Die Katzenhaare auf der Decke im Fall Miss Ottram stimmen mit den Tieren aus ihrer Menagerie überein, und der abgerissene Dildo wurde in der Petrefactschen Mühle in Buscott hergestellt. Außerdem hat Miss Consuelo Smith ausgesagt, daß die Person, die sie überfallen hat, ziemlich affektiert sprach. Nimmt man das alles zusammen, landet man meilenweit von Rosie Coppett entfernt.«

»Was ist mit der Haushälterin?«

Inspektor Garnet lächelte boshaft. »Sie ist es, die die Sache möglicherweise verpatzt hat. Sie hat uns erzählt, daß Rosie an den Abenden, an denen die Überfälle stattfanden, wegging.«

»Na und? Was spricht denn dagegen?«

»Gar nichts, Sir... falls Rosie Auto fahren kann. Falls nicht...«

»Aber die Haushälterin könnte vielleicht selbst der Zwergenschänder gewesen sein.«

»Dafür ist sie zu klein. Samt Schuhen ist sie nicht einmal einsfünfundfünfzig, und was die fünfundsechzig Kilo betrifft...«

»Verdammt«, sagte der Polizeidirektor und stieg widerwillig in den Wagen. Sie fuhren vor die Stadt und auf den Cliffhanger Hill hinauf.

»Alsdann, Rosie«, sagte der Inspektor und räumte den Fahrersitz, »Sie sehen diesen hübschen Hügel da vor uns. Ich möchte, daß Sie uns zeigen, wie gut Sie fahren können. Wenn Sie jetzt bitte hinüberrutschen und das Steuer übernehmen würden, werde ich mich hier neben Sie setzen und...«

»Aber ich kann doch gar nicht fahren«, sagte Rosie mit Tränen in den Augen. »Ich habe nie behauptet, daß ich das kann.«

»Wenn das so ist, dann müssen Sie den Hügel hinunterfahren, um es zu lernen.«

»Scheiße«, preßte der Polizeidirektor ganz gegen seine Gewohnheit hervor, als Rosie widerwillig auf den Fahrersitz und hinter das Steuer rutschte. Der Inspektor kletterte auf den Beifahrersitz und legte den Sicherheitsgurt an.

»Also, fahren Sie einfach los«, sagte er, ohne von Rosies sichtlicher Hilflosigkeit Notiz zu nehmen. »Die Gänge sind wie bei der normalen H-Schaltung, und die Handbremse befindet sich gleich neben Ihnen.«

»Aber wie startet man denn?« fragte Rosie.

»Man dreht diesen Schlüssel.«

»Lieber Himmel«, sagte der Polizeidirektor und versuchte die hintere Tür zu öffnen, doch Rosie hatte den Schlüssel bereits gedreht. Zu ihrer Verblüffung sprang der Motor an.

»Jetzt die Handbremse«, sagte der Inspektor, wild entschlossen, den Polizeidirektor ein für allemal davon zu überzeugen, daß es schierer Wahnwitz war, Rosie Coppett für den Zwergenschänder zu halten, und zusätzlich ermutigt durch die Fluchtgeräusche im Fond des Wagens. Doch bevor er die Situation vollends auskosten konnte, hatte sich das Auto bereits in Bewegung gesetzt und rollte mit zunehmender Geschwindigkeit den Hügel hinab.

»Tun Sie den Scheißgang rein«, brüllte er, aber Rosie war für seine Anweisungen taub. Sie umkrampfte das Steuerrad, stemmte die Füße gleichzeitig gegen Kupplung und Gaspedal und starrte gebannt geradeaus. Zum erstenmal in ihrem Leben war sie außerstande, das zu tun, was ein Polizist ihr sagte, selbst wenn sie ihn über den aufjaulenden Motor hinweg hätte schreien hören können. Der Polizeidirektor hinter ihr hatte zu scharren aufgehört. Als sie an einem Verkehrsschild vorbeisausten, das ein steiles Gefälle ankündigte und den Autofahrern das Einlegen eines niedrigen Ganges empfahl, war er endgültig überzeugt, daß Rosie nicht die blasseste Ahnung vom Autofahren hatte. Mit einer Geschwindigkeit von schätzungsweise einhundertzwanzig Stundenkilometern steuerte der Wagen geradewegs auf einen Tanklastzug zu, der sich den Hügel heraufquälte.

»Ihr, die ihr einsteigt, laßt alle Hoffnung fahren«, begann der Polizeidirektor anstelle eines Gebets und schloß die Augen. Als er sie wieder öffnete, sah er, wie der Inspektor, empfindlich behindert durch das, was man ansonsten mit Fug und Recht als Sicherheitsgurt bezeichnet, verzweifelt versuchte, das Steuer aus Rosies Klammergriff zu befreien und gleichzeitig seinen rechten Fuß auf das Bremspedal zu kriegen, woran ihn der im Leerlauf stehende Schaltknüppel nachhaltig hinderte. Als sie ins Schlingern gerieten, um ein Haar einen zweiten Laster rammten und direkt auf eine Hausecke zurasten, nahm der Inspektor seinen ganzen Mut zusammen. Genaugenommen packte er den Schaltknüppel, rammte ihn in den Rückwärtsgang und entfernte Rosies Füße mit einem Tritt von der Kupplung. Für den Bruchteil einer Sekunde schien das Auto zu zögern. Doch schon im nächsten Augenblick, hin- und hergerissen zwischen widersprüchlichen Anweisungen, achttausend Motorumdrehungen und den Rädern, die mit hundertzwanzig Stundenkilometern bergab rasten, explodierte das Getriebe. Als sich Teile der hochkomplizierten Maschinerie wie Granatsplitter durch den Boden bohrten, hatte der Polizeiinspektor für einen Augenblick das Gefühl, als seien sie auf eine Mine aufgefahren. Die Wirkung jedenfalls war ziemlich ähnlich. Erst die Explosion, dann die Granatsplitter, und jetzt, wo sich die Antriebswelle in den Asphalt grub, das Gefühl, in die Luft zu fliegen. Eine endlose Sekunde lang flog der Wagen auf die Hausecke zu, bevor er mit einer Wucht, die die Vorderräder abriß und die hinteren nach innen knickte, auf die Straße herunterkrachte. Als es still wurde, beziehungsweise als zumindest der Nachhall des berstenden Metalls langsam verklang, hörte man Rosie schluchzen.

»Ich habe Ihnen doch gesagt, daß ich nicht fahren kann«, jammerte sie. Der Polizeidirektor riß seine blutunterlaufenen Augen von dem Stoßdämpfer los, der sich durch den Sitz neben ihm gebohrt hatte, und beobachtete voller Ehrfurcht und Faszination, wie eins der Vorderräder elegant über einen entgegenkommenden Volkswagen rollte und über die Steinmauer an der Ecke hüpfte. Er nickte. Was Rosie Coppett soeben gesagt hatte, entsprach zweifellos der Wahrheit. Sie konnte nicht fahren. Kein Fahrlehrer, der noch bei Sinnen war, hätte es riskiert, tot neben ihr im selben Wagen zu enden. Das aber bedeutete, daß sie nicht der Zwergenschänder sein konnte.

Da riß ihn der Inspektor, der eine gräßliche Farbe angenommen hatte und die merkwürdigsten Laute von sich gab, aus seinen Gedanken. Einen köstlichen Augenblick lang glaubte der Polizeidirektor an die Möglichkeit, ihn durch einen Herzinfarkt loszuwerden.

»Ist alles in Ordnung, Inspektor?« fragte er gespannt. Diese Bemerkung rettete Inspektor Garnet das Leben.

»Natürlich nicht, verdammt!« explodierte er und spuckte dabei ein Stück Gummikleber, das in seine Luftröhre gelangt war, durch die zerborstene Windschutzscheibe. »Glauben Schie mir jetscht, dasch schie nicht fahren kann?«

»Ja.«

»Dann habe ich alscho Ihre Erlaubnisch, Misch Petrefact in Unterschuchungschhaft schu nehmen?«

»Ich denke schon, wenn Sie glauben, daß das unumgänglich ist. Aber ich würde Ihnen doch raten, sich erst ein neues Gebiß verpassen zu lassen.«

28

Während der folgenden zwei Tage, in denen Inspektor Garnet in Windeseile ein neues Gebiß angepaßt wurde, tagte in Fawcett der Familienrat der Petrefacts. Emmelia wurde von Osbert hinübergefahren, und selbst Lord Petrefact sah sich, da sein persönlicher Ruf auf dem Spiel stand, gezwungen, der Versammlung beizuwohnen. Außerdem hatte die Erkenntnis, daß seine Schwester der Zwergenschänder war, Yapp in seinen Augen rehabilitiert.

»Habe ich Ihnen nicht gesagt, daß der Saukerl es schaffen würde?« sagte er während der Fahrt zu Croxley. »Offenbar hat er die alte Hexe in den Wahnsinn getrieben.«

»Ich gratuliere«, sagte Croxley. »Sie müssen richtig stolz darauf sein. Es soll ja nichts Besseres geben als eine schlechte Presse.«

»Halten Sie den Mund«, fauchte ihn der Peer an, dem diese Binsenweisheit verhaßt war.

Zur selben Zeit erteilte Purbeck seiner Cousine Emmelia nahezu denselben Ratschlag.

»Falls die Polizei dich in Gewahrsam nehmen sollte – was ich sehr bezweifle –, dann wirst du kein Wort sagen. Es besteht keinerlei Verpflichtung deinerseits, bei der Polizei irgendeine Aussage zu machen, die vor Gericht gegen dich verwendet werden könnte. Falls der Inspektor kommt, um dich abzuholen, wird er dir deine diesbezüglichen Rechte vorlesen. Sollte er dies versäumen, verstößt er selbst gegen das Gesetz.«

»Mit einem Wort, du rätst mir, es zu machen wie Thorpe«, sagte Emmelia.

Der Richter war empört. »Darf ich dich daran erinnern, daß Mr. Thorpe ein unschuldiger Mann war«, sagte er streng.

»Wohingegen ich keine unschuldige Frau bin. Ich bin dumm und . . .«

»Das festzustellen ist nicht deine Aufgabe«, unterbrach sie der Richter hastig. »Davon muß die Anklage die Geschworenen erst überzeugen.«

»Es sei denn, ich bekenne mich schuldig«, sagte Emmelia.

Entsetzt starrte die versammelte Familie sie an. Sogar Lord Petrefact wurde bläßlich.

»Aber das kannst du doch unmöglich tun«, stieß der Brigadegeneral schließlich mühsam hervor. »Ich will damit sagen, du mußt doch an die Familie denken...«

»Denk an Rampton. Denk an die Kliniken für geisteskranke Kriminelle«, sagte der Richter düster.

»Denk an die Publicity«, winselte Lord Petrefact.

»Daran hättest du denken sollen, bevor du diesen Professor Yapp angeheuert hast, um die Familiengeschichte zu schreiben«, fauchte sie ihn an. »Hättest du den armen Mann nicht nach Buscott geschickt, wäre er jetzt nicht da, wo er ist.«

»Das ist eine völlig unlogische Aussage«, meinte der Richter. »Er könnte ohne weiteres jemand anderen ermordet haben.«

Hilfesuchend hob Emmelia die Augen zu einem Porträt ihrer Mutter, begegnete dort aber nur der langweiligen Fehlerlosigkeit einer Frau, die bei unzähligen, endlosen Abendgesellschaften und Wochenend-Parties in ihrem Haus ihre Pflicht erfüllt hatte. In ihrem teilnahmslosen Blick fand sie keinerlei Unterstützung. Er erinnerte sie höchstens daran, daß die Loyalität gegenüber der Familie vor persönlichen Präferenzen rangierte. Nichts hatte sich geändert; und es würde sich auch nie etwas ändern. In ganz England benahmen sich die Leute so verrückt, wie sie es getan hatte, nur war sie eine einflußreiche Frau und konnte sich somit den Konsequenzen ihres Handelns entziehen. In einer Welt, in der es eine derartige Trennung gab, war für Unschuld kein Platz.

»Ich bin bereit, genau das zu tun, was du sagst«, sagte sie schließlich, »unter der Bedingung, daß du deinen Einfluß geltend machst...«

»Wenn du meinen Rat nicht befolgst, dann werden wir keinerlei Einfluß haben«, unterbrach sie der Richter. »Ohne unsere Reputation der Rechtschaffenheit haben wir gar nichts. Das ist die Crux bei der ganzen Angelegenheit.«

Einen Augenblick lang war Emmelia drauf und dran, klein beizugeben – aber nur einen Augenblick lang. Als sie nämlich aufblickte, sah sie auf Lord Petrefacts Gesicht ein triumphierendes Lächeln. Es erinnerte sie auf groteske Weise an ihre Streitereien im Kinderzimmer – ein kindischer grinsender Schädel. Und das reizte sie.

»Ich möchte die Angelegenheit mit Ronald besprechen«, sagte sie ruhig. »Unter vier Augen.«

»Wie du willst«, sagte der Richter und erhob sich, doch Lord Petrefact dachte über die Sache anders.

»Laßt mich bloß nicht mit ihr allein«, kreischte er. »Sie ist verrückt. Sie ist wahnsinnig. Um Himmels willen... Croxley!«

Doch seine beiden Vettern hatten das Zimmer bereits verlassen und unterhielten sich draußen auf dem Gang.

»Du glaubst doch nicht...«, begann der Brigadegeneral. Der Richter schüttelte den Kopf.

»Dabei hätte ich selbst schon oft große Lust dazu verspürt, und außerdem hat so ein Mord in der Familie durchaus seine Vorteile. Wenn man sie für nicht verhandlungsfähig erklären und gleich nach Broadmoor schicken würde, wäre das ungleich besser, als wenn wir die Peinlichkeit ihres Prozesses als Zwergenschänderin über uns ergehen lassen müssen.«

Aber Emmelia sollte erneut betrogen werden. Als sie sich von ihrem Stuhl erhob, plumpste Lord Petrefact vornüber aus dem Rollstuhl und blieb reglos auf dem Boden liegen. Ganze fünf Minuten lang stand sie da und betrachtete ihn, bevor sie nach Croxley und dem Reanimationsteam schickte. Bis dahin hatte sich Lord Petrefact zu seinen Ahnen gesellt.

Es war ein sehr zögerlicher Inspektor Garnet, der am folgenden Tag im New House aufkreuzte, um Emmelia zu verhören, und ein entschieden verunsicherter, der wenig später in den Salon geleitet wurde. Der Sarg in der Halle und der leere Leichenwagen vor der Tür waren kaum gute Vorzeichen für sein Vorhaben. Ebensowenig die Anwesenheit von Richter Petrefact im Salon.

»Meine Cousine ist in Trauer, Inspektor«, sagte er abweisend. »Sie werden also die Güte haben, mir Ihr Anliegen vorzutragen.«

Der Inspektor steckte sein Notizbuch in die Tasche. »Ich wollte nur feststellen, ob Miss Petrefact gewußt hat, daß ihr Wagen für die Ausführung mehrerer Verbrechen benutzt wurde.«

Der Richter warf ihm einen boshaften Blick zu. »Die Antwort auf diese Frage muß für Sie doch auf der Hand liegen, Inspektor. Hätte meine Cousine auch nur den Hauch eines solchen Verdachtes gehegt, hätte sie nichts Eiligeres zu tun gehabt, als Sie davon in Kenntnis zu setzen. Da sie das nicht getan hat, ist die Frage wohl irrelevant.«

Als der Inspektor abzog, kam er sich selbst recht irrelevant vor. »Um in diesem Scheißland Gerechtigkeit zu erfahren, muß man schon arm oder schwarz sein«, sagte er verbittert zum Sergeant.

An einem freundlichen Frühlingsmorgen wurde Yapp aus der Bibliothek des Ragnell-Regis-Gefängnisses ins Büro des Direktors gerufen. Er war mit der Ausarbeitung einer Vorlesung beschäftigt, die er vor Gefangenen halten sollte, die ein Fernstudium absolvierten. Sie trug den Titel »Kausative Umweltfaktoren in der Verbrechenspsychologie« und hatte nach Yapps Ansicht den paradoxen Vorzug, ganz und gar im Widerspruch zu den Tatsachen zu stehen. Alle seine Mithäftlinge kamen aus hervorragenden sozialen Verhältnissen, und das Motiv für ihre Verbrechen war nahezu ausnahmslos Geldgier. Doch hatte Yapp schon seit langem seine Bewunderung für Fakten und damit für ihr Korrelat, nämlich die Wahrheit, aufgegeben. Sein hartnäckiges Beharren auf letzterer hatte ihn ins Gefängnis gebracht, und daß er dort überlebte, verdankte er nur seinen haarsträubenden Lügengeschichten.

Kurz und gut, er hatte sich damit abgefunden, selbst das einzige Verläßliche in einer ansonsten launenhaften Welt zu sein. Dabei konnte er nicht einmal seiner selbst ganz sicher sein. Seine anhaltende Leidenschaft für Rosie Coppett gemahnte ihn auf heilsame Weise an seine eigenen irrationalen Impulse, doch zumindest blieb es ihm selbst überlassen, damit zurechtzukommen, so gut es ging. In dieser Beziehung sagte ihm das Gefängnisleben ganz und gar zu. Man erwartete von ihm kein gutes Benehmen. Im Gegenteil. Als der einzige Mörder in Ragnell, und Psychopath noch dazu, erwartete man von ihm extreme Widerwärtigkeit. Die Gefängniswärter empfanden seine Anwesenheit als recht nützlich, denn bei lästigen Störenfrieden genügte die bloße Andeutung, man würde sie zu Yapp in die Zelle stecken, falls sie sich nicht anständig aufführten, um sie dazu zu veranlassen, die Gefängnisvorschriften aufs Wort zu befolgen.

Infolge dieses schrecklichen Rufes waren Yapps Vorlesungen gut besucht, die Sträflinge lieferten ihre Arbeiten rechtzeitig zum Termin ab, und im Gemeinschaftsraum hörte man ihm ohne jene unverhohlene Langeweile zu, die er in der Cafeteria in Kloone um sich verbreitet hatte. Das Gefängnisleben hatte noch andere Vorteile. Es gab dort so gut wie keine Hierarchie, außer auf einer recht abstrakten Ebene (wegen des Zwergenmordes rangierte Yapp ganz oben auf der Verbrecherliste), und absolut keine Unterschiede im Hinblick auf Essen und Unterbringung. Die reichsten Börsenmakler und gestrauchelten Politiker bekamen dasselbe Frühstück wie mittellose Einbrecher und vom Weg abgewichene Vikare, und alle trugen dieselbe Kleidung. Sie standen alle zur selben Zeit auf, hatten denselben Tagesablauf und gingen zur selben Stunde ins Bett. Yapps Sympathien galten eindeutig den Wärtern und dem Dienstpersonal, die nach der Arbeit nach Hause zu quengelnden Frauen, dubiosen Mahlzeiten, finanziellen Sorgen und all den Unsicherheiten der äußeren Welt zurückkehren mußten.

Er hatte sogar schon das Stadium erreicht, in dem er zu der Ansicht gelangt war, das Gefängnisleben sei das moderne Äquivalent zum Klosterleben im Mittelalter. Auf seinen Fall traf das ganz bestimmt zu. Die Gewißheit, völlig unschuldig zu sein, führte dazu, daß er sich in vollkommener geistiger Sicherheit wiegte.

So fand er es ziemlich beunruhigend, als der Wärter ihn aufforderte, ihm ins Büro des Gefängnisdirektors zu folgen. Grimmig pflanzte er sich vor dessen Schreibtisch auf.

»Ach, Yapp, ich habe großartige Neuigkeiten für Sie«, sagte der Direktor. »Ich habe hier eine Mitteilung des Innenministers, die besagt, daß der Strafaussetzungsausschuß die Zeit für gekommen hält, Sie auf Bewährung freizulassen.«

»Was?« fragte Yapp.

»Auf Bewährung. Natürlich müssen Sie sich regelmäßig melden...«

»Aber ich will hier gar nicht weg«, sagte Yapp. »Ich habe mich hier recht gut eingewöhnt und gebe mir alle Mühe, den anderen Häftlingen zu helfen, und außerdem...«

»Das ist ohne Zweifel der Grund, warum der Strafaussetzungsausschuß diese Entscheidung getroffen hat«, meinte der Direktor. »Ich habe in meinen Berichten wiederholt betont, daß Ihre Führung beispielhaft ist, und was mich betrifft, so darf ich sagen, daß es mir leid tut, wenn Sie gehen.«

Trotz entschiedenen Protestes wurde Yapp in seine Zelle zurückgebracht und eine Stunde später mit einem kleinen Koffer unter dem Arm zum Gefängnistor hinausgeschoben. Begleitet wurde er von einer handfesten, in Tweed gekleideten Gefangenenhelferin.

»Könnte gar nicht besser sein«, sagte sie energisch, als sie zum Wagen gingen. »Es gibt nichts Besseres, als an einem schönen Tag ein neues Leben zu beginnen.«

»Neues Leben, schöne Scheiße«, sagte Yapp und erwog kurzfristig, zu seinem alten zurückzukehren, indem er diesem verdammten Weib eins über den Schädel zog. Doch dann gab er schnell seiner angeborenen Schwäche nach, zumal seine Gefühle für Doris aufs neue auflebten. Sie allein blieb unverbrüchlich loyal. Zumindest ging er davon aus. Und mit dem ganzen neuen Erfahrungsmaterial, mit dem er sie zu programmieren gedachte, würde es vielleicht doch gelingen, hinter diesem totalen Chaos der Ereignisse ein rationales Muster zu entdecken.

»Ich werde zu meiner Forschungsarbeit nach Kloone zurückkehren«, sagte er und stieg in den Wagen.

Auch Croxley machte sich Gedanken über den Computer. Er hatte von jeher gewußt, daß dieser ihn verdrängen würde, und mit Fredericks Amtsübernahme war genau das geschehen. Daß der dahingeschiedene Lord Petrefact juristisch alles Erdenkliche unternommen hatte, um die Nachfolge seines Sohnes zu verhindern, hatte wenig genützt. Die Familie hatte sich um Frederick geschart wie ein eminent fleißiges Bienenvolk um seine Königin, und Croxley hatte sich an seinem verblichenen Herrn und Meister gerächt, indem er dessen geistige Unzulänglichkeit in vollem Ausmaß enthüllte. Und jetzt bot man ihm als Belohnung an, die Leitung der Mühle in Buscott zu übernehmen. Einen Augenblick lang war er versucht anzunehmen, aber dann trug sein Sinn für Diskretion den Sieg davon. Was immer sich in Buscott ereignet haben mochte, es war nicht zu Yapps Vorteil gewesen, und Frederick ähnelte seinem Vater zu sehr, als daß man ihm hätte trauen können. So nutzte Croxley die letzten paar Tage im Petrefact-Konzern, um ein paar »Irrläufer« in den Computer zu pflanzen. Es würde einige Zeit dauern, bis man sie gefunden hatte, und bis dahin würde er ein reicher Mann sein. Dies war, so fand er, ein adäquater Tribut an die Verschlagenheit des alten Lord Petrefact. Der alte Teufel hätte seine Freude daran gehabt.

In der Küche des New House knetete Rosie Coppett Mürbeteig für einen Rhabarberkuchen. Durchs Fenster sah sie Miss Emmelia im Garten herumwerkeln. Annie stand an der Hintertür und schwätzte mit dem Milchmann. Es ging um den alten Mr. Jipson, der seinen Traktor verkaufen wollte. Rosie interessierte das alles nicht. Sie würde nie mit irgendwas Mechanischem umgehen können. Außerdem war es ein schöner Tag, und Miss Emmelia hatte gesagt, sie dürfe sich ein Kaninchen in einem Gehege halten, wenn sie versprach, es nicht ins Salatbeet zu lassen.

Bitte beachten Sie
die folgenden Seiten

Tom Sharpe

Puppenmord
Ullstein Buch 20202

Trabbel für Henry
Ullstein Buch 20360

Tohuwabohu
Ullstein Buch 20561

Mohrenwäsche
Ullstein Buch 20593

Feine Familie
Ullstein Buch 20709

Der Renner
Ullstein Buch 20801

Klex in der Landschaft
Ullstein Buch 20963

Henry dreht auf
Ullstein Buch 22058

Alles Quatsch
Ullstein Buch 22154

Schwanenschmaus in Porterhouse
Ullstein Buch 22195

FamilienBande
Ullstein Buch 22682

ein Ullstein Buch

Giovanni
Guareschi

ein Ullstein Buch

Genosse Don Camillo
Ullstein Buch 2612

Don Camillo und
die Rothaarige
Ullstein Buch 2890

... und da sagte
Don Camillo...
Ullstein Buch 20482

Avanti, Don Camillo!
Avanti!
Ullstein Buch 20665

... und Don Camillo
mittendrin...
Ullstein Buch 20736

Das Schicksal heißt
Clothilde
Ullstein Buch 20757

Der verliebte Mähdrescher
Ullstein Buch 20858

Bleib in deinem D-Zug!
Ullstein Buch 20942

Grazie, Don Camillo
Ullstein Buch 22298

Ciao, Don Camillo
Ullstein Buch 22391

Enthüllungen eines
Familienvaters
Ullstein Buch 22745

Nur Verrückte gehen
zu Fuß
Ullstein Buch 40031

Mißgeschick mit Minirock
Ullstein Buch 40041

Bücher von **Rogner & Bernhard** gibt es nur bei **Zweitausendeins**

E.F. Benson: MISS MAPP

368 Seiten, gebunden, DM 22,-

Zugegeben, ich bin eine Spätzünderin. Aber besser spät als nie: MISS MAPP ist bereits das dritte auf deutsch erhältliche Buch des geheimnisvollen E.F. Benson. Seine Miss Mapp sperbert stundenlang durchs Erkerfenster ihres Hauses, überwacht den Verkehr auf der High Street und registriert, was jede Nachbarin im Einkaufskorb heimträgt. Tillingen, wo wir uns befinden, ist ein fürchterliches Kaff mit durchschnittlich neurotischen Bewohnern, wobei … eine so unerbittliche Schreckschraube wie Miss Mapp ist doch ziemlich einzigartig.

Esther Scheidegger, *annabelle*